DE DELTA DECEPTIE

Van Dan Brown zijn verschenen:

Het Juvenalis Dilemma
De Delta Deceptie
Het Bernini Mysterie
Het Bernini Mysterie (gebonden en geïllustreerd)
De Da Vinci Code
De Da Vinci Code (gebonden en geïllustreerd)

Verder zijn verschenen:
Akiva Goldsman The Da Vinci Code, het geïllustreerde filmscenario
Het Da Vinci Code Reisdagboek

Dan Brown

DE DELTA DECEPTIE

Uitgeverij Luitingh

Eerste druk februari 2006
Tweede druk februari 2006
Derde druk maart 2006
Vierde druk maart 2006
Vijfde druk maart 2006
Zesde druk juni 2006
Zevende druk juni 2006
Achtste druk juli 2006
Negende druk augustus 2006
Tiende druk augustus 2007
Elfde druk oktober 2007
Twaalfde druk januari 2008

Oorspronkelijke titel: *Deception Point*
Vertaling: Josephine Ruitenberg
Omslagontwerp: Wouter van der Struys
Omslagfotografie: Corbis/TCS

ISBN 978 90 245 2792 2
NUR 305

www.boekenwereld.com

OPMERKING VAN DE AUTEUR

De Delta Force, de National Reconnaissance Office en de Space Frontier Foundation zijn bestaande organisaties. Alle technologische ontwikkelingen die in dit boek voorkomen, zijn aan de werkelijkheid ontleend.

Als deze ontdekking juist blijkt te zijn, vormt die ongetwijfeld een van de belangrijkste bijdragen aan onze kennis van het heelal die de wetenschap ooit heeft geleverd. De consequenties zijn ontzagwekkend en verreikend. En terwijl enkele van onze oudste vragen nu lijken te worden beantwoord, worden er ook nieuwe, nog fundamentelere opgeworpen.

–President Bill Clinton op 7 augustus 1997, in een persconferentie naar aanleiding van een ontdekking die wordt aangeduid als ALH84001

PROLOOG

De dood kon op deze verlaten plek in vele gedaanten komen. Geoloog Charles Brophy had zich jarenlang weten te handhaven in dit gebied van woeste schoonheid, maar hij kon onmogelijk voorbereid zijn op het wrede en onnatuurlijke lot dat hem wachtte.
Brophy's vier poolhonden, die zijn slee met geologische meetapparatuur over de ijsvlakte trokken, gingen plotseling langzamer lopen en keken op naar de lucht.
'Wat is er, meiden?' vroeg Brophy, en hij stapte van de slee.
Van achter de zich samenpakkende wolken verscheen een transporthelikopter met dubbele rotor, die met militaire behendigheid laag over de bergpieken van ijs vloog.
Dat is vreemd, dacht hij. Zo ver noordelijk zag hij nooit helikopters.
Het toestel landde vijftig meter bij hem vandaan en blies een wolk van scherpe sneeuwnaaldjes op. Zijn honden jankten en waren op hun hoede.
De deuren van de helikopter schoven open en er kwamen twee mannen naar buiten. Ze waren gekleed in dikke, witte overalls en gewapend met geweren. Haastig en vastberaden liepen ze op Brophy af.
'Dr. Brophy?' riep de ene.
De geoloog was verbluft. 'Hoe weet u mijn naam? Wie bent u?'
'Pak uw zender, alstublieft.'
'Hoezo?'
'Vooruit, doe het.'
Verbijsterd trok Brophy zijn zender uit zijn parka.
'We willen dat u een noodbericht uitzendt. Verlaag uw zendfrequentie naar honderd kilohertz.'
Honderd kilohertz? Brophy begreep er niets van. *Niemand kan zo'n lage frequentie ontvangen.* 'Is er een ongeluk gebeurd?'
De tweede man hief zijn geweer en richtte het op Brophy's hoofd. 'We hebben geen tijd om het uit te leggen. Opschieten.'
Met trillende handen veranderde Brophy zijn zendfrequentie.
Een van de mannen gaf hem een kaartje waar een paar regels op waren getypt. 'Lees dit bericht voor. Nu meteen.'
Brophy keek naar het kaartje. 'Ik snap het niet. Deze informatie klopt niet. Ik heb helemaal geen...'
De man duwde zijn geweer hard tegen de slaap van de geoloog.

Brophy las met bevende stem het bizarre bericht voor.
'Mooi,' zei de man. 'Neem je honden mee de helikopter in.'
Terwijl hij onder schot werd gehouden, manoeuvreerde Brophy zijn onwillige honden en de slee over een loopplank de vrachtruimte in. Toen ze binnen waren, steeg de helikopter onmiddellijk op en zette koers naar het westen.
'Wie zijn jullie in jezusnaam?' riep Brophy, en onder zijn parka brak het zweet hem uit. *En wat had dat bericht te betekenen?*
De mannen zeiden niets.
Naarmate de helikopter aan hoogte won, bulderde de wind steeds harder door de open deur. Brophy's vier poolhonden, nog steeds voor de slee met apparatuur gespannen, jankten.
'Doe dan in elk geval die deur dicht,' zei Brophy. 'Zien jullie niet dat mijn honden bang zijn?'
De mannen reageerden niet.
Toen de helikopter naar een hoogte van twaalfhonderd meter was gestegen, maakte hij een scherpe bocht boven een reeks kloven en spleten in het ijs. Plotseling stonden de mannen op. Zonder een woord te zeggen, grepen ze de zwaarbeladen slee en duwden die door de open deur naar buiten. Brophy keek vol ontzetting toe hoe zijn honden tevergeefs vochten tegen het enorme gewicht. Meteen daarop werden de dieren jammerend uit de helikopter gesleurd en verdwenen in de diepte.
Brophy was al gaan staan en schreeuwde toen de mannen hem vastgrepen. Ze trokken hem naar de deur. Verdoofd van angst maaide hij met zijn vuisten om zich heen in een poging de sterke handen af te weren die hem naar buiten duwden.
Tevergeefs. Een ogenblik later stortte hij naar beneden, naar de afgrond onder hem.

1

Restaurant Toulos, nabij Capitol Hill, heeft politiek incorrecte gerechten met kalfsvlees en paardencarpaccio op het menu staan, maar is in invloedrijke kringen ironisch genoeg toch een populaire gelegenheid voor een typisch Washingtons werkontbijt. Vanochtend was het druk in Toulos, een kakofonie van rinkelend bestek, espressoapparaten en mensen die in mobieltjes zaten te praten.
De ober nam net heimelijk een slokje van zijn ochtend-Bloody Mary

toen de vrouw binnenkwam. Hij draaide zich met een geforceerde glimlach om.
'Goedemorgen,' zei hij. 'Wat kan ik voor u doen?'
Het was een knappe vrouw, halverwege de dertig, in een grijze flanellen broek met vouw, onopvallende flatjes en een ivoorkleurige blouse van Laura Ashley. Ze stond met rechte rug en haar kin een beetje geheven. Niet arrogant, maar wel krachtig. Haar haar was lichtbruin en gekapt in de stijl die in Washington het populairst was: de 'presentatricestijl', een weelderig, los vallend kapsel met krullen onderaan, bij de schouders... Lang genoeg om sexy te zijn, maar kort genoeg om je eraan te herinneren dat ze waarschijnlijk intelligenter was dan jij.
'Ik ben een beetje laat,' zei de vrouw op bescheiden toon. 'Ik heb een ontbijtafspraak met senator Sexton.'
De ober voelde een onverwachte tinteling van nervositeit. *Senator Sedgewick Sexton.* De senator kwam hier regelmatig en was momenteel een van de beroemdste mensen van het land. Nadat hij vorige week op *Super Tuesday* de Republikeinse voorverkiezingen in alle twaalf staten waar ze werden gehouden met grote overmacht had gewonnen, was zijn kandidaatschap voor de komende presidentsverkiezingen vrijwel zeker. Velen geloofden dat de senator een zeer goede kans had om de veelgeplaagde president het komende najaar uit het Witte Huis te verdrijven. De laatste tijd stond Sextons gezicht op het omslag van bijna elk Amerikaans tijdschrift, en heel Amerika was behangen met zijn campagneslogan: 'Stop met spenderen, ga repareren.'
'Senator Sexton zit aan zijn vaste tafeltje,' zei de ober. 'En u bent?'
'Rachel Sexton. Zijn dochter.'
Wat dom van me, dacht hij. De gelijkenis was duidelijk zichtbaar. De vrouw had dezelfde doordringende blik en gedistingeerde houding als de senator, het beschaafde air van veerkracht en verhevenheid. Het was duidelijk dat het klassieke, knappe uiterlijk van de senator geen generatie had overgeslagen, hoewel Rachel Sexton haar zegeningen droeg met een charme en bescheidenheid waar haar vader nog iets van kon leren.
'Het is me een genoegen u te mogen ontvangen, mevrouw Sexton.'
Toen de ober de dochter van de senator voorging door het restaurant, geneerde hij zich voor het spervuur aan blikken dat de aanwezige mannen op haar wierpen; sommige discreet, andere minder. Er aten weinig vrouwen bij Toulos, en maar een enkele daarvan zag eruit als Rachel Sexton.
'Mooi lijf,' fluisterde een van de gasten. 'Heeft Sexton nu al een nieuwe vrouw?'

'Dat is zijn dochter, gek,' antwoordde een ander.
De man grinnikte. 'Sexton kennende zou hij haar net zo goed naaien, als het zo uitkwam.'

Toen Rachel bij het tafeltje van haar vader aankwam, zat de senator met luide stem in zijn mobieltje te praten over een van zijn recente successen. Hij keek heel even op naar Rachel en tikte op zijn Cartier om haar eraan te herinneren dat ze te laat was.
Ik heb jou ook gemist, dacht Rachel.
De eerste naam van haar vader was Thomas, maar hij liet zich al heel lang bij zijn tweede naam noemen. Rachel vermoedde dat de alliteratie hem wel beviel. Senator Sedgewick Sexton. De man was een politiek dier met zilvergrijs haar en een fluwelen tong. Hij was gezegend met het gladde voorkomen van een dokter uit een soapserie, wat gezien zijn talenten als toneelspeler toepasselijk was.
'Rachel!' Haar vader zette zijn telefoon uit en stond op om haar op de wang te kussen.
'Ha, pap.' Ze beantwoordde zijn kus niet.
'Je ziet er moe uit.'
Daar gaan we weer, dacht ze. 'Ik heb je berichtje ontvangen. Wat is er aan de hand?'
'Mag ik mijn dochter niet meer uitnodigen voor het ontbijt?'
Rachel had lang geleden al ontdekt dat haar vader zelden zonder bijbedoelingen behoefte had aan haar gezelschap.
Sexton nam een slokje koffie. 'Vertel eens, hoe staat het leven?'
'Druk. Ik begrijp dat je campagne voorspoedig verloopt.'
'O, laten we niet over het werk praten.' Sexton boog zich over de tafel naar haar toe en dempte zijn stem. 'Hoe is het met die kerel van Buitenlandse Zaken met wie ik een afspraakje had geregeld?'
Rachel blies haar adem uit; ze moest nu al de neiging onderdrukken op haar horloge te kijken. 'Pap, ik heb echt geen tijd gehad om hem te bellen. En ik wou dat je ophield met die pogingen...'
'Je moet echt tijd vrijmaken voor de belangrijke zaken des levens, Rachel. Zonder liefde heeft niets betekenis.'
Er schoot haar een aantal mogelijke replieken te binnen, maar ze koos ervoor te zwijgen. In het gezelschap van haar vader was het niet moeilijk de verstandigste te zijn. 'Pap, je wilde me toch ergens over spreken? Je zei dat het belangrijk was.'
'Dat is het ook.' Haar vader nam haar aandachtig op.
Rachel merkte dat haar afweer gedeeltelijk wegsmolt onder zijn blik en ze vervloekte de macht die die man had. De ogen van de senator waren zijn gave, en Rachel vreesde dat die gave hem in het Witte Huis

zou brengen. Die ogen konden op het juiste moment vol tranen staan, om een ogenblik later weer helder te worden en een venster te vormen waarachter een mens met bezieling zichtbaar werd, iemand die iedereen vertrouwen wist in te boezemen. *Het draait allemaal om vertrouwen*, zei haar vader altijd. De senator had dat van Rachel al jaren geleden verloren, maar hij was hard op weg dat van het land te winnen.

'Ik wil je een voorstel doen,' zei senator Sexton.

'Laat me eens raden,' antwoordde Rachel in een poging haar positie te versterken. 'Een invloedrijk man die pas is gescheiden en op zoek is naar een jong vrouwtje?'

'Hou jezelf niet voor de gek, schat. Zo jong ben je niet meer.'

Rachel voelde zich klein worden, een gevoel dat ze vaak had als ze met haar vader praatte.

'Ik wil je een reddingsboei toewerpen,' zei hij.

'Ik was me er niet van bewust dat ik aan het verdrinken was.'

'Jij niet. De president. Je moet het zinkende schip verlaten.'

'Hebben we dit gesprek niet al eens eerder gevoerd?'

'Denk aan je toekomst, Rachel. Je kunt voor mij komen werken.'

'Ik hoop dat dat niet de reden voor je uitnodiging was.'

Er kwamen barstjes in het vernisje van kalmte van de senator. 'Rachel, snap je dan niet dat het mij, én mijn campagne, in diskrediet brengt dat je voor hem werkt?'

Rachel zuchtte. Haar vader en zij hadden dit al vaker besproken. 'Ik werk niet voor de president, pap. Ik heb hem zelfs nog nooit ontmoet! Ik werk in Fairfax, verdorie!'

'In de politiek gaat het om de beeldvorming, Rachel. Het beeld bestaat dat je voor de president werkt.'

Rachel ademde bewust uit in een poging kalm te blijven. 'Ik heb hard gewerkt om deze baan te krijgen, pap. Ik neem geen ontslag.'

De senator kneep zijn ogen tot spleetjes. 'Weet je, die zelfzuchtige opstelling van jou is soms echt...'

'Senator Sexton?' Er verscheen een verslaggever naast het tafeltje.

Sextons houding werd ogenblikkelijk vriendelijker. Rachel kreunde en pakte een croissant uit het mandje dat op tafel stond.

'Ralph Sneeden,' zei de journalist. 'Van de *Washington Post*. Mag ik u een paar vragen stellen?'

De senator glimlachte en bette zijn mond met een servet. 'Met alle genoegen, Ralph. Maar hou het kort. Ik wil niet dat mijn koffie koud wordt.'

De journalist lachte plichtmatig. 'Natuurlijk, meneer.' Hij haalde een memorecorder tevoorschijn en zette die aan. 'Senator, in uw tv-spotjes wordt gepleit voor een wet op gelijke beloning voor mannen en vrouwen... en voor belastingverlaging voor jonge gezinnen. Kunt u dat toelichten?'

'Ja hoor. Ik ben gewoon een groot voorstander van sterke vrouwen en sterke gezinnen.'

Rachel verslikte zich bijna in haar croissant.

'En nu we het over gezinnen hebben,' vervolgde de verslaggever, 'onderwijs is een belangrijk punt voor u. U stelt enkele zeer controversiële bezuinigingen voor om extra geld vrij te maken voor onze scholen.'

'Ik geloof oprecht dat de kinderen onze toekomst zijn.'

Rachel kon nauwelijks geloven dat haar vader zo diep was gezonken dat hij popsongs citeerde.

'Nog een laatste vraag, meneer,' zei de journalist. 'U hebt in de afgelopen weken een enorme sprong gemaakt in de opiniepeilingen. De president zal zich wel zorgen maken. Hebt u een verklaring voor uw succes?'

'Ik denk dat het met vertrouwen te maken heeft. De Amerikanen beginnen in te zien dat ze er niet op kunnen rekenen dat de president de harde beslissingen neemt die dit land nodig heeft. Torenhoge staatsuitgaven storten dit land met de dag dieper in de schulden, en de Amerikanen gaan beseffen dat het tijd is op te houden met spenderen en te gaan repareren.'

Als om haar te redden van haar vaders retoriek begon de pager in Rachels handtas te piepen. Meestal was het schrille elektronische geluid een onwelkome onderbreking, maar op dit moment klonk het bijna melodieus.

De senator keek gepikeerd omdat hij werd gestoord.

Rachel viste de pager uit haar handtas en drukte een bepaalde reeks van vijf knopjes in om te bevestigen dat zij inderdaad degene was die de pager gebruikte. Het gepiep hield op en het lcd-schermpje begon te knipperen. Over vijftien seconden zou ze een beveiligd tekstbericht ontvangen.

Sneeden grijnsde naar de senator. 'Uw dochter is een drukbezette vrouw, zie ik. Goed om te zien dat u tweeën toch nog de tijd weet te vinden om samen te eten.'

'Zoals ik al zei, het gezin komt op de eerste plaats.'

Sneeden knikte, en toen verhardde zijn blik. 'Mag ik u vragen hoe uw dochter en u omgaan met uw strijdige belangen, meneer?'

'Strijdig?' Senator Sexton trok een onschuldig, verbaasd gezicht en hield zijn hoofd een beetje schuin. 'Wat voor strijdige belangen bedoelt u?'

Rachel keek op en vertrok haar gezicht vanwege haar vaders toneelspel. Ze wist precies welke kant dit opging. *Die verdomde journalisten*, dacht ze. De helft van hen stond op de loonlijst van een politieke partij. De vraag van de verslaggever was wat journalisten een 'aangever' noemden, een vraag die hard en lastig moest lijken, maar waarmee de senator in werkelijkheid een dienst werd bewezen; een langzame bal, die haar vader makkelijk kon onderscheppen en bij het doel uit de buurt kon houden, terwijl hij meteen een paar misverstanden uit de weg kon ruimen.

'Nou, meneer...' De reporter kuchte om een indruk van onzekerheid te wekken. 'Het strijdige is dat uw dochter voor uw tegenstander werkt.'

Senator Sexton barstte in lachen uit, waarmee de vraag meteen al onschadelijk werd gemaakt. 'Ralph, ten eerste zijn de president en ik geen tégenstanders. We zijn gewoon twee vaderlandslievende zielen die verschillend denken over hoe ons geliefde land bestuurd zou moeten worden.'

De journalist straalde. Hij had zijn kernachtige uitspraak. 'En ten tweede?'

'Ten tweede werkt mijn dochter niet voor de president, maar voor een inlichtingendienst. Ze verzamelt informatie en stuurt die naar het Witte Huis. Ze bekleedt geen hoge positie.' Hij zweeg even en keek naar Rachel. 'Sterker nog, je hebt de president waarschijnlijk zelfs nog nooit ontmoet, is het wel, schat?'

Rachel wierp hem een vuile blik toe.

De pager piepte en Rachel richtte haar aandacht op het binnenkomende bericht op het lcd-schermpje.

– DRCT MLDN DIRNRO –

Ze begreep onmiddellijk wat er stond en fronste haar voorhoofd. Het bericht was onverwacht en betekende ongetwijfeld dat er iets mis was. Maar ze had nu in elk geval een reden om meteen op te stappen.

'Heren,' zei ze. 'Het spijt me zeer, maar ik moet gaan. Ik ben al laat voor mijn werk.'

'Mevrouw Sexton,' zei de journalist snel. 'Voordat u gaat, zou u iets kunnen zeggen over de geruchten dat u deze ontbijtafspraak hebt gemaakt om te praten over de mogelijkheid uw huidige functie op te geven en voor uw vader te gaan werken?'

Rachel had het gevoel dat iemand een plens warme koffie in haar gezicht had gegooid. De vraag overviel haar volledig. Ze keek naar haar vader en zag aan zijn zelfgenoegzame lachje dat de vraag was voorgekookt. Ze had zin om over de tafel te klimmen en hem aan een vork te rijgen.

De verslaggever duwde de recorder onder haar neus. 'Mevrouw Sexton?'
Rachel keek hem strak aan. 'Ralph, of hoe je ook heten mag, knoop dit goed in je oren: ik ben absoluut niet van plan mijn baan op te geven om voor senator Sexton te gaan werken, en als je iets van tegengestelde strekking publiceert, zul je die recorder met een schoenlepel uit je reet moeten peuteren.'
De ogen van de journalist werden groot. Hij schakelde zijn recorder uit en probeerde zijn grijns te verbergen. 'Dank u hartelijk, allebei.' Hij verdween.
Rachel had onmiddellijk spijt van haar uitbarsting. Ze had de opvliegendheid van haar vader geërfd, en daar was ze niet blij mee. *Slim gedaan, Rachel. Heel slim.*
Haar vader keek haar afkeurend aan. 'Je zou eens moeten leren jezelf te beheersen.'
Rachel pakte haar spullen bijeen. 'Dit gesprek is afgelopen.'
Blijkbaar had de senator toch al genoeg van haar. Hij pakte zijn mobieltje om iemand te bellen. 'Dag, schat. Kom eens langs op mijn kantoor, binnenkort. En zorg in hemelsnaam dat je aan de man raakt. Je bent drieëndertig.'
'Víérendertig,' snauwde ze. 'Je secretaresse heeft me een kaart gestuurd.'
Hij klakte medelijdend met zijn tong. 'Vierendertig. Bijna een oude vrijster. Weet je dat ik, toen ik vierendertig was, al...'
'Met mam getrouwd was en de buurvrouw had genaaid?' Het kwam er harder uit dan Rachel had bedoeld, en haar stem bleef open en bloot in een ongelukkig vallende stilte hangen. Mensen aan tafeltjes in de buurt keken haar kant op.
In een flits bevroren de ogen van senator Sexton tot twee ijskristallen die zich in haar boorden. 'Pas maar op, jongedame.'
Rachel liep naar de deur. *Nee, pas jij maar op, senator.*

2

De drie mannen zaten zwijgend in hun stormbestendige tent van ThermaTech-doek. Een ijzige wind geselde het onderkomen en dreigde het omver te blazen. De mannen sloegen er geen acht op; ze hadden wel bedreigender situaties meegemaakt.
Hun tent was spierwit en stond uit het zicht in een ondiep dal. Hun

communicatieapparatuur, vervoermiddelen en wapens waren allemaal zeer geavanceerd. De leider van de groep had de codenaam Delta-Een. Hij was lenig en gespierd, en zijn ogen waren net zo leeg als de omgeving waarin hij was gestationeerd.

De militaire chronometer om de pols van Delta-Een gaf een schril piepje. Het geluid viel precies samen met de piepjes van de chronometers die de andere twee mannen droegen.

Weer was er een halfuur verstreken.

Het was tijd. Opnieuw.

Routinematig liet Delta-Een zijn twee collega's alleen en stapte naar buiten, de duisternis en de beukende wind in. Hij zocht met een infraroodkijker de door de maan verlichte horizon af. Zoals altijd concentreerde hij zich op het bouwwerk. Het stond ongeveer een kilometer bij hem vandaan, een enorm, eigenaardig bouwsel dat oprees in het kale landschap. Zijn team en hij hadden het nu tien dagen in de gaten gehouden, vanaf de bouw. De informatie die zich erin bevond, zou de wereld veranderen, daar twijfelde Delta-Een niet aan. Er waren al doden gevallen om de gegevens te beschermen.

Op het ogenblik leek alles rustig rond het bouwwerk.

Maar veel belangrijker was wat er binnen gebeurde.

Delta-Een ging de tent weer in en zei tegen de andere twee militairen: 'Tijd voor een nadere inspectie.'

De twee mannen knikten. De grootste, Delta-Twee, klapte een laptop open en zette hem aan. Hij ging voor het scherm zitten, legde zijn hand om een joystick en gaf er een rukje aan. Een kilometer verderop, diep in het bouwwerk, werd het signaal ontvangen door een observatierobot ter grootte van een mug, die onmiddellijk in beweging kwam.

3

Rachel Sexton was nog steeds ziedend toen ze in haar witte Integra over Leesburg Pike reed. De kale esdoorns op de glooiende heuvels van Falls Church stonden scherp afgetekend tegen de heldere maartse hemel, maar haar woede ebde niet weg door de vredige omgeving. Je zou verwachten dat het recente succes van haar vader in de peilingen hem in elk geval íéts vriendelijker zou stemmen, maar het leek alleen zijn eigendunk te voeden.

Zijn bedrog was dubbel pijnlijk omdat hij de enige naaste familie was die Rachel nog had. Rachels moeder was drie jaar geleden gestorven, een vreselijk verlies waar Rachel nog steeds niet overheen was. Haar enige troost was de wetenschap dat de dood haar moeder met een ironische genade had verlost van haar diepe wanhoop over haar ongelukkige huwelijk met de senator.

Rachels pager piepte weer en bracht haar terug in het hier en nu. Het binnenkomende bericht was hetzelfde.

– DRCT MLDN DIRNRO –

Direct melden bij de directeur van het NRO. Ze zuchtte. *Ik ben al onderweg, verdomme.*

Met groeiende ongerustheid nam Rachel haar afslag, sloeg de oprijlaan in en kwam tot stilstand bij het zwaar beveiligde wachthuisje. Dit was Leesburg Pike 14225, een van de geheimzinnigste adressen van het land.

Terwijl de bewaker haar auto controleerde op afluisterapparatuur, staarde Rachel naar het gigantische gebouw in de verte. Het complex van negentigduizend vierkante meter was prachtig gelegen op een zevenentwintig hectare groot bebost terrein vlak buiten het District of Columbia, in Fairfax in de staat Virginia. De gevel van het gebouw was een bastion van glas waar je maar in één richting doorheen kon kijken en waarin de talloze antennes, satellietschotels en antennekoepels op het terrein eromheen weerspiegeld werden, zodat hun indrukwekkende aantal nog eens werd verdubbeld.

Twee minuten later had Rachel haar auto geparkeerd en was ze over het keurig onderhouden terrein naar de hoofdingang gelopen. Op een granieten plaat stond:

NATIONAL RECONNAISSANCE OFFICE (NRO)

De twee gewapende mariniers die aan weerszijden van de kogelwerende draaideur stonden, staarden recht vooruit terwijl Rachel tussen hen door liep. Ze had hetzelfde gevoel dat haar altijd bekroop als ze door deze deur naar binnen ging: dat ze de buik van een slapende reus binnenkwam.

In de hal, die een gewelfd plafond had, was Rachel zich bewust van de zwakke echo's van de gesprekken die overal om haar heen werden gevoerd, alsof de woorden van uit de kantoren boven haar, gefilterd door het plafond, op haar neerdaalden. Op een enorm tegelmozaïek was het motto van het NRO weergegeven:

HET VERZEKEREN VAN DE WERELDWIJDE SUPERIORITEIT VAN HET INLICHTINGENWERK VAN DE VERENIGDE STATEN, ZOWEL IN TIJDEN VAN OORLOG ALS VAN VREDE.

De muren hier hingen vol enorme foto's: van raketlanceringen, onderzeeërs die gedoopt werden, afluisterstations; indrukwekkende kunststukjes die alleen binnen deze muren getoond konden worden. Zoals altijd voelde Rachel de problemen van de buitenwereld achter zich vervagen. Ze ging een schaduwwereld binnen. Een wereld waar de problemen als goederentreinen kwamen binnendenderen en de oplossingen zacht fluisterend werden geleverd.

Terwijl Rachel de laatste controlepost naderde, vroeg ze zich af wat voor probleem ervoor had gezorgd dat haar pager in het afgelopen halfuur tweemaal was overgegaan.

'Goedemorgen, mevrouw Sexton,' zei de bewaker met een glimlach toen ze naar de stalen deur liep.

Rachel glimlachte terug, en de bewaker stak haar een wattenstaafje toe.

'U weet hoe het werkt,' zei hij.

Rachel nam het steriel verpakte wattenstaafje aan en haalde het uit de plastic verpakking. Toen stak ze het als een thermometer in haar mond. Ze hield het twee seconden onder haar tong. Daarna bukte ze zich en liet de bewaker het uit haar mond trekken. Die stak het bevochtigde staafje in een gleuf in een apparaat dat achter hem stond. Het apparaat had vier seconden nodig om het DNA-patroon van Rachels speeksel te controleren. Toen verschenen Rachels foto en veiligheidsbevoegdheid op een monitor.

De bewaker knipoogde. 'Zo te zien bent u nog steeds dezelfde.' Hij trok het gebruikte wattenstaafje uit het apparaat en liet het door een opening vallen, waarna het onmiddellijk werd verbrand. 'Prettige dag verder.' Hij drukte op een knop en de gigantische stalen deuren zwaaiden open.

Terwijl Rachel haar weg zocht door de doolhof van gangen vol bedrijvigheid, verbaasde ze zich dat de kolossale omvang van deze operatie haar zelfs na zes jaar nog steeds intimideerde. De organisatie had nog zes andere kantoren in de Verenigde Staten, bood werk aan meer dan tienduizend mensen, en het jaarlijkse budget bedroeg meer dan tien miljard dollar.

In het grootste geheim had het NRO een verbluffend arsenaal van ultramoderne spionagetechnieken opgebouwd en operationeel gemaakt: wereldwijde onderschepping van dataverkeer, spionagesatellieten, afluisterchips die in het geheim werden ingebouwd in telecommunicatieproducten, en zelfs een wereldwijd zeevaartdetectienetwerk, Classic Wizard geheten, een geheim net van 1456 hydrofoons die verspreid over de aardbol op de zeebodem waren geplaatst en waarmee scheepvaartbewegingen over de hele wereld in de gaten konden worden gehouden.

Niet alleen hielpen de technieken van het NRO de Verenigde Staten gewapende conflicten te winnen, ze leverden ook in vredestijd een eindeloze stroom informatie aan organisaties als de CIA, de NSA en het ministerie van Defensie, waardoor die beter in staat waren terroristen te dwarsbomen, milieudelicten te ontdekken en beleidsmakers te voorzien van de gegevens die ze nodig hadden om weloverwogen beslissingen te nemen over een enorme verscheidenheid aan onderwerpen.
Rachel werkte hier als 'samenvatter'. Voor het samenvatten, oftewel het reduceren van gegevens, moest je complexe rapporten analyseren en hun essentie vastleggen in bondige resumés van één pagina. Rachel was een natuurtalent gebleken. *Dat komt door al die jaren dat ik me door het geouwehoer van mijn vader heen heb moeten werken*, dacht ze.
Rachel bekleedde nu de belangrijkste functie als samenvatter binnen het NRO, die van verbindingsofficier voor het Witte Huis. Het was haar werk om de dagelijkse inlichtingenrapporten van het NRO door te nemen, te beslissen welke informatie relevant was voor de president, die informatie samen te vatten tot resumés van één pagina en die naar de adviseur voor nationale veiligheid van de president te sturen. In het jargon van het NRO vervaardigde Rachel Sexton een 'eindproduct' en leverde dat aan 'dé klant'.
Hoewel het een zware baan was en ze lange dagen maakte, was het voor haar een erezaak, een manier om haar onafhankelijkheid van haar vader te bewijzen. Senator Sexton had vaak aangeboden Rachel te onderhouden als ze haar baan zou opzeggen, maar Rachel was niet van plan financieel afhankelijk te worden van een man als Sedgewick Sexton. Ze had aan haar moeder gezien wat er kon gebeuren als een man als hij te veel troeven in handen had.
Het geluid van Rachels pager echode door de marmeren hal.
Alweer? Ze nam niet eens de moeite om het bericht te lezen.
Terwijl ze zich afvroeg wat er in godsnaam aan de hand kon zijn, stapte ze in de lift en passeerde haar eigen etage op weg naar de bovenste verdieping.

4

De directeur van het NRO een alledaagse man te noemen, was eigenlijk al een overdrijving. William Pickering was een klein mannetje met een bleke huid, een gezicht dat je meteen weer vergat, een kaal hoofd en lichtbruine ogen die weliswaar de grootste geheimen van het land hadden gezien, maar eruitzagen als twee ondiepe poelen. Voor degenen die onder hem werkten, was Pickering echter een reus. Zijn ingetogen aard en onopgesmukte denkbeelden waren legendarisch bij het NRO. Zijn kalme toewijding in combinatie met zijn garderobe van eenvoudige zwarte pakken had hem de bijnaam 'de Quaker' opgeleverd. De Quaker was een briljant strateeg en het toonbeeld van efficiëntie, die zijn wereld met ongeëvenaarde helderheid bestuurde. Zijn mantra was: 'Zoek de waarheid. Handel ernaar.'

Toen Rachel het kantoor van de directeur binnenstapte, zat hij te telefoneren. Zijn uiterlijk bleef Rachel verbazen: William Pickering leek in niets op een man die genoeg invloed had om de president zelfs midden in de nacht wakker te mogen maken.

Pickering hing op en wenkte haar naar binnen. 'Ga zitten, Sexton.' Zijn stem had een ongepolijste helderheid.

'Dank u, meneer.' Rachel ging zitten.

Hoewel de meeste mensen zich slecht op hun gemak voelden bij William Pickerings botte manier van doen, had Rachel de man altijd graag gemogen. Hij was het absolute tegendeel van haar vader: fysiek onopvallend, allesbehalve charismatisch, en hij deed zijn plicht met een onzelfzuchtige vaderlandsliefde en meed de publieke belangstelling, waar haar vader juist zo dol op was.

Pickering zette zijn bril af en keek haar aandachtig aan. 'Sexton, ik ben een halfuurtje geleden gebeld door de president. Over jou.'

Rachel verschoof in haar stoel. Pickering stond erom bekend dat hij snel terzake kwam. *Dat begint goed*, dacht ze. 'Ik hoop dat er geen probleem was met een van mijn samenvattingen.'

'Integendeel. Hij zegt dat het Witte Huis onder de indruk is van je werk.'

Rachel haalde opgelucht adem. 'Wat wilde hij dan?'

'Met je praten. Persoonlijk. Nu meteen.'

Daar schrok Rachel van. 'Met me praten? Waarover?'

'Verdomd goeie vraag. Dat wilde hij me niet vertellen.'

Nu snapte Rachel er niets meer van. Informatie achterhouden voor de directeur van het NRO was net zoiets als geheimen van het Vaticaan verzwijgen voor de paus. Het standaardgrapje in de wereld van de inlichtingendiensten was: als William Pickering er niets van weet, is het niet gebeurd.

Pickering stond op en ijsbeerde voor zijn raam heen en weer. 'Hij vroeg me direct contact met je op te nemen en je naar je bespreking met hem te sturen.'

'Nu meteen?'

'Hij heeft voor vervoer gezorgd. Het staat buiten op je te wachten.'
Rachel fronste haar wenkbrauwen. Het verzoek van de president was op zich al verontrustend, maar de bezorgde blik van Pickering maakte haar pas echt ongerust. 'U hebt duidelijk uw bedenkingen.'
'Dat dankt je de koekoek!' Pickering liet bij uitzondering iets van zijn gevoelens merken. 'De timing van de president is bijna kinderlijk doorzichtig. Je bent de dochter van de man die zijn grote concurrent is in de peilingen, en hij wil jou persoonlijk spreken. Ik vind het hoogst ongepast. Dat zou je vader vast met me eens zijn.'
Rachel wist dat Pickering gelijk had, maar het kon haar geen barst schelen wat haar vader vond. 'Vertrouwt u de motieven van de president niet?'
'Ik heb gezworen de huidige regering van informatie te voorzien, niet om een oordeel uit te spreken over hun beleid.'
Een typische Pickering-reactie, besefte Rachel. William Pickering maakte er geen geheim van dat hij politici beschouwde als onbelangrijke pionnen die kortstondig voorbijkwamen op een schaakbord waarop de belangrijke stukken mannen als Pickering zelf waren, doorgewinterde 'beroeps' die genoeg ervaring hadden om het spelletje te doorzien. Twee volledige termijnen in het Witte Huis, zei Pickering vaak, waren bij lange na niet genoeg om de ware complexiteiten van het wereldwijde politieke landschap te doorgronden.
'Misschien is het een onschuldig verzoek,' opperde Rachel, die hoopte dat de president boven een goedkope campagnestunt stond. 'Misschien heeft hij een samenvatting van vertrouwelijke gegevens nodig.'
'Ik wil niet kleinerend klinken, Sexton, maar het Witte Huis kan over een groot aantal gekwalificeerde samenvatters beschikken als het die nodig heeft. Als het een interne zaak van het Witte Huis is, zou de president beter moeten weten dan contact met jou op te nemen. En als dat niet zo is, zou hij zéker beter moeten weten dan het NRO om een van haar productiemiddelen te vragen en dan te weigeren me te vertellen waar hij die voor nodig heeft.'
Pickering sprak altijd over zijn employés als productiemiddelen, een manier van uitdrukken die velen afschuwelijk kil vonden.
'Je vader krijgt meer politieke macht,' zei Pickering. 'Heel wat meer. Het Witte Huis zal wel zenuwachtig worden.' Hij zuchtte. 'De politiek hangt van wanhoopsdaden aan elkaar. Als de president een geheim onderhoud wil met de dochter van zijn tegenstander, heb ik het gevoel dat hij niet alleen aan samenvattingen denkt.'
Rachel voelde een rilling over haar rug gaan. Pickerings vermoedens hadden de griezelige eigenschap meestal precies te kloppen. 'En u bent

bang dat het Witte Huis wanhopig genoeg is om míj bij het politieke spel te betrekken?'
Pickering zweeg even. 'Je steekt je gevoelens voor je vader niet onder stoelen of banken, en ik twijfel er niet aan dat de campagneleiders van de president op de hoogte zijn van jullie meningsverschillen. Ik kan me voorstellen dat ze je tegen hem willen gebruiken.'
'Waar kan ik me opgeven?' vroeg Rachel, slechts half grappend.
Pickering leek niet onder de indruk. Hij wierp haar een strenge blik toe. 'Een waarschuwing, Sexton. Als je het gevoel hebt dat je persoonlijke problemen met je vader je beïnvloeden in je omgang met de president, raad ik je dringend aan zijn verzoek om een gesprek te weigeren.'
'Weigeren?' Rachel stootte een nerveus lachje uit. 'Ik kan de president dat toch niet weigeren?'
'Nee,' zei de directeur, 'maar ik wel.'
Die woorden klonken een beetje als donder in de verte, en dat herinnerde Rachel aan de andere reden dat Pickering 'de Quaker' werd genoemd. Hoewel hij klein van stuk was, kon hij politieke aardschokken – *earthquakes* – veroorzaken als hij werd tegengewerkt.
'Het is logisch dat ik bezorgd ben,' zei Pickering. 'Ik heb de verantwoordelijkheid de mensen te beschermen die voor me werken, en zelfs de suggestie dat een van hen als een pion in een politiek spelletje gebruikt zou kunnen worden, staat me niet aan.'
'Wat adviseert u me?'
Pickering zuchtte. 'Mijn voorstel is: praat met hem. Leg je nergens op vast. Bel me meteen als de president je heeft verteld waar het hem om gaat. Als ik denk dat hij een politiek slaatje uit je wil slaan, dan trek ik je zo snel terug dat hij niet zal weten wat hem overkomt, geloof me maar.'
'Dank u wel, meneer.' Rachel merkte dat de directeur een beschermende houding had waar ze bij haar vader vaak naar verlangde. 'En u zei dat de president al een auto heeft gestuurd?'
'Dat niet direct.' Pickering wees met een frons naar buiten.
Onzeker liep Rachel naar het raam en keek in de richting waarin Pickering wees.
Op het gazon stond een stompneuzige helikopter, een MH-60G PaveHawk. De PaveHawk was een van de snelste helikopters die ooit waren gemaakt, en deze droeg het embleem van het Witte Huis. De piloot stond ernaast en keek op zijn horloge.
Rachel wendde zich ongelovig tot Pickering. 'Heeft het Witte Huis een PaveHawk gestuurd voor die vijfentwintig kilometer?'
'Blijkbaar hoopt de president dat hij je kan imponeren of intimide-

ren.' Pickering keek haar aan. 'Ik raad je aan hem daar niet in te laten slagen.'

Rachel knikte. Ze was beide, geïmponeerd en geïntimideerd.

Vier minuten later kwam Rachel Sexton de deur van het NRO uit en klom in de wachtende helikopter. Al voordat ze haar veiligheidsgordel had vastgegespt, steeg het toestel op en vloog met een boog over de bossen van Virginia. Rachel keek uit over de groene vlek die de bomen vormden en voelde haar hartslag versnellen. Die zou nog verder zijn opgelopen als ze had geweten dat deze helikopter nooit bij het Witte Huis zou aankomen.

5

De ijskoude wind beukte tegen het doek van de ThermaTech-tent, maar Delta-Een merkte het nauwelijks. Hij en Delta-Drie hadden al hun aandacht bij hun collega, die de joystick in zijn hand met chirurgische precisie hanteerde. Op het scherm voor hen waren beelden te zien die rechtstreeks werden doorgegeven door een camera ter grootte van een speldenknop die op de microrobot was gemonteerd.

Het ultieme observatiemiddel, dacht Delta-Een, die zich erover bleef verbazen. In de wereld van de micromechanica leek de werkelijkheid de verbeelding de laatste tijd in te halen.

Micro-Elektromechanische Systemen (MEMS), oftewel microbots, waren het nieuwste, technisch zeer geavanceerde hulpmiddel bij observatie. 'De vlieg op het plafond', werd de technologie genoemd.

Letterlijk.

Hoewel microscopisch kleine, op afstand bediende robots klonken als iets uit de sciencefiction, bestonden ze al sinds de jaren negentig. In mei 1997 had er in het tijdschrift *Discovery* een omslagartikel gestaan over microbots, waarin zowel 'vliegende' als 'zwemmende' modellen werden beschreven. De zwemmers – onderzeeërtjes ter grootte van een zoutkorrel – konden, zoals in de film *Fantastic Voyage*, in de menselijke bloedbaan worden geïnjecteerd. Ze werden in technisch goed toegeruste klinieken gebruikt. Medici stuurden ze met behulp van afstandsbediening door aderen, zodat ze rechtstreekse beelden van de binnenkant van de bloedvaten konden maken en verstoppingen in de aderen konden worden gelokaliseerd zonder dat er een scalpel aan te pas kwam.

In tegenstelling tot wat meestal wordt gedacht, was het maken van een vliegende microbot nog eenvoudiger. De aerodynamische technieken om een machine te laten vliegen waren al sinds de eerste vlucht van de gebroeders Wright bekend, dus het enige wat gedaan moest worden, was de zaak verkleinen. De eerste vliegende microbots, die door NASA waren ontworpen als onbemande verkenningsmiddelen voor toekomstige expedities naar Mars, waren vijf à tien centimeter lang geweest. Maar inmiddels hadden ontwikkelingen op het gebied van de nanotechnologie, de lichtgewicht materialen voor energieopslag en de micromechanica ervoor gezorgd dat vliegende microbots werkelijkheid waren geworden.
De ware doorbraak was afkomstig geweest uit het nieuwe vakgebied biomimetica, het nabootsen van de natuur. Miniatuurlibellen bleken het ideale prototype te zijn voor deze wendbare en efficiënt vliegende microbots. Het model PH2, dat Delta-Twee op dat ogenblik bestuurde, was slechts een centimeter lang, de grootte van een mug, en had een dubbel paar doorzichtige, scharnierende vleugeltjes van vliesdun silicium, die het een ongekende wendbaarheid en doelmatigheid verschaften.
Ook de manier waarop de microbot van energie werd voorzien was een doorbraak geweest. De eerste prototypes van microbots konden hun accu's alleen weer opladen door vlak onder een heldere lichtbron in de lucht te blijven hangen, wat niet ideaal was als je ze in het geheim of in een donkere omgeving gebruikte. Maar de nieuwere prototypes werden opgeladen door ze op een centimeter of vijf van een magnetisch veld op te stellen. Het kwam goed uit dat magnetische velden in de moderne samenleving alomtegenwoordig waren en zich vaak op onopvallende plekken bevonden. Stopcontacten, computermonitors, elektromotoren, geluidsboxen, mobiele telefoons... er leek nooit een tekort aan verborgen laadstations te zijn. Als een microbot eenmaal met succes ergens naar binnen was geloodst, kon hij voor praktisch onbepaalde tijd geluid en beeld blijven uitzenden. De PH2 van het Delta-team werkte nu al meer dan een week zonder enig probleem.

Als een insect in een grote schuur vloog de microbot door de roerloze lucht van de kolossale ruimte. Geluidloos rondcirkelend had het toestel een goed overzicht van de nietsvermoedende aanwezigen: technici, wetenschappers, allerlei deskundigen. Terwijl de PH2 rondcirkelde, zag Delta-Een twee bekende gezichten. De mannen stonden met elkaar te praten. Van hen zouden ze wat wijzer kunnen worden. Hij droeg Delta-Twee op de microbot te laten zakken, zodat ze konden meeluisteren.

Delta-Twee schakelde met behulp van de afstandsbediening het geluidssysteem van de robot in, draaide de richtmicrofoon de juiste kant op en liet de robot zakken totdat die drie meter boven de wetenschappers hing. De stemmen klonken zacht, maar verstaanbaar.

'Ik kan het nog steeds niet geloven,' zei de ene wetenschapper. Hij klonk nog net zo opgewonden als twee dagen geleden, toen hij hier was aangekomen.

De man met wie hij stond te praten, was blijkbaar ook zeer enthousiast. 'Had jij gedacht dat je zoiets ooit in je leven te zien zou krijgen?'

'Absoluut niet,' antwoordde de eerste stralend. 'Het is allemaal een prachtige droom.'

Delta-Een had genoeg gehoord. Het was duidelijk dat alles daarbinnen volgens verwachting verliep. Delta-Twee manoeuvreerde de microbot weg van de mannen en vloog hem terug naar zijn schuilplaats. Hij parkeerde het piepkleine apparaatje zonder dat iemand het merkte vlak bij een generator. De accu's van de PH2 begonnen zich onmiddellijk op te laden voor de volgende vlucht.

6

Terwijl de PaveHawk door de ochtendlucht vloog, was Rachel in gedachten verzonken over wat er die morgen was gebeurd. Pas toen de helikopter over Chesapeake Bay schoot, besefte ze dat ze helemaal de verkeerde kant op vlogen. De eerste verwarring maakte onmiddellijk plaats voor ongerustheid.

'Hé!' schreeuwde ze naar de piloot. 'Wat doet u nu?' Haar stem kwam nauwelijks boven de herrie van de rotorbladen uit. 'U moet me naar het Witte Huis brengen!'

De piloot schudde zijn hoofd. 'Het spijt me, mevrouw. De president is vanochtend niet in het Witte Huis.'

Rachel probeerde zich te herinneren of Pickering expliciet over het Witte Huis had gesproken of dat zij dat gewoon had aangenomen.

'Waar is de president dan?'

'Uw gesprek met hem vindt elders plaats.'

Je meent het. 'Waar elders?'

'Het is niet ver meer.'

'Dat vroeg ik niet.'

'Nog vijfentwintig kilometer.'

Rachel keek hem boos aan. *Die vent zou de politiek in moeten gaan.*

'Bent u net zo goed in het ontwijken van kogels als van vragen?'
De piloot gaf geen antwoord.

In minder dan zeven minuten was de helikopter Chesapeake Bay overgestoken. Toen er weer land in zicht was, zwenkte het toestel naar het noorden en vloog laag over een smal schiereiland, waar Rachel een aantal landingsbanen en gebouwen zag die eruitzagen alsof ze van het leger waren. Ze daalden nog verder, en toen besefte Rachel waar ze was. De zes lanceerplatforms met hun geblakerde torens waren al veelzeggend, maar alsof dat nog niet genoeg was, stond op het dak van een van de gebouwen met enorme letters: WALLOPS ISLAND.

Wallops Island was een van de oudste lanceerbases van NASA. Er werden nog steeds satellieten gelanceerd en experimentele luchtvaartuigen getest, maar Wallops stond minder in de belangstelling dan de andere bases van NASA.

Is de president op Wallops Island? Ze kon het zich niet voorstellen.

De piloot liet de helikopter parallel vliegen met de drie landingsbanen, die in de lengte van het smalle schiereiland liepen. Zo te zien waren ze op weg naar het uiteinde van de middelste landingsbaan.

De piloot minderde vaart. 'De president zal u in zijn kantoor ontvangen.'

Rachel keek naar hem en vroeg zich af of hij een grapje maakte. 'Heeft de president van de Verenigde Staten een kantoor op Wallops Island?'

De piloot leek volkomen serieus te zijn. 'De president van de Verenigde Staten heeft een kantoor waar hij maar wil, mevrouw.'

Hij wees naar het einde van de landingsbaan. Rachel zag het gevaarte in de verte glanzen en haar hart stond bijna stil. Zelfs op driehonderd meter afstand herkende ze de lichtblauwe romp van de aangepaste 747.

'Ontvangt hij me aan boord van de...?'

'Ja, mevrouw. Zijn tweede thuis.'

Rachel staarde naar het kolossale vliegtuig. De cryptische aanduiding die het leger hanteerde voor dit prestigieuze toestel was VC-25-A, maar de rest van de wereld kende het onder een andere naam: Air Force One.

'Zo te zien treft u vandaag de nieuwe,' zei de piloot, en hij gebaarde naar de cijfers op de staartvin van het vliegtuig.

Rachel knikte sprakeloos. Maar weinig mensen wisten dat er twee Air Force Ones in gebruik waren, twee identieke, speciaal aangepaste 747-200-B's, de een met staartnummer 28000 en de ander met 29000. Ze hadden een kruissnelheid van bijna duizend kilometer per uur en waren zodanig verbouwd dat ze tijdens de vlucht brandstof konden tanken, zodat ze een praktisch onbegrensd vliegbereik hadden.

Toen de PaveHawk op de landingsbaan naast het vliegtuig van de president landde, begreep Rachel waarom de Air Force One het 'meereizende voordeel van de thuiswedstrijd' werd genoemd. De machine bood een intimiderende aanblik.

Als de president naar het buitenland vloog om een staatshoofd te ontmoeten, vroeg hij vaak of de bijeenkomst op de landingsbaan aan boord van zijn vliegtuig kon plaatsvinden. Hoewel dat deels om veiligheidsredenen was, was het ongetwijfeld ook een poging om door regelrechte intimidatie overwicht te krijgen bij mogelijke onderhandelingen. Een bezoekje aan Air Force One was veel intimiderender dan een tochtje naar het Witte Huis ooit kon zijn. De twee meter hoge letters op de romp verkondigden luid en duidelijk: UNITED STATES OF AMERICA. Een vrouwelijk Brits kabinetslid had president Nixon er eens van beschuldigd dat hij haar 'wilde laten zien wat een grote hij had' toen hij haar aan boord van de Air Force One had uitgenodigd. Later had de bemanning het toestel grappend 'Dikke Pik' genoemd.

'Mevrouw Sexton?' Naast de helikopter stond een man in blazer van de Geheime Dienst, die de deur voor haar opende. 'De president verwacht u.'

Rachel klom uit de helikopter en keek langs de steile vliegtuigtrap omhoog naar het kolossale toestel. *Welkom in de vliegende fallus.* Ze had eens gehoord dat het vliegende '*Oval Office*' een vloeroppervlak van bijna vierhonderd vierkante meter had, met onder meer vier aparte slaapkamers, kooien voor een zesentwintigkoppige bemanning en twee keukens waarin maaltijden voor vijftig mensen konden worden bereid.

Terwijl ze de trap beklom, was Rachel zich bewust van de man van de Geheime Dienst, die vlak achter haar liep en haar als het ware naar boven joeg. Als een klein wondje in de zij van een reusachtige zilveren walvis stond hoog boven haar de deur van de cabine open. Ze klom naar de donkere ingang en merkte dat haar zelfvertrouwen afnam.

Rustig, Rachel. Het is maar een vliegtuig.

Op de overloop nam de man van de Geheime Dienst haar beleefd bij de arm en voerde haar mee, een verrassend smalle gang in. Ze sloegen rechts af, liepen een klein stukje en kwamen uit in een luxueuze en ruime cabine, die Rachel onmiddellijk van foto's herkende.

'Wacht u hier even,' zei de man, en hij verdween.

Rachel stond alleen in de beroemde, met hout gelambriseerde voorcabine van de Air Force One. Dit was de ruimte die werd gebruikt voor besprekingen, het ontvangen van hoogwaardigheidsbekleders en kennelijk ook om mensen die er voor het eerst waren de stuipen op het lijf te jagen. De zaal besloeg de hele breedte van het vliegtuig. Er lag dik, geelbruin tapijt van wand tot wand. De inrichting was luxueus: leunstoelen van Corduaans leer rond een ahornhouten vergadertafel, glanzende geelkoperen staande lampen naast een sofa, en met de hand gegraveerde kristallen glazen op een mahoniehouten bar. Het scheen dat de ontwerpers van Boeing deze voorcabine zorgvuldig hadden vormgegeven met de bedoeling passagiers 'een gevoel van orde en rust' te bezorgen. Maar rust was wel het laatste wat op Rachel van toepassing was. Ze kon alleen maar denken aan alle groten der aarde die hier hadden gezeten en beslissingen hadden genomen die de wereld hadden veranderd.

Alles in deze kamer ademde macht, van de flauwe geur van dure pijptabak tot aan het alomtegenwoordige presidentiële embleem. De adelaar met de pijlen en olijftakken in zijn klauwen was op losse kussens geborduurd, in de ijsemmer gegraveerd en stond zelfs afgebeeld op de kurken onderzetters die op de bar lagen. Rachel pakte een onderzetter op en bekeek die van dichtbij.

'Bent u nu al souvenirs aan het stelen?' vroeg een diepe stem achter haar.

Geschrokken draaide Rachel zich om en liet de onderzetter op de grond vallen. Ze zakte onhandig door haar knieën om hem op te pakken. Terwijl ze haar hand uitstak, keek ze om en zag ze de president van de Verenigde Staten met een geamuseerde grijns op haar neerkijken.

'Ik ben geen koning, mevrouw Sexton. U hoeft niet te knielen.'

7

Senator Sedgewick Sexton genoot van de privacy van zijn Lincoln, een verlengde limousine die hem zigzag door de ochtendspits van Washington naar zijn kantoor bracht. Tegenover hem zat Gabrielle Ashe, zijn vierentwintigjarige persoonlijk medewerker. Ze las hem zijn dagprogramma voor. Sexton luisterde nauwelijks.

Ik ben dol op Washington, dacht hij, terwijl hij het volmaakte figuur van zijn assistente onder haar kasjmieren trui bewonderde. *Macht is het grootste afrodisiacum dat er bestaat... en het trekt vrouwen als zij in drommen naar Washington.*

Gabrielle had aan een befaamde Ivy League-universiteit in New York

gestudeerd en had de droom ooit zelf senator te worden. *Dat zal haar lukken ook*, dacht Sexton. Ze zag er fantastisch uit en had een scherp verstand. Bovendien begreep ze de regels van het spel.
Gabrielle Ashe was een zwarte vrouw, maar haar huidskleur was eigenlijk geelbruin, kaneel- of mahoniekleurig, een gunstige tussentint, wist Sexton, want weekhartige blanken konden haar daardoor steunen zonder het gevoel te hebben dat ze huis en haard uit handen gaven. Sexton beschreef Gabrielle tegenover zijn maten als een vrouw met het uiterlijk van Halle Berry en de hersens en ambitie van Hillary Clinton, maar soms dacht hij dat zelfs dat nog een understatement was.
Sinds hij Gabrielle drie maanden geleden tot zijn persoonlijk medewerker had benoemd, was ze een grote aanwinst voor zijn campagne gebleken. En ze werkte nog voor niets ook. Haar beloning voor een werkdag van zestien uur was dat ze de kneepjes van het vak leerde door op te trekken met een doorgewinterde politicus.
En natuurlijk heb ik haar overgehaald wat meer te doen dan alleen haar werk, dacht Sexton verlekkerd. Nadat hij Gabrielle haar nieuwe baan had gegeven, had hij haar uitgenodigd voor een 'oriëntatiesessie', 's avonds laat in zijn kantoor. Zoals te verwachten was, kwam zijn jonge medewerker stralend binnen en wilde ze graag een goede indruk op hem maken. Langzaam en met een geduld dat Sexton zich in tientallen jaren eigen had gemaakt, had hij zijn magie gebruikt... Hij had Gabrielles vertrouwen gewonnen, haar voorzichtig van haar remmingen bevrijd, een erotiserend gezag uitgestraald, en haar uiteindelijk daar in zijn kantoor verleid.
Sexton twijfelde er nauwelijks aan dat het een van de meest bevredigende seksuele ervaringen was geweest die de jonge vrouw ooit had gehad, maar de volgende dag had Gabrielle duidelijk spijt gehad van de onbezonnenheid. Beschaamd had ze haar ontslag aangeboden. Dat had Sexton geweigerd. Gabrielle was gebleven, maar ze had haar bedoelingen zeer duidelijk gemaakt. Sinds die tijd was hun relatie strikt zakelijk geweest.
Gabrielles volle lippen bewogen nog steeds. '... wil niet dat je het debat op CNN van vanmiddag te licht opvat. We weten nog steeds niet wie het Witte Huis als opponent zal sturen. Je moet mijn notities maar even doornemen.' Ze gaf hem een map.
Sexton pakte de map aan, terwijl hij genietend de geur van haar parfum opsnoof, vermengd met die van de luxueuze leren stoelen.
'Je luistert niet,' zei ze.
'Zeker wel.' Hij grijnsde. 'Maak je niet druk over dat CNN-debat. In het ergste geval vernedert het Witte Huis me door een beginneling uit het campagneteam te sturen. In het beste geval sturen ze een hoge piet,

waar ik dan de vloer mee aanveeg.'
Gabrielle keek bedenkelijk. 'Goed dan. Bij de notities zit een lijstje met de onderwerpen waar je waarschijnlijk op zult worden aangevallen.'
'De bekende zaken, ongetwijfeld.'
'Met één toevoeging. Ik denk dat je wel wat vijandige reacties van de homogemeenschap kunt verwachten na je opmerkingen bij *Larry King* van gisteravond.'
Sexton haalde zijn schouders op. Hij luisterde nauwelijks. 'O, ja. Dat gedoe over het homohuwelijk.'
Gabrielle wierp hem een afkeurende blik toe. 'Daar heb je je wel héél sterk tegen uitgesproken.'
Het homohuwelijk, dacht Sexton vol afkeer. *Als het aan mij lag, hadden die flikkers niet eens stemrecht.* 'Oké, ik zal een beetje gas terugnemen.'
'Goed zo. Je bent nogal tekeergegaan over die hete hangijzers de laatste tijd. Zorg dat je niet te brutaal wordt. De publieke opinie kan zomaar omslaan. Je bent nu terrein aan het winnen, je hebt het tij mee. Laat je rustig meevoeren. Je hoeft vandaag niet fantastisch te scoren. Als je maar niet verliest.'
'Nog nieuws van het Witte Huis?'
Gabrielle keek aangenaam verrast. 'Nog steeds een diepe stilte. Het is officieel: je tegenstander is onzichtbaar geworden.'
Sexton kon zijn geluk de laatste tijd niet op. Maandenlang had de president hard gewerkt aan zijn verkiezingscampagne. Tot hij zich, een week geleden, plotseling had opgesloten in het Oval Office. Niemand had sinds die tijd nog iets van hem vernomen. Het was alsof de president de groeiende steun van de kiezers voor Sexton gewoon niet kon aanzien.
Gabrielle haalde een hand door haar ontkroesde zwarte haar. 'Ik heb gehoord dat de campagnestaf van het Witte Huis net zo verbaasd is als wij. De president geeft geen verklaring voor zijn verdwijntruc en iedereen daar is woedend.
'Heb je vermoedens?' vroeg Sexton.
Gabrielle keek hem over haar erudiet ogende bril aan. 'Ik heb toevallig vanochtend interessante informatie gekregen van mijn contactpersoon in het Witte Huis.'
Sexton herkende de blik in haar ogen. Gabrielle Ashe had weer eens vertrouwelijke gegevens bemachtigd. Sexton vroeg zich af of een van de medewerkers van de president zich door haar liet pijpen op de achterbank in ruil voor geheimen omtrent de campagne. Het kon Sexton niet schelen... Zolang de informatie maar bleef komen.

'Het gerucht gaat,' zei zijn medewerker, en ze dempte haar stem, 'dat het vreemde gedrag van de president vorige week is begonnen, na een onverwacht ingelast gesprek onder vier ogen met het hoofd van NASA. Het schijnt dat de president na de ontmoeting een verbijsterde indruk maakte. Hij heeft onmiddellijk zijn agenda leeggemaakt, en sinds dat moment staat hij voortdurend in contact met NASA.'
Dat klonk Sexton als muziek in de oren. 'Denk je dat NASA misschien weer slecht nieuws had?'
'Het lijkt een logische verklaring,' zei ze hoopvol. 'Hoewel het wel héél ernstig moet zijn als de president er alles voor opzijzet.'
Sexton dacht erover na. Wat er ook bij NASA aan de hand was, het moest slecht nieuws zijn. *Anders zou de president mij er wel mee om de oren slaan.* Sexton had de president er de laatste tijd flink van langs gegeven vanwege de financiering van NASA. De recente aaneenschakeling van mislukte projecten en de reusachtige overschrijding van het budget van de ruimtevaartorganisatie hadden NASA de twijfelachtige eer opgeleverd Sextons schoolvoorbeeld te worden van uit de hand gelopen overheidsuitgaven en inefficiëntie. De meeste politici zouden er weliswaar niet over piekeren NASA – een van de belangrijkste symbolen van Amerikaanse trots – aan te vallen om stemmen te winnen, maar Sexton had een wapen dat andere politici niet hadden: Gabrielle Ashe. En haar onfeilbare intuïtie.
De schrandere jonge vrouw was Sexton een paar maanden geleden voor het eerst opgevallen, toen ze als coördinator van zijn campagneteam in Washington werkte. Aangezien Sexton ernstig achterbleef in de eerste opiniepeilingen en zijn boodschap dat de overheid te veel uitgaf aan dovemansoren was gericht, had Gabrielle Ashe hem een briefje geschreven waarin ze hem aanraadde een totaal andere invalshoek te kiezen voor zijn campagne. Ze schreef de senator dat hij zijn pijlen moest richten op de enorme budgetoverschrijdingen van NASA en de voortdurende financiële injecties van het Witte Huis als een typisch voorbeeld van de zorgeloze manier waarop president Herney met geld smeet.
'NASA kost de Amerikaanse burger een fortuin,' schreef Gabrielle, en ze voegde er een lijst met financiële gegevens, mislukkingen en reddingsoperaties bij. 'Daar hebben de kiezers geen idee van. Ze zouden versteld staan. Ik vind dat u NASA ter discussie moet stellen.'
Sexton had gezucht om haar naïviteit. 'Ja, en als ik dan toch bezig ben, zal ik ook meteen protesteren tegen het zingen van het volkslied bij honkbalwedstrijden.'
In de weken daarop bleef Gabrielle de senator bestoken met informatie over NASA. Hoe meer Sexton las, des te meer besefte hij dat die

jonge Gabrielle Ashe wel een beetje gelijk had. Zelfs naar de maatstaven van overheidsinstanties gemeten was NASA een bodemloze put: duur, inefficiënt en in de afgelopen jaren uiterst incompetent.

Op een middag gaf Sexton een radio-interview over onderwijs. De presentator wilde van Sexton weten waar hij het geld vandaan zou halen voor zijn beloofde verbetering van het openbaar onderwijs. Sexton besloot in zijn reactie Gabrielles NASA-theorie uit te testen en antwoordde half grappend: 'Geld voor scholen? Nou, misschien halveer ik het ruimtevaartprogramma wel. Als NASA vijftien miljard dollar per jaar in de ruimte kan spenderen, moet ik toch ook zevenenhalf miljard dollar kunnen uitgeven aan de kinderen hier op aarde, lijkt me.'

In de studio stokte de adem van Sextons campagneleiders bij die onvoorzichtige opmerking. Per slot van rekening waren er hele campagnes gestrand op wel minder dan een lukrake aanval op NASA. De telefoon van het radiostation stond meteen roodgloeiend. Sextons campagneleiders krompen ineen, beducht voor de aanval van de ruimtevaartpatriotten.

Toen gebeurde er iets onverwachts.

'Vijftien miljard per jaar?' vroeg de eerste beller, en hij klonk geschokt. 'Miljárd? Bedoelt u dat de wiskundeklas van mijn zoon te groot is en scholen zich niet voldoende leerkrachten kunnen veroorloven, terwijl NASA vijftien miljard per jaar uitgeeft aan foto's van ruimtestof?'

'Eh... dat klopt, ja,' zei Sexton voorzichtig.

'Absurd! En heeft de president de mogelijkheid daar iets aan te doen?'

'Ja zeker,' antwoordde Sexton nu met iets meer zelfvertrouwen. 'Een president kan zijn veto uitspreken over de begroting van elke overheidsdienst die naar zijn of haar mening te veel geld uitgeeft.'

'Dan krijgt u mijn stem, meneer Sexton. Vijftien miljard voor ruimteonderzoek, terwijl onze kinderen geen leraren hebben. Belachelijk! Veel succes, meneer. Ik hoop dat u het redt.'

De volgende beller kwam aan de lijn. 'Meneer, ik heb kortgeleden gelezen dat het internationale ruimtestation ISS ver over het budget is en dat de president overweegt NASA extra geld te geven om het project draaiende te houden. Is dat waar?'

Deze vraag greep Sexton met beide handen aan. 'Dat is waar, ja.' Hij legde uit dat het ruimtestation oorspronkelijk een gezamenlijke onderneming zou zijn van twaalf landen, die de kosten zouden delen. Maar nadat de bouw was begonnen, liep de begroting van het project steeds verder uit de hand en trokken veel landen zich ontevreden terug. In plaats van het project te schrappen, besloot de president alle uitgaven te dekken. 'Onze bijdrage aan het ISS-project,' vertelde

Sexton, 'is van de oorspronkelijke acht miljard dollar opgelopen naar de verbijsterende som van hónderd miljard dollar!'

De beller klonk woedend. 'Waarom maakt de president daar dan verdomme geen einde aan?'

Sexton had de man wel kunnen zoenen. 'Heel goede vraag. Helaas is een derde van het bouwmateriaal al in de ruimte, en de president heeft úw belastinggeld uitgegeven om het daar te krijgen, dus als hij er nu een einde aan maakt, moet hij toegeven dat hij een blunder van vele miljarden heeft gemaakt met úw geld.'

De telefoontjes bleven binnenkomen. Het leek alsof het voor het eerst tot de Amerikanen doordrong dat NASA een keuze was, en geen vanzelfsprekendheid.

Na afloop van het programma was duidelijk dat er een grote eensgezindheid was. Er hadden slechts een paar verstokte NASA-fans gebeld met fraaie verhalen over de eeuwige zoektocht van de mens naar kennis. Sexton was op de heilige graal van zijn campagne gestuit: een nieuw heet hangijzer, een tot dan toe nooit aangesneden controversiële kwestie waarmee hij een gevoelige snaar raakte bij de kiezers.

In de weken daarop maakte Sexton bij vijf belangrijke voorverkiezingen zijn tegenstanders in. Hij kondigde aan dat Gabrielle Ashe zijn nieuwe persoonlijk campagnemedewerker werd en prees haar omdat ze de kiezer bewust had gemaakt van de NASA-kwestie. Met één handgebaar had Sexton een jonge zwarte vrouw tot rijzende politieke ster gebombardeerd en meteen de kwestie van zijn racistische en seksistische stemgedrag van tafel geveegd.

Nu ze samen in de limousine zaten, vond Sexton dat Gabrielle opnieuw had bewezen wat ze waard was. Haar nieuwe informatie over de geheime bespreking van vorige week tussen het hoofd van NASA en de president leek erop te duiden dat er meer problemen met NASA op til waren; misschien nog een land dat zijn medewerking aan het ruimtestation opzegde.

Terwijl de limousine langs het Washington Monument reed, kon senator Sexton het gevoel niet onderdrukken dat het lot hem gunstig gezind was.

8

President Zach Herney bekleedde de belangrijkste politieke functie ter wereld, maar hij was slechts van gemiddelde lengte, met een slank postuur en smalle schouders. Hij had sproeten, een dubbelfocusbril en dunner wordend zwart haar. Zijn onopvallende uiterlijk stond echter in schril contrast met de bijna devote liefde die de man afdwong bij degenen die hem kenden. Men zei dat je Zach Herney maar eenmaal hoefde te ontmoeten om bereid te zijn voor hem door het vuur te gaan.

'Ik ben blij dat u kon komen,' zei president Herney, en hij stak zijn hand uit om die van Rachel te schudden. Zijn aanraking was hartelijk en oprecht.

Rachel schraapte haar keel. 'Eh... natuurlijk, meneer. Het is me een eer u te ontmoeten.'

De president glimlachte haar geruststellend toe, en Rachel maakte nu zelf kennis met de legendarische innemendheid van president Herney. De man had een vriendelijk gezicht waar cartoonisten dol op waren, want hoe raar ze hem verder ook tekenden, zijn ongedwongen hartelijkheid en gemoedelijke glimlach bleven herkenbaar. Uit zijn ogen sprak altijd oprechtheid en waardigheid.

'Komt u maar mee,' zei hij op vrolijke toon, 'dan heb ik een kop koffie voor u.'

'Graag, meneer.'

De president drukte op een knopje bij de intercom en bestelde koffie in zijn kantoor.

Toen Rachel achter de president aan door het vliegtuig liep, viel het haar op dat hij er heel gelukkig en uitgerust uitzag voor een man die het slecht deed in de peilingen. Hij was ook zeer informeel gekleed, in een spijkerbroek, een poloshirt en halfhoge wandelschoenen.

Rachel probeerde een gesprekje te beginnen. 'Bent u... wezen wandelen, meneer?'

'Nee, hoor. Mijn campagneadviseurs hebben besloten dat dit mijn nieuwe stijl moet worden. Wat vindt u ervan?'

Rachel hoopte voor hem dat hij dit niet meende. 'Het is heel... eh... mánnelijk, meneer.'

Herney zei met een uitgestreken gezicht: 'Mooi. We denken dat we hiermee misschien wat vrouwelijke kiezers kunnen terugwinnen van uw vader.' Een seconde later grijnsde de president breed. 'Dat was een grápje, mevrouw Sexton. Ik denk dat we allebei wel weten dat ik meer nodig heb dan een poloshirt en een spijkerbroek om deze verkiezingen te winnen.'

De openhartigheid en vrolijkheid van de president verdreven de spanning die Rachel had gevoeld over haar aanwezigheid hier. Wat deze president miste aan fysiek overwicht, maakte hij meer dan goed met zijn diplomatieke optreden. Diplomatie ging over het omgaan met mensen, en daar had Zach Herney een gave voor.

Rachel volgde de president door het vliegtuig naar achteren. Hoe dieper ze erin doordrongen, des te minder leek het interieur op dat van een vliegtuig. Gangen met bochten erin, muren met behang, zelfs een fitnessruimte, compleet met een roei- en een stepapparaat. Vreemd genoeg leek het vliegtuig praktisch verlaten te zijn.

'Reist u alleen, meneer?'

Hij schudde zijn hoofd. 'We zijn nog maar net geland.'

Dat verraste Rachel. *Waar is hij dan geweest?* Ze had in de informatie die ze die week had verwerkt niets gezien over reisplannen van de president. Blijkbaar gebruikte hij Wallops Island om onopvallend te komen en gaan.

'Mijn medewerkers zijn van boord gegaan vlak voordat u aankwam,' zei de president. 'Ik zie ze binnenkort weer in het Witte Huis, maar ik wilde u hier ontvangen, in plaats van op kantoor.'

'Om me te intimideren?'

'Integendeel. Om u te ontzien, mevrouw Sexton. Het Witte Huis is allesbehalve onbespied, en het nieuws dat wij tweeën elkaar hebben gesproken zou u in de problemen kunnen brengen met uw vader.'

'Dat waardeer ik, meneer.'

'Ik heb begrepen dat u er op elegante wijze in slaagt een precair evenwicht te bewaren, en ik zie niet in waarom ik dat zou verstoren.'

Rachel dacht even terug aan het ontbijt met haar vader en betwijfelde of je haar gedrag daar als elegant kon omschrijven. Niettemin deed Zach Herney zijn best tactvol te zijn, en dat was hij natuurlijk niet verplicht.

'Mag ik je Rachel noemen?' vroeg Herney.

'Ja, natuurlijk.' *Mag ik je Zach noemen?*

'Hier is mijn werkkamer,' zei de president, en hij liet haar voorgaan door een deur van bewerkt ahornhout.

Het kantoor aan boord van de Air Force One was zeker gezelliger dan zijn tegenhanger in het Witte Huis, maar toch hing ook hier een strenge sfeer. Het bureau lag vol stapels papier en erachter hing een imponerend olieverfschilderij van een klassieke schoenerbark, die met volle zeilen probeerde een razende storm te ontvluchten. Het leek een perfecte metafoor voor de situatie waarin het presidentschap van Zach Herney verkeerde.

De president bood Rachel een van de drie fauteuils tegenover zijn bureau aan. Ze ging zitten. Ze verwachtte dat hij achter zijn bureau zou plaatsnemen, maar hij trok een van de andere stoelen dichterbij en kwam naast haar zitten.

Een gelijkwaardige positie, besefte ze. *De meester van het menselijke contact.*

'Zo, Rachel,' zei Herney, en hij zuchtte vermoeid terwijl hij zich in zijn stoel liet zakken. 'Je vindt het zeker wel heel raar om hier te zijn, hè?'
Wat er nog over was van Rachels behoedzaamheid schrompelde weg onder de oprechtheid in zijn stem. 'Eerlijk gezegd ben ik overdonderd, meneer.'
Herney lachte hardop. 'Fantastisch. Het gebeurt niet elke dag dat ik iemand van het NRO kan overdonderen.'
'Het gebeurt ook niet elke dag dat iemand van het NRO aan boord van de Air Force One wordt uitgenodigd door een president in spijkerbroek.'
De president lachte weer.
Een zacht klopje op de deur van het kantoor gaf aan dat de koffie was gearriveerd. Een bemanningslid kwam binnen met een stomende tinnen koffiepot en twee tinnen kroezen op een dienblad. Op verzoek van de president zette ze het blad op het bureau en vertrok.
'Suiker en melk?' vroeg de president, terwijl hij opstond om in te schenken.
'Alleen melk, alstublieft.' Rachel snoof het volle aroma op. *Gaat de president van de Verenigde Staten eigenhandig koffie voor me inschenken?*
Zach Herney gaf haar een zware tinnen kroes. 'Echt Paul Revere-tin,' zei hij. 'Een van de kleine geneugten.'
Rachel nam een slokje koffie. Het was de lekkerste die ze ooit had gedronken.
'Hoe dan ook,' zei de president, terwijl hij voor zichzelf koffie inschonk en weer ging zitten, 'mijn tijd is beperkt, dus laten we terzake komen.' Hij liet een suikerklontje in zijn koffie vallen en keek haar aan. 'Bill Pickering heeft je zeker wel gewaarschuwd dat ik je vast en zeker wilde spreken om politiek mijn voordeel met je te doen?'
'Dat is inderdaad precies wat hij heeft gezegd.'
De president grinnikte. 'Een onverbeterlijke cynicus.'
'Dus hij had het mis?'
'Ben je mal?' De president lachte. 'Bill Pickering heeft het nooit mis. Zoals gewoonlijk heeft hij het helemaal bij het rechte eind.'

9

Gabrielle Ashe keek afwezig uit het raam van senator Sextons limousine, die door de ochtendspits naar Sextons kantoor reed. Ze vroeg zich af hoe ze in vredesnaam op dit punt in haar leven was beland. Persoonlijk medewerker van senator Sedgewick Sexton. Dit was toch precies wat ze had gewild?

Ik zit in een limousine met de volgende president van de Verenigde Staten.

Gabrielle keek naar de senator, die tegenover haar in het luxueuze interieur van de auto in gedachten verzonken leek te zijn. Ze keek met goedkeuring naar zijn knappe gezicht en perfecte kleding. Hij had de allure van een president.

Gabrielle had Sexton drie jaar geleden voor het eerst een toespraak zien houden, toen ze politicologie studeerde aan Cornell University. Ze zou nooit vergeten hoe doordringend hij het publiek aankeek, alsof hij een boodschap voor haar had: *vertrouw me*. Na Sextons toespraak was Gabrielle in de rij gaan staan om hem te ontmoeten.

'Gabrielle Ashe,' had de senator gezegd toen hij haar naamkaartje las. 'Een prachtige naam voor een prachtige jonge vrouw.' Zijn blik was geruststellend.

'Dank u, meneer,' antwoordde Gabrielle, en ze voelde de kracht van de man toen ze zijn hand schudde. 'Ik ben echt onder de indruk van uw boodschap.'

'Ik ben blij dat te horen!' Sexton duwde haar een visitekaartje in de hand. 'Ik ben altijd op zoek naar pientere jongelui die mijn visie delen. Zoek me eens op als je klaar bent met je studie. Dan hebben mijn mensen misschien een baan voor je.'

Gabrielle deed haar mond open om hem te bedanken, maar de senator was al doorgeschoven naar de volgende die in de rij stond. Toch betrapte Gabrielle zich er in de maanden daarna op dat ze Sextons carrière op tv volgde. Ze keek met instemming toe hoe hij zich uitsprak tegen de hoge overheidsuitgaven en voorstellen deed voor bezuinigingen: stroomlijnen van de IRS, zodat die efficiënter zou gaan werken, snoeien in de begroting van de DEA, en zelfs volledig afschaffen van overbodige overheidsprojecten. En toen de echtgenote van de senator plotseling omkwam bij een auto-ongeluk, zag Gabrielle vol ontzag hoe Sexton iets negatiefs in iets positiefs wist om te buigen. Hij rees boven zijn persoonlijke verdriet uit en verklaarde in het openbaar dat hij in de race was voor het presidentschap en dat hij de rest van zijn carrière als overheidsdienaar opdroeg aan de nagedachtenis van zijn vrouw. Op dat moment besloot Gabrielle dat ze voor senator Sextons verkiezingscampagne wilde gaan werken.

Een nauwere samenwerking dan dit was niet mogelijk.

Gabrielle dacht aan de nacht die ze met Sexton in zijn luxueuze kantoor had doorgebracht. Ze vertrok haar gezicht en probeerde die gênante beelden uit haar hoofd te zetten. *Waar was ik met mijn verstand?* Ze wist dat ze weerstand had moeten bieden, maar daar was ze op dat moment niet toe in staat geweest. Sedgewick Sexton was zo lang haar idool geweest... En dan te denken dat hij háár wilde.

De limousine reed over een hobbel en ze kwam met een schok terug in het heden.

'Is alles goed met je?' Sexton keek haar aan.

Gabrielle wierp hem haastig een glimlach toe. 'Prima.'

'Je piekert toch niet nog steeds over die zwartmakerij, hè?'

Ze haalde haar schouders op. 'Ik zit er nog wel een beetje over in, ja.'

'Vergeet dat nou maar. Het heeft mijn campagne alleen maar goedgedaan.'

Gabrielle had tot haar schade ondervonden dat er een politiek equivalent bestond van onthullen dat je rivaal een penisvergroter gebruikte of geabonneerd was op een pornoblad. Het was geen fraaie strategie, maar als ze werkte, werkte ze ook goed.

Maar ze kon natuurlijk ook averechts uitpakken...

En dat was gebeurd. Voor het Witte Huis. Ongeveer een maand geleden hadden de campagnemedewerkers van de president, ongerust over de slechte peilingen, besloten in de aanval te gaan en een verhaal te lekken waarvan ze dachten dat het waar was: dat senator Sexton een verhouding had met zijn persoonlijk medewerker, Gabrielle Ashe. Helaas voor het Witte Huis waren er geen harde bewijzen. Senator Sexton, die ervan overtuigd was dat de aanval de beste verdediging was, had de kans gegrepen om in het offensief te gaan. Hij had een persconferentie belegd om te verklaren dat hij onschuldig was en uiting te geven aan zijn diepe verontwaardiging. *Ik vind het ongelooflijk*, zei hij met een gekwelde blik in de camera's, *dat de president de nagedachtenis van mijn vrouw bezoedelt met deze kwaadaardige leugens.*

Senator Sextons televisieoptreden was zo overtuigend dat Gabrielle zelf bijna ging geloven dat er tussen hen niets was gebeurd. Toen ze zag hoe makkelijk het liegen hem afging, besefte ze dat senator Sexton een zeer gevaarlijk man was.

Gabrielle wist nog steeds zeker dat ze op het stérkste paard in deze race om het presidentschap wedde, maar ze was zich de laatste tijd gaan afvragen of het ook het béste paard was. Haar nauwe samenwerking met Sexton was een ontnuchterende ervaring geweest, net zoiets als een kijkje achter de schermen nemen bij een filmstudio, waar je kinderlijke ontzag voor de film wordt bedorven door het besef dat het in Hollywood niet allemaal magie is wat de klok slaat.

Hoewel Gabrielle nog steeds alle vertrouwen had in Sextons boodschap, begon ze aan de boodschapper te twijfelen.

IO

'Wat ik je nu ga vertellen, Rachel,' zei de president, 'is als ultrageheim geclassificeerd. Het gaat je bevoegdheid verre te boven.'
Rachel had het gevoel dat de wanden van de Air Force One op haar afkwamen. De president had haar met een helikopter naar Wallops Island laten komen, haar aan boord van zijn vliegtuig uitgenodigd, koffie voor haar ingeschonken, haar onomwonden verteld dat hij van plan was haar tegen haar eigen vader te gebruiken om daar politiek beter van te worden, en nu vertelde hij haar dat hij haar geheimen zou vertellen die ze eigenlijk helemaal niet mocht horen. Hoe innemend Zach Herney op het eerste gezicht ook was, Rachel was iets belangrijks over hem te weten gekomen. Deze man nam razendsnel de leiding.
'Twee weken geleden,' zei de president, terwijl hij haar doordringend aankeek, 'heeft NASA iets ontdekt.'
De woorden bleven even in de lucht hangen voordat ze tot Rachel doordrongen. *Een ontdekking van NASA?* Uit de informatie die zij de laatste tijd onder ogen had gehad, was niet gebleken dat er iets bijzonders aan de hand was met de ruimtevaartorganisatie. Maar ja, een 'ontdekking van NASA' betekende tegenwoordig meestal dat duidelijk was geworden dat een bepaald project veel meer ging kosten dan was begroot.
'Voordat we verder praten,' zei de president, 'wil ik graag weten of jij je vaders cynisme over ruimteonderzoek deelt.'
Rachel was gepikeerd. 'Ik hoop niet dat u me hierheen hebt laten komen om me te vragen mijn vaders tirades tegen NASA te beteugelen.'
Hij lachte. 'Nee, absoluut niet. Ik heb genoeg ervaring met de Senaat om te weten dat níémand Sedgewick Sexton kan beteugelen.'
'Mijn vader is een opportunist, meneer. Dat zijn de meeste succesvolle politici. En helaas heeft NASA ervoor gezorgd dat kritiek op de organisatie opportuun was.' De recente reeks blunders van NASA was zo vreselijk geweest dat je er alleen maar om kon lachen of huilen: satellieten die in hun baan uiteenvielen, ruimtesondes die nooit meer iets van zich lieten horen, een vertienvoudiging van de kosten van het internationale ruimtestation en deelnemende landen die als ratten het zinkende schip verlieten. Er waren miljarden verloren, en op die golf werd senator Sexton voortgestuwd, een golf die hem rechtstreeks naar het Witte Huis leek te brengen.
'Ik geef toe dat NASA de laatste tijd een ramp is geweest,' vervolgde de president. 'Om de haverklap is er een nieuwe reden om in de financiering te snijden.'

Rachel zag een kans en greep die. 'Maar ik heb toch pas nog gelezen dat u de organisatie vorige week met een nieuwe financiële injectie van drie miljoen van een faillissement hebt gered, meneer?'
De president grinnikte. 'Daar was je vader wel blij mee, hè?'
'Er is niets mooiers dan een tegenstander die zelf de strop levert waarmee je hem kunt opknopen.'
'Heb je hem in *Nightline* gehoord? "Zach Herney is verslingerd aan de ruimte, en de belastingbetaler moet voor zijn verslaving opdraaien." '
'Maar u bewijst steeds weer zijn gelijk, meneer.'
Herney knikte. 'Ik maak er geen geheim van dat ik een enorme fan van NASA ben. Dat ben ik altijd geweest. Ik ben een kind van de jaren zestig, de tijd van de race om de ruimte – de *Spoetnik*, John Glenn, de *Apollo 11* – en ik ben altijd duidelijk geweest dat ik ons ruimtevaartprogramma bewonder en dat ik er trots op ben. Voor mij zijn de mannen en vrouwen van NASA de ware pioniers van deze tijd. Ze proberen het onmogelijke te bereiken, aanvaarden hun mislukkingen en gaan terug naar de tekentafel terwijl wij van een afstandje kritiek leveren.'
Rachel zweeg; ze had het gevoel dat er vlak onder het kalme uiterlijk van de president een grote verontwaardiging school over de onophoudelijke anti-NASA-retoriek van haar vader. Rachel vroeg zich af wat NASA nu eigenlijk had ontdekt. De president nam ruim de tijd om ter zake te komen.
'Vandaag,' zei Herney, en zijn toon werd indringender, 'zal ik ervoor zorgen dat je mening over NASA radicaal verandert.'
Rachel keek hem weifelend aan. 'Mijn stem hebt u al, meneer. U moet zich misschien concentreren op de rest van het land.'
'Dat zal ik ook doen.' Hij nam een slokje koffie en glimlachte. 'En ik ga jou vragen me te helpen.' Hij zweeg even en boog zich naar haar toe. 'Op een hoogst ongebruikelijke manier.'
Rachel had het gevoel dat Zach Herney nu elke beweging van haar in de gaten hield, als een jager die probeert te taxeren of zijn prooi van plan is te vluchten of te vechten. Helaas zag Rachel geen vluchtmogelijkheid.
'Je hebt zeker wel gehoord van een NASA-project dat EOS heet?' vroeg de president, terwijl hij nog eens koffie inschonk voor hen beiden.
Rachel knikte. 'Earth Observation System. Ik geloof dat mijn vader het wel eens over EOS heeft gehad.'
De zwakke poging tot sarcasme ontlokte de president een frons. In werkelijkheid noemde Rachels vader het observatiesysteem bij elke gelegenheid die zich voordeed. Het was een van NASA's meest contro-

versiële kostbare projecten – een groep van vijf satellieten die bedoeld waren om vanuit de ruimte naar de aarde te kijken en milieuveranderingen te analyseren: de afbraak van de ozonlaag, het smelten van de ijskappen, de opwarming van de planeet en het verdwijnen van het regenwoud. De bedoeling was milieudeskundigen te voorzien van tot dan toe onbekende macrostructurele gegevens, die hen zouden helpen plannen te maken voor de toekomst van de aarde.

Helaas was er van alles misgegaan bij het EOS-project. Net als zoveel andere NASA-projecten had ook dit van het begin af aan te maken gehad met forse budgetoverschrijdingen. En Zach Herney was degene die het op zijn brood kreeg. Met de hulp van de milieulobby had hij het 1,4 miljard dollar kostende EOS-project door het Congres weten te krijgen. Maar in plaats van de beloofde bijdrage te leveren aan de aardwetenschappen, was EOS al snel veranderd in een peperdure nachtmerrie van mislukte lanceringen, computerstoringen en sombere persconferenties. De enige die er vrolijk van werd, was senator Sexton, die de kiezers er zelfvoldaan aan herinnerde hoeveel van hún geld de president aan EOS had uitgegeven en hoe mager de resultaten waren.

De president liet een suikerklontje in zijn kroes vallen. 'Hoe verrassend dit ook klinkt, de ontdekking van NASA waar ik het over heb, is door EOS gedaan.'

Daar snapte Rachel niets van. Als EOS kortgeleden succes had geboekt, zou NASA dat toch hebben aangekondigd? Haar vader had EOS in de media aan het kruis genageld, en de ruimtevaartorganisatie kon elk succes dat ze kon bedenken goed gebruiken.

'Ik heb helemaal niets gehoord over een ontdekking van EOS,' zei Rachel.

'Dat weet ik. NASA houdt het goede nieuws liever nog even voor zich.'

Dat betwijfelde Rachel. 'In mijn ervaring, meneer, is geen nieuws meestal slecht nieuws, als je het over NASA hebt.' Terughoudendheid was niet het sterkste punt van de afdeling voorlichting van NASA. Het standaardgrapje bij het NRO was dat NASA al een persconferentie hield als een van hun geleerden een scheet had gelaten.

De president fronste zijn wenkbrauwen. 'O, ja. Ik vergat even dat ik met een van Pickerings discipelen praat. Is hij nog steeds aan het jeremiëren over NASA's loslippigheid?'

'Veiligheid is zijn werk, meneer. En dat neemt hij zeer serieus.'

'Dat is hem geraden ook. Ik begrijp alleen niet dat twee organisaties die zoveel gemeen hebben voortdurend iets weten te vinden om over te ruziën.'

Toen Rachel onder William Pickering was komen werken, had ze al snel ontdekt dat NASA en het NRO weliswaar allebei veel met ruimtevaart te maken hadden, maar dat hun opvattingen lijnrecht tegenover elkaar stonden. Het NRO was een defensieorganisatie en hield al haar ruimtevaartactiviteiten zorgvuldig geheim, terwijl NASA meer wetenschappelijk gericht was en al haar doorbraken enthousiast publiceerde, volgens William Pickering vaak ten koste van de nationale veiligheid. Veel van de beste technologieën die NASA had ontwikkeld – lenzen met een hoge resolutie voor satelliettelescopen, communicatiesystemen voor grote afstanden en apparatuur voor radiotelescopie – vertoonden de vervelende neiging op te duiken in het arsenaal van de inlichtingendiensten van vijandelijke naties en werden gebruikt om Amerika te bespioneren. Bill Pickering mopperde vaak dat de wetenschappers van NASA een grote herseninhoud hadden, maar dat hun mond nog groter was.

Maar een duidelijker geschilpunt tussen de organisaties was het feit dat veel van NASA's recente fiasco's het NRO rechtstreeks troffen, doordat NASA de satellieten van het NRO lanceerde. De ergste misser was die van 12 augustus 1998 geweest, toen de Titan-4-raket van NASA en de luchtmacht veertig seconden na de lancering explodeerde, en zijn lading verloren ging: een satelliet van het NRO met de codenaam Vortex 2 en een waarde van maar liefst 1,2 miljard dollar. Pickering leek niet genegen dat te vergeten.

'Waarom heeft NASA dat recente succes dan niet openbaar gemaakt?' vroeg Rachel. 'Ze zouden het goede nieuws wel kunnen gebruiken.'

'NASA zwijgt erover,' verklaarde de president, 'omdat ik daartoe opdracht heb gegeven.'

Rachel vroeg zich af of ze hem goed had verstaan. Als dat zo was, pleegde de president politieke zelfmoord zonder dat ze begreep waarom.

'Deze ontdekking heeft... laten we zeggen... werkelijk schokkende consequenties,' zei de president.

Dat verontrustte Rachel. In het jargon van de inlichtingendiensten betekenden 'schokkende consequenties' meestal niet veel goeds. Ze begon zich af te vragen of alle geheimzinnigheid rond EOS te verklaren was doordat het satellietsysteem een dreigende milieuramp op het spoor was gekomen. 'Is er een probleem?'

'Helemaal geen probleem. Wat EOS heeft ontdekt is fantastisch.'

Rachel zweeg.

'Rachel, wat zou je ervan vinden als ik je vertelde dat NASA een ontdekking heeft gedaan die van zo'n groot wetenschappelijk belang is, van zo'n verpletterende omvang dat die elke dollar waard is geweest die de Amerikanen ooit aan ruimteonderzoek hebben uitgegeven?'

Rachel kon zich er niets bij voorstellen.
De president stond op. 'Zullen we een eindje gaan wandelen?'

11

Rachel liep achter president Herney aan naar de glinsterende vliegtuigtrap van de Air Force One. Toen ze die af liepen, merkte Rachel dat de gure maartse lucht haar geest helderder maakte. Alleen kwamen de beweringen van de president haar daardoor nog vreemder voor.
NASA heeft een ontdekking gedaan die van zo'n groot wetenschappelijk belang is dat die elke dollar waard is geweest die de Amerikanen ooit aan ruimteonderzoek hebben uitgegeven.
Rachel kon zich bij een ontdekking van een dergelijke importantie maar één ding voorstellen: de heilige graal van NASA, contact met buitenaards leven. Maar ze had genoeg verstand van die specifieke heilige graal om te weten dat dat bijzonder onwaarschijnlijk was.
Door haar baan als informatieanalist kreeg Rachel voortdurend vragen van vrienden die wilden weten hoe het zat met de zogenaamde contacten met buitenaardsen die door de overheid geheim zouden worden gehouden. Ze stond altijd weer versteld van alle theorieën waarin haar hoogopgeleide vrienden geloofden: dat er neergestorte vliegende schotels verborgen waren in geheime overheidsbunkers en lichamen van buitenaardse wezens op ijs werden bewaard, zelfs dat nietsvermoedende burgers werden ontvoerd en operatief werden onderzocht.
Dat was natuurlijk allemaal absurd. Er waren geen buitenaardsen. Er was niets om geheim te houden.
Iedereen die bij een van de inlichtingendiensten werkte, wist dat de overgrote meerderheid van meldingen van vliegende schotels of ontvoeringen door buitenaardsen eenvoudig het product was van een iets te levendige fantasie, of een vorm van bedrog om er geld aan te verdienen. En als er al authentieke fotografische bewijzen van UFO's bestonden, waren die foto's steevast genomen in de buurt van Amerikaanse luchtmachtbases waar in het geheim zeer geavanceerde luchtvaartuigen werden getest. Toen Lockheed testvluchten ging uitvoeren met een volkomen nieuw model straalvliegtuig, de Stealth Bomber, werden er rond de luchtmachtbasis Edwards plotseling vijftien maal zoveel vliegende schotels waargenomen als voor die tijd.

'Je lijkt sceptisch,' zei de president, die haar zijdelings opnam.
Rachel schrok van het geluid van zijn stem. Ze keek hem even aan en wist niet precies hoe ze moest reageren. 'Nou...' Ze aarzelde. 'Mag ik aannemen dat we het niet hebben over buitenaardse ruimteschepen of kleine groene mannetjes?'
De president keek alsof hij een binnenpretje had. 'Rachel, ik denk dat je deze ontdekking veel intrigerender zult vinden dan sciencefiction.'
Rachel was blij dat NASA niet zo wanhopig was dat ze had geprobeerd de president een verhaal over buitenaardsen op de mouw te spelden. Maar verder werd het raadsel alleen maar groter door zijn opmerking. 'Nou,' zei ze, 'wat NASA ook heeft gevonden, ik moet zeggen dat het moment wel erg goed gekozen is.'
Herney bleef op de vliegtuigtrap staan. 'Goed gekozen? Hoezo?'
Hoezo? Rachel bleef ook staan en staarde hem aan. 'Meneer, ze voeren bij NASA op het moment een strijd op leven en dood om hun bestaansrecht te bewijzen, en u ligt onder vuur omdat u ze financieel blijft steunen. Een belangrijke doorbraak voor NASA zou op dit moment zowel voor NASA als voor uw campagne een geschenk uit de hemel zijn. Uw critici zullen de timing ongetwijfeld hoogst verdacht vinden.'
'Noem je me nou een leugenaar of een idioot?'
Rachel voelde dat haar keel dicht ging zitten. 'Ik bedoelde het niet onbeleefd, meneer. Ik wilde alleen maar...'
'Maak je geen zorgen.' Er verscheen een flauwe glimlach om Herneys lippen, en hij vervolgde zijn weg naar beneden. 'Toen het hoofd van NASA me voor het eerst over deze ontdekking vertelde, heb ik hem ronduit gezegd dat ik het een absurd verhaal vond. Ik beschuldigde hem ervan dat hij het meest doorzichtige politieke bedrog in de geschiedenis probeerde te plegen.'
Rachels keel werd iets minder dik.
Onder aan de trap bleef Herney staan en hij keek haar aan. 'Een van de redenen dat ik NASA heb gevraagd deze ontdekking stil te houden, is om de organisatie te beschermen. NASA heeft nog nooit zoiets belangrijks aangekondigd. Bemande maanlandingen verbleken erbij. Omdat iedereen, ook ikzelf, hier zoveel bij te winnen heeft – en dus ook te verliezen – leek het me verstandig iemand de gegevens van NASA nog eens te laten controleren voordat we de aandacht van de hele wereld op ons vestigen met een officiële verklaring.'
Rachel reageerde geschrokken. 'U hebt het toch niet over míj, meneer?'
De president lachte. 'Nee, dit is niet jouw terrein. Ik heb de gegevens al laten verifiëren buiten de overheidsinstanties om.'

Rachels opluchting maakte plaats voor hernieuwde verbazing. 'Buiten de overheidsinstanties om, meneer? Bedoelt u dat u de particuliere sector hebt ingeschakeld? Bij iets wat zo vertrouwelijk is?'
De president knikte zelfverzekerd. 'Ik heb een verificatieteam van buiten samengesteld: vier onafhankelijke wetenschappers, die niet bij NASA werken en een goede reputatie hebben die ze niet willen verspelen. Ze hebben hun eigen uitrusting gebruikt om waarnemingen te doen en hebben hun eigen conclusies getrokken. In de afgelopen achtenveertig uur hebben die wetenschappers de ontdekking van NASA bevestigd. Er was geen spoor van twijfel.'
Nu was Rachel onder de indruk. De president had zichzelf met zijn typerende doortastendheid beschermd. Door een team van sceptici in te huren – buitenstaanders die er niets bij te winnen hadden om de ontdekking van NASA te bevestigen – had Herney zich gewapend tegen verdenkingen dat dit misschien een wanhopig complot van NASA was om haar budget te rechtvaardigen, ervoor te zorgen dat de NASA-vriendelijke president werd herkozen en de aanvallen van senator Sexton af te slaan.
'Vanavond om acht uur houd ik een persconferentie op het Witte Huis om de ontdekking wereldkundig te maken,' zei Herney.
Rachel begon gefrustreerd te raken. Herney had haar eigenlijk nog helemaal niets verteld. 'En die ontdekking is...?'
De president glimlachte. 'Je zult merken dat je vandaag geduld nodig hebt. De ontdekking is iets wat je met eigen ogen moet zien. Je moet de situatie volledig begrijpen voordat we verder praten. Het hoofd van NASA wacht op je om je op de hoogte te brengen. Hij zal je alles vertellen wat je moet weten. Daarna zullen jij en ik jouw rol hierin verder bespreken.'
Rachel dacht in de ogen van de president te zien dat er iets groots ging gebeuren en herinnerde zich Pickerings vermoeden dat het Witte Huis iets bijzonders in petto had. Blijkbaar had Pickering zoals gewoonlijk weer gelijk gehad.
Herney wees naar een nabijgelegen vliegtuighangar. 'Kom mee,' zei hij, en hij liep erheen.
Rachel volgde hem verbaasd. Het gebouw had geen ramen en de grote schuifdeuren waren dicht. De enige toegang leek een kleinere deur in de zijmuur te zijn. Die stond op een kier. De president liep met Rachel mee tot ze er vlakbij waren en bleef toen staan.
'Ik ga niet verder,' zei hij. Hij wees naar de deur. 'Daar moet je zijn.'
Rachel aarzelde. 'Komt u niet mee?'
'Ik moet terug naar het Witte Huis. We spreken elkaar snel weer. Heb je een mobiele telefoon?'

'Natuurlijk, meneer.'
'Geef hem eens.'
Rachel gaf hem haar mobieltje in de veronderstelling dat hij er een nummer in zou programmeren waarop ze hem zou kunnen bereiken. In plaats daarvan liet hij haar telefoon in zijn zak glijden.
'Nu ben je niet meer te traceren,' zei de president. 'Op je werk is je afwezigheid geregeld. Je mag vandaag niemand meer spreken zonder uitdrukkelijke toestemming van mijzelf of het hoofd van NASA. Is dat duidelijk?'
Rachel staarde hem aan. *Heeft de president écht net mijn mobieltje ingepikt?*
'Nadat het hoofd je op de hoogte heeft gebracht van de ontdekking, zal hij je via beveiligde kanalen met mij in contact brengen. Ik spreek je snel weer. Succes.'
Rachel keek naar de deur van de hangar en voelde zich slecht op haar gemak.
President Herney legde geruststellend zijn hand op haar schouder en knikte naar de deur. 'Ik verzeker je, Rachel, je zult er geen spijt van krijgen dat je me hierbij helpt.'
Zonder verder nog iets te zeggen, liep de president met grote stappen naar de PaveHawk die Rachel had gebracht. Hij klom aan boord en de helikopter steeg op. Hij had niet eenmaal omgekeken.

12

Rachel Sexton stond alleen in de deuropening van de afgelegen hangar op Wallops Island en tuurde de donkere ruimte in. Ze had het gevoel dat ze op de drempel van een andere wereld stond. Vanuit de grote ruimte kwam een stroom koele, bedompte lucht naar buiten, alsof het gebouw ademhaalde.
'Hallo?' riep ze, en haar stem beefde een beetje.
Stilte.
Met groeiende nervositeit stapte ze over de drempel. Even zag ze helemaal niets, doordat haar ogen aan het donker moesten wennen.
'Mevrouw Sexton, neem ik aan?' klonk een mannenstem op slechts een paar meter afstand.
Rachel schrok op en draaide zich in de richting van het geluid. 'Ja, meneer.'
Het vage silhouet van een man kwam naderbij.

Toen Rachels zicht beter werd, bleek ze tegenover een robuuste jongeman met een vierkante kaaklijn te staan, die gekleed was in een vliegpak van NASA. Hij had een atletische, gespierde gestalte en zijn borst was bekleed met insignes.

'Kapitein Wayne Loosigian,' zei de man. 'Het spijt me als ik u heb laten schrikken, mevrouw. Het is hier nogal donker. Ik heb nog geen tijd gehad de schuifdeuren open te zetten.' Voordat Rachel iets kon zeggen, vervolgde de man: 'Ik heb de eer vanochtend uw piloot te zijn.'

'Piloot?' Rachel staarde de man aan. *Ik heb net al een piloot gehad.* 'Ik ben hier om met het hoofd van NASA te praten.'

'Ja, mevrouw. Ik heb orders om u onmiddellijk bij hem te brengen.'

Het duurde even voordat deze mededeling tot haar doordrong. Toen voelde ze zich voor de gek gehouden. Blijkbaar waren haar reizen nog niet ten einde. 'Waar ís hij dan?' vroeg Rachel, die op haar hoede begon te raken.

'Dat kan ik u niet vertellen,' antwoordde de piloot. 'Ik krijg de coördinaten pas nadat we zijn opgestegen.'

Rachel had het gevoel dat de man de waarheid sprak. Blijkbaar waren directeur Pickering en zij niet de enigen die vanochtend in het duister tastten. De president nam geen halve veiligheidsmaatregelen, en Rachel was een beetje van haar stuk gebracht door de vanzelfsprekendheid waarmee hij had gezorgd dat ze niet te traceren was. *Een halfuur in het veld en ik kan met niemand meer contact leggen, en mijn eigen baas heeft geen idee waar ik ben.*

Nu ze hier tegenover de kaarsrechte gestalte van de NASA-piloot stond, wist ze zeker dat al volledig vaststond wat ze die ochtend ging doen. Dit vliegtuig zou met haar aan boord vertrekken, of ze wilde of niet. De enige vraag was wat de bestemming was.

De piloot liep met grote stappen naar de muur en drukte op een knop. De tegenoverliggende wand van de hangar begon met veel lawaai opzij te schuiven. Er viel daglicht naar binnen, waartegen zich in de hangar een groot object aftekende.

Rachels mond viel open. *God sta me bij.*

Midden in de hangar stond een angstaanjagende, zwarte straaljager. Het was het meest gestroomlijnde vliegtuig dat Rachel ooit had gezien.

'U maakt een grapje,' zei ze.

'Zo reageren de meeste mensen, mevrouw, maar de F-14 Tomcat is een zeer betrouwbaar toestel.'

Het is een raket met vleugels.

De piloot nam Rachel mee naar zijn toestel. Hij gebaarde naar de dubbele cockpit. 'U zit achterin.'

'Heus waar?' Ze glimlachte hem nerveus toe. 'En ik maar denken dat u me achter het stuur wilde zetten.'

Nadat ze een isolerend vliegpak over haar kleren had aangetrokken, klom Rachel toch maar in de cockpit. Onhandig wurmde ze zich in het smalle stoeltje.
'Het is wel duidelijk dat NASA geen piloten met een dikke kont heeft,' zei ze.
De piloot grijnsde en hielp Rachel zichzelf vast te gespen. Toen zette hij haar een helm op.
'We vliegen nogal hoog,' zei hij. 'U zult zuurstof nodig hebben.' Hij trok een zuurstofmasker uit een kastje naast haar en wilde het aan haar helm bevestigen.
'Dat doe ik zelf wel,' zei Rachel, terwijl ze het masker van hem aanpakte.
'Zoals u wilt, mevrouw.'
Rachel frunnikte met het voorgevormde mondstuk en slaagde er uiteindelijk in het aan haar helm vast te klikken. Het masker paste verrassend slecht en zat onaangenaam.
De piloot keek haar een tijdje aandachtig en met vaag geamuseerde blik aan.
'Is er iets aan de hand?' vroeg ze.
'Helemaal niet, mevrouw.' Hij leek een grijns te onderdrukken. 'Onder uw stoel liggen kotszakjes. De meeste mensen worden misselijk als ze voor het eerst in dit type toestel zitten.'
'Dat zal bij mij wel meevallen,' verzekerde Rachel hem. Haar stem klonk gedempt door het verstikkende masker. 'Ik heb nooit last van luchtziekte.'
De piloot haalde zijn schouders op. 'Dat zeggen de meeste mariniers ook, en ik heb heel wat marinierskots uit mijn cockpit gesopt.'
Ze knikte flauwtjes. *Heerlijk.*
'Hebt u nog vragen voordat we gaan?'
Rachel aarzelde even en tikte toen tegen het mondstuk dat in haar kin sneed. 'Het klemt mijn bloedcirculatie af. Hoe kunnen jullie die dingen op lange vluchten dragen?'
De piloot glimlachte geduldig. 'Eh, wij dragen ze meestal niet ondersteboven, mevrouw.'

Aan het begin van de startbaan, met de motoren die onder haar dreunden, voelde Rachel zich een kogel die wachtte tot iemand de trekker overhaalde. Toen de piloot de gashendel naar voren duwde, kwamen de twee Lockheed 345-motoren van de Tomcat brullend tot leven. De hele wereld schudde, en toen de remmen los gingen, werd Rachel tegen de rugleuning van haar stoel geramd. De straaljager raasde over de startbaan en steeg binnen een paar seconden op. Buiten zakte de aarde met duizelingwekkende snelheid onder hen weg.

Rachel deed haar ogen dicht terwijl het vliegtuig omhoogschoot. Ze vroeg zich af wat ze vanochtend fout had gedaan. Ze had gewoon achter een bureau samenvattingen moeten zitten schrijven. Nu zat ze op een door testosteron voortgestuwde torpedo en ademde door een zuurstofmasker.

Tegen de tijd dat de Tomcat op veertienduizend meter hoogte horizontaal ging vliegen, begon Rachel zich akelig te voelen. Ze dwong zichzelf aan iets anders te denken. Ze keek naar de oceaan, veertien kilometer onder zich, en voelde zich plotseling heel ver van huis.

Voorin zat de piloot over de boordradio met iemand te praten. Toen het gesprek ten einde was, verbrak de piloot de verbinding en bracht de Tomcat onmiddellijk in een scherpe bocht naar links. Het toestel helde zo ver over dat het bijna verticaal hing, en Rachel had het gevoel dat haar maag omdraaide. Na een tijdje kwam het vliegtuig weer horizontaal te liggen.

Rachel gromde: 'Bedankt voor de waarschuwing, lefgozer.'

'Het spijt me, mevrouw, maar ik heb net de geheime coördinaten gekregen van de plek waar u mijn baas zult ontmoeten.'

'Laat me eens raden,' zei Rachel. 'Moeten we naar het noorden?'

De piloot leek verrast. 'Hoe weet u dat?'

Rachel zuchtte. *Heerlijk, die jongens die vliegen hadden geleerd met een vluchtsimulator.* 'Het is negen uur 's ochtends, slimmerik, en de zon is rechts van ons. Dus vliegen we naar het noorden.'

Het bleef even stil in de cockpit. 'Ja, mevrouw, we vliegen vanochtend in noordelijke richting.'

'En hoe vér gaan we naar het noorden?'

De piloot keek even naar de coördinaten. 'Bijna vijfduizend kilometer.'

Rachel schoot rechtop. 'Wat?' Ze probeerde zich een landkaart voor de geest te halen, want ze kon zich niet voorstellen wat er zo ver noordelijk lag. 'Dat is vier uur vliegen!'

'Bij deze snelheid wel, ja,' zei de piloot. 'Hou u vast, mevrouw.'

Voordat Rachel kon reageren, veranderde hij de stand van de vleugels zodat ze minder luchtweerstand boden. Meteen daarna werd Rachel opnieuw tegen de rugleuning gesmakt toen het toestel naar voren schoot alsof het voor die tijd stil had gehangen. Binnen een minuut had het een kruissnelheid van bijna vijfentwintighonderd kilometer per uur bereikt.

Nu was Rachel duizelig. Terwijl de lucht met een verblindende snelheid langsflitste, voelde ze een onbedwingbare golf van misselijkheid opkomen. De stem van de president echode zwak door haar hoofd. *Ik verzeker je, Rachel, je zult er geen spijt van krijgen dat je me hierbij helpt.*
Kreunend stak Rachel haar hand uit naar een kotszakje. *Politici zijn niet te vertrouwen.*

13

Hoewel hij een hekel had aan de vulgaire groezeligheid van gewone taxi's, had senator Sedgewick Sexton geleerd dat hij op weg naar de glorie af en toe een vernederend moment moest doormaken. De armoedige taxi die hem net had afgezet op de onderste verdieping van de parkeergarage van het Purdue Hotel verschafte Sexton iets wat zijn verlengde limousine hem niet kon bieden: anonimiteit.
Hij zag tot zijn tevredenheid dat dit onderste parkeerdek verlaten was, op een paar stoffige auto's in het woud van betonnen pilaren na. Terwijl hij schuin door de garage liep, wierp hij een blik op zijn horloge. *Kwart over elf. Precies op tijd.*
De man met wie Sexton had afgesproken, reageerde altijd geïrriteerd op een gebrek aan punctualiteit. Maar in aanmerking genomen wie de man vertegenwoordigde, dacht Sexton, kon hij het zich veroorloven geïrriteerd te reageren op wat hij maar wilde.
Sexton zag dat de witte MPV, een Ford Windstar, op precies dezelfde plaats stond als bij hun eerdere ontmoetingen: in de oostelijke hoek van de garage, achter een rij vuilnisbakken. Sexton zou de man liever in een van de suites van het hotel hebben ontmoet, maar hij begreep de voorzorgsmaatregelen heel goed. De vrienden van deze man hadden het niet zo ver geschopt door onvoorzichtig te zijn.
Terwijl Sexton naar de auto liep, merkte hij dat hij, zoals altijd voor deze ontmoetingen, nerveus was. Hij dwong zich zijn schouders te ontspannen en stak vrolijk zijn hand op terwijl hij op de passagiersstoel ging zitten. De donkerharige heer achter het stuur glimlachte niet. De man was bijna zeventig, maar zijn verweerde gezicht straalde een onverzettelijkheid uit die paste bij zijn functie als boegbeeld van een leger van onverschrokken visionairs en koelbloedige ondernemers.
'Doe het portier dicht,' zei de man met barse stem.
Sexton gehoorzaamde en onderging het norse gedrag van de man wel-

willend. Per slot van rekening vertegenwoordigde deze man mensen die enorme sommen geld tot hun beschikking hadden, waarvan een groot deel recentelijk was samengebracht om Sedgewick Sexton aan het belangrijkste ambt ter wereld te helpen. Sexton was gaan inzien dat deze ontmoetingen niet zozeer dienden om een strategie te bespreken, als wel om hem er maandelijks aan te herinneren hoeveel hij zijn weldoeners verschuldigd was. Deze mannen verwachtten een flinke opbrengst van hun investeringen. De aard van die opbrengst was schaamteloos, dat moest Sexton toegeven. Maar het was bijna nog moeilijker te geloven dat het iets was wat Sexton zou kunnen bewerkstelligen als hij het Oval Office eenmaal had overgenomen.

'Ik neem aan,' zei Sexton, die inmiddels wist dat deze man graag meteen terzake kwam, 'dat er weer een termijnbedrag is gestort?'

'Dat klopt. En zoals altijd mag je dat geld alleen voor je campagne gebruiken. Het doet ons plezier te zien dat je het steeds beter gaat doen in de peilingen. Blijkbaar hebben je campagnemanagers ons geld nuttig besteed.'

'We lopen snel in.'

'Zoals ik over de telefoon al vertelde,' zei de oude man, 'heb ik nog zes anderen overgehaald vanavond met je te praten.'

'Prima.' Sexton had de tijd al gereserveerd in zijn agenda.

De oude man gaf Sexton een map. 'Hier heb je wat informatie over hen. Bestudeer die. Ze willen zeker weten dat je hun belangen begrijpt en dat je daar welwillend tegenover staat. Ik stel voor dat je ze in je appartement ontvangt.'

'Thuis? Maar ik spreek meestal af...'

'Senator, deze zes mannen staan aan het hoofd van bedrijven die over veel meer middelen beschikken dan die van de anderen die je hebt ontmoet. Dit zijn de grote jongens, en ze zijn voorzichtig. Ze hebben meer te winnen, maar ook meer te verliezen. Ik heb erg mijn best moeten doen om ze over te halen vanavond met je te praten. Ze vereisen een speciale behandeling. Met een persoonlijk tintje.'

Sexton knikte snel. 'Zeker. Ik zal een bijeenkomst bij mij thuis regelen.'

'Ze verlangen uiteraard volledige privacy.'

'Net als ik.'

'Succes,' zei de oude man. 'Als het vanavond goed gaat, zou dat je laatste bijeenkomst kunnen zijn. Deze mannen kunnen de Sexton-campagne het definitieve zetje geven.'

Dat klonk Sexton als muziek in de oren. Hij schonk de man een zelfverzekerde glimlach. 'Met een beetje geluk boeken we met de verkiezingen de overwinning.'

'De overwinning?' De oude man keek Sexton dreigend aan en boog zich met een onheilspellende blik naar hem toe. 'Jou in het Witte Huis installeren is nog maar de éérste stap op weg naar de overwinning, senator. Ik neem aan dat u dat niet vergeten bent.'

14

Het Witte Huis is een van de kleinste presidentiële ambtswoningen ter wereld. Het is slechts vijftig meter breed en vijfentwintig meter diep, en het staat in een aangelegd park van een luttele zeven hectare. Het ontwerp van architect James Hoban voor een doosvormig stenen bouwwerk met een schilddak, een balustrade en zuilen rond de entree was niet erg origineel, maar werd toch gekozen uit de inzendingen voor een open ontwerpwedstrijd. De juryleden prezen het als 'attractief, waardig en flexibel'.

Zelfs na drieënhalf jaar voelde president Zach Herney zich hier zelden thuis, in deze doolhof vol kroonluchters, antiquiteiten en gewapende mariniers. Maar op dit moment, terwijl hij naar de westelijke vleugel beende, voelde hij zich energiek en eigenaardig kalm; zijn voeten leken het dikke tapijt bijna niet te raken.

Een paar personeelsleden van het Witte Huis keken op toen hij naderde. Herney stak zijn hand op en begroette elk van hen bij hun naam. Ze reageerden uiteraard beleefd, maar ingetogen, en glimlachten geforceerd.

'Goedemorgen, meneer.'

'Goed u te zien, meneer.'

'Prettige dag, meneer.'

Toen de president naar zijn kantoor liep, had hij het gevoel dat er achter zijn rug werd gefluisterd. Er broeide iets in het Witte Huis. In de afgelopen weken was de ontgoocheling op Pennsylvania Avenue 1600 steeds groter geworden, en Herney begon zich zo langzamerhand te voelen als de kapitein van de *Bounty*: alsof hij het gezag voerde over een schip in nood waarvan de bemanning elk moment kon gaan muiten.

De president nam het hun niet kwalijk. Zijn staf had keihard gewerkt om hem te steunen bij de komende verkiezingen, en nu leek het plotseling alsof de president maar een beetje aan het klungelen was.

Binnenkort zullen ze het begrijpen, hield Herney zichzelf voor. *Binnenkort zal ik weer de held zijn.*

Hij betreurde het dat hij zijn staf zo lang onkundig moest laten, maar geheimhouding was absoluut essentieel. En het was algemeen bekend dat het Witte Huis zo lek was als een mandje.
Herney kwam de wachtkamer voor het Oval Office binnen en zwaaide vrolijk naar zijn secretaresse. 'Je ziet er goed uit vanochtend, Dolores.'
'U ook, meneer,' zei ze, terwijl ze met onverholen afkeuring naar zijn informele kleding keek.
Herney dempte zijn stem. 'Ik wil graag dat je een bijeenkomst voor me belegt.'
'Met wie, meneer?'
'Met de hele staf van het Witte Huis.'
Zijn secretaresse keek op. 'Uw héle staf, meneer? Alle honderdvijfenveertig?'
'Precies.'
Ze keek verontrust. 'Goed. Wilt u hen zien in... de Briefing Room?'
Herney schudde zijn hoofd. 'Nee. Laat ze maar naar mijn kantoor komen.'
Nu staarde ze hem aan. 'Wilt u uw héle staf in het Oval Office hebben?'
'Precies.'
'Allemaal tegelijk, meneer?'
'Waarom niet? Regel het maar voor vier uur vanmiddag.'
De secretaresse knikte alsof ze een geestelijk gestoorde zijn zin gaf. 'Dat is goed, meneer. En het onderwerp van de bijeenkomst is...?'
'Ik moet vanavond een belangrijke mededeling doen aan het Amerikaanse volk. Ik wil dat mijn staf die als eerste hoort.'
Er gleed plotseling een verdrietige uitdrukking over het gezicht van zijn secretaresse, bijna alsof ze dit moment al had zien aankomen. Ze vroeg met zachte stem: 'Meneer, trekt u zich terug uit de strijd?'
Herney barstte in lachen uit. 'Geen denken aan, Dolores! Ik ga het gevecht juist aan!'
Ze keek weifelend. De media meldden allemaal dat het wel leek alsof president Herney de verkiezingen wílde verliezen.
Hij knipoogde haar geruststellend toe. 'Dolores, je hebt de afgelopen jaren fantastisch werk voor me gedaan, en je zult opnieuw vier jaar lang fantastisch werk voor me doen. We houden het Witte Huis. Ik zweer het je.'
Zijn secretaresse keek alsof ze het graag zou willen geloven. 'Goed dan, meneer. Ik zal de staf waarschuwen. Vier uur.'

Toen Zach Herney het Oval Office binnenstapte, kon hij een glimlach niet onderdrukken bij het idee dat zijn hele staf zich straks in de bedrieglijk kleine ruimte zou proppen.

Dit beroemde kantoor had in de loop der jaren vele bijnamen gekregen – de Plee, Nixons Nest, de Clinton-slaapkamer – maar Herneys favoriet was 'de Kreeftenfuik'. Die vond hij heel toepasselijk. Iedereen die voor het eerst het Oval Office binnenkwam, raakte ogenblikkelijk gedesoriënteerd. De symmetrie van het vertrek, de flauwe kromming van de muren, de onopvallende, bijna verborgen in- en uitgangen, dat alles bezorgde bezoekers het verwarrende gevoel dat ze geblinddoekt waren rondgedraaid. Het gebeurde regelmatig dat een bezoekende hoogwaardigheidsbekleder na een bespreking in het Oval Office opstond, de president de hand schudde en met vastberaden tred een ingebouwde kast in liep. Afhankelijk van hoe de bespreking was verlopen, hield Herney de gast op tijd tegen of keek hij geamuseerd toe hoe de bezoeker zichzelf voor schut zette.

Herney vond de kleurige Amerikaanse adelaar die op het ovale tapijt was afgebeeld het meest overheersende aspect van het Oval Office. In de linkerklauw klemde de adelaar een olijftak en in de rechter een bundel pijlen. Weinig buitenstaanders wisten dat de adelaar in tijden van vrede naar links keek, naar de olijftak. Maar in tijden van oorlog keek de adelaar op raadselachtige wijze naar rechts, naar de pijlen. Onder de staf van het Witte Huis werd fluisterend gespeculeerd over het mechanisme achter dit trucje, want traditiegetrouw wisten alleen de president en het hoofd van de huishouding hoe het in zijn werk ging. Herney had ontdekt dat de waarheid achter de mysterieuze adelaar teleurstellend aards was. In een bergruimte in de kelder lag het tweede ovale tapijt, en de tapijten werden gewoon midden in de nacht verwisseld.

Nu Herney de vreedzaam naar links kijkende adelaar zag, bedacht hij met een glimlach dat hij de tapijten misschien moest verwisselen ter ere van het oorlogje dat hij tegen senator Sedgewick Sexton zou beginnen.

15

De Amerikaanse Delta Force is de enige gevechtseenheid wier acties volledig onder de presidentiële vrijwaring van rechtsvervolging vallen. Volgens Presidentieel Besluit 25 zijn de soldaten van de Delta Force 'ontheven van alle wettelijke aansprakelijkheid', inbegrepen de Posse

Comitatus Act uit 1876, een wet die misbruik van het leger voor persoonlijk gewin, voor de binnenlandse rechtshandhaving en voor nietgoedgekeurde geheime operaties strafbaar stelt. Leden van de Delta Force worden zorgvuldig geselecteerd uit de Combat Applications Group (CAG), een geheime organisatie binnen het Special Operations Command in Fort Bragg, in North Carolina. Soldaten van de Delta Force zijn getrainde moordenaars, gespecialiseerd in grootscheepse arrestaties, het redden van gijzelaars, verrassingsovervallen en de eliminatie van vijandelijke geheime militaire eenheden.

Omdat de missies van de Delta Force meestal zeer geheim zijn, wordt de traditionele, gelaagde commandostructuur vaak omzeild en wordt er gekozen voor 'eenhoofdige leidinggeving', één opdrachtgever die de bevoegdheid heeft het team de opdrachten te geven die hij of zij juist acht. De opdrachtgever is over het algemeen een hooggeplaatste militair of overheidsfunctionaris, hoog genoeg in rang of met voldoende invloed om het project te leiden. Wie de opdrachtgever ook is, missies van de Delta Force zijn zeer geheim, en als een missie eenmaal voltooid is, spreken de soldaten van de Delta Force er nooit meer over; niet met elkaar en niet met hun bevelvoerend officieren binnen Special Operations.

Vlieg, vecht en vergeet.

Het Delta-team dat momenteel boven de tweeëntachtigste breedtecirkel was gestationeerd, hoefde niet te vliegen of te vechten. Het observeerde alleen maar.

Delta-Een moest toegeven dat dit tot nu toe een hoogst ongebruikelijke missie was, maar hij had lang geleden al geleerd zich nooit te verbazen over wat hem gevraagd werd te doen. In de afgelopen vijf jaar had hij meegewerkt aan het bevrijden van gijzelaars in het Midden-Oosten, het opsporen en uitschakelen van terroristische groepen binnen de Verenigde Staten, en zelfs aan de discrete eliminatie van verscheidene gevaarlijke mannen en vrouwen over de hele wereld.

Vorige maand nog had zijn Delta-team een vliegende microbot gebruikt om een dodelijke hartaanval op te wekken bij een bijzonder boosaardige Zuid-Amerikaanse drugsbaron. Delta-Twee had een microbot, uitgerust met een haarfijne naald van titaan met daarin een sterk vaatvernauwende stof, het huis van de man binnen gevlogen door een open raam op de eerste verdieping, naar de slaapkamer van de man gedirigeerd en hem in zijn schouder geprikt terwijl hij lag te slapen. De microbot was veilig het raam weer uit voordat de man wakker werd met pijn op de borst. Het Delta-team zat al in een vliegtuig naar huis tegen de tijd dat de vrouw van het slachtoffer de ambulance belde.

Geen inbraak.
Een natuurlijke doodsoorzaak.
Het was van een grote schoonheid geweest.
Korter geleden had een andere microbot, die in het kantoor van een vooraanstaande senator was aangebracht om zijn vertrouwelijke gesprekken af te luisteren, beelden gefilmd van een choquerende vrijpartij. Het Delta-team noemde die missie gekscherend 'penetratie in vijandelijk gebied'.
Delta-Een zat voor deze opdracht nu al tien dagen vast in een tent, en hij vond het wel mooi geweest.
Blijf uit het zicht.
Houd het bouwwerk in de gaten, vanbinnen en vanbuiten.
Meld elke onverwachte ontwikkeling aan de opdrachtgever.
Delta-Een was erop getraind nooit gevoelens te hebben over zijn opdrachten. Maar toen zijn team en hij instructies hadden gekregen voor deze missie was zijn hart toch sneller gaan kloppen. De instructies waren anoniem gegeven, elke fase was via beveiligde elektronische kanalen uiteengezet. Delta-Een had de opdrachtgever die verantwoordelijk was voor deze missie nooit ontmoet.
Delta-Een was een gevriesdroogde proteïnerijke maaltijd aan het klaarmaken toen zijn horloge tegelijk met dat van de anderen piepte. Binnen een paar seconden begon het communicatieapparaat dat naast hem stond, de CrypTalk, te knipperen. Hij onderbrak zijn bezigheden en pakte de handmicrofoon. De andere twee mannen keken zwijgend toe.
'Delta-Een hier,' zei hij in de microfoon.
De woorden werden onmiddellijk herkend door de spraakherkenningssoftware in het apparaat. Elk woord kreeg een getal toegekend, dat werd gecodeerd en via een satelliet naar de beller gestuurd. Aan de kant van de beller werden de getallen door een soortgelijk apparaat gedecodeerd en weer in woorden omgezet met behulp van een per sessie wisselende woordenlijst. Dan werden de woorden uitgesproken door een kunstmatige stem. De totale vertraging was tachtig milliseconden.
'Dit is de opdrachtgever,' zei degene die de leiding over de operatie had. De robotachtige manier van spreken van de CrypTalk klonk griezelig: onnatuurlijk en androgyn. 'Wat is de stand van zaken?'
'Alles verloopt volgens plan,' antwoordde Delta-Een.
'Uitstekend. Ik heb nieuwe gegevens over het tijdsschema. De informatie wordt om twintig uur Eastern Standard Time bekendgemaakt.'
Delta-One keek op zijn horloge. *Over acht uur al.* Zijn werk hier zou binnenkort voorbij zijn. Dat was bemoedigend.

'Er is nog een andere ontwikkeling,' zei de opdrachtgever. 'Er is een nieuwe speler in het veld verschenen.'
'Wat voor nieuwe speler?'
Delta-Een luisterde. *Een interessante gok.* Het was iemand blijkbaar menens. 'Denkt u dat ze te vertrouwen is?'
'Ze moet zeer goed in de gaten worden gehouden.'
'En als er problemen zijn?'
Er was geen aarzeling. 'Jullie instructies blijven van kracht.'

16

Rachel Sexton vloog al meer dan een uur in noordelijke richting. Afgezien van een glimp van Newfoundland had ze de hele reis alleen nog maar water onder de F-14 gezien.
Waarom moet het nou weer water zijn? dacht ze met een grimas. Toen ze zeven was, was ze bij het schaatsen op een bevroren vijver door het ijs gezakt. Ze was onder het ijs terechtgekomen en had zeker geweten dat ze doodging. Uiteindelijk had haar moeder haar te pakken gekregen en haar, zwaar van het water, in veiligheid gebracht. Sinds die afschuwelijke ervaring had Rachel altijd last gehouden van watervrees, een duidelijke angst voor open water, vooral voor koud water. Vandaag, met onder haar niets dan de Atlantische Oceaan zo ver het oog reikte, bekropen haar oude angsten haar weer.
Pas toen de piloot zijn positie verifieerde met de luchtmachtbasis Thule in het noorden van Groenland besefte Rachel wat een grote afstand ze al hadden afgelegd. *Ben ik boven de noordpoolcirkel?* Die ontdekking maakte haar nog ongeruster. *Waar brengen ze me heen? Wat heeft NASA gevonden?* Al snel raakte de blauwgrijze vlakte onder haar bespikkeld met duizenden hagelwitte puntjes.
IJsbergen.
Rachel had maar eenmaal eerder in haar leven ijsbergen gezien, zes jaar geleden, toen haar moeder haar had overgehaald om met zijn tweeën een cruise bij Alaska te maken. Rachel had een paar mogelijkheden geopperd voor een vakantie op het vasteland, maar haar moeder was niet te vermurwen geweest. 'Rachel, lieverd,' had ze gezegd, 'twee derde van deze planeet is overdekt met water, en vroeg of laat zul je daar toch mee moeten leren omgaan.' Mevrouw Sexton was een veerkrachtige dame die vastbesloten was haar dochter op te voeden tot een sterke vrouw.

De cruise was de laatste reis geweest die Rachel met haar moeder had gemaakt.

Katherine Wentworth Sexton. Rachel voelde een steek van eenzaamheid. De herinneringen kwamen terug en rukten aan haar ziel zoals de huilende wind buiten aan het vliegtuig rukte. Hun laatste gesprek hadden ze over de telefoon gevoerd. Op de ochtend van Thanksgiving Day.

'Het spijt me heel erg, mam,' had Rachel gezegd. Ze belde naar huis vanaf het ingesneeuwde O'Hare Airport bij Chicago. 'Ik weet dat we op Thanksgiving Day altijd met het gezin bijeen zijn. Het ziet ernaar uit dat dat vandaag voor het eerst niet gaat lukken.'

Rachels moeder klonk verslagen. 'Ik verheugde me er zo op je te zien.'

'Ik ook, mam. Stel je maar voor hoe ik hier vliegveldkost zit te eten terwijl papa en jij van de kalkoen smullen.'

Het bleef even stil aan de andere kant. 'Rachel, ik wilde het je eigenlijk pas vertellen als je hier was, maar je vader zegt dat hij te veel werk heeft om dit jaar naar huis te kunnen komen. Hij blijft een lang weekend in zijn suite in Washington.'

'Wat?' Rachels verrassing maakte ogenblikkelijk plaats voor woede. 'Maar het is Thanksgiving. De Senaat vergadert niet! Hij zit nog geen twee uur reizen van huis. Hij hoort bij jou te zijn!'

'Ik weet het. Hij zegt dat hij uitgeput is, veel te moe om te rijden. Hij heeft besloten dat hij dit weekend languit op de bank met zijn achterstallige werk gaat doorbrengen.'

Werk? Rachel was sceptisch. Het was waarschijnlijker dat senator Sexton het weekend languit op de bank met een andere vrouw zou doorbrengen. Hij pleegde zijn overspel weliswaar altijd discreet, maar deed dat ook al jaren. Mevrouw Sexton was niet gek, maar de slippertjes van haar man gingen altijd samen met overtuigende alibi's en een grote verontwaardiging bij alleen al de suggestie dat hij ontrouw zou kunnen zijn. Uiteindelijk zag mevrouw Sexton geen andere oplossing dan haar verdriet te verdringen door te doen alsof ze niets in de gaten had. Rachel had haar moeder wel eens aangespoord te gaan scheiden, maar Katherine Wentworth Sexton was een vrouw van haar woord. *Tot de dood ons scheidt*, zei ze tegen Rachel. *Je vader heeft me jou geschonken, een prachtige dochter, en daar ben ik hem dankbaar voor. Op een dag zal hij zijn daden moeten verantwoorden tegenover een hogere macht.*

Rachel stond op het vliegveld en kookte van woede. 'Maar dat betekent dat je alleen bent met Thanksgiving!' Ze kreeg een wee gevoel in haar maag. Dat de senator zijn gezin in de steek liet op Thanksgiving Day was een nieuw dieptepunt, zelfs voor hem.

'Nou...' zei mevrouw Sexton, en haar stem klonk teleurgesteld maar vastberaden. 'Ik kan al dat eten niet laten bederven. Ik neem het wel mee naar tante Ann. Die heeft ons al zo vaak uitgenodigd met Thanksgiving. Ik ga haar meteen bellen.'
Rachel voelde zich maar een heel klein beetje minder schuldig. 'Oké. Ik kom zo snel mogelijk naar huis. Ik hou van je, mam.'
'Goede reis, lieverd.'
Om halfelf die avond reed Rachels taxi eindelijk de bochtige oprijlaan van het luxueuze landhuis van de Sextons op. Rachel wist meteen dat er iets mis was. Er stonden drie politiewagens op de oprijlaan. En een paar busjes van tv-stations. Alle lichten in huis waren aan. Rachel rende met bonzend hart naar binnen.
Een politieman kwam haar bij de deur tegemoet. Zijn gezicht stond grimmig. Hij hoefde geen woord te zeggen. Rachel wist het. Er was een ongeluk gebeurd.
'De vijfentwintig was glad van aanvriezende regen,' zei de agent. 'Uw moeder is van de weg geraakt en in een ravijn gestort. Het spijt me. Ze was op slag dood.'
Rachel was als verdoofd. Haar vader, die onmiddellijk naar huis was gekomen toen hij het nieuws had gehoord, gaf een kleine persconferentie in de woonkamer. Hij vertelde de wereld doodleuk dat zijn vrouw was overleden bij een auto-ongeluk op weg naar huis na een familiebezoek ter gelegenheid van Thanksgiving.
Rachel hield zich afzijdig en kon tijdens zijn verhaal alleen maar huilen.
'Was ik dit weekend maar bij haar thuis geweest,' zei haar vader met tranen in zijn ogen tegen de journalisten. 'Dan was dit nooit gebeurd.'
Dat had je jaren geleden al moeten bedenken, dacht Rachel snikkend, en ze kreeg met de seconde een grotere hekel aan haar vader.
Vanaf dat moment had Rachel afstand van haar vader genomen, iets wat haar moeder nooit had gedaan. De senator leek het nauwelijks te merken. Hij had het plotseling heel druk gekregen, want hij gebruikte het fortuin van zijn overleden vrouw om een gooi te doen naar de nominatie als presidentskandidaat voor zijn partij. Dat mensen meeleven met hem hadden, deed hem ook geen kwaad.
En het wrede lot wilde dat de senator er nu, drie jaar later, op afstand voor zorgde dat Rachel een eenzaam leven leidde. Haar vaders zucht naar het Witte Huis had Rachels dromen om een man te ontmoeten en een gezin te stichten voor onbepaalde tijd in de koelkast gezet. Voor Rachel was het veel gemakkelijker om helemaal geen sociaal leven te hebben dan om voortdurend geconfronteerd te worden met een eindeloze stroom Washingtonse aanbidders die naar macht hongerden en

hoopten een verdrietige potentiële presidentsdochter te veroveren zolang ze voor hen nog bereikbaar was.

Buiten de F-14 begon het daglicht te verdwijnen. Het was laat in de winter in het noordpoolgebied, de tijd dat het er voortdurend donker was. Rachel bedacht dat ze een land van permanente nacht in vloog. Naarmate de minuten verstreken, zakte de zon helemaal achter de horizon. Ze bleven naar het noorden vliegen, en er verscheen een schitterende maan in het laatste kwartier, die stralend in de kristalheldere, ijskoude lucht hing. Ver onder hen glinsterden de golven van de oceaan. De ijsbergen leken wel diamanten die op een donkere stof met lovertjes waren genaaid.

Eindelijk zag Rachel de vage omtrek van land. Maar dat zag er niet uit zoals ze had verwacht. Uit de oceaan voor het vliegtuig doemde een enorme, besneeuwde bergketen op.

'Bergen?' vroeg Rachel verbaasd. 'Zijn er bergen ten noorden van Groenland?'

'Blijkbaar,' zei de piloot, die ook verrast klonk.

Toen de neus van de F-14 omlaag zakte, voelde Rachel een vreemde gewichtloosheid. Door het geruis in haar oren heen hoorde ze een herhaald elektronisch ping-geluid in de cockpit. Kennelijk had de piloot een richtingsbaken gevonden en volgde hij dat naar de plek waar ze moesten zijn.

Ze vlogen inmiddels lager dan duizend meter, en Rachel keek met grote ogen naar het indrukwekkende, door de maan beschenen landschap onder hen. Aan de voet van de bergen waaierde een besneeuwde vlakte uit. Het plateau strekte zich gracieus ongeveer vijftien kilometer in de richting van de zee uit, waar het abrupt eindigde bij een steile klip van massief ijs, die loodrecht in de oceaan verdween.

Toen zag Rachel iets vreemds. Zoiets had ze nog nooit gezien. In eerste instantie dacht ze dat het gezichtsbedrog was, veroorzaakt door het maanlicht. Ze keek met half toegeknepen ogen naar de sneeuwvlakte en begreep niet wat ze zag. Hoe verder het vliegtuig daalde, des te duidelijker werd het.

Wat is dat in hemelsnaam?

Het plateau onder hen was gestreept... Alsof iemand met zilverkleurige verf drie brede lijnen op de sneeuw had geschilderd. De glinsterende strepen liepen parallel aan de kustlijn. Pas toen het vliegtuig lager dan honderdvijftig meter kwam, werd duidelijk dat het inderdaad gezichtsbedrog was. De drie zilveren strepen waren diepe voren, elk meer dan dertig meter breed. In de voren was water komen te staan, dat was bevroren tot brede, zilveren kanalen die parallel aan elkaar over het plateau liepen. De witte bermen ertussen waren wallen van sneeuw.

Toen ze nog verder daalden, begon het vliegtuig te bokken en te schudden in hevige turbulentie. Rachel hoorde het landingsgestel met een luide bonk uitklappen, maar ze zag nog geen landingsbaan. Terwijl de piloot zijn best deed het vliegtuig onder controle te houden, tuurde Rachel naar buiten en zag twee rijen knipperende lichtjes aan weerszijden van de buitenste bevoren vore. Met schrik besefte ze wat de piloot ging doen.

'Gaan we op het íjs landen?' vroeg ze.

De piloot gaf geen antwoord. Hij had al zijn aandacht nodig vanwege de beukende wind. Rachel voelde haar maag omhoogschieten toen het toestel vaart minderde en naar het bevroren kanaal zakte. Hoge bermen van sneeuw rezen aan weerszijden van het toestel op en Rachel hield haar adem in, want ze wist dat de kleinste misrekening in het smalle kanaal een zekere dood zou betekenen. Het schommelende vliegtuig zakte dieper tussen de bermen en plotseling verdween de turbulentie. Beschut tegen de wind landde het toestel keurig op het ijs.

De motoren van de Tomcat brulden weer; door de straalomkeerkleppen werd het vliegtuig nu sterk afgeremd. Rachel haalde opgelucht adem. Het toestel taxiede nog een meter of honderd verder en kwam tot stilstand bij een opvallende lijn die met rode verf dwars over het ijs was gespoten.

Rechts van hen was er bij het maanlicht alleen een muur van sneeuw te zien, de zijkant van een ijswal. Het uitzicht naar links was hetzelfde. Alleen door de voorruit kon Rachel wat verder kijken: een onafzienbare ijsvlakte. Ze had een gevoel alsof ze op een dode planeet was geland. Afgezien van de lijn op het ijs was er geen teken van menselijke aanwezigheid te bekennen.

Toen hoorde Rachel iets. In de verte kwam een ander motorgeluid dichterbij. Hoger van toon. Het geluid werd harder en er kwam een machine in zicht. Een grote sneeuwkat met rupsbanden kwam hobbelend door de ijsvore naar hen toe rijden. Hij was hoog en stakig, en zag eruit als een reusachtig, futuristisch insect dat op ronddraaiende poten vraatzuchtig op hen afkwam. Hoog op het chassis bevond zich een cabine van plexiglas met een hele batterij schijnwerpers om de grond voor het voertuig te verlichten.

Het ding kwam vlak naast de F-14 schuddend tot stilstand. De deur van de cabine ging open en er klom een gedaante langs een ladder naar beneden. Hij was van top tot teen gehuld in een opbollende witte overall, die wel opgepompt leek.

Een kruising tussen de Rode Baron en het Michelinmannetje, dacht Rachel, die opgelucht was dat deze vreemde planeet bewoond bleek te zijn.

De man gebaarde naar de piloot van de F-14 dat hij de cockpit open moest doen. De piloot gehoorzaamde. Er kwam een windvlaag binnen die Rachel ogenblikkelijk tot op het bot verkleumde.

Doe die koepel dicht, verdomme!

'Mevrouw Sexton?' riep de gestalte naar haar. Hij had een Amerikaans accent. 'Namens NASA heet ik u hartelijk welkom.'

Rachel huiverde. *Nou, bedankt.*

'Als u uw veiligheidsgordel losmaakt en uw helm in het toestel achterlaat, kunt u van boord klimmen door gebruik te maken van de steunpunten in de romp. Hebt u vragen?'

'Ja,' schreeuwde Rachel terug. 'Waar ben ik verdomme?'

17

Marjorie Tench, de belangrijkste adviseur van de president, was een lange, broodmagere vrouw. Haar hoekige, één meter tachtig lange gestalte leek op iets wat in elkaar geknutseld was met een meccanodoos. Boven dat hachelijk dunne lijf prijkte een gelig gezicht met een perkamenten huid en twee emotieloze ogen. Ze was eenenvijftig, maar zag eruit als zeventig.

Tench gold in Washington als de godin van de politieke arena. Haar analytisch vermogen zou aan helderziendheid grenzen. In de tien jaar dat ze leiding had gegeven aan het Bureau of Intelligence and Research van het ministerie van Buitenlandse Zaken was ze alleen nog maar scherper en kritischer geworden. Helaas ging de politieke gewiekstheid van Tench gepaard met een kille persoonlijkheid die maar weinigen langer dan een paar minuten konden verdragen. Marjorie Tench was gezegend met het verstand van een supercomputer, maar ook met de vergelijkbare menselijke warmte. President Zach Herney had echter niet veel problemen met haar eigenaardigheden; met haar intellect en werklust had ze er bijna in haar eentje voor gezorgd dat Herney aan het bewind was gekomen.

'Marjorie,' zei de president, en hij stond op om haar te verwelkomen in het Oval Office. 'Wat kan ik voor je doen?' Hij bood haar geen stoel aan. Dat soort beleefde omgangsvormen paste niet bij een vrouw als Marjorie Tench. Als Tench wilde gaan zitten, pakte ze zelf wel een stoel.

'Ik heb gezien dat je de stafbijeenkomst voor vier uur vanmiddag hebt gepland.' Haar stem was schor van het roken. 'Uitstekend.'
Tench ijsbeerde even heen en weer, en Herney dacht dat hij het gecompliceerde raderwerk in haar hoofd bijna kon horen draaien. Daar was hij blij om. Marjorie Tench was een van de heel weinige medewerkers van de president die al volledig op de hoogte waren van de NASA-ontdekking, en met haar gewiekstheid was ze een grote hulp bij het bedenken van een strategie.
'Dat debat op CNN van één uur,' zei Tench hoestend. 'Wie sturen we als tegenstander voor Sexton?'
Herney glimlachte. 'Een jonge campagnemedewerker.' De tactiek om de 'jager' te frustreren door hem nooit groot wild te bieden was al zo oud als het politieke debat zelf.
'Ik heb een beter idee,' zei Tench, en ze keek hem met haar steriele blik aan. 'Laat mij het doen.'
Zach Herney schoot overeind. 'Jou?' *Hoe komt ze daar in godsnaam bij?* 'Marjorie, jij doet geen mediawerk. Bovendien is het een tv-programma dat midden op de dag wordt uitgezonden. Als ik mijn topadviseur stuur, is het net alsof we in paniek zijn.'
'Precies.'
Herney bekeek haar aandachtig. Wat voor ingewikkeld plan Tench ook aan het uitbroeden was, Herney zou haar absoluut niet toestaan op CNN te verschijnen. Iedereen die Marjorie Tench ooit had gezien, wist dat ze niet voor niets achter de schermen werkte. Tench zag er werkelijk angstaanjagend uit, niet bepaald het gezicht dat de president geschikt vond om de boodschap van het Witte Huis uit te dragen.
'Ik ga dat debat op CNN doen,' herhaalde ze. Deze keer was het geen vraag.
'Marjorie,' zei de president voorzichtig – hij begon ongerust te worden – 'Sextons campagneteam zal ongetwijfeld suggereren dat jouw aanwezigheid bij CNN bewijst dat het Witte Huis bang wordt. Door onze troeven in zo'n vroeg stadium uit te spelen, maken we een wanhopige indruk.'
De vrouw knikte kalm en stak een sigaret op. 'Hoe wanhopiger we lijken, hoe beter.'
In de minuut die volgde, legde Marjorie Tench de president uit waarom hij haar naar het CNN-debat moest sturen in plaats van een onbelangrijke campagnemedewerker. Toen Tench was uitgesproken, kon de president haar alleen maar sprakeloos aanstaren.
Ze had opnieuw bewezen een politiek genie te zijn.

18

Het Milne-ijsplateau is de grootste ijsschol op het noordelijk halfrond. Hij ligt boven de tweeëntachtigste breedtegraad aan de noordkust van Ellesmere Island in de Noordelijke IJszee, is zesenhalve kilometer breed en op sommige plaatsen bijna honderd meter dik.

Toen Rachel in de plexiglazen cabine van de sneeuwkat was geklommen, zag ze tot haar vreugde dat er een extra parka en handschoenen op de stoel voor haar klaarlagen. Ze was ook dankbaar voor de warmte die uit de ventilatieroosters stroomde. Buiten, op de landingsbaan van ijs, loeiden de motoren van de F-14 en taxiede het vliegtuig weg.

Rachel keek geschrokken op. 'Gaat hij weg?'

Haar nieuwe gastheer klom in de sneeuwkat en knikte. 'Alleen wetenschappelijk medewerkers en ondersteunend personeel van NASA worden hier toegelaten.'

Toen de F-14 wegschoot de donkere hemel in, voelde Rachel zich plotseling aan haar lot overgelaten.

'We nemen de IceRover voor het laatste stukje,' zei de man. 'De baas verwacht u.'

Rachel keek voor zich uit naar de zilverachtige weg van ijs en probeerde te bedenken wat het hoofd van NASA hier in vredesnaam uitvoerde.

'Houd u vast,' riep de man, en hij haalde een paar hendels over. Met een knarsend gegrom draaide het apparaat negentig graden op de plaats waar het stond, zoals een legertank dat kon. Het stond nu met de voorkant naar een hoge muur van sneeuw: een van de bermen.

Rachel keek naar het steile talud en er kwam een angstige gedachte bij haar op. *Hij is toch zeker niet van plan om...*

'Rock-'n-roll!' De bestuurder liet de koppeling opkomen en het voertuig schoot naar voren in de richting van de helling. Rachel slaakte een gedempte kreet en hield zich vast. Toen ze de wal raakten, sloegen de met pinnen bezette rupsbanden zich vast in de sneeuw en begon het ding te klimmen. Rachel was ervan overtuigd dat ze naar achteren zouden kantelen, maar de cabine bleef verrassend horizontaal terwijl de rupsbanden tegen de helling op klauwden. Toen het enorme apparaat het hoogste punt van de wal bereikte, bracht de bestuurder het tot stilstand en keek zijn wit weggetrokken passagier stralend aan. 'Probeer dát maar eens in een terreinwagen! We hebben het ontwerp van het onderstel van de Mars Pathfinder overgenomen en voor dit dingetje gebruikt! Werkt fantastisch.'

Rachel knikte flauwtjes. 'Handig.'

Nu ze op de wal van sneeuw stonden, was het uitzicht onvoorstelbaar. Voor hen uit lag nog één hoge wal, en daarna was het afgelopen met de hoogteverschillen. Het ijs lag voor hen als een glinsterende, enigszins glooiende vlakte. Het maanverlichte ijsveld strekte zich tot in de verte uit, waar het ten slotte smaller werd en omhoogkronkelde, de bergen in.
'Dat is de Milne-gletsjer,' zei de bestuurder, en hij wees de bergen in. 'Die begint daar en vloeit uit tot de brede delta waar we ons nu op bevinden.'
De bestuurder gaf weer gas, en Rachel hield zich vast terwijl het voertuig de steile helling afdaalde. Onderaan gekomen staken ze een tweede rivier van ijs over en klommen tegen de volgende wal op. Nadat ze de top hadden bereikt en aan de andere kant snel waren afgedaald, gleden ze een vlak ijsveld op en reden ze knerpend over de gletsjer.
'Hoe ver is het?' Rachel zag niets dan ijs voor hen uit.
'Een kilometer of drie.'
Dat leek Rachel ver. De vlagerige wind beukte onophoudelijk tegen de IceRover en rammelde aan het plexiglas als in een poging hen terug te smijten in zee.
'Dat is de valwind,' riep de bestuurder. 'Daar kunt u maar beter aan gewend raken!' Hij vertelde dat er in deze streek een permanente aflandige storm stond. Die aanhoudende wind werd veroorzaakt door zware, koude lucht die als een kolkende rivier over het oppervlak van de gletsjer naar beneden stroomde. 'Je kunt hier gerust zondigen,' vervolgde de bestuurder lachend, 'de hel is toch dichtgevroren.'
Een paar minuten later begon Rachel in de verte recht voor hen uit een vage vorm te zien: het silhouet van een enorme witte koepel die op het ijs stond. Rachel wreef zich in de ogen. *Wat ter wereld...?*
'Grote eskimo's hebben we hier, hè?' grapte de man.
Rachel probeerde te zien wat het voor bouwwerk was. Het zag eruit als een kleinere versie van de Astrodome, het beroemde honkbalstadion in Houston.
'NASA heeft het een week geleden neergezet,' zei hij. 'Opblaasbare kunststof panelen. Je pompt ze op, koppelt ze aan elkaar en zet de hele zaak met kabels en gletsjerhaken aan het ijs vast. Het ziet eruit als een grote circustent, maar het is het prototype van de verplaatsbare habitat die NASA op een dag op Mars hoopt te gebruiken. We noemen het een "habisfeer".'
'Een habisfeer?'
'Ja, vat u 'm? Van "habitat" en "hemisfeer", halfrond.'
Rachel glimlachte en keek naar het bizarre gebouw dat opdoemde op de ijsvlakte. 'En omdat NASA nog niet op Mars is geland, hebben jul-

lie besloten maar hier te komen kamperen?'
De man lachte. 'Eerlijk gezegd had ik de voorkeur gegeven aan Tahiti, maar het lot heeft beslist dat het deze locatie werd.'
Rachel keek onzeker op naar het bouwwerk. De roomwitte buitenkant stak spookachtig af tegen een donkere hemel. De IceRover reed naar een deurtje aan de zijkant van de koepel, dat openging. Licht van binnen viel op de sneeuw. Er kwam een gestalte naar buiten, een logge reus van een man, in een pullover van fleece die hem nog volumineuzer maakte en hem op een beer deed lijken. Hij kwam naar de IceRover toe.
Rachel twijfelde er niet aan wie de gigantische man was: Lawrence Ekstrom, het hoofd van NASA.
De bestuurder grijnsde haar opbeurend toe. 'Verkijk je niet op zijn omvang. Het is een lammetje.'
Eerder een tijger, dacht Rachel, die bekend was met Ekstroms reputatie dat hij snauwde en grauwde tegen iedereen die hem hinderde bij het verwezenlijken van zijn dromen.
Toen Rachel uit de IceRover klom, werd ze bijna omvergeblazen door de wind. Ze trok de jas om zich heen en liep naar de koepel.
Het hoofd van NASA wachtte haar halverwege op en stak een gehandschoende kolenschop naar haar uit. 'Mevrouw Sexton. Dank u voor uw komst.'
Rachel knikte weifelend en riep boven de gierende wind uit: 'Eerlijk gezegd had ik niet veel keus, meneer.'

Van een kilometer afstand keek Delta-Een door een infraroodkijker toe hoe het hoofd van NASA Rachel Sexton de koepel binnenleidde.

19

Lawrence Ekstrom, het hoofd van NASA, was een reus van een vent, blozend en bars als een ontstemde Noorse god. Zijn blonde, stekelige haar was kort geschoren, zijn voorhoofd doorploegd met rimpels en zijn stompe neus met adertjes doorschoten. Vandaag hingen zijn oogleden ver over zijn koel blauwe ogen, als gevolg van de talloze slapeloze nachten die hij had gehad. Ekstrom, die een invloedrijk luchtvaartstrateeg en adviseur bij het Pentagon was geweest voordat hij benoemd werd bij NASA, stond bekend om zijn korzeligheid, die alleen werd geëvenaard door zijn rotsvaste toewijding aan de missie die ver-

vuld diende te worden, wat die missie ook was.
Rachel Sexton, die achter Lawrence Ekstrom de habisfeer in liep, zag een geheimzinnige, doorschijnende doolhof van gangen om zich heen. De labyrintische structuur leek te bestaan uit vellen transparant plastic die over strakgespannen metaalkabels hingen. De doolhof had geen vloer; ze liepen over massief ijs, waar rubberen matten op lagen tegen het uitglijden. Ze kwamen langs een primitieve woonruimte waar veldbedden en chemische toiletten stonden.
Gelukkig was het warm in de habisfeer, zij het dat de lucht bedompt was door een mengsel van niet te onderscheiden geuren dat ontstaat als mensen in een krappe omgeving leven. Ergens bromde een generator, die blijkbaar de elektriciteit leverde voor de kale peertjes die aan slordig gedrapeerde verlengsnoeren in de gang hingen.
'Mevrouw Sexton,' gromde Ekstrom, terwijl hij haar snel meevoerde naar een onbekende bestemming. 'Ik zal open kaart met u spelen.' Uit zijn toon bleek dat hij allesbehalve blij was met haar aanwezigheid. 'U bent hier omdat de president dat wil. Ik beschouw Zach Herney als een vriend, en hij is een trouw verdediger van NASA. Ik respecteer hem. Ik ben hem iets schuldig. En ik vertrouw hem. Ik trek zijn rechtstreekse orders niet in twijfel, zelfs niet als ze me niet bevallen. Maar voor alle duidelijkheid, ik deel zijn enthousiasme over uw bemoeienis met deze zaak niet.'
Rachel staarde hem aan. *Heb ik een reis van vijfduizend kilometer gemaakt om zó te worden ontvangen?* Fijn type was dit. 'Met alle respect,' repliceerde ze, 'maar ook ik heb orders van de president. Er is me niet verteld waarom ik hier ben. Ik heb deze reis in goed vertrouwen gemaakt.'
'Mooi,' zei Ekstrom. 'Dan zal ik openhartig zijn.'
'Daar was u al mee bezig.'
Rachels stekelige reactie leek tot de man door te dringen. Hij hield even zijn pas in en zijn blik werd scherper toen hij haar aandachtig aankeek. Toen leek hij zich met een diepe zucht weer te ontspannen en liep door.
'U moet goed begrijpen,' begon hij, 'dat dit een geheim NASA-project is waarbij u tegen mijn zin aanwezig bent. Niet alleen bent u een vertegenwoordigster van het NRO, waarvan de directeur het NASA-personeel graag afschildert als loslippige kinderen, maar u bent ook nog eens de dochter van de man die zich ten doel heeft gesteld mijn organisatie te vernietigen. Dit zou een mooie tijd voor NASA moeten zijn. Mijn medewerkers hebben de laatste tijd veel kritiek te verduren gehad en verdienen dit moment van glorie. Maar vanwege een stortvloed aan scepsis die op gang is gebracht door úw vader, is de politieke si-

tuatie dusdanig dat mijn hardwerkende personeel de schijnwerpers moet delen met een handjevol willekeurige wetenschappers en de dochter van de man die ons probeert te vernietigen.'

Ik ben mijn vader niet, wilde Rachel wel schreeuwen, maar dit was niet het juiste moment om met het hoofd van NASA over politiek te discussiëren. 'Ik ben niet gekomen voor de schijnwerpers, meneer.'

Ekstrom wierp haar een boze blik toe. 'U zult misschien ontdekken dat u geen keuze hebt.'

Die opmerking verraste haar. President Herney had niets specifieks gezegd over een 'openbare' rol die ze moest vervullen, maar William Pickering was uitgesproken geweest in zijn vermoedens dat Rachel als pion zou worden gebruikt in een politiek spelletje. 'Ik zou graag willen weten wat ik hier doe,' gaf ze Ekstrom te verstaan.

'Ik ook. Ik ben er niet van op de hoogte.'

'Wat zegt u?'

'De president heeft me gevraagd u bij uw aankomst hier alles te vertellen over onze ontdekking. Wat voor rol hij voor u in gedachten heeft, is een zaak tussen hem en u.'

'Hij heeft me verteld dat uw Earth Observation System iets had ontdekt.'

Ekstrom keek haar zijdelings aan. 'Wat weet u van het EOS-project?'

'EOS bestaat uit een groep van vijf NASA-satellieten die de aarde op verschillende manieren observeren: oceanen worden in kaart gebracht, breuken in het aardoppervlak worden geanalyseerd, het smelten van het poolijs wordt in de gaten gehouden, er worden fossiele brandstofreserves opgespoord...'

'Mooi,' zei Ekstrom, maar hij leek niet onder de indruk. 'Dus u bent bekend met de nieuwste aanwinst van EOS? Die heet PODS.'

Rachel knikte. De *Polar Orbiting Density Scanner* was bedoeld om de gevolgen van de opwarming van de aarde te meten. 'Voor zover ik heb begrepen, meet PODS de dikte en hardheid van de poolkap.'

'Daar komt het wel op neer, ja. Met behulp van spectraalanalyse ontstaat een beeld van de dichtheid van de bodem, en op die manier worden onregelmatigheden in de hardheid van het ijs opgespoord: plekken waar het ijs zachter is of waar holtes met smeltwater zijn, grote barsten en andere aanwijzingen voor de opwarming van de aarde.'

Rachel kende de techniek van het scannen van de bodemdichtheid; er werd een soort echo van de ondergrond gemaakt. NRO-satellieten hadden met een vergelijkbare techniek naar ondergrondse dichtheidsverschillen in Oost-Europa gezocht en massagraven ontdekt, waarmee het vermoeden van de president werd bevestigd dat er etnische zuiveringen plaatsvonden.

'Twee weken geleden,' zei Ekstrom, 'kwam PODS over dit ijsplateau en registreerde een onregelmatigheid in dichtheid die afweek van wat we hier verwachtten. Op zestig meter onder het oppervlak zag PODS iets wat eruitzag als een vormeloze bol van een meter of drie in doorsnede, volledig omgeven door massief ijs.'

'Een holte met water?' vroeg Rachel.

'Nee. Het was geen vloeistof. Vreemd genoeg was deze afwijking juist dichter dan het ijs eromheen.'

Rachel wachtte even af. 'Dus... is het een kei of zoiets?'

Ekstrom knikte. 'In wezen wel, ja.'

Rachel wachtte op de clou, maar die kwam niet. *Ben ik hier omdat NASA een rotsblok in het ijs heeft gevonden?*

'Pas toen PODS de dichtheid van het gesteente had berekend, gingen we ons erover opwinden. We hebben meteen een team hierheen gestuurd om nader onderzoek te doen. Het rotsblok in het ijs onder ons heeft namelijk een veel hogere dichtheid dan de soorten gesteente die hier op Ellesmere Island voorkomen. Hoger zelfs dan alle gesteenten die binnen een straal van zevenhonderd kilometer voorkomen.'

Rachel keek naar het ijs onder haar voeten en probeerde zich de grote kei eronder voor te stellen. 'Bedoelt u dat iemand hem hierheen heeft gebracht?'

Ekstrom keek licht geamuseerd. 'De steen weegt meer dan acht ton. Hij ligt onder meer dan zéstig meter massief ijs, wat betekent dat hij daar al meer dan driehonderd jaar onaangeroerd ligt.'

Toen ze achter Ekstrom aan een lange, smalle gang in liep, tussen twee gewapende NASA-bewakers door, merkte Rachel dat ze moe was. Ze keek Ekstrom aan. 'Ik neem aan dat er een logische verklaring is voor de aanwezigheid van de steen... en voor al deze geheimzinnigheid?'

'Ja zeker,' zei Ekstrom met een uitgestreken gezicht. 'Het rotsblok dat PODS heeft gevonden is een meteoriet.'

Rachel bleef als aan de grond genageld staan en staarde de man aan. 'Een meteoríét?' Er welde een golf van teleurstelling in haar op. Een meteoriet leek wel een erg grote anticlimax na de grote woorden van de president. *Deze ontdekking is elke dollar waard die de Amerikanen ooit aan ruimteonderzoek hebben uitgegeven.* Hoe kwam Herney daarbij? Meteorieten waren weliswaar op aarde zeldzamer dan veel andere gesteenten, maar NASA ontdekte ze aan de lopende band.

'Deze meteoriet is een van de grootste die ooit zijn gevonden,' zei Ekstrom, die onwrikbaar voor haar stond. 'We denken dat hij een brokstuk is van een grotere meteoriet, waarvan bekend is dat hij in de achttiende eeuw in de Noordelijke IJszee is neergekomen. Bij die inslag is dit stuk waarschijnlijk afgebroken en op de Milne-gletsjer geland, waar het in de afgelopen driehonderd jaar langzaam steeds dieper onder de sneeuw is bedolven.'

Rachel keek stuurs. Deze ontdekking veranderde niets. Ze begon het vermoeden te krijgen dat ze getuige was van een opgeklopte publiciteitsstunt van NASA en het Witte Huis, die allebei wanhopig probeerden een mooie vondst op te blazen tot een verpletterende overwinning van NASA.

'U lijkt niet erg onder de indruk,' zei Ekstrom.

'Ik denk dat ik iets... anders verwachtte.'

Ekstroms ogen werden klein. 'Een meteoriet van deze afmetingen is een zeldzame vondst, mevrouw Sexton. Op de hele wereld zijn er maar een paar die groter zijn.'

'Ik snap wel...'

'Maar het is niet de grootte van de meteoriet waarover we ons opwinden.'

Rachel keek op.

'Om mijn verhaal af te ronden,' zei Ekstrom, 'kan ik u vertellen dat déze meteoriet een paar heel bijzondere kenmerken heeft, die in geen enkele andere meteoriet, groot of klein, ooit zijn aangetroffen.' Hij gebaarde de gang in. 'Als u me nu wilt volgen, zal ik u voorstellen aan iemand die geschikter is dan ik om over deze vondst te vertellen.'

Dat verbaasde Rachel. 'Geschikter dan het hoofd van NASA?'

Ekstrom keek haar met zijn Scandinavische ogen strak aan. 'Geschikter, in die zin dat hij niet in overheidsdienst is. Aangezien uw vak gegevensanalyse is, nam ik aan dat u uw gegevens liever uit onbevooroordeelde bron krijgt.'

Die zat. Rachel deed er het zwijgen toe.

Ze liep achter Ekstrom aan door de smalle gang, die eindigde bij een dik, zwart gordijn. Aan de andere kant daarvan hoorde Rachel het gedempte geluid van vele stemmen, die klonken alsof ze in een gigantische open ruimte weerkaatsten.

Zonder een woord te zeggen trok Ekstrom het gordijn opzij. Rachel werd verblind door een helder licht. Met haar ogen tot spleetjes geknepen stapte ze aarzelend de blinkende ruimte in. Toen haar ogen zich hadden aangepast, zag ze de enorme zaal die voor haar lag en hield vol ontzag haar adem in.

'Mijn god,' fluisterde ze. *Waar ben ik beland?*

20

De CNN-vestiging aan de rand van Washington is een van de 212 studio's over de hele wereld die via een satelliet verbonden zijn met het hoofdkantoor van Turner Broadcasting System in Atlanta.
Het was kwart voor twee 's middags toen senator Sedgewick Sextons limousine het parkeerterrein opreed. Sexton stapte zelfvoldaan uit en wandelde naar de ingang. Gabrielle en hij werden binnen opgewacht door een corpulente producer van CNN met een overdreven brede glimlach op zijn gezicht.
'Senator Sexton,' zei de producer. 'Welkom. Geweldig nieuws. We hebben net gehoord wie het Witte Huis als uw discussiepartner heeft gestuurd.' De producer grijnsde veelbetekenend. 'Ik hoop dat u uw pokerface hebt meegenomen.' Hij gebaarde door het raam van de regiekamer naar de studio.
Sexton wierp een blik door het raam en viel bijna achterover. Door de rooksluier van haar sigaret keek het lelijkste gezicht uit de politieke arena hem aan.
'Marjorie Tench?' riep Gabrielle uit. 'Wat doet zíj hier in godsnaam?'
Sexton had geen idee, maar wat de reden ook was, haar aanwezigheid hier was fantastisch nieuws, een onmiskenbaar teken dat de president vertwijfeld was. Waarom zou hij anders zijn belangrijkste adviseur naar de frontlinie sturen? President Zach Herney zette zwaar geschut in, en Sexton ging deze kans met beide handen aangrijpen.
Hoge bomen vangen veel wind.
De senator twijfelde er niet aan dat Tench een sluwe opponent zou zijn, maar nu hij de vrouw weer eens zag, kon hij de gedachte niet onderdrukken dat de president een ernstige beoordelingsfout had gemaakt. Marjorie Tench was afstotelijk. Op dit moment zat ze onderuitgezakt in haar stoel een sigaret te roken. Haar rechterarm bewoog in een traag ritme heen en weer naar haar dunne lippen, waardoor ze leek op een reusachtige bidsprinkhaan die zat te eten.
Jezus, dacht Sexton, *als er ooit iemand is geweest die zich tot radio zou moeten beperken...*
De enkele keren dat Sedgewick Sexton de gelige tronie van de topadviseur van het Witte Huis in een tijdschrift had gezien, had hij nauwelijks kunnen geloven dat hij naar een van de invloedrijkste mensen van Washington keek.
'Dit bevalt me niets,' fluisterde Gabrielle.
Sexton hoorde haar nauwelijks. Hoe langer hij over deze kans nadacht, hoe meer die hem aanstond. Nog gunstiger dan haar camera-

onvriendelijke gezicht was haar reputatie op een belangrijk terrein: Marjorie Tench wond er geen doekjes om dat ze vond dat Amerika zijn leidende rol in de wereld alleen kon blijven spelen als het technologisch superieur was. Ze was een groot voorstander van door de overheid gesteunde, geavanceerde onderzoeksprojecten en vooral van NASA. Veel mensen verdachten Tench ervan er achter de schermen voor te zorgen dat de president zo vierkant achter de falende ruimtevaartorganisatie bleef staan.

Sexton vroeg zich af of Tench nu door de president werd gestraft voor al haar slechte raad over het steunen van NASA. *Gooit hij zijn belangrijkste adviseur voor de leeuwen?*

Gabrielle Ashe stond door het glas naar Marjorie Tench te kijken en voelde zich slecht op haar gemak. Deze vrouw was superslim en was hier volkomen onverwachts opgedoken. Door de combinatie van die twee factoren gingen bij haar alarmbellen rinkelen. Gezien de mening van de vrouw over NASA leek het niet handig van de president om haar de ring in te sturen tegenover senator Sexton. Maar de president was allesbehalve dom. Iets zei Gabrielle dat dit debat niet gunstig zou uitpakken.

Ze merkte nu al dat de senator likkebaardde bij deze kans, wat haar bezorgdheid er niet minder op maakte. Sexton had de neiging te ver te gaan als hij zeker van zichzelf was. De NASA-kwestie had voor een welkome stijging in de peilingen gezorgd, maar de laatste tijd had Sexton er wel erg op gehamerd, vond ze. Er waren genoeg campagnes verloren door kandidaten die hun tegenstander knock-out probeerden te slaan terwijl ze alleen maar hoefden te zorgen dat ze zelf overeind bleven.

De producer leek met verlangen uit te zien naar een bloedbad. ‘Laten we nog even de nodige voorbereidingen treffen, senator.’

Toen Sexton naar de studio wilde lopen, pakte Gabrielle hem bij zijn mouw. ‘Ik weet wat je denkt,’ fluisterde ze. ‘Maar gebruik je verstand. Ga niet te ver.’

‘Te ver? Ik?’ Sexton grinnikte.

‘Vergeet niet dat deze vrouw een kei is in haar vak.’

Sexton grijnsde haar veelbetekenend toe. ‘Dat ben ik ook.’

21

De grote, hoge centrale ruimte van de habisfeer zou overal ter wereld een vreemde aanblik hebben geboden, maar het feit dat hij op de noordpool stond, maakte het geheel nog onwerkelijker voor Rachel.

Ze staarde omhoog in een futuristische koepel van witte, aaneengekoppelde driehoekige kussens, en ze had het gevoel dat ze een kolossale ziekenzaal was binnengestapt. De wanden liepen schuin af naar een vloer van massief ijs, waar een legertje halogeenlampen als schildwachten langs de buitenrand stond. Hun felle licht scheen naar boven en verleende de hele ruimte een ondefinieerbare gloed.

Kriskras over de ijsvloer lagen lopers van zwart schuimrubber, als plankenpaden op het strand. Ze vormden een doolhof tussen allerlei verplaatsbare werktafels met wetenschappelijke apparatuur. Tussen de elektronica waren dertig à veertig in het wit geklede employés van NASA hard aan het werk of vrolijk en opgewonden met elkaar aan het praten. Rachel herkende de geestdriftige atmosfeer onmiddellijk. Het was de opwinding die bij een nieuwe ontdekking hoort.

Toen Rachel en Ekstrom langs de wand van de koepel liepen, zag ze de verraste en ontstemde blikken van degenen die haar herkenden. Hun gefluister was duidelijk te verstaan in de galmende ruimte.

Is dat niet de dochter van senator Sexton?

Wat doet zíj hier in hemelsnaam?

Ongelooflijk dat de baas zelfs maar met haar prâát!

Rachel verwachtte bijna voodoopoppetjes van haar vader te zien hangen. Maar de vijandigheid om haar heen was niet de enige emotie die er heerste; Rachel voelde ook een duidelijke zelfvoldaanheid, alsof NASA zeker wist wie er het laatst zou lachen.

Ekstrom nam Rachel mee naar een paar tafels waar een man alleen achter een computerterminal zat. Hij droeg een zwarte coltrui, een broek van corduroy met een brede rib en zware bootschoenen, in plaats van de bij elkaar passende isolerende NASA-kleding die alle anderen leken te dragen. Hij zat met zijn rug naar hen toe.

Ekstrom vroeg Rachel even te wachten, liep naar de onbekende en zei iets tegen hem. Al snel knikte de man met de coltrui instemmend en begon zijn computer uit te zetten. Ekstrom kwam terug naar Rachel.

'Meneer Tolland zal u verder op de hoogte brengen,' zei hij. 'Hij is ook door de president opgetrommeld, dus u tweeën kunt vast goed met elkaar opschieten. Ik zie u straks weer.'

'Dank u.'

'Ik neem aan dat u wel eens van Michael Tolland hebt gehoord?'
Rachel haalde haar schouders op; haar hersenen waren nog druk bezig de ongelooflijke omgeving te verwerken. 'Er gaat geen lampje branden.'
De man met de coltrui kwam aanlopen en grijnsde. 'Gaat er geen lampje branden?' Zijn stem was diep en vriendelijk. 'Dat is het beste wat ik vandaag heb gehoord. Ik krijg tegenwoordig nooit meer de kans een eerste indruk te maken.'
Toen Rachel naar hem opkeek, verstijfde ze. Ze herkende het knappe gezicht van de man meteen. Heel Amerika kende hem.
'O,' zei ze, en ze bloosde toen de man haar de hand schudde. 'Díé Michael Tolland.'
Toen de president Rachel had verteld dat hij vooraanstaande onafhankelijke wetenschappers had aangetrokken om de ontdekking van NASA te verifiëren, had Rachel zich een groepje dorre vakidioten voorgesteld, immer gewapend met rekenmachientjes met hun initialen erop. Michael Tolland was juist het tegenovergestelde. Hij was een van de bekendste 'populaire wetenschappers' van Amerika, doordat hij een wekelijkse documentaire presenteerde – *Amazing Seas* – waarin hij de kijkers confronteerde met fascinerende oceanische fenomenen: vulkanen onder water, zeewormen van drie meter lang, levensgevaarlijke vloedgolven. De media noemden Tolland een kruising tussen Jacques Cousteau en Carl Sagan, en prezen zijn kennis, pretentieloze enthousiasme en hang naar avontuur als factoren die de kijkcijfers van *Amazing Seas* tot grote hoogte opstuwden. En de meeste recensenten erkenden dat Tollands ongepolijste, knappe uiterlijk en uitstraling van bescheidenheid het niet slecht deden bij de vrouwelijke kijkers.
'Meneer Tolland...' hakkelde Rachel. 'Ik ben Rachel Sexton.'
Tolland schonk haar een sympathieke, scheve glimlach. 'Hallo, Rachel. Noem me maar Mike.'
Rachel merkte dat ze met haar mond vol tanden stond, wat niets voor haar was. Haar zintuigen begonnen overbelast te raken... De habisfeer, de meteoriet, de geheimen, en dan stond ze ook nog onverwachts tegenover een beroemdheid. In een poging zich te herstellen zei ze: 'Het verrast me je hier te zien. Toen de president me vertelde dat hij onafhankelijke wetenschappers had aangetrokken om de vondst van NASA te laten verifiëren, verwachtte ik eigenlijk...' Ze aarzelde.
'Échte wetenschappers?' Tolland grijnsde.
Rachel bloosde diep. 'Dat bedoelde ik niet.'
'Maak je geen zorgen,' zei Tolland. 'Dat krijg ik van iedereen te horen sinds ik hier ben.'

Ekstrom verontschuldigde zich en zei dat hij hen later weer zou opzoeken. Tolland wendde zich met een nieuwsgierige blik tot Rachel. 'Is je vader inderdaad senator Sexton, zoals Ekstrom me heeft verteld?'

Rachel knikte. *Helaas wel.*

'Een Sexton-spion achter de vijandelijke linie?'

'De linie loopt niet altijd waar je misschien zou denken.'

Er viel een pijnlijke stilte.

'Maar vertel eens,' zei Rachel snel, 'wat doet een wereldberoemde oceanograaf op een gletsjer met een stelletje raketgeleerden van NASA?'

Tolland grinnikte. 'Om precies te zijn, heeft een man die verdacht veel op de president leek me gevraagd hem een dienst te bewijzen. Ik deed mijn mond open om "lazer op" te zeggen, maar er kwam plotseling "ja, meneer" uit.'

Voor het eerst die ochtend moest Rachel lachen. 'Hier staat er nog zo een.'

Hoewel de meeste beroemdheden in werkelijkheid kleiner bleken te zijn, vond Rachel Michael Tolland juist groter lijken. Zijn bruine ogen waren net zo alert en gepassioneerd als op tv, en zijn stem had dezelfde bescheiden hartelijkheid en geestdrift. Hij was waarschijnlijk een jaar of vijfenveertig, en had een atletische gestalte, dik zwart haar en een kuif die eruitzag alsof hij permanent door de wind over zijn voorhoofd werd geblazen. Hij had een krachtige kin en een onbekommerde manier van doen die op een groot zelfvertrouwen wees. Toen hij Rachels hand had geschud, had zijn eeltige handpalm haar eraan herinnerd dat hij geen typische televisiepresentator was, maar eerder een ervaren zeeman en een man van de praktijk, een onderzoeker die was gespecialiseerd in veldwerk.

'Eerlijk gezegd,' erkende Tolland op schaapachtige toon, 'denk ik dat ik meer om mijn publiciteitswaarde dan om mijn wetenschappelijke kennis ben geworven. De president heeft me gevraagd hierheen te komen en een documentaire voor hem te maken.'

'Een documentaire? Over een meteoríét? Maar je bent oceanograaf.'

'Dat heb ik ook tegen hem gezegd! Maar hij zei dat hij niemand kende die gespecialiseerd was in documentaires over meteorieten. Volgens hem zou mijn bemoeienis deze vondst een grotere geloofwaardigheid verlenen bij het grote publiek. Kennelijk is hij van plan mijn documentaire uit te zenden als onderdeel van de grote persconferentie van vanavond, als hij de ontdekking wereldkundig maakt.'

Een beroemdheid als woordvoerder. Rachel herkende er de politieke meesterhand van Zach Herney in. NASA werd er vaak van beschuldigd over de hoofden van het grote publiek heen te praten, maar dat zou deze keer niet gebeuren. Ze hadden de meester in het overbrengen van wetenschappelijke feiten gestrikt, iemand die de Amerikanen al kenden en vertrouwden.

Tolland wees dwars door de koepel naar de wand in de verte, waar een ruimte voor een persconferentie werd ingericht. Er lag een blauw tapijt op het ijs en er stonden televisiecamera's, lampen en een lange tafel met een paar microfoons erop. Iemand was bezig als achtergrond een enorme Amerikaanse vlag op te hangen.

'Dat is voor vanavond,' vertelde hij. 'Het hoofd van NASA en een paar leden van zijn wetenschappelijke staf zullen via een satelliet rechtstreeks met het Witte Huis worden verbonden, zodat ze kunnen meewerken aan de uitzending die de president voor acht uur heeft gepland.'

Passend, dacht Rachel. Ze was blij dat Zach Herney niet van plan was NASA helemaal buiten de bekendmaking te houden.

'Nou,' zei Rachel met een zucht, 'gaat iemand me nu eindelijk eens vertellen wat er zo bijzonder is aan die meteoriet?'

Tolland trok zijn wenkbrauwen op en schonk haar een geheimzinnig glimlachje. 'Het bijzondere aan deze meteoriet kun je het beste zelf zien, in plaats van het uitgelegd te krijgen.' Hij wenkte Rachel mee naar de volgende werkplek. 'De man die hier zit, heeft allerlei monsters die hij je kan laten zien.'

'Monsters? Hebben jullie al mónsters van de meteoriet?'

'Ja zeker. We hebben er al heel wat uitgeboord. Juist door de boormonsters heeft NASA ontdekt hoe belangrijk deze vondst is.'

Zonder te weten wat ze moest verwachten, liep Rachel achter Tolland aan naar de werkplek. Die leek verlaten. Er stond een kop koffie op een bureau dat vol lag met stukken gesteente, schuifmaten en ander diagnostisch gereedschap. De koffie dampte.

'Marlinson!' riep Tolland, terwijl hij om zich heen keek. Geen antwoord. Hij zuchtte geërgerd en wendde zich tot Rachel. 'Hij is waarschijnlijk op zoek gegaan naar melk voor zijn koffie en de weg kwijtgeraakt. Ik heb samen met hem een postdoctorale cursus gevolgd aan Princeton University, en ik kan je vertellen dat hij geregeld verdwaalde in zijn eigen studentenhuis. Inmiddels heeft hij een National Medal of Science in astrofysica gekregen. Als jij het snapt, snap ik het ook.'

Rachel kon haar oren niet geloven. 'Marlinson? Je bedoelt toch zeker niet de beroemde Corky Marlinson?'

Tolland lachte. 'Die en geen ander.'

Rachel was verbluft. 'Is Corky Marlinson hier?' Marlinsons ideeën over gravitatievelden waren alom bekend bij de satellietdeskundigen

van het NRO. 'Is Marlinson een van de wetenschappers die de president heeft laten overkomen?'
'Ja, een van de échte wetenschappers.'
Dat kun je wel zeggen, ja, dacht Rachel. Briljanter en gerespecteerder dan Corky Marlinson zou je ze niet snel vinden.
'Het rare, tegenstrijdige aan Corky,' zei Tolland, 'is dat hij je de afstand tot Alpha Centauri tot op de millimeter kan vertellen, maar niet in staat is zijn eigen das te strikken.'
'Ik draag clipdassen!' klonk een nasale, vrolijke stem vlak bij hen. 'Efficiëntie gaat voor stijl, Mike. Dat begrijpen die Hollywoodtypes zoals jij niet!'
Rachel en Tolland draaiden zich om naar de man die van achter een grote stapel elektronische apparatuur tevoorschijn kwam. Hij was mollig en gedrongen en met zijn uitpuilende ogen en dunner wordende haar dat plat over zijn schedel was gekamd, had hij wel iets weg van een mopshond. Toen de man Tolland met Rachel zag, bleef hij als aan de grond genageld staan.
'Jezus, Mike! We zijn verdorie op de noordpool en het lukt je nog steeds om prachtige vrouwen te ontmoeten. Ik heb altijd geweten dat ik bij de tv had moeten gaan!'
Michael Tolland was zichtbaar gegeneerd. 'Mevrouw Sexton, neemt u het dr. Marlinson alstublieft niet kwalijk. Wat hij mist aan tact, compenseert hij ruimschoots met zijn enorme hoeveelheid volslagen willekeurige en nutteloze kennis over ons heelal.'
Corky kwam naar hen toe. 'Het is me een waar genoegen, mevrouw. Ik heb uw naam niet opgevangen.'
'Rachel,' zei ze. 'Rachel Sexton.'
'Sexton?' Corky deed alsof zijn adem stokte. 'Toch geen familie van die afschuwelijke, kortzichtige senator, mag ik hopen?'
Tolland vertrok zijn gezicht. 'Eh, Corky, senator Sexton is Rachels vader.'
Corky's lach bevroor en hij maakte een verslagen indruk. 'Weet je, Mike, het is eigenlijk geen wonder dat ik nooit veel geluk bij de dames heb gehad.'

22

De bekroonde astrofysicus Corky Marlinson wenkte Rachel en Tolland dichter naar zijn werkplek en begon te zoeken tussen zijn ge-

reedschap en stukken gesteente. Hij bewoog als een strakgespannen veer die op het punt stond los te schieten.
'Goed,' zei hij, en hij huiverde opgewonden. 'Mevrouw Sexton, ik zal u mijn college "meteorieten voor beginners" van een halve minuut geven.'
Tolland gaf Rachel een knipoog om aan te geven dat ze rustig moest afwachten. 'Heb geduld met hem. Hij wilde eigenlijk acteur worden.'
'Ja, en Mike wilde een gerespecteerd wetenschapper worden.' Corky rommelde rond in een schoenendoos, haalde er drie kleine stukken gesteente uit en legde ze op een rijtje op zijn bureau. 'Dit zijn de drie soorten meteorieten die op aarde worden gevonden.'
Rachel keek naar de drie monsters. Het leken helften van ruwe bollen, ongeveer ter grootte van een golfbal, in tweeën gehakt zodat je het breukvlak kon zien.
'Alle meteorieten,' zei Corky, 'bestaan uit nikkelijzer, silicaten en sulfiden, in wisselende verhoudingen. We delen ze in op grond van hun metaal-silicaatverhouding.'
Rachel kreeg het gevoel dat Corky Marlinsons beginnerscollege langer dan een halve minuut zou duren.
'Dit eerste monster,' zei Corky, en hij wees naar een glanzende, gitzwarte steen, 'is een ijzermeteoriet. Heel zwaar. Dit dingetje is een paar jaar geleden op Antarctica neergekomen.'
Rachel bekeek de meteoriet aandachtig. Die zag er inderdaad uit als iets van een andere wereld: een brok zwaar, grijs ijzer met een zwartverbrande korst.
'Die geblakerde buitenlaag heet een smeltkorst,' zei Corky. 'Die is het gevolg van de extreme verhitting die optreedt als de meteoor door onze atmosfeer valt. Alle meteorieten hebben die geblakerde buitenkant.'
Corky ging snel verder met het volgende exemplaar. 'Deze tweede noemen we een steenijzer.'
Rachel bekeek het monster en zag dat ook dat aan de buitenkant geblakerd was. Maar dit stuk gesteente had een lichtgroene tint en het breukvlak leek op een collage van kleurrijke, hoekige scherfjes, zoals je die door een caleidoscoop kunt zien.
'Mooi,' zei Rachel.
'Ben je gek, deze is schítterend!' Corky vertelde dat de groene glans werd veroorzaakt door het hoge olivijngehalte, en stak zijn hand toen met een dramatisch gebaar uit naar het derde en laatste exemplaar, dat hij aan Rachel gaf.
Rachel hield de laatste meteoriet in haar handpalm. Deze was grijsbruin van kleur en leek van graniet. Hij voelde zwaarder aan dan een aardse steen, maar niet zo erg veel zwaarder. De enige aanwijzing dat

dit geen gewone steen was, was de smeltkorst, de geblakerde buitenlaag.

'Dit heet een steenmeteoriet,' zei Corky. 'Het is de gewoonste meteorietsoort. Meer dan negentig procent van de meteorieten die op aarde worden gevonden, behoren tot deze categorie.'

Dat verraste Rachel. Ze had zich meteorieten altijd meer voorgesteld zoals het eerste specimen: metaalachtige, buitenaards ogende brokken. De meteoriet in haar hand zag er helemaal niet uit alsof hij uit de ruimte kwam. Afgezien van de geblakerde buitenkant leek hij op een gewone steen, die ze op het strand geen blik waardig zou keuren.

Corky's ogen puilden nu uit van opwinding. 'De meteoriet die hier in het ijs ligt, is een steenmeteoriet, net zoiets als je nu in je hand houdt. Steenmeteorieten zien er bijna hetzelfde uit als ons aardse stollingsgesteente, waardoor je ze snel over het hoofd ziet. Meestal een combinatie van lichte silicaten: veldspaat, olivijn, pyroxeen. Niets bijzonders.'

Goh, dacht Rachel, en ze gaf hem het specimen terug. 'Deze ziet eruit als een steen die iemand in een open haard heeft laten liggen.'

Corky barstte in lachen uit. 'Dat moet me dan wel een open haard zijn geweest! De warmste smeltoven die ooit is gebouwd levert bij lange na niet de hitte die een meteoor ondergaat als hij onze atmosfeer binnenkomt. Die is vernietigend!'

Tolland glimlachte met een blik van verstandhouding naar Rachel. 'Nu komt het beste deel.'

'Stel je dit eens voor,' zei Corky, terwijl hij de meteoriet van Rachel aanpakte. 'Laten we zeggen dat dit dingetje zo groot is als een huis.' Hij hield de steen hoog boven zijn hoofd. 'Oké... hij vliegt door de ruimte... ons zonnestelsel in... door en door koud doordat het in de ruimte min honderd graden Celsius is.'

Tolland grinnikte bij zichzelf. Blijkbaar had hij Corky de landing van de meteoriet op Ellesmere Island al eerder zien naspelen.

Corky liet de steen een stukje zakken. 'Onze meteoriet beweegt zich in de richting van de aarde... Als hij er in de buurt komt, wordt hij door onze zwaartekracht gegrepen... en hij versnelt... en versnelt...'

Rachel keek toe hoe Corky de steen steeds sneller liet bewegen om de aantrekkingskracht van de aarde na te bootsen.

'Nu gaat hij heel hard,' riep Corky uit. 'Meer dan vijftien kilometer per seconde, meer dan vierenvijftigduizend kilometer per uur! Op 135 kilometer boven het aardoppervlak begint de meteoriet wrijving te ondervinden van de atmosfeer.' Corky schudde de steen heftig heen en weer terwijl hij hem verder naar de ijsvloer liet zakken. 'Als hij lager dan honderd kilometer komt, begint hij te gloeien! De dichtheid van de atmosfeer neemt toe en de wrijving is ongelooflijk! De lucht rond de meteoor begint te fonkelen en het oppervlak smelt door de hitte.' Corky begon knetterende en sissende geluiden te maken. 'Nu is hij op tachtig kilometer hoogte, en de temperatuur van de buitenlaag loopt op tot meer dan achttienhonderd graden!'

Rachel keek ongelovig toe hoe de astrofysicus met de presidentiële onderscheiding de meteoriet nog woester heen en weer schudde en als een klein jongetje sputterende geluidseffecten produceerde.

'Zestig kilometer!' Corky schreeuwde nu. 'De dichtheid van de lucht is nu zo hoog dat de meteoriet tegen een muur lijkt te botsen! Hij wordt met een kracht van ruim driehonderd maal zijn eigen gewicht afgeremd!' Corky maakte een geluid van gierende remmen en liet zijn steen aanzienlijk langzamer verder dalen. 'De meteoor koelt onmiddellijk af en stopt met gloeien. We zijn in het stadium van de vrije val! Het gesmolten oppervlak van de meteoor stolt tot een geblakerde smeltkorst.'

Rachel hoorde Tolland kreunen toen Corky zich op zijn knieën op het ijs liet zakken om de climax na te spelen: de inslag.

'Zo,' zei Corky. 'Onze enorme meteoor huppelt door de onderste lagen van onze atmosfeer...' Op zijn knieën gelegen liet hij de meteoriet met een flauwe boog naar de grond zakken. 'Hij stevent op de Noordelijke IJszee af... bijna horizontaal... en hij valt verder... Het lijkt bijna alsof hij op het wateroppervlak zal afketsen... en hij blijft vallen... en...' Hij sloeg de steen tegen het ijs. 'Bám!'

Rachel schrok op.

'De inslag is onvoorstelbaar! De meteoriet springt uit elkaar. Stukken vliegen alle kanten op en stuiteren tollend over de oceaan.' Corky bewoog nu in slowmotion en liet de steen over de onzichtbare oceaan tot aan Rachels voeten buitelen. 'Eén stuk blijft rondtuimelen en stuitert naar Ellesmere Island...' Hij bracht de steen tot vlak voor haar teen. 'Het ketst af van de oceaan en rolt het land op...' Hij bewoog het omhoog en liet het over haar wreef naar een plek vlak bij haar enkel rollen. 'En komt uiteindelijk hoog op de Milne-gletsjer tot stilstand. Daar wordt het al snel door sneeuw en ijs bedekt en beschermd tegen atmosferische erosie.' Met een glimlach kwam Corky overeind.

Rachels mond viel open. Ze lachte geïmponeerd. 'Nou, dr. Marlinson, die uitleg was wel heel...'

'Beeldend?' opperde Corky.

Rachel glimlachte. 'Dat kun je wel zeggen, ja.'

Corky gaf haar het monster weer. 'Kijk eens naar het breukvlak.'

Rachel bekeek het binnenste van de steen aandachtig, maar zag niets.

'Je moet hem een beetje naar het licht houden,' zei Tolland op war-

me, vriendelijke toon. 'En van dichtbij kijken.'
Rachel bracht de steen dichter bij haar gezicht en hield hem naar de verblindende halogeenlampen boven haar hoofd. Nu zag ze het: kleine metaalachtige bolletjes die glinsterden in het gesteente. Het breukvlak was bezaaid met tientallen van die spikkeltjes, net minuscule kwikdruppeltjes van ongeveer een millimeter in doorsnede.
'Die kleine bolletjes heten chondrulen,' zei Corky. 'En ze komen alleen in meteorieten voor.'
Rachel tuurde naar de druppeltjes. 'Ik moet toegeven dat ik zoiets nog nooit in een aards stuk gesteente heb gezien.'
'Daar zul je ze ook niet in vinden!' verklaarde Corky. 'Chondrulen zijn een geologische structuur die we op aarde gewoon niet hebben. Sommige chondrulen zijn heel oud, misschien wel ontstaan uit de eerste materie in het heelal. Andere zijn veel jonger, zoals die je daar ziet. De chondrulen in die meteoriet zijn nog maar ongeveer honderdnegentig miljoen jaar oud.'
'Is honderdnegentig miljoen jaar jóng?'
'Zeker weten! In kosmologische termen is dat gisteren. Maar waar het hier om gaat, is dat dit monster chondrulen bevat. Doorslaggevend bewijs dat het een meteoriet is.'
'Goed,' zei Rachel. 'Chondrulen zijn doorslaggevend. Ik snap het.'
'En ten slotte,' zei Corky met een zucht, 'als de smeltkorst en de chondrulen je niet overtuigen, hebben wij astronomen een waterdichte methode om te bevestigen dat gesteente uit de ruimte afkomstig is.'
'En dat is?'
Corky haalde achteloos zijn schouders op. 'We gebruiken gewoon petrografische technieken om de concentraties van ferromagnetische materialen te bepalen: onderzoek met een polarisatiemicroscoop, een röntgenfluorescentiespectrometer, analyse van het gammaspectrum bij bestraling met neutronen of plasmaspectrometrie.'
Tolland kreunde. 'Nu is hij aan het opscheppen. Wat Corky bedoelt, is dat we kunnen bewijzen dat een stuk steen een meteoriet is door eenvoudigweg de chemische samenstelling te bepalen.'
'Hé, diepzeekomkommer!' zei Corky berispend. 'Zullen we de wetenschap aan de wetenschappers overlaten?' Hij wendde zich meteen weer tot Rachel. 'In gesteente van aardse oorsprong komt het mineraal nikkel in zeer hoge of in zeer lage concentraties voor; er is geen middenweg. Maar bij meteorieten valt het nikkelgehalte ergens in een middengebied. Dus als we een monster analyseren en ontdekken dat het nikkelgehalte in dat middengebied ligt, kunnen we er volkomen zeker van zijn dat het een stuk van een meteoriet is.'
Rachel begon ongeduldig te worden. 'Oké, heren, smeltkorsten, chon-

drulen, een nikkelgehalte in het middengebied, drie bewijzen dat een steen uit de ruimte komt. Ik snap het.' Ze legde de meteoriet terug op Corky's tafel. 'Maar waarom ben ik hier?'

Corky slaakte een veelbetekenende zucht. 'Wil je een monster zien van de meteoriet die NASA hier in het ijs heeft gevonden?'

Als ik dat nog mag meemaken, dan heel graag.

Corky stak zijn hand in zijn borstzak en haalde er een klein, schijfvormig stuk steen uit. De plak gesteente had de vorm van een cd, was ongeveer een centimeter dik en leek een soortgelijke samenstelling te hebben als de steenmeteoriet die ze net had gezien.

'Dit is een plak van een boormonster dat we gisteren hebben genomen.' Corky gaf de schijf aan Rachel.

Het gesteente zag er niet erg bijzonder uit. Oranjeachtig-wit en zwaar. De rand was gedeeltelijk zwartgeblakerd, dus dat stukje was blijkbaar een deel van de buitenkant van de meteoriet. 'Ik zie de smeltkorst,' zei ze.

Corky knikte. 'Ja, dit monster is bij de buitenkant van de meteoriet genomen, dus er zit nog een stukje korst aan.'

Rachel hield de schijf schuin naar het licht en zag de kleine metaalachtige bolletjes. 'En ik zie de chondrulen.'

'Mooi,' zei Corky, en zijn stem klonk gespannen. 'En ik heb dit ding bekeken met een petrografische polarisatiemicroscoop, dus ik kan je vertellen dat het nikkelgehalte in het middengebied ligt, heel anders dan het bij een aards stuk steen zou zijn. Gefeliciteerd, je hebt zojuist vastgesteld dat het gesteente in je hand uit de ruimte afkomstig is.'

Rachel keek beduusd op. 'Meneer Marlinson, het is een meteoriet. Die hóórt toch uit de ruimte afkomstig te zijn? Heb ik iets niet begrepen?'

Corky en Tolland wisselden een blik van verstandhouding. Tolland legde een hand op Rachels schouder en fluisterde: 'Draai hem eens om.'

Rachel draaide de schijf om en keek naar de andere kant. Het duurde heel even voordat tot haar doordrong wat ze zag.

Toen trof de waarheid haar als een mokerslag.

Onmogelijk! wilde ze uitroepen, maar terwijl ze naar het stuk steen staarde, besefte ze dat haar definitie van 'onmogelijk' zojuist voorgoed was veranderd. Gevat in het gesteente zat een vorm die in een aards monster misschien heel gewoon gevonden zou worden, maar waarvan de aanwezigheid in een meteoriet volkomen onvoorstelbaar was.

'Dat is...' stamelde Rachel, die nauwelijks uit haar woorden kon komen, 'dat is... een inséct! Er zit een fossiel van een insect in deze meteoriet!'

Tolland en Corky straalden. 'Welkom aan boord,' zei Corky.
Rachel was sprakeloos door de stortvloed van emoties waardoor ze werd overmand, maar zelfs in haar verbijstering zag ze duidelijk dat dit fossiel eens een levend organisme was geweest. De versteende afdruk was een centimeter of acht lang en leek de onderkant te zijn van een grote kever of een kruipend insect. Er zaten zeven paar gelede poten onder een beschermend rugschild, dat uit verschillende segmenten leek te bestaan, zoals dat van een gordeldier.
Het duizelde Rachel. 'Een insect uit de ruimte...'
'Hij behoort tot de orde Isopoda, net als de pissebedden,' zei Corky. 'Insecten hebben drie paar poten, geen zeven.'
Rachel hoorde hem niet eens. Haar hoofd tolde terwijl ze aandachtig naar het fossiel keek.
'Je kunt duidelijk zien dat het rugschild gesegmenteerd is, zoals dat van een rolpissebed,' zei Corky, 'maar door de twee opvallende staartachtige aanhangsels lijkt hij meer op een kelderpissebed.'
Rachel luisterde al niet meer naar Corky. De classificatie van de soort was volkomen irrelevant. Alle puzzelstukjes vielen nu in één klap op hun plaats: de geheimzinnigheid van de president, de opwinding van NASA...
Er zit een fossiel in deze meteoriet! Niet zomaar een spoor van bacteriën of microben, maar een hogere levensvorm! Bewijs dat er elders in het heelal leven is!

23

Toen het CNN-debat tien minuten bezig was, vroeg senator Sexton zich af waarom hij zich toch nog enigszins zorgen had gemaakt. Marjorie Tench werd hogelijk overschat als opponent. Ondanks haar reputatie dat ze meedogenloos scherpzinnig was, bleek ze eerder een lammetje dan een tegenstander van formaat.
Weliswaar had Tench in het begin van het gesprek de overhand gehad door erop te hameren dat het antiabortusstandpunt van de senator vrouwonvriendelijk was, maar net toen het erop leek dat Tench haar greep op het debat verstevigde, maakte ze een slordige vergissing. Toen ze zich afvroeg hoe de senator van plan was verbeteringen in het onderwijs te financieren zonder de belastingen te verhogen, maakte ze een sarcastische opmerking over het feit dat Sexton NASA voortdurend tot zondebok maakte.

Nu was NASA een onderwerp dat Sexton zeker had willen aansnijden, tegen het einde van de discussie, maar Marjorie Tench had de deur al meteen wijdopen gezet. *Stomkop!*
'Over NASA gesproken,' zei Sexton, terloops op de woorden van Tench inhakend. 'Kunt u commentaar leveren op de recente geruchten dat er opnieuw sprake is van een fiasco bij NASA?'
Marjorie Tench vertrok geen spier. 'Ik vrees dat ik dat gerucht niet heb gehoord.' Haar doorrookte stem klonk als schuurpapier.
'Geen commentaar, dus?'
'Ik vrees van niet.'
Sexton genoot. In de wereld van het snelle tv-debat was 'geen commentaar' zo ongeveer een schuldbekentenis.
'Aha,' zei Sexton. 'En hoe zit het met de geruchten over een geheim spoedoverleg tussen de president en het hoofd van NASA?'
Deze keer keek Tench verrast. 'Ik weet niet precies over welk overleg u het hebt. De president heeft heel veel besprekingen.'
'Ach, natuurlijk.' Sexton besloot recht op zijn doel af te gaan. 'Mevrouw Tench, u bent een groot pleitbezorger voor onze ruimtevaartorganisatie, is het niet?'
Tench zuchtte alsof ze Sextons favoriete onderwerp beu was. 'Ik vind het belangrijk dat Amerika een technologische voorsprong behoudt, of het nu gaat om het leger, de industrie, de inlichtingendiensten of de telecommunicatie. En daar hoort NASA ook bij. Zeker.'
Sexton zag dat Gabrielle hem vanuit de cabine van de producer met haar blik probeerde te vertellen dat hij erover moest ophouden, maar hij rook bloed. 'Wat ik me afvraag, mevrouw, is of ú erachter zit dat de president deze overduidelijk tekortschietende organisatie steeds maar blijft steunen.'
Tench schudde haar hoofd. 'Nee. Ook de president gelooft onvoorwaardelijk in NASA. Hij neemt zijn eigen beslissingen.'
Sexton kon zijn oren niet geloven. Hij had Marjorie Tench zojuist een kans gegeven om de president gedeeltelijk vrij te pleiten door zelf de schuld voor de hoge kosten van NASA op zich te nemen. Maar in plaats daarvan had Tench met haar vinger naar de president gewezen. *De president neemt zijn eigen beslissingen.* Blijkbaar probeerde Tench zich nu al te distantiëren van een campagne die niet gunstig verliep. Geen wonder. Als het stof was opgetrokken, zou Marjorie Tench per slot van rekening een nieuwe baan nodig hebben.
In de volgende paar minuten kruisten Sexton en Tench de degens. Tench deed een paar zwakke pogingen van onderwerp te veranderen, maar Sexton bleef haar aanspreken op de begroting van NASA.
'Senator,' argumenteerde Tench, 'u wilt snijden in de begroting van

NASA, maar hebt u enig idee hoeveel hooggekwalificeerde banen daarmee verloren zullen gaan?'

Sexton lachte de vrouw bijna in haar gezicht uit. *Moet dit mens nou hét grote intellect van Washington zijn?* Tench moest duidelijk nog het een en ander leren over de demografie van dit land. Hooggekwalificeerde banen deden totaal niet terzake in vergelijking met de enorme aantallen hardwerkende Amerikaanse arbeiders.

Sexton greep zijn kans. 'We hebben het over een besparing van miljárden, Marjorie, en als het gevolg daarvan is dat een stelletje NASA-wetenschappers in hun BMW moet stappen om hun dure deskundigheid elders te gaan verkopen, dan moet dat maar. Mijn devies is: de overheidsuitgaven moeten omlaag.'

Marjorie Tench zweeg, alsof ze moest bijkomen van die laatste klap. De presentator probeerde haar uit haar tent te lokken. 'Mevrouw Tench? Een reactie?'

Uiteindelijk schraapte de vrouw haar keel en zei: 'De uitgesproken anti-NASA-opstelling van meneer Sexton verbaast me een beetje.'

Sexton kneep zijn ogen tot spleetjes. *Leuk geprobeerd, tante.* 'Ik ben niet anti-NASA en ik stoor me aan die beschuldiging. Ik zeg alleen dat de begroting van NASA kenmerkend is voor de torenhoge uitgaven die uw president goedkeurt. NASA zei dat ze het ruimteveer voor vijf miljard kon bouwen, maar het kostte twaalf miljard. Het ruimtestation zou acht miljard kosten, maar dat is nu al honderd miljard.'

'Amerika loopt voorop in de wereld,' riposteerde Tench, 'doordat we onze doelen hoog stellen en ernaar blijven streven ze te halen, ook in moeilijke tijden.'

'Dat verhaal over onze nationale trots werkt niet bij mij, Marjorie. NASA heeft in de afgelopen twee jaar driemaal zoveel uitgegeven als was begroot en is elke keer met haar staart tussen de poten naar de president gekropen om om meer geld te vragen om haar vergissingen recht te breien. Is dat onze nationale trots? Als je over onze nationale trots wilt praten, praat dan over goede scholen. Over gezondheidszorg voor iedereen. Over goed opgeleide kinderen die opgroeien in een land van onbegrensde mogelijkheden. Dát is iets om trots op te zijn!'

Tench keek hem lelijk aan. 'Mag ik u op de man af iets vragen, senator?'

Sexton gaf geen antwoord. Hij wachtte af.

De vrouw sprak weloverwogen en klonk plotseling beslist. 'Senator, als ik u vertelde dat we de ruimte niet kunnen onderzoeken voor minder dan NASA op het moment uitgeeft, zou u dan stappen ondernemen om de ruimtevaartorganisatie helemaal af te schaffen?'

Het was alsof ze Sexton een kei in zijn schoot had geworpen. Misschien was ze toch niet zo dom als hij dacht. Ze had hem overvallen met een vraag die zorgvuldig zo geformuleerd was dat hij zijn middenpositie moest opgeven en ja of nee antwoorden, zodat zijn standpunt voor eens en voor altijd duidelijk was.

Intuïtief probeerde Sexton de vraag te ontwijken. 'Ik twijfel er niet aan dat NASA met het juiste beheer de ruimte voor heel wat minder geld kan onderzoeken dan we nu...'

'Senator Sexton, geeft u alstublieft antwoord op de vraag. Ruimteonderzoek is een gevaarlijke en kostbare zaak. Het is net als met het bouwen van een passagiersvliegtuig: we moeten het ofwel góéd doen, of helemaal niet. De risico's zijn groot. Mijn vraag is: als u president wordt, en u moet beslissen of u de financiering van NASA op het huidige niveau voortzet of het Amerikaanse ruimtevaartprogramma volledig schrapt, wat zou u dan kiezen?'

Shit. Sexton keek door het glas naar Gabrielle. Haar gelaatsuitdrukking weerspiegelde wat Sexton al wist. *Je moet je vastleggen. Wees direct. Geen gedraai.* Sexton stak zijn kin in de lucht. 'Ja. Ik zou het huidige budget van NASA rechtstreeks in ons schoolsysteem pompen, als ik daar een besluit over moest nemen. Ik zou onze kinderen boven de ruimte stellen.'

Marjorie Tench keek alsof ze diep geschokt was. 'Ik sta paf. Heb ik u goed gehoord? Als u president was, zou u het ruimtevaartprogramma van ons land schráppen?'

Sexton merkte dat hij boos werd. Nu legde Tench hem woorden in de mond. Hij probeerde ertegenin te gaan, maar Tench was alweer aan het woord.

'Voor alle duidelijkheid, senator, u zegt dus dat u de organisatie die ons naar de maan heeft gebracht zou opdoeken?'

'Ik zeg dat de race om de ruimte voorbij is! De tijden zijn veranderd. NASA speelt geen essentiële rol meer in het dagelijks leven van de gewone Amerikaan, en toch blijven we de organisatie financieren alsof dat wel zo is.'

'Dus u denkt niet dat de ruimte de toekomst is?'

'Natuurlijk is de ruimte de toekomst, maar NASA is een dinosaurus! Laat het bedrijfsleven de ruimte maar onderzoeken. De Amerikaanse belastingbetaler moet niet verplicht zijn elke keer zijn portemonnee te trekken als een of andere techneut uit Washington à raison van een miljard dollar een kiekje van Jupiter wil nemen. De Amerikanen zijn het beu de toekomst van hun kinderen op de tocht te zetten voor een verouderde organisatie die zo weinig resultaat boekt en wel gigantische kosten maakt!'

Tench slaakte een dramatische zucht. 'Die zo weinig resultaat boekt? Met de mogelijke uitzondering van het SETI-programma heeft NASA enorme resultaten geboekt.'

Het schokte Sexton dat het woord SETI Tench zelfs maar over de lippen kwam. Een grote blunder. *Goed dat je me eraan herinnert.* De *Search for Extraterrestrial Intelligence*, het onderzoek naar buitenaardse intelligentie, was een bodemloze put, de diepste die NASA ooit had gekend. Hoewel NASA had geprobeerd het project een facelift te geven door het '*Origins*' te noemen en de doelstellingen iets te veranderen, was het nog steeds dezelfde kansloze gok.

'Marjorie,' zei Sexton, die deze gelegenheid aangreep, 'ik zeg alleen iets over SETI omdat jij erover begint.'

Vreemd genoeg leek Tench dit graag te willen horen.

Sexton schraapte zijn keel. 'De meeste mensen zijn zich er niet van bewust dat NASA al vijfendertig jaar op zoek is naar ET. En het is een kostbare speurtocht: hele ritsen satellietschotels, enorme zendontvangers, miljoenen aan salariskosten voor geleerden die in het donker naar lege geluidsbanden zitten te luisteren. Het is een gênante geldverspilling.'

'U bedoelt dat er in het heelal niets te vinden is?'

'Ik bedoel dat elke andere overheidsorganisatie die in vijfendertig jaar vijfenveertig miljoen had uitgegeven en werkelijk geen énkel resultaat had geboekt, allang zou zijn opgedoekt.' Sexton zweeg even om de ernst van zijn verklaring tot iedereen te laten doordringen. 'Na vijfendertig jaar lijkt het me zonneklaar dat we geen buitenaards leven zullen vinden.'

'En als u het mis hebt?'

Sexton sloeg zijn ogen ten hemel. 'O, mevrouw Tench, alstublieft... Ik mag dood neervallen als ik het mis heb.'

Marjorie Tench keek senator Sexton met haar gelige ogen strak aan. 'Ik zal onthouden dat u dat hebt gezegd, senator.' Voor het eerst glimlachte ze. 'Ik denk dat we het allemáál zullen onthouden.'

Tien kilometer daarvandaan, in het Oval Office, zette president Zach Herney de tv af en schonk zichzelf een borrel in. Zoals Marjorie Tench hem al had verzekerd, had senator Sexton toegehapt, en niet zo'n beetje ook.

24

Michael Tolland merkte dat hij helemaal straalde doordat hij zo meeleefde met Rachel, die zwijgend en vol verbazing naar de meteoriet met het fossiel in haar hand stond te staren. Haar fijne trekken leken nu weg te smelten in een uitdrukking van onschuldige verwondering: een klein meisje dat voor het eerst de Kerstman ziet.

Ik weet precies hoe je je voelt, dacht hij.

Tolland had nog maar een etmaal geleden net zo perplex gestaan. Ook hij was met stomheid geslagen geweest. Zelfs nu nog stond hij versteld van de wetenschappelijke en filosofische implicaties van deze vondst, die hem dwong alles wat hij ooit over de natuur had gedacht te heroverwegen.

Onder Tollands oceanografische ontdekkingen waren een paar tot dan toe onbekende diepzeedieren geweest, maar deze 'ruimtekever' was een doorbraak van een heel ander kaliber. Hoewel Hollywood de neiging had buitenaardsen voor te stellen als kleine groene mannetjes, waren astrobiologen en andere wetenschappers het erover eens dat als er ooit buitenaards leven gevonden zou worden, het gezien de enorme soortenrijkdom en het aanpassingsvermogen van aardse insecten naar alle waarschijnlijkheid een insectachtige vorm zou hebben.

Insecten behoren tot de geleedpotigen, dieren met een uitwendig skelet en gelede poten. Met meer dan 1,25 miljoen bekende soorten en naar schatting vijfhonderdduizend soorten die nog geclassificeerd moeten worden, zijn er op aarde meer soorten geleedpotigen dan alle andere diersoorten bij elkaar opgeteld. 95 procent van alle diersoorten op aarde zijn geleedpotigen, en ze nemen een verbijsterende veertig procent van de biomassa voor hun rekening.

Maar nog indrukwekkender dan de enorme aantallen waarin ze voorkomen, is hun aanpassingsvermogen. Ze bewonen gebieden met uitersten in temperatuur, droogte en zelfs druk, van de springstaart op de zuidpool tot de zonspin in Death Valley. Ze kunnen zelfs tegen blootstelling aan de dodelijkste kracht in het heelal: radioactieve straling. Na een kernproef in 1945 hebben luchtmachtofficieren in beschermende pakken het getroffen gebied onderzocht en ontdekt dat kakkerlakken en mieren er nog steeds vrolijk hun gang gingen, alsof er niets was gebeurd. Daardoor beseften astronomen dat het beschermende uitwendige skelet van de geleedpotigen deze dieren geschikt maakte om te leven op de talloze planeten waar de radioactiviteit zo hoog was dat er geen andere levensvormen mogelijk waren.

De astrobiologen krijgen dus gelijk, dacht Tolland. *ET is een geleedpotige.*

Rachels knieën knikten. 'Ik... kan het niet geloven,' zei ze, en ze draaide het fossiel rond in haar handen. 'Ik had nooit gedacht...'
'Het duurt even voor het tot je doordringt,' zei Tolland met een grijns. 'Het heeft mij een vol etmaal gekost om weer met beide benen op de grond te komen.'
'Ik zie dat er een nieuwkomer is,' zei een uitzonderlijk lange Aziatische man, die naar hen toe kwam lopen.
De vrolijkheid van Corky en Tolland leek op slag te verdwijnen toen de man bij hen kwam staan. Blijkbaar was het magische moment verstoord.
'Dr. Wailee Ming,' zei de man terwijl hij zijn hand naar Rachel uitstak. 'Voorzitter van de vakgroep Paleontologie van de University of California in Los Angeles.'
De man had de pretentieuze, hooghartige houding van de oude aristocratie en streek voortdurend over het misplaatste vlinderdasje dat hij bij zijn knielange camel mantel droeg. Wailee Ming was er duidelijk de man niet naar om zich door een exotische omgeving te laten dwingen zijn kledingstijl aan te passen.
'Ik ben Rachel Sexton.' Haar hand beefde nog toen ze die van Ming schudde. Ook Ming was kennelijk een van de wetenschappers die de president had laten overkomen.
'Het zou me een genoegen zijn, mevrouw Sexton, u alles over de fossielen te vertellen wat u maar wilt weten,' zei de paleontoloog.
'En nog meer dat je niét wilt weten,' mompelde Corky.
Ming streek met zijn hand langs zijn vlinderdasje. 'Ik ben gespecialiseerd in uitgestorven Arthropoda en Mygalomorphae. Het meest bijzondere kenmerk van dit organisme is natuurlijk...'
'... dat het van een andere planeet komt!' viel Corky hem in de rede.
Ming wierp hem een dodelijke blik toe en schraapte zijn keel. 'Het meest bijzondere kenmerk van dit organisme is dat het vollédig in ons darwinistische stelsel van aardse taxonomie en classificatie past.'
Rachel keek op. *Kan dit ding geclassificeerd worden?* 'Bedoelt u stam, orde, familie, soort, die indeling?'
'Precies,' zei Ming. 'Als deze soort op aarde zou worden gevonden, zou die worden ingedeeld bij de orde Isopoda, net als ongeveer tweeduizend soorten pissebedden.'
'Píssebedden?' vroeg ze. 'Maar dit ding is gigantisch.'
'De taxonomie houdt geen rekening met grootte. De huiskat en de tijger zijn familie van elkaar. De classificatie vindt plaats op grond van

de fysiologie. Dit is duidelijk een pissebed: hij heeft een afgeplat lijf, zeven paar poten en een broedbuidel die identiek is aan die van mospissebedden, rolpissebedden, keldermotten en boorpissebedden. Bij de andere fossielen zijn duidelijk meer gespecialiseerde...'

'Andere fossielen?'

Ming keek even naar Corky en Tolland. 'Weet ze dat nog niet?'

Tolland schudde zijn hoofd.

Mings gezicht klaarde ogenblikkelijk op. 'Mevrouw Sexton, dan hebt u het mooiste nog niet gehoord.'

'Er zijn meer fossielen,' kwam Corky tussenbeide. Hij wilde de eer duidelijk niet aan Ming gunnen. 'Véél meer.' Corky pakte haastig een grote, gele envelop en haalde er een opgevouwen vel papier uit. Hij spreidde het voor Rachel op de werktafel uit. 'Nadat we wat boormonsters hadden genomen, hebben we röntgenapparatuur naar beneden laten zakken. Dit is een grafische weergave van het inwendige van de meteoriet.'

Rachel keek naar de print-out die op tafel lag en moest meteen gaan zitten. Het driedimensionale beeld van de meteoriet zat vol met tientallen van die beesten.

'Fossiele resten,' zei Ming, 'worden meestal in grote concentraties gevonden. Vaak worden organismen en masse door aardverschuivingen overvallen en komen nesten of hele kolonies onder de modder terecht.'

Corky grijnsde. 'We denken dat de verzameling in de meteoriet een nest was.' Hij wees naar een van de dieren op de afbeelding. 'En hier zit mammie.'

Rachel keek naar het exemplaar in kwestie en haar mond viel open. Het leek meer dan een halve meter lang te zijn.

'Dat is nog 's een joekel, hè?' zei Corky.

Rachel knikte sprakeloos en stelde zich pissebedden ter grootte van broden voor, die over een verre planeet rondscharrelden.

'Op aarde,' zei Ming, 'blijven de geleedpotigen betrekkelijk klein, doordat ze worden beperkt door de zwaartekracht. Ze kunnen niet zwaarder worden dan hun uitwendige skelet kan dragen. Maar op een planeet met een kleinere zwaartekracht zouden ze kunnen evolueren tot dieren van veel grotere afmetingen.'

'Stel je voor dat je muggen ter grootte van gieren moet doodslaan,' grapte Corky. Hij pakte het boormonster van Rachel aan en liet het in zijn zak glijden.

Ming keek hem dreigend aan. 'Als je dat maar niet inpikt!'

'Rustig maar,' zei Corky. 'We hebben er nog acht ton van liggen.'

Rachel, die gewend was analytisch te denken, verwerkte de gegevens die ze had gekregen. 'Maar hoe kan een levensvorm uit de ruimte zo

lijken op een levensvorm op aarde? Willen jullie echt beweren dat dit dier in onze darwinistische classificatie past?'
'Ja zeker,' zei Corky. 'En geloof het of niet, veel astronomen hebben voorspeld dat buitenaards leven heel erg op aardse levensvormen zou lijken.'
'Maar hoe kan dat dan?' wilde ze weten. 'Deze soort is afkomstig uit een heel andere omgeving.'
'Panspermie.' Corky grijnsde breed.
'Wat zeg je?'
'Panspermie is de theorie dat levenskiemen hier vanaf een andere planeet terecht zijn gekomen.'
Rachel stond op. 'Ik kan je niet volgen.'
Corky wendde zich tot Tolland. 'Mike, jij bent de man van de oerzeeën hier.'
Tolland leek het niet erg te vinden het betoog over te nemen. 'Eens was de aarde een levenloze planeet, Rachel. En toen, bijna van de ene dag op de andere, was er een uitbarsting van leven. Veel biologen denken dat die het wonderbaarlijke resultaat was van een ideale combinatie van elementen in de oerzeeën. Maar we zijn er nooit in geslaagd het ontstaan van leven in een laboratorium na te bootsen, en religieuze geleerden hebben dat aangegrepen als bewijs dat God bestaat: er zou geen leven zijn als God de oerzeeën niet had aangeraakt en leven had geschonken.'
'Maar wij, astronomen,' zei Corky, 'hebben een andere verklaring bedacht voor de plotselinge uitbarsting van leven op aarde.'
'Panspermie,' zei Rachel, die nu begreep waar ze het over hadden. Ze had de theorie eerder gehoord, maar kende de naam ervan niet. 'De theorie dat er een meteoriet in de oersoep is gevallen, die de eerste kiemen van microbieel leven naar de aarde heeft gebracht.'
'Bingo,' zei Corky. 'Waar ze een tijdje hebben staan pruttelen en tot leven zijn gekomen.'
'En als dát waar is,' zei Rachel, 'dan zouden aardse levensvormen en buitenaardse levensvormen dezelfde verre voorouders hebben.'
'Weer bingo.'
Panspermie, dacht Rachel, die de implicaties nog maar nauwelijks kon overzien. 'Dus dit fossiel bevestigt niet alleen dat er leven in de ruimte is, maar bewijst ook min of meer de theorie van panspermie, dat het leven op aarde afkomstig is van elders in het heelal.'
'Voor de derde keer bingo.' Corky knikte haar enthousiast toe. 'Eigenlijk zijn we misschien allemaal wel ruimtewezens.' Hij stak twee vingers als voelsprieten op boven zijn hoofd, keek scheel, stak zijn tong uit en bewoog die heen en weer als een of ander insect.

Tolland keek Rachel met een treurige grijns aan. 'En dat moet dan het hoogtepunt van onze evolutie zijn.'

25

Rachel Sexton liep als in een droom naast Michael Tolland door de habisfeer. Corky en Ming liepen vlak achter hen.

'Gaat het een beetje?' vroeg Tolland.

Rachel keek hem even aan en glimlachte flauwtjes. 'Ja hoor, bedankt. Het is alleen... zo veel.'

Haar gedachten dwaalden af naar de beruchte ontdekking die NASA in 1996 had gedaan, ALH84001: een meteoriet van Mars waarop volgens NASA fossiele sporen van bacterieel leven waren aangetroffen. Helaas meldden zich al een paar weken na de triomfantelijke persconferentie van NASA een paar onafhankelijke wetenschappers met bewijs dat de 'tekenen van leven' niets anders waren dan verontreiniging met kerosine van aardse herkomst. Door die blunder had de geloofwaardigheid van NASA een flinke deuk opgelopen. De *New York Times* gaf bij die gelegenheid een sarcastische, nieuwe betekenis aan het acroniem van de organisatie: NASA, Niet Altijd Strikt Accuraat.

In diezelfde krant vatte paleobioloog Stephen Jay Gould de problemen met ALH84001 samen door erop te wijzen dat het bewijs scheikundig en afgeleid was, in plaats van 'tastbaar' en ondubbelzinnig, zoals een bot of een schelp.

Rachel besefte dat NASA nu onweerlegbaar bewijs had gevonden. Geen enkele sceptische wetenschapper kon déze fossielen in twijfel trekken. NASA hoefde niet langer met onscherpe, sterk vergrote foto's van beweerde microscopische bacteriën te wapperen. Ze konden nu echte monsters laten zien, waarin organismen zaten die met het blote oog zichtbaar waren. *Pissebedden van een halve meter!*

Rachel moest lachen toen ze bedacht dat ze als kind dol was geweest op een nummer van David Bowie waarin '*spiders from Mars*' voorkwamen. Weinigen hadden toen vermoed dat de androgyne Britse rockster een bijna juiste voorspelling gaf van het grootste ogenblik uit de astrobiologie.

Terwijl flarden van het nummer door Rachels hoofd speelden, kwam Corky haastig achter haar aan. 'Heeft Mike al opgeschept over zijn documentaire?'

Rachel antwoordde: 'Nee, maar ik zou er graag wat meer over horen.'

Corky sloeg Tolland op zijn schouder. 'Kom op, jongen. Vertel haar waarom de president heeft besloten dat het belangrijkste moment van de wetenschapsgeschiedenis in handen moet worden gegeven van een snorkelende tv-ster.'
'Corky, alsjeblieft,' gromde Tolland.
'Goed, dan leg ik het wel uit,' zei Corky, terwijl hij zich tussen hen in drong. 'Zoals je waarschijnlijk wel weet, geeft de president vanavond een persconferentie om de wereld alles over de meteoriet te vertellen. Omdat de grote meerderheid van de wereld uit halvegaren bestaat, heeft de president Mike gevraagd om het op zijn manier allemaal een beetje simpel aan ze uit te leggen.'
'Bedankt, Corky,' zei Tolland. 'Dat heb je charmant gezegd.' Hij keek naar Rachel. 'Wat Corky bedoelt, is dat er zoveel wetenschappelijke gegevens zijn om over te brengen, dat de president dacht dat een korte tv-documentaire over de meteoriet de informatie wat toegankelijker zou maken voor de gemiddelde Amerikaan, die, hoe vreemd het ook klinkt, geen academische graad in de astrofysica heeft.'
'Wist je dat ik net heb gehoord dat onze president een stiekeme fan van *Amazing Seas* is?' vroeg Corky aan Rachel. Hij schudde zijn hoofd in gespeeld afgrijzen. 'Zach Herney, de heerser over de vrije wereld, laat zijn secretaresse Mikes programma opnemen zodat hij na een lange werkdag op de bank kan hangen met een videootje.'
Tolland haalde zijn schouders op. 'De man heeft een goede smaak, ik kan niet anders zeggen.'
Rachel begon ten volle te beseffen hoe meesterlijk het plan van de president was. Politiek was een mediacircus, en Rachel kon zich nu al voorstellen dat Michael Tollands aanwezigheid bij de persconferentie een enorm enthousiasme teweeg zou brengen en zeer zou bijdragen aan de wetenschappelijke geloofwaardigheid ervan. Zach Herney had de ideale man in de arm genomen om zijn NASA-succes te verkopen. Sceptici zouden het erg moeilijk krijgen als ze de gegevens wilden aanvechten die niet alleen werden gepresenteerd door een paar gerespecteerde, onafhankelijke geleerden, maar ook door de bekendste tv-wetenschapper van het land.
Corky zei: 'Mike heeft van ons, de onafhankelijke wetenschappers, al verklaringen opgenomen voor zijn documentaire, en ook van de meeste NASA-deskundigen. En ik durf mijn onderscheiding eronder te verwedden dat jij de volgende bent.'
Rachel keek hem aan. 'Ik? Hoe bedoelt u? Ik ben daar niet voor gekwalificeerd. Ik ben contactpersoon van een inlichtingendienst.'
'Waarom heeft de president je dan hierheen gestuurd?'
'Dat heeft hij me nog niet verteld.'

Er gleed een geamuseerde grijns over Corky's gezicht. 'Je bent toch verbindingsofficier voor het Witte Huis en belast met het samenvatten en verifiëren van gegevens?'
'Ja, maar daar is niets wetenschappelijks aan.'
'Én je bent de dochter van de man wiens campagne draait om zijn kritiek dat NASA veel te veel geld heeft uitgegeven in de ruimte.'
Rachel wist waar hij heen wilde.
'U zult toch moeten toegeven, mevrouw Sexton,' bracht Ming in het midden, 'dat een verklaring van u deze documentaire naar een heel ander niveau van geloofwaardigheid zou tillen. Als de president u hierheen heeft gestuurd, wil hij vast dat u er uw medewerking aan verleent.'
Rachel dacht weer terug aan William Pickerings bezorgdheid dat ze zou worden gebruikt.
Tolland keek op zijn horloge. 'We moesten maar eens die kant op gaan,' zei hij, en hij gebaarde naar het midden van de habisfeer. 'Het zal wel bijna zover zijn.'
'Hoe ver?' vroeg Rachel.
'Dat hij wordt gelicht. NASA is de meteoriet naar het oppervlak aan het brengen. Hij zou nu elk moment boven kunnen komen.'
Rachel was verbluft. 'Zijn jullie echt bezig een rotsblok van acht ton onder zestig meter massief ijs vandaan te halen?'
Corky keek vrolijk. 'Je dacht toch zeker niet dat NASA een dergelijke ontdekking in het ijs zou laten liggen?'
'Nee, maar...' Rachel had nergens in de habisfeer een spoor van grootschalige graafwerkzaamheden gezien. 'Hoe wil NASA de meteoriet in vredesnaam naar boven krijgen?'
Corky zette een hoge borst op. 'Geen probleem. Je bevindt je te midden van ruimtevaartdeskundigen!'
'Geklets,' zei Ming spottend, en hij keek Rachel aan. 'Dr. Marlinson mag graag met andermans veren pronken. In werkelijkheid had niemand hier enig idee hoe ze de meteoriet uit het ijs moesten halen. Dr. Mangor was degene die een werkbare oplossing heeft bedacht.'
'Ik heb dr. Mangor nog niet ontmoet.'
'Een glacioloog van de University of New Hampshire,' zei Tolland. 'De vierde en laatste onafhankelijke wetenschapper die door de president hierheen is gehaald. En Ming heeft gelijk, Mangor heeft de oplossing gevonden.'
'Goed,' zei Rachel. 'En wat heeft die man voorgesteld?'
'Vrouw,' sprak Ming, en hij klonk gekwetst. 'Dr. Mangor is een vrouw.'
'Daar valt over te twisten,' mompelde Corky. Hij keek naar Rachel. 'En tussen haakjes, dr. Mangor zal je bloed wel kunnen drinken.'

Tolland wierp Corky een boze blik toe.
'Het is toch waar?' zei Corky verdedigend. 'Ze zal de concurrentie niet leuk vinden.'
Rachel begreep hem niet. 'Hoe bedoelt u? Concurrentie?'
'Let maar niet op hem,' zei Tolland. 'Helaas is het het National Science Committee volkomen ontgaan dat Corky een volslagen idioot is. Dr. Mangor en jij zullen het prima kunnen vinden. Ze is goed in haar vak. Ze wordt beschouwd als een van de beste glaciologen ter wereld. Ze heeft zelfs een paar jaar op Antarctica gewoond om gletsjerbewegingen te bestuderen.'
'Vreemd,' zei Corky. 'Ik heb gehoord dat de universiteit een collecte heeft gehouden en haar naar de zuidpool heeft gestuurd zodat ze een tijdje rust hadden op de campus.'
'Weet je wel dat dr. Mangor daar bijna is omgekomen?' snauwde Ming, die het commentaar persoonlijk leek op te vatten. 'Ze is verdwaald in een storm en heeft vijf weken op zeehondenspek geleefd voordat ze werd gevonden.'
Corky fluisterde tegen Rachel: 'Ik heb gehoord dat niemand haar is gaan zoeken.'

26

Gabrielle Ashe vond het ritje in de limousine van de CNN-studio naar Sextons kantoor lang duren. De senator zat tegenover haar uit het raam te kijken en verkneukelde zich zichtbaar over het debat.
'Ze hebben Tench naar een middagprogramma gestuurd,' zei hij, terwijl hij zich met zijn aantrekkelijke glimlach tot haar wendde. 'Het Witte Huis raakt in paniek.'
Gabrielle knikte neutraal. Zij had een uitdrukking van zelfvoldane tevredenheid op het gezicht van Marjorie Tench bespeurd toen de vrouw wegreed. Dat stemde haar onzeker.
Sextons mobieltje ging over en hij viste het uit zijn zak. Zoals de meeste politici had de senator een hiërarchische reeks telefoonnummers waarop zijn connecties hem konden bereiken, afhankelijk van het belang dat hij aan hen hechtte. Degene die hem nu belde, stond ergens boven aan de lijst, want het gesprek kwam binnen op Sextons privételefoon, een nummer dat zelfs Gabrielle alleen in noodgevallen mocht bellen.
'Senator Sedgewick Sexton,' riep hij vrolijk, en hij accentueerde de

muzikale klank van zijn naam.
Gabrielle kon de beller boven het geluid van de limousine uit niet horen, maar Sexton luisterde aandachtig en antwoordde enthousiast. 'Fantastisch. Ik ben heel blij dat u belt. Wat denkt u van zes uur? Prima. Ik heb een appartement hier in Washington. Besloten. Gerieflijk. U hebt het adres, hè? Goed. Ik verheug me erop u te zien. Tot vanavond dan.'
Sexton hing met een tevreden blik op.
'Een nieuwe fan?' vroeg Gabrielle.
'Het worden er steeds meer,' zei hij. 'Dit is een grote jongen.'
'Dat moet wel. Ontvang je hem in je appartement?' Meestal beschermde Sexton de heilige privacy van zijn appartement als een leeuw die zijn enige overgebleven schuilplaats verdedigt.
Sexton haalde zijn schouders op. 'Ja. Ik dacht dat ik hem maar eens de persoonlijke behandeling moest geven. Deze vent kan misschien nog wat invloed uitoefenen tijdens de laatste etappe. Ik moet persoonlijke contacten blijven leggen. Het draait allemaal om vertrouwen.'
Gabrielle knikte en haalde Sextons agenda tevoorschijn. 'Wil je dat ik hem erin zet?'
'Dat hoeft niet. Ik was toch al van plan vanavond thuis te blijven.'
Gabrielle zocht de juiste bladzijde op en zag dat de avond al was gearceerd en dat er in Sextons handschrift met grote letters 'P.A.' stond, Sextons afkorting voor persoonlijke aangelegenheid, privé-avond of pleite allemaal, niemand wist dat zeker. Af en toe plande de senator een 'P.A.'-avond in, waarop hij zich opsloot in zijn appartement, zijn telefoons uitschakelde en deed wat hij het liefste deed: brandy drinken met oude maten en doen alsof hij de hele avond niet aan politiek dacht.
Gabrielle wierp hem een verbaasde blik toe. 'Dus je laat het werk vóór een geplande P.A.-avond gaan? Dat wil wat zeggen.'
'Hij treft het dat ik vanavond tijd heb. Ik wil wel even met hem praten. Horen wat hij te vertellen heeft.'
Gabrielle wilde vragen wie de mysterieuze beller was, maar het was duidelijk dat Sexton met opzet vaag bleef. Gabrielle had geleerd wanneer ze niet moest doorvragen.
Toen ze van de ringweg afsloegen in de richting van Sextons kantoor, keek Gabrielle weer even naar Sextons agenda met de gereserveerde P.A.-avond, en het vreemde gevoel bekroop haar dat Sexton had geweten dat dit telefoontje zou komen.

27

In het midden van de habisfeer stond op het ijs een ruim vijf meter hoge driepoot van steigermateriaal, die eruitzag als een kruising tussen een boortoren en een slecht gelukt schaalmodel van de Eiffeltoren. Rachel keek naar het bouwsel en kon zich niet voorstellen hoe dat gebruikt kon worden om de enorme meteoriet naar boven te krijgen.

Onder de toren waren een paar lieren aan stalen platen geschroefd die met zware bouten aan het ijs waren bevestigd. Vanaf de lieren liepen ijzeren kabels omhoog naar een reeks katrollen die boven in de toren hingen. Daarvandaan liepen de kabels recht naar beneden en verdwenen in kleine gaten die in het ijs waren geboord. Een paar grote mannen van NASA draaiden om beurten de lieren strakker. Elke keer dat ze een stukje strakker werden gedraaid, schoven de kabels een paar centimeter naar boven door de boorgaten, alsof de mannen een anker aan het lichten waren.

Ik moet iets over het hoofd zien, dacht Rachel, terwijl zij en de anderen dichter naar de toren liepen. De mannen leken de meteoriet dwars door het ijs omhoog te trekken.

'Druk gelijkmatig houden, verdomme!' schreeuwde een vrouwenstem met de welluidendheid van een kettingzaag.

Rachel keek waar het geluid vandaan kwam en zag een kleine vrouw in een felgeel sneeuwpak vol zwarte, vettige vegen. Ze stond met haar rug naar Rachel, maar het was duidelijk dat zij de leiding had over deze operatie. Terwijl ze notities maakte op een klembord, liep ze met grote stappen heen en weer als een geërgerde generaal voor zijn troepen.

'Ga me nou niet vertellen dat de dames moe zijn!'

Corky riep: 'Hé, Norah, hou eens op met het commanderen van die arme NASA-jongens en kom met mij flirten.'

De vrouw draaide zich niet eens om. 'Ben jij dat, Marlinson? Dat piepstemmetje herken ik uit duizenden. Kom maar terug als je in de puberteit komt.'

Corky wendde zich tot Rachel. 'Norah houdt ons warm met haar charme.'

'Ik heb je wel gehoord, ruimtepikkie,' riep dr. Mangor terug, terwijl ze nog steeds aantekeningen maakte. 'En als je naar mijn kont staat te kijken, vergeet dan niet dat er vijftien kilo bij komt door die sneeuwbroek.'

'Maak je geen zorgen,' riep Corky. 'Het is niet je gezellige, gigantische

achterste waar mijn hart sneller van gaat kloppen, maar je innemende persoonlijkheid.'
'Val dood.'
Corky moest lachen. 'Ik heb fantastisch nieuws, Norah. Blijkbaar ben jij niet de enige vrouw die de president heeft opgetrommeld.'
'Oud nieuws. Hij heeft jóú toch ook laten komen?'
Tolland kwam tussenbeide. 'Norah? Heb je heel even tijd om kennis te komen maken?'
Toen ze Tollands stem hoorde, hield Norah ogenblikkelijk op met waar ze mee bezig was en draaide zich om. Haar harde houding smolt als sneeuw voor de zon. 'Mike!' Ze kwam stralend aanrennen. 'Jou heb ik een paar uur niet gezien.'
'Ik heb de documentaire zitten monteren.'
'Hoe is mijn stuk geworden?'
'Je ziet er schitterend uit.'
'Hij heeft heel speciale effecten gebruikt,' zei Corky.
Norah negeerde de opmerking en keek met een beleefde maar gereserveerde glimlach naar Rachel. Daarna ging haar blik weer naar Tolland. 'Ik hoop dat je me niet bedriegt, Mike.'
Tollands markante gezicht kleurde een beetje toen hij de vrouwen aan elkaar voorstelde. 'Norah, dit is Rachel Sexton. Mevrouw Sexton werkt voor een inlichtingendienst en is hier op verzoek van de president. Haar vader is senator Sedgewick Sexton.'
Bij die mededeling keek Norah verbaasd. 'Ik zal niet doen alsof ik daar iets van begrijp.' Ze trok haar handschoenen niet uit en schudde Rachel halfslachtig de hand. 'Welkom op het dak van de wereld.'
Rachel glimlachte. 'Bedankt.' Tot haar verrassing zag ze dat Norah Mangor, ondanks haar ruwe stemgeluid, een sympathiek en vrolijk gezicht had. Haar jongensachtig korte haar was bruin met wat grijs erdoor, en haar ogen waren helder en doordringend, twee ijskristallen. Ze straalde een onwrikbaar zelfvertrouwen uit dat Rachel wel aanstond.
'Norah,' zei Tolland. 'Heb je even tijd om Rachel te vertellen wat je aan het doen bent?'
Norah trok haar wenkbrauwen op. 'Noemen jullie elkaar al bij de voornaam? Zo, zo.'
Corky kreunde. 'Ik heb het je gezegd, Mike.'

Norah Mangor liet Rachel zien wat er allemaal onder de toren gebeurde, terwijl Tolland en de anderen met elkaar bleven staan praten.
'Zie je die boorgaten in het ijs onder de driepoot?' vroeg Norah wijzend. Haar toon, die eerst geïrriteerd was geweest, werd vriendelijker

nu ze werd gegrepen door enthousiasme voor haar werk.
Rachel knikte en keek naar de gaten in het ijs. Ze hadden een diameter van ongeveer dertig centimeter en door elk ervan liep een stalen kabel naar beneden.
'Die gaten hebben we gemaakt om boormonsters te nemen en röntgenfoto's van de meteoriet te maken. Daarna hebben we ze gebruikt om zware schroefogen in de lege schachten te laten zakken en die in de meteoriet te schroeven. Toen hebben we tientallen meters kabel in elk gat laten zakken en met zware kettingen aan de ogen vastgemaakt, en nu trekken we die met de lieren omhoog. Het kost deze watjes een paar uur om het ding naar boven te hijsen, maar het gaat lukken.'
'Ik begrijp het niet helemaal,' zei Rachel. 'De meteoriet ligt onder duizenden tonnen ijs. Hoe kunnen jullie hem ophijsen?'
Norah wees naar de top van de toren, waar een dunne straal zuiver rood licht recht naar beneden scheen, naar het ijs onder de driepoot. Rachel had het al gezien, maar had aangenomen dat dit simpelweg een optische aanduiding was, die aangaf dat de steen er recht onder lag.
'Dat is een gallium-arseenlaser,' zei Norah.
Rachel keek wat beter naar de lichtstraal en zag nu dat die een klein gaatje in het ijs had gesmolten en in de diepte verdween.
'Een zeer hete straal,' zei Norah. 'We verhitten de meteoriet terwijl we hem ophijsen.'
Toen de briljante eenvoud van het plan tot Rachel doordrong, was ze onder de indruk. Norah had de laserstraal gewoon naar beneden gericht, zodat het ijs was weggesmolten totdat de straal de meteoriet raakte. Het gesteente was te dicht om te smelten door een laserstraal en had de warmte ervan geabsorbeerd, zodat hij warm genoeg was geworden om het ijs om hem heen te doen smelten. Terwijl de mannen van NASA de meteoriet ophesen, smolt het ijs erboven door de warmte van de steen en de druk die erop werd uitgeoefend, waardoor er een weg vrijkwam om hem op te takelen. Het smeltwater liep gewoon langs de meteoriet naar beneden, in de schacht eronder.
Als een warm mes door de boter.
Norah gebaarde naar de mannen bij de lieren. 'De generatoren kunnen niet zoveel energie leveren, dus gebruik ik mankracht om de steen te lichten.'
'Gelul!' riep een van de mannen. 'Ze gebruikt mankracht omdat ze ons graag ziet zweten!'
'Rustig aan,' antwoordde Norah. 'Jullie mietjes hebben twee dagen lopen klagen dat jullie het koud hadden. Dat heb ik verholpen. Trek nou maar lekker verder.'

De mannen lachten.
'Waar zijn die pylonen voor?' vroeg Rachel, en ze wees naar een paar oranje kegels die op schijnbaar willekeurige plekken rond de toren stonden. Rachel had op andere plekken in de koepel soortgelijke kegels zien staan.
'Onmisbare hulpmiddelen voor een glacioloog,' zei Norah. 'We noemen ze ARBO's. Dat is een afkorting van: "Aanzienlijk Risico Beenbreuk. Oppassen!"'
Ze pakte een van de pylonen op en er werd een rond boorgat zichtbaar, dat als een bodemloze put in de diepten van de gletsjer verdween. 'Slechte plek om je voet neer te zetten.' Ze zette de pylon terug. 'We hebben op allerlei plekken gaten in de gletsjer geboord om te controleren of de structuur gelijkmatig is. Net als bij gewone archeologie kun je aan de diepte waarop je een voorwerp vindt, aflezen hoe lang het begraven heeft gelegen. Hoe dieper je het vindt, des te langer ligt het er al. Dus als er een voorwerp onder het ijs wordt ontdekt, kunnen we aan de hoeveelheid ijs erboven zien wanneer het daar terecht is gekomen. Om er zeker van te zijn dat onze datering klopt, controleren we verschillende stukken van het ijsplateau om te bevestigen dat het één massieve plaat is, die niet is beschadigd door aardbevingen, barsten, lawines en wat dies meer zij.'
'En hoe ziet deze gletsjer eruit?'
'Helemaal gaaf,' zei Norah. 'Een volmaakte, massieve plaat. Geen breuklijnen of schuine lagen. Deze meteoriet is wat we een "statische inslag" noemen. Hij heeft ongestoord in het ijs gelegen sinds hij hier in 1716 is neergekomen.'
Rachel reageerde ongelovig. 'Weten jullie dan het precieze jáár waarin hij is gevallen?'
Die vraag leek Norah te verrassen. 'Ja, natuurlijk. Daarom hebben ze mij laten komen. Ik kan ijs lezen.' Ze gebaarde naar een stapel cilinders van ijs. Ze zagen eruit als doorschijnende telefoonpalen en hadden allemaal een fel oranje label. 'Die boorkernen vormen stuk voor stuk een geologisch rapport.' Ze nam Rachel mee naar een van de cilinders. 'Als je van dichtbij kijkt, zie je verschillende lagen in het ijs.'
Rachel ging op haar hurken zitten en zag inderdaad dat de cilinder bestond uit laagjes ijs met subtiele verschillen in glans en helderheid. De dikte varieerde van flinterdun tot ruim een halve centimeter dik.
'Elke winter valt er een grote hoeveelheid sneeuw op het ijsplateau,' zei Norah, 'en elk voorjaar smelt daar weer iets van weg. Zo krijgen we elk jaar een nieuwe compressielaag. We beginnen gewoon bovenaan – de afgelopen winter – en tellen terug.'
'Zoals je jaarringen van een boom telt.'

'Het is iets minder eenvoudig. Vergeet niet dat we tientallen meters laagjes moeten tellen. We gebruiken klimatologische merktekens als referentiepunt: gegevens over neerslag, luchtvervuiling en dat soort dingen.'

Tolland en de anderen kwamen bij hen staan. Tolland glimlachte naar Rachel. 'Ze weet veel over ijs, hè?'

Vreemd genoeg was Rachel blij hem weer te zien. 'Ja, geweldig.'

'En trouwens,' zei Tolland met een knikje naar Norah, 'dat jaartal van 1716 klopt precies. Al voordat we hier kwamen, had NASA geconcludeerd dat de inslag in dat jaar is geweest. Dr. Mangor heeft haar eigen boormonsters genomen, haar eigen tests gedaan en het resultaat van NASA bevestigd.'

Rachel was onder de indruk.

'En bij toeval is 1716 het jaar waarin ontdekkingsreizigers een felle vuurbol aan de hemel boven het noorden van Canada hebben gezien,' zei Norah. 'De meteoor werd de Jungersol-meteoriet genoemd, naar de leider van de expeditie.'

Corky vulde haar aan: 'Het feit dat het jaartal dat door de boringen is bepaald precies overeenkomt met de historische gegevens, bewijst eigenlijk wel dat we hier een stuk hebben van de meteoriet die Jungersol in 1716 heeft zien vallen.'

'Dr. Mangor!' riep een van de mannen van NASA. 'De eerste kettingschakels komen in zicht!'

'Einde van de rondleiding, mensen,' zei Norah. 'Het moment van de waarheid is aangebroken.' Ze pakte een klapstoel, klom erop en schreeuwde zo hard mogelijk: 'Hij komt over vijf minuten boven!'

In de hele koepel lieten de wetenschappers als in een pavlovreactie alles vallen waar ze mee bezig waren en renden naar de plek waar de steen werd gelicht.

Norah Mangor zette haar handen in haar zij en overzag haar domein. 'Oké, laten we de *Titanic* boven water brengen.'

28

'Opzij,' brulde Norah, die tussen de aangroeiende menigte door liep. De mannen maakten ruimte. Norah nam de leiding en controleerde uitgebreid de spanning en centrering van de kabels.

'Trekken!' riep een van de NASA-mannen. De mannen draaiden hun lieren strak en de kabels schoven vijftien centimeter verder omhoog.

Terwijl de kabels steeds verder omhoogkwamen, had Rachel het gevoel dat de omstanders centimeter voor centimeter naar voren schuifelden van ongeduld. Corky en Tolland waren vlak bij haar en ze keken als kinderen met Kerstmis. Aan de andere kant van de toren kwam de enorme gestalte van Lawrence Ekstrom, het hoofd van NASA, aanlopen. Hij stelde zich zo op dat hij het lichten van de steen kon zien.
'Schakels!' riep een van de NASA-mannen. 'De kettingen zijn te zien!'
De stalen kabels die door de boorgaten naar boven schoven, gingen over in geel geschilderde kettingen.
'Nog twee meter! Hou hem recht!'
De groep rond de toren zweeg vol spanning, als toeschouwers bij een seance die op een bovenaardse verschijning wachtten; iedereen deed zijn best een eerste glimp op te vangen.
Toen zag Rachel hem.
Door de dunner wordende ijslaag begon de vage omtrek van de meteoriet zichtbaar te worden. Hij was langwerpig van vorm en donker, eerst nog onscherp, maar steeds duidelijker naarmate hij zich een weg naar boven smolt.
'Strakker!' riep een technicus. De mannen draaiden de lieren verder aan en de steigers kraakten.
'Nog anderhalve meter! Hou de spanning gelijkmatig!'
Rachel zag dat het ijs boven de steen begon op te bollen als een hoogzwanger beest. Boven op de bult, rond het punt waar de laserstraal het ijs in ging, begon een cirkeltje ijs weg te smelten en ontstond een steeds groter gat.
'Er is ontsluiting!' schreeuwde iemand. 'Negentig centimeter!'
Een gespannen lach doorbrak de stilte.
'Oké, zet de laser uit!'
Iemand zette een schakelaar om en de straal verdween.
En toen gebeurde het.
Als een paleolithische god die in een rookwolk aan de mensheid verschijnt, brak het enorme rotsblok met een gesis van stoom door het oppervlak. In de kolkende nevel rees de kolos uit het ijs. De mannen bij de lieren zetten zich schrap, totdat uiteindelijk de hele steen losbrak uit zijn bevroren boeien en warm en druipend boven een wak met klotsend water hing.
Rachel keek gebiologeerd toe.
Daar, aan zijn kabels, hing de druipnatte meteoriet. Het ruwe oppervlak, dat glinsterde in het tl-licht, was geblakerd en gerimpeld, zodat hij op een gigantische, uitgedroogde pruim leek. Aan één kant was het rotsblok glad en afgerond, waar het gesteente op zijn reis door de atmosfeer was verdampt door de wrijvingshitte.

Rachel keek naar de geblakerde smeltkorst en zag bijna voor zich hoe de meteoor als een enorme vuurbol naar de aarde was geraasd. Het was ongelooflijk dat dat eeuwen geleden was gebeurd. Nu hing het gevangen beest druipend aan zijn kabels.

De jacht was voorbij.

Pas op dit moment drong de ware omvang van de gebeurtenis tot Rachel door. Het voorwerp dat daar hing, kwam van een andere wereld, miljoenen kilometers ver. En het bevatte aanwijzingen – nee, *bewijs* – dat er leven bestond buiten de aarde.

De euforie leek om zich heen te grijpen, en iedereen begon spontaan te juichen en te klappen. Zelfs Ekstrom liet zich meeslepen. Hij sloeg zijn medewerkers op de schouder en feliciteerde hen. Rachel, die toekeek, was opeens blij voor NASA. Het had de organisatie in het verleden een paar keer flink tegengezeten. Eindelijk veranderde dat. Deze mensen hadden wel een vrolijk moment verdiend.

Het gapende gat in het ijs zag eruit als een zwembadje midden in de habisfeer. Het water in de zestig meter diepe plas van gesmolten ijs klotste een tijdje tegen de wanden van de schacht en kalmeerde toen. Het stond ruim een meter lager dan de ijsvloer van de gletsjer. Dat verschil had twee oorzaken: het volume van de meteoriet was eruit verdwenen en water neemt in de vorm van ijs nu eenmaal meer ruimte in dan in vloeibare toestand.

Norah Mangor zette onmiddellijk een kring van ARBO-pylonen rond het wak. Het was duidelijk zichtbaar, maar als je er uit nieuwsgierigheid te dichtbij kwam en uitgleed, was dat levensgevaarlijk. De wanden van de schacht waren van massief ijs, zonder houvast voor je voeten, en het zou dan ook onmogelijk zijn er zonder hulp uit te klimmen.

Lawrence Ekstrom kwam over het ijs op hen af gestapt. Hij liep meteen naar Norah Mangor en schudde haar stevig de hand. 'Mooi werk, dr. Mangor.'

'Ik verwacht zwart op wit veel lof toegezwaaid te krijgen,' antwoordde Norah.

'Daar kunt u op rekenen.' Ekstrom wendde zich tot Rachel. Hij maakte een vrolijke, opgeluchte indruk. 'En, mevrouw Sexton, is de beroepsscepticus overtuigd?'

Rachel kon een glimlach niet onderdrukken. 'Eerder overweldigd.'

'Mooi zo. Komt u maar mee.'

Rachel liep met het hoofd van NASA door de habisfeer naar een grote metalen bak die eruitzag als een zeecontainer. Hij was in camouflagekleuren geschilderd en er stonden de letters P-S-C op.

'Hierbinnen kunt u de president bellen,' zei Ekstrom.

Portable Secure Comm, dacht Rachel. Deze verplaatsbare, beveiligde cabines met communicatieapparatuur werden door het leger gebruikt in oorlogsgebieden, maar Rachel had niet verwacht er een aan te treffen bij een NASA-missie in vredestijd. Aan de andere kant lag de achtergrond van Ekstrom bij het ministerie van Defensie, dus hij kon gemakkelijk aan dit soort spullen komen. Uit de strenge gezichten van de twee gewapende mannen die de PSC bewaakten, maakte Rachel op dat contact met de buitenwereld alleen mogelijk was als Ekstrom daar uitdrukkelijk toestemming voor gaf.

Zo te zien ben ik niet de enige die niet te traceren is.

Ekstrom wisselde een paar woorden met een van de bewakers bij de cabine en wendde zich weer tot Rachel. 'Succes,' zei hij. Toen liep hij weg.

De bewaker klopte op de deur van de cabine en die werd van binnenuit geopend door een technicus, die Rachel wenkte. Ze volgde hem naar binnen.

In de PSC was het donker en benauwd. Bij de blauwachtige gloed van de enige computermonitor die er stond, zag Rachel rekken vol telefoonapparatuur, zendontvangers en apparaten voor satellietcommunicatie. Ze voelde zich meteen al opgesloten. De lucht in de cabine was muf, als in een kelder in de winter.

'Gaat u zitten, mevrouw Sexton.' De technicus trok een kruk op wieltjes te voorschijn en liet Rachel voor een plat beeldscherm plaatsnemen. Hij zette een microfoon voor haar neer en drukte een grote koptelefoon op haar hoofd. Terwijl hij in een register van encryptiewachtwoorden keek, typte hij een lange reeks tekens in op een toestel dat vlak bij Rachel stond. Op het scherm voor haar verscheen een timer.

00:60 SECONDEN

De technicus knikte tevreden toen de timer begon af te tellen. 'Eén minuut voordat u verbinding krijgt.' Hij draaide zich om, verliet de cabine en sloeg de deur achter zich dicht. Rachel hoorde dat die van buitenaf op slot werd gedraaid.

Fantastisch.

Toen ze in het donker zat te kijken hoe de klok langzaam aftelde, besefte ze dat ze voor het eerst sinds de vroege ochtend even alleen was. Ze was vandaag wakker geworden zonder ook maar het flauwste vermoeden te hebben wat haar te wachten stond. *Buitenaards leven.* Vanaf vandaag was het meest populaire thema uit de sciencefiction geen fictie meer.

Rachel bedacht nu pas hoe vernietigend deze meteoriet voor haar vaders campagne zou zijn. De financiering van NASA was niet iets om op één lijn te stellen met het recht op abortus, sociale voorzieningen en gezondheidszorg, maar haar vader had dat wel gedaan. Dat zou hem nu opbreken.

Over een paar uur zouden de Amerikanen weer de sensatie ondergaan van een NASA-triomf. Sommigen zouden ontroerd wegdromen. Wetenschappers zouden met open mond toekijken. De fantasie van kinderen zou op hol slaan. De centenkwestie zou naar de achtergrond verdwijnen en volledig worden overschaduwd door dit grandioze ogenblik. De president zou als een feniks herrijzen en een held zijn, terwijl de zakelijke senator in het feestgedruis plotseling kleingeestig zou lijken, een vrekkige Scrooge die het Amerikaanse gevoel voor avontuur miste.

De computer piepte en Rachel keek op.

00:05 SECONDEN

Plotseling flikkerde het scherm en verscheen er een onscherp beeld van het embleem van het Witte Huis, dat even later overvloeide in het gezicht van president Herney.

'Hallo, Rachel,' zei hij met een ondeugende glinstering in zijn ogen. 'Je hebt zeker wel een interessante middag gehad?'

29

Het kantoor van senator Sedgewick Sexton was gevestigd in het senaatsgebouw Philip A. Hart aan C Street, ten noordoosten van het Capitool. Het gebouw, een moderne verzameling witte rechthoeken, leek volgens critici meer op een gevangenis dan op een kantoorgebouw. Veel mensen die er werkten, dachten er net zo over.

Op de tweede verdieping liep Gabrielle Ashe met grote stappen van haar lange benen heen en weer voor haar computer. Op het scherm stond een nieuw e-mailbericht. Ze wist niet goed wat ze ervan moest denken.

De eerste twee regels waren:

SEDGEWICK DEED HET GOED OP CNN
IK HEB MEER INFORMATIE VOOR U.

De afgelopen weken had Gabrielle meer van dit soort berichten ontvangen. Het adres van de afzender was gefingeerd, maar ze was erin geslaagd het te herleiden tot de domeinnaam 'whitehouse.gov'. Blijkbaar werkte haar mysterieuze informant in het Witte Huis, en hij of zij was voor Gabrielle de laatste tijd dé bron van allerlei waardevol nieuws geweest, waaronder dat van een geheime bespreking tussen het hoofd van NASA en de president.

Gabrielle had de e-mails in eerste instantie gewantrouwd, maar toen ze de tips natrok, ontdekte ze tot haar verbazing dat de informatie onveranderlijk accuraat en nuttig was: geheime gegevens over budgetoverschrijdingen van NASA, kostbare geplande missies, informatie waaruit bleek dat de zoektocht naar buitenaards leven veel te veel geld opslokte en helemaal niets opleverde, zelfs interne opiniepeilingen die al voorspelden dat NASA het onderwerp zou zijn waarop kiezers zich van de president zouden afkeren.

Om een betere indruk te maken op de senator had Gabrielle hem niet verteld dat ze ongevraagde hulp per e-mail vanuit het Witte Huis kreeg. In plaats daarvan gaf ze de informatie aan hem door als afkomstig van 'een van haar bronnen'. Sexton reageerde altijd dankbaar en leek wel beter te weten dan te vragen wie de bron was. Ze merkte dat hij dacht dat Gabrielle iemand seksuele gunsten verleende. Het zat haar een beetje dwars dat hem dat niets leek te kunnen schelen.

Gabrielle hield op met ijsberen en keek weer naar het nieuwe bericht. Eén ding bleek duidelijk uit de e-mails: iemand in het Witte Huis wilde dat senator Sexton deze verkiezingen won en hielp hem bij zijn aanval op NASA.

Maar wie? En waarom?

Een rat die het zinkende schip wil verlaten, besloot Gabrielle. Het kwam wel vaker voor dat een werknemer van het Witte Huis, die bang was dat zijn president van het pluche zou worden verdreven, in het geheim diensten verleende aan de verwachte opvolger in de hoop na de wisseling van de wacht weer een goede baan te krijgen. Klaarblijkelijk rook iemand de overwinning van Sexton en dekte zich vast in.

Het bericht dat nu op Gabrielles scherm stond, verontrustte haar. Dit was heel anders dan de andere berichten die ze had ontvangen. Het waren niet de eerste twee regels die haar dwarszaten, maar de laatste twee:

OOSTELIJKE BEZOEKERSINGANG, 16.30 UUR.
KOM ALLEEN.

Haar informant had nooit eerder om een ontmoeting gevraagd. Bovendien zou Gabrielle een onopvallender locatie verwachten voor een ontmoeting in levenden lijve. *Oostelijke Bezoekersingang?* Voor zover ze wist bestond er maar één Oostelijke Bezoekersingang in Wash-

ington. *Bij het Witte Huis? Is dit een grap of zo?*
Gabrielle wist dat ze niet via e-mail kon antwoorden; haar berichten kwamen altijd als onbestelbaar terug. De account van haar informant was anoniem, wat niet verrassend was.
Moet ik Sexton om raad vragen? Ze besloot al snel dat niet te doen. Hij zat in een vergadering. Bovendien, als ze hem over deze e-mail vertelde, moest ze hem ook over de andere vertellen. Ze kwam tot de conclusie dat haar informant waarschijnlijk voorstelde haar in het openbaar en op klaarlichte dag te ontmoeten om haar een veilig gevoel te geven. Per slot van rekening had deze persoon haar de afgelopen twee weken alleen maar geholpen. Hij of zij moest haar wel goedgezind zijn.
Gabrielle las het bericht nog één keer en keek op de klok. Ze had een uur om er te komen.

30

Nu de meteoriet met succes was gelicht, was het hoofd van NASA minder nerveus. *Alles valt op zijn plaats*, hield hij zichzelf voor, terwijl hij door de koepel naar de werkplek van Michael Tolland liep. *Niets kan ons nu nog tegenhouden.*
'Hoe staat het ermee?' vroeg Ekstrom toen hij de tv-wetenschapper van achteren naderde.
Tolland keek op van zijn computer; hij zag er moe maar enthousiast uit. 'Ik ben bijna klaar met monteren. Ik wil nog wat filmmateriaal van het lichten van de meteoriet inlassen dat door uw mensen is geschoten. Het duurt niet lang meer.'
'Mooi.' De president had Ekstrom gevraagd Tollands documentaire zo snel mogelijk naar het Witte Huis te sturen.
Hoewel Ekstrom cynisch was geweest over de wens van de president om Michael Tolland voor dit project te werven, was hij van gedachten veranderd toen hij het ruwe materiaal voor Tollands documentaire had gezien. Het geanimeerde commentaar van de tv-ster en zijn interviews met de onafhankelijke geleerden waren knap gecombineerd tot een spannende en begrijpelijke wetenschappelijke documentaire van een kwartier. Tolland had schijnbaar moeiteloos bereikt wat NASA zo vaak niet was gelukt: een wetenschappelijke ontdekking inzichtelijk maken voor de gemiddelde Amerikaan zonder neerbuigend te worden.

'Als u klaar bent met de montage,' zei Ekstrom, 'brengt u het eindresultaat dan alstublieft naar de persruimte. Dan laat ik iemand een digitale versie naar het Witte Huis sturen.'

'Komt voor elkaar.' Tolland ging weer aan het werk.

Ekstrom wandelde verder. Toen hij de noordkant van de koepel bereikte, zag hij tot zijn tevredenheid dat de 'persruimte' van de habisfeer er goed uitzag. Er was een groot blauw tapijt op het ijs uitgerold. Midden op het kleed stond een lange conferentietafel met een paar microfoons en een draperie van NASA, en als achtergrond hing er een enorme Amerikaanse vlag. Om het visuele spektakel te vervolmaken was de meteoriet op een platte slee naar een ereplaats vervoerd, recht voor de conferentietafel.

Tot zijn plezier zag Ekstrom dat er in de persruimte een feeststemming heerste. Een groot deel van zijn staf had zich rond de meteoriet verzameld en de mensen staken als kampeerders rond een kampvuur hun handen uit naar de nog steeds warme steen.

Ekstrom besloot dat dit het moment was. Hij liep naar een paar kartonnen dozen die op het ijs achter de persruimte stonden. Hij had ze vanochtend uit Groenland laten overvliegen.

'Een rondje van de zaak!' riep hij, en hij deelde de blikjes bier uit aan zijn uitgelaten medewerkers.

'Hé, baas!' riep iemand. 'Bedankt! Het is zelfs koud!'

Bij uitzondering glimlachte Ekstrom. 'Ik heb ze op ijs gezet.'

Iedereen lachte.

'Wacht eens eventjes!' riep iemand anders, en hij keek met een schertsende frons naar zijn blikje. 'Dit spul komt uit Canada! U was toch zo vaderlandslievend?'

'We moeten zuinig aan doen, jongens. Dit was het goedkoopste dat ik kon vinden.'

Er werd weer gelachen.

'Opgelet allemaal,' brulde iemand van de tv-ploeg in een megafoon. 'De lampen gaan zo aan. U kunt tijdelijk verblind worden.'

'En geen gezoen in het donker,' riep iemand. 'Dit is een familieprogramma!'

Ekstrom grinnikte. Hij genoot van de vrolijkheid van zijn medewerkers, die de laatste hand legden aan de totaalverlichting en de spots.

'Licht over vijf, vier, drie, twee...'

Het werd snel donker in de koepel toen de halogeenlampen werden uitgeschakeld. Binnen een paar seconden waren alle lampen uit. De duisternis was absoluut.

Iemand gaf een jolige gil.

'Wie knijpt er in mijn bil?' riep een ander lachend.
Het duurde maar even voordat de duisternis werd doorbroken door het felle licht van de tv-lampen. Iedereen kneep zijn ogen tot spleetjes. De transformatie was nu compleet: het noordelijke kwadrant van de habisfeer was in een tv-studio veranderd. De rest van de koepel zag eruit als een grote, donkere loods. Het enige licht dat er was, was de flauwe reflectie van de tv-lampen tegen het gewelfde plafond, en er vielen lange schaduwen over de nu verlaten werkplekken.
Ekstrom stapte achteruit het donker in, blij dat hij zijn team feest zag vieren rond de verlichte meteoriet. Hij voelde zich als een vader die toekijkt hoe zijn kinderen rond de kerstboom spelen.
God weet dat ze het verdienen, dacht Ekstrom, zonder enig vermoeden van het onheil dat zou toeslaan.

31

Het weer sloeg om.
De valwind beukte met een klaaglijk gehuil hard tegen de tent van het Delta-team, als een treurende voorbode van het dreigende geweld. Delta-Een was klaar met het vastzetten van de stormlijnen en ging weer naar binnen, naar zijn collega's. Ze hadden dit wel vaker meegemaakt. Het zou niet lang duren.
Delta-Twee keek strak naar de rechtstreekse beelden van de microbot. 'Moet je eens kijken,' zei hij.
Delta-Een liep naar het beeldscherm. Het was volkomen donker in de habisfeer, afgezien van de felle lampen aan de noordkant van de koepel, bij de lange tafel. In de rest van de habisfeer waren alleen vage omtrekken te zien. 'Niets aan de hand,' zei hij. 'Ze testen de tv-lampen voor vanavond.'
'Dat bedoel ik niet.' Delta-Twee wees naar de donkere plek in het ijs: de schacht met water waar de meteoriet uit was gelicht. 'Dát bedoel ik.'
Delta-Een keek naar het wak. Er stonden nog steeds pylonen omheen en het wateroppervlak zag er kalm uit. 'Ik zie niets.'
'Kijk eens goed.' Hij bewoog de joystick en liet de microbot spiraalsgewijs naar het wateroppervlak dalen.
Toen Delta-Een de donkere poel smeltwater aandachtiger bekeek, zag hij iets waardoor hij geschokt terugdeinsde. 'Wat is...?'
Delta-Drie kwam aanlopen. Ook hij keek verbluft. 'Mijn god. Is dat

het wak waar de steen uit komt? Is het normaal dat het water dat doet?'
'Nee,' zei Delta-Een. 'Om de dooie dood niet.'

32

Hoewel Rachel Sexton in een grote metalen cabine op vijfduizend kilometer van Washington zat, was ze net zo gespannen als wanneer ze op het Witte Huis zou zijn ontboden. Op het scherm van de videofoon was een glashelder beeld te zien van president Zach Herney in de studio van het Witte Huis, gezeten voor het presidentiële embleem. De digitale geluidsverbinding was perfect. Afgezien van een nauwelijks waarneembare vertraging zou de man in een kamer naast de cabine hebben kunnen zitten.
Hun gesprek was opgewekt en openhartig. De president leek tevreden, hoewel niet erg verrast, dat Rachel positief oordeelde over de vondst van NASA en zijn keuze om de innemende Michael Tolland in te zetten als woordvoerder. De president was in een vrolijke bui en maakte grapjes.
'Zoals je met me eens zult zijn,' zei Herney, en nu werd zijn toon serieuzer, 'zouden de gevolgen van deze ontdekking in een volmaakte wereld puur wetenschappelijk van aard zijn.' Hij zweeg even en boog zich naar voren; zijn gezicht vulde het beeld. 'Helaas leven we niet in een volmaakte wereld, en deze triomf van NASA zal een speelbal van de politiek zijn vanaf het moment dat ik hem bekendmaak.'
'Gezien het onweerlegbare bewijs en de mensen die u in de arm hebt genomen om dat te verifiëren, kan ik me niet voorstellen wat het grote publiek en uw tegenstanders voor keuze hebben, behalve deze ontdekking als een vaststaand feit te accepteren.'
Herney stootte een bijna droevig lachje uit. 'Mijn politieke tegenstanders zullen wel geloven wat ze zien, Rachel. Maar ik ben bang dat het ze niet zal aanstaan.'
Rachel merkte dat de president zorgvuldig vermeed het over haar vader te hebben. Hij sprak alleen in termen als 'de oppositie' of 'politieke tegenstanders'. 'Denkt u dat uw tegenstanders om puur politieke redenen zullen roepen dat het een complot is?' vroeg ze.
'Dat is de aard van het spel. Er hoeft maar een kiem van twijfel te worden gezaaid, door iemand die zegt dat deze ontdekking bedrog is, bekokstoofd door NASA en het Witte Huis, en ik word geconfronteerd

met een onderzoek. Dan vergeten de media dat NASA bewijs heeft gevonden van buitenaards leven en gaan ze op zoek naar aanwijzingen voor een complot. Zelfs de insinuatie dat er sprake is van een complot in verband met deze ontdekking zal slecht zijn voor de wetenschap, voor het Witte Huis, voor NASA, en eerlijk gezegd voor het hele land.'

'En daarom hebt u gewacht met de bekendmaking totdat u de volledige bevestiging en de steun van onafhankelijke wetenschappers van naam had.'

'Het is mijn bedoeling deze gegevens zodanig te presenteren dat ze onaanvechtbaar zijn en elk cynisme in de kiem wordt gesmoord. Ik wil dat deze ontdekking wordt gevierd met de onbezoedelde waardigheid die ze verdient. Daar heeft NASA recht op.'

Rachel popelde van ongeduld. *Wat wil hij van me?*

'Het is duidelijk,' vervolgde hij, 'dat jij in een unieke positie bent om me te helpen. Je ervaring als analist en niet te vergeten je banden met mijn tegenstander verlenen je een grote geloofwaardigheid als het om deze ontdekking gaat.'

Rachel begon ontgoocheld te raken. *Hij wil me gebruiken... precies zoals Pickering heeft voorspeld!*

'Daarom,' vervolgde Herney, 'zou ik je willen vragen deze ontdekking persoonlijk te steunen als mijn contactpersoon inlichtingenzaken... en als de dochter van mijn tegenstander.'

Het hoge woord was eruit. Hij had zijn kaarten op tafel gelegd.

Herney wil dat ik hem openlijk steun.

Rachel had echt verwacht dat Zach Herney boven dit soort boosaardige politieke spelletjes stond. Een publieke steunbetuiging van Rachel zou de meteoriet voor haar vader ogenblikkelijk in een persoonlijke kwestie veranderen, omdat de senator de geloofwaardigheid van de ontdekking niet kon aanvechten zonder de geloofwaardigheid van zijn eigen dochter aan de kaak te stellen. Dat zou de doodssteek zijn voor een kandidaat die het gezin boven alles stelde.

'Eerlijk gezegd sta ik versteld dat u me zoiets vraagt,' zei Rachel met haar blik op de monitor gericht.

De president keek verrast. 'Ik dacht dat je enthousiast zou zijn om me te helpen.'

'Enthousiast? Meneer, dit verzoek brengt me in een onmogelijke positie. Ik heb al genoeg problemen met mijn vader zonder recht tegen hem in te gaan in een publieke strijd op leven en dood. Ik geef toe dat ik hem niet mag, maar hij is en blijft mijn vader, en eerlijk gezegd lijkt het me beneden uw waardigheid om me publiekelijk tegen hem uit te spelen.'

'Wacht even!' Herney stak in een gebaar van overgave zijn handen op. 'Wie heeft er iets gezegd over publiekelijk?'
Rachel zweeg even. 'Ik neem aan dat u me samen met het hoofd van NASA op het podium wilt hebben bij de persconferentie van vanavond.'
Herneys lach bulderde door de luidsprekers. 'Rachel, waar zie je me voor aan? Dacht je echt dat ik iemand zou vragen haar vader op een landelijke tv-zender een dolk in de rug te steken?'
'Maar u zei...'
'En denk je dat ik het hoofd van NASA zou vragen de schijnwerpers te delen met de dochter van zijn aartsvijand? Dit is niet kwetsend bedoeld, Rachel, maar deze persconferentie is een wetenschäppelijke presentatie. Ik weet niet of jouw kennis van meteorieten, fossielen of ijsstructuren veel zou bijdragen aan de geloofwaardigheid van het geheel.'
Rachel voelde dat ze bloosde. 'Maar... wat voor steunbetuiging had u dan in gedachten?'
'Een die beter bij jouw positie past.'
'Hoe bedoelt u?'
'Je bent mijn contactpersoon inlichtingenzaken. Je brengt mijn staf op de hoogte van zaken van nationaal belang.'
'Wilt u mijn steunbetuiging tegenover uw stáf?'
Het misverstand leek Herney nog steeds te amuseren. 'Inderdaad, ja. De scepsis die me buiten het Witte Huis ten deel zal vallen, is niets in vergelijking met hoe mijn staf momenteel over me denkt. Ik heb hier te maken met volledige muiterij. Intern heb ik geen enkele geloofwaardigheid meer. Mijn staf heeft me gesmeekt in het budget van NASA te snijden. Ik heb dat genegeerd, en dat is politieke zelfmoord geweest.'
'Tot op heden.'
'Precies. We hebben het er vanochtend al over gehad: de timing van deze ontdekking zal op cynici een verdachte indruk maken, en niemand is op het moment cynischer dan mijn medewerkers. Dus als ze deze informatie voor het eerst krijgen, wil ik dat ze die horen van...'
'Hebt u uw medewerkers dan nog niet verteld over de meteoriet?'
'Alleen een paar topadviseurs. Het was van het grootste belang de ontdekking geheim te houden.'
Rachel was verbluft. *Geen wonder dat ze aan het muiten zijn geslagen.* 'Maar dit is niet mijn terrein. Een meteoriet is nou niet bepaald een rapport van een inlichtingendienst.'
'Niet in de gebruikelijke zin, maar het heeft wel alle elementen van jouw werk: complexe gegevens die moeten worden geïnterpreteerd, belangrijke politieke implicaties...'

'Ik ben geen meteorietdeskundige, meneer. Zou uw staf niet ingelicht moeten worden door het hoofd van NASA?'
'Ben je gek geworden? Iedereen hier haat die man. Ekstrom wordt door mijn staf gezien als de handige jongen die me keer op keer knollen voor citroenen heeft verkocht.'
Rachel snapte het probleem. 'En Corky Marlinson? Met zijn onderscheiding in astrofysica? Hij heeft heel wat meer krediet dan ik.'
'Mijn staf bestaat uit politici, Rachel, niet uit wetenschappers. Je hebt dr. Marlinson ontmoet. Ik vind hem geweldig, maar als ik een astrofysicus loslaat op mijn team van alfageoriënteerde hokjesdenkers, zit ik straks met een groep konijnen die verschrikt in de koplampen staren. Ik heb iemand nodig die ze begrijpen. Jij bent de geschikte persoon, Rachel. Mijn medewerkers kennen je werk, en gezien je familienaam ben je zo onbevooroordeeld als ze zich maar kunnen wensen.'
Rachel merkte dat ze zich door de innemendheid van de president liet overhalen. 'In elk geval geeft u toe dat het feit dat ik de dochter van uw tegenstander ben wel iets met uw verzoek te maken heeft.'
De president grinnikte schaapachtig. 'Natuurlijk. Maar mijn staf zal hoe dan ook op de hoogte worden gebracht, wat jouw besluit ook is. Jij bent niet het cadeautje, Rachel, jij bent alleen de verpakking. Je bent de meest geschikte persoon om dit te doen en ook nog naaste familie van de man die mijn staf voor de volgende ambtstermijn uit het Witte Huis wil knikkeren. Je bent om twee redenen geloofwaardig.'
'U zou in de handel moeten gaan.'
'Dat zit ik al. Net als je vader. En eerlijk gezegd zou ik voor de verandering wel eens een deal willen sluiten.' De president zette zijn bril af en keek Rachel recht aan. Ze merkte dat hij een zelfde soort macht had als haar vader. 'Ik vraag je om een gunst, Rachel, maar ik denk ook dat het bij je werk hoort. Dus wat wordt het? Ja of nee? Wil je mijn staf over deze zaak inlichten?'
Rachel voelde zich opgesloten in de kleine cabine. *Hoezo, een agressieve verkooptechniek?* Zelfs op vijfduizend kilometer afstand voelde Rachel zijn wilskracht van het videoscherm stralen. Bovendien wist ze dat dit een heel redelijk verzoek was, of ze het nu leuk vond of niet.
'Als er aan mijn voorwaarden wordt voldaan,' zei Rachel.
Herney trok zijn wenkbrauwen op. 'En die zijn?'
'Dat ik uw staf achter gesloten deuren toespreek. Geen journalisten erbij. Dit is een vertrouwelijke informatieve bijeenkomst, geen publieke steunbetuiging.'
'Dat beloof ik. De bijeenkomst is al in een zeer besloten ruimte gepland.'

Rachel zuchtte. 'Goed dan.'
De president straalde. 'Uitstekend.'
Rachel keek op haar horloge en zag tot haar verrassing dat het al vier uur was geweest. 'Wacht even,' zei ze verbaasd, 'als u om acht uur vanavond live op de tv verschijnt, hebben we geen tijd meer. Zelfs in die gevaarlijke machine waarin u me hierheen hebt laten brengen, kan ik op zijn vroegst pas over een paar uur terug zijn in het Witte Huis. Ik moet mijn verhaaltje nog voorbereiden en...'
De president schudde zijn hoofd. 'Ik vrees dat ik niet erg duidelijk ben geweest. Je zult mijn staf toespreken vanaf de plek waar je nu bent, via de videofoon.'
'O.' Rachel aarzelde. 'Welk tijdstip had u in gedachten?'
'Eh, nou,' zei Herney met een grijns, 'wat dacht je van nu meteen? Iedereen is er al. Ze staan naar een groot zwart tv-scherm te staren in afwachting van jou.'
Rachel verstrakte. 'Meneer, ik ben volkomen onvoorbereid. Ik kan onmogelijk...'
'Vertel ze gewoon de waarheid. Dat is toch niet zo moeilijk?'
'Maar...'
'Rachel,' zei de president, en hij boog zich naar het scherm. 'Vergeet niet dat het je vak is om informatie te verzamelen en over te brengen. Je bent er goed in. Vertel ze gewoon wat er aan de hand is.' Hij stak zijn hand op om een schakelaar van zijn beeldtelefoon om te zetten, maar zei eerst nog tegen haar: 'En je zult tot je genoegen merken dat ik je een invloedrijke positie heb toebedacht.'
Rachel begreep niet wat hij bedoelde, maar het was te laat om dat te vragen. De president zette de schakelaar om.
Het scherm voor Rachel werd een ogenblik zwart. Toen het weer opflikkerde, werd Rachel geconfronteerd met een van de beangstigendste beelden die ze ooit had gezien. Ze keek recht in het Oval Office in het Witte Huis. Het was bomvol. Er waren alleen nog staanplaatsen. De hele staf van het Witte Huis leek er verzameld te zijn. En iedereen staarde haar aan. Rachel besefte nu dat ze vanaf het bureau van de president naar hen keek.
Een invloedrijke positie. Het zweet brak Rachel uit.
Zo te zien aan de gezichten van de medewerkers van het Witte Huis waren ze net zo verrast om Rachel te zien als andersom.
'Mevrouw Sexton?' riep iemand met schorre stem.
Rachel zocht in de zee van gezichten en zag degene die haar naam had genoemd. Het was een spichtige vrouw die nu op de eerste rij ging zitten. Marjorie Tench. Het kenmerkende uiterlijk van de vrouw sprong er zelfs in een menigte uit.

'Fijn dat u daar bent, mevrouw Sexton,' zei Marjorie Tench op zelfvoldane toon. 'Volgens de president hebt u ons iets te vertellen.'

33

Wailee Ming zat alleen aan zijn werktafel te mijmeren en van het donker te genieten. Hij was vol van het vooruitzicht van vanavond. *Binnenkort zal ik de beroemdste paleontoloog ter wereld zijn.* Hij hoopte dat Michael Tolland genereus was geweest en Mings commentaar een belangrijke plek in zijn documentaire had gegeven.

Terwijl Ming zich al verheugde op zijn naderende roem, ging er een zwakke trilling door het ijs onder zijn voeten. Hij sprong op. Hij woonde in Los Angeles en daardoor had hij zo'n sterk instinct voor aardbevingen ontwikkeld dat hij zeer gevoelig was geworden voor zelfs de zwakste vibratie van de grond. Maar nu voelde hij zich belachelijk, want hij besefte dat de trilling zeer verklaarbaar was. *Het is gewoon afkalvend ijs*, bracht hij zich in herinnering, en hij haalde opgelucht adem. Hij was er nog steeds niet aan gewend. Elke paar uur klonk er uit de verte een rommelend geluid als ergens langs de grens van het ijsplateau een enorm ijsblok afbrak en in zee viel. Norah Mangor zei het mooi. *De geboorte van nieuwe ijsbergen...*

Nu Ming toch stond, rekte hij zich uit. Hij keek door de habisfeer en zag dat er in de verte, in het felle licht van de tv-lampen, feest werd gevierd. Ming was geen liefhebber van feestjes en liep de andere kant op.

De doolhof van verlaten werkplekken was net een spookstad en er hing een bijna doodse sfeer in de koepel. Het leek kouder te zijn geworden, en Ming knoopte zijn lange camel jas dicht.

Voor zich uit zag hij het wak waar de steen uit was gelicht, de plek waar de schitterendste fossielen uit de geschiedenis van de mensheid waren gevonden. De gigantische metalen driepoot was afgebroken en de poel was alleen nog maar omgeven door een kring van pylonen, als een gat in een enorme parkeerplaats van ijs. Ming wandelde naar het wak, bleef op veilige afstand staan en tuurde in de zestig meter diepe schacht met ijskoud water. Die zou snel weer dichtvriezen, waarmee elk spoor van menselijke aanwezigheid hier zou worden uitgewist.

Het water was prachtig om te zien, dacht Ming. Zelfs in het donker. *Vooral in het donker.*

Die gedachte bleef even hangen. Toen drong de betekenis ervan tot hem door.
Er klopt iets niet.
Ming keek aandachtiger naar het water en zijn aanvankelijke tevredenheid maakte plotseling plaats voor opperste verwarring. Hij knipperde met zijn ogen, keek weer strak naar het water en sloeg zijn blik toen snel op naar de mensen die in de persruimte, op vijftig meter afstand, feestvierden. Hij wist dat ze hem hier in het donker niet konden zien.
Zou ik dit niet aan iemand moeten vertellen?
Ming keek weer naar het water en vroeg zich af wat hij dan moest zeggen. Was het gezichtsbedrog? Een vreemde weerspiegeling?
Weifelend stapte Ming langs de pylonen en ging op zijn hurken aan de rand van het wak zitten. Het water stond ruim een meter onder het niveau van de ijsvloer, en hij boog zich naar voren om het beter te kunnen zien. Ja, er was ongetwijfeld iets vreemds aan de hand. Je kon het onmogelijk over het hoofd zien, maar het was pas zichtbaar geworden toen de lichten in de koepel waren gedoofd.
Ming kwam overeind. Dit moest hij absoluut aan iemand vertellen. Hij liep haastig in de richting van de persruimte. Maar na een paar passen bleef hij abrupt staan. *Grote god!* Hij draaide zich om naar het wak en zijn ogen werden groot van schrik. Er was hem een licht opgegaan.
'Onmogelijk!' flapte hij eruit.
Maar hij wist dat het de enige mogelijke verklaring was. *Denk goed na*, maande hij zichzelf. *Er moet een logischer reden zijn.* Maar hoe langer Ming erover nadacht, des te overtuigder raakte hij van wat het was. *Er is geen andere verklaring!* Hij kon zich nauwelijks voorstellen dat NASA en Corky Marlinson zoiets ongelooflijks over het hoofd hadden gezien, maar je zou hem er niet over horen klagen.
Dit is mijn ontdekking!
Huiverend van opwinding rende Ming naar een nabije werkplek en pakte een bekerglas. Hij had alleen een watermonster nodig. Niemand zou dit willen geloven!

34

Rachel Sexton probeerde de groep mensen op het scherm met vaste stem toe te spreken. 'Als contactpersoon tussen de inlichtingendiensten en het Witte Huis behoort het tot mijn taken naar plekken op de wereld te reizen waar belangrijke dingen gebeuren, explosieve situaties te analyseren en verslag uit te brengen aan de president en de staf van het Witte Huis.'

Vlak onder haar haarlijn vormde zich een zweetdruppel; ze veegde hem weg en verwenste in stilte de president, omdat hij haar zonder enige waarschuwing voor de leeuwen had geworpen.

'Nooit eerder heeft mijn werk me naar zo'n wonderlijke plek gebracht.' Rachel gebaarde stijfjes naar de benauwde cabine om haar heen. 'Geloof het of niet, maar ik spreek u toe van boven de noordpoolcirkel, vanaf een honderd meter dik ijsplateau.'

Rachel zag de verbijsterde blikken van de mensen op het scherm. Ze wisten natuurlijk wel dat ze niet zonder reden in het Oval Office bijeen waren geroepen, maar niemand had enig vermoeden gehad dat het ging om iets wat op de noordpool was gebeurd.

Het zweet parelde weer op haar voorhoofd. *Beheers je, Rachel. Dit is je werk.* 'Vol trots en blijdschap spreek ik u hier vanmiddag toe.'

Afwachtende blikken.

Ach, krijg de pest, dacht ze, en ze veegde boos het zweet van haar gezicht. *Ik heb hier niet om gevraagd.* Rachel wist wat haar moeder zou zeggen als ze hier was: *Gooi het er in geval van twijfel maar gewoon uit!* Dat oude gezegde gaf uitdrukking aan een van de belangrijkste overtuigingen van haar moeder: dat alle problemen overwonnen konden worden door de waarheid te spreken, hoe je die ook onder woorden bracht.

Rachel ademde diep in, rechtte haar rug en keek recht in de camera. 'Mensen, het spijt me, maar als jullie je afvragen hoe ik het voor elkaar krijg op de noordpool zo te transpireren... ik ben een beetje zenuwachtig.'

De gezichten leken met een rukje naar achteren te bewegen. Hier en daar werd onzeker gelachen.

'Bovendien,' zei Rachel, 'heeft jullie baas me ongeveer tien seconden van tevoren gewaarschuwd dat ik zijn volledige staf moest toespreken. Deze vuurdoop is niet echt wat ik in gedachten had voor mijn eerste bezoek aan het Oval Office.'

Deze keer klonk er meer gelach.

'En,' vervolgde ze met een blik naar de onderkant van het scherm, 'ik had al helemaal niet verwacht dat ik aan het bureau van de president zou zitten... laat staan eróp!'

Hier werd hartelijk om gelachen en breed om gegrijnsd. Rachel merkte dat ze minder gespannen werd. *Vertel het hun gewoon zonder omwegen.*

'Dit is de situatie.' Rachels stem klonk nu weer zoals altijd. Natuurlijk en duidelijk. 'President Herney is de afgelopen week niet uit de publiciteit gebleven omdat hij geen belangstelling voor zijn campagne zou hebben, maar omdat hij in beslag werd genomen door iets anders. Iets wat hij veel belangrijker vond.'
Rachel zweeg even en zocht oogcontact met haar publiek.
'Er is een wetenschappelijke ontdekking gedaan in het noordpoolgebied, om precies te zijn op het Milne-ijsplateau. De president zal vanavond om acht uur een persconferentie geven om de wereld ervan op de hoogte te stellen. De vondst is gedaan door een groep hardwerkende Amerikanen die de laatste tijd veel tegenslagen te verduren heeft gehad en deze opsteker verdient. Ik heb het over NASA. Jullie mogen er trots op zijn dat jullie president NASA met een welhaast helderziend vertrouwen door dik en dun is blijven steunen. Nu ziet het ernaar uit dat zijn loyaliteit beloond zal worden.'
Toen pas besefte Rachel dat dit een historisch ogenblik was. Haar keel ging dichtzitten, maar ze verzette zich tegen dat gevoel en ging verder. 'Als beambte van de inlichtingendienst die gespecialiseerd is in de analyse en verificatie van informatie, ben ik een van de mensen die door de president in de arm is genomen om de gegevens van NASA te onderzoeken. Dat heb ik gedaan, zowel persoonlijk als door middel van gesprekken met deskundigen in en buiten overheidsdienst, mannen en vrouwen van uitstekende reputatie en van een kaliber dat politieke meningsverschillen overstijgt. Ik ben tot de conclusie gekomen dat de informatie die ik u ga verstrekken correct is en onbevooroordeeld wordt weergegeven. Bovendien ben ik van mening dat de president juist heeft gehandeld en een bewonderenswaardige zorgvuldigheid en terughoudendheid in acht heeft genomen door een mededeling die hij vast graag vorige week al had willen doen tot vandaag uit te stellen.'
Rachel zag hoe de mensen tegenover haar verbaasde blikken wisselden. Daarna keken ze allemaal weer naar haar, en ze wist dat ze hun onverdeelde aandacht had.
'Dames en heren, ik ga iets vertellen wat misschien wel het grootste nieuws is dat ooit in dit kantoor bekend is gemaakt.'

35

De luchtopname die het Delta-team ontving van de rondcirkelende

microbot had afkomstig kunnen zijn uit een film die de hoofdprijs krijgt op een avant-gardistisch filmfestival: het halfduister, de glinsterende poel waaruit de steen was gelicht en de goed geklede Aziaat die met zijn camel jas als een stel grote vleugels om zich heen gespreid op het ijs lag. Hij probeerde blijkbaar wat water te bemachtigen.
'We moeten hem tegenhouden,' zei Delta-Drie.
Delta-Een was het met hem eens. Het Milne-ijsplateau verborg geheimen die door zijn team desnoods met geweld verdedigd moesten worden.
'Hoe moeten we dat aanpakken?' vroeg Delta-Twee, die nog steeds de joystick hanteerde. 'De microbots zijn er niet voor toegerust.'
Delta-Een keek peinzend. De microbot die in de habisfeer rondvloog was een verkenningsmodel, dat van alle overbodige onderdelen was ontdaan om langer in de lucht te kunnen blijven. Hij was ongeveer zo dodelijk als een huisvlieg.
'We moeten de opdrachtgever bellen,' zei Delta-Drie.
Delta-Een keek strak naar het beeld van de eenzame Wailee Ming, die gevaarlijk over de rand van het wak hing. Er was niemand bij hem in de buurt... en in ijskoud water lukte schreeuwen meestal niet. 'Geef me de bediening.'
'Wat ga je doen?' vroeg Delta-Twee.
'Waar we voor zijn opgeleid,' antwoordde Delta-Een kortaf, terwijl hij de joystick overnam. 'Improviseren.'

36

Wailee Ming lag op zijn buik naast het wak met zijn rechterarm over de rand en probeerde wat water in zijn bekerglas te scheppen. Het was zeker geen gezichtsbedrog geweest; nu hij met zijn gezicht een meter boven het water hing, zag hij het heel goed.
Dit is niet te geloven!
Ming rekte zich zo ver mogelijk uit en kantelde het glas in zijn hand om bij het wateroppervlak te komen. Hij kwam maar een paar centimeter te kort.
Omdat hij zich niet verder kon uitrekken, ging Ming wat dichter bij de rand liggen. Hij drukte de neuzen van zijn laarzen tegen het ijs en plantte zijn linkerhand stevig op een andere plek van de ijsvloer. Opnieuw strekte hij zijn rechterarm zo ver mogelijk uit. *Bijna.* Hij schoof nog wat dichter naar het water. *Ja!* De rand van het glas brak het wa-

teroppervlak. Terwijl de vloeistof in het glas stroomde, keek Ming ongelovig toe.

Toen gebeurde er onverhoeds iets volkomen onbegrijpelijks. Als een kogel uit een pistool kwam uit het donker een klein stukje metaal vliegen. Ming zag het maar een fractie van een seconde voordat het zich in zijn rechteroog boorde.

Het instinct om je ogen te beschermen zit bij de mens zo diep dat Ming terugdeinsde, hoewel zijn verstand hem zei dat elke plotselinge beweging zijn evenwicht in gevaar bracht. Het was een ongecontroleerde reactie, meer van schrik dan van pijn. Zijn linkerhand, die het dichtst bij zijn gezicht was, schoot in een reflex naar boven om het getroffen oog te beschermen. Terwijl zijn hand nog onderweg was, wist Ming al dat hij een fout had gemaakt. Hij hing met zijn hele gewicht naar voren en nu zijn enige steunpunt plotseling weg was, wankelde hij. Hij herstelde zich te laat. Hij liet het glas los en probeerde zich aan het gladde ijs vast te grijpen om niet te vallen, maar hij gleed weg en tuimelde voorover het donkere wak in.

Het was maar een stukje van een meter, maar toen Mings hoofd als eerste het ijskoude water raakte, had hij het gevoel dat hij met tachtig kilometer per uur tegen een verhard wegdek sloeg. Het water dat over zijn gezicht spoelde, was zo koud dat het wel een brandend zuur leek. De paniek sloeg ogenblikkelijk toe.

Door zijn positie, ondersteboven en in het donker, was Ming gedesoriënteerd en wist hij niet waar het wateroppervlak was. Zijn zware camel jas beschermde zijn lichaam tegen de ijzige kou... een paar seconden, althans. Nadat hij zich eindelijk rechtop had gedraaid, kwam Ming sputterend boven om naar lucht te happen. Precies op dat moment bereikte het water zijn rug en borst en nam zijn lichaam in een ijzige greep, die zijn longen samendrukte.

'He... lp,' bracht hij uit, maar hij kon niet genoeg lucht krijgen om meer dan een zacht gejammer te produceren. Hij had het gevoel dat de adem uit zijn lijf was geperst. 'Hèèè... lp!' Ming kon zijn geroep zelf niet eens horen. Hij bereikte met moeite de wand van de schacht en wilde zichzelf uit het water trekken. Hij stuitte op een verticale muur van ijs. Geen houvast. Onder water trapte hij met zijn laarzen tegen de ijswand op zoek naar houvast. Niets. Hij stak zijn arm uit naar de rand. Hij kwam een centimeter of dertig tekort.

Mings spieren deden al niet meer helemaal wat hij wilde. Hij trapte harder tegen het ijs in een poging genoeg omhoog te komen om de rand te grijpen. Zijn lijf voelde als lood en zijn longen leken geslonken te zijn, alsof ze door een python waren samengeperst. Zijn jas, die water opzoog, werd met de seconde zwaarder en trok hem naar

beneden. Ming probeerde hem uit te trekken, maar de zware stof leek aan hem te kleven.
'Help...!'
De angst kwam nu in golven.
Ming had ooit gelezen dat verdrinking de akeligste manier was om dood te gaan. Hij had nooit vermoed dat hij dat zelf nog eens aan den lijve zou ondervinden. Zijn spieren weigerden samen te werken met zijn geest en het kostte hem nu al moeite zijn hoofd boven water te houden. Zijn doorweekte kleren trokken hem naar beneden terwijl hij met zijn gevoelloze vingers langs de wanden van de poel klauwde. Zijn kreten weerklonken alleen nog in zijn geest.
En toen gebeurde het.
Hij ging kopje-onder. Hij had niet verwacht dat hij deze verschrikking ooit zou kennen, dit bewustzijn van zijn naderende dood. En toch was het dat wat hij onderging... nu hij langzaam langs de steile wand van ijs een zestig meter diep gat in zonk. Er flitsten allerlei beelden aan hem voorbij. Ogenblikken uit zijn kindertijd. Zijn carrière. Hij vroeg zich af of hij hier ooit gevonden zou worden. Of zou hij gewoon naar de bodem zinken en vastvriezen, voorgoed gevangen in de gletsjer?
Mings longen hunkerden naar zuurstof. Hij hield zijn adem in en probeerde nog steeds zichzelf naar het oppervlak te trappen. *Adem!* Hij verzette zich tegen die reflex en klemde zijn gevoelloze lippen opeen. *Adem!* In de keiharde strijd tussen reflex en rede overwon Mings instinct om adem te halen en kon hij zijn mond niet langer dichthouden.
Wailee Ming ademde in.
Het water dat zijn longen binnenstroomde, was als kokende olie tegen het gevoelige longweefsel. Hij had het gevoel dat hij vanbinnen in brand stond. Water heeft de wrede eigenschap niet meteen te doden. Ming had nog zeven afgrijselijke seconden om het ijzige water in te ademen. Elke ademtocht was pijnlijker dan de vorige en geen enkele inademing bood waar zijn lichaam zo wanhopig naar hunkerde.
Uiteindelijk, terwijl Ming nog steeds door de kou en de duisternis naar beneden zakte, merkte hij dat hij buiten bewustzijn raakte. Hij was blij met die ontsnapping. Overal om hem heen in het water zag Ming kleine, glimmende lichtpuntjes. Het was het mooiste wat hij ooit had gezien.

37

De Oostelijke Bezoekersingang van het Witte Huis ligt aan East Executive Avenue, tussen het ministerie van Financiën en de East Lawn. De verzwaarde omheining en de betonnen blokken die hier na de aanval op het kamp van de mariniers in Beiroet waren geïnstalleerd, gaven deze ingang een bijzonder onvriendelijk aanzien.

Voor de ingang keek Gabrielle Ashe op haar horloge; ze werd steeds nerveuzer. Het was kwart voor vijf en er had zich niemand vertoond.

OOSTELIJKE BEZOEKERSINGANG, 16.30 uur. kom alleen.

Hier ben ik, dacht ze. *Maar waar ben jij?*

Gabrielle keek onderzoekend naar de gezichten van de toeristen om haar heen en wachtte af tot iemand haar blik beantwoordde. Een paar mannen bekeken haar van top tot teen en liepen verder. Gabrielle begon zich af te vragen of dit wel een goed idee was geweest. Ze voelde de blik van de man van de Geheime Dienst in het wachthuisje op haar rusten. Gabrielle kwam tot de conclusie dat haar informant bang was geworden. Ze wierp nog een laatste blik door het ondoordringbare hek op het Witte Huis, draaide zich met een zucht om en wilde weglopen.

'Gabrielle Ashe?' riep de man van de Geheime Dienst achter haar.

Gabrielle draaide zich met bonzend hart om. *Ja?*

De man in het wachthuisje wenkte haar. Hij was mager en had een ernstig gezicht. 'Uw contactpersoon kan u nu ontvangen.' Hij opende de hoofdingang en gebaarde haar naar binnen te gaan.

Gabrielles benen weigerden dienst. 'Moet ik naar binnen?'

De bewaker knikte. 'Het spijt uw contactpersoon dat u even hebt moeten wachten.'

Gabrielle keek naar de open ingang en kon nog steeds geen voet verzetten. *Wat gebeurt er?* Dit had ze absoluut niet verwacht.

'U bent toch Gabrielle Ashe?' vroeg de bewaker, die ongeduldig begon te worden.

'Ja, meneer, maar...'

'Dan verzoek ik u me te volgen.'

Gabrielle kwam met een schok in beweging. Toen ze voorzichtig over de drempel was gestapt, viel het hek met een klap achter haar dicht.

38

Twee dagen zonder zonlicht hadden Michael Tollands biologische klok ontregeld. Hoewel zijn horloge hem vertelde dat het laat in de middag was, wist zijn lijf zeker dat het diep in de nacht was. Nadat hij de laatste hand aan zijn documentaire had gelegd, had Michael Tolland het hele videobestand op een dvd gezet. Nu liep hij door de donkere koepel. Bij de verlichte persruimte gaf hij de dvd aan de technicus van NASA die de leiding had bij de persconferentie.

'Bedankt, Mike,' zei de technicus, en hij hield met een knipoog het schijfje op. 'Dit is nou echt tv die je niet mag missen, hè?'

Tolland grinnikte vermoeid. 'Ik hoop dat het de president bevalt.'

'Vast wel. Hoe dan ook, jouw werk zit erop. Ga nou maar rustig van het spektakel genieten.'

'Bedankt.' Tolland stond in de felverlichte persruimte en keek naar de NASA-medewerkers, die vrolijk met blikjes Canadees bier stonden te toasten op de meteoriet. Tolland wilde wel feestvieren, maar hij was uitgeput, geestelijk helemaal óp. Hij keek rond of hij Rachel zag, maar die was blijkbaar nog in gesprek met de president.

Hij wil haar voor de camera, dacht Tolland. Dat kon hij hem niet kwalijk nemen; Rachel zou een perfecte aanvulling zijn op het gezelschap dat het woord zou voeren over de meteoriet. Behalve dat ze mooi was, straalde Rachel een toegankelijkheid, kalmte en zelfvertrouwen uit die Tolland zelden zag bij de vrouwen die hij ontmoette. Maar de meeste vrouwen die Tolland ontmoette werkten dan ook bij de tv: keiharde, machtige vrouwen achter de schermen of adembenemende 'tv-persoonlijkheden' die nu juist persoonlijkheid misten.

Tolland glipte stilletjes weg van de menigte uitgelaten NASA-medewerkers en wandelde langs het netwerk van paden door de koepel. Hij vroeg zich af waar de andere wetenschappers waren gebleven. Als ze maar half zo uitgeput waren als hij, waren ze waarschijnlijk in de slaapruimte een dutje aan het doen voordat het grote moment aanbrak. Voor hem uit in de verte zag Tolland de kring van ARBO-pylonen rond het verlaten wak staan. Door de lege koepel boven hem leken holle stemmen uit het verleden te echoën. Tolland probeerde ze niet te horen.

Vergeet de geesten, hield hij zichzelf voor. Ze kwamen hem vaak op dit soort momenten kwellen, als hij moe of alleen was, in tijden van persoonlijk succes of als er iets te vieren viel. *Nu zou ze bij je moeten zijn*, fluisterde een stem. Zo alleen in het donker merkte hij dat hij werd meegesleurd het verleden in.

Celia Birch was zijn vriendinnetje in de laatste jaren van zijn studie. Op een Valentijnsdag had Tolland haar meegenomen naar haar favoriete restaurant. Toen de ober Celia's dessert bracht, bestond dat uit één roos en een ring met een diamant. Celia begreep het meteen. Met tranen in haar ogen sprak ze één enkel woord dat Michael Tolland gelukkiger maakte dan hij ooit was geweest.
'Ja.'
Dolgelukkig hadden ze een huisje gekocht vlak bij Pasadena, waar Celia een baan vond als lerares natuurwetenschappen. Het salaris was bescheiden, maar het was een begin, en bovendien zaten ze dicht bij het Scripps Institute of Oceanography in San Diego, waar Tolland zijn droombaan had gevonden aan boord van een schip voor geologisch onderzoek. Hij was voor zijn werk steeds drie of vier dagen achtereen van huis, maar zijn herenigingen met Celia waren altijd vurig en hartstochtelijk.
In de periodes op zee begon Tolland zijn avonturen voor Celia op video op te nemen, een soort minidocumentaires over zijn werk aan boord van het schip. Op een dag kwam hij thuis met een korrelig amateurfilmpje dat hij door het raam van een diepzeeduikboot had gemaakt: de eerste filmbeelden van een bizarre chemotropische inktvis waarvan niemand het bestaan had vermoed. Tollands commentaar vanuit de onderzeeër was zo geestdriftig dat het van het scherm spatte.
Er leven letterlijk duizenden onontdekte diersoorten op deze diepte, riep hij uit. *We hebben alleen nog het topje van de ijsberg gezien! Hierbeneden bevinden zich raadselen waar we alleen naar kunnen gissen!*
Celia was enthousiast over de uitbundigheid en bondige wetenschappelijke uitleg van haar man. In een opwelling vertoonde ze de video aan haar klas en dat was een doorslaand succes. Andere leraren wilden hem lenen. Ouders wilden er een kopie van hebben. Iedereen leek vol verwachting uit te zien naar de volgende aflevering. Plotseling kreeg Celia een idee. Ze belde een oude studievriendin die bij het tv-station NBC werkte en stuurde haar een videoband.
Twee maanden later vroeg Michael Celia of ze zin had in een wandeling op het Kingman-strand. Dat was een speciale plek voor hen, waar ze altijd heen gingen om over hun plannen en dromen voor de toekomst te praten.
'Ik moet je iets vertellen,' zei Tolland.
Celia bleef staan en pakte de handen van haar man. Het water kabbelde rond hun voeten. 'Wat dan?'
Tolland was er helemaal vol van. 'Vorige week ben ik gebeld door NBC. Ze willen dat ik een documentaireserie over de oceaan ga pre-

senteren. Het is volmaakt. Volgend jaar willen ze een proefaflevering maken! Dat is toch niet te geloven?'
Celia kuste hem stralend. 'Ik geloof het onmiddellijk. Je zult het fantastisch doen.'
Een halfjaar later waren Celia en Tolland met hun schip bij Catalina toen Celia pijn in haar zij kreeg. Ze negeerden het een paar weken, maar uiteindelijk werd het te erg. Celia ging naar de dokter.
Van het ene moment op het andere veranderde Tollands leven van een mooie droom in een helse nachtmerrie. Celia was ziek. Ernstig ziek.
'Een vergevorderd stadium van lymfklierkanker,' vertelden de doktoren. 'Ongebruikelijk op haar leeftijd, maar het komt voor.'
Celia en Tolland bezochten talloze klinieken en ziekenhuizen om specialisten te raadplegen. Het antwoord luidde steeds hetzelfde. Ongeneeslijk.
Daar leg ik me niet bij neer! Tolland zei onmiddellijk zijn baan bij het Scripps Institute op, dacht geen moment meer aan de documentaire voor NBC en zette al zijn energie en liefde in om Celia te helpen beter te worden. Ook zij vocht met alles wat ze in zich had en droeg de pijn met een waardigheid die hem nog meer van haar deed houden. Hij nam haar mee voor lange wandelingen op het Kingman-strand, maakte gezonde maaltijden voor haar klaar en vertelde haar verhalen over de dingen die ze zouden doen als ze weer beter was.
Maar het mocht niet zo zijn.
Er waren pas zeven maanden verstreken toen Michael Tolland naast zijn stervende vrouw in een kale ziekenhuiskamer zat. Haar gezicht was onherkenbaar. Het verwoestende effect van de kanker werd nog versterkt door de vernietigende kracht van de chemotherapie. Er was niets van haar over dan een geteisterd skelet. De laatste uren waren het moeilijkst.
'Michael,' zei ze met schorre stem. 'Het is tijd om los te laten.'
'Dat kan ik niet.' Er sprongen tranen in zijn ogen.
'Je bent een doorzetter,' zei Celia. 'Je hebt geen keuze. Beloof me dat je een nieuwe liefde zult vinden.'
'Ik wil geen ander.' Tolland meende het.
'Dat zul je moeten leren.'
Celia stierf op een prachtige, zonnige zondagochtend in juni. Michael Tolland voelde zich als een schip dat in een storm van zijn anker was geslagen en zonder kompas op drift was geraakt. Wekenlang dobberde hij stuurloos rond. Vrienden wilden hem helpen, maar hij was te trots om hun medelijden te kunnen verdragen.
Je moet kiezen, besefte hij uiteindelijk. *Werken of doodgaan.*
Vastbesloten wierp Tolland zich op *Amazing Seas*. Het programma

redde hem letterlijk het leven. In de vier jaar daarna kreeg Tollands programma steeds meer succes. Ondanks de koppelpogingen van zijn vrienden, maakte hij maar een paar keer met tegenzin een afspraakje. Die eindigden allemaal in een fiasco of een wederzijdse teleurstelling, dus gaf Tolland het op en weet zijn gebrek aan een sociaal leven aan het vele reizen dat hij voor zijn werk deed. Maar zijn beste vrienden wisten wel beter: hij was er gewoon nog niet aan toe.

Het gat waar de meteoriet uit was getakeld doemde voor Tolland op en wekte hem uit zijn onaangename mijmeringen. Hij schudde de kilte van zijn herinneringen af en liep naar het wak in het ijs. In de donkere koepel had het smeltwater een bijna onwezenlijke en betoverende schoonheid. Het wateroppervlak glinsterde als een maanverlichte vijver. Tollands blik werd naar de kleine lichtpuntjes in de bovenste laag van het water getrokken, dat eruitzag alsof iemand er blauwgroene vonkjes over had gestrooid. Hij stond een tijdje naar de glinstering te staren.

Er was iets vreemds aan.

In eerste instantie had hij gedacht dat het fonkelende water gewoon het licht van de lampen verderop in de koepel weerspiegelde. Nu zag hij dat dat helemaal niet zo was. De schitteringen hadden een groenige tint en leken ritmisch te pulseren, alsof het wateroppervlak leefde en zichzelf van binnenuit verlichtte.

Weifelend stapte Tolland tussen de pylonen door om het van dichterbij te bekijken.

Elders in de habisfeer kwam Rachel Sexton de PSC-cabine uit. Ze bleef even staan, gedesoriënteerd door het donker om haar heen. De habisfeer was nu een grote spelonk, alleen verlicht door de weerkaatsing van de felle tv-lampen tegen de noordelijke wand. Afgeschrikt door de duisternis om haar heen liep ze automatisch naar de lichte persruimte.

Rachel was tevreden met de manier waarop ze de staf van het Witte Huis op de hoogte had gebracht. Toen ze zich eenmaal had hersteld van de stunt die de president had uitgehaald, had ze alles wat ze wist over de meteoriet probleemloos op een rijtje gezet. Tijdens haar verhaal had ze de uitdrukking op de gezichten van de aanwezigen zien veranderen van ongeloof en verrassing naar hoopvolle overtuiging, en uiteindelijk naar sprakeloze aanvaarding.

'Buitenaards leven?' had ze iemand horen uitroepen. 'Weten jullie wat dat betekent?'

'Ja,' antwoordde een ander. 'Dat we de verkiezingen gaan winnen.'

Terwijl Rachel naar de bedrijvige persruimte liep, stelde ze zich de bekendmaking van vanavond voor. Ze vroeg zich af of haar vader de

presidentiële stoomwals die zijn campagne zou verpletteren echt verdiende.
Het antwoord was natuurlijk ja.
Als Rachel Sexton heel af en toe een vriendelijke gedachte over haar vader had, hoefde ze alleen maar aan haar moeder te denken. Katherine Sexton. Sedgewick Sexton had haar schandelijk veel verdriet gedaan: al die avonden dat hij laat was thuisgekomen, met een zelfvoldaan gezicht en de geur van parfum om zich heen. De voorgewende vroomheid waar haar vader zich achter verschool, terwijl hij al die tijd loog en bedroog, wetende dat Katherine hem nooit zou verlaten.
Ja, besloot ze, *senator Sexton krijgt zijn verdiende loon.*
De grote groep mensen in de persruimte was vrolijk. Iedereen dronk bier. Rachel liep tussen de menigte door en voelde zich een vreemde eend in de bijt. Ze vroeg zich af waar Michael Tolland was.
Corky Marlinson verscheen naast haar. 'Zoek je Mike?'
Rachel schrok van hem. 'Eh... nee... min of meer.'
Corky schudde teleurgesteld zijn hoofd. 'Dat dacht ik al. Mike is net vertrokken. Ik denk dat hij nog even een dutje wilde doen.' Corky tuurde door de schemerige koepel. 'Maar zo te zien kun je hem nog inhalen.' Hij glimlachte haar ondeugend toe en wees. 'Mike raakt altijd weer gebiologeerd als hij water ziet.'
Rachel keek waar Corky naar wees en zag in het midden van de koepel het silhouet van Michael Tolland. Hij stond naar het water in de schacht te kijken.
'Wat doet hij daar?' vroeg ze. 'Dat is nogal gevaarlijk.'
Corky grijnsde. 'Ik denk dat hij staat te pissen. Kom mee, dan gaan we hem erin duwen.'
Rachel en Corky liepen door de donkere koepel naar het wak. Toen ze Michael Tolland dicht waren genaderd, riep Corky: 'Hé, aquanaut! Ben je je duikpak vergeten?'
Tolland draaide zich om. Zelfs in het halfdonker kon Rachel zien dat hij ongewoon ernstig keek. Er leek een vreemde gloed op zijn gezicht te vallen, alsof het van onderaf werd belicht.
'Is alles goed, Mike?' vroeg ze.
'Niet echt, nee.' Tolland wees naar het water.
Corky stapte over de pylonen heen en ging naast Tolland aan de rand van de poel staan. Zijn stemming leek onmiddellijk om te slaan toen hij in het water keek. Rachel voegde zich bij hen. Toen ze in het wak keek, zag ze tot haar verrassing blauwgroene lichtpuntjes op het oppervlak glinsteren. Alsof er stofdeeltjes neonlicht in het water dreven. Ze leken groen te pulseren. Het was een prachtig gezicht.
Tolland pakte een stuk ijs van de grond en gooide dat in het water.

Op de plek waar het ijs neerkwam, gloeide het water plotseling fosforescerend groen op.
'Mike,' zei Corky met een ongerust gezicht, 'vertel me alsjeblieft dat je weet wat dat is.'
Tolland keek bedenkelijk. 'Ik weet precies wat het is. Ik vraag me alleen af hoe het hier in godsnaam komt.'

39

'We hebben zweepdiertjes,' zei Tolland, terwijl hij in het oplichtende water keek.
'Zweetkliertjes?' zei Corky met een lelijk gezicht. 'Spreek voor jezelf.'
Rachel had het gevoel dat Michael Tolland niet in de stemming was voor grapjes.
'Ik snap niet hoe het kan,' zei Tolland, 'maar dit water bevat bioluminescente dinoflagellaten.'
'Bioluminescente wat?' vroeg Rachel. *Spreek begrijpelijke taal.*
'Een eencellige planktonsoort die in staat is de stof luceferine te oxideren, waardoor het licht ontstaat.'
Moest dat begrijpelijk zijn?
Tolland zuchtte en wendde zich tot zijn vriend. 'Corky, is het mogelijk dat er levende organismen aanwezig waren op de meteoriet die we uit dat gat hebben getakeld?'
Corky barstte in lachen uit. 'Mike, dat meen je niet!'
'Dat meen ik wel.'
'Uitgesloten, Mike! Geloof me, als NASA ook maar de minste aanwijzing had gehad dat er levende buitenaardse organismen op die steen zaten, was hij echt niet in de open lucht gebracht.'
Tolland leek slechts gedeeltelijk gerustgesteld. Blijkbaar werd zijn opluchting overschaduwd door een groter mysterie. 'Zonder microscoop weet ik het niet zeker,' zei Tolland, 'maar dit lijkt me plankton van de stam Pyrrophyta. Dat betekent vuurplant. De Noordelijke IJszee wemelt ervan.'
Corky haalde zijn schouders op. 'Waarom vraag je dan of ze uit de ruimte kunnen komen?'
'Omdat,' zei Tolland, 'de meteoriet in gletsjerijs lag. Zóét water, afkomstig van sneeuwval. Het water in dat wak is gesmolten gletsjerijs dat drie eeuwen lang bevroren is geweest. Hoe kunnen daar organismen uit de oceaan in zitten?'

Er viel een lange stilte.
Rachel stond aan de rand van de poel en probeerde tot zich te laten doordringen wat ze zag. *Plankton uit zeewater in de schacht waaruit de meteoriet is gelicht. Wat betekent dat?*
'Er moet ergens onder ons een barst zitten,' zei Tolland. 'Dat is de enige mogelijke verklaring. Het plankton moet hier gekomen zijn door een scheur in het ijs waardoor oceaanwater naar binnen is gesijpeld.'
Rachel begreep het niet. 'Naar binnen sijpelen? Waarvandaan?' Ze herinnerde zich de lange rit vanaf de oceaan in de IceRover. 'De kust is hier ruim drie kilometer vandaan.'
Corky en Tolland keken Rachel bevreemd aan. 'Eh,' zei Corky, 'de oceaan is recht ónder ons. Dit ijsplateau drijft.'
Rachel staarde de twee mannen volkomen perplex aan. 'Drijft het? Maar... we staan op een gletsjer.'
'Ja, we staan op een gletsjer,' zei Tolland, 'maar niet boven land. Gletsjers vloeien soms van een landmassa af en waaieren uit over water. Doordat ijs lichter is dan water, blijft de gletsjer gewoon uitvloeien en drijft dan als een enorm vlot van ijs op zee. Dat is de definitie van een ijsplateau: het drijvende deel van een gletsjer.' Hij zweeg even. 'We zitten ongeveer anderhalve kilometer uit de kust.'
Rachel was geschrokken en merkte dat ze meteen op haar hoede raakte. Ze paste het beeld van haar omgeving in gedachten aan, maar het idee dat ze eigenlijk óp de Noordelijke IJszee stond, joeg haar angst aan. Tolland leek te merken dat ze zich niet op haar gemak voelde. Hij stampte geruststellend op het ijs. 'Maak je geen zorgen. Dit ijs is bijna honderd meter dik, en zestig meter daarvan drijft onder water als een ijsklontje in een glas. Daardoor is het plateau heel stabiel. Je zou er een wolkenkrabber op kunnen bouwen.'
Rachel knikte flauwtjes, niet helemaal overtuigd. Maar afgezien van haar angstige gevoelens, begreep ze Tollands theorie over de herkomst van het plankton nu. *Hij denkt dat er een barst door het ijs loopt tot aan de oceaan eronder, waardoor er plankton in deze schacht terecht kan zijn gekomen.* Het was voorstelbaar, oordeelde Rachel, maar er was een ongerijmdheid die haar dwarszat. Norah Mangor had heel duidelijk geconcludeerd dat de gletsjer massief was, nadat ze tientallen boormonsters had genomen om de gelijkmatigheid van de structuur te controleren.
Rachel keek Tolland aan. 'Ik dacht dat de perfectie van de gletsjer de basis was van de datering met behulp van de verschillende lagen? Zei dr. Mangor niet dat de gletsjer géén barsten of scheuren had?'
Corky fronste zijn voorhoofd. 'Blijkbaar heeft de ijskoningin zitten knoeien.'

Zeg dat maar niet te hard, dacht Rachel, *of je krijgt een ijspriem in je rug.*
Tolland streek over zijn kin terwijl hij naar de lichtgevende organismen keek. 'Er is echt geen enkele andere verklaring mogelijk. Er móét een barst zijn. Door het gewicht van het ijsplateau moet er planktonrijk zeewater naar boven worden gedrukt, de schacht in.'
Dat moet dan een flinke barst zijn, dacht Rachel. Als het ijs hier honderd meter dik was en het gat zestig meter diep, dan moest die hypothetische barst door veertig meter massief ijs lopen. *In Norah Mangors boormonsters waren geen barsten te zien.*
'Doe me een lol,' zei Tolland tegen Corky. 'Ga Norah zoeken. Laten we hopen dat ze iets over deze gletsjer weet wat ze ons niet heeft verteld. En kijk ook of je Ming kunt vinden, dan kan hij ons misschien vertellen wat die gloeibeestjes precies zijn.'
Corky liep weg.
'Schiet maar een beetje op,' riep Tolland hem na, terwijl hij een blik in het wak wierp. 'Ik zou kunnen zweren dat de bioluminescentie minder wordt.'
Rachel keek naar het water. Het groen glinsterde nu inderdaad niet meer zo fel.
Tolland trok zijn parka uit en legde die op het ijs naast het wak.
Rachel keek verbaasd toe. 'Mike?'
'Ik wil controleren of er zout water naar binnen sijpelt.'
'Door zonder jas aan op het ijs te gaan liggen?'
'Ja.' Tolland kroop op zijn buik naar de rand van het wak. Hij hield de jas bij de ene mouw vast en liet de andere mouw in de schacht bungelen totdat de manchet het water net raakte. 'Dit is een zeer accurate test om vast te stellen of er zout aanwezig is, die door oceanografen van wereldklasse wordt toegepast. Hij wordt "likken aan een natte jas" genoemd.'

Verderop op het ijsplateau worstelde Delta-Een met de bediening van de microbot in een poging het beschadigde apparaatje in de lucht te houden boven het groepje dat om het wak stond. Uit het gesprek begreep hij dat de ontwikkelingen elkaar nu snel zouden opvolgen.
'Bel de opdrachtgever,' zei hij. 'We hebben een ernstig probleem.'

40

In haar jeugd had Gabrielle Ashe vaak een rondleiding door het Witte Huis meegemaakt, omdat ze er stilletjes van droomde op een dag in de presidentiële residentie te werken en deel uit te maken van de elite die de toekomst van het land uitstippelde. Maar op dit ogenblik was ze overal liever geweest dan hier.

Terwijl de man van de Geheime Dienst haar van de Oostelijke Bezoekersingang naar een hal bracht, vroeg ze zich af wat haar anonieme informant in hemelsnaam probeerde te bewijzen. Het was krankzinnig om Gabrielle in het Witte Huis te willen ontmoeten. *Stel je voor dat iemand me ziet.* Gabrielle was de laatste tijd regelmatig op tv en in de kranten verschenen als de rechterhand van senator Sexton. Ze zou ongetwijfeld door iemand worden herkend.

'Mevrouw Ashe?'

Gabrielle keek op. Een bewaker met een vriendelijk gezicht glimlachte haar hartelijk toe. 'Wilt u even hierheen kijken?' Hij wees.

Gabrielle keek in de richting die hij aangaf en werd verblind door een flits.

'Dank u, mevrouw.' De bewaker nam haar mee naar een bureau en gaf haar een pen. 'Wilt u alstublieft het bezoekersregister tekenen?' Hij schoof haar een zware leren map toe.

Gabrielle keek naar het register. De bladzijde die voor haar lag, was blanco. Ze herinnerde zich dat ze eens had gehoord dat alle bezoekers aan het Witte Huis op hun eigen blanco pagina tekenden om hun privacy te waarborgen. Ze schreef haar naam op.

Daar gaat mijn geheime ontmoeting.

Gabrielle passeerde een metaaldetector en werd oppervlakkig gefouilleerd.

De bewaker glimlachte. 'Veel plezier, mevrouw Ashe.'

Gabrielle volgde de man van de Geheime Dienst vijftien meter door een betegelde gang naar een tweede receptie. Hier was een andere bewaker bezig een bezoekerspasje te maken. Het kwam net uit een plastificeermachine rollen. Hij knipte er een gaatje in, haalde daar een koordje door en hing de pas om Gabrielles nek. Het plastic was nog warm. De foto op het pasje was vijftien seconden geleden in de hal gemaakt.

Gabrielle was onder de indruk. *Wie durft er te beweren dat de overheid niet efficiënt is?*

Ze liepen verder, dieper het Witte Huis in. Gabrielle ging zich met elke stap slechter op haar gemak voelen. Wie er ook achter de mysterieuze uitnodiging zat, hij of zij vond het in elk geval niet nodig de ontmoeting geheim te houden. Gabrielle had een officieel pasje gekregen, het bezoekersregister getekend, en werd nu in het volle zicht meegenomen over de parterre van het Witte Huis, waar groepen belangstellenden werden rondgeleid.

'En dit is de China Room,' zei een gids tegen een groep toeristen. 'Hier stond Nancy Reagans roodgerande porseleinen serviesgoed à 952 dollar per couvert, dat in 1981 aanleiding was voor een debat over geldsmijterij.'

De man van de Geheime Dienst nam Gabrielle mee langs de toeristen naar een enorme marmeren trap, waarover net een andere groep naar beneden kwam. 'We gaan nu naar de East Room, die een oppervlakte van driehonderd vierkante meter heeft,' vertelde de gids. 'Hier hing Abigail Adams eens het wasgoed van John Adams te drogen. Daarna gaan we naar de Red Room, waar Dolley Madison bezoekende staatshoofden dronken voerde voordat James Madison met hen ging onderhandelen.'

De toeristen lachten.

Gabrielle volgde de man de trap op en langs een aantal koorden en afzettingen naar een beslotener deel van het gebouw. Daar gingen ze een ruimte binnen die Gabrielle alleen uit boeken en van de tv kende. Haar adem stokte in haar keel.

Mijn god, dit is de Map Room!

Hier kwamen de rondleidingen niet. De wandpanelen in de zaal konden worden opengeklapt en dan kwamen er talloze landkaarten tevoorschijn, laag na laag. Dit was de plek waar Roosevelt het verloop van de Tweede Wereldoorlog volgde. Het was ook de zaal waarin Clinton had toegegeven dat hij een verhouding met Monica Lewinsky had gehad, maar daar probeerde Gabrielle nu niet aan te denken. En bovendien vormde de Map Room een doorgang naar de West Wing, het deel van het Witte Huis waar de mensen met de echte macht werkten. Dit was wel de laatste plek die Gabrielle Ashe had verwacht te zien. Ze had aangenomen dat haar e-mailberichten afkomstig waren van een ondernemende jonge stagiair of secretaresse die ver verwijderd was van de top. Maar dat was blijkbaar niet het geval.

Ik ga de West Wing in...

Haar begeleider bracht haar naar het einde van een gang met tapijt en bleef voor een deur zonder naambordje staan. Hij klopte. Gabrielles hart bonsde.

'Hij is open,' riep iemand vanbinnen.

De man opende de deur en gebaarde Gabrielle naar binnen te gaan. Gabrielle stapte over de drempel. De rolgordijnen waren naar beneden, waardoor het schemerig was in de kamer. In het halfdonker zag ze het vage silhouet van iemand die achter een bureau zat.

'Mevrouw Ashe?' klonk het van achter een wolk sigarettenrook. 'Welkom.'

Toen Gabrielles ogen aan het donker gewend raakten, onderscheidde ze een verontrustend bekend gezicht. Ze verstijfde van schrik. *Is zij degene die me steeds heeft gemaild?*

'Bedankt voor uw komst,' zei Marjorie Tench op kille toon.

'Mevrouw... Tench?' stamelde Gabrielle, die plotseling naar adem hapte.

'Noem me maar Marjorie.' De oerlelijke vrouw stond op en blies als een draak de rook uit haar neus. 'U en ik gaan boezemvriendinnen worden.'

41

Norah Mangor stond naast Tolland, Rachel en Corky bij de meteorietschacht en staarde in het inktzwarte water. 'Mike,' zei ze, 'je bent een schatje, maar niet helemaal goed bij je hoofd. Er is geen bioluminescentie te bekennen.'

Tolland wilde dat hij eraan had gedacht video-opnames te maken. In de tijd dat Corky weg was geweest om Norah en Ming te zoeken, was de bioluminescentie snel zwakker geworden. Na een paar minuten was al het geschitter eenvoudigweg gedoofd.

Tolland gooide weer een stuk ijs in het water, maar er gebeurde niets. Geen groene golfjes.

'Waar zijn ze gebleven?' vroeg Corky.

Tolland had wel een vermoeden. Bioluminescentie, een van de meest ingenieuze verdedigingsmechanismen die er bestonden, was de natuurlijke reactie van plankton als het in gevaar verkeerde. Als het plankton vermoedde dat het door grotere organismen zou worden opgegeten, ging het licht uitstralen in de hoop nog grotere roofdieren aan te trekken, die de oorspronkelijke aanvallers zouden afschrikken. In dit geval was het plankton, dat via een barst in de schacht was beland, plotseling in een omgeving van zoet water terechtgekomen en was in paniek licht gaan geven omdat het in zoet water doodging. 'Ik denk dat ze dood zijn.'

'Ze zijn vermoord,' zei Norah spottend. 'De paashaas is hierheen komen zwemmen en heeft ze opgegeten.'

Corky keek haar lelijk aan. 'Ik heb de schittering ook gezien, Norah.'
'Was dat voor- of nadat je LSD had genomen?'
'Waarom zouden we erover liegen?' wilde Corky weten.
'Mannen liegen nou eenmaal.'
'Ja, over hun slippertjes, maar niet over lichtgevend plankton.'
Tolland zuchtte. 'Norah, je weet toch wel dat er in zee, onder het ijs, plankton leeft?'
'Mike,' antwoordde ze met een dreigende blik, 'dat hoef je mij niet te vertellen. Er leven om precies te zijn meer dan tweehonderd soorten diatomeeën onder de ijsplateaus in de Noordelijke IJszee. Veertien soorten autotrofe nannoflagellaten, twintig heterotrofe flagellaten, veertig heterotrofe dinoflagellaten en nog een aantal metazoa, waaronder polychaeten, amphipoden, copepoden, krill en vissen. Had je nog vragen?'
Tolland keek haar met een frons aan. 'Je weet duidelijk meer over de arctische fauna dan ik en je bent het met me eens dat er heel wat leven onder ons rondzwemt. Waarom wil je dan niet geloven dat we bioluminescent plankton hebben gezien?'
'Omdat deze schacht hermetisch afgesloten is, Mike. Het is een geïsoleerd zoetwatermilieu. Plankton uit de zee kan hier niet komen!'
'Ik proef zout in het water,' hield Tolland vol. 'Heel zwak, maar het is er wel. Er komt op de een of andere manier zout water binnen.'
'Oké,' zei Norah sceptisch. 'Je hebt zout geproefd. Je hebt aan de mouw van een oude, doorgezwete parka gelikt en op grond daarvan vastgesteld dat de scans van de bodemdichtheid die PODS heeft gemaakt en de resultaten van vijftien afzonderlijke boormonsters niet kloppen.'
Tolland stak de natte mouw van zijn parka als bewijs naar haar uit.
'Mike, ik ga niet aan je jas staan likken.' Ze keek in het wak. 'Mag ik vragen waarom hele hordes zogenaamd plankton zouden hebben besloten door die zogenaamde scheur te zwemmen?'
'Vanwege de warmte?' opperde Tolland. 'Veel zeedieren worden aangetrokken door warmte. Toen we de meteoriet optakelden, hebben we hem verwarmd. Misschien is het plankton instinctief op de tijdelijk warmere omgeving in de schacht afgekomen.'
Corky knikte. 'Klinkt plausibel.'
'Plausibel?' Norah sloeg haar ogen ten hemel. 'Voor een bekroond fysicus en een wereldberoemd oceanograaf zijn jullie echt een stelletje nitwits, weten jullie dat? Is het al bij jullie opgekomen dat het fysiek onmogelijk is dat er zeewater deze schacht in zou lopen, zelfs als er een scheur is? En die is er niet, dat kan ik jullie verzekeren.' Ze keek hen beiden met een diepe minachting aan.

'Maar, Norah...' begon Corky.
'Heren! We bevinden ons hier bóven zeeniveau.' Ze stampte op het ijs. 'Hallo? Dit ijsplateau steekt dertig meter boven zee uit. Jullie herinneren je misschien de steile klip aan het eind ervan? We zitten hoger dan de oceaan. Als er een breuk naar deze schacht liep, zou het water erúít lopen, niet erin. Dat heet de zwaartekracht.'
Tolland en Corky keken elkaar aan.
'Shit,' zei Corky. 'Daar heb ik helemaal niet aan gedacht.'
Norah wees naar de schacht met water. 'Misschien is het jullie ook opgevallen dat het waterniveau niet verandert?'
Tolland voelde zich dom. Norah had helemaal gelijk. Als er een scheur was geweest, zou het water naar buiten lopen, niet naar binnen. Tolland bleef lange tijd staan zwijgen en vroeg zich af wat de volgende stap was.
'Goed.' Tolland zuchtte. 'De theorie dat er een breuk zou zijn, snijdt duidelijk geen hout. Maar toch hebben we bioluminescentie in het water gezien. Het enige wat je daaruit kunt concluderen, is dat dit geen afgesloten omgeving is. Ik snap dat je bij de datering van het ijs bent uitgegaan van de hypothese dat de gletsjer een massief blok is, maar...'
'De hypothese?' Norah begon duidelijk geïrriteerd te raken. 'Vergeet niet dat het niet alleen míjn datering was, Mike. NASA is tot dezelfde conclusies gekomen. We hebben allemaal bevestigd dat deze gletsjer massief is. Geen scheuren.'
Tolland wierp een blik door de koepel op de groep mensen die zich bij de persruimte had verzameld. 'Wat er ook aan de hand is, ik denk dat we Ekstrom moeten inlichten en...'
'Dit is allemaal nonsens!' siste Norah. 'Ik zeg jullie dat deze gletsjermassa ongeschonden is. Ik ben niet van plan mijn gegevens over de dichtheid in twijfel te laten trekken vanwege een beetje zoutige smaak en absurde hallucinaties.' Ze stormde naar een nabijgelegen opslagplaats voor apparatuur en verzamelde wat instrumenten. 'Ik neem een watermonster en dan zal ik jullie laten zien dat er geen zoutwaterplankton in zit, dood of levend!'

Rachel en de anderen keken toe hoe Norah met een steriele pipet aan een touwtje een monster nam uit de poel met smeltwater. Norah liet een paar druppels in een klein apparaatje vallen dat op een miniatuurtelescoop leek. Toen richtte ze het dingetje op het licht aan de andere kant van de koepel en tuurde door het oculair. Na een paar seconden begon ze te vloeken.
'Jezus christus!' Norah schudde het apparaatje en keek opnieuw. 'Verdomme! Er moet iets mis zijn met deze refractometer!'

'Zout water?' vroeg Corky, zich verkneukelend.
Norah keek ontstemd. 'Gedeeltelijk. Hij geeft aan dat er drie procent zeewater in zit, wat volslagen onmogelijk is. Deze gletsjer is opeengepakte sneeuw. Puur zoet water. Er hoort geen zout in te zitten.' Norah liep met haar monster naar een microscoop die vlakbij stond en bekeek het. Ze kreunde.
'Plankton?' vroeg Tolland.
'*Genus polyhedra*,' antwoordde ze, en haar stem klonk nu kalm. 'Een van de soorten plankton die wij glaciologen vaak tegenkomen in de zeeën onder ijsplateaus.' Ze keek Tolland aan. 'Ze zijn nu dood. Water met zo'n laag zoutgehalte hebben ze natuurlijk niet lang overleefd.'
Ze stonden een ogenblik zwijgend met zijn vieren naast de diepe schacht.
Rachel vroeg zich af wat de consequenties van deze paradox waren voor de ontdekking als geheel. Het leek een onbelangrijke kwestie in vergelijking met de reikwijdte van de vondst van de meteoriet, maar als informatieanalist had Rachel hele theorieën ineen zien storten vanwege kleinere onregelmatigheden dan deze.
'Wat is hier aan de hand?' Een stem als onweer in de verte.
Iedereen keek op. Het hoofd van NASA, een beer van een vent, dook op uit de duisternis.
'Iets vreemds met het water in de schacht,' zei Tolland. 'We proberen uit te zoeken hoe het zit.'
Corky klonk bijna vrolijk. 'Norahs gegevens over het ijs kloppen niet.'
'Ach, man, val toch dood,' fluisterde Norah.
Ekstrom kwam naderbij en fronste zijn borstelige wenkbrauwen. 'Wat is er mis met die gegevens?'
Tolland zuchtte onzeker. 'Er blijkt drie procent zeewater in de meteorietschacht te staan, wat in tegenspraak is met het glaciologische rapport dat de meteoriet in een ongerepte gletsjer van zoet water lag.' Hij zweeg even. 'Er zit ook plankton in.'
Ekstrom keek bijna kwaad. 'Maar dat is onmogelijk. Er zitten geen barsten in deze gletsjer. Dat is bevestigd door de scans van PODS. Deze meteoriet lag in een massieve ijsmassa.'
Rachel wist dat Ekstrom gelijk had. Volgens de scans van NASA was het ijsplateau volkomen massief. Vele tientallen meters bevroren gletsjer aan alle kanten van de meteoriet. Geen barsten. Maar toen Rachel zich voorstelde hoe die dichtheidsscans gemaakt werden, kwam er een vreemde gedachte bij haar op...
'Bovendien hebben ook dr. Mangors boormonsters uitgewezen dat de gletsjer massief is,' zei Ekstrom.
'Precies!' zei Norah, en ze wierp de refractometer op een bureau. 'Dub-

bele bevestiging. Geen breuklijnen in het ijs. Dus hebben we geen enkele verklaring voor het zout en het plankton.'
'Er ís nog een andere mogelijkheid,' zei Rachel, en haar vastberaden toon verraste zelfs haar. Ze had de inval gekregen doordat er een onwaarschijnlijke herinnering bij haar was bovengekomen.
Iedereen keek haar met sceptische blik aan.
Rachel glimlachte. 'Er is een heel logische verklaring voor de aanwezigheid van zout en plankton.' Ze schonk Tolland een scheve glimlach. 'En eerlijk gezegd verbaast het me dat die niet bij je is opgekomen, Mike.'

42

'Plankton dat is bevroren in de gletsjer?' Corky Marlinson klonk niet al te overtuigd van Rachels verklaring. 'Ik wil geen roet in het eten gooien, maar de meeste wezens die bevriezen, gaan dood. Deze dingetjes zonden lichtsignalen naar ons uit, weet je nog?'
'Nou,' zei Tolland, en hij keek geïmponeerd naar Rachel, 'er zit misschien wel iets in. Er bestaan organismen waarbij schijndood intreedt als de omgeving ernaar is. Daar heb ik eens een programma aan gewijd.'
Rachel knikte. 'Je liet noordelijk levende snoeken zien, die in meren bevroren en op de dooi moesten wachten tot ze weg konden zwemmen. Je hebt het ook gehad over micro-organismen die "beerdiertjes" heetten. Die droogden in de woestijn volkomen uit, bleven tientallen jaren in die toestand en zwollen pas weer op als het ging regenen.'
Tolland grinnikte. 'Dus je kijkt echt naar mijn programma?'
Rachel haalde enigszins gegeneerd haar schouders op.
'Wat wil je hiermee zeggen, Rachel?' vroeg Norah op kritische toon.
'Wat ze wil zeggen,' zei Tolland '– en dat had eerder tot me moeten doordringen – is dat een van de organismen die ik in dat programma heb genoemd een soort plankton was die elke winter in de poolkap bevriest, in het ijs overwintert en in de zomer, als de ijskap dunner wordt, wegzwemt.' Tolland zweeg even. 'De soort die ik in het programma behandelde, was weliswaar niet de bioluminescente die we hier hebben gezien, maar misschien is er toch iets soortgelijks gebeurd.'
'Bevroren plankton,' vervolgde Rachel, blij dat Michael Tolland zo enthousiast was over haar idee, 'zou alles kunnen verklaren wat we hier zien. Ergens in het verleden kunnen er breuken in deze gletsjer

zijn ontstaan, die zich hebben gevuld met planktonrijk zeewater en daarna weer zijn bevroren. Stel dat er gebiedjes bevróren zeewater in deze gletsjer zitten. Bevroren zeewater met bevroren plankton erin. Bij het ophijsen van de verwarmde meteoriet zou die dan door een bevroren insluitsel van zeewater zijn gegaan. Dat ijs is gesmolten, waardoor het plankton is vrijgekomen en er een klein percentage zout in het zoete water terecht is gekomen.'

'O, hou toch op!' riep Norah op vijandige toon uit. 'Nu is iedereén plotseling gletsjerdeskundige!'

Ook Corky keek sceptisch. 'Zouden die insluitsels bevroren zeewater dan niet door PODS zijn gevonden? Per slot van rekening hebben ijs van zeewater en dat van zoet water een verschillende dichtheid.'

'Het verschil is maar klein,' zei Rachel.

'Vier procent is aanzienlijk,' wierp Norah tegen.

'In een laboratorium wel, ja,' antwoordde Rachel. 'Maar PODS doet zijn metingen van bijna tweehonderd kilometer boven het aardoppervlak. Zijn computers zijn ontworpen om onderscheid te maken tussen voor de hand liggende zaken: ijs en papijs, graniet en kalksteen.' Ze wendde zich tot Ekstrom. 'Klopt mijn idee dat PODS vanuit de ruimte geen onderscheid kan maken tussen zout ijs en zoet ijs?'

Ekstrom knikte. 'Dat is juist. Een verschil van vier procent valt binnen de meetonzekerheid van PODS. De satelliet ziet geen verschil tussen ijs van zeewater en ijs van zoet water.'

Nu keek Tolland zeer geïnteresseerd. 'Het zou ook het stabiele waterniveau in de schacht verklaren.' Hij keek Norah aan. 'Hoe zei je ook weer dat het plankton heette dat je in het wak hebt gevonden?'

'Genus polyhedra,' verklaarde Norah. 'En nu vraag je je zeker af of Genus polyhedra in het ijs kan overwinteren? Het zal je genoegen doen dat het antwoord ja is. Absoluut. Genus polyhedra wordt in hele massa's rond ijsplateaus gevonden, is bioluminescent en kan in het ijs overwinteren. Nog meer vragen?'

Iedereen keek elkaar aan. Uit Norahs toon bleek dat er een 'maar' was, en toch leek ze Rachels theorie te hebben bevestigd.

'Dus je bedoelt dat het mogelijk is?' waagde Tolland te vragen. 'Is dit een zinnige theorie?'

'Ja, hoor,' zei Norah. 'Als je volslagen achterlijk bent.'

Rachel wierp haar een boze blik toe. 'Pardon?'

Norah Mangor keek Rachel strak aan. 'Ik stel me zo voor dat het in jouw werk gevaarlijk is ergens een beetje van te weten, klopt dat? Nou, geloof me als ik je vertel dat dat ook voor glaciologie geldt.' Nu keek Norah de vier mensen om haar heen een voor een aan. 'Laat me dit voor eens en voor altijd ophelderen. De insluitingen van bevroren zeewater waar mevrouw Sexton het over heeft, bestaan inderdaad. Glaciologen noemen ze interstities. Interstities zijn echter geen bellen zeewater, maar zeer fijne netwerken van zout ijs met vertakkingen ter dikte van een menselijke haar. Die meteoriet moet door een wel heel dicht netwerk van interstities zijn gekomen om zoveel zout water te doen smelten dat het drie procent is van het water in die diepe schacht.'

Ekstrom keek donker. 'Maar is het nou mogelijk of niet?'

'Absoluut uitgesloten,' zei Norah botweg. 'Volkomen onmogelijk. Dan zou ik insluitingen van zout ijs hebben gevonden in mijn boormonsters.'

'Boormonsters worden in principe op willekeurige plaatsen genomen, hè?' vroeg Rachel. 'Is het mogelijk dat de plaatsen door een ongelukkig toeval zodanig zijn gekozen dat een interstitie net is gemist?'

'Ik heb recht boven de meteoriet geboord. En daarna op verschillende plekken een paar meter ernaast. Dichterbij kun je niet komen.'

'Het was maar een vraag.'

'Het doet trouwens niet ter zake,' zei Norah. 'Interstities van zeewater komen alleen in tijdelijke ijslagen voor, ijs dat in de winter wordt gevormd en 's zomers weer smelt. Het Milne-ijsplateau bestaat uit permanent ijs, ijs dat in de bergen wordt gevormd en blijft bestaan totdat het naar de rand van de gletsjer is geschoven en afkalft in zee. Hoe goed het ook uit zou komen als bevroren plankton de verklaring kon zijn voor dit mysterie, ik kan jullie verzekeren dat er geen verborgen netwerken met bevroren plankton in deze gletsjer zitten.'

Er viel opnieuw een stilte.

Ondanks het feit dat de theorie van het bevroren plankton met kracht van de hand was gewezen, had Rachel er op grond van haar systematische analyse van de gegevens moeite mee die weerlegging te accepteren. Haar intuïtie zei haar dat de aanwezigheid van bevroren plankton in de gletsjer onder hen de eenvoudigste oplossing voor het raadsel was. *De wet der spaarzaamheid*, dacht ze. Haar leermeesters bij het NRO hadden haar van de geldigheid van die wet doordrongen. *Als er meerdere verklaringen zijn, is de eenvoudigste meestal juist.*

Het was logisch dat Norah Mangor veel te verliezen had als haar resultaten van de boormonsters niet klopten, en Rachel vroeg zich af of Norah, toen ze het plankton zag, misschien had beseft dat ze ernaast zat met haar bewering dat de gletsjer massief was en nu gewoon probeerde zich eruit te redden.

'Het enige wat ik weet,' zei Rachel, 'is dat ik zojuist de hele staf van het Witte Huis heb verteld dat deze meteoriet in een ongerepte ijsmassa is gevonden en daar zonder enige invloed van buitenaf heeft gelegen sinds 1716, toen hij van een beroemde meteoriet is afgebroken die de Jungersol heet. Dat lijkt nu toch twijfelachtig te worden.'

Het hoofd van NASA zweeg en keek ernstig.

Tolland schraapte zijn keel. 'Ik ben het met Rachel eens. Er zit zeewater en plankton in de poel. Wat de verklaring daar ook voor is, het is duidelijk dat die schacht geen afgesloten omgeving is. Dat kunnen we niet volhouden.'

Corky leek slecht op zijn gemak. 'Eh, mensen, ik wil hier niet de astrofysicus lopen uithangen, maar als we op mijn vakgebied een vergissing maken, zitten we er meestal meteen miljárden jaren naast. Is dat beetje plankton en zeewater nou echt zo belangrijk? Ik bedoel, de perfectie van het ijs om de meteoriet heen heeft toch geen enkele invloed op de meteoriet zelf? We hebben de fossielen. Niemand trekt de echtheid daarvan in twijfel. Als blijkt dat we een vergissing hebben gemaakt bij de interpretatie van de boormonsters zal dat niemand iets kunnen schelen. Het enige wat iedereen belangrijk vindt, is dat we bewijs hebben gevonden van buitenaards leven.'

'Het spijt me, dr. Marlinson,' zei Rachel, 'maar ik verdien mijn brood met het analyseren van informatie, en ik moet u helaas tegenspreken. Elk smetje op de gegevens die NASA vanavond presenteert, kan twijfel zaaien over de geloofwaardigheid van de hele ontdekking. Inclusief de echtheid van de fossielen.'

Corky's mond viel open. 'Hoe bedoel je? De echtheid van de fossielen staat onomstotelijk vast!'

'Dat weten wij. Maar als het publiek er lucht van krijgt dat NASA moedwillig informatie over de boormonsters heeft verstrekt waar twijfel over bestaat, zullen ze zich onmiddellijk gaan afvragen waar NASA nog meer over heeft gelogen, geloof mij maar.'

Norah stapte naar voren en haar ogen schoten vuur. 'Er bestaat géén twijfel over mijn resultaten.' Ze wendde zich tot Ekstrom. 'Ik kan afdoend bewijs leveren dat er geen insluitingen van zout ijs in dit ijsplateau zitten!'

Ekstrom keek haar enige tijd aan. 'Hoe?'

Norah zette haar plan uiteen. Toen ze klaar was, moest Rachel erkennen dat het idee zinnig klonk.

Ekstrom leek daar minder van overtuigd. 'En die resultaten zijn betrouwbaar?'

'Honderd procent,' verzekerde Norah hem. 'Als er ook maar een greintje bevroren zeewater in de buurt van die meteorietschacht zit, zul je dat zien. Zelfs een paar druppeltjes zullen met die apparatuur oplichten als Times Square.'

Het hoofd van NASA fronste zijn voorhoofd onder zijn gemillimeterde haar. 'We hebben niet veel tijd. De persconferentie is al over een paar uur.'

'Ik kan in twintig minuten terug zijn.'

'Hoe ver zei je dat je de gletsjer op moest?'

'Niet zo ver. Tweehonderd meter zou genoeg moeten zijn.'

Ekstrom knikte. 'Weet je zeker dat het veilig is?'

'Ik neem signaalfakkels mee,' antwoordde Norah. 'En Mike gaat met me mee.'

Tolland keek met een ruk op. 'O ja?'

'Zeker weten, Mike! Verbonden met een touw. Ik wil graag een sterke man in de buurt hebben, voor als de wind aanwakkert.'

'Maar...'

'Ze heeft gelijk,' zei Ekstrom tegen Tolland. 'Ze kan niet alleen gaan. Ik zou wel een van mijn mannen met haar mee kunnen sturen, maar eerlijk gezegd wil ik die hele planktonkwestie liever onder ons houden totdat we weten of het een probleem is of niet.'

Tolland knikte met tegenzin.

'Ik wil ook graag mee,' zei Rachel.

Norah draaide zich met de snelheid van een cobra naar haar toe. 'Vergeet het maar.'

'Nou,' zei Ekstrom alsof hem plotseling iets te binnen schoot, 'eigenlijk lijkt het me veiliger als we de standaardformatie van vier man aanhouden. Als jullie met z'n tweeën gaan en Mike glijdt uit, kun jij hem niet houden. Met z'n vieren is het veel minder gevaarlijk dan met z'n tweeën.' Hij zweeg even en keek naar Corky. 'Dat zou betekenen dat dr. Ming of u mee moet gaan.' Ekstrom keek om zich heen in de habisfeer. 'Waar is dr. Ming eigenlijk?'

'Ik heb hem al een tijdje niet gezien,' zei Tolland. 'Misschien doet hij een dutje.'

Ekstrom wendde zich tot Corky. 'Dr. Marlinson, ik kan niet van u verlangen dat u met hen mee gaat, maar aan de andere kant...'

'Ach, waarom ook niet?' zei Corky. 'We gaan allemaal zo leuk met elkaar om.'

'Nee!' riep Norah uit. 'Met z'n vieren zijn we langzamer. Mike en ik gaan alleen.'

'Jullie gaan níét alleen.' Ekstrom sprak op besliste toon. 'De standaardformatie bestaat niet voor niets uit vier man. We gaan dit zo veilig mogelijk doen. Als ik iets niet kan gebruiken, is het wel een ongeluk, een paar uur voor de belangrijkste persconferentie uit de geschiedenis van NASA.'

43

Gabrielle Ashe zat met een akelig onzeker gevoel in de bedompte werkkamer van Marjorie Tench. *Wat kan deze vrouw in hemelsnaam van me willen?* Achter het enige bureau in de kamer zat Tench achterovergeleund in haar stoel, en van haar harde trekken was af te lezen dat ze plezier had in Gabrielles onbehaaglijkheid.

'Heb je last van de rook?' vroeg Tench, terwijl ze een nieuwe sigaret uit haar pakje tikte.

'Nee,' loog Gabrielle.

Tench had hem al opgestoken. 'Je presidentskandidaat en jij hebben nogal wat aandacht aan NASA besteed in jullie campagne.'

'Ja,' snauwde Gabrielle, die geen poging deed haar woede te verbergen, 'dankzij enige creatieve stimulering. Daar zou ik wel graag een verklaring voor horen.'

Tench trok een onschuldig gezicht. 'Wil je weten waarom ik je van munitie heb voorzien voor je aanval op NASA?'

'De informatie die je me hebt gestuurd, was schadelijk voor de president.'

'Op de korte termijn wel, ja.'

De veelbetekenende toon waarop Tench dat zei, maakte Gabrielle ongerust. 'Wat bedoel je daarmee?'

'Rustig maar, Gabrielle. Mijn e-mails hebben niet veel aan de situatie veranderd. Senator Sexton gaf al op NASA af lang voordat ik me ermee ging bemoeien. Ik heb hem alleen geholpen de boodschap wat duidelijker over te brengen. Zijn positie te consolideren.'

'Zijn positie te consolideren?'

'Precies.' Tench glimlachte haar bruine tanden bloot. 'Wat hij vanmiddag op CNN zeer effectief heeft gedaan, moet ik zeggen.'

Gabrielle herinnerde zich de reactie van de senator op de vraag van Tench waarmee ze hem een duidelijke keuze wilde laten maken. *Ja, ik zou stappen ondernemen om NASA af te schaffen.* Sexton was in de hoek gedreven, maar hij was er met een rechtse directe weer uitgekomen. Het was de juiste manoeuvre geweest. Toch? Uit de tevreden blik van Tench maakte Gabrielle op dat ze niet over alle informatie beschikte.

Tench stond plotseling op; haar slungelige lijf domineerde de kleine ruimte. Met de sigaret in haar mond liep ze naar een muurkluis, pakte er een dikke manilla envelop uit en kwam weer achter het bureau zitten.

Gabrielle keek naar de opbollende envelop.

Tench glimlachte en hield de envelop op haar schoot als een pokeraar die een grote straat in handen heeft. Ze streek steeds weer met haar gele vingertoppen langs de hoek, wat een vervelend gekras gaf, en leek te genieten van wat er komen ging.

Gabrielle wist dat het alleen door haar eigen schuldgevoel kwam, maar haar eerste angst was dat er in de envelop bewijs zat van haar avontuurtje met de senator. *Belachelijk*, dacht ze. Dat had zich na werktijd in Sextons afgesloten werkkamer in het senaatsgebouw afgespeeld. Bovendien, als het Witte Huis daar werkelijk bewijs van had, was dat allang openbaar gemaakt.

Ze hebben misschien verdenkingen, dacht Gabrielle, *maar geen bewijs.*

Tench drukte haar sigaret uit. 'Gabrielle, ik weet niet of je het je bewust bent, maar je bent verzeild geraakt in een strijd die al sinds 1996 achter de schermen in Washington woedt.'

Deze openingszet was absoluut niet wat Gabrielle had verwacht. 'Hoe bedoel je?'

Tench stak een volgende sigaret op. Ze tuitte haar dunne lippen rond het mondstuk en het uiteinde gloeide rood op. 'Wat weet je van een wetsvoorstel dat de Space Commercialization Promotions Act heet?'

Gabrielle had er nog nooit van gehoord. Ze haalde verbaasd haar schouders op.

'Niets?' vroeg Tench. 'Dat verrast me, gezien het verkiezingsprogramma van je kandidaat. De Space Commercialization Promotions Act is in 1996 ingediend door senator Walker. Er wordt in gesteld dat NASA er na de bemande vluchten naar de maan niet meer in is geslaagd iets nuttigs te doen. Daarom zou NASA geprivatiseerd moeten worden door onmiddellijk onderdelen van de organisatie aan particuliere ruimtevaartmaatschappijen te verkopen en het aan de vrije markt over te laten de ruimte efficiënter te exploiteren dan nu gebeurt, zodat de kosten van NASA niet meer hoeven te worden opgebracht door de belastingbetaler.'

Gabrielle had critici van NASA wel horen opperen dat privatisering een oplossing voor alle narigheid kon zijn, maar ze wist niet dat het idee al de vorm van een officieel wetsvoorstel had aangenomen.

'Dit wetsontwerp,' zei Tench, 'is nu vier keer bij het Congres ingediend. Het lijkt op de wetsvoorstellen die ervoor hebben gezorgd dat takken van industrie die eens in handen van de overheid waren, zoals uraniumproductie, zijn geprivatiseerd. Het Congres heeft het wetsontwerp alle vier de keren goedgekeurd. Gelukkig heeft het Witte Huis er in al die gevallen zijn veto over uitgesproken. Zachary Herney heeft dat al tweemaal gedaan.'

'Wat wilt u hiermee zeggen?'
'Dat senator Sexton dit wetsvoorstel zeker zal steunen als hij president wordt. Ik heb reden te geloven dat Sexton afdelingen van NASA zonder scrupules aan de hoogste bieders zal verkopen zodra die kans zich voordoet. Kortom, jouw kandidaat zou het ruimteonderzoek liever privatiseren dan het bekostigen met belastinggeld.'
'Voor zover ik weet heeft de senator zich nooit in het openbaar uitgelaten over zijn standpunt aangaande een Space Commercialization Promotions Act.'
'Dat is waar. Maar gezien zijn politieke ideeën neem ik aan dat het je niet zou verbazen als hij het wetsontwerp steunde.'
'De vrije markt is vaak efficiënter.'
'Dat zal ik maar als een bevestiging interpreteren.' Tench keek haar strak aan. 'Helaas is privatisering van NASA een abominabel idee, en er zijn vele redenen waarom elke regering in het Witte Huis het wetsvoorstel tot nu toe heeft afgewezen.'
'Ik heb de argumenten tegen het privatiseren van de ruimte gehoord,' zei Gabrielle, 'en ik begrijp je bezorgdheid.'
'O ja?' Tench boog zich naar haar toe. 'Welke argumenten heb je gehoord?'
Gabrielle schoof ongemakkelijk in haar stoel. 'Nou, vooral de bekende angsten uit wetenschappelijke hoek. Dat het huidige streven van NASA naar wetenschappelijke kennis over de ruimte na privatisering al snel zal omslaan in louter belangstelling voor winstgevende projecten.'
'Ja. Het wetenschappelijke ruimteonderzoek zou op slag dood zijn. In plaats van geld uit te geven aan het onderzoeken van ons heelal, zouden particuliere ruimtevaartbedrijven zich toeleggen op het ontginnen van asteroïden, het bouwen van toeristenhotels in de ruimte en het aanbieden van satellietlanceringen voor commerciële doeleinden. Waarom zouden bedrijven het ontstaan van ons heelal bestuderen als dat hun miljarden kost en geen cent oplevert?'
'Dat zouden ze ook zeker niet doen,' antwoordde Gabrielle. 'Maar we zouden een nationale stichting voor wetenschappelijk ruimteonderzoek kunnen oprichten om wetenschappelijke missies uit te voeren.'
'Die hebben we al: NASA.'
Gabrielle zweeg.
'De overstap van wetenschap naar winst is maar bijzaak,' zei Tench. 'Nauwelijks relevant in vergelijking met de complete chaos die zal ontstaan als het bedrijfsleven zijn gang kan gaan in de ruimte. Dat wordt een moderne versie van het wilde Westen. Er zullen pioniers opstaan

die aanspraak maken op de maan en op asteroïden, en hun zogenaamde eigendommen met hand en tand verdedigen. Ik heb al van bedrijven gehoord die graag neonreclames in de ruimte willen hangen, zodat we die 's nachts kunnen zien. Ik heb verzoeken gezien van ruimtehotels en toeristische attracties die denken dat ze hun afval wel de ruimte in kunnen schieten, zodat er vuilnishopen in een baan om de aarde ontstaan. Ik heb gisteren zelfs een voorstel gelezen van een bedrijf dat de ruimte in een mausoleum wil veranderen door overledenen in een baan om de aarde te brengen. Zie je het voor je, telecommunicatiesatellieten die in botsing komen met lijken? Vorige week had ik de bestuursvoorzitter van een miljardenbedrijf hier op bezoek, die graag toestemming wilde om een nabije asteroïde wat dichter naar de aarde te slepen zodat hij er kostbare delfstoffen kon gaan winnen. Ik moest die man er echt aan herinneren dat het verslepen van asteroïden naar een baan dichter rond de aarde een wereldomvattende ramp zou kunnen veroorzaken! Gabrielle, ik kan je verzekeren dat de horde ondernemers die zich meester van de ruimte zal maken als dit wetsvoorstel wordt aangenomen, niet uit ruimtevaartdeskundigen bestaat. Het zullen hersenloze zakkenvullers zijn.'

'Sterke argumenten,' zei Gabrielle. 'En ik weet zeker dat de senator die kwesties zorgvuldig zal afwegen als hij ooit in een positie komt dat hij over het wetsvoorstel moet beslissen. Mag ik vragen wat dit alles met mij te maken heeft?'

De ogen van Tench vernauwden zich boven haar sigaret. 'Heel veel mensen zouden veel geld kunnen verdienen in de ruimte, en de lobby om alle beperkingen op te heffen en de sluizen open te zetten wordt steeds sterker. Het vetorecht van het Witte Huis is de laatste barrière tegen privatisering... tegen algehele anarchie in de ruimte.'

'Alle lof voor Zach Herney, dan, dat hij zijn veto heeft uitgesproken over het voorstel.'

'Maar ik vrees dat jouw kandidaat niet zo verstandig zal zijn als hij wordt gekozen.'

'Nogmaals, ik ga ervan uit dat de senator alle voors en tegens zorgvuldig zal afwegen als hij ooit in die positie komt.'

Tench leek niet helemaal overtuigd. 'Weet je hoeveel senator Sexton uitgeeft aan reclame?'

De vraag kwam volkomen uit de lucht vallen. 'Die cijfers zijn openbaar.'

'Meer dan drie miljoen per maand.'

Gabrielle haalde haar schouders op. 'Als jij het zegt.' Het bedrag kwam aardig in de buurt.

'Dat is veel geld om uit te geven.'

'Hij hééft veel geld.'
'Ja, hij heeft het goed gepland. Of, liever gezegd, hij heeft een goed huwelijk gesloten.' Tench zweeg even om haar rook uit te blazen. 'Triest dat zijn vrouw, Katherine, is gestorven. Haar dood is een grote klap voor hem geweest.' Er volgde een tragische zucht die duidelijk geveinsd was. 'Dat is eigenlijk nog niet zo lang geleden, hè?'
'Kom terzake, anders stap ik op.'
Tench hoestte diep vanuit haar longen en stak een hand uit naar de dikke envelop. Ze trok er een stapeltje aan elkaar geniete vellen papier uit en gaf dat aan Gabrielle. 'Sextons financiële gegevens.'
Gabrielle bladerde de papieren verbijsterd door. Het waren gegevens over de laatste paar jaar. Hoewel Gabrielle niet op de hoogte was van de details van Sextons financiën, had ze het gevoel dat deze informatie echt was: afschriften van bankrekeningen en creditcards, leningen, wat hij bezat aan aandelen en onroerend goed, en een overzicht van schulden, vermogensaanwas en verliezen.
'Dit is vertrouwelijke informatie. Hoe kom je hieraan?'
'Mijn bron hoef je niet te kennen. Maar als je deze cijfers nader bestudeert, zul je zien dat senator Sexton niet zoveel geld heeft als hij momenteel uitgeeft. Na de dood van Katherine heeft hij het overgrote deel van haar erfenis erdoor gejaagd door slechte investeringen te doen, veel dure spullen voor zichzelf te kopen en zijn overwinning in de voorverkiezingen zeker te stellen. Je kandidaat is al een halfjaar platzak.'
Gabrielle was ervan overtuigd dat Tench blufte. Als Sexton platzak was, gedroeg hij zich er in elk geval niet naar. Hij kocht elke week grotere blokken reclamezendtijd.
'Je kandidaat,' vervolgde Tench, 'geeft op het moment viermaal zoveel uit als de president. En hij heeft zelf geen geld.'
'We krijgen veel donaties.'
'Ja, en sommige nog legaal ook.'
Gabrielle keek met een ruk op. 'Wát zeg je daar?'
Tench boog zich over het bureau naar voren en Gabrielle kon haar naar nicotine stinkende adem ruiken. 'Gabrielle Ashe, ik ga je een vraag stellen en ik raad je aan goed na te denken voordat je antwoord geeft. Dat antwoord zou mede kunnen bepalen of je de komende paar jaar in de gevangenis moet doorbrengen of niet. Weet je dat senator Sexton een enorm bedrag aan steekpenningen aanneemt van ruimtevaartbedrijven die miljarden te winnen hebben bij de privatisering van NASA?'
Gabrielle staarde haar aan. 'Dat is een absurde beschuldiging!'
'Bedoel je dat je niet op de hoogte bent van deze handelwijze?'

'Ik denk dat ik het wel zou wéten als de senator op grote schaal steekpenningen aannam, zoals je suggereert.'
Tench glimlachte koel. 'Gabrielle, ik weet dat senator Sexton veel van zichzelf aan je heeft laten zien, maar ik verzeker je dat er ook nog heel veel is dat je niet van hem weet.'
Gabrielle stond op. 'Dit gesprek is afgelopen.'
'Integendeel,' zei Tench, en ze trok de rest van de papieren uit de envelop en spreidde die uit over het bureau. 'Het is nog maar net begonnen.'

44

In de 'kleedkamer' van de habisfeer hees Rachel Sexton zich in een Mark-IX-pak van NASA. Ze voelde zich net een astronaut. De zwarte jumpsuit met capuchon leek op een opblaasbaar duikpak. Hij was gemaakt van dubbellaags geheugenschuim met holle kanalen waar een compacte gel in werd gepompt, zodat de lichaamstemperatuur van de drager zowel in een warme als in een koude omgeving werd behouden.
Rachel trok de strakke capuchon over haar hoofd, en toen zag ze Ekstrom. Hij verscheen als een zwijgende schildwacht in de deuropening, duidelijk ontstemd over de noodzaak van deze kleine expeditie.
Norah Mangor liep binnensmonds te vloeken terwijl ze voor iedereen een uitrusting bij elkaar zocht. 'Hier heb je er een met een buikmaatje,' zei ze, en ze wierp Corky zijn pak toe.
Tolland had dat van hem al half aan.
Toen alle ritsen van Rachels pak dicht waren, plugde Norah een slang in de aansluitnippel van het pak. De slang kwam van een zilverkleurige tank die op een grote persluchtfles leek.
'Diep inademen,' zei Norah, en ze opende de kraan.
Rachel hoorde gesis en voelde dat er gel in het pak werd geblazen. Het geheugenschuim zette uit en het pak bolde om haar heen op en drukte tegen de kleren die ze eronder aanhad. Het deed haar denken aan het gevoel als ze haar hand onder water stak met een rubberhandschoen aan. Ook de capuchon om haar hoofd werd opgeblazen en die drukte tegen haar oren, zodat alles gedempt klonk. *Ik zit in een cocon.*
'Het mooiste aan deze pakken,' zei Norah, 'is dat je op je achterste kunt vallen zonder er iets van te voelen.'

Rachel geloofde het graag. Ze had het gevoel dat ze in een matras was gewikkeld.
Norah hing wat klimmateriaal aan de riem om Rachels middel: een ijsbijl, tussenzekeringen en karabiners.
'Hebben we dit allemaal nodig?' vroeg Rachel met een blik op de uitrusting. 'Voor een stukje van tweehonderd meter?'
Norah keek haar scherp aan. 'Wil je mee of niet?'
Tolland knikte Rachel geruststellend toe. 'Norah is alleen maar voorzichtig.'
Corky koppelde zijn pak aan de tank met gel en pompte het met een geamuseerd gezicht op. 'Ik heb het gevoel dat ik een gigantisch condoom aanheb.'
Norah gromde vol weerzin. 'Alsof jij dat zou herkennen, pubertje.'
Tolland kwam naast Rachel zitten. Hij glimlachte haar flauwtjes toe terwijl ze haar dikke laarzen en stijgijzers aantrok. 'Weet je zeker dat je mee wilt?' In zijn ogen zag ze een beschermende bezorgdheid die haar een warm gevoel gaf.
Rachel hoopte dat haar zelfverzekerde knikje haar groeiende onrust kon verdoezelen. *Tweehonderd meter... een stukje van niks.* 'En jij dacht nog wel dat alleen op volle zee spanning te vinden was.'
Tolland grinnikte, en terwijl hij zijn eigen stijgijzers vastmaakte, zei hij: 'Ik heb besloten dat vloeibaar water me beter bevalt dan dit bevroren spul.'
'Ik ben op geen van beide erg dol,' zei Rachel. 'Als kind ben ik door het ijs gezakt. Sinds die tijd ben ik nogal bang voor water.'
Tolland keek haar meelevend aan. 'Wat akelig. Als dit voorbij is, moet je me eens komen opzoeken op de *Goya*. Ik zal zorgen dat je anders over water gaat denken. Dat beloof ik je.'
De uitnodiging verraste haar. De *Goya* was Tollands onderzoeksschip, dat bekend was uit *Amazing Seas*, maar ook doordat het een van de vreemdst ogende schepen op zee was. Hoewel een bezoekje aan de *Goya* voor Rachel zenuwslopend zou zijn, zou ze de invitatie toch niet gemakkelijk afslaan.
'We liggen op het moment twintig kilometer uit de kust van New Jersey,' zei Tolland, die met de sluitingen van zijn stijgijzers worstelde.
'Dat lijkt me een rare plek.'
'Helemaal niet. Het kustgebied van de Atlantische Oceaan is heel bijzonder. We wilden net aan een nieuwe documentaire beginnen toen ik ruw werd onderbroken door de president.'
Rachel lachte. 'Een documentaire waarover?'
'*Sphyrna mokarran* en megapluimen.'
Rachel fronste haar wenkbrauwen. 'Blij dat te weten.'

Tolland was klaar met het vastmaken van zijn stijgijzers en keek op. 'Ik meen het. Ik zal daar wel een paar weken aan het filmen zijn. Washington is niet ver van de kust van New Jersey. Kom eens langs als je weer thuis bent. Het is nergens voor nodig de rest van je leven bang voor water te zijn. Mijn bemanning zal de rode loper voor je uitleggen.'

Norah Mangor brulde: 'Gaan we naar buiten, of moet ik kaarsen en champagne voor jullie tweeën gaan zoeken?'

45

Gabrielle Ashe wist niet wat ze moest denken van de papieren die voor haar op het bureau van Marjorie Tench lagen uitgestald. Er waren gefotokopieerde brieven bij, faxen en uitgeschreven telefoongesprekken, en ze leken allemaal de bewering te staven dat senator Sexton geheime contacten onderhield met commerciële ruimtevaartbedrijven.

Tench schoof een paar korrelige zwartwitfoto's naar Gabrielle. 'Ik neem aan dat dit nieuw voor je is?'

Gabrielle keek naar de foto's. Op de eerste geheime opname stapte senator Sexton in een ondergrondse parkeergarage uit een taxi. *Sexton neemt nooit een taxi.* Gabrielle keek naar de tweede foto, die met een telelens was gemaakt: Sexton stapte in een geparkeerde witte MPV. In de auto zat een oude man blijkbaar op hem te wachten.

'Wie is dat?' vroeg Gabrielle, wantrouwig dat de foto's misschien vervalst waren.

'Een hoge piet van de SFF.'

Gabrielle had haar bedenkingen. 'De Space Frontier Foundation?'

De SFF was een soort club van ruimtevaartbedrijven. Er waren ondernemingen bij aangesloten zoals toeleveringsbedrijven voor lucht- en ruimtevaart, maar ook handige zakenjongens en investeerders van durfkapitaal, kortom, iedereen die in de ruimte het grote geld hoopte te vinden. Ze stonden over het algemeen kritisch tegenover NASA en stelden dat het Amerikaanse ruimtevaartprogramma aan concurrentievervalsing deed om particuliere bedrijven te beletten hun eigen ruimtevaartprojecten te beginnen.

'De SFF,' zei Tench, 'vertegenwoordigt inmiddels meer dan honderd grote bedrijven, waaronder zeer vermogende ondernemingen die vol verlangen wachten tot de Space Commercialization Promotions Act wordt goedgekeurd.'

Gabrielle dacht erover na. Het was logisch dat de SFF Sextons campagne openlijk steunde, maar vanwege hun controversiële lobbyactiviteiten had de senator ervoor gezorgd enige afstand te bewaren. Kortgeleden had de SFF een felle tirade gepubliceerd, waarin werd gesteld dat NASA een 'onrechtmatig monopolie' had, omdat de organisatie met verlies kon draaien zonder failliet te gaan en daardoor oneerlijke concurrentie vormde voor commerciële bedrijven. Volgens de SFF waren er, als er een telecommunicatiesatelliet moest worden gelanceerd voor AT&T, altijd meerdere commerciële ruimtevaartbedrijven die aanboden dat voor een zeer billijke vijftig miljoen dollar te doen. Helaas kwam NASA altijd tussenbeide en bood aan het voor vijfentwintig miljoen te doen, ook al kostte het ze in werkelijkheid vijfmaal zoveel om de klus te klaren! *Met verlies werken is de manier waarop* NASA *greep op de ruimte houdt*, stelden juristen van de SFF. *En de belastingbetaler krijgt de rekening gepresenteerd.*

'Uit deze foto blijkt,' zei Tench, 'dat je kandidaat geheime ontmoetingen heeft met een organisatie die commerciële ruimtevaartbedrijven vertegenwoordigt.' Tench gebaarde naar een paar andere papieren op het bureau. 'We hebben ook interne SFF-memo's waarin wordt gesproken over enorme sommen die zullen worden geïnd van bedrijven die lid zijn van de SFF – bedragen die afhankelijk zijn van hun nettowaarde – om te worden overgemaakt naar rekeningen die door senator Sexton worden beheerd. Het komt erop neer dat die ruimtevaartbedrijven dokken om ervoor te zorgen dat Sexton president wordt. Daarom neem ik aan dat hij heeft toegezegd het wetsvoorstel goed te keuren en NASA te privatiseren als hij wordt gekozen.'

Gabrielle keek naar de stapel papieren. Ze was niet overtuigd. 'Denkt u dat ik geloof dat het Witte Huis over bewijzen beschikt dat de campagne van jullie tegenkandidaat onwettig wordt gefinancierd en dat jullie dat feit stilhouden?'

'Wat geloof je dan wel?'

Gabrielle keek haar boos aan. 'Eerlijk gezegd lijkt het me, gezien je manipulatieve vaardigheden, waarschijnlijker dat je me probeert te bewerken met vervalste documenten en foto's die een ondernemend staflid van het Witte Huis op zijn computer in elkaar heeft geflanst.'

'Mogelijk, dat moet ik toegeven. Maar niet waar.'

'Nee? Hoe ben je dan aan al die interne stukken van ondernemingen gekomen? Het Witte Huis beschikt absoluut niet over de middelen om dit bewijsmateriaal bij al die bedrijven te bemachtigen.'

'Dat is waar. Deze informatie is hier ongevraagd binnengekomen.'

Nu snapte Gabrielle er niets meer van.

'Dat gebeurt heel vaak, hoor,' zei Tench. 'De president heeft veel invloedrijke bondgenoten die graag willen dat hij aanblijft. Vergeet niet dat jouw kandidaat allerlei bezuinigingen wil doorvoeren, en een groot deel daarvan hier in Washington. Senator Sexton schrikt er niet voor terug de aanzienlijke begroting van de FBI als voorbeeld te noemen van te hoge overheidsuitgaven. Hij heeft ook al een paar opmerkingen gemaakt over de IRS. Misschien is iemand bij een van die organisaties een beetje pissig geworden.'

Gabrielle begreep wat ze bedoelde. Mensen bij de FBI of de IRS zouden wel kans zien om aan dit soort informatie te komen. Ze zouden die dan naar het Witte Huis kunnen sturen om de president te helpen bij zijn herverkiezing. Maar Gabrielle kon niet geloven dat senator Sexton zich ooit zou inlaten met onwettige praktijken om zijn campagne te financieren. 'Als deze gegevens kloppen,' zei Gabrielle uitdagend, 'wat ik ten zeerste betwijfel, waarom hebben jullie die dan niet openbaar gemaakt?'

'Wat denk je?'

'Omdat ze onrechtmatig verkregen zijn.'

'Hoe we eraan komen, doet er niet toe.'

'Natuurlijk wel. Ze zijn ontoelaatbaar in een hoorzitting.'

'Hoezo, hoorzitting? We kunnen dit gewoon lekken naar een krant, en die brengt het dan als een verslag uit "betrouwbare bron", voorzien van foto's en documentatie. Sexton zou schuldig zijn totdat hij zijn onschuld had bewezen. Zijn uitgesproken anti-NASA-standpunt zou praktisch bewijzen dat hij smeergeld aanneemt.'

Gabrielle wist dat dat waar was. 'Goed,' zei ze op uitdagende toon, 'maar waarom hebben jullie de informatie dan niet gelekt?'

'Omdat het een negatieve boodschap uitstraalt. De president heeft beloofd in zijn campagne niet met modder te gooien en als het enigszins kan, wil hij zich aan die belofte houden.'

Ja, hoor! 'Wil je me wijsmaken dat de president zo hoogstaand is dat hij weigert dit openbaar te maken omdat het publiek het als een negatief signaal zou kunnen ervaren?'

'Het is niet goed voor het land. Er zijn tientallen bedrijven bij betrokken, waar merendeels eerlijke mensen werken. Het is een bezoedeling van de Senaat en slecht voor het moreel van de bevolking. Oneerlijke politici berokkenen álle politici schade. De Amerikanen moeten hun leiders kunnen vertrouwen. Het zou een akelig onderzoek opleveren, waardoor waarschijnlijk een senator en een flink aantal leidinggevenden van ruimtevaartbedrijven in de cel zouden belanden.'

Hoewel de redenering van Tench zinnig was, twijfelde Gabrielle nog steeds aan de beschuldigingen. 'En wat heeft dit allemaal met mij te maken?'

'Eenvoudig gezegd, Gabrielle: als we deze documenten openbaar maken, zal je kandidaat worden veroordeeld wegens onwettige financiering van zijn campagne, zijn senaatszetel kwijtraken en waarschijnlijk gevangenisstraf krijgen.' Tench zweeg even. 'Tenzij...'

Gabrielle zag een slangachtige schittering in de ogen van de topadviseur. 'Tenzij wát?'

Tench nam een lange trek van haar sigaret. 'Tenzij je besluit ons te helpen dat allemaal te voorkomen.'

Er viel een onheilspellende stilte.

Tench hoestte luid. 'Gabrielle, luister, ik had drie redenen om je deze betreurenswaardige zaken te vertellen. Ten eerste: om je te laten zien dat Zach Herney een fatsoenlijk mens is, die de toekomst van het land boven zijn persoonlijke gewin stelt. Ten tweede: om je duidelijk te maken dat je kandidaat niet zo betrouwbaar is als je misschien denkt. En ten derde: om je over te halen het aanbod te accepteren dat ik je ga doen.'

'En dat aanbod is?'

'Ik wil je graag de kans bieden om te doen wat je hoort te doen. In het landsbelang. Je beseft het misschien niet, maar jij verkeert in de unieke positie om Washington allerlei onverkwikkelijke schandalen te besparen. Als je kunt doen wat ik je ga vragen, kun je misschien zelfs een plekje in het team van de president verdienen.'

Een plekje in het team van de president? Gabrielle kon haar oren niet geloven. 'Wat je ook in gedachten hebt, Marjorie, ik word niet graag gechanteerd, ergens toe gedwongen of neerbuigend behandeld. Ik werk voor de senator omdat ik achter zijn politieke denkbeelden sta. En als dit de manier is waarop Zach Herney zijn politieke invloed uitoefent, heb ik er geen behoefte aan me met hem in te laten! Als je iets belastends over senator Sexton hebt, raad ik je aan het te lekken. Maar eerlijk gezegd denk ik dat het je reinste bedrog is.'

Tench zuchtte somber. 'Gabrielle, de onrechtmatige financiering van Sextons campagne is een feit. Het spijt me. Ik weet dat je hem vertrouwt.' Ze dempte haar stem. 'Luister, het gaat hierom. De president en ik zullen de financieringskwestie openbaar maken als het niet anders kan, maar het zal een akelige toestand worden. Er zijn een paar grote Amerikaanse bedrijven bij dit schandaal betrokken. Een groot aantal onschuldigen zal er de dupe van worden.' Ze nam een lange trek en blies de rook uit. 'De president en ik hopen eigenlijk dat er een ándere manier is om de integriteit van de senator aan de kaak te stellen. Een beperktere manier, zodat er minder onschuldigen onder moeten lijden.' Tench legde haar sigaret neer en vouwde haar handen. 'Het komt erop neer dat we graag willen dat jij in het openbaar be-

kent dat je een verhouding met de senator hebt gehad.'
Gabrielle verstijfde. Tench klonk volkomen zeker van haar zaak. *Onmogelijk*, wist Gabrielle. Er was geen bewijs. Ze hadden het maar één keer gedaan, achter de gesloten deuren van Sextons kamer in het senaatsgebouw. *Tench heeft niets. Ze vist alleen maar.* Gabrielle deed haar best onbewogen te klinken. 'Dat is nogal een bewering, Marjorie.'
'Wat bedoel je? Dat jullie een verhouding hebben gehad? Of dat je je kandidaat zou laten vallen?'
'Beide.'
Tench glimlachte kort en stond op. 'Zullen we een van die twee kwesties meteen maar de wereld uit helpen?' Ze liep weer naar haar muurkluis en kwam terug met een rode envelop. Het embleem van het Witte Huis was erop gestempeld. Ze opende de flap, hield de envelop schuin en liet de inhoud ervan voor Gabrielle op het bureau glijden. Er gleden tientallen kleurenfoto's op het bureaublad, en Gabrielle zag haar carrière voor haar ogen in rook opgaan.

46

Buiten de habisfeer bulderde de valwind langs de gletsjer omlaag. De zeewind waar Tolland aan gewend was, verbleekte erbij. Op zee was de wind het resultaat van een samenspel tussen getijden en luchtdrukverdeling, en varieerde in kracht. Maar deze valwind was het resultaat van eenvoudige natuurkundige wetten: de zware koude lucht stroomde als een vloedgolf van de glooiende gletsjer af. Het was de meest constante storm die Tolland ooit had meegemaakt. Met een snelheid van twintig knopen zou deze wind de droom van elke zeeman zijn, maar met de huidige snelheid van tachtig knopen kon hij zelfs voor mensen met vaste grond onder de voeten snel omslaan in een nachtmerrie. Als Tolland bleef staan en achteroverleunde, hield de krachtige storm hem met gemak overeind.
Wat Tolland nog verontrustender vond, was de lichte helling van het ijsplateau. Het ijs liep enigszins af naar de zee, drie kilometer verderop. Ondanks de scherpe punten aan de stijgijzers onder zijn laarzen had Tolland het onaangename gevoel dat elke misstap hem zou uitleveren aan de storm en dat hij dan de onafzienbare ijshelling af zou glijden. Norah Mangors spoedcursus veiligheid op gletsjers van twee minuten leek nu akelig ontoereikend.
Een Piranha-ijsbijl, had Norah gezegd, terwijl ze bij elk van hen een

lichtgewicht T-vormig stuk gereedschap aan hun riem had gehangen in de kleedruimte van de habisfeer. *Standaard gebogen doorn, halvebuisvormige doorn, hamerkop en hak. Jullie hoeven maar één ding te onthouden: als er iemand uitglijdt of wordt meegesleurd door een windvlaag, pak je bijl dan met één hand om de kop en één om de steel, sla de doorn in het ijs en laat je op de steel vallen, waarbij je je ijzers in het ijs ramt.*

Met die geruststellende woorden had Norah Mangor hen allen een YAK-klimgordel omgedaan. Ze hadden allemaal een sneeuwbril opgezet en waren de duisternis in gestapt.

Nu zochten de vier gestaltes zich een weg over de gletsjer. Ze liepen recht achter elkaar, met tien meter touw tussen elk van hen. Norah liep vooraan, daarachter kwam Corky, dan Rachel, en Tolland was de laatste man.

Naarmate ze de habisfeer verder achter zich lieten, ging Tolland zich slechter op zijn gemak voelen. Zijn opgepompte pak hield hem wel warm, maar hij voelde zich net een ongecoördineerd bewegende ruimtevaarder die een verre planeet aan het verkennen was. De maan was verdwenen achter grote, opeengepakte wolken, waardoor het ijsveld in bijna totale duisternis was gehuld. De valwind leek met de minuut harder te worden en duwde onverbiddelijk in Tollands rug. Terwijl hij ingespannen door zijn sneeuwbril naar de uitgestrekte leegte om hem heen tuurde, begon het ware gevaar van zijn omgeving tot hem door te dringen. Veiligheidsvoorschriften van NASA of niet, het verbaasde Tolland dat Ekstrom bereid was vier levens op het spel te zetten in plaats van twee. Vooral omdat de twee extra levens die van een beroemd astrofysicus en de dochter van een senator waren. Het verraste Tolland niet dat hij bezorgd was over Rachel en Corky. Als kapitein van een schip was hij eraan gewend zich verantwoordelijk te voelen voor zijn mensen.

'Blijf achter me,' schreeuwde Norah. Haar stem werd weggeblazen door de wind. 'Laat de slee de weg wijzen.'

De aluminium slee waarop Norah haar testapparatuur vervoerde, leek op een bovenmaats kindersleetje. Het ding had al klaargestaan, bepakt met meetapparatuur en veiligheidsmateriaal die ze de afgelopen dagen op de gletsjer had gebruikt. Al haar apparatuur, waaronder een accu, signaalfakkels en een sterke schijnwerper die aan de voorkant was gemonteerd, ging schuil onder een dekzeil. Ondanks de zware belading gleed de slee licht op haar lange, rechte ijzers. Zelfs op de nauwelijks waarneembare helling bewoog de slee uit zichzelf naar beneden, maar Norah kon hem moeiteloos in bedwang houden. Het was net alsof ze de slee de weg liet wijzen.

Tolland, zich ervan bewust dat de afstand tussen het groepje en de habisfeer groeide, keek over zijn schouder. De bleke, ronde welving van de koepel was nog maar vijftig meter weg, maar al bijna niet meer zichtbaar in de winderige duisternis.
'Maak je je geen zorgen dat we de weg terug niet meer kunnen vinden?' riep Tolland. 'De habisfeer is bijna onzi...' Hij werd onderbroken door het luide gesis van een signaalfakkel die ontbrandde in Norahs hand. De wit-rode gloed verlichtte plotseling het ijsplateau binnen een straal van tien meter om hen heen. Norah maakte met haar hiel een kuiltje in de sneeuw met een beschermende, opstaande rand aan de kant waar de wind vandaan kwam. Toen duwde ze de fakkel in het kuiltje.
'Moderne broodkruimels,' riep Norah.
'Broodkruimels?' vroeg Rachel, terwijl ze haar ogen afschermde voor het plotselinge licht.
'Hans en Grietje,' riep Norah. 'Deze fakkels blijven een uur branden, ruimschoots lang genoeg om onze weg terug te vinden.'
Toen liep Norah verder en nam hen mee de gletsjer af, opnieuw het donker in.

47

Gabrielle Ashe stormde de werkkamer van Marjorie Tench uit en liep bijna een secretaresse omver. Ze schaamde zich dood en kon alleen de foto's voor zich zien: verstrengelde armen en benen. Van genot vertrokken gezichten.
Gabrielle had geen idee hoe de foto's waren genomen, maar ze wist zeker dat ze echt waren. Ze waren in het kantoor van senator Sexton genomen, van boven, alsof er een verborgen camera had gehangen. *God sta me bij.* Op een van de foto's was te zien hoe Gabrielle en Sexton het op het bureau van de senator deden, languit liggend op allerlei officieel ogende stukken.
Marjorie Tench haalde Gabrielle net buiten de Map Room in. Tench had de rode envelop met foto's bij zich. 'Mag ik uit je reactie opmaken dat je gelooft dat deze foto's echt zijn?' De topadviseur van de president leek dit wel amusant te vinden. 'Ik hoop dat dat je ervan overtuigt dat de rest van onze informatie ook accuraat is. Die is afkomstig uit dezelfde bron.'
Gabrielle liep met grote passen door de gang en had het gevoel dat ze

over haar hele lijf bloosde. *Waar is die verrekte uitgang?*
Tench had met haar lange benen geen moeite haar bij te houden. 'Senator Sexton heeft de wereld bezworen dat jullie relatie strikt platonisch is. Hij kwam zelfs zeer overtuigend over op tv.' Tench gebaarde zelfvoldaan over haar schouder. 'Ik heb er een video van in mijn werkkamer, als je misschien je geheugen wilt opfrissen?'
Gabrielles geheugen hoefde niet opgefrist te worden. Ze herinnerde zich de persconferentie maar al te goed. Sextons ontkenning was categorisch en hartgrondig geweest.
'Het is betreurenswaardig,' zei Tench, die helemaal niet treurig klonk, 'maar senator Sexton heeft het Amerikaanse volk botweg voorgelogen. De mensen hebben het recht dat te weten. En ze zullen het weten. Daar zal ik persoonlijk voor zorgen. Nu is de enige vraag nog hoe het publiek erachter zal komen. Wij denken dat jij de aangewezen persoon bent om het ze te vertellen.'
Gabrielle was verbluft. 'Denkt u nou echt dat ik zal helpen mijn eigen kandidaat de das om te doen?'
Het gezicht van Tench verhardde. 'Ik probeer dit netjes te doen, Gabrielle. Ik geef je een kans iedereen een gênante vertoning te besparen door met opgeheven hoofd de waarheid te vertellen. Ik heb alleen een ondertekende verklaring nodig waarin je toegeeft dat jullie een verhouding hebben gehad.'
Gabrielle bleef als aan de grond genageld staan. 'Wat?'
'Natuurlijk. Een ondertekende verklaring geeft ons het overwicht dat we nodig hebben om vertrouwelijk met de senator te onderhandelen, waardoor het land deze akelige zaak bespaard kan blijven. Mijn aanbod is eenvoudig: Teken een verklaring voor me, en deze foto's hoeven het daglicht nooit te zien.'
'Wil je een verklaring?'
'Formeel heb ik een attest nodig, maar we hebben hier in het gebouw een notaris die ervoor kan zorgen...'
'Je bent niet goed bij je hoofd.' Gabrielle liep verder.
Tench bleef naast haar lopen en klonk nu bozer. 'Senator Sexton zal hoe dan ook ten onder gaan, Gabrielle, en ik bied je een kans het zinkende schip te verlaten zonder jezelf naakt in de ochtendedities te moeten zien! De president is een fatsoenlijk mens; hij wil niet dat deze foto's gepubliceerd worden. Als je me een verklaring geeft en zelf jullie verhouding erkent, kunnen we allemaal nog een beetje waardigheid behouden.'
'Ik ben niet te koop.'
'Nou, je kandidaat anders wel. Hij is een gevaarlijk man en hij overtreedt de wet.'

'Hij overtreedt de wet? Jullie zijn degenen die in kantoren inbreken en onrechtmatige opnamen maken! Wel eens van Watergate gehoord?'
'Wij hebben deze vuiligheid niet zelf verzameld. Deze foto's zijn afkomstig van dezelfde bron als de informatie dat de SFF Sextons campagne financiert. Iemand heeft jullie goed in de gaten gehouden.'
Gabrielle stormde langs de receptie waar ze haar bezoekerspasje had gekregen. Ze rukte het pasje af en wierp het de bewaker toe, die haar met grote ogen nakeek. Tench volgde haar nog steeds op de voet.
'Je moet snel beslissen, Gabrielle,' zei Tench toen ze de uitgang naderden. 'Breng me een verklaring waarin je toegeeft dat je een verhouding hebt gehad met de senator, of de president zal gedwongen zijn vanavond om acht uur alles wereldkundig te maken: Sextons financiële praktijken, de foto's van jou, de hele mikmak. En als de mensen horen dat jij werkloos hebt toegezien hoe Sexton over jullie relatie loog, zul je net zo hard vallen als hij, neem dat maar van me aan.'
Gabrielle zag de uitgang en liep erheen.
'Voor acht uur vanavond op mijn bureau, Gabrielle. Wees verstandig.'
Toen Gabrielle de deur uit wilde stappen, wierp Tench haar de envelop met foto's toe. 'Hou ze maar, schat. We hebben er nog veel meer.'

48

Rachel Sexton huiverde toen ze over het ijsveld de dieper wordende duisternis in liep. Er gingen verontrustende beelden door haar hoofd: de meteoriet, het fosforescerende plankton, de consequenties als Norah Mangor een vergissing had gemaakt met de boormonsters.
Een massieve ijsmassa van zoet water, had Norah gezegd, toen ze hun vertelde dat ze recht boven de meteoriet en eromheen monsters had genomen. Als er in de gletsjer interstities van zeewater met plankton waren geweest, zou ze die toch hebben gezien? Toch bleef Rachel intuïtief terugkeren naar de eenvoudigste oplossing.
Er zit plankton bevroren in deze gletsjer.
Tien minuten en vier fakkels later bevonden Rachel en de anderen zich op ongeveer tweehonderdvijftig meter van de habisfeer. Opeens bleef Norah staan. 'Dit is de plek,' zei ze, met de overtuiging van een wichelroedeloper die op mystieke wijze voelt wat de juiste plek is om een put te slaan.
Rachel draaide zich om en keek naar de helling achter hen. De habisfeer was allang in het donker verdwenen, maar de rij fakkels was

goed zichtbaar, en de verste twinkelde geruststellend als een zwakke ster. Ze vormden een volkomen rechte lijn, als een zorgvuldig uitgezette landingsbaan. Rachel was onder de indruk van Norahs vakkundigheid.

'Een andere reden dat we de slee voorop hebben laten gaan,' riep Norah toen ze Rachel de rij fakkels zag bewonderen. 'De ijzers zijn recht. Als we de slee door de zwaartekracht laten leiden en niet tussenbeide komen, weten we zeker dat we in een rechte lijn lopen.'

'Handig,' riep Tolland. 'Ik wou dat er zoiets was voor op zee.'

We zíjn op zee, dacht Rachel, die zich het zeewater onder hen voor de geest haalde. Een fractie van een seconde trok het verste licht haar aandacht. Het verdween, alsof het aan het zicht werd onttrokken door een passerende gestalte. Maar even later verscheen het weer. Rachel werd plotseling ongerust. 'Norah,' riep ze boven de wind uit, 'zei je nou dat hier ijsberen leefden?'

De glacioloog was bezig een laatste signaalfakkel aan te steken en hoorde haar niet of negeerde haar.

'IJsberen eten zeehonden,' riep Tolland. 'Ze vallen mensen alleen aan als ze zich bedreigd voelen.'

'Maar dit is toch het gebied waar ijsberen voorkomen?' Rachel kon nooit onthouden op welke pool beren leefden en op welke pinguïns.

'Ja,' schreeuwde Tolland terug. 'Arctica is zelfs vernoemd naar de ijsberen. *Arktos* is Grieks voor beer.'

Fantastisch. Rachel tuurde nerveus door het donker.

'Op Antarctica zijn geen ijsberen,' zei Tolland. 'Daarom is het *Antiarktos* genoemd.'

'Bedankt, Mike,' riep Rachel. 'Genoeg over ijsberen.'

Hij lachte. 'Je hebt gelijk. Het spijt me.'

Norah duwde de laatste fakkel in de sneeuw. Net als de andere keren zagen ze er in de rode gloed opgeblazen uit in hun zwarte pakken. Buiten de lichtkring werd de rest van de wereld volkomen onzichtbaar; er hing een koepel van duisternis over hen heen.

Terwijl Rachel en de anderen toekeken, plantte Norah haar voeten stevig op het ijs en haalde de slee hand over hand voorzichtig een paar meter terug de helling op, naar waar ze stonden. Terwijl ze het touw strak hield, ging ze op haar hurken zitten en zette met de hand de verankering van de slee vast, vier scherpe pinnen die in het ijs drongen en de slee op zijn plaats hielden. Toen kwam ze overeind en sloeg de sneeuw van haar broek; het touw hing slap rond haar middel.

'Goed,' riep Norah. 'Tijd om aan het werk te gaan.'

De glaciologe liep om de slee heen naar de kant die van de wind af stond en begon de borgclips los te draaien waarmee het dekzeil over de apparatuur was bevestigd. Rachel, die het gevoel had dat ze onvriendelijk tegen Norah was geweest, wilde haar helpen door het zeil aan de andere kant los te maken.

'Jezus, néé!' schreeuwde Norah, terwijl ze met een ruk opkeek. 'Dat mag je nóóit doen!'

Rachel deinsde geschrokken terug.

'Nooit het zeil aan de kant van de wind losmaken!' zei Norah. 'Dan creëer je een windzak! De slee zou zijn weggevlogen als een paraplu in een windtunnel!'

Rachel stapte achteruit. 'Het spijt me. Ik...'

Norah keek woest. 'Jij en die ruimtecowboy zouden hier helemaal niet moeten zijn.'

Dat geldt voor ons allemaal, dacht Rachel.

Stelletje amateurs, ziedde Norah, en ze verwenste Ekstrom omdat hij erop had gestaan Corky en Sexton mee te sturen. *Straks vallen er nog doden door die grappenmakers.* Het laatste waar Norah nu behoefte aan had, was babysit spelen.

'Mike,' zei ze, 'ik heb je hulp nodig om de GPR van de slee te tillen.'

Tolland hielp haar bij het uitpakken en op het ijs zetten van de Ground Penetrating Radar. Het apparaat bestond uit een aluminium frame waarop parallel aan elkaar drie gebogen metaalplaten waren bevestigd, die nog het meest leken op miniatuurbladen van een sneeuwploeg. Het hele toestel was hoogstens een meter lang en was door kabels verbonden met een spanningsregelaar en een scheepsaccu op de slee.

'Is dat een radarapparaat?' schreeuwde Corky boven de wind uit.

Norah knikte zwijgend. Ground Penetrating Radar was veel geschikter om ijs van zeewater mee op te sporen dan PODS. De GPR-zender zond radiogolven door het ijs, en die golven werden op verschillende wijze teruggekaatst door materialen die een andere kristalstructuur hadden. Zuiver zoet water bevroor in een regelmatig kristalrooster, maar zout water bevroor door het aanwezige natrium in een min of meer vertakt rooster. Daardoor werden de golven van de GPR grillig teruggekaatst en werd de straling verstrooid, zodat er veel minder in de richting van de ontvanger werd gereflecteerd.

Norah schakelde het apparaat in. 'Ik ga een soort echogram maken van de dwarsdoorsnede van het ijsplateau rond de meteorietschacht,' riep ze. 'De software van het apparaat zal een dwarsprofiel van de gletsjer maken, dat geprint wordt. Als er zout ijs is, zal dat donkerder zijn.'

'Geprint?' Tolland keek verrast. 'Heb je hier dan een printer?'

Norah wees naar een snoer dat van de GPR naar een toestel liep dat nog onder het dekzeil stond. 'Er is geen andere mogelijkheid. Beeldschermen verbruiken te veel kostbare elektriciteit, dus bij veldonderzoek laten glaciologen hun gegevens afdrukken door thermische printers. Je hebt geen mooie kleuren, maar de toner van een laserprinter gaat klonteren bij temperaturen onder de min twintig. Ik ben door schade en schande wijs geworden in Alaska.'

Norah vroeg iedereen bergafwaarts van de GPR te gaan staan terwijl ze de zender op het gebied van de meteorietschacht richtte, bijna drie voetbalvelden weg. Maar toen Norah in het donker de kant op keek waar ze vandaan waren gekomen, zag ze helemaal niets. 'Mike, ik moet de zender van de GPR op de plek richten waar we de meteoriet hebben gevonden, maar ik word hier verblind door de fakkel. Ik ga een klein stukje terug de helling op, zodat ik geen last meer heb van het licht. Dan spreid ik mijn armen in een rechte lijn met de fakkels, zodat jij de GPR kunt richten.'

Tolland knikte en ging gehurkt bij het radarapparaat zitten.

Norah stampte haar stijgijzers in het ijs en leunde naar voren tegen de wind om een eindje tegen de helling op in de richting van de habisfeer te lopen. De valwind was vandaag veel harder dan ze had gedacht, en ze had het gevoel dat het ging stormen. Maar dat gaf niet. Ze waren hier over een paar minuten klaar. *Dan zullen ze zien dat ik gelijk heb.* Norah kloste twintig meter terug. Ze had net de grens tussen licht en donker bereikt toen ze aan haar touwlengte was.

Norah keek langs de gletsjer omhoog. Toen haar ogen gewend raakten aan het donker, begon ze langzaam de rij fakkels te onderscheiden, een paar graden naar links. Ze verplaatste zich totdat ze er precies in een rechte lijn mee stond. Toen draaide ze zich een kwartslag en stak haar armen uit als een kompasnaald. 'Nu sta ik precies in lijn met de fakkels!' riep ze.

Tolland stelde de GPR in en zwaaide naar haar. 'Klaar!'

Norah keek nog één keer de helling op, blij met de verlichte weg naar huis. Maar op dat ogenblik gebeurde er iets vreemds. Even verdween een van de dichtstbijzijnde fakkels helemaal uit het zicht. Voordat Norah zich zorgen kon maken over het doven van de vlam, verscheen het licht weer. Als Norah niet beter had geweten, zou ze denken dat er iemand tussen de fakkel en haarzelf door was gelopen. Maar het was uitgesloten dat hier nog iemand rondliep... tenzij Ekstrom last van zijn geweten had gekregen en een NASA-team achter hen aan had gestuurd. Dat leek Norah echter onwaarschijnlijk. *Het is vast niets*, besloot ze. Een windvlaag die de vlam bijna had uitgeblazen.

Norah liep terug naar de GPR. 'Staat hij klaar?'

Tolland haalde zijn schouders op. 'Volgens mij wel.'
Norah ging naar het bedieningspaneel op de slee en drukte een knop in. De GPR gaf een doordringend gezoem en werd toen weer stil. 'Goed,' zei ze. 'Dat is dat.'
'Is dat alles?' vroeg Corky.
'Al het werk zit in het opstellen. Het maken van de opname kost maar een seconde.'
Op de slee stond de thermische printer al te brommen en klikken. De printer stond onder een hoes van doorzichtig plastic en spuugde langzaam een vel zwaar, opgerold papier uit. Norah wachtte totdat het apparaat klaar was en stak toen haar hand onder het plastic om de afdruk te pakken. *Ze zullen het zien*, dacht ze, terwijl ze naar het licht liep, zodat iedereen de afdruk goed kon bekijken. *Er zal geen zout water op te bekennen zijn.*
Iedereen kwam rond Norah staan, die de afdruk stevig in haar gehandschoende handen hield. Ze ademde diep in en ontrolde het papier om de afbeelding te bekijken. Wat ze zag, deed haar terugdeinzen van ontzetting.
'God, nee!' Norah staarde naar het papier, maar kon haar ogen niet geloven. Zoals te verwachten was, was er op de print een duidelijke dwarsdoorsnede van de met water gevulde meteorietschacht te zien. Maar wat ze absoluut niet had verwacht, was dat ze het vage, grijzige silhouet van een menselijke gestalte halverwege de schacht zag zweven. Het bloed stolde haar in de aderen. 'O, god... een lijk in de meteorietschacht.'
Iedereen staarde sprakeloos van schrik naar het papier.
Het spookachtige lichaam zweefde ondersteboven in de smalle schacht. Rond het lijk bolde als een soort cape of doodskleed een mysterieus waas. Opeens besefte Norah wat het was. De GPR had een spoor waargenomen van de zware jas van het slachtoffer, en dat moest wel een bekende, lange camel overjas zijn.
'Het is... Ming,' fluisterde ze. 'Hij moet zijn uitgegleden...'
Norah Mangor had niet kunnen denken dat de aanblik van Mings lijk in de meteorietschacht nog de minst schokkende zou zijn van de twee onthullingen die de print deed, maar toen haar blik door de schacht naar beneden dwaalde, zag ze nog iets.
Het ijs onder de meteorietschacht...
Norah keek strak naar het papier. Haar eerste gedachte was dat er iets mis was gegaan met de scan. Maar toen ze beter keek, begon er een verontrustend besef te groeien, als de storm die rond hen opstak. De randen van het papier klapperden onstuimig in de wind toen ze zich meer naar het licht draaide en ingespannen naar de print tuurde.

Maar... dat kan niet!
Als een mokerslag drong de waarheid tot haar door. Het besef was overweldigend. Ze vergat Ming helemaal.
Nu begreep Norah alles. *Het zeewater in de schacht!* Ze liet zich in de sneeuw naast de fakkel op haar knieën vallen. Ze hapte naar lucht. Met het vel papier nog in haar handen begon ze te beven.
Mijn god... daar heb ik geen moment aan gedacht.
Toen keerde ze zich in een plotselinge woede-uitbarsting in de richting van de habisfeer. 'Klootzakken!' gilde ze. Haar woorden stierven weg in de wind. 'Ongelooflijke klóótzakken!'

In het donker, op hoogstens vijftig meter afstand, hield Delta-Een de microfoon van zijn CrypTalk bij zijn mond en sprak slechts drie woorden tegen de opdrachtgever: 'Ze weten het.'

49

Norah Mangor zat nog steeds op haar knieën op het ijs toen Michael Tolland de print van de GPR verbijsterd uit haar bevende handen trok. Hij was geschokt door de aanblik van Mings lichaam in de schacht, maar probeerde zijn gedachten te ordenen en de afdruk te interpreteren.
Hij zag de dwarsdoorsnede van de meteorietschacht, van het oppervlak tot zestig meter diep in het ijs. Hij zag Ming in de schacht zweven. Tollands blik dwaalde verder naar beneden, en hij had het idee dat er iets niet klopte. Recht ónder de meteorietschacht bevond zich een donkere kolom bevroren zeewater, die doorliep tot aan de zee onder het plateau. De verticale zuil van zout ijs had dezelfde diameter als de schacht erboven.
'Mijn god!' riep Rachel, die over Tollands schouder keek. 'Het lijkt wel alsof de meteorietschacht helemaal door het ijsplateau heen loopt tot aan de zee!'
Tolland stond als aan de grond genageld. Hij wist wat de enige logische verklaring was, maar zijn hersenen wilden die niet aanvaarden. Ook Corky keek gealarmeerd.
Norah schreeuwde: 'Iemand heeft van onderaf een gat in het ijsplateau gemaakt!' Ze was razend. 'Iemand heeft dat rotsblok daar opzettelijk van onderaf ingebracht!'
De idealist in Tolland wilde Norah tegenspreken, maar de weten-

schapper in hem wist dat ze best eens gelijk kon hebben. Het Milne-ijsplateau dreef op zee en er was ruim voldoende ruimte onder voor een duikboot. Omdat alles onder water veel minder woog, zou zelfs een klein duikbootje, niet veel groter dan Tollands eenpersoons Triton, de meteoriet gemakkelijk in zijn grijparmen kunnen transporteren. Het was mogelijk dat er een onderzeeër onder het ijsplateau was gedoken en een gat in het ijs had geboord. Daarna konden er een uitschuifbare grijparm of opblaasbare ballonnen zijn gebruikt om de meteoriet in de schacht te duwen. Nadat de meteoriet op zijn plaats was gebracht, zou het zeewater dat achter de meteoriet in de schacht was gelopen, bevriezen. Zodra de schacht voldoende was dichtgevroren om de meteoriet op zijn plaats te houden, kon de onderzeeër zijn arm intrekken en verdwijnen, en het aan Moeder Natuur overlaten om de rest van de tunnel te sluiten en alle sporen van het bedrog uit te wissen.
'Maar waarom?' vroeg Rachel. Ze nam de print aan van Tolland en bestudeerde die. 'Waarom zou iemand dat doen? Weet je zeker dat je GPR goed werkt?'
'Natuurlijk weet ik dat zeker! En het verklaart hoe er lichtgevend plankton in het water komt!'
Tolland moest erkennen dat Norahs redenering akelig goed klopte. Fosforescerende dinoflagellaten zouden instinctief naar boven zijn gezwommen in de meteorietschacht, waar ze vlak onder de meteoriet waren bevroren in het ijs. Later, toen Norah de meteoriet verhitte, was het ijs eronder gesmolten en het plankton bevrijd. Dat was opnieuw naar boven gezwommen en had deze keer het wateroppervlak in de habisfeer bereikt, waar het uiteindelijk was gestorven bij gebrek aan zout water.
'Dat is idioot!' riep Corky. 'NASA heeft een meteoriet met buitenaardse fossielen erin. Wat maakt het uit wáár die wordt gevonden? Waarom zouden ze de moeite nemen hem onder een ijsplateau te stoppen?'
'Ik zou het bij god niet weten,' reageerde Norah, 'maar GPR-prints liegen niet. We zijn voor de gek gehouden. Dat rotsblok is geen stuk van de Jungersol-meteoriet. Het is kortgeleden in het ijs gestopt. Hooguit een jaar geleden, anders zou het plankton dood zijn geweest!' Ze was bezig haar GPR-apparaat op de slee te zetten en vast te maken. 'We moeten snel terug om dit te vertellen! De president staat op het punt de verkeerde informatie wereldkundig te maken! NASA heeft hem voor de gek gehouden!'
'Wacht even!' riep Rachel. 'We moeten in elk geval nog een scan maken, om het zeker te weten. Dit is allemaal zo onlogisch. Wie zal het geloven?'
'Iedereen,' zei Norah, die de slee klaarmaakte voor vertrek. 'Als ik de

habisfeer binnenloop en een boormonster neem van het ijs onder in de meteorietschacht, en dat blijkt uit zeewater te bestaan, zal iedereen het geloven, dat verzeker ik je!'

Norah haalde de slee van de rem, duwde hem met de voorkant naar de habisfeer en liep de helling op. Ze drukte haar stijgijzers in het ijs en trok de slee met verrassend gemak achter zich aan. Ze was een vrouw met een missie.

'Kom mee!' schreeuwde Norah, en ze trok het aan elkaar gebonden groepje met zich mee naar de rand van de lichtkring. 'Ik weet niet wat ze bij NASA in hun schild voeren, maar ik heb in elk geval geen zin me als marionet te laten gebruiken voor hun...'

Norah Mangors hoofd klapte naar achteren alsof ze door een onzichtbare vuist een enorme stomp tegen haar voorhoofd had gekregen. Ze gaf een schorre kreet van pijn, wankelde en viel achterwaarts op het ijs. Bijna tegelijk gaf Corky een schreeuw en draaide zich met een ruk om, alsof zijn schouder naar achteren werd geslagen. Hij viel krimpend van pijn op het ijs.

Rachel vergat ogenblikkelijk alles over de print in haar hand, Ming, de meteoriet en de bizarre tunnel onder het ijs. Ze had een klein projectiel rakelings langs haar oor voelen gaan; het had haar slaap maar net gemist. Instinctief liet ze zich op haar knieën vallen en trok Tolland met zich mee.

'Wat gebeurt er?' schreeuwde Tolland.

Het enige wat Rachel kon bedenken, was een hagelstorm – bolletjes ijs die over de gletsjer naar beneden werden geblazen – maar gezien de kracht waarmee Corky en Norah waren geraakt, zouden de hagelstenen met een snelheid van honderden kilometers per uur naar beneden moeten suizen. Vreemd genoeg leek het plotselinge spervuur van projectielen ter grootte van knikkers zich nu op Rachel en Tolland te concentreren. Ze kletterden overal om hen heen neer en deden het ijs opstuiven. Rachel liet zich op haar buik rollen, plantte de pinnen onder de neuzen van haar laarzen in het ijs en deed een uitval naar de enige dekking die er was. De slee. Tolland kwam een ogenblik later aangekropen en dook naast haar ineen.

Tolland keek naar Norah en Corky, die open en bloot op het ijs lagen. 'Trek ze hierheen met het touw!' riep hij, en hij greep het touw en probeerde het in te halen.

Maar het zat achter de slee gehaakt.

Rachel stopte de print in de zak van haar pak en kroop op handen en knieën naar de slee, waar ze probeerde het touw los te wikkelen van de ijzers van de slee. Tolland volgde haar.

Plotseling regende er een stortvloed van hagelstenen op de slee neer, alsof Moeder Natuur haar aandacht had verlegd van Corky en Norah naar Rachel en Tolland. Een van de projectielen sloeg tegen het dekzeil, zakte een stukje weg en stuiterde toen verder, waarna het op Rachels mouw neerkwam.

Toen Rachel het zag, verstijfde ze. De verbijstering die ze had gevoeld, maakte meteen plaats voor panische angst. Deze hagelstenen waren kunstmatig. Het bolletje ijs op haar mouw was volmaakt rond en zo groot als een flinke kers. Het oppervlak was gepolijst en glad en werd alleen ontsierd door een rechte naad over het midden, als een ouderwetse loden musketkogel die in een pers was gemaakt. De balletjes waren zonder enige twijfel door mensen vervaardigd.

IJskogels...

Doordat ze regelmatig informatie over de krijgsmacht onder ogen kreeg, was Rachel bekend met de nieuwe 'IM-wapens'. IM stond voor *Improvised Munitions*, geïmproviseerde munitie. Dat waren bijvoorbeeld sneeuwgeweren die sneeuw samenpakten tot ijskogeltjes, woestijngeweren die zand versmolten tot glazen projectielen en wapens die stoten vloeibaar water met zo'n kracht wegschoten dat er botten mee gebroken konden worden. IM-wapens hadden het grote voordeel boven conventionele wapens dat ze van beschikbare grondstoffen ter plekke munitie konden maken, zodat soldaten over een onbegrensde hoeveelheid munitie beschikten zonder dat ze zware conventionele patronen mee moesten slepen. Rachel wist dat de ijsbolletjes die nu op hen werden afgevuurd 'naar behoefte' werden geperst uit sneeuw die in de kolf van het geweer werd geduwd.

Zoals vaak in de wereld van de inlichtingendiensten, gold ook hier: hoe meer je wist, des te angstaanjagender werd het. Dat was ook nu het geval. Rachel zou liever in zalige onwetendheid hebben verkeerd, maar door haar kennis van IM-wapens kon ze maar één akelige conclusie trekken: ze werden aangevallen door een Amerikaanse Special Operations-eenheid, de enige eenheden in het land die deze experimentele wapens al in de praktijk mochten gebruiken.

Uit de aanwezigheid van een militaire eenheid die geheime operaties uitvoerde, volgde een tweede, nog beangstigender conclusie: de kans deze aanval te overleven was praktisch nul.

Deze sombere gedachtegang werd onderbroken toen een van de ijskogels een weg vond door de muur van instrumenten op de slee en in haar buik sloeg. Zelfs in haar opgepompte Mark-IX-pak had Rachel het gevoel dat ze een stomp in haar maag had gekregen van een onzichtbare beroepsbokser. Langs de randen van haar gezichtsveld begonnen sterretjes te dansen, en ze wankelde naar achteren en greep

naar de spullen op de slee om zich in evenwicht te houden. Michael Tolland liet Norahs touw vallen en haastte zich om Rachel op te vangen, maar hij kwam te laat. Rachel viel achterover en trok een stapel instrumenten met zich mee. Tolland en zij tuimelden te midden van een hele berg elektronische apparatuur op het ijs.
'Het zijn... kogels...' bracht ze met moeite uit, want de lucht was uit haar longen gedreven. 'Rennen!'

50

De ondergrondse van Washington, die wegreed uit het station Federal Triangle, kon wat Gabrielle Ashe betreft het Witte Huis niet snel genoeg achter zich laten. Ze zat als verstijfd in een verlaten hoekje van de trein terwijl de duisternis buiten als een vage vlek aan haar voorbijschoot. De dikke rode envelop van Marjorie Tench lag op haar schoot en voelde alsof hij honderd kilo woog.
Ik moet Sexton spreken! dacht ze, terwijl de trein steeds sneller in de richting van Sextons kantoor ging rijden. *Onmiddellijk!*
In het flauwe, steeds veranderende licht in de trein was het alsof Gabrielle hallucineerde onder invloed van drugs. Zwakke lampen schoten voorbij als vertraagd stroboscooplicht in een discotheek. De duistere tunnel rees als een diepe kloof aan alle kanten om haar op.
Laat dit alsjeblieft niet waar zijn.
Ze keek naar de envelop op haar schoot. Ze klapte hem open en trok er een van de foto's uit. De verlichting in de trein flikkerde even en het felle schijnsel viel op een schokkend plaatje: Sedgewick Sexton die bloot en met een voldaan gezicht recht in de camera keek, terwijl Gabrielles donkere gestalte naakt naast hem lag.
Ze huiverde, schoof de foto terug in de envelop en frunnikte de flap weer dicht.
Het is voorbij.
Meteen toen de trein uit de tunnel kwam en naar het bovengrondse spoor bij L'Enfant Plaza klom, pakte Gabrielle haar mobiele telefoon uit haar tas en belde het privé-nummer van Sextons mobieltje. Ze kreeg zijn voicemail aan de lijn. Verbaasd belde ze het kantoor van de senator. De secretaresse nam op.
'Met Gabrielle. Is hij er?'
De secretaresse klonk geërgerd. 'Waar heb jij gezeten? Hij was naar je op zoek.'

'Ik had een vergadering die uitliep. Ik moet hem onmiddellijk spreken.'

'Je zult tot morgenochtend moeten wachten. Hij is in Westbrooke.'

Westbrooke Place was het gebouw waar Sexton zijn luxueuze pied-à-terre in Washington had. 'Hij neemt zijn telefoon niet op,' zei Gabrielle.

'Hij heeft vanavond een P.A.-avond in de agenda gezet,' bracht de secretaresse haar in herinnering. 'Hij is vroeg weggegaan.'

Gabrielle trok een lelijk gezicht. Privé-avond. In alle opwinding was ze vergeten dat Sexton de avond had gereserveerd. Tijdens die avonden wilde hij uitdrukkelijk niet gestoord worden. *Bonk alleen op mijn deur als het gebouw in brand staat*, zei hij altijd. *Al het andere kan tot 's ochtends wachten.* Gabrielle besloot dat Sextons gebouw nu echt wel in brand stond. 'Je moet hem voor me te pakken zien te krijgen.'

'Dat kan niet.'

'Maar dit is een noodsituatie, ik moet echt...'

'Nee, ik bedoel dat het écht niet kan. Hij heeft zijn pager op mijn bureau laten liggen toen hij wegging en zei dat hij de hele avond niet gestoord wilde worden. Hij was heel stellig.' Ze zweeg even. 'Nog stelliger dan anders.'

Shit. 'Oké, bedankt.' Gabrielle hing op.

'L'Enfant Plaza,' kondigde een ingeblikte stem in de wagon aan. 'Overstappen naar alle lijnen.'

Gabrielle sloot haar ogen en probeerde helder na te denken, maar er bleven verschrikkelijke beelden op haar netvlies verschijnen: de choquerende foto's van de senator en haar... de stapel papieren waaruit bleek dat Sexton smeergeld aannam... Gabrielle hoorde nog steeds de schorre stem van Tench. *Doe wat je hoort te doen. Teken de verklaring. Beken dat jullie een verhouding hebben gehad.*

Toen de trein piepend het station in reed, probeerde Gabrielle zich voor te stellen wat de senator zou doen als deze foto's in de krant zouden komen. Het eerste wat bij haar opkwam, schokte en beschaamde haar.

Sexton zou liegen.

Was dit nu echt haar eerste ingeving als het om háár kandidaat ging?

Ja. Hij zou liegen... maar wel briljant.

Als deze foto's gepubliceerd werden zonder dat Gabrielle de verhouding had toegegeven, zou de senator gewoon beweren dat ze vervalst waren. Dit was het tijdperk van de digitale fotobewerking; iedereen die wel eens op internet had gesurft, had de perfect geretoucheerde foto's gezien waarop het hoofd van een beroemdheid digitaal op het lichaam van een ander was geplakt, meestal een pornoster die een obscene handeling verrichtte. Gabrielle had al eerder gezien dat de senator in staat was voor de camera overtuigend te liegen over hun verhouding. Ze twijfelde er niet aan dat hij de wereld ervan kon overtuigen dat deze foto's een armzalige poging waren om zijn carrière te breken. Sexton zou woedend en verontwaardigd van leer trekken, en misschien zelfs insinueren dat de president zelf opdracht had gegeven voor de vervalsing.

Geen wonder dat het Witte Huis dit niet openbaar heeft gemaakt. Gabrielle besefte dat de foto's ook averechts konden uitpakken, net als de eerdere zwartmakerij. Hoe duidelijk de foto's ook leken, ze bewezen helemaal niets.

Plotseling kreeg Gabrielle weer hoop.

Het Witte Huis kan niet bewijzen dat ze echt zijn!

Tench had Gabrielle op eenvoudige wijze onder druk gezet: geef toe dat je een verhouding met Sexton hebt gehad, of hij draait de gevangenis in. Opeens leek het volkomen logisch. Voor het Witte Huis was het van levensbelang dat Gabrielle de verhouding toegaf, anders waren de foto's waardeloos. Het sprankje hoop monterde haar een beetje op.

Terwijl de trein stilstond en de deuren openschoven, leek er ook in Gabrielles geest een deur open te gaan, die zicht gaf op een bemoedigende mogelijkheid.

Misschien is alles wat Tench me heeft verteld over de steekpenningen wel een leugen.

Wat had Gabrielle nu eigenlijk helemaal gezien? Ook hier weer geen enkel bewijs. Wat gekopieerde bankafschriften, een korrelige foto van Sexton in een garage. Dat kon allemaal vervalst zijn. De sluwe Tench had Gabrielle misschien bij dezelfde gelegenheid valse financiële documenten en echte foto's laten zien, in de hoop dat Gabrielle zou geloven dat álles waar was. Zo leek iets 'authentiek door associatie', een tactiek die vaak door politici werd gebruikt om twijfelachtige ideeën te verkopen.

Sexton is onschuldig, hield Gabrielle zichzelf voor. Het Witte Huis was wanhopig en had besloten erop te gokken dat Gabrielle zich zo bang zou laten maken dat ze de verhouding zou toegeven. Ze wilden dat Gabrielle Sexton in het openbaar afviel en een schandaal veroorzaakte. *Verlaat het zinkende schip*, had Tench tegen haar gezegd. *Je hebt tot acht uur vanavond.* De ultieme verkooptruc om de klant onder druk te zetten. *Het klopt als een bus*, dacht ze.

Afgezien van één ding...

Het enige puzzelstukje dat niet paste, was het feit dat Tench Gabrielle e-mailberichten met een anti-NASA-boodschap had gestuurd. Dat deed vermoeden dat NASA wilde dat Sexton zijn NASA-onvriendelijke standpunt bleef uitdragen om dat tegen hem te kunnen gebruiken. Of niet? Gabrielle besefte dat er zelfs voor de e-mails misschien een volkomen logische verklaring was.

Stel dat de e-mails niet van Tench afkomstig waren?

Het was mogelijk dat Tench een verrader in de staf had betrapt op het sturen van informatie naar Gabrielle, die persoon had ontslagen en in plaats van hem of haar de laatste e-mail, waarin Gabrielle werd uitgenodigd voor een bijeenkomst, zelf had verstuurd. *Dan had Tench gedaan alsof ze alle informatie over NASA opzettelijk had gelekt om Gabrielle in de val te lokken.*

De hydraulische deuren van de trein, die nog op L'Enfant Plaza stond, sisten en konden elk moment dichtgaan.

Gabrielle staarde naar het perron terwijl ze razendsnel nadacht. Ze had geen idee of haar vermoedens klopten of dat de wens hier de vader van de gedachte was, maar ze moest hoe dan ook onmiddellijk de senator spreken, P.A.-avond of niet.

Met de envelop vol foto's tegen zich aan geklemd rende Gabrielle de trein uit op het ogenblik dat de deuren sloten. Ze had een nieuwe bestemming.

Het appartementengebouw Westbrooke Place.

51

Vechten of vluchten.

Als bioloog wist Tolland dat er grote fysiologische veranderingen in een organisme optreden als het gevaar bespeurt. Adrenaline stroomde door de hersenschors, dreef de hartslag op en gaf de hersenen opdracht de oudste en meest instinctieve van alle biologische beslissingen te nemen: vechten of vluchten.

Tollands instinct vertelde hem te vluchten, maar de rede zei hem dat hij met een touw aan Norah Mangor vastzat. Bovendien was er geen veilig heenkomen. Het enige in de verre omtrek dat dekking bood, was de habisfeer. De aanvallers, wie het ook waren, hadden zich hoog op de gletsjer opgesteld, zodat die optie was afgesneden. Achter hem waaierde het open ijsveld uit in een vlakte van drie kilometer lang die eindigde in een steile afgrond met daarachter een ijskoude zee. Vluchten in die richting betekende de dood door bevriezing. En afgezien van de praktische hindernissen, wist Tolland dat hij de anderen onmogelijk kon achterlaten. Norah en Corky lagen nog steeds open en bloot op het ijs, met het veiligheidstouw verbonden met Rachel en Tolland. Tolland bleef ineengedoken naast Rachel zitten terwijl de ijskogels tegen de zijkant van de gekantelde slee sloegen. Hij doorzocht de her en der verspreid liggende inhoud op zoek naar een wapen, een lichtpistool, een zender, wat dan ook.

'Rennen!' schreeuwde Rachel, die nog steeds buiten adem was.

Toen kwam er vreemd genoeg een abrupt einde aan de hagelbui van ijskogels. Zelfs in de bulderende wind leek het opeens rustig, alsof een storm onverwacht was gaan liggen.

Tolland gluurde voorzichtig om de slee heen en was getuige van een huiveringwekkend tafereel.

Vanuit het donker kwamen geluidloos drie spookachtige gestaltes op ski's aanglijden. Ze droegen witte poolpakken. In plaats van skistokken hadden ze grote geweren bij zich, van een soort die Tolland nooit eerder had gezien. Ook hun ski's waren bizar: ze waren futuristisch en kort en leken meer op verlengde skeelers dan op ski's.

Ongehaast, alsof ze wisten dat ze deze slag al gewonnen hadden, kwamen de gestaltes naast hun eerste slachtoffer tot stilstand: de bewusteloze Norah Mangor. Tolland kwam beverig op zijn knieën overeind en gluurde over de slee naar de aanvallers. Die keken strak terug door griezelig ogende nachtzichtbrillen. Ze hadden blijkbaar geen belangstelling.

Nog niet, tenminste.

Delta-Een had geen wroeging toen hij neerkeek op de vrouw die bewusteloos aan zijn voeten op het ijs lag. Hij was getraind om bevelen op te volgen, niet om motieven in twijfel te trekken.

De vrouw droeg een dik, zwart, isolerend pak en had een buil op haar slaap. Haar ademhaling ging snel en moeizaam. Een van de IM-geweren had doel getroffen en haar buiten westen geslagen.

Nu was het tijd het werk af te maken.

Terwijl Delta-Een naast de verdoofde vrouw knielde, hielden zijn teamgenoten hun geweren op de andere doelwitten gericht: een op de kleine, bewusteloze man die vlakbij op het ijs lag, en een op de gekantelde slee waar de twee andere slachtoffers zich achter verscholen. Zijn mannen hadden gemakkelijk meteen het karwei kunnen afmaken, maar de overige drie slachtoffers waren ongewapend en konden nergens heen. Het zou roekeloos zijn ze allemaal tegelijk haastig uit te schakelen. *Verdeel je aandacht niet als dat niet absoluut noodzakelijk is. Reken met één tegenstander tegelijk af.* De leden van het Deltateam zouden deze mensen een voor een doden, zoals ze hadden ge-

leerd. Het mooie was dat ze geen sporen zouden achterlaten waaruit de doodsoorzaak kon blijken.
Geknield naast de bewusteloze vrouw trok Delta-Een zijn isolerende handschoenen uit en nam een handvol sneeuw. Hij pakte de sneeuw samen, forceerde de mond van de vrouw open en duwde de sneeuw in haar keel. Hij ging net zo lang door totdat haar hele mond vol was en drukte de sneeuw zo diep mogelijk haar luchtpijp in. Ze zou binnen drie minuten dood zijn.
Deze techniek, die door de Russische maffia was bedacht, heette de *bjelaja smert*, de witte dood. Dit slachtoffer zou stikken lang voordat de sneeuw in haar keel gesmolten was. Maar als ze eenmaal dood was, zou ze nog lang genoeg warm blijven om de verstopping te doen verdwijnen. Zelfs als men vermoedde dat er sprake was van boze opzet, zou er geen moordwapen of enig bewijs van geweld worden gevonden. Uiteindelijk zou iemand het misschien doorkrijgen, maar het Delta-team zou er in elk geval tijd mee winnen. De ijskogels zouden, bedolven onder de sneeuw, opgaan in de omgeving en door de buil op het hoofd van de vrouw zou het lijken alsof ze lelijk was gevallen, wat niet verrassend was in deze storm.
De andere drie zouden op gelijksoortige wijze worden uitgeschakeld en gedood. Dan zou Delta-Een ze allemaal op de slee leggen, een paar honderd meter uit de koers trekken, hun touwen weer bevestigen en de lijken op een logische manier neerleggen. Pas over vele uren zouden de vier bevroren in de sneeuw worden gevonden, ogenschijnlijk slachtoffers van onderkoeling. De mensen die hen vonden, zouden zich afvragen hoe ze uit de koers waren geraakt, maar het zou niemand verbazen dat ze dood waren. Per slot van rekening waren hun fakkels opgebrand, het weer was gevaarlijk, en als je op het Milne-ijsplateau verdwaalde, kon je dat gemakkelijk het leven kosten.
Delta-Een had de keel van de vrouw volgepropt met sneeuw. Voordat hij zijn aandacht op de anderen richtte, maakte hij haar gordel los. Die zou hij later weer vastmaken, maar hij wilde niet dat de twee mensen achter de slee op het idee kwamen zijn slachtoffer in veiligheid te trekken.

Michael Tolland was zojuist getuige geweest van de meest bizarre moordmethode die hij ooit had kunnen verzinnen. Nadat ze Norah Mangor hadden losgemaakt, richtten de aanvallers hun aandacht op Corky.
Ik moet iets doen!
Corky was bijgekomen en probeerde kreunend overeind te komen,

maar een van de soldaten duwde hem weer op zijn rug, ging schrijlings over hem heen zitten en hield Corky's armen tegen het ijs door zijn knieën erop te zetten. Corky gaf een kreet van pijn die werd overstemd door de huilende wind.

Buiten zinnen van paniek doorzocht Tolland als een razende de verspreide inhoud van de gekantelde slee. *Er moet hier iets zijn! Een wapen! Iets!* Hij zag alleen meetapparatuur, en het meeste daarvan was onherkenbaar vernield door de ijskogels. Naast hem probeerde Rachel versuft te gaan zitten; ze gebruikte haar ijsbijl om zich overeind te houden. 'Rennen... Mike...'

Tolland keek naar de bijl, die met een koordje om Rachels pols zat. Het zou een wapen kunnen zijn. Min of meer. Tolland vroeg zich af wat zijn kans was als hij drie gewapende mannen aanviel met zo'n bijltje.

Dat zou zelfmoord zijn.

Toen Rachel zich op haar zij rolde en ging zitten, ontwaarde Tolland iets achter haar. Een volumineuze zak van vinyl. Tegen beter weten in hopend dat er een lichtpistool of een zender in zou zitten, kroop hij langs haar heen en greep de zak. Er zat een grote, keurig opgevouwen lap mylar in. Daar had hij niets aan. Op zijn onderzoeksschip had hij net zoiets. Het was een kleine weerballon, bedoeld om er observatieapparatuur aan te hangen die niet veel zwaarder was dan een pc. Hier zouden ze niets aan Norahs ballon hebben, zeker niet zonder heliumtank.

Door de aanzwellende geluiden van Corky's worsteling voelde Tolland een machteloosheid die hij in geen jaren had gekend. De totale wanhoop. Alles was verloren. Zoals in het cliché waarbij iemand vlak voor zijn dood zijn leven voor zijn geestesoog voorbij ziet trekken, kwamen er onverwachte, lang vergeten beelden uit Tollands kindertijd bij hem boven. Even zeilde hij weer voor de kust van Los Angeles en leerde hij het eeuwenoude tijdverdrijf van zeevaarders beoefenen: spinnakervliegen, aan een touw met knopen boven zee hangen, lachend in het water plonzen, op en neer stuiterend als een kind dat aan een klokkentouw hangt, zijn lot bepaald door een opbollende ballonfok en de luimen van de wind.

Tollands blik ging weer naar de ballon van mylar in zijn hand, en hij besefte dat zijn brein het niet had opgegeven, maar had geprobeerd een oplossing te bedenken! *Spinnakervliegen.*

Corky verzette zich nog steeds tegen zijn overmeesteraar toen Tolland de zak om de ballon openrukte. Hij koesterde niet de illusie dat dit plan veel kans van slagen had, maar hij wist dat hier blijven voor hen allemaal een zekere dood zou betekenen. Hij greep het opgevouwen pak mylar stevig vast. Op het oog van de ballonkabel, waar je iets aan kon hangen, stond waarschuwend: PAS OP, NIET GEBRUIKEN BIJ WIND VAN MEER DAN TIEN KNOPEN.

Ach, barst! Met de ballon stevig in zijn armen geklemd om te zorgen dat die zich niet openvouwde, kroop Tolland naar Rachel, die zich half op haar zij had opgericht. Hij zag de verwarring in haar ogen toen hij dicht bij haar ineendook en riep: 'Hou eens vast!'

Tolland gaf Rachel de opgevouwen lap en haakte het oog van de ballon toen aan een van de karabiners aan zijn gordel. Daarna liet hij zich op zijn zij rollen en deed hetzelfde bij Rachel.

Tolland en Rachel zaten nu als een Siamese tweeling aan elkaar vast. Tussen hen in liep het slappe touw door de sneeuw naar de worstelende Corky... en twintig meter verder naar de lege gordel naast Norah Mangor.

Voor Norah is het te laat, hield Tolland zichzelf voor. *Ze is niet meer te redden.*

De aanvallers zaten nu gehurkt rond de kronkelende Corky, pakten een handvol sneeuw samen en wilden die in Corky's keel duwen. Tolland wist dat de tijd drong.

Hij nam de opgevouwen ballon van Rachel over. De stof was zo licht als vloeipapier, maar vrijwel onverwoestbaar. *Daar gaat-ie dan.* 'Hou je vast!'

'Mike?' zei Rachel. 'Wat...?'

Tolland wierp het pakket mylar in de lucht. De bulderende wind greep het en vouwde het uit als een parachute in een orkaan. De ballon vloog met een luide klap open en bolde ogenblikkelijk op.

Tolland voelde een keiharde ruk aan zijn gordel en wist meteen dat hij de kracht van de valwind ernstig had onderschat. In een fractie van een seconde vlogen Rachel en hij half door de lucht en werden ze de gletsjer af gesleept. Even later voelde Tolland opnieuw een ruk aan zijn gordel toen het touw van Corky Marlinson strak ging staan. Tien meter achter hem werd zijn doodsbenauwde vriend onder zijn verblufte aanvallers vandaan getrokken, waarbij een van hen achteroverviel. Corky gaf een bloedstollende schreeuw toen ook hij steeds sneller over het ijs ging glijden, ternauwernood de gekantelde slee miste en toen naar binnen zwierde. Naast Corky werd een slap touw meegetrokken... het touw waaraan Norah Mangor had gezeten.

Ze is niet meer te redden, herhaalde Tolland inwendig.

Als een wirwar van levende marionetten scheerden de drie over de gletsjer. Er kwamen ijskogels langsvliegen, maar Tolland wist dat de aanvallers hun kans hadden gemist. Achter hem verdwenen de wit geklede militairen in de verte en krompen tot verlichte stipjes in de gloed van de laatste fakkel.

Tolland voelde het ijs steeds sneller onder zijn opgeblazen pak door razen, en de opluchting dat ze ontsnapt waren verdween in hoog tempo. Op nog geen drie kilometer voor hen uit eindigde het Milne-ijsplateau abrupt bij een steile klif, en daarachter... een val van dertig meter in de beukende golven van de Noordelijke IJszee.

52

Marjorie Tench liep glimlachend de trap af naar het communicatiecentrum van de persdienst van het Witte Huis, het geautomatiseerde systeem dat de persberichten verspreidde die boven, op de redactie, werden opgesteld. Het gesprek met Gabrielle Ashe was goed verlopen. Of Gabrielle bang genoeg was om een getekende verklaring in te leveren waarin ze toegaf een verhouding met Sexton te hebben gehad, was nog de vraag, maar het was in elk geval het proberen waard geweest.

Het zou verstandig van Gabrielle zijn afstand van hem te nemen, dacht Tench. Het arme kind had geen idee hoe hard Sexton zou vallen.

Over een paar uur zou Sexton worden neergesabeld door de persconferentie van de president over de meteoriet. Die winst was binnen. Als Gabrielle Ashe meewerkte, zou ze de genadeslag zijn die Sexton beschaamd zou doen wegkruipen. Dan zou Tench Gabrielles verklaring morgenochtend openbaar maken, samen met filmmateriaal van een ontkennende Sexton.

Een links-rechtscombinatie.

Per slot van rekening ging het er niet alleen om de verkiezingen te winnen, maar ook om ze overtuigend te winnen, zodat je het overwicht had om je ideeën uit te voeren. In het verleden was gebleken dat een president die met een kleine marge het Witte Huis was binnengeglipt veel minder bereikte; hij stond van het begin af aan zwakker, en het Congres liet hem dat geen moment vergeten.

In het ideale geval zou Sextons ondergang totaal zijn, een aanval van twee kanten waarbij zowel zijn beoogde beleid als zijn moraliteit werd neergehaald. Deze strategie, die in Washington de tangbeweging werd genoemd, was afkomstig uit de krijgskunst. *Dwing de vijand op twee fronten strijd te leveren.* Als een presidentskandidaat over beschadigende informatie over zijn tegenstander beschikte, wachtte hij vaak totdat hij nog iets had en maakte die zaken dan tegelijk openbaar. Een tweevoudige aanval was altijd effectiever dan één poging, vooral als de dubbele aanval betrekking had op verschillende aspecten van de kandidaat, de ene op zijn politiek en de andere op zijn persoon. Het afslaan van een politieke aanval vereiste logica, terwijl er voor het afslaan van een persoonlijke aanval emotie nodig was. Om beide beschuldigingen tegelijk te weerleggen, moest je een ware evenwichtskunstenaar zijn.

Vanavond zou senator Sexton zich met de grootste moeite moeten ontworstelen aan de nachtmerrie van een verbluffende NASA-triomf, maar zijn positie zou nog heel wat benarder worden als hij zijn standpunt inzake NASA moest verdedigen terwijl hij voor leugenaar werd uitgemaakt door een prominent vrouwelijk lid van zijn staf.

Toen ze bij de deur van het communicatiecentrum aankwam, tintelde Tench van opwinding over de naderende krachtmeting. Politiek was oorlog. Ze ademde diep in en keek op haar horloge. Kwart over zes. Het eerste schot zou zo meteen worden gelost.

Ze stapte naar binnen.

Het communicatiecentrum was klein, niet wegens ruimtegebrek maar omdat het niet groter hoefde te zijn. Het was een van de efficiëntste centra voor massacommunicatie ter wereld, met een staf van slechts vijf mensen. Op dit ogenblik stonden alle vijf de medewerkers bij hun batterij elektronische apparaten, als zwemmers die klaar waren voor de start.

Ze zijn zo ver, zag Tench aan hun gretige gezichten.

Het verbaasde haar steeds weer dat de mensen van dit kleine kantoortje, als je ze twee uur van tevoren waarschuwde, met meer dan een dérde van de wereldbevolking in contact konden komen. Door elektronische verbindingen met letterlijk tienduizenden wereldwijde nieuwsdiensten – van de grootste televisiemaatschappijen tot de kleinste plaatselijke leugenaartjes – kon het communicatiecentrum van het Witte Huis met het indrukken van een paar knoppen de hele wereld bereiken.

Computers verstuurden per fax persberichten die terechtkwamen in de in-vakjes van radio, tv en schrijvende pers, en van internet-nieuwsvoorzieningen van Maine tot Moskou. Programma's die e-mailberichten verzonden, bedienden de nieuwssites. Automatische telefoonprogramma's belden naar duizenden redacties en draaiden vooraf opgenomen boodschappen af. Op een voortdurend bijgewerkte internetpagina was het laatste nieuws te zien. De nieuwsbronnen die rechtstreeks nieuws konden brengen – CNN, NBC, ABC, CBS en niet-Amerikaanse stations – werden van alle kanten bestookt en kregen gratis livebeelden aangeboden. Wat deze omroepen ook uitzonden, het werd stilgezet als er een onverwachte toespraak van de president was.

Totale dekking.

Als een generaal die haar troepen inspecteerde, liep Tench zwijgend met grote stappen naar de redactietafel en pakte de print van het korte communiqué waarmee alle verzendapparaten nu geladen waren, als schietklare geweren.

Toen Tench het las, moest ze inwendig lachen. Naar de gebruikelijke maatstaven was het bericht onbeholpen – meer een advertentie dan een bekendmaking – maar de president had de persdienst opgedragen alle registers open te trekken. En dat hadden ze gedaan. Deze tekst was volmaakt: rijk aan sleutelwoorden en arm aan inhoud. Een ijzersterke combinatie. Zelfs de nieuwssites die programmaatjes gebruikten om hun inkomende post op sleutelwoorden te sorteren, zouden dit als BELANGRIJK gemarkeerd zien.

> Van: Persdienst Witte Huis
> Onderwerp: Belangrijke toespraak van de president
>
> De *president van de Verenigde Staten* zal vanavond om acht uur *Eastern Standard Time* een *belangrijke* persconferentie geven vanuit de perszaal van het Witte Huis. Het onderwerp van zijn bekendmaking is nog *geheim.* Via de gebruikelijke kanalen zullen rechtstreekse beelden en geluid beschikbaar zijn.

Nadat ze het vel papier weer op tafel had gelegd, keek Marjorie Tench om zich heen en knikte de staf tevreden toe. Die stond te popelen. Ze stak een sigaret op en nam er kalm een trekje van, zodat de spanning nog wat hoger opliep. Uiteindelijk grijnsde ze. 'Dames en heren. Start uw motoren.'

53

Elke logische gedachte was uit Rachel Sextons geest verdwenen. Ze dacht niet aan de meteoriet, de mysterieuze GPR-afdruk in haar zak, Ming of de afschuwelijke aanval op het ijs. Er was nog maar één ding belangrijk.

Overleven.

Als een onafzienbare, gladde weg schoot het ijs in een waas onder haar door. Ze wist niet of ze was verdoofd van angst of dat haar lijf werd beschermd door haar dikke pak, maar ze voelde geen pijn. Ze voelde niets.

Nog niet.

Rachel en Tolland lagen op hun zij, met hun gezicht naar elkaar toe en bij hun middel met elkaar verbonden, als in een onhandige omhelzing. Ergens voor hen uit vloog de ballon, opbollend in de wind als de remparachute van een *dragster*. Corky werd achter hen aan gesleept en zwenkte onbeheerst heen en weer als een onbestuurbaar geworden oplegger van een truck. Het licht van de fakkel op de plek waar ze waren aangevallen was in de verte nog maar nauwelijks zichtbaar.

Het sissende geluid van hun nylon Mark-IX-pakken over het ijs werd steeds hoger naarmate ze sneller voortsuisden. Ze had geen idee hoe snel ze nu gingen, maar de windsnelheid was minstens honderd kilometer per uur en de wrijvingsloze baan onder hen leek met de seconde vlugger langs te schieten. De onverstoorbare ballon van mylar was blijkbaar niet van plan te scheuren of zijn greep op de wind te verliezen.

We moeten hem losmaken, dacht ze. Ze suisden weg van het ene gevaar, maar recht op het andere af. *De zee is misschien nog maar een kilometer ver!* De gedachte aan koud water bracht angstaanjagende herinneringen boven.

De wind wakkerde aan en hun snelheid nam toe. Ergens achter hen gaf Corky een schreeuw van angst. Rachel wist dat het bij deze snelheid maar een paar minuten zou duren voordat ze over de klif de ijzige zee in zouden worden gesleurd.

Blijkbaar dacht Tolland langs dezelfde lijnen, want hij worstelde met het oog waar ze aan vastzaten.

'Ik kan hem niet loskrijgen!' schreeuwde hij. 'Er staat te veel spanning op!'

Rachel hoopte dat de wind even zou wegvallen, zodat Tolland wat speling kreeg, maar de valwind bleef voortdurend met dezelfde kracht blazen. Om hem te helpen, draaide Rachel een stukje en ramde de pinnen onder de neus van haar schoen in het ijs. Er spoot een fontein van ijsschilfers op. Hun snelheid verminderde iets.

'Nu!' riep ze, terwijl ze haar voet optilde.

Even kwam de ballonkabel iets slapper te staan. Tolland gaf er een ruk aan en probeerde te profiteren van de speling door het oog uit hun karabiners te schuiven. Geen schijn van kans.

'Nog een keer,' riep hij.

Deze keer draaiden ze zich allebei naar binnen en ramden de neuspinnen van hun stijgijzers in het ijs, zodat er een dubbele fontein ijsstukjes opspoot. Deze keer was de snelheidsvermindering duidelijker.
'Nu!'
Op Tollands sein lieten ze allebei los. Toen de ballon weer naar voren schoot, ramde Tolland zijn duim op de veersluiting van de karabiner en draaide de haak in een poging hem van het oog te schuiven. Hoewel hij er deze keer dichterbij was, kwam hij nog steeds ruimte tekort. De karabiners waren eersteklas, had Norah trots gezegd, met een speciaal vervaardigde veiligheidssluiting met een extra bocht in het metaal, zodat ze nooit zouden loslaten als er ook maar enige spanning op stond.
Doodsoorzaak: veiligheidssluitingen, dacht Rachel, en ze vond de ironie absoluut niet vermakelijk.
'Nog één keer!' schreeuwde Tolland.
Rachel raapte al haar krachten en hoop bijeen, draaide zich zo ver mogelijk op haar buik en ramde beide neuzen van haar laarzen in het ijs. Ze kromde haar rug en probeerde haar hele gewicht op haar tenen te laten rusten. Tolland volgde haar voorbeeld totdat ze allebei min of meer op hun buik lagen, voor zover hun aan elkaar bevestigde gordels dat toelieten. Tolland ramde zijn neuzen in het ijs en Rachel kromde haar rug nog meer. Haar benen trilden van de schokken. Ze had het gevoel dat haar enkels zouden breken.
'Hou vol... hou vol...' Tolland draaide zich half om om de haak te pakken, terwijl hun vaart minderde. 'Bijna...'
Rachels stijgijzers schoten los. De metalen sporen werden van haar laarzen gerukt, buitelden weg door het donker en stuiterden over Corky heen. De ballon schoot met een ruk vooruit, en Rachel en Tolland zwiepten één kant op. Tolland raakte zijn greep op de haak kwijt.
'Shit!'
Alsof de ballon boos was dat hij tijdelijk was afgeremd, vloog hij nu naar voren. Hij leek nog harder te gaan trekken en sleurde hen over de gletsjer naar zee. Rachel wist dat ze de klif snel naderden, maar al voor de val van dertig meter de Noordelijke IJszee in stond hun een gevaar te wachten. Er lagen drie enorme sneeuwwallen op hun route. Zelfs met de bescherming van het opgepompte Mark-IX-pak vervulde het vooruitzicht met hoge snelheid die sneeuwbergen op en over te zeilen haar met angst.
Vertwijfeld worstelend met haar gordel probeerde Rachel een manier te vinden de ballon los te maken. Toen hoorde ze een ritmisch getik tegen het ijs, het snelle staccato van licht metaal tegen de kale ijsvlakte.
De bijl.

In haar angst was ze de ijsbijl vergeten, die aan een van de lussen van haar riem hing. Het lichte aluminium gereedschap stuiterde naast haar been mee. Ze keek op naar de ballonkabel. Zwaar, gevlochten nylon. Ze stak haar hand uit naar de stuiterende bijl, pakte het handvat beet en trok hem naar zich toe, de elastische lus uitrekkend. Nog steeds op haar zij gedraaid deed Rachel haar best haar armen boven haar hoofd te strekken en de getande snijkant van de bijl tegen het dikke nylon te duwen. Onhandig begon ze aan de strakgespannen kabel te zagen.
'Ja!' riep Tolland, en hij tastte naar zijn eigen bijl.
Rachel gleed op haar zij over het ijs en lag met haar armen boven zich gestrekt aan de kabel te zagen. Het nylon was sterk, en de afzonderlijke draadjes begonnen maar langzaam te rafelen. Tolland greep zijn eigen bijl, draaide zich naar boven, stak zijn armen omhoog en probeerde van onderen op dezelfde plek te zagen. Hun gebogen doornen klikten tegen elkaar terwijl ze samenwerkten alsof ze een stel houthakkers waren die een boom in stukken zaagden. De kabel begon nu aan twee kanten te rafelen.
Het gaat ons lukken, dacht Rachel. *Hij gaat breken!*
Plotseling schoot de zilverkleurige bol voor hen uit omhoog alsof hij in een opwaartse luchtstroom terecht was gekomen. Rachel besefte tot haar ontzetting dat hij gewoon de contouren van het landschap volgde.
Ze waren er.
Bij de wallen.
Ze zagen de witte muur voor zich opdoemen, en vrijwel meteen raakten ze hem. Door de klap tegen Rachels zij werd de lucht uit haar longen geperst en de bijl uit haar handen geslagen. Als een waterskiër die verstrikt was geraakt in zijn touwen en na een sprong door de lucht werd gesleurd, voelde Rachel dat ze de wal op werd getrokken en werd gelanceerd. Tolland en zij vlogen plotseling met duizelingwekkende vaart omhoog. Ver onder hen lag de laagte tussen de wallen, maar de gerafelde ballonkabel begaf het niet en tilde hen daar hoog bovenuit. Even zag ze een glimp van wat er voor hen lag. Nog twee wallen, een kort plateau, en dan de afgrond naar de zee.
Als om Rachels eigen stomme ontzetting tot uiting te brengen, weerklonk er een hoge gil van Corky Marlinson. Ergens achter hen schoot hij omhoog langs de eerste wal. Daarna zweefden ze alledrie door de lucht en de ballon klom steeds hoger, als een wild dier dat probeert los te breken van zijn ketenen.
Plotseling klonk er een knal als een pistoolschot boven hun hoofd. De gerafelde kabel knapte en het gehavende uiteinde viel in Rachels gezicht. Van het ene op het andere moment vielen ze. Ergens boven hen

deinde de ballon onbeheerst weg in de richting van de zee.
Verstrikt in haken en gordels tuimelden Rachel en Tolland naar beneden. Toen de tweede witte wal voor hen oprees, zette Rachel zich schrap voor de klap. Ze suisden net over de top van de tweede wal heen en stortten aan de andere kant neer. Hun val werd enigszins gebroken door hun pakken en door de glooiing van de wal. Terwijl de wereld om haar heen was veranderd in een wirwar van armen, benen en ijs, voelde Rachel dat ze van de helling af de vlakte op schoot. Instinctief spreidde ze haar armen en benen om af te remmen voordat ze bij de volgende wal aankwamen. Ze voelde dat ze langzamer gingen glijden, maar niet veel, en het leek slechts een paar seconden te duren tot Tolland en zij weer een heuvel op gleden. Bovenaan was er opnieuw een moment van gewichtloosheid toen ze over de top vlogen. Toen voelde Rachel vol ontzetting dat ze aan hun dodelijke glijpartij naar beneden en naar het laatste plateau begonnen... de laatste vijfentwintig meter van de Milne-gletsjer.
Terwijl ze naar de klif schoven, voelde Rachel het gewicht van Corky aan het touw trekken, en ze wist dat ze alledrie langzamer gingen glijden. Maar ze wist ook dat het te laat was. Ze suisden op het einde van de gletsjer af, en Rachel gaf een hulpeloze kreet.
Toen was het zover.
De rand van het ijs schoof onder hen door. Het laatste wat Rachel zich herinnerde, was dat ze viel.

54

Het appartementencomplex Westbrooke Place ligt aan N Street NW 2201 en gaat er prat op een van de weinige onbetwistbaar chique adressen in Washington te zijn. Gabrielle haastte zich door de vergulde draaideur de marmeren hal in, waar een waterval oorverdovend kletterde.
De portier achter de receptie keek verbaasd toen hij haar zag. 'Mevrouw Ashe? Ik wist niet dat u vanavond langs zou komen.'
'Ik ben laat.' Gabrielle schreef snel haar naam in het gastenboek. De klok boven haar hoofd stond op tweeëntwintig over zes.
De portier krabde zich achter het oor. 'De senator heeft me een lijst gegeven, maar u stond er niet...'
'Ze vergeten altijd de mensen die het meest voor ze doen.' Ze glimlachte gekweld en liep snel langs hem heen naar de lift.

Nu leek de portier onzeker. 'Ik kan hem beter even bellen.'
'Bedankt,' zei Gabrielle, waarna ze de lift in stapte en op weg naar boven ging. *De telefoon ligt van de haak.*
Op de achtste verdieping stapte ze uit de lift en liep door de smaakvol aangeklede gang. Aan het eind, voor Sextons deur, zag ze een van zijn forse persoonlijke beveiligingsbeambten – veredelde lijfwachten – zitten. Hij keek verveeld. Gabrielle was verrast dat de beveiliging dienst had, maar de verrassing van de bewaker toen hij haar zag was nog groter. Hij sprong overeind.
'Ik weet het,' riep Gabrielle toen ze nog maar halverwege de gang was. 'Het is een P.A.-avond. Hij wil niet gestoord worden.'
De bewaker knikte met klem. 'Hij heeft me nadrukkelijk gezegd dat er niemand...'
'Het is een noodgeval.'
De bewaker blokkeerde de deur. 'Hij zit in een vertrouwelijke bespreking.'
'O ja?' Gabrielle trok de rode envelop onder haar arm vandaan. Ze liet de man snel het embleem van het Witte Huis zien. 'Ik kom net uit het Oval Office. Ik moet de senator deze informatie geven. De ouwe makkers met wie hij zit door te zakken, zullen het een paar minuten zonder hem moeten stellen. Kom op, laat me erin.'
De bewaker aarzelde enigszins toen hij het embleem van het Witte Huis zag.
Vraag me niet de envelop open te maken, dacht Gabrielle.
'Laat hem maar achter,' zei hij. 'Dan breng ik hem naar binnen.'
'Geen denken aan. Ik heb orders van het Witte Huis om dit persoonlijk af te leveren. Als ik hem niet onmiddellijk te spreken krijg, kunnen we morgenochtend allemaal een andere baan gaan zoeken. Begrepen?'
De bewaker keek alsof hij in hevige tweestrijd stond, en Gabrielle had het gevoel dat de senator vanavond stelliger dan anders was geweest in zijn verbod bezoekers toe te laten. Ze ging het doorslaggevende argument gebruiken. Ze hield de envelop van het Witte Huis recht voor zijn neus en fluisterde hem de zes woorden toe die alle beveiligingsbeambten in Washington het meest vreesden.
'Je weet niet wat er speelt.'
Bewakers van politici wisten nóóit wat er speelde, en dat vonden ze vreselijk. Ze waren huurlingen, die in het ongewisse werden gehouden en nooit wisten of ze zich aan hun orders moesten houden of dat ze door halsstarrig een duidelijke crisissituatie te negeren hun baan juist op het spel zetten.
De bewaker slikte en keek weer naar de envelop van het Witte Huis.

'Goed, maar ik zeg tegen de senator dat je hebt geëist dat ik je binnenliet.'

Hij draaide de deur van het slot en Gabrielle drong zich langs hem heen voordat hij van gedachten kon veranderen. Ze stapte het appartement binnen, duwde de deur geluidloos achter zich dicht en deed die weer op slot.

Nu ze in de hal stond, hoorde Gabrielle gedempte stemmen in Sextons studeerkamer aan het einde van de gang; mannenstemmen. De P.A. van vanavond was blijkbaar niet zo privé als Sexton in zijn eerdere telefoontje had doen voorkomen.

Toen Gabrielle door de gang naar de studeerkamer liep, kwam ze langs een open kast waarin een stuk of zes dure, gedistingeerde mannenjassen van wol en tweed hingen. Er stonden een paar aktetassen op de grond. Blijkbaar bleef het werk vanavond in de gang. Gabrielle zou gewoon langs de tassen zijn gelopen als een ervan niet haar aandacht had getrokken. Op het naamplaatje stond een opvallend bedrijfslogo. Een felrode raket.

Ze bleef staan en ging op haar hurken zitten om het naamplaatje te lezen: SPACE AMERICA, INC.

Verbaasd bekeek ze de andere aktetassen.

BEAL AEROSPACE. MICROCOSM, INC. ROTARY ROCKET COMPANY. KISTLER AEROSPACE.

In gedachten hoorde ze de schorre stem van Marjorie Tench. *Weet je dat Sexton steekpenningen aanneemt van ruimtevaartbedrijven?*

Gabrielles hart begon te bonzen toen ze door de donkere gang naar de deuropening van de studeerkamer keek. Ze wist dat ze zich moest laten horen, dat ze haar aanwezigheid kenbaar moest maken, maar ze merkte dat ze centimeter voor centimeter verder sloop. Ze bleef op een meter van de doorgang staan, hield zich stil in het donker... en luisterde naar het gesprek in de kamer.

55

Delta-Drie bleef achter om de dode Norah Mangor en de verspreide apparatuur op de slee te leggen, en de andere twee militairen gingen snel over de gletsjer achter hun prooi aan.

Ze hadden elektrisch aangedreven ski's aan hun voeten, zogenaamde ElektroTreads. De geheime ElektroTreads waren gebaseerd op de gemotoriseerde ski's van Fast Trax, die gewoon in de verkoop waren:

korte ski's met rupsbandjes eronder, als een soort miniatuur-sneeuwkatten voor aan je voeten. De snelheid werd geregeld door de toppen van je wijsvinger en je duim tegen elkaar te drukken, waardoor je twee druksensoren in je rechterhandschoen tegen elkaar duwde. Om de voeten zaten krachtige, goed aansluitende gelaccu's, die ervoor zorgden dat de ski's geen geluid maakten en tegelijk een isolerende werking hadden. Er was op ingenieuze wijze voor gezorgd dat de kinetische energie die werd opgewekt door de zwaartekracht en de ronddraaiende rupsbanden als de gebruiker heuvelafwaarts gleed, automatisch werd opgeslagen en weer gebruikt kon worden voor de volgende klim.

Met de wind in zijn rug zakte Delta-Een diep door zijn knieën en gleed in de richting van de zee, terwijl hij de gletsjer afspeurde. Zijn nachtzichtkijker leek in de verste verte niet op het Patriot-model dat door het korps mariniers werd gebruikt. Delta-Een keek door een handsfree kijker met een 40 x 90 mm zesdelig lenzenstelsel, zoomfunctie en extra hoge infraroodgevoeligheid. Hij zag de buitenwereld in een doorschijnende, koelblauwe tint en niet in het gebruikelijke groen. De kleurweergave was speciaal ontworpen voor sterk reflecterend terrein, zoals het noordpoolgebied.

Toen hij de eerste wal naderde, zag Delta-Een door zijn kijker een paar heldere strepen van kortgeleden omgewoelde sneeuw tegen de wal omhooglopen. Ze lichtten als een neonbuis in de nacht op. Kennelijk hadden de drie vluchtenden er niet aan gedacht hun geïmproviseerde zeil los te maken, of ze waren er niet toe in staat geweest. Hoe dan ook, als ze dat bij de laatste wal nog steeds niet was gelukt, dobberden ze nu ergens in zee. Delta-Een wist dat de isolerende pakken zijn slachtoffers in het water langer in leven zouden houden dan gebruikelijk, maar met de gestage aflandige stroming zouden ze verder de zee op drijven. De verdrinkingsdood was onvermijdelijk.

Hoewel Delta-Een daar zeker van was, was hij getraind om nooit zomaar iets aan te nemen. Hij moest lijken zien. Hij hurkte diep, drukte zijn vingers tegen elkaar en reed snel de eerste helling op.

Michael Tolland bleef roerloos liggen en maakte de balans op van zijn verwondingen. Hij was toegetakeld, maar hij voelde geen gebroken botten. Hij twijfelde er niet aan dat het met gel gevulde pak hem voor ernstig letsel had gespaard. Hij deed zijn ogen open, maar kon nog niet helder denken. Alles leek hier zachter... stiller. De wind bulderde nog steeds, maar minder hard.

We zijn toch over de rand gegleden?

Toen Tolland om zich heen keek, zag hij dat hij op een ondergrond van ijs lag, haaks over Rachel Sexton heen. Hun karabiners zaten nog aan elkaar. Hij voelde haar onder zich ademen, maar hij kon haar gezicht niet zien. Hij liet zich moeizaam van haar af rollen, want zijn spieren deden nauwelijks wat hij wilde.

'Rachel...?' Tolland wist niet zeker of hij geluid voortbracht.

Hij herinnerde zich de laatste seconden van hun krankzinnige vlucht: de ballon, die hen de lucht in trok, de knappende kabel, hoe ze voorbij de top van de tweede wal waren neergekomen, over de laatste wal waren gescheerd en naar de rand waren gegleden... waar het ijs eindigde. Tolland en Rachel waren gevallen, maar de val was eigenaardig kort geweest. In plaats van de verwachte tuimeling in zee, waren ze maar een meter of drie gevallen voordat ze een andere plaat ijs hadden geraakt en glijdend tot stilstand waren gekomen, het gewicht van Corky achter hen aan slepend.

Tolland keek op in de richting van de zee. Op korte afstand van hem eindigde het ijs bij een steile klif, en daarachter hoorde hij de geluiden van de zee. Hij keek om naar de gletsjer en tuurde door het donker. Twintig meter achter hen zag hij een hoge muur van ijs, die over hen heen leek te hangen. Toen begreep hij wat er was gebeurd. Ze waren van de gletsjer zelf op een lager terras van ijs gegleden. Dit stuk was vlak, ongeveer zo groot als een ijshockeybaan, en was gedeeltelijk naar beneden gestort. Het kon elk moment afbreken en in zee vallen.

Afkalvend ijs, dacht Tolland, en hij bekeek het onveilige platform van ijs waarop hij lag. Het was een brede, vierkante plaat die als een kolossaal balkon aan de gletsjer hing, aan drie kanten omgeven door steile afgronden naar de zee. De ijsplaat zat alleen aan de achterkant vast aan de gletsjer, en Tolland kon zien dat het een allesbehalve duurzame verbinding was. De begrenzing tussen het lagere terras en het Milne-ijsplateau vertoonde een diepe spleet van meer dan een meter breed, die was ontstaan door het gewicht van het terras. Het zou niet lang meer duren voordat de zwaartekracht deze strijd won.

Bijna nog beangstigender dan de aanblik van de spleet vond Tolland die van de bewegingloze Corky Marlinson, die verfomfaaid op het ijs lag. Corky lag tien meter bij hem vandaan, aan het eind van het strakgespannen touw aan zijn gordel.

Tolland probeerde op te staan, maar hij zat nog aan Rachel vast. Hij ging zo liggen dat hij hun haken kon losmaken.

Rachel probeerde moeizaam zich op te richten. 'Zijn we... niet over de rand gegaan?' Ze klonk verward.

'We zijn op een lager liggend stuk ijs gevallen,' zei Tolland, die er eindelijk in slaagde zich van haar los te haken. 'Ik moet Corky gaan helpen.'

Tolland deed een poging te gaan staan, maar zijn benen waren slap. Hij pakte het touw en trok. Corky kwam over het ijs naar hen toe glijden. Na een keer of tien trekken lag hij op een halve meter bij hen vandaan.
Corky Marlinson zag er behoorlijk toegetakeld uit. Hij was zijn sneeuwbril kwijt en had een lelijke snee in zijn wang en een bloedneus. Tollands vrees dat Corky misschien dood was, verminderde aanzienlijk toen die zich op zijn zij rolde en Tolland boos aankeek.
'Jezus,' stamelde hij. 'Wat heb je me nou geflikt?'
Corky's reactie was voor Tolland een enorme opluchting.
Rachel ging zitten, terwijl ze haar gezicht vertrok. Ze keek om zich heen. 'We moeten... hier wegwezen. Dit stuk ijs ziet eruit alsof het gaat vallen.'
Tolland was het helemaal met haar eens. De enige vraag was hoe ze dat moesten aanpakken.
Ze hadden geen tijd om over een oplossing na te denken. Boven hen op de gletsjer werd een bekend, hoog gezoem hoorbaar. Tolland keek snel op en zag twee in het wit geklede gestaltes moeiteloos naar de rand skiën en daar stilhouden. De twee mannen bleven een tijdje staan en tuurden naar hun gehavende prooi als schaakgrootmeesters die genoten van de gewonnen stelling voordat ze de definitieve slag toebrachten.

Het verraste Delta-Een dat de drie nog in leven waren. Maar hij wist dat dat slechts een kwestie van tijd was. Ze waren op een deel van de gletsjer gevallen dat al was begonnen aan zijn onvermijdelijke val in zee. Deze slachtoffers konden op dezelfde manier worden uitgeschakeld als de andere vrouw, maar er deed zich nu een veel nettere oplossing voor. Een methode waarbij er nooit lichamen zouden worden gevonden.
Delta-Een keek over de rand naar de gapende spleet die een wig vormde tussen het ijsplateau en het stuk ijs dat eraan hing. Dat zou vandaag of morgen afbreken en in zee vallen.
Dan kon het net zo goed nu gebeuren...
Hier op het ijsplateau werd de nachtelijke stilte elke paar uur verbroken door een oorverdovende dreun: het geluid van stukken van de gletsjer die afbraken en in zee stortten. Wie zou het opvallen?
Terwijl hij voelde hoe de adrenaline het bloed sneller door zijn aderen deed stromen, zoals altijd wanneer hij een moord voorbereidde, stak Delta-Een zijn hand in zijn rugzak en haalde er een zwaar voorwerp met de vorm van een citroen uit. Het heette een 'flashbang' en behoorde tot de standaarduitrusting van een gevechtseenheid. Het was

een 'niet-dodelijke' schokgranaat die tijdelijke desoriëntatie veroorzaakte bij de vijand door een verblindende flits en een oorverdovende schokgolf te produceren. Maar vanavond wist Delta-Een dat de granaat wel dodelijk zou zijn.

Hij ging vlak bij de rand staan en vroeg zich af hoe diep de spleet was. Zes meter? Vijftien meter? Het deed er niet toe. Zijn plan zou hoe dan ook effectief zijn.

Met een kalmte die het resultaat was van zijn grote ervaring met executies stelde hij met de draaischijf van de granaat een vertraging van tien seconden in, trok de pin eruit en gooide de granaat in de spleet. De bom tuimelde naar beneden en verdween in het donker.

Delta-Een en zijn collega trokken zich terug op de wal en wachtten af. Het zou een indrukwekkend schouwspel zijn.

Zelfs in haar verwarde toestand had Rachel Sexton door wat de aanvallers zojuist in de spleet hadden laten vallen. Of Michael Tolland het ook wist of dat hij reageerde op de angst in haar ogen wist ze niet, maar ze zag dat hij bleek werd en met een ontzette blik naar de kolossale ijsplaat onder hen keek, omdat het onvermijdelijke tot hem doordrong.

Als een donderwolk die van binnenuit werd verlicht door een bliksemflits lichtte het ijs onder Rachel op. Het griezelige witte schijnsel schoot alle kanten op. Binnen een straal van honderd meter om hen heen flitste de gletsjer wit op. Daarna kwam de dreun. Geen gerommel, zoals bij een aardbeving, maar een oorverdovende schokgolf met een onvoorstelbare kracht. Rachel voelde hoe de klap zich vanuit het ijs voortplantte door haar lichaam.

Alsof er een wig was gedreven tussen het ijsplateau en het stuk ijs waar zij op zaten, begon dat laatste ogenblikkelijk met een afschuwelijk gekraak af te breken. Rachel en Tolland keken elkaar strak aan, verstijfd van ontzetting. Corky gaf een schreeuw.

De bodem zakte onder hen vandaan.

Rachel voelde zich een ogenblik lang gewichtloos; ze zweefde boven het miljoenen kilo's wegende ijsblok. Toen stortten ze samen met de ijsberg naar beneden, de koude zee in.

56

Toen de enorme plaat langs de zijkant van het Milne-ijsplateau naar beneden gleed, was het oorverdovende schrapen van ijs langs ijs het enige wat Rachel hoorde. Water spatte torenhoog op. Naarmate de plaat naar beneden plonsde, verloor hij vaart, en Rachels kort daarvoor nog gewichtloze lichaam kwam met een klap op het ijs terecht. Tolland en Corky smakten vlak bij haar neer.

Doordat het blok vaart naar beneden had, schoot het dieper de zee in, en Rachel zag het schuimende zeeoppervlak tergend traag op zich afkomen, als de grond onder een bungeejumper van wie het elastiek net een meter te lang is. Hoger... hoger... en toen was het er. De nachtmerrie uit haar jeugd was terug. *Het ijs... het water... de duisternis.* Haar angst voelde als een oerinstinct.

De bovenkant van de plaat verdween onder water en de koude Noordelijke IJszee stroomde woest over de randen. Terwijl de zee van alle kanten naar haar toe kolkte, voelde Rachel dat ze onder water werd gezogen. De onbeschermde huid van haar gezicht trok strak en brandde toen het zoute water ertegenaan sloeg. De vloer van ijs verdween onder haar, en Rachel spartelde zich een weg terug naar het oppervlak, drijvend gehouden door de gel in haar pak. Ze kreeg een slok zeewater binnen en kwam proestend boven. Ze zag de anderen in de nabije omgeving spartelen, net als zij verstrikt in de touwen. Toen Rachel zich net had opgericht in het water, riep Tolland: 'Hij komt weer naar boven!'

Voordat zijn woorden waren weggestorven, voelde Rachel een angstaanjagende opwaartse stroming in het water onder zich. Als een zware locomotief die met veel moeite van richting verandert, was het stuk ijs onder water kreunend en steunend tot stilstand gekomen en begon nu weer te stijgen. Van meters onder haar resoneerde een akelig laag gerommel door het water toen de gigantische plaat schrapend langs de zijkant van de gletsjer weer omhoogkwam.

De plaat kwam steeds sneller naar boven en schoot uit de duisternis omhoog. Rachel voelde dat ze omhoog werd geduwd. De zee kolkte om haar heen, en toen voelde ze de ijsvloer weer. Ze probeerde tevergeefs haar evenwicht te zoeken toen het ijs haar en miljoenen liters zeewater omhoogstuwde. De gigantische plaat kwam bovendrijven en deinde op en neer, op zoek naar zijn evenwicht. Rachel gleed in kniediep water over het enorme, gladde oppervlak. Ze werd door het water dat ervanaf liep meegesleurd naar de rand. Plat op haar buik liggend gleed ze over de plaat en zag de rand snel naderbij komen.

Hou vol! riep Rachels moeder, net als ze had gedaan toen Rachel als kind onder het ijs was geschoten. *Hou vol! Ga niet kopje-onder!*

De fikse ruk aan haar gordel dreef de laatste lucht uit haar longen. Ze kwam op slechts een paar meter van de rand met een schok tot stilstand. Door de vaart die ze nog had, tolde ze op één plek rond. Tien meter bij haar vandaan zag ze Corky, die nog steeds aan haar vastgebonden zat, ook met een ruk tot stilstand komen. Ze waren in tegengestelde richting weggegleden, waardoor ze elkaar hadden tegengehouden. Toen het water van het ijs liep en ondieper werd, verscheen er een andere donkere gestalte bij Corky in de buurt. Hij zat op zijn handen en knieën, greep zich vast aan Corky's touw en braakte zeewater.

Michael Tolland.

Terwijl het laatste water langs haar heen van de ijsberg stroomde, lag Rachel zwijgend en bevangen door angst naar de geluiden van de zee te luisteren. Maar toen ze het afschuwelijk koud begon te krijgen, hees ze zich op haar handen en knieën. De ijsberg dobberde nog steeds als een reusachtig ijsblokje op en neer. Verward kroop ze naar de anderen. Ze had overal pijn.

Hoog boven hen, op de gletsjer, tuurde Delta-Een door zijn nachtzichtkijker naar het water dat rond de nieuwste tafelvormige ijsberg in de Noordelijke IJszee klotste. Hij zag geen gestaltes in het water, maar dat verbaasde hem niet. De zee was donker, en de pakken en capuchons van zijn slachtoffers waren zwart.

Toen hij zijn blik over de enorme drijvende ijsplaat liet dwalen, kostte het hem moeite die goed in beeld te houden. Hij dreef door de sterke aflandige stroming snel weg van de gletsjer. Delta-Een wilde zijn aandacht net weer op de zee richten toen hij iets onverwachts zag. Drie zwarte stipjes op het ijs. *Zijn dat lichamen?* Delta-Een probeerde ze scherp in beeld te krijgen.

'Zie je iets?' vroeg Delta-Twee.

Delta-Een zei niets en stelde zijn zoomlens in. Tegen de bleke achtergrond van de ijsberg zag hij tot zijn stomme verbazing drie menselijke gestaltes roerloos ineengedoken zitten. Of ze leefden of dood waren, kon Delta-Een onmogelijk uitmaken. Het deed er ook eigenlijk niet toe. Als ze nog leefden, zouden ze zelfs met hun isolerende pakken binnen een uur dood zijn. Ze waren nat, er stak een storm op en ze dreven een van de gevaarlijkste zeeën ter wereld op. Hun lichamen zouden nooit gevonden worden.

'Alleen schaduwen,' zei Delta-Een, terwijl hij zich omdraaide. 'Laten we teruggaan naar het kamp.'

57

Senator Sedgewick Sexton zette zijn glas Courvoisier op de schoorsteenmantel van zijn appartement en pookte even in het vuur terwijl hij zijn gedachten ordende. De zes mannen die bij hem in zijn studeerkamer zaten, wachtten zwijgend af. Ze hadden genoeg over koetjes en kalfjes gepraat. Het was tijd dat Sexton terzake kwam. En dat wist hij.

In de politiek moest je verkooptalenten hebben.

Wek vertrouwen. Laat ze merken dat je hun problemen begrijpt.

'Zoals u misschien wel weet,' zei Sexton, terwijl hij zich tot hen wendde, 'heb ik in de afgelopen maanden veel overleg gevoerd met mensen in uw positie.' Hij glimlachte en ging zitten, als om te benadrukken dat hij zich niet hoger achtte dan zij. 'U bent de enigen die ik ooit bij me thuis heb uitgenodigd. U bent een klasse apart, en het is me een eer u te ontmoeten.'

Sexton vouwde zijn handen en liet zijn blik door de kamer gaan, waarbij hij zijn gasten stuk voor stuk aankeek. Toen concentreerde hij zich op zijn eerste doelwit, de gezette man met de cowboyhoed.

'Space Industries uit Houston,' zei Sexton. 'Ik ben blij dat u er bent.'

De Texaan gromde. 'Ik haat deze stad.'

'Dat verbaast me niets. Washington heeft u niet rechtvaardig behandeld.'

De Texaan keek hem van onder de rand van zijn hoed strak aan, maar zei niets.

'Twaalf jaar geleden hebt u de Amerikaanse overheid een aanbod gedaan,' begon Sexton. 'U hebt voorgesteld een ruimtestation voor hen te bouwen voor op de kop af vijf miljard dollar.'

'Ja, dat klopt. Ik heb de ontwerpen nog.'

'Maar NASA overtuigde de overheid ervan dat een Amerikaans ruimtestation door NASA gebouwd hoorde te worden.'

'Precies. NASA is bijna tien jaar geleden begonnen met de bouw.'

'Tien jaar. En niet alleen is het ruimtestation van NASA nog niet volledig operationeel, maar het project heeft tot nu toe twíntigmaal zoveel gekost als wat u ervoor vroeg. Als Amerikaans belastingbetaler word ik daar doodziek van.'

Er ging een instemmend gemompel op. Sexton liet zijn blik rondgaan om weer contact te maken met de groep.

'Ik ben me ervan bewust,' zei de senator nu tegen iedereen, 'dat een paar van uw bedrijven hebben aangeboden privé-ruimteveren te lanceren voor het luttele bedrag van vijftig miljoen dollar per vlucht.'

Er werd geknikt.
'Maar NASA gaat daar nog onder zitten en rekent slechts achtendertig miljoen dollar per vlucht... terwijl zo'n vlucht de organisatie in werkelijkheid meer dan honderdvijftig miljoen kost!'
'Zo weren ze ons uit de ruimte,' zei een van de mannen. 'De particuliere sector kan onmogelijk concurreren met een organisatie die het zich kan veroorloven met vierhonderd procent verlies ruimteveren te lanceren zonder failliet te gaan.'
'Maar dat zou ook niet nodig moeten zijn,' zei Sexton.
Nu schudde iedereen het hoofd.
Sexton wendde zich tot de norse ondernemer die naast hem zat, een man wiens dossier Sexton met belangstelling had gelezen. Zoals veel van de ondernemers die Sextons campagne bekostigden, was deze man een gewezen genieofficier die genoeg had gekregen van de karige wedde en de bureaucratie van de overheid, en het leger had verlaten om zijn geluk te beproeven in de ruimtevaart.
'Kistler Aerospace,' zei Sexton, en hij schudde moedeloos zijn hoofd. 'Uw bedrijf heeft een raket ontworpen en geproduceerd waarmee vracht gelanceerd kan worden voor slechts vierduizend dollar per kilo, terwijl het NASA twíntigduizend dollar per kilo kost.' Sexton liet een veelbetekenende pauze vallen. 'En toch hebt u geen afnemers.'
'Hoe zou ik afnemers kunnen hebben?' vroeg de man. 'Vorige week is NASA onder onze prijs gaan zitten en heeft Motorola maar zestienhonderd dollar per kilo laten betalen voor de lancering van een telecommunicatiesatelliet. De overheid heeft ruim negentig procent van de kosten voor eigen rekening genomen!'
Sexton knikte. De belastingbetaler subsidieerde zonder het te weten een organisatie die veel inefficiënter was dan de concurrentie. 'Het is pijnlijk duidelijk geworden,' zei hij op sombere toon, 'dat NASA erg haar best doet alle concurrentie in de ruimte de das om te doen. Ze verdringen particuliere ruimtevaartbedrijven door diensten te verlenen voor prijzen ver onder de marktwaarde.'
'Ze zijn de Wal-Mart van de ruimte,' zei de Texaan.
Een verdomd goede analogie, dacht Sexton. *Die moet ik onthouden.* De supermarktketen Wal-Mart was berucht om de tactiek een vestiging in een nieuwe plaats te openen en daar producten onder de marktwaarde te gaan verkopen, zodat de lokale concurrentie op de fles ging.
'Ik ben het spuug- en spuugzat,' zei de Texaan, 'om miljoenen aan vennootschapsbelasting te betalen zodat de Amerikaanse overheid met dat geld mijn klanten weg kan kapen!'
'Ik snap het,' zei Sexton. 'Ik snap het heel goed.'
'Rotary Rocket gaat eraan door het gebrek aan sponsors,' zei een vlot

geklede man. 'De wetten tegen sponsoring zijn gewoon schandalig!'
'Ik ben het volkomen met u eens.' Het had Sexton geschokt te horen dat het monopolie van NASA in de ruimte verder was veiliggesteld door het uitvaardigen van nationale verordeningen die reclame op ruimtevaartuigen verboden. Particuliere bedrijven kregen niet de kans fondsen te werven door zich te laten sponsoren en plaats te bieden aan reclame, zoals bijvoorbeeld autocoureurs deden, want op ruimtevaartuigen mochten alleen USA en de naam van het bedrijf staan. In een land waar 185 miljard dollar per jaar aan reclame werd uitgegeven, kwam bij de particuliere ruimtevaartbedrijven geen dollar aan sponsorgeld binnen.
'Het is diefstal,' zei een van de mannen kortaf. 'Ik hoop dat we ons bedrijf lang genoeg draaiende kunnen houden om in mei volgend jaar het eerste prototype van een ruimteveer voor toeristen te lanceren. We verwachten enorm veel aandacht van de media. Nike heeft ons zeven miljoen geboden om het Nike-logo en '*Just do it!*' op de zijkant van het ruimteveer te zetten. Pepsi heeft ons tweemaal zoveel geboden voor '*Pepsi: The choice of a new generation*'. Maar als er reclame op ons ruimteveer staat, mogen we dat volgens de wet niet lanceren!'
'Dat klopt,' zei senator Sexton. 'En als ik word gekozen, zal ik mijn best doen die wetgeving tegen sponsoring af te schaffen. Dat beloof ik. In de ruimte moet plaats zijn voor reclame, net zoals er op elke vierkante centimeter van de aarde plaats is voor reclame.'
Sexton keek naar zijn toehoorders en ving hun blik. Zijn toon werd ernstig. 'Maar we moeten ons ervan bewust zijn dat het grootste obstakel voor privatisering van NASA niet de wetgeving is, maar de perceptie van het publiek. De meeste Amerikanen hebben nog steeds een geromantiseerd beeld van het Amerikaanse ruimtevaartprogramma. Ze beschouwen NASA nog steeds als een onmisbare overheidsorganisatie.'
'Dat komt door die verdomde Hollywoodfilms!' zei een man. 'Hoeveel NASA-redt-de-wereld-van-een-vernietigende-asteroïde-films kan Hollywood in jezusnaam maken? Het is pure propaganda!'
Sexton wist dat er achter de overvloed aan NASA-films die Hollywood voortbracht gewoon economische motieven scholen. Na de zeer succesvolle film *Top Gun* – een kaskraker met Tom Cruise in de rol van straaljagerpiloot, die eigenlijk een twee uur durende reclame voor de Amerikaanse marine was – besefte NASA welke mogelijkheden Hollywood bood om iets aan public relations te doen. Vanaf dat moment bood NASA filmmaatschappijen heimelijk de kans gratis te filmen op alle locaties die daarvoor in aanmerking kwamen: lanceerplatforms, controlecentra, opleidingsfaciliteiten enzovoort. Producers, die ge-

wend waren enorme bedragen neer te tellen om op interessante locaties te mogen filmen, grepen de gelegenheid aan om miljoenen te besparen door NASA-thrillers te maken op gratis sets. En Hollywood kreeg daar natuurlijk alleen maar toestemming voor als NASA het script goedkeurde.

'Het publiek is gehersenspoeld,' bromde een Latijns-Amerikaans ogende man. 'De publiciteitsstunts zijn nog veel erger dan de films. Een bejaarde de ruimte in sturen, dat soort dingen. En nu wil NASA weer een volledig vrouwelijke bemanning voor een ruimteveer! Allemaal voor de media!'

Sexton zuchtte en zei op bedroefde toon: 'Dat is waar, en ik hoef u vast niet te vertellen wat er in de jaren tachtig is gebeurd, toen het ministerie van Onderwijs failliet was en aanvoerde dat NASA miljoenen verspilde die aan onderwijs besteed zouden kunnen worden. NASA bedacht een publiciteitsstunt om te laten zien hoe onderwijsvriendelijk de organisatie was. Ze stuurde een onderwijzeres de ruimte in.' Sexton zweeg even. 'U herinnert u allemaal Christa McAuliffe wel.'

Iedereen zweeg.

'Heren,' zei Sexton, terwijl hij theatraal voor het vuur ging staan. 'In het belang van onze toekomst denk ik dat het tijd wordt dat de Amerikanen de waarheid leren kennen. Het wordt tijd dat ze gaan inzien dat NASA ons niet hemelwaarts leidt, maar de exploratie van de ruimte juist verhindert. De ruimtevaart verschilt niet van elke andere bedrijfstak, en het aan de grond houden van de particuliere sector is op het randje van het misdadige. Kijk eens naar de computerindustrie, waarin zo'n explosieve vooruitgang wordt geboekt dat we die van week tot week nauwelijks kunnen bijbenen! Hoe komt dat? Doordat de computerindustrie volgens het vrijemarktprincipe werkt: efficiëntie en visie worden beloond met winst. Stel je voor dat de computerindustrie in overheidshanden was. Dan zouden we nog in de middeleeuwen zitten. De ruimtevaart stagneert. We moeten de exploratie van de ruimte in handen geven van het bedrijfsleven, zoals het hoort. Het Amerikaanse volk zou zich verbazen over de groei, de banen en de verwezenlijkte dromen die dat zou opleveren. Ik ben ervan overtuigd dat het vrijemarktprincipe in de ruimtevaart ons naar grote hoogten kan stuwen. Als ik word gekozen, zie ik het als mijn opdracht alle deuren naar de verste uithoeken van de ruimte wagenwijd open te gooien.'

Sexton pakte zijn glas cognac.

'Vrienden, u bent hier vanavond gekomen om te beslissen of ik uw vertrouwen waard ben. Ik hoop dat ik dat vertrouwen al een beetje heb gewonnen. Zoals je investeerders nodig hebt om een onderneming op te bouwen, heb je ze ook nodig om president te worden. En zoals aandeelhouders resultaten verwachten, verwacht u die als politiek investeerders ook. Wat ik u vanavond wil vertellen, is eenvoudig: investeer in mij, en ik zal u niet teleurstellen. Nooit. Mijn missie is de uwe.'

Sexton hief zijn glas in een toast.

'Met uw hulp, vrienden, zal ik binnenkort in het Witte Huis zitten... en zult u uw dromen kunnen verwezenlijken.'

Op slechts vijf meter afstand stond Gabrielle Ashe als aan de grond genageld in het schemerdonker. Uit de studeerkamer klonken het harmonieuze getinkel van kristallen cognacglazen en het geknetter van het vuur.

58

De jonge technicus van NASA rende in paniek door de habisfeer. *Er is iets verschrikkelijks gebeurd!* Hij trof Ekstrom alleen in de omgeving van de persruimte.

'Meneer,' bracht de technicus hijgend uit, terwijl hij aan kwam rennen. 'Er is een ongeluk gebeurd!'

Ekstrom draaide zich met een afwezige blik om, alsof hij al over andere zaken stond te piekeren. 'Wat zei je? Een ongeluk? Waar?'

'In de meteorietschacht. Er is een lichaam komen bovendrijven. Dr. Wailee Ming.'

Ekstrom keek hem wezenloos aan. 'Dr. Ming? Maar...'

'We hebben hem op het droge getrokken, maar het was te laat. Hij is dood.'

'Jezus christus. Hoe lang heeft hij in het water gelegen?'

'Ongeveer een uur, denken we. Waarschijnlijk is hij erin gevallen en naar de bodem gezonken, maar toen zijn lichaam is opgezwollen, is hij weer naar boven gedreven.'

Ekstroms rode gezicht werd nog roder. 'Godallemachtig! Wie weet hier verder nog van?'

'Niemand, meneer. Alleen mijn collega en ik. We hebben hem eruit gevist, maar we dachten dat we het beter aan u konden vertellen voordat...'

'Heel goed.' Ekstrom slaakte een diepe zucht. 'Verberg dr. Ming onmiddellijk. Houd je mond erover.'

De technicus stond perplex. 'Maar meneer, ik...'
Ekstrom legde zijn grote hand op de schouder van de man. 'Luister goed naar me. Dit is een tragisch ongeval, dat ik ten zeerste betreur. Ik zal de zaak natuurlijk op gepaste wijze afhandelen als de tijd daar is. Maar dit is niet het geschikte moment.'
'Dus u wilt dat ik hem verbérg?'
Ekstrom keek hem met zijn koele, Scandinavische ogen doordringend aan. 'Denk eens na. We kunnen het iedereen vertellen, maar wat bereiken we daarmee? Over een halfuur moet de persconferentie beginnen. Als we nu aankondigen dat er een dodelijk ongeval heeft plaatsgevonden, zal dat de ontdekking overschaduwen en een verwoestend effect hebben op het moreel. Dr. Ming is onvoorzichtig geweest, en ik ben niet van plan NASA daarvoor te laten boeten. Die onafhankelijke wetenschappers krijgen al genoeg aandacht, ook zonder dat een van hun onachtzaamheden onze glorieuze bekendmaking overschaduwt. We houden het ongeluk van dr. Ming stil tot na de persconferentie. Begrepen?'
De man knikte bleekjes. 'Ik zal hem verbergen.'

59

Michael Tolland had genoeg tijd op zee doorgebracht om te weten dat die zonder wroeging of aarzeling slachtoffers maakte. Hij lag uitgeput op de grote ijsplaat en kon nog net het spookachtige silhouet van het hoog oprijzende Milne-ijsplateau zien, dat langzaam in de verte verdween. Hij wist dat de sterke arctische stroming vanaf de Koningin Elizabeth Eilanden in een enorme lus om de poolkap spiraalde en uiteindelijk bij het noorden van Rusland het land dicht zou naderen. Niet dat dat ertoe deed. Dat zou nog maanden duren.
We hebben misschien een halfuur... hoogstens drie kwartier.
Tolland wist dat ze zonder de isolerende werking van hun pakken al dood zouden zijn. Gelukkig hadden die pakken hen droog gehouden, de belangrijkste voorwaarde om kou te overleven. De isolerende gel had niet alleen hun val gebroken, maar hielp nu ook de weinige warmte vast te houden die ze nog hadden.
Ze zouden snel last krijgen van onderkoeling. Die zou beginnen met een lichte gevoelloosheid in armen en benen als het bloed zich terugtrok in hun romp om de essentiële organen te beschermen. Daarna, als de hartslag en ademhaling langzamer werden, zodat de hersenen

minder zuurstof kregen, zouden de hallucinaties komen. Dan zou het lichaam een laatste poging doen de nog resterende warmte te behouden door alle activiteiten behalve die van het hart en de longen stil te leggen. Ze zouden buiten bewustzijn raken. En ten slotte zouden het hart en het ademcentrum in de hersenen ophouden te functioneren.
Tolland keek naar Rachel en wilde dat hij iets kon doen om haar te redden.

De gevoelloosheid die zich door Rachel Sextons lijf verspreidde, was minder pijnlijk dan ze had verwacht. Bijna een welkome verdoving. *De morfine van de natuur.* Bij de val was ze haar sneeuwbril kwijtgeraakt en door de kou kon ze haar ogen nauwelijks openhouden.
Ze zag dat Tolland en Corky vlak bij haar waren. Tolland keek haar aan met een blik vol spijt. Corky bewoog, maar dat ging kennelijk moeizaam. Hij had een klap tegen zijn rechterjukbeen gehad en dat was bebloed.
Rachel beefde onbeheerst terwijl haar geest naar antwoorden zocht. *Wie? Waarom?* Haar gedachten waren verward door een toenemende sufheid. Ze kon geen enkele logica in de gebeurtenissen ontdekken. Ze had het gevoel dat haar lichaam langzaam werd stilgelegd, door een onzichtbare kracht in slaap gewiegd. Ze verzette zich ertegen. Er flakkerde een felle woede in haar op en ze probeerde dat vuurtje aan te wakkeren.
Ze wilden ons vermoorden! Ze tuurde naar de dreigende zee en besefte dat hun aanvallers hun doel hadden bereikt. *We zijn zo goed als dood.* Hoewel ze wist dat ze waarschijnlijk nooit meer de hele waarheid zou kennen over het levensgevaarlijke spel dat op het Milne-ijsplateau werd gespeeld, vermoedde Rachel al wie erachter zat.
Het hoofd van NASA had het meest te winnen. Hij was degene die hen de ijsvlakte op had gestuurd. Hij had banden met het Pentagon en Special Operations. *Maar wat had Ekstrom erbij te winnen om de meteoriet onder het ijs te leggen? Wat kon íémand daarbij te winnen hebben?*
Rachel dacht aan Zach Herney en vroeg zich af of de president bij de samenzwering betrokken was of alleen werd gebruikt. *Herney weet van niets. Hij is onschuldig.* De president werd bedrogen door NASA, dat was duidelijk. Het duurde nog maar een uur voordat Herney de ontdekking van NASA bekend zou maken. En daarbij zou hij een tv-documentaire gebruiken met aanbevelingen van vier onafhankelijke wetenschappers.
Vier dóde onafhankelijke wetenschappers.
Rachel kon niets meer doen om de persconferentie tegen te houden,

maar ze nam zich heilig voor dat degene die deze aanval op zijn geweten had daarvoor zou boeten.
Ze verzamelde al haar krachten en probeerde te gaan zitten. Haar ledematen leken wel van graniet en haar gewrichten deden pijn toen ze haar armen en benen boog. Langzaam ging ze op haar knieën zitten en zocht ze haar evenwicht op het gladde ijs. Ze was duizelig. Aan alle kanten kolkte de zee om haar heen. Tolland lag vlakbij en keek haar vragend aan. Waarschijnlijk had hij het idee dat ze knielde om te gaan bidden. Dat was natuurlijk niet zo, hoewel ze met bidden misschien net zo veel kans op overleving maakten als met wat zij wilde proberen.
Rachel tastte met haar rechterhand naar haar middel en vond de ijsbijl die nog steeds aan haar riem hing. Met haar stijve vingers pakte ze de steel. Ze hield de bijl als een omgekeerde letter T boven het ijs. Toen ramde ze het uiteinde met al haar kracht in het ijs. *Bonk.* Nog een keer. *Bonk.* Het bloed kroop als koude stroop door haar aderen. *Bonk.* Tolland keek in kennelijke verbazing toe. Rachel dreef de bijl weer in het ijs. *Bonk.*
Tolland probeerde zich op een elleboog op te richten. 'Ra... chel?'
Ze gaf geen antwoord. Ze had al haar energie nodig. *Bonk. Bonk.*
'Ik denk niet...' zei Tolland, 'dat de SAA... je zo ver noordelijk... kan horen...'
Rachel keek hem verrast aan. Ze was even vergeten dat Tolland oceanograaf was en daardoor misschien vermoedde wat ze aan het doen was. *De gedachte klopt... maar ik doe geen oproep aan de* SAA.
Ze bleef hameren.
De letters SAA stonden voor *Suboceanic Acoustic Array*, een overblijfsel van de Koude Oorlog dat nu door oceanografen wereldwijd werd gebruikt om naar walvissen te luisteren. Doordat geluid zich onder water honderden kilometers voortplant, kon er met het netwerk van negenenvijftig onder water geïnstalleerde microfoons van de SAA in een verrassend groot percentage van de zeeën naar geluiden worden gespeurd. Helaas viel dit afgelegen deel van de Noordelijke IJszee daar niet onder, maar Rachel wist dat er anderen waren die luisterden naar wat er in zee gebeurde, anderen van wie slechts weinigen het bestaan vermoedden. Ze bleef hameren. Haar boodschap was eenvoudig en duidelijk.
BONK. BONK. BONK.
BONK... BONK... BONK...
BONK. BONK. BONK.
Rachel maakte zich niet de illusie dat dit hun leven zou redden; ze voelde al dat ze in de greep van een ijzige beklemming raakte. Ze be-

twijfelde of ze nog langer dan een halfuur te leven had. Redding was niet meer mogelijk. Maar daar ging het ook niet om.

BONK. BONK. BONK.

BONK... BONK... BONK...

BONK. BONK. BONK.

'Het is... te laat...' zei Tolland.

Het gaat niet om ons, dacht ze. *Het gaat om de informatie in mijn zak.* Rachel haalde zich de onthullende GPR-print in de zak van haar pak voor de geest. *Ik moet ervoor zorgen dat die print in handen van het NRO komt... en snel ook.*

Zelfs in haar verwarde toestand wist Rachel zeker dat haar boodschap ontvangen zou worden. Halverwege de jaren tachtig had het NRO een luisternetwerk aangelegd dat dertigmaal zo krachtig was als dat van de SAA. Wereldwijde dekking. Classic Wizard, het oor van twaalf miljoen dollar dat het NRO tegen de zeebodem drukte. In de komende uren zouden de Cray-supercomputers van de NRO/NSA-luisterpost in het Engelse Menwith Hill een afwijkende sequentie in een van de hydrofoons in de Noordelijke IJszee opvangen, het gebonk ontcijferen als een SOS-signaal en de plek van herkomst met behulp van driehoeksmeting bepalen. Dan zou er vanaf de Amerikaanse luchtmachtbasis bij Thule op Groenland een reddingsvliegtuig worden gestuurd. Dat zou drie mensen op een ijsberg vinden. Bevroren. Dood. Een van hen was in dienst van het NRO... en zij zou een eigenaardig vel thermisch papier in haar zak hebben.

Een GPR-print.

De nalatenschap van Norah Mangor.

Als de redders de print aandachtig bekeken, zou het bestaan van de mysterieuze schacht onder de meteoriet bekend worden. Wat er daarna zou gebeuren, wist Rachel niet, maar het geheim zou in elk geval niet met hen hier op het ijs sterven.

60

Elke president die zijn intrede doet in het Witte Huis, krijgt een vertrouwelijke rondleiding door drie zwaarbewaakte pakhuizen met een collectie van onschatbare waarde: huisraad afkomstig uit het Witte Huis, waaronder bureaus, tafelzilver, ladekasten, bedden en andere voorwerpen die zijn gebruikt door presidenten uit het verleden, tot George Washington aan toe. Tijdens die rondleiding mag de nieuwe president erfstukken uitkiezen die hij graag een plekje wil geven in het Witte Huis gedurende zijn ambtsperiode. Alleen het bed in de Lincoln-slaapkamer blijft permanent in het Witte Huis staan. Ironisch genoeg heeft Lincoln er nooit in geslapen.

Het bureau waarachter Zach Herney nu in het Oval Office zat, was eens van Harry Truman geweest, zijn grote voorbeeld. Hoewel het naar hedendaagse maatstaven maar een klein bureautje was, herinnerde het Zach Herney er dagelijks aan dat er niemand boven hem stond om de schuld op af te schuiven en dat Herney uiteindelijk verantwoordelijk was voor alle eventuele tekortkomingen van zijn beleid. Herney beschouwde die verantwoordelijkheid als een eer en deed zijn best zijn medewerkers te motiveren hun werk zo goed mogelijk te doen.

'Meneer?' riep zijn secretaresse, die haar hoofd om de deur stak. 'Uw telefoontje is net doorgekomen.'

Herney stak zijn hand op. 'Bedankt.'

Hij pakte de hoorn. Hij had dit gesprek liever in afzondering gevoerd, maar dat kon hij nu wel vergeten. Er cirkelden twee mensen van de make-up als muggen om hem heen. Ze frunnikten aan zijn gezicht en zijn haar. Recht voor zijn bureau was een televisieploeg bezig spullen te installeren, en er haastte zich een oneindige stoet adviseurs en persvoorlichters door het kantoor, opgewonden de strategie besprekend.

Nog precies een uur...

Herney drukte het verlichte knopje op zijn telefoontoestel in. 'Lawrence? Ben je daar?'

'Ja, ik ben er.' De stem van het hoofd van NASA klonk gepreoccupeerd, afwezig.

'Is alles daar in orde?'

'De storm wakkert nog steeds aan, maar volgens mijn technici zal de satellietverbinding er niet onder lijden. We staan in de startblokken. Over een uur kunnen we de lucht in.'

'Uitstekend. En de sfeer is daar goed, hoop ik?'

'Heel goed. Mijn staf is opgetogen. We hebben zelfs net een biertje gedronken.'

Herney lachte. 'Dat mag ik graag horen. Ik wilde je even bellen om je te bedanken voordat het spektakel losbarst. Het zal me het avondje wel worden.'

Ekstrom zweeg even en zei toen op uitzonderlijk onzekere toon: 'Dat zal het zeker, meneer. We hebben hier lang op gewacht.'

Herney aarzelde. 'Je klinkt bekaf.'

'Ik heb behoefte aan zonlicht en een echt bed.'

'Nog één uur. Glimlach naar de camera's, geniet van het moment, en

dan sturen we een vliegtuig om je terug te brengen naar Washington.'
'Ik kijk ernaar uit.' De man zweeg weer.
Als ervaren onderhandelaar was Herney gewend te luisteren, te horen wat er tussen de regels door werd gezegd. Er was iets in de stem van Ekstrom dat hem argwanend maakte. 'Weet je zeker dat alles daar in orde is?'
'Absoluut. We zijn er helemaal klaar voor.' Ekstrom begon haastig over iets anders. 'Hebt u de definitieve versie van Michael Tollands documentaire gezien?'
'Ik heb er net naar zitten kijken,' zei Herney. 'Hij heeft fantastisch werk geleverd.'
'Ja. Het was een goed idee van u om hem te laten komen.'
'Ben je nog steeds boos op me dat ik er mensen van buiten bij heb betrokken?'
'Ja, razend,' bromde Ekstrom schertsend, en zijn stem had weer de gebruikelijke kracht.
Dat stelde Herney een beetje gerust. *Alles is in orde*, dacht Herney. *Hij is alleen moe*. 'Oké, dan zie ik je over een uur via de satelliet. We zullen ze eens een poepie laten ruiken.'
'Zeg dat wel.'
'Hoor eens, Lawrence.' Herneys stem werd zacht en ernstig. 'Je hebt daar iets geweldigs voor elkaar gekregen. Dat zal ik nooit vergeten.'

Gegeseld door de wind zette Delta-Drie op de gletsjer met veel moeite Norah Mangors gekantelde slee recht en laadde de spullen er weer op. Toen alle instrumenten aan boord waren, bevestigde hij het dekzeil eroverheen, legde de dode Mangor erop en bond haar vast. Toen hij de slee een stuk uit de koers wilde trekken, kwamen zijn twee collega's over de gletsjer naar hem toe glijden.
'De plannen zijn veranderd,' riep Delta-Een boven de wind uit. 'De andere drie zijn over de rand gegaan.'
Dat verbaasde Delta-Drie niets. Hij wist ook wat het betekende. Het plan van het Delta-team om een ongeluk in scène te zetten door de vier doden op het ijsplateau achter te laten, was niet haalbaar meer. Eén dode achterlaten zou meer vragen oproepen dan beantwoorden.
'Alles opruimen?' vroeg hij.
Delta-Een knikte. 'Ik zal de fakkels ophalen. Ontdoen jullie je van de slee.'
Terwijl Delta-Een zorgvuldig het pad van de wetenschappers terug volgde en elke aanwijzing verwijderde dat hier ooit iemand was geweest, skieden Delta-Drie en zijn collega met de volgeladen slee de gletsjer af. Nadat ze zich moeizaam een weg over de wallen hadden

gebaand, bereikten ze ten slotte de klif aan het einde van het Milne-ijsplateau. Ze gaven de slee een zet en die gleed samen met Norah Mangor geluidloos over de rand en stortte in de Noordelijke IJszee.
Grote schoonmaak, dacht Delta-Drie.
Toen ze terugkeerden naar hun kamp, zag hij tot zijn tevredenheid dat de sporen van hun ski's werden uitgewist door de wind.

61

De kernonderzeeër *Charlotte* lag nu vijf dagen in het diepste geheim in de Noordelijke IJszee.
De *Charlotte*, een onderzeeër van de Los-Angelesklasse, was ontworpen om 'te luisteren en niet gehoord te worden'. Zijn tweeënveertig ton zware turbines waren verend gemonteerd om mogelijke trillingen te dempen. Hoewel deze onderzeeër dus zeer onopvallend opereerde, was het een van de grootste verkenningsonderzeeërs die er bestonden. De romp, die van voor- tot achtersteven ruim honderd meter mat, zou als hij op een voetbalveld werd gelegd de beide doelen tegelijk ruimschoots verpletteren. De *Charlotte* was zevenmaal zo lang als de eerste onderzeeër, van de Hollandklasse, die de Amerikaanse marine had gehad, had een waterverplaatsing van 6927 ton als hij helemaal onder water was en bereikte een snelheid van maar liefst vijfendertig knopen.
De onderzeeër voer meestal vlak onder de temperatuurgrens, een waterlaag waar de temperatuur zeer sterk daalde, waardoor geluidssignalen van boven werden verstoord en de onderzeeër onzichtbaar was voor sonar. Met een 148-koppige bemanning en een maximale duikdiepte van bijna vijfhonderd meter was dit Amerikaanse werkpaard van de zee de meest geavanceerde onderzeeër die er bestond. Dankzij zijn systeem waarbij door elektrolyse zuurstof uit zeewater werd gewonnen, twee kernreactoren en een ruime voorraad kant-en-klaarmaaltijden kon hij eenentwintigmaal de aarde rondvaren zonder boven water te komen. Net als op de meeste cruiseschepen werden de natuurlijke afvalproducten van de bemanning samengeperst tot blokken van dertig kilo en in zee geloosd. Die enorme klompen ontlasting werden grappend 'walvisdrollen' genoemd.
De technicus die voor het beeldscherm in de sonarhut zat, was een van de besten in zijn vak. Zijn brein was een encyclopedie van geluiden en golfvormen. Hij kon het geluid van tientallen schroeven van

Russische onderzeeërs en honderden zeedieren onderscheiden, en zelfs vulkanen op de zeebodem bij Japan precies lokaliseren.
Maar op dit moment zat hij naar een zwak, zich steeds herhalend geluid te luisteren. Het was duidelijk waarneembaar, maar zeer onverwacht.
'Je zult niet geloven wat ik over mijn oorwarmers krijg,' zei hij tegen zijn assistent, en hij gaf hem de koptelefoon.
De man zette de koptelefoon op en keek ongelovig. 'Mijn god. Het klinkt kristalhelder. Wat nu?'
De sonartechnicus was de kapitein al aan het bellen.
Toen de kapitein de sonarhut binnenkwam, liet de technicus het geluid over een stel kleine luidsprekertjes horen.
De kapitein luisterde met een strak gezicht.
BONK. BONK. BONK.
BONK... BONK... BONK...
Langzamer. Steeds langzamer. Het patroon begon minder regelmatig te worden. Het geluid verflauwde.
'Wat zijn de coördinaten?' vroeg de kapitein.
De technicus schraapte zijn keel. 'Om precies te zijn komt het van het oppervlak, ongeveer drie mijl aan stuurboord.'

62

In de donkere gang naar de studeerkamer van senator Sexton stond Gabrielle Ashe te trillen op haar benen. Niet doordat ze zo lang roerloos had gestaan, maar van ontgoocheling over wat ze had gehoord. De bijeenkomst in de kamer was nog bezig, maar Gabrielle hoefde geen woord meer te horen. De waarheid was pijnlijk duidelijk.
Senator Sexton neemt steekpenningen aan van particuliere ruimtevaartbedrijven. Marjorie Tench had de waarheid gesproken.
De weerzin die Gabrielle nu in zich voelde opwellen, werd veroorzaakt door het gevoel verraden te zijn. Ze had in Sexton geloofd. Ze had voor hem gevochten. *Hoe kan hij dit doen?* Gabrielle had de senator een paar maal in het openbaar zien liegen om zijn privé-leven te beschermen, maar dat hoorde bij de politiek. Dít was tegen de wet. *Hij is nog niet eens gekozen en hij pleegt al verraad jegens het Witte Huis!*
Gabrielle wist dat ze de senator niet meer kon steunen. Door te beloven dat hij zou zorgen dat het wetsvoorstel tot privatisering van NA-

SA erdoor kwam, gaf hij blijk van een diepe minachting voor zowel de wet als het democratische stelsel. Zelfs als de senator oprecht geloofde dat het in ieders belang zou zijn, maakte hij met die toezegging een einde aan het evenwicht tussen de verschillende machten binnen de regering en negeerde hij mogelijk overtuigende argumenten van het Congres, adviseurs, stemmers en lobbyisten. En bovendien had Sexton door de privatisering van NASA te garanderen de weg vrijgemaakt voor grootschalig misbruik van die voorkennis, vooral door handel in aandelen. Daarmee bevoorrechtte hij schaamteloos de kapitaalkrachtige insiders ten koste van eerlijke particuliere beleggers.

Vervuld van walging vroeg Gabrielle zich af wat ze moest doen.

Achter haar, in de stille gang, ging doordringend een telefoon over. Geschrokken keek Gabrielle om. Het geluid kwam uit de kast in de hal; een mobieltje in de zak van een van de jassen die daar hingen.

'Sorry, jongens,' zei iemand met een Texaans accent in de studeerkamer. 'Dat ben ik.'

Gabrielle hoorde de man opstaan. *Hij komt hierheen!* Ze draaide zich razendsnel om en rende terug in de richting waar ze vandaan was gekomen. Halverwege de gang sloeg ze links af en precies op het moment dat de Texaan de studeerkamer uit kwam en de gang in liep, dook ze de donkere keuken in. Ze bleef roerloos staan.

De Texaan liep voorbij zonder haar te zien.

Boven het geluid van haar bonzende hart uit hoorde Gabrielle geritsel in de kast. Uiteindelijk vond hij de telefoon.

'O ja...? Wanneer...? Heus waar? We zetten hem aan. Bedankt.' De man verbrak de verbinding, liep terug naar de studeerkamer en riep al vanuit de gang: 'Hé! Zet de tv eens aan. Blijkbaar geeft Zach Herney vanavond een belangrijke persconferentie. Om acht uur. Op alle kanalen. Of we hebben China de oorlog verklaard, of het internationale ruimtestation is in zee gevallen.'

'Dát zou een toast waard zijn!' riep iemand uit.

Iedereen lachte.

Gabrielle had het gevoel dat de keuken om haar heen draaide. *Een persconferentie om acht uur vanavond?* Dan had Tench dus niet gebluft. Ze had Gabrielle tot acht uur vanavond de tijd gegeven haar een verklaring te brengen waarin ze de verhouding toegaf. *Neem afstand van de senator voordat het te laat is*, had Tench tegen haar gezegd. Gabrielle had aangenomen dat die deadline bedoeld was om het Witte Huis de gelegenheid te geven de informatie te lekken naar de kranten van morgenochtend, maar nu leek het erop dat het Witte Huis zelf de beschuldigingen openbaar wilde maken.

Een belangrijke persconferentie? Hoe langer Gabrielle erover nadacht, hoe vreemder ze het vond. *Gaat Herney deze vuiligheid live brengen? In eigen persoon?*

In de studeerkamer werd de televisie aangezet. Hij stond hard. De stem van de nieuwslezer klonk opgewonden. 'Het Witte Huis heeft geen mededelingen gedaan over het onderwerp van de onverwachte presidentiële toespraak van vanavond, maar er wordt druk over gespeculeerd. Omdat de president de laatste tijd weinig zichtbaar is geweest, denken sommige analisten dat hij misschien afziet van een tweede termijn.'

Er ging een hoopvol gejuich op in de studeerkamer.

Uitgesloten, dacht Gabrielle. Met alles wat het Witte Huis over Sexton had, was het volkomen onvoorstelbaar dat de president vanavond de handdoek in de ring zou gooien. *Deze persconferentie gaat ergens anders over.* Gabrielle had het akelige gevoel dat ze er al voor gewaarschuwd was.

Gehaast keek ze op haar horloge. Minder dan een uur. Ze moest een beslissing nemen en ze wist precies wie ze wilde spreken. Met de envelop met foto's onder haar arm verliet ze stilletjes het appartement.

De lijfwacht in de gang keek opgelucht. 'Ik hoorde gejuich van binnen komen. Blijkbaar had je succes.'

Ze glimlachte even en liep naar de lift.

Buiten, in de vallende avond, was het bijtend koud. Ze hield een taxi aan, stapte in en probeerde zich gerust te stellen met de gedachte dat ze precies wist wat ze deed.

'De televisiestudio's van ABC,' zei ze tegen de chauffeur. 'En haast u, alstublieft.'

63

Michael Tolland lag op zijn zij op het ijs en legde zijn hoofd op zijn gestrekte arm, die hij niet meer voelde. Zijn oogleden waren zwaar, maar hij deed zijn best zijn ogen open te houden. Vanuit dat rare gezichtspunt keek Tolland naar de laatste beelden die hij zou zien: een wereld van zee en ijs, die op haar kant stond. Het leek een gepast einde van een dag waarop alles anders was gelopen dan verwacht.

Er was een eigenaardige kalmte neergedaald over het vlot van ijs. Rachel en Corky waren allebei stil en het gebonk was opgehouden. Hoe verder ze van de gletsjer weg dreven, hoe meer de wind luwde. Tolland hoorde ook zijn eigen lichaam stiller worden. Door de capuchon, die strak over zijn oren zat, hoorde hij zijn eigen ademhaling versterkt in zijn hoofd. Die werd langzamer... en oppervlakkiger. Zijn lijf was niet meer in staat weerstand te bieden aan het drukkende gevoel dat ontstond doordat zijn bloed wegvluchtte uit zijn ledematen als de bemanning die een zinkend schip verlaat. Het stroomde automatisch naar zijn vitale organen, in een laatste poging hem bij bewustzijn te houden.

Een hopeloze strijd, wist hij.

Vreemd genoeg had hij geen pijn meer. Dat stadium was voorbij. Nu had hij het gevoel dat hij opgezwollen was. Verdoofd. Drijvend. Doordat zijn eerste reflex – met zijn ogen knipperen – begon te verdwijnen, werd Tollands zicht onscherp. Het waterachtige vocht tussen zijn hoornvlies en ooglens bevroor herhaaldelijk. Tolland keek om naar het Milne-ijsplateau, nu alleen nog een wazige witte vlek in het flauwe maanlicht.

Hij merkte dat hij het begon op te geven. Op de grens tussen zijn en niet-zijn staarde hij naar de golven in de verte. De wind loeide om hem heen.

Toen begon Tolland te hallucineren. Het was vreemd, maar in de laatste seconden voordat hij buiten bewustzijn raakte, hallucineerde hij niet over een redding. Zijn hallucinaties waren niet aangenaam en vertroostend. Zijn laatste hersenschim was angstaanjagend.

Vlak bij de ijsberg rees een watermonster uit zee op; het brak met luid gesis door het wateroppervlak. Als een kolossaal zeedier uit een oude legende kwam het op hem af, gestroomlijnd, zwart en levensgevaarlijk, omgeven door schuimend water. Tolland dwong zich met zijn ogen te knipperen. Zijn zicht werd iets scherper. Het beest was vlakbij en botste tegen het ijs als een enorme haai die een klein bootje ramt. De kolos torende hoog boven hem uit, zijn huid nat en glanzend.

Toen het vage beeld zwart werd, waren er alleen nog geluiden. Metaal langs metaal. Tanden die over het ijs schraapten. Dichterbij. Lichamen die werden weggesleurd.

Rachel...

Tolland voelde dat hij ruw werd vastgegrepen.

En toen merkte hij niets meer.

64

Gabrielle Ashe kwam op een drafje de productieruimte op de derde verdieping van ABC-News binnen. Toch liep ze langzamer dan alle andere aanwezigen. Op deze afdeling was het vierentwintig uur per dag druk, maar op het ogenblik leek het in de kantoortuin wel een beursvloer waar iedereen aan de speed was. Redacteuren schreeuwden elkaar met een verwilderde blik in de ogen dingen toe over de muurtjes van hun werkhokjes, verslaggevers renden zwaaiend met faxberichten van hokje naar hokje om aantekeningen te vergelijken, en dolgedraaide stagiairs hielden zich op de been door tussen de bedrijven door repen en blikjes fris naar binnen te werken.

Gabrielle was naar ABC gekomen om Yolanda Cole te spreken.

Meestal kon je Yolanda vinden in het chique deel van de productieafdeling, de aparte werkkamers met glazen wanden die gereserveerd waren voor de beleidsmakers, die soms een ogenblik rust nodig hadden om te kunnen nadenken. Maar vanavond liep Yolanda in de drukte rond. Toen ze Gabrielle zag, gaf ze haar gebruikelijke uitbundige kreet.

'Gabs!' Yolanda droeg een gebatikte sari en een bril met een hoornen montuur. Zoals altijd was ze behangen met een paar kilo opzichtige namaakjuwelen. Yolanda zwaaide en liep schommelend naar haar toe. 'Zoen!'

Yolanda Cole was al zestien jaar naar volle tevredenheid redacteur bij ABC-News in Washington. Ze was van Poolse afkomst; een sproeterige, gedrongen, kalende vrouw die door iedereen liefkozend 'moeder' werd genoemd. Maar achter die moederlijke uitstraling en goedgemutstheid ging een meedogenloze gewiekstheid schuil waarmee ze achter het nieuws aan joeg. Gabrielle had Yolanda ontmoet bij een congres over vrouwen in de politiek, dat ze had bezocht toen ze pas in Washington werkte. Ze hadden over Gabrielles achtergrond gepraat, over de uitdagingen waar je als vrouw in Washington voor stond, en ten slotte over Elvis Presley, een gedeelde passie, ontdekten ze tot hun verrassing. Yolanda had Gabrielle onder haar hoede genomen en haar geholpen contacten te leggen. Gabrielle kwam nog steeds ongeveer eens per maand langs om een praatje te maken.

Ze omhelsde Yolanda, al iets vrolijker door haar enthousiaste begroeting.

Yolanda deed een stap achteruit en bekeek haar aandachtig. 'Je ziet eruit alsof je honderd jaar ouder bent geworden, meid! Wat is er met je gebeurd?'

Gabrielle dempte haar stem. 'Ik zit in de nesten, Yolanda.'
'Dat is niet wat ik heb gehoord. Je kandidaat lijkt het goed te doen.'
'Kunnen we ergens onder vier ogen praten?'
'Slechte timing, lieverd. De president houdt over ongeveer een halfuur een persconferentie, en we hebben nog steeds geen idee waarover. Ik moet deskundigen voor commentaar zoeken, maar ik heb niets om op af te gaan.'
'Ik weet waar de persconferentie over gaat.'
Yolanda keek sceptisch over haar bril. 'Gabrielle, zelfs onze verslaggever ín het Witte Huis tast nog volledig in het duister. Wil je beweren dat het campagneteam van Sexton over voorkennis beschikt?'
'Nee, ik zeg dat ík over voorkennis beschik. Als je vijf minuten voor me hebt, vertel ik je alles.'
Yolanda keek naar de rode envelop in Gabrielles hand. 'Dat is een interne envelop van het Witte Huis. Hoe kom je daaraan?'
'Gekregen van Marjorie Tench, tijdens een gesprek dat ik vanmiddag met haar heb gehad.'
Yolanda keek haar even strak aan. 'Kom maar mee.'
In de afzondering van Yolanda's kamertje met glazen wanden nam Gabrielle haar vriendin in vertrouwen. Ze vertelde haar dat ze één keer met Sexton had gevreeën en dat Tench daar foto's van had.
Yolanda grijnsde breed en schudde lachend haar hoofd. Blijkbaar vond ze niets meer schokkend, na al die jaren in de journalistiek. 'Ach, Gabs, ik had al zo'n vermoeden dat Sexton en jij het hadden gedaan. Het is geen wonder. Hij heeft er de reputatie naar en jij bent een mooie meid. Jammer van die foto's. Maar ik zou me er niet al te druk over maken.'
Me niet druk maken?
Gabrielle vertelde dat Tench Sexton had beschuldigd van het aannemen van smeergeld van ruimtevaartbedrijven en dat zijzelf net getuige was geweest van een geheime bijeenkomst van de SFF waarin dat feit werd bevestigd. Opnieuw verried Yolanda's gezicht weinig verrassing of ongerustheid, totdat Gabrielle haar vertelde wat ze overwoog te gaan doen.
Nu keek Yolanda bezorgd. 'Gabrielle, als je een rechtsgeldig document wilt overleggen waarin je verklaart een verhouding met een senator te hebben gehad en je mond te hebben gehouden toen hij erover loog, is dat jouw zaak. Maar ik kan je wel vertellen dat het een zeer onverstandige zet is. Je moet diep en rustig nadenken over wat de gevolgen voor jou kunnen zijn.'
'Je luistert niet. Ik heb geen tijd meer!'
'Ik luister wél, en lieverd, of de klok nou doortikt of niet, er zijn din-

gen die je gewoon niet doet. Je zet een senator niet te kijk met een seksschandaal. Dat is zelfmoord. Ik kan je één ding verzekeren: als je een presidentskandidaat laat struikelen, kun je maar beter in je auto springen en maken dat je zo ver mogelijk uit de buurt van Washington komt. Je zult ten dode opgeschreven zijn. Veel mensen geven grote sommen geld uit om een kandidaat aan de top te krijgen. Er zijn enorme financiële belangen en een hoop macht mee gemoeid. Het soort macht waar mensen een moord voor doen.'

Gabrielle zweeg.

'Persoonlijk,' zei Yolanda, 'denk ik dat Tench je onder druk heeft gezet in de hoop dat je in paniek zou raken en iets doms zou doen, zoals toegeven en de verhouding bekennen.' Yolanda wees naar de rode envelop in Gabrielles handen. 'Die foto's van jou en Sexton hebben niets te betekenen, tot het moment dat een van jullie toegeeft dat ze echt zijn. Het Witte Huis weet dat Sexton, als die foto's uitlekken, gewoon zal beweren dat ze vervalst zijn en het balletje terug zal spelen.'

'Daar heb ik aan gedacht, maar die kwestie van het smeergeld om de campagne te financieren...'

'Denk eens goed na, kind. Als het Witte Huis tot nu toe die beschuldigingen van omkoperij niet openbaar heeft gemaakt, is het dat waarschijnlijk ook helemaal niet van plan. De president meent heel serieus dat hij geen negatieve campagne wil voeren. Ik vermoed dat hij heeft besloten een schandaal in de ruimtevaartindustrie te vermijden en Tench achter jou aan te sturen om je zodanig af te bluffen dat je van angst de seks zou toegeven. En daarmee je kandidaat een dolkstoot in de rug zou geven.'

Gabrielle overwoog dit. Het klonk logisch, maar toch was er nog iets vreemds. Gabrielle wees door het glas naar de bedrijvigheid in de productieruimte. 'Yolanda, jullie bereiden je voor op een belangrijke persconferentie van de president. Als hij niets gaat vertellen over de steekpenningen of de seks, waarover dan wel?'

Yolanda keek verbluft. 'Wacht even. Denk je dat die persconferentie over Sexton en jou gaat?'

'Of over het smeergeld. Of allebei. Tench heeft gezegd dat ik tot acht uur vanavond de tijd had om een bekentenis te tekenen, en anders zou de president aankondigen...'

Het glazen hokje schudde van Yolanda's lach. 'O, alsjeblieft! Hou op! Ik lach me een ongeluk!'

Gabrielle was niet in de stemming voor grapjes. 'Hoezo?'

'Gabs, geloof mij nou maar,' bracht Yolanda lachend uit. 'Ik heb zestien jaar ervaring met het Witte Huis, en het is uitgesloten dat Zach Herney de media wereldwijd heeft opgetrommeld om te vertellen dat hij senator Sexton ervan verdenkt onderhands geld voor zijn campagne aan te nemen of een verhouding met jou te hebben. Dat is het soort informatie dat je lekt. Presidenten maken zich niet populair door de normale programmering te onderbreken om ach en wee te gaan roepen over seks of vermeende overtredingen van vage wetten over de financiering van verkiezingscampagnes.'

'Vaag?' snauwde Gabrielle. 'Je beslissing over een wetsvoorstel botweg verkopen voor miljoenen om mee te adverteren kun je toch nauwelijks een vage kwestie noemen!'

'Weet je zéker dat hij dat doet?' Yolanda's toon werd harder. 'Weet je het zeker genoeg om voor het hele land op de tv met je billen bloot te gaan? Denk daar eens goed over na. Je hebt tegenwoordig heel wat bondgenoten nodig om iets gedaan te krijgen, en het financieren van een campagne is een gecompliceerde zaak. Misschien was Sextons bijeenkomst wel volkomen legitiem.'

'Hij overtreedt de wet,' zei Gabrielle. *Dat doet hij toch?*

'Tenminste, dat is wat Marjorie Tench je wil doen geloven. Kandidaten nemen voortdurend onderhands donaties aan van grote bedrijven. Dat is misschien niet fraai, maar het is ook niet altijd tegen de wet. De meeste juridische kwesties draaien trouwens niet om de herkomst van het geld, maar om de manier waarop de kandidaat het uitgeeft.'

Gabrielle aarzelde. Ze was niet zeker meer van haar zaak.

'Gabs, het Witte Huis heeft je vanmiddag gemanipuleerd. Ze hebben geprobeerd je tegen je kandidaat op te zetten, en tot nu toe heb je je poot stijf gehouden. Als ik op zoek was naar iemand die ik kon vertrouwen, zou ik liever bij Sexton blijven dan mijn heil bij iemand als Marjorie Tench zoeken.'

Yolanda's telefoon ging. Ze nam hem op, knikte, maakte uh-huh-geluiden en krabbelde iets op papier. 'Interessant,' zei ze ten slotte. 'Ik kom eraan. Bedankt.'

Ze hing op en wendde zich met opgetrokken wenkbrauwen tot Gabrielle. 'Gabs, zo te horen kun je opgelucht ademhalen. Zoals ik al dacht.'

'Wat is er aan de hand?'

'Ik heb nog geen details, maar dit kan ik je wel vertellen: de persconferentie van de president heeft niets te maken met een seksschandaal of met campagnefinanciering.'

Gabrielle kreeg weer hoop; ze wilde Yolanda dolgraag geloven. 'Hoe weet je dat?'

'Een ingewijde heeft net laten uitlekken dat de persconferentie iets met NASA te maken heeft.'

Gabrielle ging plotseling rechtop zitten. 'NASA?'

Yolanda knipoogde. 'Dit zou wel eens je geluksavond kunnen zijn. Ik vermoed dat president Herney, nu hij de hete adem van senator Sexton in zijn nek voelt, heeft besloten dat het Witte Huis geen keus heeft en het internationale ruimtestation moet afblazen. Dat verklaart waarom de media over de hele wereld zijn gewaarschuwd.'

Een persconferentie om het einde van het ruimtestation aan te kondigen? Gabrielle kon het zich niet voorstellen.

Yolanda stond op. 'En die aanval van Tench van vanmiddag was waarschijnlijk een laatste wanhoopspoging om macht over Sexton te krijgen voordat de president het slechte nieuws bekend moest maken. Een seksschandaal is ideaal om de aandacht af te leiden van het nieuwste fiasco van de president. Hoe dan ook, Gabs, ik moet aan het werk. Ik raad je aan: neem een kop koffie, blijf hier zitten, zet mijn tv aan en wacht af, zoals we allemaal doen. Het spektakel begint over twintig minuten, en geloof mij maar, de president gaat vanavond niet met modder gooien. De hele wereld kijkt toe. Wat hij ook te zeggen heeft, het moet iets van enig belang zijn.' Ze knipoogde geruststellend. 'En geef mij die envelop maar.'

'Wat?'

Yolanda stak haar hand uit alsof ze geen tegenspraak duldde. 'Die foto's gaan achter slot en grendel in mijn bureau tot dit voorbij is. Ik wil er zeker van zijn dat je niets doms gaat doen.'

Aarzelend gaf Gabrielle haar de envelop.

Yolanda legde hem in een la van haar bureau, draaide die op slot en stopte het sleuteltje in haar zak. 'Je zult me er nog dankbaar voor zijn, Gabs. Dat zweer ik je.' Ze haalde vrolijk een hand door Gabrielles haar terwijl ze de kamer uit liep. 'Blijf rustig hier zitten. Ik denk dat er goed nieuws aankomt.'

Gabrielle zat alleen in het glazen hokje en probeerde zich te laten aansteken door Yolanda's optimisme. Maar het enige waaraan ze kon denken, was het zelfvoldane glimlachje van Marjorie Tench van die middag. Gabrielle had geen idee wat de president de wereld ging vertellen, maar het zou vast geen goed nieuws voor senator Sexton zijn.

65

Rachel Sexton had het gevoel dat ze levend verbrandde.

Het regent vuur!

Ze deed haar ogen open, maar zag alleen vage vormen en verblindend

licht. Om haar heen regende het. Kokendhete regen, die neerkletterde op haar blote huid. Ze lag op haar zij en voelde warme tegels onder zich. Ze kroop nog verder ineen om zich te beschermen tegen het gloeiendhete water. Ze rook chemicaliën. Chloor, misschien. Ze probeerde kruipend te ontvluchten, maar dat lukte niet. Sterke handen duwden haar schouders naar beneden en drukten haar tegen de grond.
Laat me los! Ik verbrand!
Instinctief probeerde ze opnieuw weg te komen, maar weer werd ze tegengehouden en naar beneden gedrukt. 'Blijf waar je bent,' zei een man. Hij klonk Amerikaans. Professioneel. 'Het is zo voorbij.'
Wat is zo voorbij? vroeg Rachel zich af. *De pijn? Mijn leven?* Ze probeerde scherper te zien. De lampen waren fel. Ze had het gevoel dat ze in een kleine ruimte was. Krap. Een laag plafond.
'Ik verbrand!' Rachels kreet bleek gefluister te zijn.
'Niets aan de hand,' zei de stem. 'Dit water is lauw. Heus waar.'
Rachel besefte dat ze bijna bloot was en alleen nog haar doorweekte ondergoed aanhad. Het kwam niet bij haar op zich te generen; ze had te veel vragen in haar hoofd.
De herinneringen kwamen nu als een vloedgolf terug. Het ijsplateau. De GPR-print. De aanval. *Wie? Waar ben ik?* Ze probeerde de puzzelstukjes op hun plaats te leggen, maar haar geest was als een vastgelopen raderwerk dat niet in beweging wilde komen. Uit de nevelige verwarring kwam één gedachte naar boven: *Michael en Corky... waar zijn ze?*
Rachel probeerde haar wazige beeld scherper te maken, maar zag alleen de mannen die om haar heen stonden. Ze droegen allemaal dezelfde blauwe overalls. Ze wilde iets zeggen, maar haar mond weigerde ook maar één woord te vormen. Het gevoel dat haar huid verbrandde, maakte opeens plaats voor intense golven van pijn, die als seismische trillingen door haar spieren trokken.
'Verzet je er niet tegen,' zei de man boven haar. 'Het bloed moet weer door je spieren gaan stromen.' Hij klonk als een dokter. 'Probeer je armen en benen zo veel mogelijk te bewegen.'
De pijn die door Rachels lichaam trok, voelde alsof haar spieren met een hamer werden bewerkt. Ze lag met verkrampte borst op de tegelvloer en kon nauwelijks ademhalen.
'Beweeg je armen en benen,' drong de man aan. 'Hoeveel pijn het ook doet.'
Rachel probeerde het. Bij elke beweging was het alsof er een mes in haar gewrichten werd gestoken. De waterstralen werden weer warmer. Het brandende gevoel kwam terug. De vreselijke pijn bleef. Precies op het ogenblik dat ze dacht dat ze het echt niet meer uithield,

voelde ze dat iemand haar een injectie gaf. Daarna werd de pijn minder en zakte snel weg. De spiertrekkingen bedaarden. Ze merkte dat ze weer ademhaalde.
Er trok nu een nieuw gevoel door haar lijf: het akelige, prikkende gevoel van slapende ledematen, maar dan overal. Het werd steeds venijniger. Miljoenen speldenprikjes, en het werd erger als ze bewoog. Ze probeerde bewegingloos te blijven liggen, maar de waterstralen bleven haar geselen. De man die bij haar stond, pakte haar armen en bewoog ze.
God, wat doet dat een pijn! Rachel was te zwak om zich te verzetten. Tranen van uitputting en pijn liepen over haar gezicht. Ze kneep haar ogen dicht om de wereld buiten te sluiten.
Eindelijk begon het slapende gevoel te verdwijnen. De regen stopte. Toen Rachel haar ogen opende, was haar beeld helderder.
Toen zag ze hen.
Corky en Tolland lagen vlak bij haar, halfnaakt, nat en huiverend. Uit hun van pijn vertrokken gezicht maakte Rachel op dat ze zojuist hetzelfde hadden doorgemaakt als zij. Michael Tollands bruine ogen waren bloeddoorlopen en glazig. Toen hij Rachel zag, slaagde hij erin met blauwe, trillende lippen een flauw glimlachje te produceren.
Rachel deed een poging te gaan zitten om hun bizarre omgeving op te nemen. Ze lagen met zijn drieën languit op de grond in een kleine douchecel te rillen.

66

Sterke armen tilden haar op.
Rachel voelde dat de vreemden haar stevig afdroogden en in dekens wikkelden. Ze werd op een soort ziekenhuisbed gelegd en haar armen, benen en voeten werden krachtig gemasseerd. Opnieuw een injectie in haar arm.
'Adrenaline,' zei iemand.
Rachel voelde het middel als een warme bron van leven door haar aderen stromen en haar spieren kracht geven. Hoewel ze nog steeds een ijskoud, hol gevoel in haar buik had, merkte ze dat het bloed langzaam terugkeerde naar haar ledematen.
Terug uit de dood.
Ze keek om zich heen. Tolland en Corky lagen vlak bij haar te huiveren in hun dekens terwijl de mannen hen masseerden en injecties

gaven. Rachel twijfelde er niet aan dat dit mysterieuze gezelschap hun leven had gered. Sommige mannen waren doorweekt; die waren blijkbaar met hun kleren aan onder de douches gesprongen om te helpen. Wie ze waren en hoe ze Rachel en de anderen op tijd hadden weten te bereiken, daarvan had ze geen idee. Het deed er op het ogenblik niet toe. *We leven nog.*

'Waar... zijn we?' bracht Rachel met moeite uit. Het zeggen van die paar woordjes bezorgde haar een barstende hoofdpijn.

De man die haar masseerde, antwoordde: 'U bent in de ziekenboeg van een onderzeeër uit de Los-Angeles...'

'Geeft acht!' riep iemand.

Rachel bespeurde plotseling veel beweging om haar heen en probeerde te gaan zitten. Een van de mannen in het blauw hielp haar omhoog en trok de dekens om haar heen. Rachel wreef in haar ogen en zag iemand met grote stappen de ruimte binnenkomen.

De nieuw aangekomene was een grote, zwarte man. Hij was knap en straalde gezag uit. Zijn uniform was kakikleurig. 'Op de plaats rust,' zei hij. Hij liep naar Rachel toe, bleef bij haar staan en keek met een krachtige blik in zijn donkere ogen op haar neer. 'Harold Brown,' zei hij. Zijn stem was diep en gebiedend. 'Kapitein van de *U.S.S. Charlotte*. En u bent?'

U.S.S. Charlotte, dacht Rachel. De naam kwam haar vaag bekend voor. 'Sexton...' antwoordde ze. 'Ik ben Rachel Sexton.'

De man keek verbaasd. Hij kwam dichterbij en nam haar aandachtig op. 'Verdomd als het niet waar is. U bent het.'

Rachel snapte het niet. *Kent hij me?* Ze wist zeker dat ze de man niet herkende. Toen haar blik van zijn gezicht naar zijn borst dwaalde, zag ze daar echter wel het bekende embleem van een adelaar met een anker in zijn klauwen en daaromheen de woorden U.S. NAVY.

Nu drong tot haar door waar ze de naam *Charlotte* van kende.

'Welkom aan boord, mevrouw Sexton,' zei de kapitein. 'U hebt een paar verkenningsrapporten van ons samengevat. Ik weet wie u bent.'

'Maar wat doet u in deze wateren?' stamelde ze.

Zijn gezichtsuitdrukking verhardde enigszins. 'Eerlijk gezegd stond ik op het punt u diezelfde vraag te stellen, mevrouw Sexton.'

Tolland ging langzaam zitten en deed zijn mond open om iets te zeggen. Rachel schudde resoluut haar hoofd om hem het zwijgen op te leggen. *Niet hier. Niet nu.* Ze was er zeker van dat Tolland en Corky over de meteoriet en de aanval wilden beginnen, maar dat was geen onderwerp om te bespreken in aanwezigheid van de bemanning van een marineonderzeeër. In de wereld van de inlichtingendiensten bleef zwijgzaamheid het parool, of er nu sprake was van een crisis of niet;

de situatie rond de meteoriet was nog altijd zeer geheim.
'Ik moet William Pickering spreken, de directeur van het NRO,' zei ze tegen de kapitein. 'Het is vertrouwelijk en zeer dringend.'
De kapitein trok zijn wenkbrauwen op; hij was er blijkbaar niet aan gewend op zijn eigen schip gecommandeerd te worden.
'Ik heb geheime informatie die ik hem moet meedelen.'
De kapitein keek haar peinzend aan. 'Laten we eerst zorgen dat uw lichaamstemperatuur weer normaal is, dan zal ik u daarna in contact brengen met de directeur van het NRO.'
'Het is dringend, meneer. Ik...' Rachel onderbrak zichzelf. Haar blik was zojuist op een klok gevallen die boven de medicijnkast hing.
19:51.
Rachel knipperde met haar ogen en keek nog eens goed. 'Loopt... loopt die klok góéd?'
'U bevindt zich op een marineschip, mevrouw. Onze klokken zijn accuraat.'
'En is dat... Eastern Standard Time?'
'Negen minuten voor acht 's avonds, Eastern Standard. Onze thuishaven is Norfolk.'
Mijn god! dacht ze verbijsterd. *Is het pas negen voor acht?* Rachel had de indruk dat er uren waren verstreken sinds ze buiten bewustzijn was geraakt. Maar het was dus nog niet eens acht uur. *De president heeft het bestaan van de meteoriet nog niet openbaar gemaakt! Ik heb nog tijd om hem tegen te houden!* Ze liet zich meteen van het bed glijden en trok de deken om zich heen. Haar benen waren beverig. 'Ik moet onmiddellijk de president spreken.'
De kapitein keek beduusd. 'De president waarvan?'
'Van de Verenigde Staten!'
'Ik dacht dat u William Pickering aan de lijn wilde hebben.'
'Daar is geen tijd meer voor. Ik moet de president spreken.'
De kapitein verroerde zich niet en versperde haar met zijn grote gestalte de weg. 'Ik heb begrepen dat de president elk moment een zeer belangrijke rechtstreekse persconferentie kan gaan geven. Ik betwijfel of hij telefoontjes aanneemt.'
Rachel maakte zich zo groot als ze kon op haar onvaste benen en keek de kapitein strak aan. 'Meneer, uw bevoegdheid is niet zodanig dat ik u de situatie mag uitleggen, maar de president staat op het punt een vreselijke vergissing te begaan. Ik heb informatie die hij heel hard nodig heeft. En meteen. U moet me vertrouwen.'
De kapitein staarde haar enige tijd aan. Met een frons keek hij weer naar de klok. 'Binnen negen minuten? Zo snel kan ik u geen beveiligde verbinding met het Witte Huis bezorgen. Het enige wat ik kan

bieden is de marifoon. Onbeveiligd. En dan moeten we naar een diepte waar we onze antennes kunnen gebruiken, dus dat kost een paar...'
'Doe het! Nu!'

67

De telefooncentrale van het Witte Huis bevond zich op de begane grond van de oostelijke vleugel. Er hadden altijd drie telefonisten dienst. Op dit moment zaten er maar twee op hun post. De derde rende zo snel ze kon naar de Briefing Room. Ze had een draadloze telefoon bij zich. Ze had geprobeerd de beller door te verbinden met het Oval Office, maar de president was al op weg naar de persconferentie. Daarna had ze geprobeerd zijn assistenten op hun mobieltjes te bereiken, maar voorafgaand aan televisieuitzendingen werden alle mobiele telefoons in en om de Briefing Room uitgezet, zodat ze de gebeurtenissen niet konden verstoren.
Het leek op zijn zachtst gezegd een twijfelachtige onderneming om op een moment als dit te proberen met een draadloze telefoon bij de president te komen, maar toen Rachel Sexton van het NRO had gebeld met de mededeling dat ze belangrijke informatie had die de president moest horen voordat hij voor de camera's verscheen, had de telefoniste geweten dat ze haar uiterste best moest doen. De vraag was of ze op tijd zou komen.

In een kantoortje bij de ziekenboeg van de *U.S.S. Charlotte* zat Rachel Sexton met een telefoonhoorn tegen haar oor gedrukt te wachten tot ze met de president kon praten. Tolland en Corky zaten bij haar, nog zichtbaar aangeslagen. Corky had vijf hechtingen en een donkere bloeduitstorting op zijn jukbeen. Ze waren alle drie in isolerend ondergoed, dikke vliegpakken van de marine, grote wollen sokken en bootschoenen geholpen. Met een kop oude maar warme koffie in haar hand begon Rachel weer een beetje mens te worden.
'Waarom duurt het zo lang?' vroeg Tolland ongeduldig. 'Het is vier minuten voor acht!'
Rachel had geen idee. Ze was erin geslaagd een telefoniste van het Witte Huis te bereiken, had uitgelegd wie ze was en dat dit een noodgeval was. De telefoniste had een welwillende indruk gemaakt, had Rachel in de wacht gezet en was nu, als het goed was, druk bezig Rachel door te verbinden met de president.

Nog vier minuten, dacht Rachel. *Schiet op!*
Ze sloot haar ogen en probeerde haar gedachten te ordenen. Het was me het dagje wel geweest. *Ik zit op een kernonderzeeër*, zei ze tegen zichzelf, en ze wist dat ze verdomd veel geluk had gehad dat ze tenminste nog érgens zat. Volgens de kapitein van de onderzeeër had de *Charlotte* twee dagen geleden routinematig in de Beringzee gepatrouilleerd en afwijkende geluiden onder water gehoord uit de richting van het Milne-ijsplateau: boren, het geluid van straalmotoren en veel gecodeerd radioverkeer. Ze hadden nieuwe instructies gekregen en moesten zich stilhouden en luisteren. Ongeveer een uur geleden hadden ze een explosie in het ijsplateau gehoord en waren erheen gegaan om te onderzoeken wat er gebeurd was. Toen hadden ze Rachels sos-bericht gehoord.
'Nog drie minuten!' zei Tolland ongerust, met zijn blik op de klok.
Rachel begon nu echt zenuwachtig te worden. Waarom duurde het zo lang? Waarom nam de president haar telefoontje niet aan? Als Zach Herney de gegevens zoals die nu bekend waren openbaar maakte...
Rachel dwong zich daar niet aan te denken en schudde de hoorn heen en weer. *Neem op!*

Toen de telefoniste van het Witte Huis naar de zij-ingang van de Briefing Room rende, kwam ze in een aangroeiende menigte stafleden terecht. Iedereen praatte opgewonden met elkaar en de laatste voorbereidingen werden getroffen. Op twintig meter afstand zag ze de president bij de ingang staan wachten. De mensen van de make-up waren nog met hem bezig.
'Mag ik er even langs?' vroeg de telefoniste, terwijl ze zich een weg door de menigte baande. 'Telefoon voor de president. Neemt u me niet kwalijk. Ik moet er even langs!'
'Over twee minuten gaan we in de lucht!' riep de regieassistent.
Met de telefoon in haar hand geklemd schuifelde de telefoniste in de richting van de president. 'Telefoon voor de president!' bracht ze hijgend uit. 'Laat u me er even langs!'
Er stapte een hoog oprijzende versperring op haar pad. Marjorie Tench. Het lange gezicht van de topadviseur was in een afkeurende grimas vertrokken. 'Wat is er aan de hand?'
'Het is een noodgeval!' De telefoniste was buiten adem. '... telefoon voor de president.'
Tench keek ongelovig. 'Nu? Dat kun je niet menen!'
'Het is Rachel Sexton. Ze zegt dat het dringend is.'
De duistere blik op het gezicht van Tench leek eerder van verbazing dan van woede te zijn. Tench keek naar de draadloze telefoon. 'Dat

is een binnenlijn. Die is niet beveiligd.'
'Nee, mevrouw. Maar dat is het inkomende gesprek ook niet. Ze belt via een marifoon. Ze moet de president heel dringend spreken.'
'Uitzending over anderhalve minuut!'
Tench keek haar met een kille blik strak aan en stak een spinachtige hand uit. 'Geef me de telefoon.'
Het hart van de telefoniste bonsde. 'Mevrouw Sexton wil president Herney persoonlijk spreken. Ze heeft me gezegd dat de persconferentie moet worden uitgesteld totdat ze hem aan de lijn heeft gehad. Ik heb haar beloofd...'
Tench stapte nu op de telefoniste af en fluisterde ziedend: 'Nu moet je eens goed luisteren, je krijgt je bevelen niet van de dochter van de tegenstander van de president, maar van mij. Ik kan je verzekeren dat je niet dichter bij de president komt totdat ik precies weet wat er aan de hand is.'
De telefoniste keek naar de president, die nu werd omringd door geluidstechnici, stilisten en een paar stafleden die de laatste herzieningen van zijn speech met hem doornamen.
'Nog één minuut!' riep de regieassistent.

Aan boord van de *Charlotte* ijsbeerde Rachel ongeduldig heen en weer in de krappe ruimte toen ze eindelijk een klik op de lijn hoorde.
Er klonk een schorre stem. 'Hallo?'
'President Herney?' riep Rachel uit.
'Marjorie Tench,' corrigeerde de stem. 'Ik ben de topadviseur van de president. Wie u ook bent, ik waarschuw u: als u voor de grap naar het Witte Huis belt, is dat een overtreding van...'
Jezus christus! 'Dit is geen grap! Ik ben Rachel Sexton. Ik ben uw contactpersoon bij het NRO en...'
'Ik weet wie Rachel Sexton is, mevrouw. En ik twijfel er sterk aan dat u dat bent. U belt het Witte Huis op een onbeveiligde lijn en beweert dat een belangrijke toespraak van de president moet worden uitgesteld. Dat lijkt me niet echt de werkwijze van iemand die...'
'Hoor eens,' zei Rachel woedend, 'ik heb uw hele staf een paar uur geleden ingelicht over een meteoriet. U zat op de eerste rij. U hebt mij zien spreken op een tv die op het bureau van de president stond! Nog vragen?'
Tench zweeg even. 'Mevrouw Sexton, wat heeft dit te betekenen?'
'Dat u de president moet tegenhouden! Zijn gegevens over de meteoriet kloppen niet! We hebben net ontdekt dat de meteoriet van ónder het ijsplateau in het ijs is geschoven. Ik weet niet door wie en ik weet niet waarom! Maar de zaken zijn niet zoals ze lijken! De president

staat op het punt iets bekend te maken dat absoluut niet klopt, en ik adviseer dringend...'

'Wacht heel eventjes!' Tench dempte haar stem. 'Weet u wel wat u zegt?'

'Ja! Ik vermoed dat het hoofd van NASA een grootscheepse fraude op touw heeft gezet en dat president Herney daar de dupe van zal worden. U moet de speech in elk geval tien minuten uitstellen, zodat ik hem kan uitleggen wat hier aan de hand is. Ze hebben zelfs geprobeerd me te vermoorden!'

De stem van Tench werd ijzig. 'Mevrouw Sexton, laat me u waarschuwen. Als u zich soms hebt bedacht en het Witte Huis toch niet wilt helpen: dat had u moeten bedenken lang voordat u persoonlijk de gegevens over die meteoriet namens de president bevestigde.'

'Wát?' *Luistert ze eigenlijk wel?*

'Ik vind dit een walgelijke vertoning. Via een onbeveiligde lijn bellen is een goedkope stunt. En dan suggereren dat de gegevens over de meteoriet vals zijn... Wat voor functionaris van een inlichtingendienst zou een marifoon gebruiken om het Witte Huis te bellen en over vertrouwelijke zaken te praten? Het is wel duidelijk dat u hoopt dat iemand dit gesprek opvangt.'

'Norah Mangor is hiervoor vermoord! Dr. Ming is ook dood. U moet de president waar...'

'Zo is het genoeg geweest! Ik weet niet wat uw bedoeling is, maar ik herinner u eraan – en ieder ander die misschien meeluistert – dat het Witte Huis over video-opnames beschikt met verklaringen van topwetenschappers van NASA, een paar alom gerespecteerde onafhankelijke wetenschappers en ú, mevrouw Sexton, waarin de gegevens over de meteoriet accuraat worden genoemd. Ik kan alleen maar gissen naar de reden dat u uw verhaal nu plotseling verandert. Wat die ook is, u bent vanaf dit moment ontheven van uw taken voor het Witte Huis, en als u deze ontdekking nog verder probeert te bezoedelen met absurde beschuldigingen, kan ik u verzekeren dat het Witte Huis en NASA u zullen aanklagen wegens laster en dat u nauwelijks meer tijd zult hebben uw koffers te pakken voordat u de gevangenis in draait.'

Rachel deed haar mond open om iets te zeggen, maar ze kon niets uitbrengen.

'Zach Herney heeft u zeer welwillend behandeld,' snauwde Tench, 'maar dit riekt eerlijk gezegd naar een goedkope publiciteitsstunt van het Sexton-kamp. Houd hier onmiddellijk mee op of we dienen een aanklacht in. Dat verzeker ik u.'

De verbinding werd verbroken.

Rachels mond hing nog open toen de kapitein op de deur klopte.

'Mevrouw Sexton?' zei de kapitein, die zijn hoofd om de deur stak. 'We ontvangen een zwak signaal van de Canadese omroep. President Herney is zojuist aan zijn persconferentie begonnen.'

68

Zach Herney stond op het podium in de Briefing Room van het Witte Huis, voelde de warmte van de lampen en wist dat de wereld toekeek. De gerichte actie van de persdienst van het Witte Huis had tot enorme media-aandacht geleid. En iedereen die niet via tv, radio of internet op de hoogte was geraakt van de speech, hoorde erover van buren, collega's of familie. Om acht uur 's avonds hield iedereen die geen volledige kluizenaar was zich bezig met de vraag waar de toespraak van de president over zou gaan. In cafés en woonkamers over de hele wereld zaten miljoenen vol verwachting voor het scherm.

Op dit soort momenten – als hij de hele wereld onder ogen moest komen – drong het belang van zijn ambt werkelijk tot Zach Herney door. Iedereen die beweerde dat macht niet verslavend was, had er zelf geen ervaring mee. Maar nu hij zijn speech zou gaan houden, had hij het gevoel dat er iets mis was. Hij had nooit last van plankenkoorts en daarom was hij gealarmeerd door de tinteling van onrust die hem beving.

Het komt doordat er zo ontzettend veel mensen kijken, hield hij zichzelf voor. En toch wist hij dat er iets anders was. Instinctief. Iets wat hij had gezien.

Het was een kleinigheidje geweest, maar toch...

Hij vond dat hij het uit zijn hoofd moest zetten. Maar het bleef door zijn gedachten spelen.

Tench.

Daarnet, toen Herney zich voorbereidde op zijn optreden, had hij Marjorie Tench in de gele gang in een draadloze telefoon zien praten. Dat was op zich al vreemd, maar nog eigenaardiger was het feit dat er een telefoniste bleek van spanning naast haar stond. Herney kon Tench niet horen praten, maar hij kon zien dat ze ruziemaakte. Tench sprak met een felheid en woede die de president zelfs bij haar zelden had gezien. Hij had haar blik gezocht en haar vragend aangekeken.

Tench had haar duim naar hem opgestoken. Dat had hij haar nog nooit zien doen, tegen niemand. Het was het laatste beeld dat hem voor ogen stond toen hij op moest.

In de persruimte van de habisfeer op Ellesmere Island zat Lawrence Ekstrom midden achter de lange conferentietafel op het blauwe tapijt, geflankeerd door topfunctionarissen en wetenschappers van NASA. Op een groot beeldscherm tegenover hen werden de openingswoorden van de president rechtstreeks uitgezonden. De rest van de NASA-employés had zich rond andere beeldschermen verzameld, opgewonden over de komende persconferentie van hun hoogste baas.

'Goedenavond,' zei Herney, en hij klonk stijfjes, wat niets voor hem was. 'Tot mijn landgenoten en onze vrienden overal ter wereld...'

Ekstrom keek naar het enorme, geblakerde rotsblok dat op een prominente plek voor hem lag. Zijn blik dwaalde naar een monitor opzij, waar hij zichzelf zag zitten, met zijn belangrijkste medewerkers om zich heen, tegen de achtergrond van een grote Amerikaanse vlag en het logo van NASA. Door de theatrale belichting leek het tafereel wel een moderne versie van *Het laatste avondmaal*. Zach Herney had deze gelegenheid opgeblazen tot een politiek spektakel. *Herney had geen keuze*. Maar toch voelde Ekstrom zich een televisiedominee die het evangelie verklaarde voor het gewone volk.

Over een minuut of vijf zou de president Ekstrom en zijn staf introduceren. Dan zou NASA via een satellietverbinding samen met de president de wereld van het nieuws op de hoogte brengen. Na een korte uiteenzetting over hoe de ontdekking was gedaan en wat die voor de kennis over de ruimte betekende, en wat schouderklopjes over en weer, zouden NASA en de president het woord geven aan de beroemde wetenschapper Michael Tolland. Zijn documentaire duurde bijna een kwartier. Daarna, als iedereen helemaal overtuigd en enthousiast was, zouden Ekstrom en de president afscheid nemen van het publiek met de belofte dat er de komende dagen meer informatie bekend zou worden gemaakt tijdens talloze persconferenties van NASA.

Terwijl Ekstrom op het seintje zat te wachten, kreeg hij een hol gevoel van schaamte. Hij had geweten dat hij dat zou krijgen. Hij had het verwacht.

Hij had leugens verteld... onwaarheden bevestigd.

Maar de leugens leken nu onbetekenend. Ekstrom had iets aan zijn hoofd dat zwaarder woog.

In de chaotische productieruimte van ABC stond Gabrielle Ashe schouder aan schouder met tientallen vreemden, die allemaal opkeken naar de rij tv's die aan het plafond hing. Toen het ogenblik daar was, daalde er een stilte neer. Gabrielle sloot haar ogen en bad dat ze, als ze ze weer opendeed, niet haar eigen naakte lijf zou zien.

De atmosfeer in de studeerkamer van senator Sexton zinderde van opwinding. Al zijn bezoekers waren gaan staan en hielden hun blik strak op de breedbeeldtelevisie gericht.

Zach Herney sprak de wereld toe en, hoe ongelooflijk het ook was, zijn begroeting had onbeholpen geklonken. Hij maakte een nerveuze indruk.

Hij ziet er onzeker uit, dacht Sexton. *Hij ziet er nooit onzeker uit.*

'Moet je hem zien,' fluisterde iemand. 'Het is vast slecht nieuws.'

Het ruimtestation? vroeg Sexton zich af.

Herney keek recht in de camera en ademde diep in. 'Vrienden, ik heb me dagenlang afgevraagd hoe ik dit het beste kon vertellen...'

Vier woordjes maar, suggereerde senator Sexton in gedachten. *We hebben het verknald.*

Herney sprak even over hoe betreurenswaardig het was dat NASA zo'n heet hangijzer was geworden in de verkiezingsstrijd en zei dat hij om die reden vond dat hij zijn mededeling vooraf moest laten gaan door een verontschuldiging.

'Ik had deze aankondiging liever op een ander ogenblik in de geschiedenis gedaan,' zei hij. 'De politieke spanning in de lucht kan twijfelaars maken van dromers, maar als uw president heb ik geen andere keuze dan u mee te delen wat ik kortgeleden heb gehoord.' Hij glimlachte. 'Blijkbaar houdt de magie van de kosmos geen rekening met de agenda van de mens... zelfs niet met die van een president.'

Iedereen in Sextons studeerkamer leek tegelijk achteruit te deinzen. *Wat?*

'Twee weken geleden,' zei Herney, 'kwam de nieuwe Polar Orbiting Density Scanner van NASA over het Milne-ijsplateau op Ellesmere Island, een afgelegen eiland boven de tachtigste breedtegraad in de Noordelijke IJszee.'

Sexton en de anderen keken elkaar verbaasd aan.

'Deze NASA-satelliet,' vervolgde Herney, 'heeft een groot stuk gesteente met een hoge dichtheid gevonden, dat zestig meter onder het ijs lag.' Hij glimlachte nu voor het eerst voluit en begon op dreef te komen. 'Toen NASA de gegevens ontving, rees onmiddellijk het vermoeden dat PODS een meteoriet had gevonden.'

'Een meteoriet?' sputterde Sexton. 'Is dat nieuws?'

'NASA heeft een team naar het ijsplateau gestuurd om boormonsters te nemen. En toen heeft NASA...' Hij zweeg even. 'Om het maar ronduit te zeggen, toen hebben ze de wetenschappelijke ontdekking van de eeuw gedaan.'

Sexton zette ongelovig een stap in de richting van de tv. *Nee...* Zijn gasten stonden ongemakkelijk te schuifelen.

'Dames en heren,' kondigde Herney aan, 'een paar uur geleden heeft NASA een acht ton wegende meteoriet uit het noordpoolijs getrokken, en die bevat...' De president zweeg weer even, om de hele mensheid de gelegenheid te geven op het puntje van haar stoel te gaan zitten. 'De meteoriet bevat fossielen van een organisme. Tientallen. Onmiskenbaar bewijs van buitenaards leven.'

Precies op het juiste moment lichtte er op het scherm achter de president een schitterend beeld op: een scherp afgetekend fossiel van een groot insectachtig wezen, ingebed in geblakerd gesteente.

In Sextons studeerkamer keken zes ondernemers met grote ogen van schrik toe. Sexton stond als aan de grond genageld.

'Vrienden,' zei de president, 'het fossiel achter me is honderdnegentig miljoen jaar oud. Het is gevonden in een stuk van de Jungersol-meteoriet, die bijna drie eeuwen geleden in de Noordelijke IJszee terecht is gekomen. NASA's fantastische nieuwe PODS-satelliet heeft dit stuk meteoriet in een ijsplateau gevonden. NASA en de regering hebben de afgelopen twee weken hard gewerkt om elk aspect van deze gedenkwaardige ontdekking te staven alvorens die openbaar te maken. In het komende halfuur kunt u commentaar verwachten van talrijke onafhankelijke geleerden en NASA-wetenschappers, evenals een korte documentaire, gemaakt door iemand die u allen zult herkennen. Maar voordat ik verder ga, is dit het moment om iemand te verwelkomen: rechtstreeks via satelliet van boven de poolcirkel, de man zonder wiens leiderschap, visie en grote inspanning dit historische ogenblik niet had kunnen plaatsvinden. Het is me een eer u hem te presenteren: het hoofd van NASA, Lawrence Ekstrom.'

Herney draaide zich precies op het juiste moment naar het scherm.

Het beeld van de meteoriet ging langzaam over in dat van een statig ogend panel van NASA-geleerden achter een lange tafel, met de dominerende gestalte van Lawrence Ekstrom in het midden.

'Dank u, meneer de president.' Ekstrom stond op en keek recht in de camera. Zijn houding was streng en fier. 'Het is met grote trots dat ik dit ogenblik met u deel: het mooiste moment uit de geschiedenis van NASA.'

Ekstrom sprak gedreven over NASA en de ontdekking. Na zijn patriottistische en triomfantelijke verhaal volgde zonder onderbreking een documentaire die werd gepresenteerd door de beroemde onafhankelijke wetenschapper Michael Tolland.

Met zijn blik op het scherm liet senator Sexton zich voor de tv op zijn knieën zakken en greep met zijn handen zijn zilvergrijze haar. *Nee! God, nee!*

69

Furieus liep Marjorie Tench weg van de vrolijke chaos voor de deur van de Briefing Room en beende terug naar haar eigen hoekje in de West Wing. Ze was niet in de stemming voor feestelijkheden. Het telefoontje van Rachel was zeer onverwacht geweest.

Zeer teleurstellend.

Tench sloeg de deur van haar kamer dicht, liep met grote passen naar haar bureau en koos het nummer van de centrale van het Witte Huis.

'William Pickering. NRO.'

Tench stak een sigaret op en ijsbeerde door de kamer terwijl ze wachtte tot de telefoniste Pickering had opgespoord. Normaal gesproken zou hij om deze tijd misschien thuis zijn, maar aangezien het Witte Huis iedereen de hele middag had opgezweept met aankondigingen van een persconferentie, vermoedde Tench dat Pickering de hele avond in zijn kantoor tv had zitten kijken, zich afvragend wat er in godsnaam in de wereld aan de hand kon zijn zonder dat de directeur van het NRO ervan wist.

Tench vervloekte zichzelf dat ze niet op haar intuïtie af was gegaan toen de president had gezegd dat hij Rachel Sexton naar de Milnegletsjer wilde sturen. Tench had haar bedenkingen gehad en vond het een onnodig risico. Maar de president had Tench weten te overtuigen met zijn argument dat de staf van het Witte Huis de afgelopen weken cynisch was geworden en de ontdekking van NASA zou wantrouwen als het nieuws van binnen de organisatie afkomstig was. En zoals Herney haar had verzekerd, had de steunbetuiging van Rachel Sexton inderdaad alle argwaan de kop ingedrukt, ervoor gezorgd dat er geen sceptische discussies onder de medewerkers losbarstten en de staf van het Witte Huis gedwongen als één front op te treden. Van zeer grote waarde, dat moest Tench toegeven. Maar nu sloeg Rachel Sexton een heel andere toon aan.

Het kreng belde me op een onbeveiligde lijn.

Het was duidelijk dat Rachel Sexton de geloofwaardigheid van deze ontdekking wilde ondergraven, en de enige geruststelling voor Tench was de wetenschap dat de president Rachels eerdere verklaring op videoband had. *Goddank.* Herney had er in elk geval aan gedacht ervoor te zorgen dat ze die povere zekerheid hadden. Tench begon te vrezen dat ze die nodig zouden hebben.

Maar eerst zou Tench proberen de schade op andere manieren te beperken. Rachel Sexton was een intelligente vrouw, en als ze echt van plan was de strijd aan te binden met het Witte Huis en NASA, zou ze machtige bondgenoten nodig hebben. Haar eerste en logische keuze zou William Pickering zijn. Tench wist al hoe Pickering over NASA dacht. Ze moest hem spreken voordat Rachel dat deed.

'Mevrouw Tench?' zei een heldere stem. 'U spreekt met William Pickering. Waar heb ik deze eer aan te danken?'

Tench hoorde de tv op de achtergrond: commentaar van NASA. Ze had al aan zijn toon gehoord dat hij nog verbluft was van de persconferentie. 'Mag ik u even lastigvallen, meneer?'

'Ik had verwacht dat u feest aan het vieren was. Het is een bijzondere avond voor u. Zo te horen zijn NASA en de president terug in de race.'

Tench hoorde pure verbazing in zijn stem, met een vleugje bitterheid erdoor. Dat laatste ongetwijfeld vanwege de legendarische hekel die de man eraan had belangrijk nieuws tegelijk met de rest van de wereld te horen.

Tench probeerde onmiddellijk een brug te slaan. 'Mijn verontschuldigingen,' zei ze, 'dat het Witte Huis en NASA u niet van tevoren op de hoogte konden stellen.'

'U weet waarschijnlijk dat het NRO daar een paar weken geleden activiteit van NASA heeft waargenomen en er navraag naar heeft gedaan,' zei Pickering.

Tench fronste haar voorhoofd. *Hij heeft de pest in.* 'Ja, dat weet ik. Maar toch...'

'NASA heeft ons verteld dat het niets was. Dat er oefeningen werden gedaan onder extreme omstandigheden. Apparatuur werd getest, dat soort dingen.' Pickering zweeg even. 'We hebben die leugen geslikt.'

'Laten we het geen leugen noemen,' zei Tench. 'Meer een noodzakelijke misleiding. Gezien het enorme belang van de ontdekking ga ik ervan uit dat u begrijpt dat NASA dit stil moest houden.'

'Voor het grote publiek, misschien.'

Verongelijkt doen was niets voor mannen als William Pickering, maar Tench had het gevoel dat hij er nu dichtbij was. 'Ik heb niet veel tijd,' zei Tench, die haar best deed haar dominante positie te behouden, 'maar ik vond dat ik u moest bellen om u te waarschuwen.'

'Me te waarschuwen?' Pickering klonk ironisch. 'Heeft Zach Herney besloten een nieuwe, NASA-vriendelijke NRO-directeur aan te stellen?'

'Natuurlijk niet. De president begrijpt dat uw kritiek op NASA voortkomt uit bezorgdheid over de veiligheid, en hij werkt aan het dichten van die gaten. Ik bel u over een van uw werknemers.' Ze zweeg even. 'Rachel Sexton. Hebt u vanavond al iets van haar gehoord?'

'Nee. Ik heb haar vanochtend op verzoek van de president naar het Witte Huis gestuurd. Jullie hebben haar kennelijk lang beziggehou-

den. Ze heeft zich nog niet gemeld.'
Tench was blij dat zij Pickering als eerste sprak. Ze nam een trekje van haar sigaret en zei zo kalm mogelijk: 'Ik denk dat u nu elk moment een telefoontje van mevrouw Sexton kunt verwachten.'
'Mooi zo. Ik zat erop te wachten. Ik zal u bekennen, toen de persconferentie van de president begon, was ik bang dat Zach Herney mevrouw Sexton misschien had overgehaald in het openbaar haar medewerking te verlenen. Ik ben blij dat hij die verleiding heeft weerstaan.'
'Zach Herney is een fatsoenlijk mens,' zei Tench, 'wat meer is dan ik van Rachel Sexton kan zeggen.'
Er viel een lange stilte. 'Ik hoop dat ik dat verkeerd heb verstaan.'
Tench zuchtte diep. 'Nee, meneer, ik vrees van niet. Ik ga over de telefoon liever niet in op details, maar Rachel Sexton heeft blijkbaar besloten de geloofwaardigheid van deze aankondiging van NASA te ondermijnen. Ik heb geen idee waarom, maar nadat ze eerder vanmiddag de gegevens van NASA heeft geverifieerd en onderschreven, is ze plotseling als een blad aan een boom gedraaid en spuit ze nu de meest onwaarschijnlijke beschuldigingen van bedrog en fraude aan het adres van NASA.'
Pickering klonk nu gespannen. 'Pardon?'
'Verontrustend, inderdaad. Het spijt me dat ik degene moet zijn die het u vertelt, maar mevrouw Sexton heeft twee minuten voor de persconferentie contact met me opgenomen en me gewaarschuwd dat ik de hele zaak moest afblazen.'
'Op welke gronden?'
'Absurde, eerlijk gezegd. Ze zei dat ze ernstige fouten in de gegevens had gevonden.'
De lange stilte van Pickering was behoedzamer dan Tench had gewild. 'Fouten?' vroeg hij uiteindelijk.
'Belachelijk, eigenlijk, na twee volle weken van proefnemingen door NASA en...'
'Ik vind het hoogst onwaarschijnlijk dat iemand als Rachel Sexton u zou vertellen de persconferentie van de president uit te stellen als ze daar geen heel goede reden voor had.' Pickering klonk bezorgd. 'Misschien had u naar haar moeten luisteren.'
'O, alstublieft!' riep Tench uit, en ze hoestte. 'U hebt de persconferentie gezien. De gegevens over de meteoriet zijn bevestigd en herbevestigd door talloze deskundigen. Onder wie onafhankelijke wetenschappers. Vindt u het niet verdacht dat Rachel Sexton – de dochter van de enige man die door deze aankondiging wordt benadeeld – plotseling van mening is veranderd?'

'Ik vind het verdacht, mevrouw Tench, maar alleen omdat ik toevallig weet dat mevrouw Sexton en haar vader op gespannen voet met elkaar staan. Ik kan me niet voorstellen waarom Rachel Sexton, na jarenlang voor de president te hebben gewerkt, plotseling zou besluiten naar het andere kamp over te lopen en te liegen om haar vader te steunen.'

'Ambitie, misschien? Ik weet het echt niet. Misschien de kans om de dochter van de president te worden...' Tench liet dit in de lucht hangen.

Pickerings toon verhardde ogenblikkelijk. 'U begeeft zich op glad ijs, mevrouw Tench. Zéér glad ijs.'

Tench trok een lelijk gezicht. Ze had het kunnen weten. Ze beschuldigde een prominent lid van Pickerings staf van verraad jegens de president. Geen wonder dat de man in de verdediging ging.

'Roep haar aan de telefoon,' eiste Pickering. 'Ik wil mevrouw Sexton graag zelf spreken.'

'Ik vrees dat dat onmogelijk is,' antwoordde Tench. 'Ze is niet in het Witte Huis.'

'Waar is ze dan?'

'De president heeft haar vanochtend naar de Milne-gletsjer gestuurd om de gegevens ter plaatse te onderzoeken. Ze is nog niet terug.'

Pickering klonk nu witheet. 'Er is mij nooit verteld...'

'Ik heb geen tijd voor gekwetste trots, directeur. Ik bel u alleen om u een dienst te bewijzen. Ik wilde u waarschuwen dat Rachel Sexton heeft besloten haar eigen plan te trekken met betrekking tot de aankondiging van vanavond. Ze zal op zoek gaan naar bondgenoten. Als ze contact met u opneemt, dient u er rekening mee te houden dat het Witte Huis in het bezit is van een videoband die eerder vandaag is opgenomen en waarop ze de gegevens over de meteoriet volledig onderschrijft tegenover de president, zijn kabinet en zijn hele staf. Als ze nu, met wat voor motieven dan ook, probeert de goede naam van Zach Herney of NASA te bezoedelen, verzeker ik u dat het Witte Huis ervoor zal zorgen dat ze hard en diep valt.' Tench wachtte even om haar boodschap door te laten dringen. 'Ik verwacht van u dat u me een wederdienst bewijst door mij onmiddellijk op de hoogte te stellen als Rachel Sexton contact met u opneemt. Ze doet een rechtstreekse aanval op de president, en het Witte Huis is van plan haar op te pakken voor verhoor voordat ze serieuze schade aanricht. Ik wacht op uw telefoontje, directeur. Dat was het. Goedenavond.'

Marjorie Tench hing op. Ze was er zeker van dat niemand ooit een dergelijke toon tegen William Pickering had aangeslagen. Nu wist hij in elk geval dat ze het meende.

Op de bovenste verdieping van het NRO stond William Pickering door zijn raam naar buiten te staren over het donkere Virginia. Het telefoontje van Marjorie Tench was zeer verontrustend geweest. Hij beet op zijn lip terwijl hij in gedachten probeerde de puzzelstukjes op hun plaats te leggen.
'Meneer?' zei zijn secretaresse, terwijl ze zachtjes klopte. 'Er is weer telefoon voor u.'
'Niet nu,' zei Pickering afwezig.
'Het is Rachel Sexton.'
Pickering draaide zich razendsnel om. Blijkbaar was Tench helderziend. 'Oké. Verbind haar onmiddellijk door.'
'Het is een gecodeerde beeldverbinding, meneer. Wilt u het gesprek in de vergaderzaal nemen?'
Een beeldverbinding? 'Waar belt ze vandaan?'
De secretaresse vertelde het hem.
Pickering staarde haar aan. Verbijsterd haastte hij zich door de gang naar de vergaderzaal. Dit moest hij zien.

70

De 'dode kamer' van de *Charlotte* – die was ontworpen naar een voorbeeld van Bell Laboratories – was wat formeel een echoloze kamer heette. Het was een akoestisch schone kamer zonder parallelle, weerkaatsende oppervlakken, die geluid voor 99,4 procent absorbeerde. Doordat metaal en water geluid geleiden, konden gesprekken aan boord van onderzeeërs relatief gemakkelijk worden opgevangen door afluisterapparatuur in de buurt of microfoontjes die tegen de scheepsromp zaten geplakt. De dode kamer was een klein vertrek in de onderzeeër waaruit absoluut geen geluid kon ontsnappen. Alle gesprekken die binnen deze geïsoleerde doos werden gevoerd, bleven gegarandeerd vertrouwelijk.
De kamer zag eruit als een grote ingebouwde kast waarvan het plafond, de muren en de vloer volledig bekleed waren met schuimrubber piramiden die van alle kanten naar binnen wezen. De ruimte deed Rachel denken aan een krappe grot onder water vol stalagmieten. Maar het verwarrendste was dat er geen vloer leek te zijn.
Je liep over een net van strakgespannen staaldraden dat horizontaal in de kamer hing, waardoor je het gevoel kreeg dat je halverwege de muur zweefde. Het staal was met rubber bekleed en onbuigzaam. Toen

Rachel door het gaas naar beneden keek, had ze het gevoel dat ze een touwbrug over een surrealistisch, gefragmenteerd landschap overstak. Een meter onder haar stak een woud van schuimrubberen naalden dreigend omhoog.

Meteen toen ze binnenkwam, was Rachel de desoriënterende levenloosheid opgevallen, alsof alle energie werd weggezogen. Het was alsof ze watten in haar oren had. Ze hoorde alleen haar ademhaling in haar hoofd. Ze riep iets en het klonk alsof ze in een kussen sprak. De wanden absorbeerden elke trilling, zodat de enige waarneembare vibraties die in haar hoofd waren.

De kapitein was vertrokken en had de beklede deur achter zich dichtgetrokken. Rachel, Corky en Tolland zaten midden in de kamer, aan een kleine, U-vormige tafel op lange metalen poten, die door het gaas omhoogstaken. Op de tafel waren verscheidene microfoons, koptelefoons en een beeldscherm met een groothoekcamera erboven gemonteerd. Het leek wel een conferentie van de Verenigde Naties op miniatuurniveau.

Als iemand met ervaring in het Amerikaanse inlichtingenwerk – waar de meeste lasermicrofoons, onderwater-richtmicrofoons en andere hypergevoelige afluisterapparatuur werden gebruikt – wist Rachel heel goed dat er weinig plekken ter wereld waren waar je een gesprek kon voeren dat echt niet kon worden afgeluisterd. De dode kamer leek een van die plekken te zijn. Met behulp van de microfoons en koptelefoons op tafel kon een 'videovergadering' worden gehouden, waarbij mensen vrijuit konden spreken in de wetenschap dat hun stemgeluid niet uit de kamer kon ontsnappen. Hun spraak werd door de microfoons opgevangen en voor de lange reis door de dampkring omgezet in een niet te ontcijferen codesignaal.

'Test, test.' Rachel, Tolland en Corky schrokken van de stem, die plotseling door hun koptelefoons klonk. 'Hoort u me, mevrouw Sexton?'

Rachel boog zich naar de microfoon. 'Ja. Dank u.' *Wie u ook bent.*

'Ik heb directeur Pickering voor u aan de lijn. Hij kan een beeldsignaal ontvangen. Ik ga nu van de lijn. U kunt elk ogenblik beeld ontvangen.'

Rachel hoorde dat de verbinding werd verbroken. Er klonk wat gebrom van atmosferische storingen in de verte en daarna een snelle opeenvolging van piepjes en klikjes. Het videoscherm voor hen gaf plotseling een verbluffend scherp beeld, en Rachel zag directeur Pickering in de vergaderzaal van het NRO zitten. Hij was alleen. Hij hief met een ruk zijn hoofd en keek Rachel aan.

Ze voelde zich eigenaardig opgelucht toen ze hem zag.

'Sexton,' zei hij, en zijn gezicht stond onthutst en ongerust. 'Wat is er verdomme aan de hand?'
'De meteoriet, meneer,' zei Rachel. 'Ik denk dat we een ernstig probleem hebben.'

71

Vanuit de dode kamer van de *Charlotte* stelde Rachel eerst Michael Tolland en Corky Marlinson voor aan Pickering. Daarna deed ze in het kort verslag van de ongelooflijke gebeurtenissen van die dag.
De directeur van het NRO zat roerloos te luisteren.
Rachel vertelde hem over het lichtgevende plankton in het wak waar de meteoriet uit was gehesen, hun tocht over het ijsplateau, hun ontdekking van een schacht onder de meteoriet die gebruikt was om deze op zijn plaats te brengen, en ten slotte over de onverhoedse aanval door een militair team waarvan ze vermoedde dat het een Special Operations-eenheid was.
William Pickering stond bekend om zijn vermogen naar verontrustende informatie te luisteren zonder een spier te vertrekken, maar nu werd zijn uitdrukking bij elke verwikkeling in Rachels verhaal ongeruster. Ze bespeurde ongeloof en daarna woede toen ze vertelde over de moord op Norah Mangor en hoe ze zelf op het nippertje aan de dood waren ontsnapt. Rachel had haar verdenkingen jegens het hoofd van NASA wel willen uiten, maar ze kende Pickering goed genoeg om niet met het beschuldigende vingertje te wijzen zonder dat ze bewijs had. Ze beperkte zich tot de kille, harde feiten. Toen ze klaar was, duurde het een paar seconden voordat Pickering reageerde.
'Sexton,' zei hij uiteindelijk, 'en u allen...' Zijn blik dwaalde naar de anderen. 'Als wat je zegt waar is, en ik kan me niet voorstellen waarom jullie erover zouden liegen, hebben jullie veel geluk gehad om nog in leven te zijn.'
Ze knikten zwijgend. *De president had vier onafhankelijke wetenschappers laten komen... en twee van hen waren nu dood.*
Pickering slaakte een sombere zucht, alsof hij geen idee had wat hij moest zeggen. De gebeurtenissen leken ook niet erg logisch. 'Is het mogelijk,' vroeg Pickering ten slotte, 'dat de schacht die je op de GPR-print ziet een natuurlijk verschijnsel is?'
Rachel schudde haar hoofd. 'Daar is hij te volmaakt voor.' Ze vouwde de natte GPR-print open en hield hem op voor de camera. 'Perfect.'

Pickering keek er aandachtig naar en knikte met een frons. 'Geef die niet uit handen.'
'Ik heb Marjorie Tench gebeld om haar te waarschuwen de president tegen te houden,' zei Rachel. 'Maar ze wilde niet luisteren.'
'Ik weet het. Dat heeft ze me verteld.'
Rachel keek verbluft op. 'Heeft Marjorie Tench u gebeld?' *Dat heeft ze snel gedaan.*
'Vlak voordat jij belde. Ze is zeer bezorgd. Ze denkt dat je een stunt uithaalt om de president en NASA in diskrediet te brengen. Misschien om je vader te helpen.'
Rachel sprong overeind. Ze zwaaide met de GPR-print en gebaarde naar haar twee metgezellen. 'We waren er bijna geweest! Leuke stunt! En waarom zou ik...'
Pickering stak zijn handen op. 'Rustig maar. Mevrouw Tench heeft me niet verteld dat jullie met z'n drieën waren.'
Rachel kon zich niet herinneren of Tench haar de tijd had gegeven om Corky en Tolland te noemen.
'En ook niet dat jullie tastbaar bewijs hebben,' zei Pickering. 'Ik was al sceptisch over haar beweringen voordat ik je sprak, maar nu ben ik ervan overtuigd dat ze het mis heeft. Ik twijfel niet aan wat je me vertelt. De vraag is wat het allemaal te betekenen heeft.'
Er viel een lange stilte.
William Pickering was moeilijk in verwarring te brengen, maar nu schudde hij beduusd zijn hoofd. 'Laten we even aannemen dat iemand deze meteoriet onder het ijs heeft geschoven. Dat leidt tot de voor de hand liggende vraag: "Waarom?" Als NASA een meteoriet heeft met fossielen erin, wie kan het dan nog iets schelen waar die gevonden is?'
'Het lijkt erop,' zei Rachel, 'dat het rotsblok opzettelijk zodanig in het ijs is gelegd dat PODS het zou ontdekken en dat het zou lijken alsof de meteoriet deel had uitgemaakt van een bekende inslag.'
'De Jungersol-meteoriet,' vulde Corky aan.
'Maar wat heeft het voor voordeel dat de meteoriet met een bekende inslag wordt geassocieerd?' wilde Pickering weten, en hij klonk nu bijna boos. 'Zouden die fossielen niet op elke plaats en elk tijdstip een verbazingwekkende ontdekking zijn, ongeacht de meteorietinslag waarmee ze in verband worden gebracht?'
Ze knikten alle drie.
Pickering aarzelde en keek ontstemd. 'Tenzij... natuurlijk...'
Rachel zag aan de ogen van de directeur dat zijn hersens op volle toeren draaiden. Hij had de eenvoudigste verklaring gevonden waarom de fossielen in verband waren gebracht met de Jungersol-meteoriet, maar de eenvoudigste verklaring was ook de meest verontrustende.

'Tenzij,' vervolgde Pickering, 'die zorgvuldige plaatsing was bedoeld om geloofwaardigheid te verlenen aan volkomen onjuiste gegevens.' Hij zuchtte en wendde zich tot Corky. 'Dr. Marlinson, is het mogelijk dat deze meteoriet een vervalsing is?'
'Een vervalsing, meneer?'
'Een vervalsing, ja. Nep. Nagemaakt.'
'Een népmeteoriet?' Corky lachte ongemakkelijk. 'Volslagen onmogelijk! Die meteoriet is door deskundigen onderzocht. Onder wie ikzelf. Chemische analyse, spectrografisch onderzoek, rubidium-strontiumdatering. Hij lijkt op geen enkel rotsblok dat ooit op aarde is gevonden. De meteoriet is echt. Dat zou elke astrogeoloog beamen.'
Pickering dacht hier een tijdje over na en streek over zijn das. 'Maar gezien het feit dat NASA op dit moment veel te winnen heeft bij deze ontdekking, dat er duidelijke tekenen zijn dat er met bewijsmateriaal is geknoeid en dat u bent aangevallen... is de eerste en enige logische conclusie die ik kan trekken, dat deze meteoriet een goed gelukte vervalsing is.'
'Onmogelijk!' Corky klonk nu boos. 'Met alle respect, meneer, meteorieten zijn geen decorstukken die je in een laboratorium in elkaar kunt zetten om een zootje nietsvermoedende astrofysici voor de gek te houden. Het zijn voorwerpen met een complexe chemische samenstelling, die een unieke kristalstructuur en elementenverhouding hebben!'
'Ik spreek u niet tegen, dr. Marlinson. Ik volg alleen een logische gedachtegang. Iemand wilde u doden om te voorkomen dat bekend zou worden dat de meteoriet onder het ijs is geschoven, en daarom ben ik bereid de wildste scenario's in overweging te nemen. Wat zijn de specifieke eigenschappen van dit rotsblok waardoor u zeker weet dat het een meteoriet is?'
'De specifieke eigenschappen?' Corky's stem klonk schor door de koptelefoons. 'Een perfecte smeltkorst, de aanwezigheid van chondrulen en een nikkelgehalte zoals dat op aarde in geen enkel gesteente wordt aangetroffen. Als u suggereert dat iemand ons bij de neus heeft genomen door in een laboratorium een meteoriet na te maken, kan ik alleen maar zeggen dat dat dan ongeveer honderdnegentig miljoen jaar geleden gebeurd moet zijn.' Corky stak zijn hand in zijn zak en haalde een stenen schijf ter grootte van een cd tevoorschijn. Die hield hij op voor de camera. 'We hebben dit soort monsters met behulp van verschillende scheikundige methoden gedateerd. Rubidium-strontiumdatering is niet iets wat je kunt namaken!'
Pickering keek verbaasd. 'Hebt u daar een monster?'
Corky haalde zijn schouders op. 'In de habisfeer slingerden er tientallen rond.'

'Meen je nou echt,' zei Pickering, die nu naar Rachel keek, 'dat NASA een meteoriet heeft ontdekt die volgens hun onderzoeken bewijs van buitenaards leven bevat en dat ze mensen zomaar met monsters laten weglopen?'
'Het gaat erom dat het monster dat ik hier heb, echt is,' zei Corky. Hij hield het gesteente dicht bij de camera. 'Je kunt dit aan elke petroloog, geoloog of astronoom ter wereld geven. Die zou dan wat testjes doen en je twee dingen vertellen: ten eerste, het is honderdnegentig miljoen jaar oud, en ten tweede, de chemische samenstelling is afwijkend van elk soort gesteente dat hier op aarde voorkomt.'
Pickering boog zich naar voren en keek aandachtig naar het fossiel in het stuk steen. Hij zat er een tijdje roerloos naar te kijken. Ten slotte zuchtte hij. 'Ik ben geen wetenschapper. Het enige wat ik kan zeggen is: als die meteoriet echt is, en daar ziet het dus naar uit, zou ik wel eens willen weten waarom NASA hem niet gewoon aan de wereld heeft gepresenteerd zoals hij was. Waarom heeft iemand hem zorgvuldig onder het ijs gelegd, alsof dat ons van de echtheid moest overtuigen?'

Op datzelfde ogenblik toetste in het Witte Huis een beveiligingsbeambte het nummer van Marjorie Tench in.
De topadviseur nam de telefoon op nadat die één keer was overgegaan. 'Ja?'
'Mevrouw Tench,' zei de man, 'ik heb de informatie die u wilde hebben. Het gesprek over de marifoon met Rachel Sexton. We hebben de herkomst.'
'En die is?'
'De Geheime Dienst zegt dat het signaal afkomstig was van de marineonderzeeër *U.S.S. Charlotte*.'
'Wát?'
'Ze hebben de coördinaten niet, mevrouw, maar ze zijn zeker van de identificatiecode van het schip.'
'Jezus christus!' Zonder nog een woord te zeggen, gooide Tench de hoorn op de haak.

72

Rachel begon een beetje misselijk te worden van de dempende akoestiek van de dode kamer. Op het beeldscherm ging de bezorgde blik

van William Pickering nu naar Michael Tolland. 'U zegt niet veel, meneer Tolland.'
Tolland keek op als een schooljongen die plotseling de beurt krijgt. 'Meneer?'
'We hebben net een zeer overtuigende documentaire van u op tv gezien,' zei Pickering. 'Wat is uw mening over de meteoriet nu?'
'Eh, nou,' zei Tolland, die duidelijk slecht op zijn gemak was, 'ik ben het met dr. Marlinson eens. Ik geloof dat de fossielen en de meteoriet echt zijn. Ik ben aardig op de hoogte van dateringstechnieken, en de ouderdom van dat rotsblok is door verschillende tests bevestigd. En het nikkelgehalte ook. Die gegevens kunnen niet worden vervalst. Er is geen twijfel over dat het rotsblok, dat honderdnegentig miljoen jaar geleden is gevormd, een nikkelgehalte heeft dat op aarde niet voorkomt en tientallen fossielen bevat die volgens de tests ook honderdnegentig miljoen jaar geleden zijn gevormd. Ik kan daar geen andere verklaring voor bedenken dan dat NASA een echte meteoriet heeft gevonden.'
Pickering zweeg. Hij keek onzeker, een gezichtsuitdrukking die Rachel niet van hem kende.
'Wat kunnen we het beste doen, meneer?' vroeg Rachel. 'We zullen de president toch moeten waarschuwen dat er problemen met de gegevens zijn.'
Pickering keek bedenkelijk. 'Laten we hopen dat de president het niet al weet.'
Rachel voelde dat haar keel dicht ging zitten. Wat Pickering bedoelde, was duidelijk. *President Herney zou erbij betrokken kunnen zijn.* Rachel twijfelde er sterk aan, maar zowel de president als NASA hadden hier veel bij te winnen.
'Alle wetenschappelijke gegevens wijzen in de richting van een geloofwaardige ontdekking, met uitzondering helaas van de GPR-print waarop de schacht te zien is,' zei Pickering. Hij zweeg onheilspellend. 'En die kwestie van die aanval op u vieren...' Hij keek op naar Rachel. 'Je had het over een eenheid van Special Operations.'
'Ja, meneer.' Ze vertelde hem opnieuw over de geïmproviseerde munitie en de tactiek.
Pickering ging er met de minuut ongelukkiger uitzien. Rachel vermoedde dat haar baas overdacht hoeveel mensen konden beschikken over een kleine militaire eenheid om een opdracht tot moord uit te voeren. De president zeker. Marjorie Tench waarschijnlijk ook, als zijn belangrijkste adviseur. Lawrence Ekstrom, het hoofd van NASA met zijn banden met het Pentagon, misschien ook. Toen Rachel over de talloze mogelijkheden nadacht, besefte ze dat de opdrachtgever ach-

ter de aanval bijna iedereen geweest kon zijn met veel politieke invloed en de juiste connecties.
'Ik zou de president nu meteen kunnen bellen,' zei Pickering, 'maar dat lijkt me niet verstandig, althans, niet voordat we weten wie hierachter zit. Mijn mogelijkheden om jullie te beschermen worden beperkt als we het Witte Huis erbij betrekken. Bovendien weet ik niet precies wat ik hem moet vertellen. Als de meteoriet echt is, wat volgens jullie het geval is, dan is de beschuldiging dat er een schacht onder de meteoriet is geweest en dat jullie zijn aangevallen niet logisch. De president zou alle reden hebben aan mijn beweringen te twijfelen.' Hij zweeg alsof hij de opties overwoog. 'Hoe dan ook... Wat de waarheid ook is en wie er ook achter zit, er zullen een paar zeer machtige mensen een douw krijgen als deze informatie openbaar wordt. Ik stel voor dat we jullie eerst in veiligheid brengen, voordat we dwars gaan liggen.'
Ons in veiligheid brengen? Dat idee verraste Rachel. 'Ik denk dat we tamelijk veilig zijn op een kernonderzeeër, meneer.'
Pickering keek sceptisch. 'Jullie aanwezigheid op die onderzeeër zal niet lang geheim blijven. Ik haal jullie daar onmiddellijk weg. Eerlijk gezegd zal ik pas gerust zijn als jullie hier in mijn kantoor zitten.'

73

Senator Sexton zat ineengedoken op zijn bank en voelde zich een vluchteling. Zijn appartement aan Westbrooke Place, nog maar een uur geleden vol nieuwe vrienden en medestanders, zag er nu desolaat uit. Her en der stonden cognacglazen en lagen visitekaartjes, achtergelaten door mannen die letterlijk de deur uit waren gerend.
Nu zat Sexton moederziel alleen voor zijn tv. Die zou hij dolgraag uit willen zetten, maar tegelijk kon hij zich niet losrukken van de onafzienbare stroom commentaren. Dit was Washington, en het had de analisten weinig tijd gekost om hun pseudo-wetenschappelijke en filosofische overdrijvingen erdoor te jagen en aan te komen bij hun doel: de rauwe politiek. Als SM-meesters die zout in Sextons wonden wreven, herhaalden de nieuwslezers steeds opnieuw wat zonneklaar was.
'Een paar uur geleden liep Sextons campagne nog als een trein,' zei een van de commentatoren. 'Maar door de ontdekking van NASA is hij op een dood spoor geraakt.'
Sexton vertrok zijn gezicht, stak zijn hand uit naar de Courvoisier en nam een slok uit de fles. Hij wist dat deze avond de langste en een-

zaamste van zijn leven zou worden. Hij verfoeide Marjorie Tench, omdat ze hem in de val had laten lopen. Hij verfoeide Gabrielle Ashe, omdat zij over NASA was begonnen. Hij verfoeide de president, omdat die zo verrekte veel geluk had. En hij verfoeide de wereld, die hem uitlachte.

'Het is duidelijk dat dit de senator fataal zal worden,' zei de commentator. 'De president en NASA hebben met deze ontdekking een ongeëvenaard succes geboekt. Dit nieuws zou de campagne van de president hoe dan ook nieuw leven inblazen, afgezien van Sextons standpunt over NASA, maar nu Sexton vandaag heeft toegegeven dat hij de financiering van NASA indien nodig helemaal zou stopzetten... Nou ja, de toespraak van de president is een klap waarvan de senator zich niet meer zal herstellen.'

Ik ben erin geluisd, dacht Sexton. *Het Witte Huis heeft me belazerd.*

De commentator glimlachte nu. 'Alle geloofwaardigheid die NASA bij de Amerikanen had verspeeld, is dubbel en dwars herwonnen. Er heerst nu echt een gevoel van nationale trots in het land.'

'En terecht. De mensen zijn dol op Zach Herney, maar ze begonnen het vertrouwen in hem te verliezen. Het valt niet te ontkennen dat de president de laatste tijd flink wat klappen heeft geïncasseerd zonder terug te vechten, maar hij is uiteindelijk als overwinnaar uit de strijd gekomen.'

Sexton dacht aan het CNN-debat van die middag en liet zijn hoofd hangen. Hij had het gevoel dat hij misselijk werd. Al zijn kritiek op NASA, die hij de afgelopen maanden zo zorgvuldig had opgebouwd, was nu niet alleen volkomen achterhaald maar hing als een molensteen om zijn nek. Hij stond voor gek. Het Witte Huis had hem schaamteloos gemanipuleerd. Hij was nu al bang voor de spotprenten in de kranten van morgen. Alle grappen in het hele land zouden over hem gaan. Er zou natuurlijk geen sprake meer van zijn dat de SFF in het geheim zijn campagne financierde. Alles was veranderd. Alle mannen die net nog in zijn appartement waren geweest, hadden zijn dromen naar de knoppen zien gaan. De privatisering van de ruimte was tegen een betonnen muur op geknald.

Nadat hij nog een slok cognac had genomen, stond de senator op en liep onvast naar zijn bureau. Hij keek naar de telefoonhoorn, die van de haak lag. In het besef dat het een daad van masochistische zelfkwelling was, legde hij de hoorn langzaam op de haak en telde de seconden.

Een... twee... De telefoon ging over. Hij liet het antwoordapparaat opnemen.

'Senator Sexton, dit is Judy Oliver van CNN. Ik wil u graag de gelegenheid bieden te reageren op de NASA-ontdekking van vanavond. Belt u me alstublieft terug.' Ze hing op.

Sexton begon weer te tellen. *Een...* De telefoon rinkelde. Hij liet opnieuw het apparaat opnemen. Weer een verslaggever.

Met de fles Courvoisier in zijn hand wandelde Sexton naar zijn balkondeur. Hij schoof hem open en stapte de koelte in. Tegen de balustrade geleund, keek hij uit over de stad naar de verlichte gevel van het Witte Huis in de verte. De lichtjes leken vrolijk te fonkelen in de wind. *Smeerlappen*, dacht hij. *Eeuwenlang hebben we gezocht naar bewijs voor buitenaards leven. En nu vinden we het in hetzelfde jaar dat ik verkozen had moeten worden!* Dit was geen gelukkig toeval meer, dit was verdomme helderziendheid. In elk appartement waar Sexton naar binnen kon kijken, stond de tv aan. Hij vroeg zich af waar Gabrielle Ashe vanavond was. Dit was allemaal haar schuld. Zij had hem de ene mislukking van NASA na de andere toegespeeld.

Hij hief de fles om nog een slok te nemen.

Die verdomde Gabrielle... door haar zit ik zo diep in de problemen.

Aan de andere kant van de stad, te midden van de chaos in de productieruimte van ABC, was Gabrielle Ashe als verdoofd. De aankondiging van de president was volkomen onverwacht geweest en ze was nog half in shock. Ze stond als aan de grond genageld midden in de productieruimte en staarde omhoog naar een van de tv-schermen terwijl er om haar heen een pandemonium was losgebarsten.

Tijdens de eerste seconden van de speech was het doodstil geweest op de redactie. Maar het duurde niet lang voordat er een oorverdovend lawaai uitbrak van verslaggevers die heen en weer renden en elkaar verdrongen. Dit waren vakmensen. Ze hadden geen tijd voor individuele overpeinzingen. Die kwamen na het werk wel. Op dat ogenblik wilde de wereld meer informatie, en die moest ABC leveren. Dit verhaal had alles in zich: wetenschap, geschiedenis, politiek tumult. Het was een onuitputtelijke bron. Niemand die bij de media werkte, zou vannacht gaan slapen.

'Gabs?' Yolanda's stem klonk meelevend. 'Kom mee naar mijn kamer, voordat iemand beseft wie je bent en je gaat uithoren over wat dit voor Sextons campagne betekent.'

Gabrielle liet zich als door een dichte mist meevoeren naar Yolanda's kantoortje met glazen wanden. Yolanda duwde haar op een stoel en gaf haar een glas water. Ze glimlachte geforceerd. 'Bekijk het van de vrolijke kant, Gabs. De campagne van je kandidaat is verleden tijd, maar jij in elk geval niet.'

'Bedankt. Geweldig.'

Yolanda's toon werd ernstig. 'Gabrielle, ik weet dat je je rot voelt. Je kandidaat is overreden door een tientonner, en als je het mij vraagt, staat hij niet meer op. Niet op tijd om hier nog iets aan te verhelpen, tenminste. Maar in elk geval worden er niet op alle netten foto's van jou vertoond. Ik meen het. Dit is goed nieuws. Herney heeft geen seksschandaal meer nodig. Hij heeft nu veel te veel presidentiële allure om over seks te praten.'

Dat was een schrale troost voor Gabrielle.

'En die beweringen van Tench over onwettige financiering van Sextons campagne...' Yolanda schudde haar hoofd. 'Ik heb mijn twijfels. Akkoord, Herney vindt oprecht dat er geen negatieve campagne moet worden gevoerd. En een onderzoek naar omkoping zou slecht zijn voor het land. Maar is Herney echt zo vaderlandslievend dat hij een kans zou laten lopen om zijn tegenstander te vermorzelen, enkel en alleen om het moreel van het land hoog te houden? Ik vermoed dat Tench de waarheid over Sextons financiën enigszins geweld aan heeft gedaan in een poging je bang te maken. Ze heeft de gok gewaagd in de hoop dat je het zinkende schip zou verlaten en de president aan een gratis seksschandaal zou helpen. En je moet toegeven, Gabs, vanavond zou wel een uitgelezen avond zijn geweest om de morele integriteit van Sexton aan de kaak te stellen!'

Gabrielle knikte vaag. Als hier ook nog eens een seksschandaal overheen was gekomen, zou Sextons carrière voorgoed verloren zijn.

'Je hebt standgehouden, Gabs. Marjorie Tench is uit vissen gegaan, maar jij hebt niet toegehapt. Je bent er goed vanaf gekomen. Er komen wel weer andere verkiezingen.'

Gabrielle knikte weer, zonder te weten wat ze ervan moest denken.

'Het valt niet te ontkennen,' zei Yolanda. 'Het Witte Huis heeft Sexton briljant gemanipuleerd: ze hebben hem verleid zich duidelijk uit te spreken en alles op NASA te zetten.'

Helemaal mijn schuld, dacht Gabrielle.

'En de aankondiging die we net hebben gezien, mijn god, die was geniaal! Even helemaal afgezien van de ontdekking zelf, de productie was briljant. Rechtstreekse beelden vanaf de noordpool, een documentaire van Michael Tolland... Jezus, hoe kun je daar nog mee concurreren? Zach Herney heeft het vanavond gefikst. Die man is niet voor niets president geworden.'

En dat zal hij nog vier jaar zijn...

'Ik moet weer aan het werk, Gabs,' zei Yolanda. 'Blijf jij hier maar zo lang zitten als je wilt, tot je weer een beetje bent bijgekomen.' Yolanda liep naar de deur. 'Ik kom over een paar minuten weer even bij je kijken, meid.'

Alleen achtergebleven nam Gabrielle een slokje van haar water, maar dat smaakte vies. Alles smaakte vies. *Het is allemaal mijn schuld*, dacht ze, en ze probeerde haar geweten te sussen door te denken aan al die sombere persconferenties van NASA van het afgelopen jaar: de tegenvallers met het ruimtestation, het afblazen van de X-33, alle mislukte Marssondes en de voortdurende financiële reddingsoperaties. Gabrielle vroeg zich af wat ze anders had kunnen doen.

Niets, hield ze zichzelf voor. *Je hebt alles goed gedaan.*

Het was alleen verkeerd uitgepakt.

74

De marinehelikopter die met veel geraas aan kwam vliegen, een SeaHawk, was voor een geheime operatie van de luchtmachtbasis Thule in het noorden van Groenland gekomen. Hij bleef laag, buiten radarbereik, en stak in de storm ruim honderd kilometer open zee over. Toen lieten de piloten het toestel in de harde wind stilhangen boven vooraf bepaalde coördinaten midden op de lege oceaan, volgens hun bizarre orders.

'Waar is het afgesproken punt?' riep de copiloot onzeker. Ze hadden opdracht gekregen een helikopter met een lier te nemen, dus had hij een reddingsoperatie verwacht. 'Weet je zeker dat dit de juiste coördinaten zijn?' Hij zocht de ruwe zee af met een zoeklicht, maar onder hen was niets te zien, behalve...

'Krijg nou wat!' De piloot trok de stuurknuppel naar achteren, zodat de helikopter met een ruk steeg.

Er rees plotseling een zwarte berg van staal voor hen op uit de golven. Een gigantische onderzeeër zonder herkenningstekens kwam naar boven in een wolk van luchtbellen door het leegblazen van zijn ballasttanks.

De piloten lachten elkaar ongemakkelijk toe. 'Dat zullen ze dan wel zijn.'

Zoals opgedragen, verliep de actie onder volledige radiostilte. Het dubbele luik op de toren van de boot ging open en een matroos gaf hun met een seinlamp instructies. De helikopter ging boven de onderzeeër hangen en liet een driepersoons reddingsgordel zakken, in wezen drie rubberen lussen aan een kabel die ingehaald kon worden. Binnen de minuut bungelden er drie onbekenden onder de helikopter, die langzaam werden opgehesen, tegen de benedenwaartse

luchtstroom van de rotors in.
Toen de copiloot ze aan boord had geholpen – twee mannen en een vrouw – gaf de piloot de onderzeeër het sein dat alles in orde was. Binnen een paar seconden verdween het enorme vaartuig onder de woelige golven en was nergens meer aan te zien dat het hier ooit was geweest.
Nu de passagiers veilig aan boord waren, richtte de piloot zijn aandacht weer naar voren, liet de neus van de helikopter een stukje zakken en zette koers naar het zuiden om de missie te voltooien. De storm wakkerde aan en de drie vreemdelingen moesten veilig worden teruggebracht naar de luchtmachtbasis Thule om van daaraf met een vliegtuig verder te reizen. De piloot had geen idee waarheen. Het enige wat hij wist, was dat zijn orders van zeer hoog waren gekomen en dat hij een buitengewoon kostbare lading vervoerde.

75

Toen op het Milne-ijsplateau de storm uiteindelijk in volle hevigheid losbarstte en zijn kracht botvierde op de habisfeer van NASA, stond de koepel te schudden alsof hij elk moment de lucht in kon vliegen om naar zee te worden geblazen. De stalen verankeringskabels stonden strakgespannen aan hun bevestigingspunten, trillend als reusachtige gitaarsnaren en naargeestig zoemend. De generatoren, die buiten stonden, haperden af en toe, waardoor de lampen flikkerden en het leek alsof de enorme ruimte in volkomen duisternis zou worden gehuld.
Lawrence Ekstrom, het hoofd van NASA, liep met grote passen door de koepel. Hij zou willen dat hij hier vanavond nog weg kon, maar dat lukte niet. Hij zou nog een dag blijven. 's Ochtends zou hij nog een paar persconferenties ter plaatse geven en daarna zou hij toezien op de voorbereidingen om de meteoriet naar Washington te transporteren. Op dit moment wilde hij niets liever dan gaan slapen; de onverwachte problemen die zich die dag hadden voorgedaan, hadden hem veel energie gekost.
Ekstrom dacht weer aan Wailee Ming, Rachel Sexton, Norah Mangor, Michael Tolland en Corky Marlinson. Het begon sommige medewerkers van NASA op te vallen dat de wetenschappers nergens te bekennen waren.
Rustig aan, vermaande Ekstrom zichzelf. *Alles is onder controle.*
Hij ademde diep in en uit en riep zich in herinnering dat iedereen op

de planeet op dit moment enthousiast was over NASA en de ruimte. Het idee van buitenaards leven was niet meer zo opwindend geweest sinds het beroemde 'Roswell-incident' in 1947; toen zou er bij Roswell, in New Mexico, een buitenaards ruimteschip zijn neergestort. Het was tot op de dag van vandaag een bedevaartsoord voor miljoenen mensen die overtuigd waren van het bestaan van UFO's.

In de jaren dat Ekstrom bij het Pentagon had gewerkt, had hij gehoord dat het Roswell-incident niets anders was geweest dan een ongeluk tijdens een geheime operatie van de luchtmacht, Project Mogul: de testvlucht van een spionageballon die was bedoeld om Russische atoomproeven te detecteren. Toen er een prototype werd getest, was het uit de koers geraakt en in de woestijn van New Mexico neergestort. Helaas was het wrak door een burger gevonden voordat de luchtmacht erbij had kunnen komen.

William Brazel, een nietsvermoedende boer, was op de brokstukken gestuit, die van neopreen en lichtgewicht metaal waren, materialen die hij nooit eerder had gezien, en hij had onmiddellijk de sheriff erbij geroepen. Het verhaal van het bizarre wrak kwam in de kranten en kreeg steeds meer publiciteit. Aangezien de krijgsmacht ontkende iets van het wrak te weten, gingen verslaggevers op onderzoek uit, en de geheime status van Project Mogul liep serieus gevaar. Net toen het ernaar uitzag dat het bestaan van de spionageballon zou worden onthuld, een gevoelige kwestie, gebeurde er iets fantastisch.

De media trokken een onverwachte conclusie. Ze besloten dat de stukken futuristisch materiaal alleen maar afkomstig konden zijn van buiten de aarde, van wezens die technisch verder ontwikkeld waren dan mensen. Dat de krijgsmacht het incident ontkende, kon maar één ding betekenen: men wilde een contact met buitenaardsen verdoezelen! Hoewel stomverbaasd over deze nieuwe hypothese, was de luchtmacht niet van plan een gegeven paard in de bek te kijken. Ze greep het verhaal over buitenaardsen met beide handen aan en borduurde erop verder, want het was veel minder bedreigend voor de nationale veiligheid dat de hele wereld dacht dat New Mexico door buitenaardsen was bezocht, dan dat de Russen lucht zouden krijgen van Project Mogul. Om het verhaal over de buitenaardsen te voeden, hulden de inlichtingendiensten het Roswell-incident in geheimzinnigheid en begonnen 'informatie' te lekken: vage geruchten over contact met buitenaardsen, gevonden resten van ruimteschepen en zelfs een mysterieuze 'Hangar 18' op luchtmachtbasis Wright-Patterson in Dayton, waar de regering buitenaardsen op ijs bewaarde. Men geloofde de verhalen, en wereldwijd heerste de Roswell-koorts. Als er na die tijd per ongeluk een burger een geavanceerd Amerikaans militair luchtvaartuig zag, stoften de inlichtingendiensten gewoon de oude samenzwering weer af.

Het is geen luchtvaartuig, het is een buitenaards ruimteschip!

Ekstrom bedacht met verbazing dat die simpele list vandaag de dag nog steeds werkte. Elke keer dat de media een plotselinge toename van het aantal gesignaleerde UFO's meldden, moest Ekstrom lachen. De kans was groot dat een fortuinlijke burger een glimp had opgevangen van een van de zevenenvijftig Global Hawks die het NRO bezat: snelle, onbemande verkenningsvliegtuigen, langwerpig van vorm, op afstand bestuurd, die in niets leken op de bekende toestellen.

Ekstrom vond het aandoenlijk dat nog steeds talloze toeristen pelgrimages maakten naar de woestijn van New Mexico om met hun videocamera's de nachtelijke hemel af te speuren. Af en toe had er een geluk en filmde 'onomstotelijk bewijs' van een UFO: felle lichten die met meer snelheid en wendbaarheid langs de hemel schoten dan mogelijk was voor vliegtuigen die door mensenhanden waren gemaakt. Wat die mensen natuurlijk niet beseften, was dat er een gat van twaalf jaar gaapte tussen wat de regering kon bouwen en waar het publiek van op de hoogte was. Deze UFO-waarnemers vingen gewoon een glimp op van de volgende generatie luchtmachttoestellen, die in Area 51 werden ontwikkeld. Veel van die toestellen waren bedacht door ingenieurs van NASA. Het misverstand werd uiteraard nooit door inlichtingendiensten rechtgezet; het was duidelijk dat die liever hadden dat de wereld las dat er weer een UFO was gesignaleerd dan dat bekend werd wat de ware mogelijkheden van de Amerikaanse krijgsmacht op luchtvaartgebied waren.

Maar nu is alles veranderd, dacht Ekstrom. Over een paar uur zou de mythe over buitenaards leven voorgoed de algemeen aanvaarde werkelijkheid zijn.

'Meneer Ekstrom?' Achter hem kwam op een drafje een technicus aanlopen over het ijs. 'Er is een dringend, vertrouwelijk telefoongesprek voor u in de PSC.'

Ekstrom draaide zich met een zucht om. *Wat kan dat nou verdomme weer zijn?* Hij zette koers naar de container met communicatieapparatuur.

De technicus liep haastig met hem mee. 'De jongens die de radar in de PSC bemannen, vroegen zich af...'

'Ja?' Ekstrom was met zijn gedachten nog mijlenver weg.

'De grote onderzeeër die hier voor de kust ligt? We vroegen ons af waarom u ons daar niets over hebt verteld.'

Ekstrom keek even op. 'Wat bedoel je?'

'De onderzeeër, meneer. Dat had u toch in elk geval de jongens van

de radar wel kunnen vertellen. Het is begrijpelijk dat de kustlijn wordt bewaakt, maar het overviel ons radarteam een beetje.'
Ekstrom bleef staan. 'Wélke onderzeeër?'
Ook de technicus bleef nu staan; hij had duidelijk niet verwacht dat zijn baas verrast zou zijn. 'Maakt die dan geen deel uit van onze operatie?'
'Nee! Waar ligt hij?'
De technicus slikte. 'Bijna vijf kilometer uit de kust. We kregen hem toevallig op de radar. Hij is maar een paar minuten boven water geweest. Een flinke echo. Het moet wel een grote zijn. We dachten dat u de marine had gevraagd deze operatie te bewaken zonder dat u het iemand had verteld.'
Ekstrom staarde hem aan. 'Dat heb ik beslist niet gedaan!'
Nu klonk de technicus aarzelend. 'Nou, meneer, dan moet ik u vertellen dat er zojuist hier vlak voor de kust een onderzeeër een ontmoeting heeft gehad met een luchtvaartuig. Zo te zien een aflossing van personeel. Eerlijk gezegd waren we allemaal nogal onder de indruk dat ze met deze wind iemand van een schip durfden te hijsen.'
Ekstrom merkte dat zijn spieren zich spanden. *Wat moet een onderzeeër hier, vlak voor de kust van Ellesmere Island, zonder dat ik er iets van weet?* 'Hebben jullie gezien in welke richting het luchtvaartuig na de operatie wegvloog?'
'Terug naar de luchtmachtbasis Thule. Zodat de opgehaalde mensen met een ander transportmiddel verder kunnen reizen, neem ik aan.'
Ekstrom deed er verder het zwijgen toe op weg naar de PSC. Eenmaal in de kleine, donkere ruimte, bleek de schorre stem aan de lijn hem bekend voor te komen.
'We hebben een probleem,' zei Tench hoestend. 'Ik bel over Rachel Sexton.'

76

Senator Sexton wist niet precies hoe lang hij voor zich uit had zitten staren toen hij gebonk hoorde. Toen hij besefte dat het bonzen in zijn oren niet van de alcohol kwam maar dat er daadwerkelijk iemand voor zijn deur stond, kwam hij overeind, borg de fles Courvoisier weg en liep naar de hal.
'Wie is daar?' schreeuwde Sexton, die geen zin had in bezoek.
Zijn lijfwacht riep de naam van Sextons onverwachte gast. Sexton was

meteen weer nuchter. *Dat is snel.* Hij had gehoopt dat hij dit gesprek pas morgen zou hoeven voeren.

Hij ademde diep in, streek door zijn haar en deed de deur open. Het gezicht tegenover hem was maar al te bekend: onverzettelijk en verweerd. De man was in de zeventig, maar zijn haar was nog donker. Sexton had hem die ochtend nog gesproken in de witte Ford Windstar in de hotelgarage. *Is dat nog maar zo kort geleden?* vroeg Sexton zich af. God, wat was er veel veranderd sinds die tijd.

'Mag ik binnenkomen?' vroeg de man.

Sexton ging opzij en liet de voorzitter van de Space Frontier Foundation erlangs.

'Is de vergadering goed verlopen?' vroeg de man, terwijl Sexton de deur dichtdeed.

Goed verlopen? Sexton vroeg zich af waar de man had gezeten. 'Alles ging fantastisch totdat de president op de tv kwam.'

De oude man knikte met een ontstemd gezicht. 'Ja. Een ongelooflijke overwinning. Het zal onze zaak zeker schaden.'

Onze zaak schaden? Hier sprak de ware optimist. Na deze triomf van NASA zou de SFF haar doel, privatisering van de exploitatie van de ruimte, echt niet meer bereiken voordat deze man onder de groene zoden lag.

'Ik dacht al jaren dat het bewijs niet lang meer op zich kon laten wachten,' zei de oude man. 'Ik wist niet hoe of wanneer het zou komen, maar vroeg of laat moest het bevestigd worden.'

Sexton was verbluft. 'Ben u niet verbaasd?'

'Statistisch gezien was het bijna zeker dat er andere vormen van leven in de kosmos waren,' zei de man, die naar Sextons studeerkamer liep. 'De ontdekking heeft me niet verbaasd. Als mens vind ik het fantastisch. Een ontzagwekkende ontdekking. Maar op het politieke vlak ben ik zeer verontrust. De timing had niet slechter gekund.'

Sexton vroeg zich af waar de man voor was gekomen. Niet om hem op te vrolijken, in elk geval.

'Zoals je weet,' zei de man, 'hebben bedrijven die lid zijn van de SFF miljoenen uitgegeven om de ruimte open te stellen voor het grote publiek. De laatste tijd is veel van dat geld naar jouw campagne gegaan.'

Sexton had plotseling het gevoel dat hij zich moest verdedigen. 'Het fiasco van vanavond is niet mijn schuld. Het Witte Huis heeft me uitgedaagd NASA aan te vallen!'

'Ja. De president heeft het spelletje slim gespeeld. Maar misschien is nog niet alles verloren.' Er schitterde een sprankje hoop in de ogen van de oude man.

Hij is kinds, concludeerde Sexton. *Reken maar dat alles verloren is.*

Op elk televisiestation werd op dit moment de ondergang van Sextons campagne besproken.
De oude man liep onuitgenodigd de studeerkamer in, ging op de bank zitten en sloeg zijn blik vermoeid op naar de senator. Hij zei: 'Herinner je je de problemen nog die NASA in het begin had met de software aan boord van de PODS-satelliet?'
Sexton had geen idee waar de man heen wilde. *Wat doet dat er nu nog toe? PODS heeft verdomme een meteoriet met fossielen gevonden!*
'Zoals je misschien nog weet,' zei de man, 'werkte de software aan boord van de satelliet in het begin niet goed. Daar heb jij nog een hoop stampij over gemaakt in de media.'
'En terecht!' zei Sexton, die tegenover de man ging zitten. 'Het was de zoveelste blunder van NASA!'
De man knikte. 'Dat ben ik met je eens. Maar kort daarna heeft NASA een persconferentie gehouden waarin werd aangekondigd dat er een oplossing was gevonden, een soort *patch* voor de software.'
Sexton had die persconferentie zelf niet gezien, maar hij had gehoord dat die kort, mat en nauwelijks interessant was geweest; de projectleider van PODS had een saaie technische verhandeling gehouden over hoe NASA een klein foutje in de software van PODS had verholpen en alles weer werkend had gekregen.
'Ik heb PODS met belangstelling in de gaten gehouden sinds er iets mis mee was,' zei de man. Hij haalde een videocassette tevoorschijn, liep naar Sextons tv en duwde de cassette in de recorder. 'Dit zal je interesseren.'
De band begon te draaien. De perszaal van het hoofdkantoor van NASA in Washington werd zichtbaar. Een goed geklede man kwam het podium op en begroette het publiek. Onder in beeld stond:

CHRIS HARPER, sectiemanager
Polar Orbiting Density Scanner Satellite (PODS)

Chris Harper was lang en beschaafd, en sprak met de kalme waardigheid van een Europese Amerikaan die trots is op zijn wortels. Zijn accent was erudiet en verzorgd. Hij sprak de pers vol zelfvertrouwen toe, hoewel hij slecht nieuws had over PODS.
'De PODS-satelliet is in zijn baan gebracht en functioneert goed, maar er is een klein probleem met de computers aan boord. Een foutje in de programmering, waarvoor ik de gehele verantwoordelijkheid neem. Om precies te zijn is het FIR-filter ingesteld op een verkeerde detectie-index, waardoor de software waarmee PODS afwijkingen opspoort niet goed functioneert. We werken aan een oplossing.'

De aanwezigen zuchtten, blijkbaar gewend aan tegenvallers van NASA. 'Wat betekent dat voor de huidige effectiviteit van de satelliet?' vroeg iemand.
Harper reageerde professioneel. Vol zelfvertrouwen en zakelijk. 'Stel je twee perfecte ogen voor, zonder werkend brein erbij. Het komt erop neer dat het gezichtsvermogen van PODS honderd procent is, maar hij heeft geen idee wat hij nou eigenlijk ziet. Het doel van deze missie is het opsporen van plekken in de poolkap waar het ijs zacht wordt, maar zonder de computer om de dichtheidsmetingen te analyseren die PODS van zijn scanners ontvangt, kan niet worden vastgesteld wat de interessante plekken zijn. Dit moet verholpen zijn na de volgende tocht van het ruimteveer, als er aanpassingen zijn gedaan aan de computer aan boord.'
Er ging een gebrom van teleurstelling op.
De oude man keek naar Sexton. 'Hij is goed in het brengen van slecht nieuws, hè?'
'Hij is van NASA,' gromde Sexton. 'Dat is hun werk.'
Het scherm werd even zwart en toen kwam de perszaal van NASA weer in beeld.
'Deze tweede persconferentie,' zei de oude man tegen Sexton, 'vond nog maar een paar weken geleden plaats. Vrij laat op de avond. Weinig mensen hebben hem gezien. Deze keer heeft meneer Harper góéd nieuws.'
De persconferentie begon. Nu zag Chris Harper er onverzorgd en slecht op zijn gemak uit. 'Het verheugt me u mede te delen,' begon hij, maar hij klonk allesbehalve verheugd, 'dat NASA een oplossing heeft gevonden voor het softwareprobleem van de PODS-satelliet.' Hij zette onhandig de oplossing uiteen. Het kwam erop neer dat de onbewerkte meetresultaten van PODS naar de aarde werden gestuurd en hier werden verwerkt, in plaats van gebruik te maken van de computer aan boord van de satelliet. Iedereen leek onder de indruk. Het klonk allemaal volkomen geloofwaardig en tamelijk imponerend. Toen Harper klaar was, kreeg hij een enthousiast applaus.
'Dus binnenkort kunnen we gegevens verwachten?' vroeg iemand in het publiek.
Harper knikte met het zweet op zijn voorhoofd. 'Over een paar weken.'
Weer applaus. Overal in de zaal werden handen opgestoken.
'Dat is alles wat ik u op het ogenblik kan vertellen,' zei Harper, die met een ziekelijk bleek gezicht zijn papieren pakte. 'PODS doet het weer. Binnenkort hebben we gegevens.' Hij rende bijna van het podium af.

Sexton keek bedenkelijk. Hij moest toegeven dat dit vreemd was. Waarom ging het Chris Harper zo gemakkelijk af om slecht nieuws te vertellen en had hij zichtbaar moeite met het verkondigen van het goede nieuws? Het had andersom moeten zijn. Sexton had de tweede persconferentie destijds niet gezien, maar hij had wel gelezen over de oplossing van het probleem. Het had indertijd een onbetekenende reddingsactie van NASA geleken. Het publiek was niet onder de indruk geweest. PODS was gewoon het zoveelste project van NASA dat niet werkte en provisorisch was opgelapt met een verre van ideale oplossing.

De oude man zette de tv af. 'NASA beweerde dat meneer Harper zich die avond niet lekker voelde.' Hij zweeg even. 'Zelf denk ik dat hij loog.'

Loog? Sexton keek strak voor zich uit, te beneveld om een logische reden te kunnen bedenken waarom Harper zou hebben gelogen over de software. Aan de andere kant had Sexton in zijn leven genoeg leugens verteld om een slechte leugenaar te herkennen. Hij moest toegeven dat Chris Harper een verdachte indruk maakte.

'Je hebt het misschien niet helemaal door,' zei de oude man, 'maar deze korte aankondiging door Chris Harper is de allerbelangrijkste persconferentie die NASA ooit heeft gegeven.' Hij zweeg even. 'Die oplossing van het softwareprobleem die zo gelegen kwam, heeft ervoor gezorgd dat PODS de meteoriet kon vinden.'

Sexton dacht diep na. *En jij denkt dat hij loog?* 'Maar als Harper loog, en de software van PODS nog steeds niet werkt, hoe heeft NASA die meteoriet dan in hemelsnaam gevonden?'

De oude man glimlachte. 'Precies.'

77

De Amerikaanse militaire vloot van vliegtuigen die in beslag waren genomen bij arrestaties wegens drugshandel bestond uit een stuk of vijftien privé-toestellen, waaronder drie gerestaureerde G4's, die werden gebruikt voor het vervoer van hoge legerfunctionarissen. Een halfuur geleden was een van die G4's opgestegen van Thule, had zich een weg gebaand door de storm totdat hij erboven vloog en was nu stampend door de Canadese nacht op weg naar het zuiden, naar Washington. Rachel Sexton, Michael Tolland en Corky Marlinson hadden de achtpersoonscabine voor zichzelf; in hun identieke blauwe overalls en petten van de *U.S.S. Charlotte* zagen ze eruit als leden van een slonzig sportteam.

Ondanks het gebulder van de Grumman-motoren was Corky achter in het toestel in slaap gevallen. Tolland zat bijna vooraan en keek uitgeput uit het raam naar de zee. Rachel, die naast hem zat, wist dat ze zelfs met een slaappil niet in slaap zou kunnen vallen. Ze bleef maar piekeren over het mysterie van de meteoriet, en daar kwam nu ook nog het gesprek met Pickering vanuit de dode kamer bij. Voordat ze de verbinding hadden verbroken, had Pickering Rachel nog twee verontrustende dingen verteld.

Ten eerste beweerde Marjorie Tench een video-opname te bezitten van Rachels vertrouwelijke verklaring voor de staf van het Witte Huis. Tench dreigde nu die video als bewijs te gebruiken als Rachel het waagde haar bevestiging van de gegevens over de meteoriet in te trekken. Dat was vooral akelig omdat Rachel Zach Herney uitdrukkelijk had gezegd dat haar verhaal alleen voor de staf bedoeld was. Kennelijk had Zach Herney dat verzoek genegeerd.

Het tweede verontrustende nieuws ging over een debat bij CNN waaraan haar vader eerder die middag had deelgenomen. Blijkbaar had Marjorie Tench haar opwachting gemaakt, wat zelden voorkwam, en had ze Rachels vader handig verleid tot het uitspreken van zijn anti-NASA-positie. Om precies te zijn had Tench hem zover gekregen dat hij ronduit had gezegd niet te geloven dat er ooit buitenaards leven zou worden gevonden.

Dood neervallen? Dat was wat haar vader volgens Pickering had gezegd dat hij mocht doen als NASA ooit buitenaards leven zou vinden. Rachel vroeg zich af hoe Tench hem die fraaie uitspraak had weten te ontlokken. Het was duidelijk dat het Witte Huis dit zorgvuldig had gepland: alle dominostenen waren meedogenloos op een rij gezet als voorbereiding op de grote val van Sexton. De president en Marjorie Tench hadden als een koppel elkaar steeds aflossende worstelaars samengewerkt om hem ten val te brengen. Terwijl de president waardig buiten de ring was gebleven, was Tench in de aanval gegaan en had om de senator rondgecirkeld totdat hij klaar was gemaakt voor de grote klap van de president.

De president had Rachel verteld dat hij NASA had gevraagd de aankondiging van de ontdekking uit te stellen, zodat er tijd was om de gegevens te verifiëren. Rachel besefte nu dat het uitstel ook andere voordelen had gehad. In die extra tijd had het Witte Huis de gelegenheid gehad het touw te leveren waarmee de senator zich zou ophangen.

Rachel koesterde geen sympathie voor haar vader, maar nu besefte ze dat er achter de hartelijke en onschuldige façade van president Zach Herney een sluwe haai schuilging. Je werd niet de meest invloedrijke man ter wereld als je niet bereid was over lijken te gaan. De vraag was of deze haai een onschuldige toeschouwer of een speler was.

Rachel stond op om haar benen te strekken. Ze ijsbeerde door het gangpad van het vliegtuig, gefrustreerd dat de stukjes van deze puzzel niet in elkaar leken te passen. Pickering had met zijn kenmerkende, eenvoudige logica geconcludeerd dat de meteoriet nep moest zijn. Corky en Tolland hielden met wetenschappelijke zekerheid vol dat hij echt was. Rachel wist alleen wat ze had gezien: een geblakerd rotsblok met fossielen erin, dat uit het ijs was getrokken.

Ze kwam langs Corky en keek naar de astrofysicus, gehavend door zijn beproeving op het ijs. De zwelling van zijn wang was al minder en de hechtingen zagen er goed uit. Hij lag snurkend te slapen, met zijn mollige handen om het schijfvormige stuk meteoriet geklemd alsof het een knuffeldekentje was.

Rachel bukte zich en trok het meteorietmonster voorzichtig uit zijn handen. Ze hield het op en keek weer aandachtig naar de fossielen.

Vergeet alle vooronderstellingen, hield ze zichzelf voor, en ze dwong zich haar gedachten te ordenen. *Begin opnieuw aan de bewijsvoering.* Dat was een oud NRO-trucje. De bewijsvoering opnieuw vanuit het niets opbouwen was een proces dat 'vanaf nul beginnen' werd genoemd, een procedure die door alle gegevensanalisten werd toegepast als de puzzelstukjes niet helemaal pasten.

Begin opnieuw met het verzamelen van feiten.

Ze sloeg weer aan het ijsberen.

Vormt deze steen bewijs voor buitenaards leven?

Bewijs, wist ze, was een conclusie die was gebaseerd op een piramide van feiten, een brede basis van algemeen aanvaarde gegevens op grond waarvan specifiekere beweringen werden gedaan.

Vergeet alles wat al wordt verondersteld. Begin opnieuw.

Wat hebben we?

Een rotsblok.

Ze dacht er even over na. *Een rotsblok. Een rotsblok met versteende organismen.* Ze liep terug naar voren en ging weer naast Michael Tolland zitten.

'Mike, laten we een spelletje doen.'

Tolland draaide zich met een afwezige uitdrukking op zijn gezicht van het raam naar haar toe. Hij was kennelijk diep in gedachten verzonken geweest. 'Een spelletje?'

Ze gaf hem de schijf van de meteoriet. 'Laten we doen alsof je dit stuk steen met fossielen voor het eerst ziet. Ik heb je niets verteld over waar het vandaan komt of hoe het is gevonden. Wat zou je dan denken dat het is?'

Tolland zuchtte somber. 'Grappig dat je dat vraagt. Er schoot me net iets raars te binnen...'

Honderden kilometers achter Rachel en Tolland vloog een eigenaardig vliegtuig laag over de verlaten oceaan naar het zuiden. De mannen van het Delta-team zaten zwijgend in de cabine. Ze waren wel vaker haastig van een werkplek opgehaald, maar nog nooit op deze manier.

Hun opdrachtgever was woedend.

Delta-Een had de opdrachtgever verteld dat zijn team als gevolg van onverwachte gebeurtenissen op het ijsplateau geen keuze had gehad en geweld had moeten gebruiken, waarbij vier burgers waren gedood, onder wie Rachel Sexton en Michael Tolland.

De opdrachtgever had geschokt gereageerd. Hoewel het maken van slachtoffers als laatste middel geoorloofd was, was het duidelijk nooit onderdeel van het plan van de opdrachtgever geweest.

Later, toen de opdrachtgever ontdekte dat de moorden niet volgens plan waren verlopen, was zijn ongenoegen in regelrechte woede veranderd.

'Je team heeft gefaald!' had de opdrachtgever ziedend gesist. Het androgyne stemgeluid kon de razernij niet verhullen. 'Drie van de vier doelwitten leven nog!'

Onmogelijk! had Delta-Een gedacht. 'Maar we hebben met eigen ogen gezien...'

'Ze hebben contact weten te leggen met een onderzeeër en zijn nu op weg naar Washington.'

'Wát?'

De toon van de opdrachtgever werd dodelijk. 'Luister goed. Ik ga jullie nieuwe instructies geven. En deze keer is falen geen optie!'

78

Senator Sexton had weer een sprankje hoop toen hij met zijn onverwachte gast naar de lift liep. Het hoofd van de SFF was bij nader inzien toch niet gekomen om Sexton de les te lezen, maar om hem op te peppen en te vertellen dat de strijd nog niet gestreden was.

Misschien hadden ze de achilleshiel van NASA gevonden.

De videoband van de bizarre persconferentie had Sexton ervan overtuigd dat de oude man gelijk had: Chris Harper, de projectleider van PODS, had gelogen. *Maar waarom? En als NASA het probleem met de software van PODS niet heeft kunnen verhelpen, hoe is de meteoriet dan gevonden?*

Terwijl ze naar de lift liepen, zei de oude man: 'Soms heb je maar één draadje nodig om een zaak te ontrafelen. Misschien kunnen we een manier vinden om de overwinning van NASA uit te hollen. Een zweem van twijfel zaaien. Wie weet waar dat toe zal leiden?' De oude man keek Sexton vermoeid aan. 'Ik ben nog niet bereid me gewonnen te geven, senator. En u ook niet, neem ik aan.'

'Natuurlijk niet,' zei Sexton, die zijn best deed vastberaden te klinken. 'Daarvoor zijn we te ver gekomen.'

'Chris Harper heeft gelogen over PODS,' zei de man terwijl hij de lift in stapte. 'En we moeten erachter zien te komen waarom.'

'Dat zal ik zo snel mogelijk uitzoeken,' antwoordde Sexton. *Ik weet er precies de juiste persoon voor.*

'Mooi. Je toekomst hangt ervan af.'

Toen Sexton terugliep naar zijn appartement, was zijn tred wat lichter en zijn hoofd wat helderder. *NASA heeft gelogen over PODS.* De enige vraag was hoe Sexton dat kon bewijzen.

Hij had al aan Gabrielle Ashe gedacht. Waar ze op dit moment ook was, ze voelde zich vast waardeloos. Ze had ongetwijfeld de persconferentie gezien en stond nu misschien wel ergens op een randje, klaar om te springen. Haar voorstel om NASA het speerpunt van Sextons campagne te maken, was de grootste vergissing uit Sextons carrière gebleken.

Ze is me iets schuldig, dacht Sexton. *En dat weet ze.*

Gabrielle had al bewezen dat ze er goed in was geheimen van NASA te bemachtigen. *Ze heeft een contactpersoon*, dacht Sexton. Ze had hem al weken van vertrouwelijke informatie voorzien. Blijkbaar had ze connecties waar ze niets over vertelde. Connecties bij wie ze informatie over PODS kon lospeuteren. En vanavond zou Gabrielle gemotiveerd zijn. Ze stond bij hem in het krijt, en Sexton vermoedde dat ze alles zou doen om weer bij hem in de gunst te komen.

Toen hij weer bij de deur van zijn appartement kwam, knikte zijn lijfwacht hem toe. 'Goedenavond, senator. Heb ik vanavond de juiste beslissing genomen, toen ik Gabrielle binnenliet? Ze zei dat het van het grootste belang was dat ze u zou spreken.'

Sexton bleef staan. 'Pardon?'

'Mevrouw Ashe. Ze had belangrijke informatie voor u. Daarom heb ik haar binnengelaten.'

Sexton merkte dat hij verstijfde. *Waar heeft die kerel het over?*
Nu keek de lijfwacht verbaasd en ongerust. 'Senator, is alles goed met u? U weet het toch nog wel? Gabrielle kwam tijdens uw bespreking. Ze heeft toch met u gepraat? Dat moet wel. Ze is vrij lang binnen geweest.'
Sexton staarde hem geruime tijd aan en voelde zijn hartslag omhoogschieten. *Heeft deze imbeciel Gabrielle binnengelaten tijdens mijn vertrouwelijke bijeenkomst met de* SFF? En was ze een tijd binnen gebleven en daarna zonder een woord te zeggen vertrokken? Sexton kon alleen maar gissen wat Gabrielle misschien had gehoord. Hij onderdrukte zijn woede en dwong zich naar zijn lijfwacht te glimlachen. 'O, ja! Het spijt me. Ik ben bekaf. En ik heb een paar glaasjes gedronken. Mevrouw Ashe en ik hebben elkaar inderdaad gesproken. U hebt de juiste beslissing genomen.'
De lijfwacht leek opgelucht.
'Heeft ze op haar weg naar buiten nog gezegd waar ze heen ging?'
De lijfwacht schudde zijn hoofd. 'Ze had erg veel haast.'
'Oké, bedankt.'
Sexton stapte ziedend zijn appartement binnen. *Hoe gecompliceerd waren mijn instructies nou helemaal? Geen bezoek!* Als Gabrielle een tijdje binnen was geweest en daarna zonder een woord tegen hem te zeggen was weggeslopen, moest ze wel dingen hebben gehoord die niet voor haar oren bestemd waren. *En dat uitgerekend vanavond.*
Senator Sexton wist heel zeker dat hij het zich niet kon veroorloven Gabrielles vertrouwen te verliezen; vrouwen konden wraakzuchtig worden en domme dingen doen als ze zich bedrogen voelden. Sexton moest haar terugwinnen. Vanavond had hij haar meer dan ooit in zijn kamp nodig.

79

Op de derde verdieping van de ABC-studio zat Gabrielle Ashe alleen in Yolanda's glazen kantoortje en staarde naar het rafelige kleed. Ze was er altijd trots op geweest dat ze een goede intuïtie had en wist wie ze kon vertrouwen. Nu voelde ze zich voor het eerst in jaren alleen en wist ze niet tot wie ze zich moest wenden.
Haar mobieltje ging over en ze keek op van het kleed. Met tegenzin nam ze op. 'Gabrielle Ashe.'
'Gabrielle, ik ben het.'

Ze herkende senator Sextons stem meteen, maar het verraste haar dat hij ondanks de gebeurtenissen van die avond zo kalm klonk.
'Het is een vreselijke avond geweest,' zei hij, 'dus laat me mijn verhaal even doen. Je hebt vast de persconferentie van de president wel gezien. Jezus, hebben wij even op het verkeerde paard gewed! Ik kan wel janken. Jij voelt je waarschijnlijk vreselijk schuldig. Niet doen. Wie had dit nou ooit kunnen voorspellen? Het is niet jouw schuld. Maar moet je horen: ik weet misschien een manier waarop we er weer bovenop kunnen komen.'
Gabrielle ging staan. Ze kon zich niet voorstellen waar Sexton het over had. Dit was niet bepaald de reactie die ze had verwacht.
'Ik had vanavond een bespreking,' zei Sexton, 'met vertegenwoordigers van commerciële ruimtevaartbedrijven, en...'
'O, ja?' riep Gabrielle uit, verbluft dat hij dat toegaf. 'Ik bedoel... daar had ik geen idee van.'
'Ja, niets bijzonders, hoor. Ik zou je wel gevraagd hebben erbij te zijn, maar die kerels hechten nogal aan privacy. Sommige geven geld voor mijn campagne. Dat hangen ze niet graag aan de grote klok.'
Gabrielle had het gevoel dat alle wapens haar uit handen werden geslagen. 'Maar... is dat niet tegen de wet?'
'Tegen de wet? Welnee! Het zijn allemaal schenkingen onder de toegestane grens van tweeduizend dollar. Kleinigheidjes. Het stelt helemaal niets voor, maar ik hoor hun gezeur toch aan. Noem het een investering in de toekomst. Ik hou het maar een beetje stil, want je hebt snel de schijn tegen. Als het Witte Huis er lucht van krijgt, gaan ze onmiddellijk proberen er garen bij te spinnen. Maar hoor eens, daar gaat het niet om. Ik belde om je te vertellen dat ik na de bespreking van vanavond met de voorzitter van de SFF heb gepraat...'
Hoewel Sexton gewoon doorpraatte, hoorde Gabrielle een paar seconden lang alleen het geruis van haar bloed, dat van schaamte naar haar gezicht stroomde. Zonder dat ze ook maar om uitleg had gevraagd, had de senator zijn bijeenkomst van die avond gewoon toegegeven. *Volkomen legaal.* En dan te bedenken wat Gabrielle bijna had gedaan! Godzijdank had Yolanda haar tegengehouden. *Ik was bijna overgelopen naar Marjorie Tench!*
'... en dus heb ik de voorzitter van de SFF verteld,' zei de senator, 'dat jij die informatie misschien wel voor ons kon bemachtigen.'
Gabrielle luisterde weer. 'Oké.'
'De contactpersoon die je in de afgelopen maanden al die vertrouwelijke informatie over NASA heeft toegespeeld... ik neem aan dat je die nog kunt benaderen?'
Marjorie Tench. Gabrielle kromp ineen. Ze wist dat ze de senator nooit

zou kunnen vertellen dat de informant haar al die tijd had gemanipuleerd. 'Eh... ik denk het wel,' loog ze.

'Mooi. Ik heb wat gegevens nodig. Zo snel mogelijk.'

Terwijl ze naar hem luisterde, besefte Gabrielle hoe schromelijk ze senator Sedgewick Sexton de laatste tijd had onderschat. Hij had iets van zijn glans verloren sinds ze voor hem was gaan werken. Maar vanavond was die glans er weer. Geconfronteerd met wat de doodsteek voor zijn campagne leek te zijn, was Sexton bezig een tegenaanval te plannen. En hoewel Gabrielle degene was die hem op het onfortuinlijke pad had gebracht, strafte hij haar er niet voor. In plaats daarvan gaf hij haar een kans het goed te maken.

En dat zou ze doen.

Wat er ook voor nodig was.

80

William Pickering staarde uit het raam van zijn kantoor naar de rij koplampen in de verte, op Leesburg Highway. Als hij hier alleen over de wereld stond uit te kijken, dacht hij vaak aan haar.

Al die macht... en ik kon haar niet redden.

Pickerings dochter, Diana, was omgekomen op de Rode Zee toen ze als leerling-navigatieofficier aan boord van een klein escortevaartuig van de marine was gestationeerd. Haar schip had veilig in de haven voor anker gelegen toen een primitieve sloep, geladen met explosieven en met twee zelfmoordterroristen aan boord, langzaam door de haven aan was komen varen en was geëxplodeerd toen ze de scheepsromp raakte. Die dag waren Diana Pickering en dertien andere jonge Amerikaanse soldaten gedood.

William Pickering was er kapot van. Hij was wekenlang gek van verdriet. Toen ontdekt werd dat de terroristische aanval was gepleegd door een bekende groepering die al jaren zonder succes door de CIA in de gaten werd gehouden, sloeg Pickerings verdriet om in woede. Hij was het hoofdkantoor van de CIA binnengestormd en had antwoorden geëist.

De antwoorden die hij kreeg, waren moeilijk te verteren geweest.

Blijkbaar was de CIA maanden eerder al van plan geweest actie te ondernemen tegen deze groepering, maar het wachten was op satellietfoto's, zodat ze een precieze aanval op de schuilplaats van de terroristen in de bergen van Afghanistan konden uitvoeren. Die foto's zouden worden genomen door de NRO-satelliet van 1,2 miljard dollar die de codenaam Vortex 2 droeg, dezelfde satelliet die op het lanceerplatform tegelijk met de lanceerraket van NASA was opgeblazen. Door dat ongeluk was de aanval van de CIA uitgesteld, en nu was Diana Pickering dood.

Rationeel wist Pickering dat het niet echt de schuld van NASA was, maar in zijn hart kon hij het de organisatie niet vergeven. Het onderzoek naar de raketexplosie wees uit dat de NASA-ingenieurs die verantwoordelijk waren voor het brandstofinjectiesysteem gedwongen waren geweest inferieur materiaal te gebruiken om binnen het budget te blijven.

'Voor onbemande vluchten,' had Lawrence Ekstrom op een persconferentie uitgelegd, 'streeft NASA bovenal naar rentabiliteit. Toegegeven, in dit geval waren de resultaten niet optimaal. We zullen ons er nader op beraden.'

Niet optimaal. Diana Pickering was dood.

Bovendien was de spionagesatelliet geheim, dus het publiek kwam nooit te weten dat NASA het NRO-project ter waarde van 1,2 miljard dollar had opgeblazen, en daarmee indirect een flink aantal jonge Amerikanen.

'Meneer?' zei Pickerings secretaresse over de intercom. Hij schrok op. 'Lijn een. Marjorie Tench.'

Pickering rukte zich los uit zijn overpeinzingen en keek naar de telefoon. *Alweer?* Het lichtje van lijn een leek toornig en opdringerig te knipperen. Pickering trok een lelijk gezicht en nam op.

'Met Pickering.'

Tench klonk ziedend. 'Wat heeft ze u verteld?'

'Hoe bedoelt u?'

'Rachel Sexton heeft contact met u opgenomen. Wat heeft ze u verteld? Ze zat op een onderzeeër, god betere het! Leg dat maar eens uit!'

Pickering hoorde meteen dat ontkenning geen optie was; Tench had haar huiswerk gedaan. Het verbaasde Pickering dat ze op de hoogte was van de *Charlotte*, maar blijkbaar had ze haar invloed gebruikt om aan informatie te komen. 'Mevrouw Sexton heeft contact met me gezocht, dat klopt.'

'U hebt haar laten ophalen. En u hebt niet geprobeerd mij te bereiken?'

'Ik heb voor vervoer gezorgd, ja.' Het zou nog twee uur duren voordat Rachel Sexton, Michael Tolland en Corky Marlinson op de nabijgelegen luchtmachtbasis Bolling zouden landen.

'En toch hebt u mij niet op de hoogte gesteld?'

'Rachel Sexton heeft een paar zeer verontrustende beschuldigingen geuit.'

'Over de echtheid van de meteoriet... en een of andere aanslag op haar leven?'

'Onder andere.'

'Het is zonneklaar dat ze liegt.'

'Weet u dat ze in het gezelschap van twee anderen is die haar verhaal bevestigen?'

Tench zweeg even. 'Ja. Zeer verontrustend. Het Witte Huis is erg bezorgd over hun beweringen.'

'Het Witte Huis? Of u persoonlijk?'

Haar toon werd messcherp. 'Wat u aangaat, directeur, is daar vanavond geen verschil tussen.'

Pickering was niet onder de indruk. Het was niets nieuws voor hem dat politici en hun staf tierend voet aan de grond probeerden te krijgen bij de inlichtingendiensten. Maar slechts weinigen gingen zo ver als Marjorie Tench. 'Weet de president dat u me belt?'

'Eerlijk gezegd schokt het me dat dit soort krankzinnige gedachten bij u opkomen, meneer.'

Dat is geen antwoord op mijn vraag. 'Ik zie geen logische reden waarom deze mensen zouden liegen. Ik moet aannemen dat ze of de waarheid vertellen, of zich in alle eerlijkheid vergissen.'

'Zich vergissen? Ze beweren dat ze zijn aangevallen! Dat er fouten in de gegevens over de meteoriet zitten die NASA niet heeft gezien! Hou toch op! Dit is overduidelijk een politieke manoeuvre.'

'Als dat zo is, ontgaat het motief me.'

Tench zuchtte diep en dempte haar stem. 'Er zijn hier krachten aan het werk waarvan u zich misschien niet bewust bent. Daar kunnen we later nog wel eens uitgebreid over praten, maar op dit moment moet ik weten waar mevrouw Sexton en de anderen zijn. Ik moet dit tot op de bodem uitzoeken voordat ze blijvende schade aanrichten. Waar zijn ze?'

'Dat vertel ik u liever niet. Ik neem wel contact met u op als ze zijn aangekomen.'

'Helemaal niet. Ik zal klaarstaan om ze te begroeten als ze aankomen.'

Hoeveel agenten van de Geheime Dienst neem je mee? vroeg Pickering zich af. 'Als ik u op de hoogte stel van het tijdstip en de plaats van aankomst, kunnen we dan als vrienden met elkaar praten of bent u van plan hen door een privé-legertje in hechtenis te laten nemen?'

'Deze mensen vormen een rechtstreekse bedreiging voor de president. Het Witte Huis heeft het volste recht ze aan te houden voor ondervraging.'

Pickering wist dat ze gelijk had. Volgens titel 18, artikel 3056 van het federale wetboek van de Verenigde Staten mogen agenten van de Geheime Dienst vuurwapens dragen, dodelijk geweld gebruiken en zonder arrestatiebevel personen aanhouden op grond van de verdenking dat iemand een misdrijf of een daad van agressie jegens de president heeft gepleegd of van plan is te plegen. De Geheime Dienst had carte blanche. Er werden regelmatig mensen opgepakt die bij het Witte Huis rondhingen en er onsmakelijk uitzagen, en schoolkinderen die voor de grap bedreigingen per e-mail hadden gestuurd.

Pickering twijfelde er niet aan dat de Geheime Dienst een rechtvaardiging kon vinden om Rachel Sexton en de anderen naar de kelders van het Witte Huis te slepen en ze daar voor onbepaalde tijd te laten zitten. Het zou gewaagd zijn, maar Tench besefte kennelijk dat er heel veel op het spel stond. De vraag was wat er nu zou gebeuren als Pickering Tench de touwtjes in handen gaf. Hij was niet van plan dat te proberen.

'Ik zal alles doen wat nodig is,' verklaarde Tench, 'om de president tegen valse beschuldigingen te beschermen. Alleen al de suggestie dat er sprake is van bedrog zal een donkere schaduw over het Witte Huis en NASA werpen. Rachel Sexton heeft misbruik gemaakt van het vertrouwen van de president, en ik ben niet van plan werkeloos toe te zien hoe hij daar het slachtoffer van wordt.'

'En als ik eis dat mevrouw Sexton haar zaak aan een officiële onderzoekscommissie mag voorleggen?'

'Dan legt u een rechtstreekse order van de president naast u neer en geeft u haar een podium om een politieke rel te schoppen! Ik vraag het u nog één keer, directeur. Waar brengt u hen heen?'

Pickering blies langzaam zijn adem uit. Of hij Marjorie Tench nu wel of niet vertelde dat het vliegtuig naar de luchtmachtbasis Bolling kwam, hij wist dat ze over de middelen beschikte om daarachter te komen. De vraag was of ze die ook zou benutten. Uit de vastberadenheid in haar stem maakte hij op dat ze niet zou rusten. Marjorie Tench was bang.

'Mevrouw Tench,' zei Pickering met een niet mis te verstane beslistheid. 'Iemand liegt tegen me. Daar ben ik zeker van. Of Rachel Sexton en twee onafhankelijke wetenschappers, of u. Ik denk het laatste.'

Tench ontplofte. 'Hoe durft...'

'Uw verontwaardiging doet me niets, dus bespaar u de moeite. U moet weten dat ik onweerlegbaar bewijs heb dat NASA en het Witte Huis vanavond onwaarheden hebben bekendgemaakt.'

Tench viel plotseling stil.

Pickering liet haar een tijdje zwemmen. 'Ik ben net zomin als u op een politieke aardverschuiving uit. Maar er zijn leugens verteld. Leugens die geen stand kunnen houden. Als u wilt dat ik u help, moet u om te beginnen eerlijk tegen me zijn.'

Tench klonk geneigd om toe te geven, maar op haar hoede. 'Als u zo zeker weet dat er leugens zijn verteld, waarom hebt u dan niets laten horen?'

'Ik bemoei me niet met politiek.'

Tench mompelde iets wat verdacht veel klonk als 'gelul'.

'Mevrouw Tench, wilt u me wijsmaken dat de aankondiging van de president vanavond volkomen juist was?'

Het bleef lang stil aan de andere kant van de lijn.

Pickering wist dat hij haar te pakken had. 'Hoor eens, we weten allebei dat dit een tijdbom is die op een gegeven moment zal exploderen. Maar het is nog niet te laat. We kunnen een compromis bereiken.'

Tench zweeg een paar seconden. Uiteindelijk zuchtte ze. 'We moeten overleggen.'

Beet, dacht Pickering.

'Ik moet u iets laten zien,' zei Tench. 'Iets waarvan ik denk dat het duidelijkheid zal brengen in deze kwestie.'

'Ik kom wel naar uw kantoor.'

'Nee,' zei ze haastig. 'Het is al laat. Uw aanwezigheid hier zou vragen oproepen. Ik hou dit liever tussen ons.'

Pickering hoorde wat ongezegd bleef: *de president weet hier niets van.*

'U kunt ook hierheen komen,' zei hij.

Tench klonk wantrouwig. 'Laten we ergens afspreken waar niemand ons ziet.'

Zoiets had Pickering al verwacht.

'Het FDR Memorial is vanuit het Witte Huis makkelijk te bereiken,' zei Tench. 'Zo laat op de avond zal het er verlaten zijn.'

Pickering overwoog dit. Het Franklin Delano Roosevelt Memorial lag halverwege tussen dat voor Thomas Jefferson en dat voor Abraham Lincoln, in een zeer veilige buurt. Na een moment van stilte stemde Pickering ermee in.

'Over een uur,' zei Tench voordat ze ophing. 'En kom alleen.'

Onmiddellijk nadat ze had opgehangen, belde Marjorie Tench Ekstrom. Haar stem klonk gespannen toen ze het slechte nieuws vertelde.

'Pickering zou een probleem kunnen zijn.'

81

Gabrielle Ashe stond met hernieuwde hoop aan Yolanda Coles bureau bij ABC en toetste het nummer van inlichtingen in.
Als de beschuldigingen die Sexton zojuist had geuit, bevestigd konden worden, waren ze zeer schokkend. *Heeft NASA gelogen over PODS?* Gabrielle had de persconferentie in kwestie gezien en herinnerde zich dat ze die vreemd vond, maar ze had er nooit meer bij stilgestaan. PODS was een paar weken geleden geen zaak van al te groot belang geweest. Maar vanavond was PODS datgene waar alles om draaide.
Nu had Sexton vertrouwelijke informatie nodig, en snel ook. Hij vertrouwde erop dat Gabrielle die van haar 'bron' kon krijgen. Gabrielle had de senator beloofd dat ze haar best zou doen. Het probleem was natuurlijk dat haar bron Marjorie Tench was, aan wie ze nu niets meer zou hebben. Dus moest Gabrielle de informatie op een andere manier zien te bemachtigen.
'Inlichtingen,' zei de stem aan de telefoon.
Gabrielle vertelde wat ze nodig had. De telefoniste vond drie Chris Harpers in Washington. Gabrielle probeerde alle drie de nummers.
Het eerste nummer was van een advocatenkantoor. Op het tweede werd niet opgenomen. Het derde had ze zojuist ingetoetst.
Een vrouw nam op nadat de telefoon eenmaal was overgegaan. 'Mevrouw Harper.'
'Goedenavond, mevrouw Harper,' zei Gabrielle zo beleefd mogelijk. 'Ik hoop dat ik u niet wakker heb gebeld?'
'Hemel, nee! Ik denk niet dat er vanavond iemand slaapt.' Ze klonk opgewonden. Op de achtergrond hoorde Gabrielle de tv. Een programma over de meteoriet. 'U belt voor Chris, neem ik aan?'
Gabrielles hart ging sneller kloppen. 'Ja, mevrouw.'
'Het spijt me, hij is op het moment niet thuis. Hij is meteen na de toespraak van de president naar zijn werk geracet.' De vrouw grinnikte. 'Ik betwijfel of er veel gewerkt wordt. Waarschijnlijk zijn ze een feestje aan het bouwen. De aankondiging was een grote verrassing voor hem, weet u. Voor iedereen. Onze telefoon heeft niet meer stilgestaan. Ik denk dat iedereen van NASA daar nu is.'
'Het complex aan E Street?' vroeg Gabrielle, die aannam dat de vrouw het hoofdkantoor van NASA bedoelde.
'Precies. Neem maar een toeter en een vlaggetje mee.'
'Bedankt. Ik ga kijken of ik hem daar kan vinden.'
Gabrielle hing op. Ze liep haastig door de productieruimte naar Yolanda, die net een voorbereidend gesprekje had gevoerd met een groep-

je ruimtedeskundigen die enthousiast commentaar op de meteoriet zouden gaan geven.
Yolanda glimlachte Gabrielle toe. 'Je ziet er al wat beter uit,' zei ze. 'Begin je de zonzijde alweer te zien?'
'Ik heb de senator net gesproken. Zijn bespreking van vanavond was niet wat ik dacht.'
'Ik zei toch al dat Tench je om de tuin leidde. Hoe neemt de senator het nieuws van de meteoriet op?'
'Beter dan ik had verwacht.'
Yolanda keek verrast. 'Ik dacht dat hij inmiddels wel voor een bus zou zijn gesprongen of zoiets.'
'Hij denkt dat er misschien iets mis is met de gegevens van NASA.'
Yolanda snoof bedenkelijk. 'Heeft hij wel dezelfde persconferentie gezien als ik? Hoeveel bevestiging en herbevestiging heb je nodig?'
'Ik ga naar NASA om iets na te trekken.'
Yolanda trok haar zorgvuldig gepenseelde wenkbrauwen waarschuwend op. 'De rechterhand van senator Sexton die bij NASA komt binnenwandelen? Vanavond? Heb je wel eens van openbare steniging gehoord?'
Gabrielle vertelde Yolanda over Sextons vermoeden dat Chris Harper, de sectiemanager van PODS, had gelogen over het in orde brengen van de software.
Yolanda geloofde er duidelijk niets van. 'We hebben die persconferentie uitgezonden, Gabs, en ik geef toe dat Harper die avond niet zichzelf was, maar NASA zei dat hij doodziek was.'
'Senator Sexton is ervan overtuigd dat hij loog. En anderen ook. Invloedrijke mensen.'
'Als de software die onregelmatigheden in de bodemdichtheid moet opsporen niet in orde is gebracht, hoe heeft PODS de meteoriet dan gevonden?'
Dat is precies waar het Sexton om gaat, dacht Gabrielle. 'Dat weet ik niet. Maar de senator wil dat ik wat dingen uitzoek.'
Yolanda schudde haar hoofd. 'Sexton stuurt je een wespennest in om een hersenschim na te jagen. Ga er niet heen. Je bent hem niets schuldig.'
'Ik heb zijn campagne volledig om zeep geholpen.'
'Hij heeft gewoon domme pech gehad.'
'Maar als de senator gelijk geeft en Harper inderdaad heeft gelogen...'
'Lieve schat, als Harper tegen de wereld heeft gelogen, waarom zou hij jóú dan de waarheid vertellen?'
Daar had Gabrielle al over nagedacht en haar plan begon vorm te krijgen. 'Als ik daar een verhaal vind, bel ik je.'

Yolanda lachte sceptisch. 'Ik mag dood neervallen als je daar een verhaal vindt.'

82

Vergeet alles wat je over dit stuk gesteente weet.

Michael Tolland worstelde al met zijn eigen verontrustende gedachten over de meteoriet, maar nu Rachel hem zo indringend ondervroeg, raakte hij nog slechter op zijn gemak. Hij keek naar de schijf gesteente in zijn hand.

Stel je voor dat iemand je die had gegeven zonder te vertellen waar de steen was gevonden of wat die was. Wat zou je analyse dan zijn?

Tolland wist dat Rachel hem een strikvraag stelde, maar als analytische oefening kon die vraag heel nuttig zijn. Als hij alle gegevens uit zijn hoofd probeerde te zetten die hij had gekregen toen hij in de habisfeer aankwam, merkte Tolland dat zijn analyse van de fossielen sterk was beïnvloed door één premisse, namelijk dat het rotsblok waarin de fossielen waren gevonden een meteoriet was.

En als ze me nou niét hadden verteld dat het een meteoriet was? vroeg hij zich af. Hoewel hij zich nog steeds geen andere verklaring kon voorstellen, was hij bereid 'de meteoriet' als vooronderstelling te schrappen, en als hij dat deed, waren de resultaten enigszins verwarrend. Tolland en Rachel zaten hierover te praten. Corky Marlinson had zich, nog steeds slaperig, bij hen gevoegd.

'Dus, Mike, als iemand jou deze steen met fossielen zonder een bijbehorend verhaal zou geven, zou je concluderen dat hij van de aarde afkomstig was,' herhaalde Rachel met nadruk.

'Natuurlijk,' antwoordde Tolland. 'Wat zou ik anders kunnen concluderen? Het is veel logischer om te denken dat je een fossiel van een tot dusverre onbekende aardse soort hebt gevonden, dan aan te nemen dat het om buitenaards leven gaat. Er worden elk jaar tientallen nieuwe soorten gevonden.'

'Pissebedden van zestig centimeter lang?' vroeg Corky op ongelovige toon. 'Geloof je nou echt dat er op aarde zulke grote exemplaren leven?'

'Nú misschien niet,' antwoordde Tolland, 'maar de soort hoeft nu niet meer te bestaan. Het is een fossiel. Het is honderdnegentig miljoen jaar oud. Dan zou het uit de Juratijd stammen. Er zijn heel veel prehistorische fossielen van bovenmaatse wezens waar we raar van opkeken toen we hun versteende resten vonden: enorme gevleugelde reptielen, dinosaurussen, vogels.'

'Ik wil hier niet de natuurkundige uithangen, Mike,' zei Corky, 'maar je ziet iets belangrijks over het hoofd in je redenering. De prehistorische dieren die je net hebt genoemd – dinosaurussen, reptielen en vogels – hebben allemaal een inwendig skelet, waardoor ze groot konden worden ondanks de zwaartekracht van de aarde. Maar dit fossiel...' Hij pakte het monster en hield het omhoog. 'Deze jongens hebben een uitwendig skelet. Het zijn geleedpotigen. Je hebt zelf gezegd dat die zich alleen tot zulke afmetingen ontwikkeld kunnen hebben in een omgeving met een lage zwaartekracht. Anders zou het uitwendige skelet onder hun eigen gewicht ineen zijn gezakt.'

'Dat klopt,' zei Tolland. 'Dit wezen zou onder zijn eigen gewicht zijn bezweken als het op aarde had rondgelopen.'

Corky trok rimpels in zijn voorhoofd van ergernis. 'Nou, Mike, tenzij er een holenmens heeft geleefd die er een antizwaartekracht-pissebeddenboerderij op nahield, snap ik niet hoe je zou kunnen concluderen dat een pissebed van een halve meter lang van de áárde afkomstig kan zijn.'

Tolland moest glimlachen bij de gedachte dat Corky iets zo voor de hand liggends over het hoofd zag. 'Er is wel degelijk een mogelijkheid.' Hij keek zijn vriend doordringend aan. 'Corky, jij bent eraan gewend omhoog te kijken. Kijk eens naar beneden. Er is hier op aarde een reusachtige leefomgeving met een schijnbaar lage zwaartekracht. En die is er al sinds de prehistorie.'

Corky staarde hem aan. 'Waar heb je het in godsnaam over?'

Ook Rachel keek verrast.

Tolland wees uit het raampje naar de maanverlichte zee die zich glinsterend onder het vliegtuig uitstrekte. 'De oceaan.'

Rachel floot laag. 'Natuurlijk.'

'Water is een omgeving met een schijnbaar lage zwaartekracht,' zei Tolland. 'Alles is lichter onder water. De zee ondersteunt enorme, kwetsbare structuren die op het land nooit zouden kunnen bestaan: kwallen, gigantische pijlinktvissen, bladneusmurenen.'

Corky was nog niet helemaal overtuigd. 'Goed, maar in de prehistorische oceaan leefden geen reusachtige geleedpotigen.'

'Jawel, hoor. En die leven er nog steeds. Wij mensen eten ze zelfs. In de meeste landen worden ze als delicatesse beschouwd.'

'Mike, wie ter wereld eet er nou zulke griezelige beesten uit zee!'

'Iedereen die wel eens kreeft, krab of garnalen eet.'

Corky staarde hem aan.

'Schaaldieren vormen een in zee levende klasse van de stam geleedpotigen,' zei Tolland. 'Luizen, krabben, spinnen, insecten, sprinkhanen, schorpioenen, kreeften, ze zijn allemaal aan elkaar verwant. Het zijn allemaal soorten met gelede poten en een uitwendig skelet.'

Corky zag plotseling witjes.

'Uit het oogpunt van classificatie lijken ze allemaal op elkaar,' vertelde Tolland. 'Degenkrabben lijken op reusachtige trilobieten. En de scharen van een kreeft lijken op die van een grote schorpioen.'

Corky werd nu groen. 'Oké, ik eet nooit meer een broodje kreeft.'

Rachel was gefascineerd. 'Dus geleedpotigen die op het land leven, blijven klein vanwege de zwaartekracht. Maar in het water worden hun lijven ondersteund, zodat ze heel groot kunnen worden.'

'Precies,' zei Tolland. 'Een Alaskaanse koningskrab zou ten onrechte als een reuzenspin kunnen worden geclassificeerd als we niet genoeg gegevens hadden over het fossiel.'

Rachels opwinding leek nu plaats te maken voor bezorgdheid. 'Mike, opnieuw afgezien van het punt dat de meteoriet echt lijkt te zijn: denk je dat de fossielen die we op de Milne-gletsjer hebben gezien uit zee kunnen komen? Uit een zee op aarde?'

Tolland voelde haar gespannen blik op hem rusten en was zich bewust van het belang van haar vraag. 'In theorie wel, ja. De zeebodem heeft stukken van honderdnegentig miljoen jaar oud. Net zo oud als de fossielen. En in theorie zouden er organismen in zee geleefd kunnen hebben die er zo uitzagen.'

'O, alsjeblieft!' zei Corky spottend. 'Ik geloof mijn oren niet. *Afgezien* van het punt dat de meteoriet echt is? De echtheid staat onomstotelijk vast. Ook al zijn er op aarde zeebodems die net zo oud zijn als die meteoriet, er zijn in elk geval geen zeebodems met een smeltkorst, een afwijkend nikkelgehalte en chondrulen. Je klampt je vast aan een strohalm.'

Tolland wist dat Corky gelijk had, maar nu hij zich de fossielen had voorgesteld als zeedieren, had hij iets van zijn ontzag ervoor verloren. Ze leken nu wat gewoner.

'Mike,' zei Rachel, 'waarom heeft geen van de wetenschappers van NASA eraan gedacht dat deze fossielen misschien zeedieren zijn geweest? Eventueel uit een zee op een andere planeet?'

'Daar zijn eigenlijk twee redenen voor. Bij pelagische fossielen, uit de diepzee, zie je meestal een enorme hoeveelheid andere soorten eromheen. Alles wat in de miljoenen kubieke meters water boven de zeebodem leeft, zal uiteindelijk sterven en naar de bodem zinken. Dat betekent dat de zeebodem een kerkhof is voor soorten die op verschillende diepten en in verschillende druk- en temperatuurzones leven. Maar de monsters die we op de gletsjer hebben bekeken, waren schoon: alleen die ene soort. Ze zagen er eerder uit als iets wat je in de woestijn zou vinden. Een kolonie van een bepaalde soort die bedolven raakt door een zandstorm, bijvoorbeeld.'

Rachel knikte. 'En de tweede reden dat jullie eerder aan land dan aan zee dachten?'

Tolland haalde zijn schouders op. 'Intuïtie. Wetenschappers hebben altijd gedacht dat leven in de ruimte, als het bestond, de vorm van insecten zou hebben. En uit wat we van de ruimte hebben gezien, lijkt daar veel meer zand en gesteente dan water te zijn.'

Rachel zweeg.

'Hoewel...' vervolgde Tolland. Hij was door Rachel aan het denken gezet. 'Ik moet toegeven dat er heel diepe delen van de oceaan zijn die door oceanografen dode zones worden genoemd. We begrijpen het nog niet helemaal, maar er zijn gebieden waarin de stromingen en voedselbronnen zodanig zijn dat er bijna niets leeft. Alleen een paar soorten aaseters op de bodem. Dus vanuit dat oogpunt is een monster met fossiele resten van slechts één soort niet helemaal uitgesloten.'

'Hallo?' bromde Corky. 'Weten jullie nog van die smeltkorst? Het nikkelgehalte in het middengebied? De chondrulen? Waarom praten we hier eigenlijk over?'

Tolland gaf geen antwoord.

'Die kwestie van het nikkelgehalte,' zei Rachel tegen Corky. 'Leg dat nog eens uit. Het nikkelgehalte in gesteente op aarde is ofwel heel hoog ofwel heel laag, maar meteorieten hebben een nikkelgehalte dat daar tussenin zit, in een middengebied?'

Corky knikte. 'Dat klopt.'

'En het nikkelgehalte van dit rotsblok valt precies binnen het verwachte gebied.'

'Bijna wel, ja.'

Rachel keek verrast. 'Wacht eventjes. Bíjna? Wat bedoel je daarmee?'

Corky keek geërgerd. 'Zoals ik al eerder heb uitgelegd, is het gehalte aan mineralen bij elke meteoriet anders. Doordat we voortdurend nieuwe meteorieten vinden, moeten we ons idee van wat een acceptabel nikkelgehalte is voor een meteoriet steeds bijstellen.'

Rachel hield met een verbaasd gezicht het monster op. 'Dus door déze meteoriet heb je je idee over een acceptabel nikkelgehalte in meteorieten moeten bijstellen? Het gehalte viel buiten het eerder vastgestelde middengebied?'

'Een klein beetje maar,' zei Corky verdedigend.

'Waarom heeft niemand dat gezegd?'

'Het doet niet terzake. Astrofysica is een dynamische wetenschap,

waarbij theorieën steeds worden aangepast.'
'Tijdens een ongelooflijk belangrijk onderzoek?'
'Hoor eens,' zei Corky, in zijn wiek geschoten, 'ik kan je verzekeren dat het nikkelgehalte in dat monster heel wat dichter bij dat van andere meteorieten ligt dan bij dat van enig aards gesteente.'
Rachel wendde zich tot Tolland. 'Wist jij dit?'
Tolland knikte met tegenzin. Het had destijds geen belangrijk punt geleken. 'Er is me verteld dat deze meteoriet een iets hoger nikkelgehalte had dan andere meteorieten, maar de deskundigen van NASA leken zich er geen zorgen over te maken.'
'En terecht!' wierp Corky tussenbeide. 'Het gaat er hier niet om dat het nikkelgehalte bewijst dat het een meteoriet is, maar dat het aantoont dat het geen aards gesteente is.'
Rachel schudde haar hoofd. 'Het spijt me, maar in mijn vak kunnen door dit soort drogredeneringen doden vallen. Als je zegt dat een stuk gesteente afwijkt van wat we hier op aarde vinden, bewijst dat niet dat het een meteoriet is. Het bewijst alleen dat het anders is dan alles wat we tot nu toe op aarde hebben gevonden.'
'Wat maakt dat nou uit?'
'Niets,' zei Rachel. 'Als je elk stuk gesteente op aarde hebt bekeken.'
Corky zweeg even. 'Oké,' zei hij uiteindelijk. 'Negeer het nikkelgehalte dan maar, als je daar niet gelukkig mee bent. Dan hebben we nog steeds chondrulen en een voorbeeldige smeltkorst.'
'Ja,' zei Rachel, die niet onder de indruk leek. 'Twee van de drie is ook geen slechte score.'

83

Het gebouw waarin het hoofdkantoor van NASA zetelde, was een gigantische glazen rechthoek aan E Street 300 in Washington. Er liep meer dan driehonderd kilometer glasvezelkabel doorheen en de computerprocessoren die er stonden, wogen bij elkaar duizenden tonnen. Er werkten 1134 ambtenaren, die toezicht hielden op de besteding van een jaarlijks budget van vijftien miljard dollar en de dagelijkse gang van zaken op de twaalf NASA-bases in Amerika.
Ondanks het late uur verraste het Gabrielle helemaal niet dat de hal van het gebouw uitpuilde van de mensen. Zo te zien waren het voornamelijk uitgelaten tv-ploegen en nog uitgelatener NASA-medewerkers. Gabrielle haastte zich naar binnen. De entree leek op een museum,

doordat er modellen op ware grootte van beroemde ruimtecapsules en satellieten aan het plafond hingen. Tv-ploegen legden beslag op de gunstigste plekken op de dure marmeren vloer en vingen enthousiaste NASA-medewerkers op als ze binnenkwamen.

Gabrielle keek om zich heen in de menigte, maar zag niemand die leek op Chris Harper, de projectleider van PODS. De ene helft van de mensen in de hal had een perskaart en de andere helft een identiteitspas van NASA met foto om de nek hangen. Gabrielle had geen van tweeën. Ze zag een jonge vrouw met een NASA-pasje en liep snel naar haar toe.

'Hallo. Ik ben op zoek naar Chris Harper.'

De vrouw keek Gabrielle bevreemd aan, alsof ze haar ergens van herkende, maar niet precies wist waarvan. 'Ik heb meneer Harper daarnet zien langskomen. Ik geloof dat hij naar boven ging. Ken ik u?'

'Dat denk ik niet,' zei Gabrielle terwijl ze zich omdraaide. 'Hoe kom ik boven?'

'Werkt u voor NASA?'

'Nee.'

'Dan kunt u niet naar boven.'

'O. Is er ergens een telefoon die ik kan gebruiken om...'

'Hé,' zei de vrouw, en ze keek opeens boos. 'Ik weet wie u bent. Ik heb u op tv gezien met senator Sexton. Ongelooflijk dat u zich hier durft te...'

Gabrielle was al weg; ze was meteen de menigte in gedoken. Achter zich hoorde ze de vrouw anderen op boze toon vertellen dat Gabrielle hier was.

Fantastisch. Twee seconden binnen en ik sta al op de lijst van gezochte personen.

Gabrielle haastte zich met gebogen hoofd naar de andere kant van de hal. Aan de muur hing een wegwijzer. Ze liet haar blik langs de lijst gaan op zoek naar Chris Harper. Niets. Er stonden helemaal geen namen op, alleen afdelingen.

PODS? vroeg ze zich af, en ze zocht de lijst af op zoek naar iets wat enig verband hield met de Polar Orbiting Density Scanner. Ze kon niets vinden. Ze durfde niet over haar schouder te kijken, want ze verwachtte half-en-half een ploeg boze NASA-medewerkers op zich af te zien komen om haar te stenigen. Het enige wat ze op de lijst zag en wat in de richting kwam, was op de derde verdieping:

AFDELING AARDWETENSCHAPPEN, FASE II
Earth Observing System (EOS)

Met haar gezicht weggedraaid van de menigte liep Gabrielle naar een nis waarin zich een rij liften en een drinkfonteintje bevonden. Ze zocht naar de liftknopjes, maar zag alleen gleuven. *Verdomme.* De liften waren beveiligd en konden alleen worden opgeroepen met behulp van een NASA-pasje.

Druk pratend kwam een groepje jongemannen gehaast naar de liften gelopen. Ze hadden pasjes van NASA om hun nek. Gabrielle boog zich snel over het fonteintje en keek onopvallend achter zich. Een puisterige man stak zijn pasje in de gleuf en de liftdeur schoof open. Hij lachte en schudde ongelovig zijn hoofd.

'Die jongens van SETI zullen wel zwaar de pest in hebben!' zei hij terwijl iedereen de lift in stapte. 'Zoekt hun Big Ear twintig jaar het heelal af tot aan superzwakke bronnen van tweehonderd milliJansky's, ligt het bewijs gewoon thuis in het vriesvak!'

De deuren van de lift gingen dicht en de mannen verdwenen.

Gabrielle richtte zich op, veegde haar mond af en vroeg zich af wat ze moest beginnen. Ze keek om zich heen of ze een interne telefoon zag. Niets. Ze overwoog of ze een pasje zou kunnen stelen, maar iets zei haar dat dat waarschijnlijk niet verstandig was. Wat ze ook deed, ze moest het snel doen. Ze zag de vrouw die ze had aangesproken samen met een beveiligingsbeambte van NASA door de hal lopen, tussen de mensen door.

Een keurig geklede, kale man kwam de hoek om en haastte zich naar de liften. Gabrielle boog zich weer over het fonteintje. De man leek haar niet op te merken. Gabrielle keek zwijgend toe hoe de man zijn hand uitstak en zijn pasje in de gleuf duwde. Opnieuw schoven er liftdeuren open, en de man stapte naar binnen.

Ach, barst, dacht Gabrielle, en ze nam een besluit. *Het is nu of nooit.* Toen de liftdeuren dicht begonnen te schuiven, draaide Gabrielle zich razendsnel om, rende naar de lift en stak haar hand tussen de deuren. Die veerden weer open en ze stapte naar binnen, haar gezicht stralend van opwinding. 'Heb je zoiets hier wel eens meegemaakt?' riep ze enthousiast tegen de geschrokken man. 'Jezus. Het is een gekkenhuis!'

De man keek haar lichtelijk verbaasd aan.

'Die jongens van SETI zullen wel zwaar de pest in hebben!' zei Gabrielle. 'Zoekt hun Big Ear twintig jaar het heelal af tot aan superzwakke bronnen van tweehonderd milliJansky's, ligt het bewijs gewoon thuis in het vriesvak!'

De man reageerde verrast. 'Eh... ja, het is nogal...' Hij keek naar haar borst, blijkbaar op zoek naar een pasje. 'Neemt u me niet kwalijk, werkt u...'

'Derde verdieping alstublieft. Ik ben zo snel hierheen gekomen dat ik er nauwelijks aan heb gedacht mijn ondergoed aan te trekken!' Ze

lachte en wierp een onopvallende blik op het pasje van de man: JAMES THEISEN, *Financiële Administratie*.
'Werkt u hier?' De man leek slecht op zijn gemak. 'Mevrouw...?'
Gabrielle liet haar mond openvallen. 'Jim! Ik ben gekwetst! Niets is zo erg als een vrouw het gevoel geven dat ze het onthouden niet waard is!'
De man werd bleek en streek met een gegeneerd gezicht over zijn hoofd. 'Het spijt me. Het komt door alle opwinding. U komt me inderdaad heel bekend voor. Aan welk programma werkt u?'
Shit. Gabrielle glimlachte vol zelfvertrouwen. 'EOS.'
De man wees naar de verlichte knop van de derde verdieping. 'Dat is duidelijk. Ik bedoelde eigenlijk: aan welk project precies?'
Gabrielle voelde dat haar hart sneller ging kloppen. Ze kon er maar één bedenken. 'PODS.'
De man keek verrast. 'Is 't heus? Goh, ik dacht dat ik het hele team van dr. Harper wel kende.'
Ze knikte verlegen. 'Chris houdt me verborgen. Ik ben de idioot van een programmeur die de fout heeft gemaakt met de verkeerde detectie-index in de software die onregelmatigheden moet registreren.'
Nu viel de mond van de man open. 'Was jíj dat?'
Gabrielle knikte. 'Ik slaap al weken niet meer.'
'Maar dr. Harper heeft alle schuld op zich genomen!'
'Ik weet het. Zo is Chris. Maar hij heeft het gelukkig in orde weten te brengen. Wat een aankondiging vanavond, hè? Die meteoriet. Het was echt een schok!'
De lift stopte op de derde verdieping. Gabrielle sprong eruit. 'Leuk je gesproken te hebben, Jim. Doe de groeten aan de jongens van de centen!'
'Dat zal ik doen,' stamelde de man terwijl de deuren dichtschoven. 'Leuk je weer eens te zien.'

84

Zoals de meeste presidenten voor hem leefde ook Zach Herney op vier of vijf uur slaap per nacht. De afgelopen weken had hij het echter met heel wat minder moeten doen. Toen de opwinding over de gebeurtenissen van die avond langzaam begon weg te ebben, merkte Herney dat die hem niet in zijn kouwe kleren was gaan zitten.
Hij had samen met zijn belangrijkste stafleden champagne zitten drin-

ken in de Roosevelt-kamer, terwijl ze naar de eindeloze reeks herhalingen van persconferenties, fragmenten uit de documentaire van Tolland en samenvattingen van deskundigen hadden zitten kijken. Op dit ogenblik was er een geestdriftige verslaggeefster te zien, die met een microfoon in haar hand voor het Witte Huis stond.

'Afgezien van de onvoorstelbare gevolgen voor de mensheid als geheel,' zei ze, 'heeft deze ontdekking van NASA ook wrange politieke implicaties hier in Washington. De vondst van deze fossielen komt als geroepen voor de in moeilijkheden verkerende president.' Haar toon werd somber. 'Maar zeer ongelegen voor senator Sexton.' Daarna werd er een fragment uit het inmiddels beruchte CNN-debat van die middag getoond.

'Na vijfendertig jaar lijkt het me zonneklaar dat we geen buitenaards leven zullen vinden.'

'En als u het mis hebt?'

Sexton sloeg zijn ogen ten hemel. 'O, mevrouw Tench, alstublieft... Ik mag dood neervallen als ik het mis heb.'

Iedereen in de Roosevelt-kamer lachte. Achteraf gezien zou je de manier waarop Tench de senator in een hoek dreef hardvochtig en tactloos kunnen noemen, maar dat leek de kijkers niet op te vallen; het antwoord van de senator klonk zo arrogant en zelfvoldaan dat Sexton precies leek te krijgen wat hij verdiende.

De president keek om zich heen of hij Tench zag. Hij had haar na zijn persconferentie niet meer gezien en nu was ze er ook niet. *Vreemd*, dacht hij. *Dit is net zo goed haar feestje als het mijne.*

De nieuwsuitzending op tv werd afgerond met opnieuw een samenvatting van de spectaculaire politieke sprong voorwaarts van het Witte Huis en de rampzalige manier waarop senator Sexton onderuit was gegaan.

Wat een verschil kan één dagje maken, dacht de president. *In de politiek kan je wereld van het ene op het andere moment veranderen.*

Bij het krieken van de volgende dag zou hij beseffen hoe waar die woorden waren.

85

Pickering zou een probleem kunnen zijn, had Tench gezegd.

Het hoofd van NASA liep zo te piekeren over deze informatie, dat hij niet merkte dat het buiten de habisfeer harder was gaan stormen. Het fluiten van de wind langs de kabels klonk hoger, en de medewerkers van NASA liepen nerveus rond en maakten hier en daar een praatje in plaats van te gaan slapen. In Ekstroms hoofd woedde een andere storm, een zware orkaan die in Washington zou losbarsten. In de afgelopen paar uur hadden zich heel wat problemen voorgedaan, en Ekstrom had geprobeerd ze allemaal op te lossen. Maar één probleem stak met kop en schouders boven alle andere uit.

Pickering zou een probleem kunnen zijn.

Ekstrom kon niemand ter wereld bedenken tegen wie hij het minder graag zou opnemen dan tegen William Pickering. Pickering zat Ekstrom en NASA al jaren dwars. Hij probeerde zeggenschap te krijgen over het privacybeleid, lobbyde voor andere prioriteiten en fulmineerde tegen het steeds grotere aantal mislukkingen van NASA.

Ekstrom wist dat Pickerings weerzin jegens NASA veel dieper ging dan het recente verlies van de kostbare SIGINT-satelliet van het NRO doordat er een NASA-raket op het lanceerplatform was geëxplodeerd, of de gebrekkige beveiliging bij NASA, of de strijd om gekwalificeerd ruimtevaartpersoneel. Pickerings misnoegen over NASA was het resultaat van een diepe ontgoocheling en rancune.

De ontwikkeling van de X-33, een raketvliegtuig dat de spaceshuttle zou gaan vervangen, had vijf jaar vertraging opgelopen, waardoor tientallen onderhoudsbeurten en lanceringen van NRO-satellieten waren geschrapt of uitgesteld. Kortgeleden had Pickerings woede over de X-33 een hoogtepunt bereikt toen hij ontdekte dat NASA het hele project had afgeblazen en daarmee een verlies van ongeveer negenhonderd miljoen dollar voor lief moest nemen.

Ekstrom kwam bij zijn kantoortje aan, trok het gordijn opzij en stapte naar binnen. Hij ging aan zijn bureau zitten en liet zijn hoofd in zijn handen zakken. Hij moest een paar knopen doorhakken. Wat was begonnen als een prachtige dag, dreigde een nachtmerrie te worden. Hij probeerde zich in te leven in William Pickering. Wat zou zijn volgende stap zijn? Iemand met de intelligentie van Pickering zou het belang van deze NASA-ontdekking zeker inzien. Hij zou bepaalde keuzes die in wanhoop waren gemaakt vast wel door de vingers zien. Hij zou ongetwijfeld begrijpen dat er onherstelbare schade zou worden veroorzaakt als hij dit ogenblik van triomf bezoedelde.

Wat zou Pickering doen met de informatie waarover hij beschikte? Zou hij die terzijde leggen of zou hij NASA laten boeten voor haar vergissingen?

Ekstrom trok een gezicht; hij twijfelde er nauwelijks aan welke optie het zou worden.

Per slot van rekening had William Pickering een vete met NASA, een oude, persoonlijke verbittering die veel dieper ging dan al het politieke gekonkel.

86

Rachel zat zwijgend in de cabine van de G4 naar buiten te staren, terwijl het toestel langs de Canadese kust naar het zuiden vloog, naar de St. Lawrencebaai. Tolland en Corky zaten vlak bij haar te praten. Ondanks de vele aanwijzingen dat de meteoriet echt was, had Corky's erkenning dat het nikkelgehalte 'buiten het eerder vastgestelde middengebied' viel Rachels eerdere argwaan aangewakkerd. Stiekem een meteoriet onder het ijs schuiven had alleen zin als het onderdeel was van een briljante misleiding.

Maar de rest van de wetenschappelijke gegevens wees erop dat de meteoriet echt was.

Rachel draaide zich af van het raam en keek naar het schijfvormige stuk meteoriet in haar hand. De piepkleine chondrulen glinsterden. Tolland en Corky zaten al een tijdje te praten over deze metaalopeenhopingen. Ze gebruikten wetenschappelijke termen die Rachel niet kende: in balans zijnde olivijngehaltes, metastabiele glasroosters en metamorfe rehomogenisering. De essentie was echter duidelijk: Corky en Tolland waren het erover eens dat de chondrulen onmiskenbaar die van een meteoriet waren. Daar viel niet mee te knoeien.

Rachel draaide de schijf in haar hand en liet haar vinger langs de rand glijden, waar een deel van de smeltkorst zichtbaar was. De verschroeiing zag er relatief nieuw uit – zeker geen driehonderd jaar oud – maar Corky had uitgelegd dat de meteoriet hermetisch afgesloten in het ijs had gelegen en daardoor niet was geërodeerd. Dat leek logisch te zijn. Rachel had wel eens tv-programma's gezien waarin menselijke resten na vierduizend jaar uit het ijs waren gehaald en de huid er nog bijna volmaakt uitzag.

Terwijl ze aandachtig naar de smeltkorst keek, kwam er een rare gedachte bij haar op: er was iets wat haar nooit was verteld, terwijl dat toch voor de hand had gelegen. Ze vroeg zich af of ze het gewoon over het hoofd had gezien doordat ze zoveel informatie had gekregen, of dat iemand vergeten was het te vertellen.

Ze wendde zich plotseling tot Corky. 'Heeft iemand de smeltkorst gedateerd?'

Corky keek haar verward aan. 'Wat?'

'Heeft iemand de verschroeiing gedateerd? Ik bedoel, weten we zeker dat deze blakering uit de tijd van de Jungersol-meteoriet is?'
'Sorry,' zei Corky, 'maar dat valt niet te dateren. Door oxidatie worden de isotoopverhoudingen verstoord. Bovendien gaat het verval van radioactieve isotopen te langzaam om periodes onder de vijfhonderd jaar te meten.'
Rachel dacht daar even over na. Nu begreep ze waarom ze geen gegevens had gekregen over de datering van de verschroeiing. 'Dus voor zover we weten, kan dit rotsblok net zo goed in de Middeleeuwen als vorige week zo geblakerd zijn geraakt?'
Tolland grinnikte. 'Niemand heeft beweerd dat de wetenschap overal een antwoord op heeft.'
Rachel dacht hardop. 'Een smeltkorst is eigenlijk gewoon een ernstige verbranding. In theorie kan die op elk willekeurig tijdstip in de afgelopen vijfhonderd jaar zijn ontstaan, en op allerlei verschillende manieren.'
'Nee,' zei Corky. 'Niet op allerlei verschillende manieren. Op één manier. Door het vallen door de atmosfeer.'
'Is er geen andere mogelijkheid? In een oven, bijvoorbeeld?'
'Een oven?' zei Corky. 'De monsters zijn onderzocht met een elektronenmicroscoop. Zelfs de schoonste oven ter wereld zou resten van brandstof hebben achtergelaten op het gesteente; nucleaire, chemische of fossiele brandstof. Zet dat maar uit je hoofd. En de groeven die zijn ontstaan doordat de meteoriet door de atmosfeer is gesuisd? Die krijg je niet in een oven.'
Rachel had niet aan de groeven op de meteoriet gedacht. Die wezen er inderdaad op dat hij door de lucht was gevallen. 'En een vulkaan?' opperde ze. 'Materiaal dat bij een uitbarsting is uitgestoten?'
Corky schudde zijn hoofd. 'De verbranding is veel te schoon.'
Rachel keek even naar Tolland.
De oceanograaf knikte. 'Het spijt me, maar ik heb wat ervaring met vulkanen, zowel boven als onder water. Corky heeft gelijk. Uitgestoten vulkanisch materiaal zit vol chemische verontreinigingen: kooldioxide, zwaveldioxide, waterstofsulfide, zoutzuur, en die zouden we allemaal hebben ontdekt bij onze elektronische scans. Of we het leuk vinden of niet, die smeltkorst is het resultaat van een schone verbranding door atmosferische wrijving.'
Rachel zuchtte en keek weer uit het raam. *Een schone verbranding.* De woorden bleven door haar hoofd spelen. Ze wendde zich weer tot Tolland. 'Wat bedoel je met een schone verbranding?'
Hij haalde zijn schouders op. 'Heel eenvoudig dat we onder een elektronenmicroscoop geen restanten van brandstoffen zien, zodat we we-

ten dat de verhitting is veroorzaakt door wrijving, en niet door chemische of nucleaire reacties.'

'Als jullie geen resten van brandstoffen hebben gevonden, wat dan wel? Wat was de samenstelling van de smeltkorst?'

'We hebben precies gevonden wat we verwachtten,' zei Corky. 'Zuiver atmosferische elementen. Stikstof, zuurstof, waterstof. Geen resten van aardolie. Geen zwavelverbindingen. Geen vulkanische zuren. Niets bijzonders. Alleen de stoffen die we vinden als meteorieten door de atmosfeer zijn gevallen.'

Rachel liet zich tegen de rugleuning van haar stoel zakken en concentreerde zich.

Corky boog zich naar voren en keek haar aan. 'Vertel me nou niet dat je nieuwste theorie is dat NASA een rotsblok met fossielen heeft meegenomen in het ruimteveer en het vanuit de ruimte naar buiten heeft gegooid in de hoop dat de vuurbol, de inslag en de enorme krater niemand zouden opvallen.'

Daar had Rachel niet aan gedacht, hoewel het een interessante veronderstelling was. Niet aannemelijk, maar wel interessant. Zij zocht het minder ver van huis. *Allemaal elementen die in de atmosfeer voorkomen. Een schone verbranding. Groeven van het door de lucht vallen.* Ergens in een uithoek van haar brein was haar een lichtje opgegaan. 'De gehaltes van de atmosferische elementen die jullie hebben gevonden,' zei ze. 'Waren die precies hetzelfde als je op elke andere meteoriet met een smeltkorst vindt?'

Corky leek enigszins te aarzelen bij die vraag. 'Waarom wil je dat weten?'

Rachel zag hem weifelen en voelde haar hartslag versnellen. 'De gehaltes waren anders, hè?'

'Daar is een wetenschappelijke verklaring voor.'

Plotseling bonkte Rachels hart. 'Hebben jullie toevallig een uitzonderlijk hoog gehalte van één bepaald element gevonden?'

Tolland en Corky wisselden geschrokken blikken. 'Ja,' zei Corky, 'maar...'

'Was het geïoniseerde waterstof?'

De ogen van de astrofysicus werden zo groot als schoteltjes. 'Hoe kun jíj dat nou weten?'

Ook Tolland keek stomverbaasd.

Rachel keek beiden streng aan. 'Waarom heeft niemand me dat verteld?'

'Omdat er een uitstekende wetenschappelijke verklaring voor is!' riep Corky uit.

'Ik ben een en al oor,' zei Rachel.

'Er was een teveel aan geïoniseerde waterstof,' zei Corky, 'doordat de meteoriet vlak bij de noordpool door de atmosfeer is gevallen, waar zich door het magnetische veld van de aarde een uitzonderlijk hoge concentratie waterstofionen bevindt.'
Rachel keek bedenkelijk. 'Helaas heb ik er een andere verklaring voor.'

87

De derde verdieping van het hoofdkantoor van NASA was minder indrukwekkend dan de entree: een lange, steriele gang met deuren aan twee kanten, op gelijke afstanden van elkaar. De gang was verlaten. Er hingen bordjes die in beide richtingen wezen.

←LANDSAT 7
TERRA→
←ACRIMSAT
←JASON 1
AQUA→
PODS→

Gabrielle volgde de richting voor PODS. Na een tocht door een reeks lange gangen en zijgangen, kwam ze bij een zware, stalen, dubbele deur. Er stond op:

POLAR ORBITING DENSITY SCANNER (PODS)
Sectiemanager, Chris Harper

De deur was op slot. Om binnen te komen, had je een pasje en een pincode nodig. Gabrielle drukte haar oor tegen de koude metalen deur. Even dacht ze iets te horen. Ruziënde stemmen. Of misschien toch niet. Ze vroeg zich af of ze gewoon op de deur zou bonzen totdat iemand haar binnenliet. Helaas vereiste haar plan om Chris Harper te benaderen een iets subtielere aanpak. Ze keek om zich heen of ze een andere ingang zag, maar die was er niet. Naast de deur was een hokje voor de conciërge en Gabrielle stapte erin en zocht in de slecht verlichte nis naar de sleutelring of het pasje van een conciërge. Niets. Alleen bezems en zwabbers.
Ze liep terug naar de deur en legde haar oor weer tegen het metaal. Deze keer wist ze zeker dat ze stemmen hoorde. Ze werden harder.

En er klonken voetstappen. Het slot werd van binnenuit opengemaakt. Toen de metalen deur openzwaaide, had Gabrielle geen tijd meer om zich te verbergen. Ze sprong opzij en drukte zich plat tegen de muur achter de deur, terwijl een groepje mensen haastig en luid pratend naar buiten liep. Ze klonken boos.

'Wat mankeert Harper? Ik dacht dat hij in de zevende hemel zou zijn!'

'Ongelooflijk dat hij op een avond als deze alleen wil zijn,' zei een ander, terwijl het groepje langsliep. 'Hij zou feest moeten vieren!'

Toen het groepje bij Gabrielle vandaan liep, begon de zware deur, die pneumatisch sloot, weer dicht te zwaaien en verborg haar niet langer. Ze bleef doodstil staan en de mannen liepen weg door de gang. Ze wachtte zo lang mogelijk, totdat de deur nog maar een paar centimeter open was, deed toen een uitval en greep net op tijd de deurkruk. Ze bleef weer roerloos staan totdat de mannen verderop in de gang een hoek omsloegen, te zeer in beslag genomen door hun gesprek om achterom te kijken.

Met bonzend hart trok Gabrielle de deur open en stapte de schemerige ruimte erachter binnen. Zachtjes sloot ze de deur.

Ze stond in een grote werkruimte die haar deed denken aan een natuurkundig laboratorium van een universiteit: computers, werkeilanden, elektronische apparatuur. Toen haar ogen gewend raakten aan het donker, zag ze overal constructietekeningen en vellen met berekeningen liggen. De hele ruimte was onverlicht, behalve een kantoor aan de andere kant van het lab. Er scheen licht onder de deur door. Gabrielle liep er geluidloos heen. De deur was dicht, maar door het raam zag ze een man voor een computer zitten. Ze herkende hem van de persconferentie van NASA. Op het naamplaatje op de deur stond:

Chris Harper
Sectiemanager PODS

Nu ze er bijna was, werd Gabrielle plotseling bang dat het niet zou lukken. Ze herinnerde zich eraan dat Sexton er heel zeker van was dat Chris Harper had gelogen. *Ik zou mijn campagne eronder verwedden*, had Sexton gezegd. En kennelijk waren er anderen die er net zo over dachten, anderen die wachtten tot Gabrielle de waarheid had achterhaald, zodat ze NASA in het nauw konden drijven en toch nog een klein kansje maakten na de rampzalige ontwikkelingen van vanavond. Na de pogingen die Tench en de regering die middag hadden ondernomen om Gabrielle te manipuleren, wilde ze graag helpen.

Gabrielle hief haar hand om op de deur te kloppen, maar aarzelde toen ze Yolanda's stem weer hoorde. *Als Harper tegen de wereld heeft*

gelogen, waarom zou hij jóú dan de waarheid vertellen?
Uit angst, hield Gabrielle zichzelf voor; ze was er vandaag zelf bijna het slachtoffer van geworden. Ze had een plan. Ze zou een tactiek gebruiken die ze de senator af en toe had zien toepassen om politieke tegenstanders angst aan te jagen, zodat ze informatie loslieten. Gabrielle had veel geleerd sinds ze voor Sexton werkte, en niet alles daarvan was mooi of moreel hoogstaand. Maar vanavond moest ze alles uit de kast halen. Als ze Chris Harper ertoe kon bewegen te erkennen dat hij had gelogen – om welke reden dan ook – zou Gabrielle de deur voor de senator weer op een kiertje zetten. En Sexton was een man die, als hij ook maar een centimeter speelruimte had, zichzelf bijna overal uit wist te redden.
De aanpak die Gabrielle op Harper wilde proberen, werd door Sexton 'overvragen' genoemd, een ondervragingstechniek die door het Romeinse gezag was ontwikkeld om bekentenissen los te krijgen uit misdadigers van wie werd vermoed dat ze logen. De methode was bedrieglijk eenvoudig: bepaal wat je wilt dat je slachtoffer bekent, en beschuldig hem of haar dan van iets veel ergers.
De bedoeling was dat je je tegenstander de kans bood het minste van twee kwaden te kiezen, wat in dit geval de waarheid was.
De truc was om zelfvertrouwen uit te stralen, iets wat Gabrielle op het ogenblik niet bezat. Ze ademde diep in, liep in gedachten het draaiboek nog eens door en klopte toen resoluut op de deur.
'Ik heb toch gezegd dat ik het druk had!' riep Harper met het Britse accent dat ze kende van zijn persconferentie.
Ze klopte opnieuw. Harder.
'Ik zei al dat ik geen zin heb om naar beneden te komen!'
Deze keer bonkte ze met haar vuist op de deur.
Chris Harper kwam naar de deur en trok die met een ruk open. 'Verdomme, kun je niet...' Hij verstomde, duidelijk verrast om Gabrielle te zien.
'Dr. Harper,' zei ze, en ze zorgde dat haar stem beslist klonk.
'Hoe komt u hier?'
Gabrielle keek hem streng aan. 'Weet u wie ik ben?'
'Natuurlijk. Uw baas heeft mijn project maandenlang de grond in geboord. Hoe bent u binnengekomen?'
'Senator Sexton heeft me gestuurd.'
Harper liet zijn blik door het lab achter Gabrielle gaan. 'Waar is degene die u naar boven heeft gebracht?'
'Dat is uw zaak niet. De senator heeft invloedrijke connecties.'
'In dit gebouw?' Harper keek alsof hij dat betwijfelde.
'U bent niet eerlijk geweest, dr. Harper. En ik vrees dat de senator een

speciale senaatscommissie van justitie bijeen heeft geroepen om uw leugens te onderzoeken.'

Er trok een schaduw over Harpers gezicht. 'Waar hebt u het over?'

'Intelligente mensen als u kunnen het zich niet permitteren zich van den domme te houden, dr. Harper. U zit in de problemen, en de senator heeft me gestuurd om u een voorstel te doen. De campagne van de senator heeft vanavond een flinke deuk opgelopen. Hij heeft niets meer te verliezen en hij is bereid u mee te sleuren in zijn val als dat nodig is.'

'Waar hebt u het in vredesnaam over?'

Gabrielle ademde diep in en deed haar zet. 'U hebt gelogen tijdens uw persconferentie over de PODS-software die onregelmatigheden in de bodemdichtheid aan het licht moet brengen. Dat weten we. Heel veel mensen weten dat. Maar dat is niet het punt.' Voordat Harper zijn mond kon opendoen om haar tegen te spreken, stoomde ze door. 'De senator zou meteen een boekje kunnen opendoen over uw leugens, maar dat wil hij niet. Het gaat hem om het grotere verhaal. Ik denk dat u wel weet wat ik bedoel.'

'Nee, ik...'

'De senator stelt u het volgende voor: hij houdt zijn mond dicht over uw leugens over de software als u hem de naam geeft van de topfunctionaris van NASA met wie u samenwerkt om fondsen te verduisteren.'

Harpers ogen rolden bijna uit hun kassen. 'Wat? Ik verduister niets!'

'Ik raad u aan op uw woorden te passen, meneer. De senaatscommissie verzamelt nu al maanden bewijsmateriaal. Dacht u echt dat u tweeën door de mazen van het net zou glippen? Knoeien met de administratie van PODS en fondsen van NASA overhevelen naar privé-rekeningen? Voor leugens en verduistering kunt u in de gevangenis komen, dr. Harper.'

'Dat heb ik helemaal niet gedaan!'

'Wilt u beweren dat u niet hebt gelogen over PODS?'

'Nee, ik zeg dat ik geen geld heb verduisterd, verdomme!'

'Dus u zegt dat u wél hebt gelogen over PODS.'

Harper stond met zijn mond vol tanden.

'Dat liegen is niet belangrijk,' zei Gabrielle, en ze wuifde de kwestie weg. 'Het interesseert senator Sexton niet dat u hebt gelogen op een persconferentie. Daar zijn we aan gewend. Jullie hebben een meteoriet gevonden. Hoe, dat kan niemand iets schelen. Het gaat hem om de verduistering. Hij wil een hoge piet van NASA een kopje kleiner maken. Als u hem vertelt wie uw medeplichtige is, zal hij zorgen dat u helemaal buiten het onderzoek blijft. U kunt het iedereen makkelijk

maken door ons te vertellen wie die ander is, of de senator zal ervoor zorgen dat het vervelend wordt en beginnen over software die niet werkt en de zogenaamde oplossingen die daarvoor zijn gevonden.'
'U bluft. Er is geen geld verduisterd.'
'U kunt slecht liegen, dr. Harper. Ik heb het bewijsmateriaal gezien. Uw naam wordt in alle bezwarende documenten genoemd. Keer op keer.'
'Ik zweer dat ik niets over verduistering weet!'
Gabrielle slaakte een teleurgestelde zucht. 'Denk u zich mijn positie eens in, dr. Harper. Ik kan maar twee conclusies trekken. Ofwel u liegt tegen me, net zoals u in die persconferentie loog. Of u vertelt me de waarheid, en iemand met macht binnen NASA probeert u op te laten draaien voor zijn eigen praktijken.'
Hier moest Harper blijkbaar even over denken.
Gabrielle keek op haar horloge. 'Het voorstel van de senator is een uur geldig. U kunt uzelf redden door hem de naam te geven van de NASA-leidinggevende met wie u geld van de belastingbetaler verduistert. Het gaat hem niet om u. Hij wil de grote jongens. Het is duidelijk dat de persoon in kwestie invloed heeft bij NASA, want hij of zij is erin geslaagd zijn of haar identiteit uit de stukken te houden, zodat de schuld op u geschoven kan worden.'
Harper schudde zijn hoofd. 'U liegt.'
'Zou u dat graag voor de rechter willen herhalen?'
'Ja, hoor. Ik zou alles ontkennen.'
'Onder ede?' Gabrielle maakte een afkeurend geluid. 'En ontkent u dan ook dat u hebt gelogen over het in orde maken van de PODS-software?' Gabrielle keek de man met bonzend hart strak aan. 'Overweeg uw opties zorgvuldig, dr. Harper. Amerikaanse gevangenissen kunnen heel onaangenaam zijn.'
Harper beantwoordde haar blik, en Gabrielle probeerde hem met de kracht van haar gedachten te dwingen toe te geven. Even dacht ze een glimp van capitulatie te zien, maar toen Harper begon te praten, was zijn stem als staal.
'Mevrouw Ashe,' sprak hij kokend van woede, 'u hebt geen poot om op te staan. U en ik weten dat er geen sprake is van verduistering bij NASA. De enige in deze kamer die liegt, bent ú.'
Gabrielle verstijfde. De man keek haar scherp en kwaad aan. Ze zou zich willen omdraaien en wegrennen. *Je probeert een raketgeleerde af te bluffen. Wat verwacht je nou eigenlijk?* Ze dwong zichzelf haar rug recht te houden. Ze deed alsof ze blaakte van zelfvertrouwen en zijn hoge positie haar niets deed, en zei: 'Ik weet alleen dat ik belastende stukken heb gezien, onomstotelijk bewijs dat een ander en u NASA-

fondsen verduisteren. De senator heeft me gevraagd vanavond hierheen te gaan en u de keus te bieden de naam van uw partner te geven, in plaats van alleen voor de onderzoekscommissie te verschijnen. Ik zal de senator vertellen dat u liever voor de rechter verschijnt. Die kunt u dan vertellen wat u mij hebt verteld: dat u geen geld hebt verduisterd en niet hebt gelogen over de PODS-software.' Ze glimlachte grimmig. 'Maar na die onwaarachtige persconferentie van twee weken geleden, twijfel ik daar ernstig aan.' Gabrielle draaide zich abrupt om en liep snel door het donkere laboratorium. Ze vroeg zich af of zíj misschien in de gevangenis terecht zou komen, in plaats van Harper.

Kaarsrecht liep ze weg, luisterend of ze Harper hoorde roepen. Stilte. Ze duwde de metalen deuren open en liep met grote stappen de gang in, in de hoop dat je voor de liften hierboven geen pasje nodig had, zoals in de entreehal. Ze had verloren. Ze had haar best gedaan, maar Harper hapte niet toe. *Misschien vertelde hij wel de waarheid op die persconferentie*, dacht Gabrielle.

Er klonk een klap door de gang toen de metalen deuren achter haar openvlogen. 'Mevrouw Ashe,' riep Harper. 'Ik zweer dat ik niets van verduistering weet. Ik ben een eerlijk man!'

Gabrielle voelde haar hart een slag overslaan. Ze dwong zichzelf door te lopen. Ze haalde onverschillig haar schouders op en riep over haar schouder: 'Maar op uw persconferentie hebt u gelogen.'

Stilte. Gabrielle liep door.

'Wacht even!' schreeuwde Harper. Hij kwam aanrennen tot hij naast haar liep. Zijn gezicht was bleek. 'Die verduistering,' zei hij met gedempte stem. 'Ik denk dat ik weet wie me erin wil luizen.'

Gabrielle bleef als aan de grond genageld staan en vroeg zich af of ze het goed had gehoord. Ze draaide zich zo langzaam en achteloos mogelijk om. 'Wilt u me wijsmaken dat iemand u erin wil luizen?'

Harper zuchtte. 'Ik zweer dat ik niets van verduistering weet. Maar als er bewijs tegen me is...'

'Ladingen.'

Opnieuw een zucht. 'Dan is dat opzettelijk gefabriceerd. Om me in diskrediet te brengen als dat nodig is. En er is maar één persoon die dat gedaan kan hebben.'

'Wie?'

Harper keek haar recht aan. 'Lawrence Ekstrom haat me.'

Gabrielle was verbluft. 'Het hóófd van NASA?'

Harper knikte met een grimmig gezicht. 'Hij is degene die me heeft gedwongen te liegen op die persconferentie.'

88

Zelfs met de waterstofaandrijving van het Aurora-vliegtuig op halve kracht joeg het Delta-team met drie keer de geluidssnelheid – meer dan vijfendertighonderd kilometer per uur – door de nacht. Het ritmische kloppen van de Pulserende Schokgolf Motoren achter hen had een hypnotiserend effect. Dertig meter onder hen werd de oceaan woest opgezweept door de onderdruk achter de Aurora, die parallelle watergordijnen van vijftien meter hoog achter het vliegtuig de lucht in zoog.

Door dit toestel is de SR*-71 Blackbird met pensioen gestuurd*, dacht Delta-Een.

De Aurora was een van die geheime vliegtuigen waarvan niemand iets zou mogen weten, terwijl iedereen van het bestaan op de hoogte was. Zelfs Discovery Channel had een programma gewijd aan de Aurora en de testvluchten boven Groom Lake in Nevada. Of het bestaan van het toestel bekend was geworden door de 'supersonische knallen' die herhaaldelijk tot in Los Angeles waren gehoord, door de pech dat een medewerker op een booreiland in de Noordzee het had zien overkomen of door de administratieve blunder waardoor er een beschrijving van de Aurora was blijven staan in de openbaar gemaakte begroting van het Pentagon, dat zou niemand ooit weten. Het deed er ook niet toe. Het nieuws was bekend: het Amerikaanse leger had een vliegtuig dat een snelheid van mach 6 kon bereiken, en het bevond zich niet meer op de tekentafel, maar vloog boven ons hoofd.

De Aurora was gebouwd door Lockheed en zag eruit als een platgedrukte rugbybal. Het toestel was vijfendertig meter lang en achttien meter breed, gestroomlijnd en met een oppervlak van hittewerende tegels met een kristallijnen oppervlak, ongeveer zoals de spaceshuttle. De snelheid was vooral het resultaat van een bijzonder, nieuw voortstuwingssysteem, een Pulserende Schokgolf Motor, die op vernevelde vloeibare waterstof werkte en een kenmerkende, onderbroken condensstreep achterliet aan de hemel. Daarom vloog het toestel alleen in het donker.

Vanwege het voordeel van de enorme snelheid nam het Delta-team een omweg naar huis, over open zee. Toch haalden ze hun beoogde slachtoffers in. Ze zouden binnen een uur de oostkust bereiken, ruim twee uur eerder dan hun prooi. Er was gesproken over de mogelijkheid het vliegtuig in kwestie te volgen en neer te schieten, maar de opdrachtgever was terecht bang geweest dat het incident op radar te zien zou zijn of dat het wrak zou worden gevonden, wat tot een grootscheeps onderzoek kon leiden. Het was beter om het vliegtuig volgens schema te laten landen, had de opdrachtgever besloten. Als duidelijk werd waar hun prooi ging landen, zou het Delta-team in actie komen.

De Aurora scheerde over de verlaten Labradorzee, en de CrypTalk van Delta-Een gaf aan dat er een gesprek binnenkwam. Hij antwoordde.

'De situatie is veranderd,' deelde de elektronische stem hun mee. 'Jullie hebben een ander doelwit, voordat Rachel Sexton en de wetenschappers landen.'

Een ander doelwit. Delta-Een wist het zeker: de ontknoping naderde. Het schip van de opdrachtgever had een nieuw lek, en dat moesten ze zo snel mogelijk dichten. *Het schip zou niet lek zijn als we onze slachtoffers op het Milne-ijsplateau doeltreffend hadden uitgeschakeld*, hield Delta-Een zichzelf voor. Hij wist verdomd goed dat hij zijn eigen rotzooi aan het opruimen was.

'Er is een vierde partij bij betrokken geraakt,' zei de opdrachtgever.

'Wie?'

De opdrachtgever zweeg even en noemde toen een naam.

De drie mannen keken elkaar geschrokken aan. Het was een naam die ze goed kenden.

Geen wonder dat de opdrachtgever aarzelend klinkt, dacht Delta-Een. Voor een operatie die bedoeld was als een missie zonder slachtoffers begon het aantal doden wel erg hoog op te lopen, evenals hun maatschappelijke positie. Hij wachtte gespannen af tot de opdrachtgever hun precies vertelde hoe en waar ze dit nieuwe doelwit zouden elimineren.

'De belangen worden steeds groter,' zei de opdrachtgever. 'Luister goed. Ik geef jullie deze instructies maar eenmaal.'

89

Hoog boven het noorden van Maine vloog de G4, op weg naar Washington. Aan boord keken Michael Tolland en Corky Marlinson naar Rachel Sexton, die ging uitleggen waardoor het waterstofgehalte in de smeltkorst van de meteoriet zo hoog zou kunnen zijn.

'NASA heeft een geheime testbasis die Plum Brook Station heet,' zei Rachel, die nauwelijks kon geloven dat ze dit ging vertellen. Ze had nooit eerder geheime informatie openbaar gemaakt aan onbevoegden, maar gezien de omstandigheden hadden Tolland en Corky het recht dit te weten. 'Plum Brook is eigenlijk een testfaciliteit voor de allernieuwste motoren van NASA. Twee jaar geleden heb ik een samenvatting geschreven over een verbeterd ontwerp van een *expander cycle*-motor dat daar door NASA werd getest.'

Corky keek haar wantrouwig aan. 'Die motoren bestaan alleen in theorie. Op papier. Niemand is ze aan het testen. Dat duurt nog tientallen jaren.'

Rachel schudde haar hoofd. 'Het spijt me, Corky. NASA heeft prototypes. Die zijn ze aan het testen.'

'Wat?' Corky klonk sceptisch. 'Die lopen op vloeibare zuurstof en waterstof, en dat bevriest in de ruimte, zodat NASA er niets aan heeft. NASA zei dat ze niet eens gingen proberen een ECM te bouwen totdat ze iets op die bevriezende brandstof hadden gevonden.'

'Dat is ze gelukt. Ze gebruiken waterstofgel, een brandstof die bestaat uit vloeibare waterstof met daarin zeer kleine brokjes vaste waterstof. Die gel is bruikbaar bij extreem lage temperaturen, levert meer energie en verbrandt volledig. Met een klein deel van de waterstofgel wordt de motor gekoeld. Daarbij wordt de gel waterstofgas, waarmee de brandstofpompen worden aangedreven en verwarmd. Het gas verdwijnt daarna met de uitlaatgassen, die daardoor meer waterstof bevatten dan normaal. De gel vormt ook een mogelijk alternatief voor de voortstuwing van vluchten naar Mars.'

Corky keek verbaasd. 'Dit kan niet waar zijn.'

'Ik mag hopen van wel,' zei Rachel. 'Ik heb er een resumé over geschreven voor de president. Mijn baas was in alle staten omdat NASA openbaar wilde maken dat de waterstofgel een groot succes was, terwijl Pickering wilde dat het Witte Huis NASA zou dwingen het geheim te houden.'

'Waarom?'

'Dat is niet belangrijk,' zei Rachel, want ze was niet van plan meer geheimen prijs te geven dan nodig was. In werkelijkheid wilde Pickering het succes van de nieuwe brandstof geheim houden als onderdeel van de strijd tegen een groeiend gevaar voor de nationale veiligheid waar maar weinigen van wisten: de alarmerende vooruitgang van de Chinese ruimtetechnologie. De Chinezen waren momenteel bezig een bedreigend lanceersysteem te ontwikkelen, dat ze wilden verhuren aan de hoogste bieders, en dat zouden voornamelijk vijanden van de Verenigde Staten zijn. Dat zou rampzalige gevolgen voor de Amerikaanse veiligheid kunnen hebben. Het NRO wist dat de brandstof waarop China had ingezet voor het nieuwe lanceersysteem tot een mislukking zou leiden, en Pickering vond het niet nodig hun een tip te geven over de veelbelovende stuwstof van NASA.

Tolland keek haar verontrust aan en zei: 'Dus je bedoelt dat NASA een voortstuwingssysteem heeft dat op een bijzondere vorm van waterstof loopt?'

Rachel knikte. 'Ik heb geen cijfers, maar de temperatuur van de uitlaatgassen van deze motoren schijnt een paar maal zo hoog te zijn als van alle andere motoren die we kennen. NASA moet zelfs nieuw materiaal ontwikkelen voor de straalpijpen.' Ze zweeg even. 'Als je een groot brok steen achter een van die motoren legt, zou dat worden geblakerd door een waterstofrijke uitstoot van een ongekend hoge temperatuur. Dan zou je een fraaie smeltkorst krijgen.'

'Kom op!' zei Corky. 'Zijn we weer bij het scenario van de nepmeteoriet beland?'

Tolland leek plotseling gefascineerd. 'Dat is eigenlijk helemaal geen gek idee. Het zou net zoiets zijn als wanneer je een rotsblok onder het ruimteveer op het lanceerplatform zou leggen bij de lancering.'

'God sta me bij,' mompelde Corky. 'Ik bevind me in een vliegtuig met twee idioten.'

'Corky,' zei Tolland. 'In theorie zou een rotsblok dat in de stuwstraal van zo'n motor was gelegd toch dezelfde verbrandingsverschijnselen vertonen als een rotsblok dat door de atmosfeer is gevallen? Je zou dezelfde groeven in een bepaalde richting krijgen door het wegblazen van het smeltende materiaal.'

'Zou kunnen,' bromde Corky.

'En die volledig verbrandende waterstof van Rachel zou geen resten achterlaten. Alleen water en een extra hoog gehalte waterstofionen in de putjes van de korst.'

Corky sloeg zijn ogen ten hemel. 'Hoor eens, als er werkelijk zo'n motor bestaat en die loopt op waterstof, zal het wel mogelijk zijn, denk ik. Maar het is zeer vergezocht.'

'Waarom?' vroeg Tolland. 'Het lijkt me een vrij eenvoudig proces.'

Rachel knikte. 'Het enige wat je nodig hebt, is een rotsblok met fossielen van honderdnegentig miljoen jaar oud. Leg dat in de stuwstraal van een waterstofmotor en schuif het daarna onder het ijs. Een instantmeteoriet.'

'Voor een toerist, misschien,' zei Corky, 'maar niet voor een wetenschapper van NASA! Je hebt de chondrulen nog steeds niet verklaard!'

Rachel probeerde zich te herinneren wat Corky had verteld over de vorming van chondrulen. 'Je zei toch dat die zich vormen door snelle verhitting en afkoeling?'

Corky zuchtte. 'Chondrulen ontstaan als een stuk gesteente, dat koud is door de temperatuur in de ruimte, plotseling heel sterk verhit wordt tot een stadium waarin het gedeeltelijk smelt, ergens rond de vijftienhonderd graden Celsius. Daarna moet het gesteente weer heel snel af-

koelen, zodat de vloeibare insluitingen stollen tot chondrulen.'
Tolland keek zijn vriend onderzoekend aan. 'En dat proces kan zich op aarde niet voordoen?'
'Onmogelijk,' zei Corky. 'Op deze planeet hebben we niet de temperatuurvariatie om zo'n snelle overgang te bewerkstelligen. Je hebt het hier over extreme hitte en bijna het absolute nulpunt. Die extremen bestaan op aarde eenvoudigweg niet.'
Rachel dacht erover na. 'Niet in de natuur, tenminste.'
Corky keek haar aan. 'Wat bedoel je daarmee?'
'Waarom kan die verhitting en afkoeling hier op aarde niet kunstmatig zijn bereikt?' vroeg Rachel. 'Het rotsblok kan door een waterstofmotor zijn geblakerd en daarna snel zijn afgekoeld met een koelinstallatie.'
Corky staarde haar aan. 'Kunstmatige chondrulen?'
'Het is maar een idee.'
'Een belachelijk idee,' antwoordde Corky, en hij zwaaide met het monster van de meteoriet. 'Ben je niet iets vergeten? Er is onomstotelijk vastgesteld dat de chondrulen honderdnegentig miljoen jaar oud zijn.' Zijn toon werd neerbuigend. 'En voor zover ik weet, mevrouw Sexton, gebruikte niemand honderdnegentig miljoen jaar geleden waterstofmotoren en koelinstallaties.'

Chondrulen of niet, dacht Tolland, *de aanwijzingen stapelen zich op.* Hij had al een paar minuten niets gezegd en zat te piekeren over Rachels idee over de smeltkorst. Haar hypothese was weliswaar zeer gewaagd, maar bood allerlei nieuwe perspectieven en had Tolland aan het denken gezet in nieuwe richtingen. *Als de smeltkorst verklaarbaar is... wat is er dan nog meer mogelijk?*
'Je bent zo stil,' zei Rachel, die naast hem zat.
Tolland keek naar haar. Even zag hij bij de gedempte verlichting in het vliegtuig een zachtheid in Rachels ogen die hem aan Celia deed denken. Hij schudde de herinneringen van zich af en zuchtte vermoeid.
'O, ik zat gewoon te denken...'
Ze glimlachte. 'Aan meteorieten?'
'Waar anders aan?'
'Ben je al het bewijsmateriaal op een rijtje aan het zetten om te zien wat er nog over is?'
'Zoiets.'
'Heb je nog ideeën?'
'Niet echt. Het zit me dwars dat zo veel van de gegevens geen stand hebben gehouden na de ontdekking van die schacht onder het ijs.'
'Een hiërarchische bewijsvoering is als een kaartenhuis,' zei Rachel.

'Als je je uitgangspunt wegtrekt, staat alles wankel. De plaats waar de meteoriet was gevonden, was het uitgangspunt.'
Dat kun je wel zeggen, ja. 'Toen ik op het ijsplateau aankwam, vertelde Ekstrom me dat de meteoriet in een ongeschonden ijsmassa van driehonderd jaar oud was gevonden en een hogere dichtheid had dan het gesteente dat in die streek werd gevonden, wat ik als logisch bewijs zag dat de steen uit de ruimte afkomstig was.'
'Jij en alle anderen.'
'Het nikkelgehalte zit bijna in het middengebied en zegt dus wel iets, maar is niet doorslaggevend.'
'Het zit er vlakbij,' zei Corky, die blijkbaar meeluisterde.
'Maar het wijkt iets af.'
Corky knikte met tegenzin.
'En,' zei Tolland, 'deze onbekende ruimtepissebed is weliswaar zeer bizar, maar het zou heel goed een zeer oud schaaldier uit de diepzee kunnen zijn.'
Rachel knikte. 'En de smeltkorst...'
'Het spijt me dat ik het moet zeggen,' zei Tolland met een zijdelingse blik op Corky, 'maar ik begin het gevoel te krijgen dat er meer negatieve dan positieve aanwijzingen zijn.'
'In de wetenschap draait het niet om je gevoel,' zei Corky. 'Het draait om bewijzen. De chondrulen in dit gesteente zijn onmiskenbaar die van een meteoriet. Ik ben het met jullie eens dat alles wat we hebben gezien zeer verontrustend is, maar we kunnen de chondrulen niet negeren. De argumentatie vóór de meteoriet is onweerlegbaar, terwijl de argumentatie tegen op vermoedens berust.'
Rachel fronste haar voorhoofd. 'Maar waar brengt ons dat?'
'Nergens,' zei Corky. 'De chondrulen bewijzen dat we met een meteoriet te maken hebben. De enige vraag is waarom iemand die onder het ijs heeft geschoven.'
Tolland wilde wel in de rechtlijnige logica van zijn vriend geloven, maar hij had het gevoel dat er iets niet klopte.
'Je lijkt niet overtuigd, Mike,' zei Corky.
Tolland slaakte een diepe zucht. 'Ik weet het niet. Twee van de drie was niet slecht, Corky. Maar het is nu nog maar een van de drie. Ik heb het gevoel dat we iets over het hoofd zien.'

90

Ik ben erbij, dacht Chris Harper, en met een huivering zag hij een gevangeniscel voor zich. *Senator Sexton weet dat ik heb gelogen over de software van PODS.*

Terwijl de sectiemanager met Gabrielle Ashe terugliep naar zijn kantoor en de deur sloot, voelde hij zijn haat jegens het hoofd van NASA groeien. Vanavond had Harper ontdekt hoe ver de leugens van Ekstrom eigenlijk gingen. Behalve dat hij Harper had gedwongen te liegen over het in orde maken van de software, had hij blijkbaar ook nog een soort zekerheid ingebouwd voor het geval dat Harper bang zou worden en besloot het spelletje niet meer mee te spelen.

Bewijs van verduistering, dacht Harper. *Chantage. Heel sluw.* Wie zou per slot van rekening een fraudeur geloven als hij de geloofwaardigheid van het grootste moment in de Amerikaanse ruimtevaartgeschiedenis in twijfel trok? Harper had al gezien hoe ver Ekstrom wilde gaan om de Amerikaanse ruimtevaartorganisatie te redden, en na de vondst van een meteoriet met fossielen waren de belangen alleen maar groter geworden.

Harper ijsbeerde een paar keer langs de brede tafel waarop een schaalmodel van de PODS-satelliet stond, een langgerekt prisma met verschillende antennes en lenzen achter reflecterende afschermingen. Gabrielle ging zitten en keek hem met haar donkere ogen afwachtend aan. De misselijkheid die Harper bekroop, deed hem denken aan het gevoel dat hij tijdens de beruchte persconferentie had gehad. Het was een armzalige vertoning geweest en iedereen had hem er later vragen over gesteld. Hij had opnieuw moeten liegen en had gezegd dat hij die avond ziek was geweest. Zijn collega's en de pers hadden verder geen belang gehecht aan zijn matte optreden en dachten er al snel niet meer aan. Maar nu was de leugen als een boemerang naar hem teruggekeerd.

Gabrielle Ashes gezicht werd zachter. 'Meneer Harper, als Ekstrom uw vijand is, zult u een invloedrijke bondgenoot nodig hebben. Misschien is senator Sexton op dit moment wel uw enige vriend. Laten we beginnen met de leugen over de software. Vertel eens wat er is gebeurd.'

Harper zuchtte. Hij wist dat het moment was aangebroken om de waarheid te spreken. *Ik had verdomme meteen de waarheid moeten spreken!* 'De lancering van PODS verliep soepel,' begon hij. 'De satelliet kwam precies volgens plan in zijn baan over de polen.'

Gabrielle Ashe keek verveeld. Dit wist ze blijkbaar allemaal al. 'Ga verder.'

'Daarna begonnen de problemen. Toen we voorbereidingen troffen om het ijs te gaan afzoeken naar onregelmatigheden in de dichtheid, bleek de software aan boord die die afwijkingen moest ontdekken niet te werken.'

'Uh-huh.'

Harper ging sneller praten. 'Het was de bedoeling dat de software in hoog tempo duizenden hectares zou onderzoeken en de delen van het ijs zou vinden waarvan de dichtheid buiten het normale gebied viel. In eerste instantie zocht de software naar zachte plekken in het ijs – die duiden op opwarming van de aarde – maar als er andere afwijkingen in de dichtheid voorkwamen, was de computer zo geprogrammeerd dat die ook werden gemeld. Het plan was dat PODS in een paar weken het noordpoolgebied zou scannen en eventuele onregelmatigheden zou registreren waaruit we de opwarming van de aarde konden aflezen.'

'Maar zonder goed functionerende software,' zei Gabrielle, 'was PODS nutteloos. De afbeeldingen van elke vierkante centimeter van het noordpoolgebied zouden handmatig bekeken moeten worden om afwijkende plekken te vinden.'

Harper knikte; hij maakte in gedachten de nachtmerrie opnieuw mee. 'Dat zou tientallen jaren kosten. Het was een vreselijke situatie. Door een fout in mijn programmatuur was PODS eigenlijk waardeloos. En dan de naderende verkiezingen, en alle kritiek van senator Sexton op NASA...' Hij zuchtte.

'Uw vergissing was een ramp voor NASA en de president.'

'De timing had niet slechter gekund. Ekstrom was witheet. Ik beloofde hem dat ik het probleem bij de volgende vlucht van het ruimteveer kon oplossen. Het was eenvoudig een kwestie van het omwisselen van de chip waar de software op stond. Maar dat zou te laat zijn. Hij stuurde me met verlof, maar het kwam er eigenlijk op neer dat ik ontslagen was. Dat was een maand geleden.'

'Maar twee weken geleden was u weer op de tv om te vertellen dat u een oplossing had gevonden.'

Harper zuchtte verslagen. 'Een afschuwelijke vergissing. Die dag kreeg ik een wanhopig telefoontje van Ekstrom. Hij vertelde me dat er zich een manier had voorgedaan waarop ik het goed kon maken. Ik ben meteen naar hem toe gegaan. Hij vroeg me een persconferentie te geven en iedereen te vertellen dat ik een oplossing had gevonden voor de PODS-software en dat we een paar weken later gegevens zouden hebben. Hij zei dat hij het me later zou uitleggen.'

'En daar hebt u mee ingestemd.'

'Nee, ik heb geweigerd! Maar een uur later kwam hij mijn kantoor

binnenstappen... met de topadviseur van het Witte Huis!'
'Wat?' Dit leek Gabrielle te verbazen. 'Marjorie Tench?'
Een afschuwelijk mens, dacht Harper, en hij knikte. 'Ekstrom en zij zeiden dat ik maar even moest gaan zitten en maakten me duidelijk dat mijn vergissing NASA en de president letterlijk aan de rand van de afgrond hadden gebracht. Mevrouw Tench bracht me op de hoogte van de plannen van de senator om NASA te privatiseren. Ze zei dat het mijn plicht jegens de president en de ruimtevaartorganisatie was om mijn fout te herstellen. Daarna vertelde ze me hoe ik dat moest doen.'
Gabrielle boog zich naar voren. 'Ga verder.'
'Marjorie Tench vertelde me dat het Witte Huis door puur geluk sterke geologische aanwijzingen had gekregen dat er een enorme meteoriet in het Milne-ijsplateau lag. Een van de grootste die ooit was gevonden. Een meteoriet van die afmetingen zou een belangrijke ontdekking zijn voor NASA.'
Gabrielle keek verbluft. 'Wacht eventjes, dus iemand wíst al dat de meteoriet daar lag voordat PODS hem ontdekte?'
'Ja. PODS had niets met de ontdekking te maken. Ekstrom wist dat de meteoriet er was. Hij heeft me eenvoudigweg de coördinaten gegeven en me gezegd dat ik de satelliet speciaal het ijsplateau moest laten onderzoeken en moest doen alsof PODS die ontdekking had gedaan.'
'Dat meent u niet.'
'Dat was ook mijn eerste reactie toen ze me vroegen mee te werken aan die schijnvertoning. Ze weigerden me te vertellen hoe ze van het bestaan van de meteoriet wisten, maar mevrouw Tench bleef zeggen dat dat er niets toe deed en dat dit de ideale gelegenheid was om mijn fiasco met PODS goed te maken. Als ik deed alsof de satelliet de meteoriet had gevonden, kon NASA PODS prijzen als het succes dat ze zo hard nodig hadden en dat zou gunstig zijn voor de campagne van de president.'
Gabrielle zat met open mond te luisteren. 'En u kon natuurlijk niet beweren dat PODS een meteoriet had gevonden voordat u had aangekondigd dat de software om onregelmatigheden op te sporen in orde was.'
Harper knikte. 'Vandaar de leugen op de persconferentie. Ik moest wel. Tench en Ekstrom waren onvermurwbaar. Ze herinnerden me eraan dat ik iedereen in de kou had laten staan; de president had mijn PODS-project gefinancierd, NASA was er jaren mee bezig geweest, en nu had ik alles verpest met een programmeerblunder.'
'Dus u stemde ermee in te helpen.'
'Ik had geen keus. Mijn carrière zou voorbij zijn als ik het niet deed. En als ik de software niet had verknald, zou PODS die meteoriet on-

getwijfeld gevonden hebben. Dus leek het indertijd een onbetekenend leugentje. Ik suste mijn geweten met de redenering dat de software over een paar maanden, als het ruimteveer de lucht in ging, gerepareerd zou worden en dat ik die reparatie alleen een beetje vroeg aankondigde.'

Gabrielle floot afkeurend. 'Een leugentje van niks om te kunnen profiteren van een fantastische kans.'

Alleen al doordat hij erover sprak, voelde Harper zich weer akelig. 'Dus... heb ik het gedaan. Volgens de instructies van Ekstrom gaf ik een persconferentie waarin ik aankondigde dat ik een oplossing had gevonden voor het probleem van de software en een paar dagen later heb ik PODS gericht op het punt waarvan ik de coördinaten had gekregen. Toen heb ik de correcte procedure gevolgd en de directeur van EOS gebeld om te melden dat PODS een plek met een hogere dichtheid had gevonden in het Milne-ijsplateau. Ik heb hem de coördinaten gegeven en hem verteld dat de dichtheid op die plek zo hoog was dat er een meteoriet zou kunnen liggen. Halsoverkop heeft NASA er een klein team heen gestuurd om boormonsters te nemen. En daarna werd de operatie verder geheim gehouden.'

'Dus u had voor vanavond geen idee dat er fossielen in de meteoriet zaten?'

'Dat hadden we hier geen van allen. We zijn allemaal overdonderd. Nu noemt iedereen me een held omdat ik het bewijs van buitenaards leven heb gevonden, en ik weet niet wat ik moet zeggen.'

Gabrielle zweeg geruime tijd en nam Harper met een resolute blik in haar zwarte ogen op. 'Maar als PODS de meteoriet in het ijs niet heeft gevonden, hoe wist Ekstrom dan dat die er was?'

'Iemand anders heeft hem gevonden.'

'Iemand ánders? Wie dan?'

Harper zuchtte. 'Een Canadese geoloog, ene Charles Brophy. Hij deed onderzoek op Ellesmere Island. Blijkbaar verrichtte hij geologische sonderingen op het Milne-ijsplateau toen hij toevallig iets in het ijs ontdekte wat een enorme meteoriet leek te zijn. Hij heeft dat over de radio gemeld en NASA heeft het bericht onderschept.'

Gabrielle staarde hem aan. 'Maar is die Canadees dan niet woedend dat NASA met de eer gaat strijken?'

'Nee,' zei Harper, en er liep een rilling over zijn rug. 'Hij is dood, wat erg goed uitkomt.'

91

Michael Tolland sloot zijn ogen en luisterde naar het motorgeronk van de G4. Hij had besloten niet meer te piekeren over de meteoriet voordat ze in Washington waren. Volgens Corky gaven de chondrulen de doorslag: het rotsblok uit het Milne-ijsplateau kon alleen een meteoriet zijn. Rachel had gehoopt William Pickering meer te kunnen vertellen als ze landden, maar haar gedachte-experimenten waren stukgelopen op de chondrulen. Hoe twijfelachtig een groot deel van het bewijsmateriaal ook was, de meteoriet leek toch echt te zijn.

Het zij zo.

Rachel was duidelijk aangeslagen door de gebeurtenissen op het ijs, maar Tolland was verbaasd over haar veerkracht. Ze was nu helemaal geconcentreerd op het vraagstuk waar ze mee worstelden, en probeerde duidelijkheid te krijgen over de echtheid van de meteoriet en over de vraag wie hen had willen vermoorden.

Het grootste deel van de reis had Rachel naast Tolland gezeten. Hij had het leuk gevonden met haar te praten, ondanks de moeilijke omstandigheden. Een paar minuten geleden was ze naar het toilet gegaan en nu merkte Tolland tot zijn verrassing dat hij haar naast zich miste. Hij vroeg zich af hoe lang het geleden was sinds hij de aanwezigheid van een vrouw had gemist... een vrouw die niet Celia was.

'Meneer Tolland?'

Tolland keek op.

De piloot stak zijn hoofd de cabine in. 'U hebt me gevraagd u te waarschuwen als we binnen telefonisch bereik van uw schip waren. Ik kan nu verbinding maken, als u wilt.'

'Graag.' Tolland liep door het gangpad naar voren.

In de cockpit belde Tolland zijn bemanning. Hij wilde ze laten weten dat hij pas over een dag of twee terug zou zijn. Hij zou natuurlijk niets loslaten over de problemen waarmee hij was geconfronteerd.

De telefoon ging een paar keer over en toen hoorde Tolland tot zijn verrassing het communicatiesysteem van het schip, een SHINCOM 2100, opnemen. Het bericht dat hij hoorde, was niet de gebruikelijke, zakelijke begroeting. De stem van de grootste grappenmaker aan boord van Tollands schip riep uitgelaten: 'Hallo, hallo, hier de *Goya*. Helaas is er niemand aanwezig, want we zijn allemaal ontvoerd door reuzenpissebedden! Nee hoor, we zijn de wal op gegaan om Mikes fantastische avond te vieren. We zijn apetrots! U kunt uw naam en nummer achterlaten, dan bellen we u misschien morgen terug, als we weer nuchter zijn. Ciao! Driemaal hoera voor ET!'

Tolland lachte. Hij miste zijn bemanning al. Ze hadden de persconferentie dus gezien. Hij was blij dat ze aan wal waren gegaan; hij was nogal plotseling vertrokken nadat de president had gebeld, en het was waanzin als ze aan boord niets bleven doen. Hoewel volgens het bericht iedereen aan wal was gegaan, nam Tolland aan dat ze zijn schip niet onbewaakt hadden achtergelaten, vooral niet omdat het voor anker lag in een sterke stroming.

Tolland toetste het nummer in waarmee hij eventuele interne berichten kon afluisteren die ze voor hem hadden achtergelaten. Er klonk één piepje. Eén bericht. De stem van hetzelfde uitgelaten bemanningslid.

'Hoi Mike, wat een show! Als je dit hoort, bel je waarschijnlijk vanaf een of ander poenerig feest in het Witte Huis en vraag je je af waar we in godsnaam zijn gebleven. Het spijt me dat we van boord zijn gegaan, jongen, maar dit was geen avond om op een droogje te staan. Maak je geen zorgen, we hebben je schip stevig verankerd en het buitenlicht aan gelaten. Diep in ons hart hopen we dat het gekaapt wordt, zodat NBC die nieuwe boot voor je koopt! Nee hoor, ik maak maar een geintje. Maak je geen zorgen, Xavia blijft aan boord om op de winkel te passen. Ze zei dat ze liever alleen achterbleef dan te moeten feesten met een zootje dronken visboeren. Kun je je dat voorstellen?'

Tolland grinnikte. Hij was blij te horen dat er nog iemand aan boord was. Xavia was iemand met verantwoordelijkheidsgevoel, bepaald geen feestbeest. Ze was een gerespecteerd marien geoloog, die de reputatie had met bijtende eerlijkheid te zeggen wat ze op haar hart had.

'Hoe dan ook, Mike,' ging het bericht verder, 'het was een ongelooflijke avond. Dan voel je je wel trots dat je wetenschapper bent, hè? Iedereen heeft het er steeds over hoe goed dit voor NASA is. NASA kan de pot op! Voor óns is het nog beter! De kijkcijfers van *Amazing Seas* zullen na vanavond wel omhoogschieten. Je bent een ster, man. Echt een ster. Gefeliciteerd. Goed gedaan.'

Er klonk wat gedempt gepraat, en toen kwam de stem terug. 'O, ja, en over Xavia gesproken: om te zorgen dat je niet naast je schoenen gaat lopen, wil ze je even ergens over de les lezen. Hier is ze.'

Xavia's schrille stem klonk. 'Mike, dit is Xavia, je bent geweldig, echt helemaal top. En omdat ik zo gek op je ben, blijf ik hier als babysit voor dat voorwereldlijke wrak van jou. Eerlijk gezegd is het wel eens lekker om dat schorem dat jij wetenschappers noemt niet om me heen te hebben. Hoe dan ook, behalve babysitten heeft de bemanning mij als boordbitch gevraagd alles te doen wat ik kan om ervoor te zorgen dat je niet in een arrogante klootzak verandert. Na vanavond besef ik dat dat moeilijk gaat worden, maar ik wilde de eerste zijn die je vertelt dat je hebt geblunderd in je documentaire. Ja, je hoort het goed. Een zeldzame miskleun van Michael Tolland. Maak je geen zorgen, er zijn maar een stuk of drie mensen ter wereld die het zullen merken, en dat zijn allemaal verkrampte marien geologen zonder gevoel voor humor. Net als ik. Maar je weet wat ze zeggen van geologen: altijd op zoek naar zwakke plekken!' Ze lachte. 'Nou ja, het stelt niets voor, een kleinigheidje over de petrologie van meteorieten. Ik zeg het alleen maar om je avond te verpesten. Misschien krijg je er binnenkort een paar telefoontjes over, dus ik wilde je vast even waarschuwen, zodat je niet klinkt als de imbeciel die je, zoals wij weten, eigenlijk bent.' Ze lachte weer. 'Hoe dan ook, ik ben niet zo'n stapper, dus ik blijf aan boord. Probeer me maar niet te bellen, want ik heb het antwoordapparaat aan moeten zetten omdat er de hele avond journalisten bellen. Je bent echt een ster vanavond, ondanks je blunder. Daar vertel ik je wel meer over als je weer hier bent. Ciao.'

Dat was het einde van het bericht.

Michael Tolland keek verbaasd. *Zit er een fout in mijn documentaire?*

Rachel Sexton stond in de toiletruimte van de G4 en keek in de spiegel. Ze was bleek, vond ze, en ze zag er slechter uit dan ze had gedacht. Ze was afgemat door alles wat er gebeurd was en vroeg zich af hoe lang het zou duren voordat ze ophield met rillen, of voordat ze weer in de buurt van de zee durfde te komen. Ze zette de pet van de *U.S.S. Charlotte* af en liet haar haar los vallen. *Dat is beter*, dacht ze; zo voelde ze zich meer zichzelf.

Ze keek in haar eigen ogen en zag een grote vermoeidheid. Maar daaronder bespeurde ze vastberadenheid. Ze wist dat ze die van haar moeder had. *Laat niemand je vertellen wat je wel of niet mag.* Rachel vroeg zich af of haar moeder had gezien wat er vanavond was gebeurd. *Iemand wilde me vermoorden, mam. Iemand wilde ons allemaal vermoorden...*

Voor de zoveelste keer in de afgelopen uren liep Rachel in gedachten het lijstje na.

Lawrence Ekstrom... Marjorie Tench... president Zach Herney. Ze hadden allemaal een motief. En, wat verontrustender was, ze hadden allemaal de middelen. *De president is er niet bij betrokken*, hield Rachel zichzelf voor. Ze bleef zich vastklampen aan haar hoop dat de president, voor wie ze zoveel meer respect had dan voor haar eigen vader, een onschuldige buitenstaander was bij dit mysterieuze incident.

We weten nog niets.

Niet wie... niet waarom.

Rachel had graag antwoorden willen hebben voor William Pickering, maar tot nu toe waren er alleen nieuwe vragen gerezen.

Toen Rachel uit de toiletruimte kwam, zag ze tot haar verrassing dat Michael Tolland niet meer in de cabine zat. Corky zat te dommelen. Toen Rachel om zich heen keek, zag ze Mike de cockpit uit komen terwijl de piloot een radiotelefoon ophing. Michaels ogen waren groot van ongerustheid.

'Wat is er?' vroeg Rachel.

Op ernstige toon vertelde hij haar wat hij had gehoord.

Een fout in zijn documentaire? Rachel dacht dat Tolland er te zwaar aan tilde. 'Het is waarschijnlijk niets. Heeft ze je niet verteld wat de vergissing precies was?'

'Nee, alleen dat het iets te maken had met de petrologie van meteorieten.'

'De structuur van het gesteente?'

'Ja. Ze zei dat de enige mensen die het zouden merken een paar andere geologen waren. Het klonk alsof de vergissing die ik heb gemaakt iets met de samenstelling van de meteoriet te maken had.'

Rachel hapte naar adem, want nu begreep ze het. 'De chondrulen?'

'Ik weet het niet, maar het is wel erg toevallig.'

Dat was Rachel met hem eens. De chondrulen waren het enig overblijvende bewijs voor de bewering van NASA dat dit een meteoriet was.

Corky kwam aanlopen en wreef zich in zijn ogen. 'Wat is er aan de hand?'

Tolland bracht hem op de hoogte.

Corky trok een gezicht en schudde zijn hoofd. 'Het is niet iets met de chondrulen, Mike. Uitgesloten. Al je gegevens waren afkomstig van NASA. En van mij. Die waren foutloos.'

'Wat kan ik dan voor petrologische vergissing hebben gemaakt?'

'Geen idee. Bovendien, wat weten marien geologen nou helemaal van chondrulen?'

'Dat zou ik niet weten, maar ze is verdomd slim.'

'Gezien de omstandigheden,' zei Rachel, 'vind ik dat we haar moeten spreken voordat we met Pickering praten.'

Tolland haalde zijn schouders op. 'Ik heb haar viermaal gebeld en ik krijg steeds het apparaat. Waarschijnlijk is ze in het hydrolab en hoort ze niets. Ze zal mijn berichten op z'n vroegst morgenochtend horen.'

Tolland zweeg even en keek op zijn horloge. 'Hoewel...'

'Hoewel wat?'

Tolland keek haar doordringend aan. 'Hoe belangrijk denk je dat het is om Xavia te spreken voordat we met je baas praten?'

'Als ze iets over de chondrulen te vertellen heeft? Ik zou zeggen dat

het dan essentieel is,' zei Rachel. 'Op dit moment hebben we allerlei tegenstrijdige gegevens. William Pickering is gewend duidelijke antwoorden te krijgen. Als we hem spreken, zou ik graag iets substantieels voor hem hebben, zodat hij iets kan ondernemen.'
'Dan moeten we er eerst langsgaan.'
Rachel reageerde verrast. 'Langs je schip?'
'Het ligt voor de kust van New Jersey. Bijna op onze route naar Washington. Dan kunnen we met Xavia praten en horen wat ze te vertellen heeft. Corky heeft het monster van de meteoriet nog, en als Xavia er wat geologische proefjes op wil loslaten, heeft het schip daar een redelijk uitgerust lab voor. Ik kan me niet voorstellen dat het ons meer dan een uur kost om zekerheid te krijgen.'
Rachel merkte dat ze schrok. De gedachte dat ze zo snel alweer geconfronteerd zou worden met de zee was beangstigend. *Zekerheid*, hield ze zichzelf voor. Dat was een aantrekkelijk vooruitzicht. *Pickering zal zekerheid willen.*

92

Delta-Een was blij dat hij weer vaste grond onder de voeten had. Hoewel het Aurora-vliegtuig maar op halve kracht had gevlogen en een omweg over de oceaan had genomen, had het nog geen twee uur over de reis gedaan, zodat het Delta-team nu ruim de tijd had om positie te kiezen en zich voor te bereiden op de moordaanslag die de opdrachtgever had ingelast.
Op een afgelegen landingsbaan van het leger in de buurt van Washington liet het Delta-team de Aurora achter en ging aan boord van een ander transportmiddel: een OH-58d Kiowa Warrior-helikopter die voor hen klaarstond.
En weer heeft de opdrachtgever voor het best denkbare materieel gezorgd, dacht Delta-Een.
De Kiowa Warrior, die oorspronkelijk was bedoeld als een lichte verkenningshelikopter, was 'uitgebreid en verbeterd' tot de nieuwste aanvalshelikopter die het leger rijk was. De Kiowa was uitgerust met infrarood-beeldapparatuur die het samen met het laserdoelzoeksysteem mogelijk maakte om lasergeleide precisiewapens zoals Air-to-Air Stinger-raketten en AGM-114B Hellfire-raketten geheel zelfstandig naar hun doel te leiden. Met een zeer snelle vuurleidingscomputer konden tot zes doelen tegelijk worden gevolgd. Maar weinig vijanden die ooit

een Kiowa van dichtbij hadden gezien, konden het nog navertellen.
Delta-Een voelde een bekend, heerlijk gevoel van macht toen hij in de stoel van de piloot klom en zijn riemen omdeed. Hij had met dit toestel getraind en het driemaal bij een geheime operatie gebruikt. Uiteraard had hij er nog nooit mee op een prominente Amerikaan gejaagd. Hij moest toegeven dat de Kiowa het volmaakte toestel voor deze opdracht was. De Rolls-Royce Allison-motor en de speciale rotorbladen waren 'stil', wat betekende dat slachtoffers op de grond de heli niet hoorden totdat die vlak boven hen was. En omdat het toestel blind kon vliegen en dus geen lichten nodig had, en zwart was, zonder reflecterende staartnummers, was het onzichtbaar tenzij het slachtoffer over radar beschikte.

Geluidloze zwarte helikopters.

De liefhebbers van complottheorieën wisten er wel raad mee. Sommigen beweerden dat de invasie van geluidloze zwarte helikopters het bestaan bewees van 'stormtroepen van de Nieuwe Wereldorde', die onder het gezag van de Verenigde Naties vielen. Volgens anderen deden buitenaardse wezens geheime onderzoekingen met de helikopters. En dan waren er ook nog mensen die de Kiowa's in het donker in een strakke formatie zagen vliegen en dachten dat ze de navigatielichten van een veel groter toestel zagen, één vliegende schotel, die zich ogenschijnlijk verticaal door de lucht kon verplaatsen.

Ook mis. Maar het leger was blij met al die verhalen.

Kortgeleden had Delta-Een bij een vertrouwelijke missie een Kiowa gevlogen die was voorzien van hoogst geheime nieuwe Amerikaanse wapentechnologie: een ingenieus holografisch wapen dat de bijnaam S&M had. Dat riep associaties op met sadomasochisme, maar S&M stond voor '*smoke and mirrors*', holografische beelden die boven vijandelijk gebied in de lucht werden 'geprojecteerd'. De Kiowa had met die techniek hologrammen van Amerikaanse vliegtuigen boven een vijandelijke luchtafweerinstallatie geprojecteerd. De geschutbemanning was in paniek geraakt en als dollemannen op de rondcirkelende spookbeelden gaan schieten. Toen al hun munitie op was, hadden de Verenigde Staten het echte werk gestuurd.

Toen Delta-Een en zijn mannen opstegen, weerklonken de woorden van de opdrachtgever nog door zijn hoofd. *Jullie hebben een ander doelwit.* Dat leek nogal een understatement, gezien de identiteit van hun nieuwe slachtoffer. Maar Delta-Een hield zich voor dat het niet op zijn weg lag zijn opdrachten in twijfel te trekken. Zijn team had instructies gekregen, en die zou het precies volgens de opgedragen methode uitvoeren... hoe schokkend die methode ook was.

Ik hoop dat de opdrachtgever zeker weet dat dit de juiste zet is.

Nadat de Kiowa was opgestegen, zette Delta-Een koers naar het zuidwesten. Hij had het Franklin Delano Roosevelt Memorial tweemaal gezien, maar nooit eerder vanuit de lucht.

93

'Dus de meteoriet is door een Canadese geoloog ontdekt?' Gabrielle Ashe staarde Chris Harper verbijsterd aan. 'En die Canadees is nu dóód?'

Harper knikte met een grimmig gezicht.

'Hoe lang weet u dit al?' vroeg ze streng.

'Een paar weken. Nadat Lawrence Ekstrom en Marjorie Tench me hadden gedwongen te liegen op de persconferentie, wisten ze dat ik niet meer terug kon. Toen hebben ze me verteld hoe de meteoriet werkelijk was ontdekt.'

PODS *heeft de meteoriet niet gevonden!* Gabrielle had geen idee waar al deze informatie toe zou leiden, maar het was duidelijk dat dit een schandaal was. Slecht voor Tench. Fantastisch voor de senator.

'Zoals ik al zei, is de meteoriet ontdekt doordat er een radiobericht is onderschept,' zei Harper met een somber gezicht. 'Hebt u wel eens van INSPIRE gehoord? Het Interactive NASA Space Physics Ionosphere Radio Experiment.'

Het kwam Gabrielle vaag bekend voor.

'Het komt erop neer,' zei Harper, 'dat er een aantal radio-ontvangers bij de noordpool staan, die zeer lage frequenties ontvangen en naar de geluiden van de aarde luisteren: de radiostraling van het noorderlicht, elektromagnetische pulsen van onweer, dat soort dingen.'

'Ik snap het.'

'Een paar weken geleden ving een van die radio-ontvangers een verdwaald bericht van Ellesmere Island op. Een Canadese geoloog riep op een uitzonderlijk lage frequentie om hulp.' Harper zweeg even. 'De frequentie was zelfs zo laag dat alleen de langegolfontvangers van NASA de oproep gehoord kunnen hebben. We namen aan dat de Canadees opzettelijk op de lange golf uitzond.'

'Wat bedoelt u?'

'Dat hij op een zo laag mogelijke frequentie uitzond om zijn bericht zo ver mogelijk te laten reiken. Vergeet niet dat hij ver van de bewoonde wereld was; een uitzending op de standaardfrequentie zou waarschijnlijk niet ver genoeg zijn gekomen om te worden gehoord.'

'En hoe luidde zijn bericht?'
'Dat was kort. De Canadees zei dat hij sonderingen had verricht op het Milne-ijsplateau, dat hij in het ijs een plek met een hoge dichtheid had gevonden, vermoedde dat het een enorme meteoriet was en was overvallen door een storm. Hij gaf zijn coördinaten, vroeg om hulp vanwege de storm en beëindigde het bericht. De luisterpost van NASA heeft een vliegtuig van Thule gestuurd om hem te redden. Ze hebben uren gezocht en hem uiteindelijk kilometers uit de koers gevonden, dood in een gletsjerspleet met zijn slee en zijn honden. Kennelijk heeft hij geprobeerd ondanks de storm weg te komen, had hij niet voldoende zicht, is hij uit de koers geraakt en in een spleet gevallen.'
Gabrielle was geboeid. 'Dus plotseling wist NASA van een meteoriet waar verder niemand van op de hoogte was?'
'Precies. En ironisch genoeg zou de PODS-satelliet diezelfde meteoriet een week eerder hebben gevonden dan de Canadees... als mijn software had gewerkt.'
Dat toeval verbaasde Gabrielle. 'Een meteoriet die al driehonderd jaar in het ijs ligt, was bijna twéémaal in dezelfde week ontdekt?'
'Ja, het is een beetje bizar, maar zo is de wetenschap soms. Hollen of stilstaan. Het punt is dat Ekstrom vond dat de meteoriet eigenlijk onze ontdekking hoorde te zijn, omdat ik mijn werk gewoon goed had moeten doen. Nu de Canadees dood was, zou niemand het ooit merken als ik PODS op de coördinaten instelde die de Canadees had doorgegeven, zei Ekstrom. Dan kon ik doen alsof ik de meteoriet had ontdekt en zou deze gênante mislukking tenminste nog iets opleveren.'
'En dat hebt u gedaan.'
'Zoals ik al zei, ik had geen keus. Ik had de missie verpest.' Hij zweeg even. 'Maar toen ik vanavond naar de persconferentie van de president keek en hoorde dat de meteoriet die ik zogenaamd had gevonden fossíélen bevatte...'
'Toen was u verbijsterd.'
'Ik viel van mijn stoel, mag ik wel zeggen!'
'Denkt u dat het hoofd van NASA wist dat de meteoriet fossielen bevatte voordat hij u vroeg te doen alsof PODS hem had gevonden?'
'Ik kan me niet voorstellen hoe hij dat geweten kan hebben. De meteoriet lag onberoerd onder het ijs totdat het eerste team van NASA daar aankwam. Bij mijn beste weten had NASA geen idee wat ze eigenlijk hadden gevonden totdat er een team was dat boormonsters heeft genomen en röntgenonderzoek heeft gedaan. Ze hebben me gevraagd over PODS te liegen met het idee dat ze dan een bescheiden succesje zouden boeken met een grote meteoriet. Pas toen ze daar eenmaal waren, beseften ze wat een grote ontdekking het eigenlijk was.'

Gabrielle ging sneller ademen. 'Dr. Harper, zou u openlijk willen verklaren dat NASA en het Witte Huis u hebben gedwongen te liegen over de software?'
'Ik weet het niet.' Harper keek bang. 'Ik heb geen idee wat voor schade dat zou toebrengen aan de organisatie... aan de ontdekking.'
'Dr. Harper, u en ik weten allebei dat de ontdekking van deze meteoriet fantastisch blijft, hoe die ook gedaan is. Het punt is dat u hebt gelogen tegen de Amerikaanse bevolking. De mensen hebben het recht te weten dat PODS niet is wat NASA hun wil doen geloven.'
'Ik weet het niet. Ik verfoei Ekstrom, maar mijn collega's... dat zijn goeie lui.'
'En ze verdienen het te weten dat ze bedrogen zijn.'
'En de bewijzen van verduistering die u tegen me hebt?'
'Daar hoeft u zich geen zorgen over te maken,' zei Gabrielle, die haar eigen bedrog bijna was vergeten. 'Ik zal de senator vertellen dat u niets van de verduistering weet. Het is gewoon een list van Ekstrom om zich ervan te verzekeren dat u zou zwijgen over PODS.'
'Kan de senator me bescherming bieden?'
'Volledig. U hebt niets misdaan. U hebt gewoon orders opgevolgd. Bovendien, met de informatie die u me net hebt gegeven over die Canadese geoloog, kan ik me niet voorstellen dat de senator het nog nodig vindt over die verduistering te beginnen. We kunnen ons helemaal concentreren op de verkeerde informatie die NASA over PODS en de meteoriet heeft verstrekt. Als de senator het nieuws over de Canadees bekendmaakt, zal Ekstrom het niet meer aandurven u met leugens in diskrediet te brengen.'
Harper keek nog steeds zorgelijk. Hij zweeg somber terwijl hij zijn opties overwoog. Gabrielle gaf hem even de tijd. Ze had al eerder beseft dat er in dit verhaal nog een verontrustende toevalligheid school. Ze was niet van plan geweest het erover te hebben, maar ze zag dat dr. Harper een laatste zetje nodig had.
'Hebt u honden, dr. Harper?'
Hij keek op. 'Wat zei u?'
'Ik bedacht alleen dat het vreemd was. Dat de sledehonden van die Canadese geoloog een gletsjerspleet in zijn gerend kort nadat hij de coördinaten van de meteoriet over de radio had gemeld, bedoel ik.'
'Het stormde. Ze waren uit de koers geraakt.'
Gabrielle haalde haar schouders op en liet haar scepsis doorschemeren. 'Ja... oké.'
Harper bemerkte haar aarzeling. 'Wat wilt u daarmee zeggen?'
'Ik weet het niet. Deze ontdekking is omgeven door toevalligheden. Een Canadese geoloog geeft de coördinaten van een meteoriet door

op een golflengte die alleen NASA kan horen. En daarna rennen zijn sledehonden een spleet in.' Ze zweeg even. 'U begrijpt natuurlijk wel dat de dood van die geoloog de weg heeft vrijgemaakt voor deze hele triomf van NASA.'

De kleur trok weg uit Harpers gezicht. 'U denkt dat Ekstrom een moord zou plegen voor die meteoriet.'

Het gaat om grote belangen, om het grote geld, dacht Gabrielle. 'Ik zal met de senator praten en dan nemen we contact met u op. Is hier een achteruitgang?'

Gabrielle Ashe liet de bleke Chris Harper achter en daalde via een brandtrap af naar een verlaten steeg achter het NASA-gebouw. Ze hield een taxi aan die zojuist nog een paar feestvierders had afgezet.

'Appartementencomplex Westbrooke Place,' zei ze tegen de chauffeur. Ze zou senator Sexton een stuk gelukkiger gaan maken.

94

Terwijl ze zich afvroeg waarmee ze had ingestemd, stond Rachel naast de cockpitdeur van de G4 en trok het snoer van een radiotelefoon de cabine in, zodat ze haar telefoontje buiten gehoorsafstand van de piloot kon plegen. Corky en Tolland keken toe. Rachel en William Pickering, de directeur van het NRO, hadden afgesproken geen radiocontact te hebben tot ze op de luchtmachtbasis Bolling bij Washington aankwam, maar Rachel had nu informatie waarvan ze zeker wist dat Pickering die onmiddellijk zou willen horen. Ze had zijn beveiligde mobiele telefoon gebeld, die hij altijd bij zich had.

William Pickering nam op en zei op zakelijke toon: 'Wees voorzichtig met wat u zegt. Ik kan deze verbinding niet garanderen.'

Rachel begreep wat hij bedoelde. Zoals de meeste telefoons voor de buitendienst gaf Pickerings mobieltje een waarschuwing als een inkomend gesprek onbeveiligd was. Omdat Rachel met een radiotelefoon belde, een van de minst veilige communicatiemiddelen die er waren, had Pickerings toestel een signaal gegeven. Dit gesprek zou vaag moeten blijven. Geen namen. Geen plaatsen.

'Mijn stem is mijn legitimatie,' zei Rachel. Dat was de standaardbegroeting in deze situatie. Ze had verwacht dat de directeur ontstemd zou zijn omdat ze het risico nam hem te bellen, maar Pickering reageerde positief.

'Ja, ik stond op het punt contact met je op te nemen. We moeten de bestemming veranderen. Ik vrees dat er een ontvangstcomité klaarstaat.'
Rachel werd plotseling bang. *Iemand houdt ons in de gaten.* Ze hoorde aan Pickerings toon dat er gevaar dreigde. *De bestemming veranderen.* Het zou hem verheugen dat ze dat nu juist wilde voorstellen, al was het dan om heel andere redenen.
'De kwestie van echtheid,' zei Rachel. 'Daar hebben we over gepraat. We hebben bedacht hoe we die categorisch kunnen bevestigen of weerleggen.'
'Prima. Er zijn bepaalde ontwikkelingen geweest, en dan zou ik in elk geval iets hebben om van uit te gaan.'
'Om bewijs te verkrijgen, moeten we een snelle stop maken. Een van ons heeft toegang tot een laboratorium...'
'Geen precieze locatie, alsjeblieft. Voor jullie eigen veiligheid.'
Rachel peinsde er niet over haar plannen over deze lijn bekend te maken. 'Kunt u voor toestemming zorgen om op GAS-AC te landen?'
Pickering zweeg even. Rachel vermoedde dat hij over het woord nadacht. GAS-AC was een weinig gebruikte NRO-afkorting voor Group Air Station Atlantic City, een basis van de kustwacht. Rachel hoopte dat de directeur dat wist.
'Ja,' zei hij uiteindelijk. 'Daar kan ik voor zorgen. Is dat jullie eindbestemming?'
'Nee. We zullen vervoer per helikopter nodig hebben.'
'Er zal een toestel voor jullie klaarstaan.'
'Dank u.'
'Ik raad je aan zeer voorzichtig te zijn tot we meer weten. Praat met niemand. Je vermoedens hebben tot grote bezorgdheid geleid bij invloedrijke personen.'
Tench, dacht Rachel, en ze wilde dat het haar was gelukt rechtstreeks contact met de president te krijgen.
'Ik zit nu in mijn auto, op weg naar een ontmoeting met de vrouw in kwestie. Ze wilde me onder vier ogen spreken in een neutrale omgeving. Dat zou duidelijkheid kunnen scheppen.'
Is Pickering op weg naar een afspraak met Tench? Wat Tench hem te vertellen had, moest wel belangrijk zijn als ze het niet over de telefoon wilde doen.
Pickering zei: 'Vertel niemand de coördinaten van je bestemming. En geen radiocontact meer. Begrepen?'
'Ja, meneer. We zijn over een uur op GAS-AC.'
'Voor vervoer wordt gezorgd. Als je je eindbestemming hebt bereikt, kun je via beter beveiligde kanalen contact met me opnemen.' Hij

zweeg even. 'Ik kan het belang van geheimhouding niet genoeg benadrukken, voor je eigen veiligheid. Je hebt vanavond machtige vijanden gemaakt. Wees voorzichtig.' Pickering hing op.
Rachel verbrak de verbinding en wendde zich tot Tolland en Corky. Ze was gespannen.
'Een verandering van bestemming?' vroeg Tolland, gretig naar nieuws.
Rachel knikte schoorvoetend. 'De *Goya*.'
Corky zuchtte en wierp een blik op het meteorietmonster in zijn hand. 'Ik kan me nog steeds niet voorstellen dat NASA zoiets...' Zijn stem stierf weg. Hij ging met de minuut ongeruster kijken.
We zullen het snel genoeg weten, dacht Rachel.
Ze ging de cockpit in om de telefoon terug te brengen. Door de voorruit zag ze het golvende, maanverlichte wolkendek onder hen langs scheren. Ze had het angstige gevoel dat ze aan boord van Tollands schip iets onaangenaams zouden ontdekken.

95

William Pickering voelde zich ongewoon eenzaam toen hij over de Leesburg Pike reed. Het was bijna twee uur 's nachts en de weg was verlaten. Het was jaren geleden dat hij zo laat had gereden.
De schorre stem van Marjorie Tench weerklonk nog door zijn hoofd. *Het FDR Memorial, over een uur.*
Pickering probeerde zich de laatste keer te herinneren dat hij Marjorie Tench had ontmoet; nooit een aangename ervaring. Het was twee maanden geleden geweest, in het Witte Huis. Tench had tegenover Pickering gezeten aan een lange eiken tafel, in het gezelschap van leden van de National Security Council, de Gezamenlijke Stafchefs, de CIA, president Herney en het hoofd van NASA.
'Heren,' had het hoofd van de CIA gezegd, terwijl hij Marjorie Tench recht aankeek. 'Opnieuw verzoek ik deze regering dringend iets te doen aan de beveiligingscrisis waarin NASA op dit moment verkeert.'
Geen van de aanwezigen was verrast door deze opmerking. De rampspoed rond de beveiliging van NASA was een uitgekauwd onderwerp bij de inlichtingendiensten. Twee dagen eerder waren meer dan driehonderd zeer gedetailleerde satellietfoto's van de aarde door hackers gestolen uit een NASA-database. De foto's, waarop onbedoeld een geheim Amerikaans militair trainingskamp in Noord-Afrika te zien was, waren opgedoken op de zwarte markt, waar ze waren aangekocht

door vijandelijke inlichtingendiensten uit het Midden-Oosten.
'Ondanks de beste bedoelingen,' zei het hoofd van de CIA op vermoeide toon, 'vormt NASA keer op keer een gevaar voor de nationale veiligheid. Het komt erop neer dat onze ruimtevaartorganisatie niet in staat is haar gegevens en technologieën geheim te houden.'
'Ik weet dat er dingen zijn misgegaan,' antwoordde de president. 'Dat er informatie is uitgelekt. En dat baart me zorgen.' Hij gebaarde over de tafel naar het strenge gezicht van NASA-chef Lawrence Ekstrom. 'We zijn dan ook op zoek naar manieren om NASA's beveiliging te verbeteren.'
'Met alle respect,' zei het hoofd van de CIA, 'eventuele veranderingen in de beveiliging die NASA doorvoert, zullen niet afdoend zijn zolang de activiteiten van NASA niet onder de paraplu van de gezamenlijke Amerikaanse inlichtingendiensten vallen.'
Die verklaring had een ongemakkelijk geritsel tot gevolg. Iedereen wist wat er nu ging komen.
'Zoals u weet,' vervolgde de CIA-directeur, en zijn toon werd scherper, 'zijn alle Amerikaanse regeringsinstellingen die omgaan met vertrouwelijke informatie onderworpen aan strikte regels van geheimhouding. Het leger, de CIA, de NSA, het NRO, allemaal moeten ze voldoen aan strenge regels met betrekking tot de geheimhouding van de gegevens die ze vergaren en de technologieën die ze ontwikkelen. Voor de zoveelste maal vraag ik u allen waarom NASA – de organisatie die momenteel het merendeel van de nieuwste technologieën op het gebied van ruimtevaart, beeldmateriaal, software, verkenning en telecommunicatie ontwikkelt die door het leger en de inlichtingendiensten worden gebruikt – búiten die paraplu van geheimhouding valt.'
De president slaakte een diepe zucht. Het voorstel was duidelijk. *Reorganiseer NASA zodanig dat de organisatie deel gaat uitmaken van het geheel van Amerikaanse inlichtingendiensten.* Hoewel andere organisaties in het verleden op soortgelijke wijze waren gereorganiseerd, weigerde Herney de mogelijkheid in overweging te nemen NASA onder toezicht te brengen van het Pentagon, de CIA, het NRO of een ander militair gezag. De National Security Council begon verdeeld te raken over de kwestie, en velen kozen de kant van de inlichtingendiensten.
Lawrence Ekstrom keek nooit vrolijk op deze bijeenkomsten, en vandaag was daarop geen uitzondering. Hij wierp de CIA-directeur een vuile blik toe. 'Op het gevaar af mezelf te herhalen: de technologieën die NASA ontwikkelt, zijn bedoeld voor niet-militair, wetenschappelijk gebruik. Als uw inlichtingendiensten een van onze ruimtetelescopen willen draaien om ermee naar China te kijken, is dat uw keuze.'
De CIA-directeur keek alsof hij bijna uit zijn vel sprong.

Pickering ving zijn blik op en kwam tussenbeide. 'Larry,' zei hij, en hij deed zijn best op kalme toon te praten, 'NASA moet elk jaar voor het Congres op de knieën om om geld te smeken. Jullie projecten draaien met te weinig middelen, en daar boeten jullie voor met mislukte operaties. Als we NASA een plek geven binnen de gezamenlijke inlichtingendiensten, hoeft NASA het Congres niet meer om middelen te vragen. Jullie zouden worden gefinancierd uit de zwarte kas, op een aanzienlijk hoger niveau dan nu. Iedereen wordt er beter van. NASA zal voldoende geld hebben om fatsoenlijk te draaien, en de inlichtingendiensten kunnen gerust zijn, want de technologieën van NASA worden beschermd.'

Ekstrom schudde zijn hoofd. 'Ik ben er principieel op tegen om NASA met dat sausje te overgieten. Bij NASA draait alles om de wetenschap van de ruimte; we hebben niets met de nationale veiligheid te maken.'

De CIA-directeur stond op, zeer ongebruikelijk als de president zat. Niemand hield hem tegen. Hij keek dreigend op Ekstrom neer. 'Wil je beweren dat jij vindt dat wetenschap niets met de nationale veiligheid te maken heeft? Jezus, Larry, de twee zijn zo ongeveer synoniem! Het is de wetenschappelijke en technologische voorsprong van dit land die voor onze veiligheid zorgt, en of we willen of niet, NASA gaat een steeds grotere rol spelen bij het ontwikkelen van die technologieën. Helaas is keer op keer gebleken dat je organisatie zo lek is als een mandje!'

Iedereen zweeg.

Ook het hoofd van NASA ging staan, zodat hij zijn opponent recht aan kon kijken. 'Dus jij vindt dat de twintigduizend wetenschappers van NASA in hermetisch afgesloten militaire laboratoria moeten worden opgesloten om voor jou te werken? Dacht je nou echt dat de nieuwste ruimtetelescopen van NASA ontwikkeld zouden zijn als onze wetenschappers niet de persoonlijke wens koesterden om dieper de ruimte in te kijken? De verbazingwekkende doorbraken van NASA hebben maar één oorzaak: onze werknemers willen meer begrijpen van de kosmos. Het zijn allemaal dromers, die als kind al naar de sterren aan de hemel staarden en zich afvroegen wat er daarboven nog meer was. Passie en nieuwsgierigheid liggen ten grondslag aan de innovaties van NASA, niet het verlangen naar militaire superioriteit.'

Pickering schraapte zijn keel en zei met zachte stem, in een poging de hoog oplopende emoties te temperen: 'Larry, de directeur bedoelt vast niet dat de wetenschappers van NASA militaire satellieten moeten gaan bouwen. De doelstelling van NASA zou niet veranderen. Alles zou bij het oude blijven, behalve dat jullie meer financiële middelen en een betere beveiliging zouden hebben.' Pickering wendde zich tot de president. 'Beveiliging is duur. Alle aanwezigen hier beseffen ongetwijfeld dat de lekken bij NASA het gevolg zijn van geldgebrek. NASA moet haar eigen broek ophouden, bezuinigen op beveiligingsmaatregelen en voor bepaalde projecten samenwerken met andere landen, zodat de kosten gedeeld kunnen worden. Ik stel voor dat NASA de prachtige, wetenschappelijke, niet-militaire organisatie blijft die ze nu is, maar dan met een groter budget en wat meer discretie.'

Verscheidene leden van de veiligheidsraad knikten instemmend.

President Herney kwam langzaam overeind en keek William Pickering recht aan. De manier waarop Pickering het heft in handen had genomen leek hem allerminst te bevallen. 'Bill, ik heb een vraag voor je: NASA hoopt in de komende tien jaar naar Mars te gaan. Wat zullen de inlichtingendiensten ervan vinden een fors deel van de zwarte kas te besteden aan een missie naar Mars, een missie die waarschijnlijk niets zal opleveren voor de nationale veiligheid?'

'NASA zal kunnen doen wat ze wil.'

'Gelul,' antwoordde Herney botweg.

Iedereen keek op. President Herney vloekte maar zelden.

'Als ik één ding heb geleerd als president,' verklaarde Herney, 'is het dat degenen met de geldkist de richting bepalen. Ik weiger de financiële touwtjes van NASA in handen te geven van mensen die niet de doelen nastreven waarvoor de organisatie is opgericht. Ik kan zo wel raden hoeveel zuivere wetenschap er nog bedreven zal worden als het leger gaat bepalen welke NASA-missies lonend zijn.'

Herney keek de kamer rond. Langzaam en doelbewust vestigde hij zijn blik weer strak op William Pickering.

'Bill,' zei Herney met een zucht, 'je ongenoegen over het feit dat NASA samenwerkt met buitenlandse ruimtevaartorganisaties is pijnlijk kortzichtig. Zo is er tenminste nog íémand die constructief samenwerkt met de Chinezen en de Russen. Vrede op deze planeet zal niet tot stand komen door militair machtsvertoon, maar door mensen die samenwerken, óndanks de meningsverschillen van hun regeringen. Als je het mij vraagt, dragen de gezamenlijke missies van NASA meer bij aan de nationale veiligheid dan een spionagesatelliet van een miljard dollar, en bieden ze heel wat meer hoop voor de toekomst.'

Pickering merkte dat hij kwaad werd. *Hoe durft een politicus me op zo'n manier de les te lezen!* Herneys idealisme deed het prima in een vergaderzaal, maar in de echte wereld vielen er slachtoffers door.

'Bill,' interrumpeerde Marjorie Tench, alsof ze voelde dat Pickering in woede ging uitbarsten, 'we weten dat je een kind hebt verloren. We weten dat dit voor jou een persoonlijke kwestie is.'

Pickering hoorde alleen neerbuigendheid in haar stem.

'Maar vergeet alsjeblieft niet,' zei Tench, 'dat het Witte Huis een horde investeerders tegenhoudt, die allemaal willen dat we de ruimte vrijgeven voor het bedrijfsleven. Als je het mij vraagt, heeft NASA altijd goed werk geleverd voor de inlichtingendiensten, ondanks de fouten die er zijn gemaakt. Misschien moeten jullie eens wat dankbaarder zijn!'

Een geribbelde streep aan de rand van de autoweg deed Pickering opschrikken uit zijn overpeinzingen. Hij was bijna bij de afslag die hij moest hebben. Toen hij die naderde, zag hij een bebloed hert dood langs de kant van de weg liggen. Hij aarzelde even... maar reed door. Hij had een afspraak.

96

Het Franklin Delano Roosevelt Memorial is een van de grootste gedenktekens van het land. Het bestaat uit een park, watervallen, een standbeeld, priëlen en een vijver, en heeft vier galerijen in de open lucht, een voor elke ambtstermijn van president Roosevelt.

Op anderhalve kilometer van het monument kwam hoog boven de stad een eenzame Kiowa Warrior met gedimde navigatielichten aanvliegen. In een stad die kon bogen op zoveel hooggeplaatste personen en cameraploegen als Washington waren helikopters in de lucht net zo gewoon als vogels die naar het zuiden vlogen. Zolang hij maar buiten het gebied bleef dat 'de koepel' werd genoemd – een denkbeeldige halve bol van beveiligd luchtruim rond het Witte Huis – zou hij weinig aandacht trekken, wist Delta-Een. En ze zouden hier niet lang blijven.

De Kiowa vloog op ruim zeshonderd meter hoogte toen hij vaart minderde bij het donkere FDR Memorial, maar niet recht erboven. Delta-Een liet de helikopter stil hangen en controleerde zijn positie. Hij keek naar links, waar Delta-Twee het nachtzichtvizier bediende. Op het scherm was een groenig beeld van de oprit naar het monument te zien. Die was verlaten.

Nu moesten ze afwachten.

Dit zou geen heimelijke moord worden. Er waren mensen die je niet heimelijk kon ombrengen. Welke methode je ook gebruikte, er zouden gevolgen zijn. Een politieonderzoek. Een commissie van het Congres. In dit soort gevallen was de beste dekmantel een hoop lawaai.

Explosies, vuur en rook wekten de indruk dat je iets duidelijk wilde maken, en de eerste gedachte zou zijn dat het een terroristische aanslag was geweest. Vooral als het doelwit een hoge functionaris was.
Delta-Een keek naar het beeldscherm, waarop het door geboomte omgeven monument onder hen zichtbaar was. De parkeerplaats en de toegangsweg waren leeg. *Nog even*, dacht hij. Hoewel ze zich in stedelijk gebied bevonden, was het hier gelukkig verlaten. Delta-Een keek van het scherm naar het bedieningspaneel van zijn wapens.
Vanavond zou hij het Hellfire-systeem gebruiken. De Hellfire was een lasergeleide, pantserdoorborende raket die na het afvuren zijn eigen weg zocht. Het projectiel richtte zich op een lichtpunt van een laserstraal, die afkomstig was van een post op de grond, een ander vliegtuig of het toestel dat de aanval uitvoerde. Vannacht zou de raket zijn weg vinden met behulp van de laseraanwijzer die op de helikopter was gemonteerd. Als de Kiowa het doel met een laserstraal had gemarkeerd, ging de Hellfire daar uit zichzelf op af. Omdat de Hellfire zowel uit de lucht als van de grond kon worden afgeschoten, zou het gebruik daarvan vannacht niet automatisch impliceren dat er een luchtvaartuig bij betrokken was. Bovendien werd de Hellfire veel verhandeld op de zwarte markt, dus hij kon heel goed van terroristen afkomstig zijn.
'Personenwagen,' zei Delta-Twee.
Delta-Een wierp een blik op het scherm. Een onopvallende, zwarte, luxueuze personenwagen reed precies op het afgesproken tijdstip de toegangsweg op. Het was typisch een auto zoals die door grote overheidsinstellingen werd gebruikt. Toen de auto het monument bereikte, werden de koplampen gedoofd. De auto reed een paar rondjes en bleef toen bij een groepje bomen staan. Delta-Een keek naar het scherm, terwijl zijn collega het vizier op het zijraampje aan de bestuurderskant richtte. Even later kwam er een gezicht in beeld.
Delta-Een ademde snel in.
'Doelwit geïdentificeerd,' zei zijn collega.
Delta-Een keek naar het scherm, met zijn dodelijke dradenkruis, en hij voelde zich een sluipschutter die iemand van koninklijken bloede onder schot nam. *Doelwit geïdentificeerd.*
Delta-Twee keerde zich naar de elektronica aan de linkerkant en schakelde de laseraanwijzer in. Hij richtte, en zeshonderd meter lager verscheen een lichtstipje op het dak van de auto, onzichtbaar voor de inzittende. 'Doelwit gemarkeerd,' zei hij.
Delta-Een ademde diep in. Hij vuurde.
Onder de romp van het toestel klonk een doordringend gesis, gevolgd door een opmerkelijk zwak lichtspoor dat naar de grond flitste. Een

seconde later spatte de auto op de parkeerplaats in een oogverblindende vlammenzee uit elkaar. Verwrongen stukken metaal vlogen alle kanten op. Brandende banden rolden de bosjes in.
'Missie volbracht,' zei Delta-Een, terwijl hij de helikopter al snelheid gaf en wegstuurde van de plek. 'Bel de opdrachtgever.'

Nog geen drie kilometer verderop stond president Zach Herney op het punt naar bed te gaan. Zijn kogelvrije Lexan-ramen waren tweeënhalve centimeter dik. Hij hoorde niets van de klap.

97

De vliegbasis van de kustwachtgroep Atlantic City ligt in een afgescheiden gedeelte van het internationale vliegveld van Atlantic City. Het gebied waarvoor deze afdeling van de kustwacht verantwoordelijk is, omvat de Atlantische kust van Asbury Park tot Cape May.
Rachel Sexton schrok wakker toen de banden van het vliegtuig over het asfalt van de landingsbaan gierden, die afgelegen tussen twee enorme pakhuizen lag. Het verraste Rachel dat ze in slaap was gevallen. Ze keek doezelig op haar horloge.
Dertien over twee 's nachts. Ze had het gevoel dat ze dagenlang had geslapen.
Iemand had haar zorgzaam toegedekt met een warme vliegtuigdeken. Naast haar werd Michael Tolland ook net wakker. Hij glimlachte haar vermoeid toe.
Corky kwam door het gangpad aanwankelen en trok een lelijk gezicht toen hij hen zag. 'Verdomme, zijn jullie er nog? Toen ik wakker werd, hoopte ik dat de afgelopen avond een akelige droom was geweest.'
Rachel begreep wat hij bedoelde. *Ik ben weer op weg naar zee.*
Het vliegtuig kwam tot stilstand, en Rachel en de anderen klommen eruit, de kale landingsbaan op. Het was een bewolkte nacht, maar de lucht was hier aan de kust klam en warm. In vergelijking met Ellesmere Island leek het in New Jersey wel tropisch.
'Hallo!' riep iemand.
Rachel en de anderen draaiden zich om en zagen dat er een klassieke, karmozijnrode HH-65 Dolphin-helikopter van de kustwacht vlakbij op hen stond te wachten. Afgetekend tegen de hagelwitte strook op de staart van de heli stond een piloot in een overall, die hen wenkte.

Tolland knikte Rachel geïmponeerd toe. 'Je baas weet wel hoe hij de zaken moet regelen.'
Je moest eens weten, dacht ze.
Corky keek terneergeslagen. 'Nu al? Gaan we niet eerst eten?'
De piloot verwelkomde hen en hielp hen aan boord. Hij vroeg niet naar hun naam en sprak alleen in beleefdheidsformules en over veiligheidsmaatregelen. Blijkbaar had Pickering de kustwacht duidelijk gemaakt dat er geen ruchtbaarheid aan deze vlucht mocht worden gegeven. Desondanks zag Rachel dat hun identiteit maar een paar seconden geheim was gebleven; de piloot kon zijn stomme verbazing bij het zien van de beroemde Michael Tolland niet verbergen.
Rachel voelde zich al gespannen toen ze naast Tolland haar riemen vastgespte. De Aerospatiale-motor boven hun hoofd kwam gierend tot leven en de twaalf meter lange, afhangende rotorbladen van de Dolphin begonnen zich tot een zilveren vlek te strekken. Het gejank werd gebulder en het toestel steeg op, de nacht in.
De piloot draaide zich naar hen om en riep: 'Mij is gezegd dat u me zou vertellen waar u heen moest als we in de lucht waren.'
Tolland gaf de piloot de coördinaten op van een plek ongeveer vijftig kilometer ten zuidoosten van hun huidige locatie.
Zijn schip ligt twintig kilometer uit de kust, dacht Rachel, en ze huiverde.
De piloot toetste de coördinaten in zijn navigatiesysteem in. Toen gaf hij gas. De helikopter kantelde een beetje voorover en zette koers naar het zuidoosten.
Toen de donkere duinen langs de kust van New Jersey onder het toestel door waren gegleden, wendde Rachel haar blik af van de zwarte oceaan onder haar. Ze vond het akelig om weer boven zee te zijn, maar ze probeerde zichzelf gerust te stellen met de gedachte dat ze in gezelschap verkeerde van een man voor wie de oceaan een boezemvriend was. Tolland zat dicht tegen haar aan in het nauwe toestel, met zijn heupen en schouders tegen de hare gedrukt. Ze deden geen van tweeën een poging van houding te veranderen.
'Ik weet dat ik dit eigenlijk niet mag zeggen,' gooide de piloot er plotseling uit, alsof hij zich niet langer kon inhouden, 'maar het is duidelijk dat u Michael Tolland bent, en, nou ja, ik heb u de hele avond op tv gezien! Die meteoriet! Echt ongelooflijk! U zult wel dolgelukkig zijn!'
Tolland knikte geduldig. 'Sprakeloos.'
'De documentaire was fantastisch! Hij wordt steeds herhaald. Geen van de piloten die dienst hadden, wilden dit klusje doen omdat iedereen naar de tv wilde blijven kijken, maar ik heb het kortste stro-

tje getrokken. Niet te geloven, hè? Het kortste strootje! En nu zit ik hier! Als de jongens ook maar enig idee hadden gehad van wat de opdracht inhield...'

'We zijn blij dat u ons brengt,' viel Rachel hem in de rede, 'en we hopen dat u zult zwijgen over onze aanwezigheid hier. Niemand mag weten dat we hier zijn.'

'O, absoluut, mevrouw. Mijn instructies waren heel duidelijk.' De piloot aarzelde, en toen klaarde zijn gezicht op. 'Hé, zijn we soms toevallig op weg naar de *Goya*?'

Tolland knikte met tegenzin. 'Jawel.'

'Jezus mina!' riep de piloot uit. 'Neemt u me niet kwalijk. Sorry, maar ik heb het schip in uw programma gezien. Die met die dubbele drijvers, hè? Een raar ding! Ik ben nog nooit op zo'n schip geweest. Ik had nooit kunnen denken dat dat van ú het eerste zou zijn!'

Rachel sloot zich af voor de man en merkte dat ze steeds slechter op haar gemak begon te raken.

Tolland wendde zich tot haar. 'Gaat het? Je had aan land kunnen blijven. Dat heb ik je voorgesteld.'

Ik had aan land moeten blijven, dacht Rachel, maar ze wist dat haar trots dat had verhinderd. 'Bedankt, maar het gaat wel.'

Tolland glimlachte. 'Ik zal goed op je passen.'

'Dank je.' Het verraste Rachel dat de warmte in zijn stem haar goeddeed.

'Heb je de *Goya* wel eens op de tv gezien?'

Ze knikte. 'Het ziet er... eh... interessant uit.'

Tolland lachte. 'Ja. Het was indertijd een zeer modern prototype, maar het ontwerp is nooit echt aangeslagen.'

'Goh, ik kan me niet voorstellen waarom niet,' grapte Rachel, die zich het bizarre uiterlijk van het schip voor de geest haalde.

'Nu dringt NBC erop aan dat ik een nieuw schip ga gebruiken. Een schip dat... ik weet niet... flitsender, cooler is. Nog een paar seizoenen en dan zal ik afscheid van de *Goya* moeten nemen.' Tolland klonk melancholiek.

'Zou je dat dan niet fijn vinden, een gloednieuw schip?'

'Ik weet het niet... Er liggen veel herinneringen aan boord van de *Goya*.'

Rachel glimlachte begripvol. 'Mijn moeder zei altijd: vroeg of laat moeten we ons verleden loslaten.'

Tolland keek haar lang aan. 'Ja, dat weet ik.'

98

'Shit,' zei de taxichauffeur, terwijl hij over zijn schouder naar Gabrielle keek. 'Zo te zien is er een ongeluk gebeurd, voor ons uit. We staan hier nog wel een tijdje.'

Gabrielle keek uit het raam en zag de zwaailichten van de hulpdiensten door het donker flitsen. Voor hen op de weg stonden politiemensen, die het verkeer rond The Mall tegenhielden.

'Dat moet een flink ongeluk zijn,' zei de chauffeur, en hij gebaarde naar de vlammen bij het FDR Memorial.

Gabrielle keek met een frons naar het flakkerende vuur. *Waarom precies op dit moment?* Ze moest senator Sexton vertellen wat ze te weten was gekomen over PODS en de Canadese geoloog. Ze vroeg zich af of de leugens van NASA over hoe de meteoriet was gevonden voldoende waren om een schandaal te creëren dat de campagne van Sexton weer op de rails kon helpen. *Voor de meeste politici misschien niet*, dacht ze, maar dit was Sedgewick Sexton, een man wiens campagne was gebaseerd op het tot enorme proporties opblazen van de mislukkingen van anderen.

Gabrielle was niet altijd trots op het vermogen van de senator om de tegenslagen van zijn opponenten een extra negatieve lading te geven, maar het was wel doeltreffend. Sextons meesterlijke insinuaties en kleineringen konden dit ene, geïsoleerde smoesje van NASA waarschijnlijk veranderen in een enorme smet op de naam van de hele ruimtevaartorganisatie, en daarmee ook op die van de president.

Buiten leken de vlammen bij het Memorial hoger op te laaien. Er waren een paar bomen in brand gevlogen en die werden nu geblust. De taxichauffeur zette de autoradio aan en begon de kanalen af te zoeken.

Met een zucht sloot Gabrielle haar ogen en ze voelde een grote vermoeidheid over zich komen. Toen ze pas in Washington was, had ze ervan gedroomd voorgoed in de politiek te gaan werken, misschien op een dag zelfs in het Witte Huis. Maar op dit moment had ze haar buik vol van de politiek. De krachtmeting met Marjorie Tench, de schunnige foto's van haarzelf met de senator, alle leugens van NASA...

Op de radio zei een nieuwslezer iets over een autobom en mogelijk terrorisme.

Ik moet weg uit deze stad, dacht Gabrielle voor het eerst sinds ze in de hoofdstad was gearriveerd.

99

De opdrachtgever was bijna nooit moe, maar het was een zware dag geweest. Niets was volgens plan verlopen: eerst de betreurenswaardige ontdekking van de schacht onder de meteoriet, daarna de problemen om de informatie geheim te houden en nu de steeds langer wordende lijst slachtoffers.

Het was niet de bedoeling geweest dat er doden zouden vallen... behalve de Canadees.

Het was ironisch dat het technisch gecompliceerdste deel van het plan uiteindelijk de minste problemen had opgeleverd. Het op zijn plaats brengen van de meteoriet, maanden geleden, was vlot verlopen. En toen hij daar eenmaal lag, was het wachten alleen nog op de lancering van de PODS-satelliet. Die zou grote stukken van het poolgebied scannen, en vroeg of laat zou de afwijking in de dichtheid worden opgemerkt en zou NASA een geweldige vondst doen.

Maar die verdomde software werkte niet.

Toen de opdrachtgever hoorde dat de software niet werkte en dat daar pas na de verkiezingen iets aan gedaan kon worden, stond het hele plan op de tocht. Zonder PODS zou de meteoriet niet worden ontdekt. De opdrachtgever moest een manier bedenken om iemand bij NASA via een omweg op de hoogte te brengen van het bestaan van de meteoriet. Om dat voor elkaar te krijgen, moest er een noodoproep komen van een Canadese geoloog die zich toevallig in de buurt van de meteoriet bevond. Het was duidelijk dat de geoloog onmiddellijk daarna uit de weg moest worden geruimd en dat zijn dood op een ongeluk moest lijken. Een onschuldige geoloog uit een helikopter gooien was het begin geweest. Nu stapelde de ene moord zich op de andere.

Wailee Ming. Norah Mangor. Allebei dood.

De openlijke aanslag die zojuist bij het FDR Memorial had plaatsgevonden.

En Rachel Sexton, Michael Tolland en dr. Marlinson zouden binnen afzienbare tijd aan de lijst worden toegevoegd.

Het kan niet anders, dacht de opdrachtgever, zich verzettend tegen de groeiende wroeging. *Er staat te veel op het spel.*

100

De Dolphin van de kustwacht was nog drie kilometer bij de ligplaats van de *Goya* vandaan en vloog op negenhonderd meter hoogte toen Tolland naar de piloot riep: 'Zit er NightSight op dit ding?'
De piloot knikte. 'Het is een reddingsheli.'
Dat vermoedde Tolland al. NightSight was een infraroodbeeldsysteem voor op zee, waarmee je drenkelingen in het donker kon vinden. De warmte die door het hoofd van een zwemmer werd afgegeven, verscheen als een rode vlek tegen een zwarte achtergrond.
'Zet eens aan,' zei Tolland.
De piloot keek verbaasd. 'Waarom? Is er iemand vermist?'
'Nee. Ik wil de anderen iets laten zien.'
'Vanaf deze hoogte zien we er helemaal niets mee, behalve als er een brandende olievlek ligt.'
'Zet hem nou maar aan,' zei Tolland.
De piloot wierp Tolland een bevreemde blik toe en draaide toen aan een paar knoppen, waarmee hij de infraroodcamera onder de helikopter instelde op het stuk oceaan voor hen uit, ongeveer vijf bij vijf kilometer. In het dashboard lichtte een LCD-scherm op. Langzaam werd het beeld scherp.
'Jezus christus!' De helikopter slingerde even toen de piloot verrast terugdeinsde. Hij herstelde zich en keek strak naar het scherm.
Rachel en Corky bogen zich naar voren en keken ook met verbazing naar het beeld. Tegen de zwarte achtergrond van de oceaan was een enorme, kolkende spiraal van pulserend rood te zien.
Rachel zei geschrokken tegen Tolland: 'Het lijkt wel een wervelstorm.'
'Dat is het ook,' zei Tolland. 'Een werveling van warme stromingen. Ongeveer achthonderd meter in doorsnede.'
De piloot grinnikte verwonderd. 'Dat is een grote. We zien ze af en toe, maar van deze had ik nog niet gehoord.'
'Deze is pas vorige week ontstaan,' zei Tolland. 'Over een paar dagen is ze waarschijnlijk weer verdwenen.'
'Hoe ontstaat zoiets?' vroeg Rachel, verbluft over de gigantische draaikolk midden in de oceaan.
'Een magmakoepel,' zei de piloot.
Rachel keek Tolland angstig aan. 'Een vulkaan?'
'Nee,' zei Tolland. 'Hier aan de oostkust komen geen actieve vulkanen voor, maar af en toe zijn er geïsoleerde holtes met magma die onder de zeebodem opwellen en warme plekken veroorzaken. Door zo'n warme plek ontstaat er een omgekeerde temperatuurverdeling: warm

water beneden en kouder water daarboven. Dat leidt tot die gigantische spiraalvormige stromingen. Ze worden megapluimen genoemd. Ze kolken een paar weken rond en verdwijnen dan weer.'

De piloot keek naar de pulserende spiraal op zijn LCD-scherm. 'Zo te zien is deze nog lang niet aan zijn einde.' Hij zweeg even, controleerde de coördinaten van Tollands schip en keek toen verrast over zijn schouder. 'Meneer Tolland, zo te zien ligt u zo ongeveer in het midden ervan.'

Tolland knikte. 'In de buurt van het oog is de stroming wat minder. Achttien knopen. Alsof je voor anker ligt in een snelstromende rivier. Onze ketting heeft heel wat te verduren, deze week.'

'Jezus,' zei de piloot. 'Een stroming van achttien knopen? Dan moet je niet overboord vallen!' Hij lachte.

Rachel kon er niet om lachen. 'Mike, je hebt niets gezegd over deze situatie, met een megapluim en een warme stroming enzo.'

Hij legde geruststellend een hand op haar knie. 'Het is volkomen veilig, heus waar.'

Rachel keek bedenkelijk. 'Dus de documentaire die je aan het maken was, gaat over het verschijnsel van magmakoepels?'

'Megapluimen en *Sphyrna mokarran*.'

'Dat is waar ook. Dat heb je gezegd.'

Tolland glimlachte flauwtjes. '*Sphyrna mokarran* zijn dol op warm water, en op het moment bevinden alle exemplaren binnen een straal van honderdvijftig kilometer zich hier, binnen deze warme cirkel met een diameter van anderhalve kilometer.'

'Mooi.' Rachel knikte, slecht op haar gemak. 'En wat mogen *Sphyrna mokarran* zijn?'

'De lelijkste vissen die er te vinden zijn.'

'Botten?'

Tolland lachte. 'Grote hamerhaaien.'

Rachel verstijfde naast hem. 'Zwemmen er hamerhaaien om je boot heen?'

Tolland knipoogde. 'Rustig maar, ze zijn niet gevaarlijk.'

'Dat zeg je alleen omdat ze gevaarlijk zijn.'

Tolland grinnikte. 'Daar zit wel wat in.' Hij riep vrolijk naar de piloot: 'Hé, hoe lang is het geleden dat jullie iemand hebben gered van een hamerhaai?'

De piloot haalde zijn schouders op. 'Jee. Dat is al tientallen jaren niet meer voorgekomen.'

Tolland wendde zich tot Rachel. 'Zie je wel. Tientallen jaren. Maak je geen zorgen.'

'Vorige maand nog,' vervolgde de piloot, 'was er een of andere idioot

van een sportduiker die vriendschap wilde sluiten met...'
'Wacht even!' zei Rachel. 'U zei dat jullie al tientallen jaren niemand meer hadden gered.'
'Nee,' antwoordde de piloot. 'Geréd niet. Meestal zijn we te laat. Die krengen mollen je binnen de kortste keren.'

101

Het silhouet van de *Goya* doemde op aan de horizon. Op achthonderd meter afstand zag Tolland de felle lampen aan dek, die Xavia wijselijk aan had gelaten. Toen hij het licht zag, voelde hij zich als een vermoeide reiziger die zijn oprit oprijdt.
'Ik dacht dat je zei dat er maar één bemanningslid aan boord was,' zei Rachel, die verrast was alle lampen aan te zien.
'Laat jij geen lichten aan als je alleen thuis bent?'
'Eén lamp. Niet in het hele huis.'
Tolland glimlachte. Ondanks Rachels pogingen luchthartig te doen, merkte hij dat ze zeer gespannen was. Hij zou wel een arm om haar heen willen slaan en haar geruststellen, maar hij wist dat er niets was wat hij kon zeggen. 'De lichten zijn aan voor de veiligheid. Zo wordt de indruk gewekt dat er mensen aan boord zijn.'
Corky grinnikte. 'Bang voor zeerovers, Mike?'
'Nee. Het grootste gevaar hier zijn de idioten die geen radar kunnen lezen. De beste manier om niet geramd te worden, is te zorgen dat je goed zichtbaar bent.'
Corky keek met half dichtgeknepen ogen naar het verlichte schip. 'Goed zichtbaar? Het lijkt wel een partyschip op oudejaarsavond. Het is wel duidelijk dat NBC je elektriciteitsrekening betaalt.'
De helikopter minderde vaart en vloog overhellend om het enorme, verlichte schip heen in de richting van het heliplatform op het achterdek. Zelfs vanuit de lucht kon Tolland de stroming rond de kolommen van het schip zien kolken. De *Goya* lag verankerd aan de boeg en trok als een geketend beest aan het zware anker.
'Het is echt een schoonheid,' zei de piloot lachend.
Tolland wist dat dat sarcastisch bedoeld was. De *Goya* was lelijk. 'Spuuglelijk', volgens een tv-verslaggever. Het was een van de slechts zeventien SWATH-schepen – *small-waterplane-area twin-hull* – die ooit waren gebouwd en het was allesbehalve mooi.
Het vaartuig was eigenlijk een groot, horizontaal platform dat op tien

meter boven zee rustte op vier forse kolommen die op hun beurt weer vastzaten op twee torpedovormige verzonken drijvers. Uit de verte leek het schip wel een laag liggend boorplatform, van dichterbij eerder een dekschuit op stelten. De verblijven van de bemanning, de onderzoekslaboratoria en de brug bevonden zich in een paar opbouwen, waardoor de indruk ontstond van een reusachtige drijvende salontafel met daarop een allegaartje aan gebouwen met meerdere verdiepingen.

Hoewel de *Goya* er dus allerminst gestroomlijnd uitzag, had het schip het grote voordeel van een zeer kleine doorsnede bij het wateroppervlak, waardoor het veel minder gevoelig was voor golfslag en andere waterbewegingen. Het hooggelegen platform was daardoor zeer stabiel, wat filmen en laboratoriumwerk makkelijker maakte en als bonus resulteerde in minder zeezieke wetenschappers. NBC wilde graag iets nieuwers voor Tolland kopen, maar hij had geweigerd. Toegegeven, er bestonden nu betere schepen, zelfs stabielere, maar de *Goya* was bijna tien jaar lang zijn thuis geweest, het schip waarop hij zich had teruggevochten na Celia's dood. Soms hoorde hij 's nachts haar stem nog in de wind aan dek. Als die geesten ooit zouden verdwijnen, zou hij over een ander schip gaan denken.

Nu nog niet.

Toen de helikopter eindelijk op het achterdek van de *Goya* landde, was Rachel maar ten dele opgelucht. Het pluspunt was dat ze niet meer boven zee vloog. Het minpunt was dat ze zich er nu óp bevond. Ze negeerde het beverige gevoel in haar benen toen ze uit de helikopter klom en keek om zich heen. Het dek was verrassend klein, vooral nu de helikopter er stond. Ze keek in de richting van de boeg, naar het lompe, uit meerdere verdiepingen bestaande bouwwerk dat het grootste deel van het schip in beslag nam.

Tolland stond dicht naast haar. 'Ik weet het,' zei hij boven het geluid van het snelstromende water uit. 'Op tv lijkt het groter.'

Rachel knikte. 'En stabieler.'

'Dit is een van de veiligste schepen die er zijn. Dat garandeer ik je.' Tolland legde een hand op haar schouder en nam haar mee over het dek.

De warmte van zijn hand kalmeerde Rachel meer dan woorden hadden kunnen doen. Toen ze echter naar de achterkant van het schip keek, zag ze het water onstuimig achter hen wegstromen, alsof het schip op volle snelheid voer. *We liggen op een megapluim*, dacht ze.

Midden op het voorste deel van het achterdek zag Rachel aan een grote lier een bekende eenpersoons Triton-duikboot hangen. De Triton, die naar de Griekse zeegod was genoemd, zag er heel anders uit dan zijn voorganger, de stalen Alvin. De voorkant van de Triton bestond uit een halve bol van plexiglas, zodat hij meer op een reusachtige vissenkom dan op een duikboot leek. Rachel kon zich nauwelijks iets beangstigenders voorstellen dan tientallen meters de oceaan in te zakken met alleen een plaat doorzichtig plexiglas tussen haar en de zee. Maar volgens Tolland was het enige onaangename aspect van de Triton de tewaterlating: dat je langzaam naar beneden zakte door het luik in het dek van de *Goya* en dan tien meter boven zee heen en weer hing te slingeren.

'Xavia zal wel in het hydrolab zijn,' zei Tolland, terwijl hij over het dek liep. 'Deze kant op.'

Rachel en Corky volgden Tolland over het achterdek. De piloot bleef in zijn helikopter zitten, nadat hem op het hart was gedrukt de radio niet te gebruiken.

'Kom hier eens kijken,' zei Tolland, en hij bleef aan de achterreling van het schip staan.

Aarzelend stapte Rachel naar de reling. Ze bevonden zich hoog boven zee. Het water was ruim tien meter onder hen, maar toch voelde Rachel de warmte die ervan oprees.

'Het heeft ongeveer de temperatuur van een warm bad,' zei Tolland boven het geluid van de stroming uit. Hij stak zijn hand uit naar een schakelkast aan de reling. 'Moet je zien.' Hij zette een schakelaar om. Er scheen een brede lichtbundel door het water achter het schip. De zee werd onder water verlicht, als een zwembad met lampen erin. Rachel en Corky hapten tegelijk naar lucht.

Het water rond het schip was gevuld met tientallen griezelige, donkere vormen. Op slechts een meter onder het oppervlak zwommen legers gestroomlijnde schaduwen evenwijdig aan elkaar tegen de stroom in. Ze bewogen hun karakteristieke hamervormige koppen heen en weer op de maat van een oeroud ritme.

'Jezus, Mike,' stamelde Corky. 'Wat fijn dat je ons dit even laat zien.'

Rachel verstijfde. Ze wilde achteruitstappen, maar ze kon zich niet verroeren. Ze stond als versteend door het angstaanjagende schouwspel.

'Ongelooflijk, hè?' zei Tolland. Zijn hand lag weer geruststellend op haar schouder. Zo kunnen ze wekenlang in het warme water blijven zwemmen. Ze hebben de beste neus van alle zeedieren; zeer sterk ontwikkelde reukkwabben in de telencephalon. Ze ruiken bloed tot op anderhalve kilometer afstand.'

Corky keek sceptisch. 'Zeer sterk ontwikkelde reukkwabben in de telencephalon?'

'Geloof je me niet?' Tolland rommelde even rond in een aluminium kast die vlakbij stond. Hij haalde er een dood visje uit. 'Deze is perfect.' Hij pakte een mes uit de koeler en kerfde de levenloze vis op verschillende plekken in. Er droop bloed uit.
'Getver, Mike,' zei Corky. 'Doe niet zo walgelijk.'
Tolland gooide de bloedende vis overboord en die tuimelde tien meter naar beneden. Op het ogenblik dat hij het water raakte, schoten er zes of zeven haaien over elkaar heen in een felle knokpartij en klapperden met hun rijen blikkerende tanden woest naar de bloedende vis. In een oogwenk was de vis verdwenen.
Ontzet draaide Rachel zich om en staarde Tolland aan, die al een andere vis in zijn hand had. Dezelfde soort. Dezelfde grootte.
'Deze keer zonder bloed,' zei Tolland. Zonder de vis in te kerven, gooide hij die in het water. De vis kwam met een plons neer, maar er gebeurde niets. De hamerhaaien leken het niet te merken. Het aas dreef weg op de stroom zonder enige interesse te hebben gewekt.
'Ze vallen alleen aan als ze iets ruiken,' zei Tolland, terwijl hij met hen wegliep bij de reling. 'Je kunt volkomen veilig gaan zwemmen... als je tenminste geen open wonden hebt.'
Corky wees naar de hechtingen in zijn wang.
Met een frons zei Tolland: 'Dat is waar ook. Jij mag voorlopig niet zwemmen.'

102

De taxi van Gabrielle Ashe stond nog steeds stil.
Bij de wegversperring in de omgeving van het FDR Memorial keek Gabrielle naar de auto's van de hulpdiensten in de verte en had het gevoel dat er een onwezenlijke mistbank over de stad hing. Op de radio werd gemeld dat er mogelijk een hooggeplaatste regeringsfunctionaris in de geëxplodeerde auto had gezeten.
Ze pakte haar mobiele telefoon en belde de senator. Hij zou zich vast afvragen waar ze bleef.
Hij was in gesprek.
Gabrielle keek ontstemd naar de lopende meter van de taxi. Een paar andere auto's die niet verder konden, keerden over de stoep om een andere route te zoeken.
De chauffeur keek over zijn schouder. 'Wilt u wachten? Het is uw geld, u mag het zeggen.'

Gabrielle zag dat er meer hulpdiensten arriveerden. 'Nee. Laten we omrijden.'
De chauffeur bromde instemmend en begon te keren in de smalle straat. Terwijl ze over het trottoir hotsten, probeerde Gabrielle opnieuw Sexton te bereiken.
Nog steeds in gesprek.
Een paar minuten later, nadat de taxi een grote lus had gemaakt, reed hij door C Street. Gabrielle zag het Philip A. Hart-kantoorgebouw opdoemen. Ze was van plan geweest meteen naar het appartement van de senator te gaan, maar nu haar kantoor zo dichtbij was...
'Stop, alstublieft,' flapte ze eruit. 'Daar, graag.' Ze wees.
De taxi stopte langs de kant.
Gabrielle betaalde het bedrag op de meter en tien dollar extra. 'Kunt u tien minuten wachten?'
De chauffeur keek naar het geld en toen op zijn horloge. 'Geen minuut langer.'
Gabrielle liep haastig weg. *Ik heb er maar vijf nodig.*
De op dit uur verlaten marmeren gangen van de senaatskantoren deden naargeestig aan. Gespannen haastte Gabrielle zich tussen de rijen strenge beelden door, die aan weerszijden van de entree tot de tweede verdieping stonden. Als zwijgende schildwachten leken ze haar met hun stenen ogen te volgen.
Toen ze bij de deur van senator Sextons kantoorsuite aankwam, die uit vijf kamers bestond, gebruikte ze haar pasje om binnen te komen. Het secretariaat was zwak verlicht. Ze doorkruiste de hal en liep een gang in naar haar kamer. Ze stapte naar binnen, deed de tl-balken aan en liep met grote stappen naar haar archiefkasten.
Ze had een heel dossier over de bekostiging van het Earth Observing System van NASA, dat ook veel informatie over PODS bevatte. Als ze hem over Harper vertelde, zou Sexton ongetwijfeld alle gegevens over PODS willen hebben waar hij de hand op kon leggen.
NASA heeft gelogen over PODS.
Toen Gabrielle tussen haar mappen zocht, ging haar mobiele telefoon. Ze nam op met: 'Senator?'
'Nee, Gabs. Yolanda hier.' De stem van haar vriendin klonk ongewoon nerveus. 'Ben je nog bij NASA?'
'Nee. Op kantoor.'
'Ben je iets wijzer geworden bij NASA?'
Je moest eens weten. Gabrielle wist dat ze Yolanda niets kon vertellen tot ze Sexton had gesproken. De senator zou ongetwijfeld zijn eigen ideeën hebben over wat er met de informatie moest gebeuren. 'Ik zal je alles vertellen nadat ik Sexton heb gesproken. Ik ga zo naar hem toe.'

Na een korte stilte zei Yolanda: 'Gabs, weet je nog wat je zei over de financiering van Sextons campagne en de SFF?'
'Ik heb je toch gezegd dat ik het mis had en...'
'Ik heb net ontdekt dat twee van onze verslaggevers die over de ruimtevaartindustrie rapporteren aan een verhaal van dezelfde strekking werken.'
Gabrielle was verrast. 'En dat betekent?'
'Dat weet ik niet. Maar die jongens zijn goed, en ze lijken er aardig zeker van dat Sexton smeergeld aanneemt van de Space Frontier Foundation. Ik vond gewoon dat ik je even moest bellen. Omdat ik daarnet heb gezegd dat het een krankzinnig idee was. Marjorie Tench leek me geen betrouwbare bron, maar deze twee jongens... Ik weet niet, misschien wil je met ze praten voordat je de senator ontmoet.'
'Als ze zo zeker van hun zaak zijn, waarom hebben ze het dan nog niet openbaar gemaakt?' Gabrielle klonk verdedigender dan haar bedoeling was.
'Ze hebben geen concreet bewijs. Blijkbaar is de senator goed in het uitwissen van zijn sporen.'
Dat zijn de meeste politici. 'Er is niets te vinden, Yolanda. Ik heb je al gezegd dat de senator heeft toegegeven schenkingen van de SFF te hebben aangenomen, maar die vielen allemaal onder de toegestane limiet.'
'Ik weet dat hij je dat heeft vertéld, Gabs, en ik beweer niet dat ik de waarheid ken. Ik vond gewoon dat ik je moest bellen, omdat ik je heb gezegd dat je Marjorie Tench niet moest vertrouwen en er nu achter kom dat ook ánderen denken dat de senator geld aanneemt. Dat is alles.'
'Wie zijn die verslaggevers?' Gabrielle voelde een onverwachte woede in zich opwellen.
'Geen namen. Ik kan een ontmoeting regelen. Ze zijn slim. Ze hebben verstand van de wetten omtrent campagnefinanciering...' Yolanda aarzelde. 'Weet je, die jongens denken dat Sexton op zwart zaad zit, dat hij zelfs blut is.'
In de stilte van haar kamer hoorde Gabrielle de schorre stem van Tench beschuldigingen uiten. *Na de dood van Katherine heeft hij het overgrote deel van haar erfenis erdoor gejaagd door slechte investeringen te doen, veel dure spullen voor zichzelf te kopen en zijn overwinning in de voorverkiezingen zeker te stellen. Je kandidaat is al een halfjaar platzak.*
'Onze jongens willen graag met je praten,' zei Yolanda.
Dat zal best, dacht Gabrielle. 'Ik bel je terug.'
'Je klinkt behoorlijk nijdig.'

'Niet op jou, Yolanda. Niet op jou. Bedankt.'
Gabrielle hing op.

De bewaker die zat te dommelen op een stoel in de gang voor senator Sextons appartement, schrok wakker van het geluid van zijn mobiele telefoon. Hij schoot overeind in zijn stoel, wreef zich in de ogen en pakte zijn telefoon uit de zak van zijn blazer.
'Ja?'
'Owen, Gabrielle hier.'
Sextons bewaker herkende haar stem. 'O, hallo.'
'Ik moet de senator spreken. Wil je even bij hem aankloppen? Hij is in gesprek.'
'Het is nogal laat.'
'Hij is wakker. Dat weet ik zeker.' Gabrielle klonk gespannen. 'Het is een noodgeval.'
'Alweer?'
'Hetzelfde noodgeval. Laat me nou maar met hem praten, Owen. Ik moet hem dringend iets vragen.'
De bewaker zuchtte en stond op. 'Goed, goed. Ik klop wel even.' Hij rekte zich uit en wandelde naar Sextons deur. 'Maar ik doe het alleen omdat hij blij was dat ik je eerder vanavond heb binnengelaten.' Met tegenzin hief hij zijn vuist om te kloppen.
'Wat zei je daar?' vroeg Gabrielle.
De hand van de bewaker bleef in de lucht hangen. 'Ik zei dat de senator blij was dat ik je eerder vanavond heb binnengelaten. Je had gelijk. Het was helemaal geen probleem.'
'Hebben de senator en jij daarover gepráát?' Gabrielle klonk verrast.
'Ja. Hoezo?'
'Nee, niets, ik had alleen niet gedacht...'
'Het ging wel een beetje vreemd. De senator had een paar seconden nodig om zich te herinneren dat je bij hem was geweest. Ik denk dat de jongens flink hebben zitten innemen.'
'Wanneer hebben jullie daarover gepraat, Owen?'
'Vlak nadat je weg was. Is er iets?'
Een korte stilte. 'Nee... nee. Niets. Hoor eens, het lijkt me eigenlijk toch niet zo'n goed idee de senator nu te storen. Ik blijf het wel op zijn eigen lijn proberen en als het niet lukt, bel ik je terug en dan kun je alsnog aankloppen.'
De bewaker sloeg zijn ogen ten hemel. 'Wat je maar wilt, Gabrielle.'
'Bedankt, Owen. Het spijt me dat ik je heb gestoord.'
'Geeft niets.' De bewaker hing op, liet zich weer in zijn stoel zakken en dutte weg.

Alleen in haar kamer bleef Gabrielle een paar seconden roerloos staan voordat ze ophing. *Sexton weet dat ik in zijn appartement ben geweest... maar hij heeft er tegen mij geen woord over gezegd.*
De vreemde gebeurtenissen van vanavond werden steeds ongrijpbaarder en ondoorzichtiger. Gabrielle dacht aan het telefoontje van de senator toen ze bij ABC was. Ze was verbluft geweest over het feit dat de senator uit zichzelf had erkend dat hij met vertegenwoordigers van ruimtevaartbedrijven had gesproken en dat hij geld van ze aannam. Zijn eerlijkheid had haar teruggebracht in zijn kamp. Die had haar zelfs beschaamd. Nu leek zijn bekentenis een heel stuk minder nobel.
Kleinigheidje, had Sexton gezegd. *Helemaal niet tegen de wet.*
Plotseling staken alle twijfels die Gabrielle ooit over senator Sexton had gehad tegelijk de kop op.
Buiten toeterde de taxi.

103

De brug van de *Goya* was een kubus van plexiglas, op twee verdiepingen boven het dek. Van hieraf zag Rachel om hen heen aan alle kanten de donkere zee, een aanblik die ze zo zenuwslopend vond dat ze er maar eenmaal naar keek voordat ze zich ervoor afsloot en zich concentreerde op haar bezigheden.
Tolland en Corky waren Xavia gaan zoeken, terwijl Rachel contact zou opnemen met Pickering. Ze had de directeur beloofd dat ze hem zou bellen als ze er waren, en ze wilde graag weten hoe zijn ontmoeting met Marjorie Tench was verlopen.
De SHINCOM 2100, het digitale communicatiesysteem van de *Goya*, was een apparaat dat Rachel goed kende. Ze wist dat haar gesprek veilig zou zijn zolang ze het maar kort hield.
Ze toetste Pickerings privé-nummer in en wachtte met de hoorn tegen haar oor gedrukt af. Ze verwachtte dat Pickering snel zou opnemen, maar de telefoon bleef overgaan.
Zes keer. Zeven. Acht...
Rachel keek uit over de donkere oceaan; het feit dat ze de directeur niet kon bereiken, hielp ook al niet om haar onrust over al dat water om haar heen weg te nemen.
Negen keer. Tien keer. *Neem op!*
Ze ijsbeerde heen en weer. Wat was er aan de hand? Pickering had

zijn telefoon altijd bij zich en hij had Rachel uitdrukkelijk opgedragen hem te bellen.
Nadat de telefoon vijftien keer was overgegaan, hing ze op.
Met groeiende vrees pakte ze de hoorn op en toetste opnieuw zijn nummer in.
Ze liet hem vier keer overgaan. Vijf keer.
Waar is hij?
Eindelijk hoorde ze een klikje en was er een verbinding. Een grote opluchting maakte zich van haar meester, maar dat duurde niet lang. Er was niemand aan de lijn. Alleen stilte.
'Hallo,' zei ze. 'Meneer?'
Drie klikjes, kort na elkaar.
'Hallo?' herhaalde Rachel.
Een oorverdovend geruis en geknetter. Ze trok de hoorn snel weg bij haar oor. Plotseling hield de herrie weer op. Nu hoorde ze een serie snel wisselende tonen met intervallen van een halve seconde. Haar verwarring sloeg snel om in begrip. En toen in angst.
'Shit!'
Ze draaide zich razendsnel naar het controlepaneel op de brug en gooide de hoorn op de haak om de verbinding te verbreken. Even bleef ze verstijfd van angst staan, zich afvragend of ze op tijd had opgehangen.

Twee dekken lager bevond zich het midscheeps gelegen hydrolab van de *Goya*, een grote werkruimte met lange tafels en werkeilanden die tjokvol spullen stonden: echoloden, stromingsmeters, gootstenen, zuurkasten, een manshoge koelcel om monsters in te bewaren, pc's, een stapel kratten waarin onderzoeksgegevens werden opgeborgen en reserveonderdelen om alles werkend te houden.
Toen Tolland en Corky binnenkwamen, zat Xavia, de geoloog van de *Goya*, onderuitgezakt voor een blèrende televisie. Ze keek niet om.
'Hadden jullie geen geld meer voor bier?' riep ze over haar schouder, blijkbaar in de veronderstelling dat er een paar bemanningsleden waren teruggekomen.
'Xavia,' zei Tolland. 'Ik ben het, Mike.'
De geoloog draaide zich abrupt om en verslikte zich bijna in de voorverpakte sandwich die ze zat te eten. 'Mike?' stamelde ze, duidelijk verbluft hem te zien. Ze stond op, zette de tv zacht en kwam kauwend naar hen toe. 'Ik dacht dat er een paar jongens waren teruggekomen van hun kroegentocht. Wat doe jij hier?' Xavia was gezet en had een donkere huidskleur, een schelle stem en een kregelige manier van doen. Ze gebaarde naar de tv, waarop een herhaling van Tollands docu-

mentaire te zien was. 'Je bent ook niet lang op dat ijsplateau blijven hangen.'

Er kwam iets tussen, dacht Tolland. 'Xavia, je herkent vast Corky Marlinson wel.'

Xavia knikte. 'Aangenaam kennis te maken, meneer Marlinson.'

Corky keek naar de sandwich in haar hand. 'Dat ziet er goed uit.'

Xavia keek hem verbaasd aan.

'Ik heb je bericht gehoord,' zei Tolland tegen Xavia. 'Je zei dat ik een fout had gemaakt in mijn documentaire. Daar wil ik het met je over hebben.'

De geoloog staarde hem aan en lachte schril. 'Ben je dáárom teruggekomen? O, Mike, ik heb toch verdorie gezegd dat het niets was. Ik plaagde je alleen een beetje. Blijkbaar heeft NASA je verouderde informatie gegeven. Het is niet belangrijk. Eerlijk waar, die vergissing zal hooguit drie of vier marien geologen ter wereld zijn opgevallen!'

Tolland hield zijn adem in. 'Die vergissing. Heeft die toevallig iets te maken met chondrulen?'

Xavia keek hem beteuterd aan. 'Mijn god. Heeft een van die geologen je al gebeld?'

Tolland reageerde verslagen. *De chondrulen.* Hij keek naar Corky en toen weer naar de marien geoloog. 'Xavia, je moet me alles vertellen wat je over chondrulen weet. Wat was de fout die ik heb gemaakt?'

Xavia staarde hem aan; blijkbaar merkte ze nu dat hij volkomen serieus was. 'Mike, het stelt echt niets voor. Ik heb er een tijdje geleden een artikeltje over gelezen in een vakblad. Maar ik snap niet waarom je je hier zo druk over maakt.'

Tolland zuchtte. 'Xavia, hoe vreemd het ook klinkt, hoe minder je vanavond weet, des te beter. Het enige wat ik je vraag, is ons te vertellen wat je over chondrulen weet, en daarna een stuk gesteente voor ons te onderzoeken.'

Xavia leek verbaasd en enigszins verstoord dat ze niet in vertrouwen werd genomen. 'Oké, dan ga ik even dat artikel voor je halen. Het ligt in mijn kantoor.' Ze legde haar sandwich neer en liep naar de deur.

Corky riep haar na: 'Mag ik dat opeten?'

Xavia bleef staan en vroeg ongelovig: 'Wil je de rest van mijn sandwich opeten?'

'Nou, ik dacht, als jij hem niet meer...'

'Pak verdomme je eigen sandwich.' Xavia liep weg.

Tolland grinnikte en wees door het lab naar een koelcel. 'Op de onderste plank, Corky. Tussen de sambuca en de sardines.'

Buiten kwam Rachel vanaf de brug de steile trap af en liep naar het helikopterplatform. De piloot was weggedommeld, maar ging recht-

op zitten toen Rachel op de ruit klopte.
'Zijn jullie al klaar?' vroeg hij. 'Dat is snel.'
Rachel schudde met een nerveuze blik haar hoofd. 'Kunt u met uw radar de zee én de lucht in de gaten houden?'
'Ja zeker. Met een bereik van vijftien kilometer.'
'Kunt u hem aanzetten?'
Met een verbaasd gezicht zette de piloot een paar schakelaars om en het radarscherm lichtte op. De radarbundel draaide langzaam rond.
'Iets te zien?' vroeg Rachel.
De piloot liet de bundel nog een paar volledige omwentelingen maken. Hij veranderde wat instellingen en wachtte af. Er was niets bijzonders te zien. 'Een paar kleine scheepjes helemaal aan de rand, maar die varen van ons weg. Verder niets. Kilometers lege zee in alle richtingen.'
Rachel Sexton zuchtte, hoewel ze niet echt opgelucht was. 'Doe me een lol, als u iets ziet naderen – over zee, door de lucht, wat dan ook – waarschuw me dan meteen, goed?'
'Zal ik doen. Is alles goed?'
'Ja. Ik wil alleen graag weten of we bezoek krijgen.'
De piloot haalde zijn schouders op. 'Ik zal de radar in de gaten houden, mevrouw. Als er iets te zien is, hoort u het meteen.'
Tot het uiterste gespannen liep Rachel naar het hydrolab. Toen ze binnenkwam, stonden Corky en Tolland samen sandwiches te eten voor een computermonitor.
Corky riep haar met volle mond toe: 'Wat wil jij? Kip met vissmaak, worst met vissmaak of eiersalade met vissmaak?'
Rachel hoorde de vraag nauwelijks. 'Mike, hoe snel kunnen we aan de informatie komen en hier weggaan?'

104

Tolland, die samen met Rachel en Corky op Xavia wachtte, ijsbeerde door het hydrolab. Het nieuws over de chondrulen was bijna net zo verontrustend als Rachels mislukte pogingen Pickering te bereiken.
De directeur nam niet op.
En iemand heeft geprobeerd de locatie van de Goya *te peilen.*
'Geen zorgen,' zei Tolland tegen de anderen. 'We zijn veilig. De piloot houdt de radar in de gaten. Hij kan ons ruim op tijd waarschuwen als iemand deze kant op komt.'

Rachel knikte instemmend, maar ze leek nog steeds nerveus.
'Mike, wat is dit in hemelsnaam?' vroeg Corky, en hij wees naar een Sparc-monitor waarop een onheilspellend psychedelisch beeld te zien was, dat pulseerde en kolkte alsof het leefde.
'Een Doppler-stromingsmeter,' zei Tolland. 'Het is een beeld van de stromingen en temperatuurverdeling in de oceaan onder het schip.'
Rachel staarde ernaar. 'Gebeurt dat ónder ons?'
Tolland moest toegeven dat het er angstaanjagend uitzag. Net onder het oppervlak was het water een blauwgroene werveling, maar verder naar beneden gingen de kleuren over in een dreigend roodoranje naarmate de temperatuur opliep. Vlak boven de zeebodem, bijna twee kilometer diep, raasde een bloedrode draaikolk.
'Dat is de megapluim,' zei Tolland.
'Het lijkt wel een tornado onder water,' bromde Corky.
'Het komt op hetzelfde neer. In zee is het water bij de bodem over het algemeen kouder en dichter, maar hier is het omgekeerd. Het water in de diepzee wordt verhit en is lichter, dus rijst het naar het oppervlak. En het water aan het oppervlak is zwaarder, dus stroomt dat in een enorme spiraal naar beneden om de leegte te vullen. Dan krijg je van die wervelingen in de oceaan. Enorme draaikolken.'
'Wat is die grote bult op de zeebodem?' Corky wees naar de vlakke zeebodem, waar een grote koepelvormige berg als een luchtbel oprees. Recht erboven woedde de maalstroom.
'Die berg is een magmakoepel,' zei Tolland. 'Een plaats waar lava de zeebodem omhoogduwt.'
Corky knikte. 'Als een enorme puist.'
'Min of meer.'
'En als die openbarst?'
Tolland herinnerde zich met een frons het beroemde incident met een megapluim bij de Juan de Fuca Ridge in 1986, waarbij duizenden tonnen magma met een temperatuur van twaalfhonderd graden Celsius in één keer de oceaan in waren gespuwd, zodat de intensiteit van de pluim onmiddellijk vele malen was toegenomen. De draaikolk had zich snel naar boven toe uitgebreid en de stromingen aan het oppervlak waren sterker geworden. Wat er daarna was gebeurd, was Tolland niet van plan vanavond aan Corky en Rachel te vertellen.
'Magmakoepels in de Atlantische Oceaan springen niet open,' zei Tolland. 'Het koude water dat over de berg stroomt, zorgt ervoor dat de aardkorst voortdurend wordt gekoeld en uithardt, waardoor het magma veilig onder een dikke laag gesteente zit. Uiteindelijk koelt de lava af en verdwijnt de spiraal. Megapluimen zijn over het algemeen niet gevaarlijk.'

Corky wees naar een verfomfaaid tijdschrift dat naast de computer lag. 'Dus volgens jou publiceert *Scientific American* fictie?'
Tolland zag het omslag en vertrok zijn gezicht. Blijkbaar had iemand het uit het tijdschriftenarchief van de *Goya* gehaald: *Scientific American*, februari 1999. Op het omslag was een kunstzinnige weergave te zien van een supertanker die bijna werd verzwolgen door een enorme trechter in de oceaan. De kop was: MEGAPLUIMEN: MOORDENAARS UIT DE DIEPTE?
Tolland wuifde Corky's bezorgdheid lachend weg. 'Volkomen irrelevant. Dat artikel gaat over megapluimen in gebieden waar zeebevingen voorkomen. Het was een paar jaar geleden een populaire theorie om het verdwijnen van schepen in de Bermudadriehoek te verklaren. Als er iets zeer ingrijpends zou gebeuren met de oceaanbodem, wat in deze streek nooit voorkomt, zou de koepel in theorie kunnen scheuren en dan zou de draaikolk groot genoeg kunnen worden om... nou, je weet wel...'
'Nee, dat weten we níét,' zei Corky.
Tolland haalde zijn schouders op. 'Aan de oppervlakte te komen.'
'Fantastisch. Ik ben toch zo blij dat we bij je aan boord mochten komen.'
Xavia kwam binnen met een stapeltje papieren. 'Zijn jullie de megapluim aan het bewonderen?'
'Ja, prachtig,' zei Corky sarcastisch. 'Mike vertelde ons net dat we, als dat bergje scheurt, met zijn allen worden meegezogen als in een grote afvoer.'
'Een afvoer?' Xavia stootte een cynisch lachje uit. 'Meer alsof we worden doorgespoeld in de grootste toiletpot ter wereld.'

Op het dek van de *Goya* hield de piloot van de kustwacht het radarscherm nauwlettend in het oog. Als reddingspiloot wist hij hoe angst eruitzag, en Rachel Sexton was echt bang geweest toen ze hem vroeg uit te kijken naar onverwachte bezoekers van de *Goya*.
Wat voor bezoekers verwacht ze? vroeg hij zich af.
Voor zover de piloot kon zien, was er in de zee en de lucht in een straal van vijftien kilometer om hen heen niets bijzonders te zien. Een vissersboot op twaalf kilometer afstand. Af en toe een vliegtuig dat langs de rand van het radargebied scheerde en dan met onbekende bestemming verdween.
De piloot zuchtte en keek naar de oceaan, die woest rond het schip stroomde. Het was een griezelige ervaring: alsof ze op topsnelheid voeren, in plaats van voor anker te liggen.
Hij richtte zijn blik weer op het radarscherm en wachtte af. Waakzaam.

105

Aan boord van de *Goya* had Tolland Xavia en Rachel intussen aan elkaar voorgesteld. De marien geoloog wist zo langzamerhand niet meer hoe ze het had, met al die beroemdheden bij haar in het hydrolab. Bovendien werd ze duidelijk zenuwachtig van Rachels verlangen zo snel mogelijk iets te weten te komen en het schip te verlaten.

Neem de tijd, Xavia, zei Tolland in gedachten. *We moeten alles weten.*

Xavia klonk ongemakkelijk. 'Mike, in je documentaire zeg je dat die kleine metalen insluitsels in het gesteente alleen in de ruimte gevormd kunnen worden.'

Tolland voelde al dat zijn vrees bewaarheid ging worden. *Chrondrulen worden alleen in de ruimte gevormd. Dat heeft* NASA *me verteld.*

'Maar volgens dit artikel,' zei Xavia, en ze hield het tijdschrift op, 'is dat niet helemaal waar.'

'Natuurlijk is dat waar!' zei Corky boos.

Xavia wierp Corky een vernietigende blik toe en zwaaide met het blad. 'Vorig jaar heeft Lee Pollock, een jonge geoloog van Drew University, een nieuw soort onderwaterrobot gebruikt om monsters te nemen in de Marianentrog, diep in de Stille Oceaan. Hij heeft een los brok steen naar boven gehaald waarin hij een geologisch verschijnsel waarnam dat hij nooit eerder had gezien. Bolletjes die een grote overeenkomst vertoonden met chondrulen. Hij noemde ze 'onder druk gevormde plagioklaas-insluitsels', kleine bolletjes metaal die blijkbaar onder bepaalde omstandigheden in de diepzee onder hoge druk waren gevormd. Het verbaasde dr. Pollock dat hij bolletjes van metaal in gesteente uit de oceaan aantrof, en hij formuleerde een speciale theorie om hun aanwezigheid te verklaren.'

'Ja, hij kon niet veel anders,' bromde Corky.

Xavia negeerde hem. 'Pollock stelde dat het stuk rots zeer diep in de oceaan was gevormd, waar een bestaand stuk gesteente onder extreme druk een metamorfose had ondergaan, waarbij metalen uit verschillende verbindingen met elkaar waren versmolten.'

Tolland dacht erover na. De Marianentrog was elf kilometer diep en was een van de laatste onontdekte gebieden van de planeet. Slechts een handjevol robots waren ooit zo diep gekomen, en de meeste waren bezweken ruim voordat ze de bodem bereikten. De druk in de trog was enorm: een verbluffende twaalfhonderd bar, terwijl die aan het wateroppervlak maar één bar was. Oceanografen wisten nog maar heel weinig van de geologische krachten die zo diep in de oceaan heersten. 'Dus die Pollock denkt dat er in de Marianentrog gesteente kan ontstaan met bolletjes die op chondrulen lijken?'

'Het is een zeer onbekende theorie,' zei Xavia. 'Ze is zelfs nog nooit officieel gepubliceerd. Toevallig stuitte ik vorige maand op Pollocks aantekeningen op internet, toen ik research pleegde over wisselwerkingen tussen gesteente en vloeistoffen voor ons komende programma over megapluimen. Anders zou ik er nooit van gehoord hebben.'

'Die theorie is nooit gepubliceerd,' zei Corky, 'omdat die belachelijk is. Er is hítte nodig om chondrulen te vormen. Waterdruk kan de kristalstructuur van een steen nooit veranderen.'

'Druk is toevallig wel de belangrijkste oorzaak van geologische veranderingen op onze planeet,' repliceerde Xavia. 'Heb je wel eens van metamorf gesteente gehoord? Behandeld in je allereerste geologiecollege?'

Corky keek nors.

Tolland besefte dat Xavia gelijk had. Hoewel warmte wel een rol speelde in het geologische proces van metamorfose, werd het meeste metamorfe gesteente gevormd door extreme druk. Het was bijna onvoorstelbaar, maar diep in de aardkorst stond er zoveel druk op het gesteente dat het zich meer gedroeg als dikke stroop dan als een vaste stof. Het werd plastisch en onderging chemische veranderingen. Maar toch leek Pollocks theorie vergezocht.

'Xavia,' zei Tolland, 'ik heb nog nooit gehoord van de mogelijkheid dat de chemische eigenschappen van gesteente alleen door waterdruk kunnen veranderen. Jij bent de geoloog, wat denk jij ervan?'

'Nou,' zei ze, terwijl ze door haar papieren bladerde, 'het lijkt erop dat waterdruk niet de enige factor is.' Ze vond de passage die ze zocht en las Pollocks aantekeningen voor. '"De aardkorst in de Marianentrog staat onder enorme hydrostatische druk en wordt mogelijkerwijze nog verder samengedrukt door tektonische krachten, doordat de trog in een subductiezone ligt."'

Natuurlijk, dacht Tolland. Behalve dat de bodem in de Marianentrog werd samengeperst onder elf kilometer water, was het ook een subductiezone, het gebied waar de Pacifische en de Filippijnse plaat met elkaar in botsing kwamen. De totale druk in de trog kon enorm zijn, en doordat het gebied zo moeilijk te onderzoeken was, was de kans klein dat iemand zou weten dat daar gesteente met chondrulen bestond.

Xavia las verder. '"Door de gecombineerde hydrostatische en tektonische druk zou de korst in een plastische of halfvloeibare staat kunnen raken, waardoor lichtere elementen kunnen versmelten tot chondrule-achtige structuren waarvan wordt gedacht dat ze alleen in de ruimte voorkomen." '

Corky sloeg zijn ogen ten hemel. 'Onmogelijk.'

Tolland keek Corky even aan. 'Kun je een andere mogelijke verklaring bedenken voor de chondrulen in het stuk steen dat Pollock heeft gevonden?'

'Makkelijk zat,' zei Corky. 'Pollock heeft gewoon een meteoriet gevonden. Er vallen voortdurend meteorieten in de oceaan. Pollock zal niet vermoed hebben dat het een meteoriet was, omdat de smeltkorst na jaren onder water waarschijnlijk was weggesleten, zodat het ding eruitzag als een gewoon stuk steen.' Corky wendde zich tot Xavia. 'Pollock is zeker niet zo slim geweest om het nikkelgehalte te meten, hè?'

'Jawel,' antwoordde Xavia ogenblikkelijk, en ze bladerde weer door de aantekeningen. 'Pollock schrijft: "Tot mijn verrassing viel het nikkelgehalte van het monster in een middengebied dat over het algemeen niet wordt geassocieerd met aards gesteente." '

Tolland en Rachel keken elkaar gealarmeerd aan.

Xavia las verder. ' "Hoewel het nikkelgehalte niet in het algemeen aanvaarde middengebied voor meteorieten ligt, komt het er verrassend dicht bij in de buurt." '

Rachel keek bezorgd. 'Hoe dicht? Is het mogelijk dat die steen uit de oceaan voor een meteoriet zou worden aangezien?'

Xavia schudde haar hoofd. 'Ik ben geen petroloog, maar ik heb begrepen dat er een aantal chemische verschillen zijn tussen de steen die Pollock heeft gevonden en een echte meteoriet.'

'Wat zijn die verschillen?' wilde Tolland weten.

Xavia keek naar een grafiek in de aantekeningen. 'Volgens deze papieren is er verschil in de chemische structuur van de chondrulen zelf. Zo te zien verschilt de verhouding tussen titanium en zirkonium. In de chondrulen van de steen uit de oceaan was bijna geen zirkonium te vinden.' Ze keek op. 'Maar twee ppm.'

'Twee deeltjes per miljoen maar?' riep Corky uit. 'Meteorieten hebben duizenden malen die waarde!'

'Precies,' antwoordde Xavia. 'En daarom denkt Pollock dat de chondrulen in zijn monster niet afkomstig zijn uit de ruimte.'

Tolland boog zich naar Corky en fluisterde hem toe: 'Heeft NASA toevallig de titanium/zirkoniumverhouding in het rotsblok van Milne gemeten?'

'Natuurlijk niet,' sputterde Corky. 'Dat zou niemand ooit doen. Het is net zoiets als het rubbergehalte van je autobanden meten om zeker te weten dat het een auto is!'

Tolland slaakte een zucht en keek weer naar Xavia. 'Als we je een steenmonster geven met chondrulen erin, kun jij dan een test doen om vast te stellen of die insluitingen kenmerkend voor een meteoriet zijn, of dat het de bolletjes zijn die Pollock heeft gevonden?'

Xavia haalde haar schouders op. 'Ik denk het wel. De scanning-elektronenmicroscoop zou nauwkeurig genoeg moeten zijn. Waar gaat dit eigenlijk allemaal over?'

Tolland wendde zich tot Corky. 'Laat het haar eens zien.'

Corky haalde met tegenzin het monster van de meteoriet uit zijn zak en gaf het aan Xavia.

Xavia fronste haar voorhoofd toen ze de stenen schijf aannam. Ze keek naar de smeltkorst en toen naar het fossiel in het gesteente. 'Mijn god!' zei ze, terwijl ze met een ruk opkeek. 'Dit is toch geen stuk van...?'

'Ja,' zei Tolland. 'Helaas wel.'

106

Gabrielle Ashe stond alleen voor het raam van haar kantoor en vroeg zich af wat ze moest doen. Nog geen uur geleden, toen ze bij NASA wegging, had ze gepopeld om de senator te gaan vertellen over de leugens van Chris Harper.

Nu wist ze het niet meer.

Volgens Yolanda verdachten twee verslaggevers van ABC Sexton ervan smeergeld van de SFF te hebben aangenomen. Bovendien had Gabrielle net ontdekt dat Sexton wist dat ze tijdens de bijeenkomst met de SFF zijn appartement was binnengeslopen, hoewel hij daarover niets tegen haar had gezegd.

Gabrielle zuchtte. Haar taxi was allang weg en over een paar minuten zou ze er weer een bellen, maar ze wist dat ze eerst iets anders moest doen.

Ga ik dit echt proberen?

Gabrielle aarzelde, maar ze had geen keuze. Ze wist niet meer wie ze kon vertrouwen.

Ze liep terug naar het secretariaat en van daaraf een brede gang aan de andere kant in. Aan het eind ervan zag ze de zware eikenhouten deuren van Sextons kantoor en de twee vlaggen aan weerszijden: rechts de Amerikaanse vlag en links die van Delaware. Zijn deuren hadden, zoals die van de meeste kamers van senatoren in het gebouw, een wa-

pening van staal en waren beveiligd met een gewone sleutel, een paneeltje waarop je een code moest intoetsen en een alarmsysteem.
Als ze binnen kon komen, al was het maar voor een paar minuten, zou ze alle antwoorden kunnen vinden. Ze liep in de richting van de zwaar beveiligde deuren, maar ze maakte zich niet de illusie dat ze erdóór zou kunnen komen. Ze had andere plannen.
Op drie meter van Sextons kamer sloeg Gabrielle rechts af en ging het damestoilet binnen. De tl-lampen floepten automatisch aan en het harde licht weerkaatste tegen de witte tegels. Terwijl haar ogen aan het licht wenden, bleef Gabrielle staan en zag zichzelf in de spiegel. Zoals gewoonlijk waren haar trekken zachter dan ze had gehoopt. Bijna teer. Ze voelde zich altijd sterker dan ze eruitzag.
Weet je zeker dat je dit wilt gaan doen?
Gabrielle wist dat Sexton vol verwachting naar haar uitkeek, omdat hij het volledige verhaal over PODS wilde horen. Helaas besefte ze nu ook dat Sexton haar vanavond handig had gebruikt. Gabrielle Ashe hield er niet van gemanipuleerd te worden. De senator had vanavond dingen voor haar achtergehouden. De vraag was hoeveel. En de antwoorden waren in zijn kamer te vinden, dat wist ze zeker. Direct aan de andere kant van de muur in deze wc.
'Vijf minuten,' zei Gabrielle hardop, en ze raapte al haar moed bij elkaar.
Ze liep naar de voorraadkast in de toiletruimte, stak een hand omhoog en streek over de bovenkant van het deurkozijn. Er kletterde een sleutel op de grond. De schoonmakers in het Philip A. Hart-gebouw waren in overheidsdienst en verdwenen elke keer als er weer een staking was, zodat er soms wekenlang geen toiletpapier en tampons werden aangevuld. De vrouwen die voor Sexton werkten, waren het zat om in een penibele situatie plotseling zonder te zitten en hadden de zaak in eigen hand genomen. Ze hadden een sleutel van de voorraadkast bemachtigd voor 'noodgevallen'.
Dit is een noodgeval, dacht ze.
Ze opende de kast.
Die stond vol schoonmaakmiddelen en zwabbers, en de planken lagen vol papierwaren. Een maand geleden, toen Gabrielle op zoek was geweest naar papieren handdoekjes, had ze een bijzondere ontdekking gedaan. Omdat ze niet bij de voorraad op de bovenste plank kon, had ze de steel van een bezem gebruikt om een rol van de plank te duwen. Daarbij had ze een plafondtegel losgestoten. Toen ze naar boven klom om de tegel op zijn plaats te leggen, had ze tot haar verrassing senator Sextons stem gehoord.
Glashelder.

Uit de echo had ze opgemaakt dat de senator tegen zichzelf praatte in de toiletruimte van zijn kantoor, die blijkbaar alleen van deze voorraadkast werd gescheiden door de uitneembare vezelplaten van het plafond.
Vanavond was ze voor iets heel anders dan wc-papier in de kast. Ze schopte haar schoenen uit, klom op de planken, duwde de plafondplaat omhoog en trok zich op. *Daar gaat de nationale veiligheid*, dacht ze, en ze vroeg zich af hoeveel wetten ze hiermee overtrad.
Ze liet zichzelf door het plafond van Sextons toiletruimte zakken, zette haar kousenvoeten op het koude porselein van zijn wastafel en sprong op de grond. Met ingehouden adem ging ze Sextons kantoor in.
Zijn oosterse tapijten voelden zacht en warm aan.

107

Vijftig kilometer daarvandaan raasde een zwarte Kiowa-gevechtshelikopter over de toppen van de dwergdennen in het noorden van Delaware. Delta-Een controleerde de coördinaten die in het automatische navigatiesysteem waren opgeslagen.
De signalen van het apparaat waarmee Rachel vanaf het schip had gebeld en het mobieltje van Pickering waren weliswaar versleuteld om de inhoud van hun gesprek geheim te houden, maar het onderscheppen van de ínhoud was niet het doel geweest toen het Delta-team Rachels telefoontje peilde. Dat was gedaan om de positie van de beller te bepalen. GPS-systemen en driehoeksmeting met behulp van computers maakten het gemakkelijk om de precieze plaats van herkomst van een signaal te bepalen, niet om de inhoud ervan te ontcijferen.
Delta-Een vond het een grappige gedachte dat de meeste mobiele bellers er geen idee van hadden dat bij elk telefoontje dat ze pleegden een afluisterpost van de overheid, indien gewenst, hun positie waar ook ter wereld met een nauwkeurigheid van drie meter kon bepalen; een klein minpunt dat de telecombedrijven liever niet aan de grote klok hingen. Vanavond had het Delta-team eerst gezorgd toegang te hebben tot de ontvangstfrequenties van William Pickerings mobieltje, waarna makkelijk was na te gaan van welke plaats zijn inkomende gesprekken kwamen.
Delta-Een vloog nu rechtstreeks naar hun doelwit en was het tot op dertig kilometer genaderd. 'Scherm klaar?' vroeg hij aan Delta-Twee,

die het radar- en wapensysteem bediende.
'Is klaar. Ik wacht tot we binnen bereik zijn.'
Acht kilometer, dacht Delta-Een. Hij moest deze kist ruimschoots tot binnen het radarbereik van het doelwit vliegen om het wapensysteem van de Kiowa te kunnen gebruiken. Hij twijfelde er niet aan dat iemand aan boord van de *Goya* nerveus het luchtruim in de gaten hield. Omdat het Delta-team de opdracht had het doelwit te elimineren zonder het een kans te geven een noodsignaal te zenden, moest Delta-Een zijn prooi naderen zonder die te alarmeren.
Op vierentwintig kilometer afstand, nog steeds veilig buiten radarbereik, draaide Delta-Een de Kiowa abrupt vijfendertig graden naar het westen. Hij klom tot negenhonderd meter – de hoogte voor kleine vliegtuigen – en matigde zijn snelheid tot 110 knopen.

Aan dek van de *Goya* gaf de radar van de helikopter één piepje toen er een nieuw object binnen de straal van vijftien kilometer kwam. De piloot ging rechtop zitten en keek aandachtig naar het scherm. Het leek een klein vrachtvliegtuig te zijn dat in westelijke richting naar de kust vloog.
Waarschijnlijk naar Newark.
Als het toestel in de huidige koers bleef vliegen, zou het de *Goya* op een afstand van zes kilometer passeren. Hoewel de vliegroute natuurlijk een kwestie van toeval was, bleef de piloot van de kustwacht waakzaam toekijken hoe het knipperende lichtje langzaam een streep door zijn scherm trok. Op het meest nabije punt was het ongeveer zes kilometer bij hen vandaan. Zoals te verwachten was, bleef het vliegtuigje bewegen en werd de afstand nu dus groter.
6,1 kilometer. 6,2 kilometer.
De piloot ademde opgelucht uit.
En toen gebeurde er iets eigenaardigs.

'Scherm ingeschakeld,' riep Delta-Twee, en vanuit zijn stoel bij de bediening van het wapensysteem aan bakboordzijde van de Kiowa stak hij zijn duim op. 'Blokkering, variërende ruis en stoorpulsen zijn allemaal ingeschakeld en vergrendeld.'
Voor Delta-Een was dit het teken om scherp naar rechts te draaien en koers te zetten naar de *Goya*. Deze manoeuvre zou onzichtbaar zijn voor de radar van het schip.
'Heel wat beter dan stro met zilverpapier eromheen!' riep Delta-Twee.
Delta-Een was het met hem eens. Het verstoren van radarsystemen was in de Tweede Wereldoorlog bedacht. Een gewiekste Britse piloot van de luchtmacht was in zilverpapier gewikkeld stro uit zijn vlieg-

tuig gaan werpen tijdens bombardementen. De radar van de Duitsers zag dan zoveel reflecterende voorwerpen dat ze geen idee hadden waar ze op moesten schieten. De technieken waren sinds die tijd sterk verbeterd.
Het radarstoorsysteem aan boord van de Kiowa was een van de meest geavanceerde elektronische wapens waarover het leger beschikte. Door een scherm van achtergrondruis uit te zenden boven bepaalde coördinaten op het aardoppervlak, kon de Kiowa de ogen, oren en stem van hun doelwit uitschakelen. Daarnet waren alle radarschermen aan boord van de *Goya* ongetwijfeld zwart geworden. Tegen de tijd dat de bemanning besefte dat er hulp moest worden ingeroepen, zou zenden niet meer mogelijk zijn. Op een schip verliep alle communicatie met de buitenwereld door middel van radiogolven, er waren geen telefoonlijnen. Als de afstand tot de Kiowa klein genoeg was, zou geen van de communicatiesystemen van de *Goya* nog werken. Hun signalen zouden verloren gaan in de onzichtbare bundel thermische ruis die als het licht uit een verblindende koplamp door de Kiowa werd uitgezonden.
Volmaakte isolering, dacht Delta-Een. *Ze kunnen zich niet verdedigen.*
Hun doelwitten waren door een combinatie van geluk en vindingrijkheid ontsnapt van het Milne-ijsplateau, maar dat zou ze niet nog eens lukken. Het was een slechte keuze van Rachel Sexton en Michael Tolland geweest om het vasteland te verlaten. Het zou de laatste slechte beslissing zijn die ze hadden genomen.

In het Witte Huis ging Zach Herney versuft van slaap zitten en drukte de telefoonhoorn tegen zijn oor. 'Nu? Wil Ekstrom me nú spreken?'
Hij tuurde weer naar de wekker. Zeventien over drie 's nachts.
'Ja, meneer,' zei de telefonist. 'Hij zegt dat het een noodgeval is.'

108

Terwijl Corky en Xavia over de scanning-elektronenmicroscoop gebogen stonden die het zirkoniumgehalte in de chondrulen mat, liep Rachel achter Tolland aan door het lab naar een kamer ernaast. Daar zette Tolland een andere computer aan. Blijkbaar wilde de oceanograaf nog iets nakijken.
Terwijl de computer opstartte, wendde Tolland zich tot Rachel en leek

iets te willen zeggen. Hij aarzelde.
'Wat is er?' vroeg Rachel, die zich erover verbaasde dat ze zich lichamelijk zo sterk tot hem aangetrokken voelde, zelfs in deze chaotische situatie. Ze wilde dat ze alle toestanden kon vergeten en dicht bij hem kon zijn, al was het maar even.
'Ik wil me verontschuldigen,' zei Tolland, en hij keek berouwvol.
'Waarvoor?'
'Voor daarnet, aan dek. De hamerhaaien. Ik was enthousiast. Soms vergeet ik hoe beangstigend de oceaan voor veel mensen kan zijn.'
Nu ze tegenover hem stond, voelde Rachel zich als een tiener die met een nieuw vriendje voor haar voordeur staat. 'Bedankt. Het is geen punt. Echt niet.' In haar hart had ze het gevoel dat Tolland haar wilde kussen.
Na een paar seconden draaide hij zich verlegen om. 'Ik weet het. Je wilt snel terug naar het vasteland. We moeten aan het werk.'
'Voorlopig.' Rachel glimlachte zachtmoedig.
'Voorlopig,' herhaalde Tolland, en hij ging bij de computer zitten.
Rachel zuchtte en kwam dicht achter hem staan, genietend van de privacy van het kleine lab. Ze keek hoe Tolland bestanden opende. 'Wat doe je?'
'In de database zoeken naar grote zeepissebedden. Ik wil controleren of we prehistorische fossielen uit zee kunnen vinden die lijken op wat we in de meteoriet van NASA hebben gezien.' Hij opende een zoekpagina waar met grote letters boven stond: PROJECT DIVERSITAS.
Terwijl hij menu's doorliep, vertelde Tolland: 'Diversitas is eigenlijk een catalogus van oceanische biologische gegevens die voortdurend wordt bijgewerkt. Als een bioloog een nieuwe soort of een nieuw fossiel in zee ontdekt, kan hij gegevens en foto's in een centrale database zetten. Omdat er wekelijks nieuwe organismen worden gevonden, is dit de enige manier om iedereen op de hoogte te houden.'
Rachel keek hoe Tolland de menu's doorliep. 'Dus je maakt nu verbinding met internet?'
'Nee. Dat is lastig op zee. We slaan alle gegevens op op een enorme hoeveelheid optische drives die in de kamer hiernaast staan. Elke keer dat we in de haven liggen, zoeken we contact met Project Diversitas en brengen we onze database up-to-date met de nieuwste ontdekkingen. Op die manier hebben we op zee de beschikking over informatie zonder een internetverbinding en zijn de gegevens nooit ouder dan een maand of twee.' Tolland typte wat zoektermen in en grinnikte. 'Je hebt waarschijnlijk wel eens gehoord van Napster, dat omstreden programma om muziek te downloaden?'
Rachel knikte.

'Diversitas wordt beschouwd als de Napster voor zeebiologen. We noemen het Zeester: Zeebiologen, Ergens Eenzaam Studerend, Tonen Elkaar Resultaten.'
Rachel lachte. Zelfs in deze gespannen situatie beschikte Tolland over een droge humor die haar angsten verdreef. Ze begon te beseffen dat ze de laatste tijd veel te weinig had gelachen.
'Onze database is gigantisch,' zei Tolland, en hij typte de laatste van zijn beschrijvende zoektermen in. 'Meer dan tien terabytes beschrijvingen en foto's. Er zit informatie in die niemand ooit heeft gezien en niemand ooit zal zien. Er zijn gewoonweg te veel zeeorganismen.' Hij klikte op 'zoek'. 'Zo, eens zien of iemand ooit een fossiel in de oceaan heeft gevonden dat op ons ruimtebeestje lijkt.'
Na een paar seconden verscheen er een nieuw scherm met vier vermeldingen van fossiele dieren. Tolland klikte ze een voor een aan en bekeek de foto's. Geen van de vier leek in de verste verte op de fossielen in de meteoriet.
Tolland trok denkrimpels. 'Laten we iets anders proberen.' Hij haalde het woord 'fossiel' weg uit zijn zoektermen en klikte weer op 'zoek'. 'Nu zoeken we naar alle lévende diersoorten. Misschien kunnen we een levende afstammeling vinden die nog wat van de fysiologische kenmerken van ons fossiel heeft.'
Een nieuw scherm.
Weer fronste Tolland zijn voorhoofd. De computer had honderden resultaten gevonden. Tolland streek langs zijn kin, die intussen donker van de stoppels was. 'Dit is te veel. Ik ga de zoekopdracht verfijnen.'
Rachel zag dat hij een rolmenu opende waar 'habitat' boven stond. De lijst keuzemogelijkheden leek eindeloos te zijn: getijdenpoel, moeras, lagune, rif, midoceanische rug, zwavelbronnen. Tolland liet de cursor langs de lijst gaan en koos voor INSTABIELE ZONES/OCEAANTROGGEN.
Slim, besefte Rachel. Tolland beperkte zijn zoekopdracht tot soorten die in het type omgeving leefden waar de chondrule-achtige bolletjes zich gevormd zouden hebben.
Het scherm veranderde. Deze keer glimlachte Tolland. 'Mooi. Maar drie resultaten.'
Rachel tuurde naar de eerste naam op de lijst. *Limulus poly... nog wat.* Tolland klikte op de naam. Er verscheen een foto; het dier zag eruit als een grote degenkrab zonder staartstekel.
'Nee,' zei Tolland, en hij ging terug naar de vorige pagina.
Rachel keek naar de volgende naam. *Garnalus groteskus.* Ze verbaasde zich. 'Is dat een echte naam?'
Tolland grinnikte. 'Nee. Het is een nieuwe soort, die nog niet geclas-

sificeerd is. De man die hem heeft ontdekt, heeft gevoel voor humor. Hij stelt voor het dier officieel *Garnalus groteskus* te noemen.' Tolland klikte de foto open en er verscheen een uitzonderlijk lelijk garnaalachtig wezen met snorharen en lichtgevend roze voelsprieten.
'Een toepasselijke naam,' zei Tolland. 'Maar het is niet ons ruimtebeest.' Hij ging terug naar de lijst. 'De laatste kandidaat is...' Hij klikte op het derde zoekresultaat en er kwam een beschrijving in beeld.
'*Bathynomus giganteus*...' las Tolland voor toen de tekst verscheen. De foto werd zichtbaar. Een close-up in kleur.
Rachel schrok. 'Mijn god!' Het wezen dat haar aanstaarde, bezorgde haar de rillingen.
Tolland floot laag. 'O jee. Deze jongen ziet er bekend uit.'
Rachel knikte sprakeloos. *Bathynomus giganteus.* Het dier leek op een gigantische, zwemmende pissebed. De gelijkenis met het fossiel in het rotsblok van NASA was opvallend.
'Er zijn een paar kleine verschillen,' zei Tolland, die de cursor naar beneden liet rollen, naar een paar anatomische tekeningen en doorsnedes. 'Maar hij zit er heel dichtbij. Vooral als je in aanmerking neemt dat hij 190 miljoen jaar heeft gehad om zich te ontwikkelen.'
Dat kun je wel zeggen, dacht Rachel. *Te dichtbij.*
Tolland las de beschrijving op het scherm: '"De zeldzame en kortgeleden geclassificeerde soort *Bathynomus giganteus*, die wordt beschouwd als een van de oudste soorten in de oceaan, is een aaseter uit de diepzee van de orde Isopoda, die op een grote pissebed lijkt. Hij kan een lengte van zestig centimeter bereiken en heeft een uitwendig skelet van chitine dat uit drie segmenten bestaat: kop, borststuk en achterlijf. Hij heeft paarsgewijs gerangschikte poten, voelsprieten en facetogen zoals insecten die op het land leven. Hij zoekt zijn voedsel op de zeebodem, heeft geen natuurlijke vijanden en leeft in de onherbergzame diepzee, waarvan tot voor kort werd gedacht dat er geen leven mogelijk was.' Tolland keek op. 'Dat zou het gebrek aan andere fossielen in het monster verklaren!'
Rachel staarde opgewonden naar het scherm zonder precies te begrijpen wat dit betekende.
'Stel je voor,' zei Tolland geestdriftig, 'dat een kolonie van die *Bathynomus*-beesten bij een bodemverschuiving onder de modder begraven is geraakt. Toen de modder geleidelijk in gesteente veranderde, zijn de dieren gefossiliseerd. Tegelijk heeft de oceaanbodem, die als een langzame lopende band voortdurend in de richting van de oceaantroggen beweegt, de fossielen naar een zone met hoge druk vervoerd, waar zich chondrulen in het gesteente hebben gevormd!' Tolland ging sneller praten. 'En als een deel van dat gesteente is afgebroken en op de

berg sediment op de bodem van de trog terecht is gekomen, wat heel goed kan gebeuren, zou dat makkelijk gevonden kunnen worden!'

'Maar als NASA...' stamelde Rachel. 'Ik bedoel, als het allemaal gelogen is, moet NASA toch geweten hebben dat iemand vroeg of laat zou ontdekken dat de fossielen op zeedieren lijken? Wíj hebben het net ontdekt!'

Tolland liet de laserprinter de foto's van *Bathynomus* afdrukken. 'Ik weet het niet. Ook al zou iemand zich melden en wijzen op de gelijkenis tussen de fossielen en een levende zeepissebed, fysiologisch zijn ze niet identiek. Het zou eerder vóór NASA's theorie dan ertegen pleiten.'

Plotseling begreep Rachel wat hij bedoelde. 'Panspermie.' *Het leven op aarde is afkomstig uit de ruimte.*

'Precies. Overeenkomsten tussen aardse organismen en ruimteorganismen zijn uitstekend wetenschappelijk verklaarbaar. Die zeepissebed zorgt alleen dat NASA sterker staat.'

'Tenzij de echtheid van de meteoriet onzeker is.'

Tolland knikte. 'Als de echtheid van de meteoriet wordt betwijfeld, stort alles in elkaar. Dan verandert onze zeepissebed van de beste vriend in de grootste vijand van NASA.'

Rachel keek zwijgend toe hoe de pagina's over *Bathynomus* uit de printer kwamen rollen. Ze probeerde zichzelf wijs te maken dat NASA een onschuldige vergissing had gemaakt, maar ze wist dat dat niet waar was. Mensen die een onschuldige vergissing maken, plegen geen moorden.

Plotseling schalde de nasale stem van Corky door het lab. 'Dat kán niet!'

Tolland en Rachel keken om.

'Meet die verhouding nog een keer na! Het is onmogelijk!'

Xavia kwam haastig binnenlopen met een computeruitdraai in haar hand. Haar gezicht was lijkbleek. 'Mike, ik weet niet hoe ik dit moet vertellen...' Haar stem sloeg over. 'De titanium/zirkoniumverhouding in dit monster...' Ze schraapte haar keel. 'Het is wel duidelijk dat NASA een enorme fout heeft gemaakt. Hun meteoriet is een brok steen uit de oceaan.'

Tolland en Rachel keken elkaar zonder iets te zeggen aan. Ze wisten het. In één keer waren alle vermoedens en twijfels aangezwollen tot een hoge golf die op het punt van breken stond.

Tolland knikte; zijn ogen stonden droevig. 'Oké. Bedankt, Xavia.'

'Maar ik snap het niet,' zei Xavia. 'De smeltkorst... de plek waar hij gevonden is...'

'We leggen het op weg naar het vasteland wel uit,' zei Tolland. 'We gaan.'

Snel verzamelde Rachel alle papieren met het bewijsmateriaal dat ze hadden. Dat was zeer overtuigend: de GPR-uitdraai waarop de schacht onder de meteoriet zichtbaar was, foto's van een hedendaagse zeepissebed die op het fossiel van NASA leek, het artikel van dr. Pollock over chondrulevorming in de oceaan en gegevens van de elektronenmicroscoop waaruit bleek dat er bijna geen zirkonium in de meteoriet zat. Er was maar één conclusie mogelijk: fraude.

Tolland keek naar de stapel papier in Rachels hand en slaakte een sombere zucht. 'Nou, ik zou zeggen dat William Pickering zijn bewijs heeft.'

Rachel knikte en vroeg zich opnieuw af waarom Pickering zijn telefoon niet had opgenomen.

Tolland pakte de hoorn van een toestel dat vlakbij stond en stak haar die toe. 'Wil je het hiervandaan nog eens proberen?'

'Nee, laten we gaan. Ik probeer hem wel vanuit de helikopter te bereiken.' Rachel had al besloten dat ze, als ze hem niet kon bereiken, de piloot zou vragen hen rechtstreeks naar het NRO te brengen. Dat was nog geen driehonderd kilometer.

Tolland wilde de hoorn neerleggen, maar hij aarzelde. Met een verbaasd gezicht hield hij hem bij zijn oor. 'Bizar. Geen kiestoon.'

'Hoe bedoel je?' vroeg Rachel, plotseling op haar hoede.

'Vreemd,' zei Tolland. 'Een directe satellietverbinding valt nooit weg...'

'Meneer Tolland?' De piloot van de kustwacht rende wit weggetrokken het lab binnen.

'Wat is er?' vroeg Rachel. 'Komt er iemand aan?'

'Dat is nou juist het probleem,' zei de piloot. 'Ik weet het niet. De radar en alle verbindingen zijn plotseling dood.'

Rachel stopte de papieren diep onder haar shirt. 'In de helikopter. We gaan. Nu!'

109

Gabrielle liep met bonzend hart door het donkere kantoor van senator Sexton. De kamer was groot en luxueus, met rijk bewerkte houten wandpanelen, olieverfschilderijen, Perzische tapijten, leren fauteuils en een gigantisch mahoniehouten bureau. Het enige licht in de kamer was de griezelige, blauwachtige gloed van Sextons computermonitor.

Gabrielle liep naar zijn bureau.

Senator Sextons voorliefde voor het 'digitale kantoor' had maniakale vormen aangenomen. Hij had zijn overvolle archiefkasten verruild voor de compacte, makkelijk te doorzoeken eenvoud van zijn pc, waar hij enorme hoeveelheden informatie in opsloeg: notulen van vergaderingen, gescande artikelen, toespraken en invallen. Sextons computer was heilig en hij hield zijn kamer altijd op slot om het apparaat te beschermen. Hij wilde zelfs geen internetverbinding, uit angst dat er mensen zouden binnendringen in zijn heilige digitale kluis.

Een jaar geleden zou Gabrielle nooit hebben geloofd dat een politicus dom genoeg zou zijn om bezwarende documenten te bewaren, maar in Washington had ze veel geleerd. *Informatie is macht.* Gabrielle had tot haar verbazing ontdekt dat het heel gebruikelijk was dat politici die twijfelachtige campagnebijdragen aannamen de bewijzen van die schenkingen bewaarden. Brieven, bankafschriften, reçu's, overzichten, allemaal verborgen op een veilige plaats. Deze tactiek van contrachantage, die in Washington eufemistisch een 'Siamese verzekering' werd genoemd, beschermde politici tegen schenkers die vonden dat hun vrijgevigheid hun het recht gaf overmatige politieke druk op een kandidaat uit te oefenen. Als een donateur te veeleisend werd, beschikte de kandidaat over bewijs dat beide partijen de wet hadden overtreden. Dat bewijs zorgde ervoor dat kandidaten en donateurs voor altijd aan elkaar vastzaten, als een Siamese tweeling.

Gabrielle liet zich achter het bureau van de senator op zijn stoel zakken. Ze ademde diep in en keek naar zijn computer. *Als de senator smeergeld van de SFF aanneemt, zou het bewijs hier te vinden moeten zijn.*

Sextons screensaver bestond uit een diashow van het Witte Huis en het terrein eromheen, gemaakt door een enthousiast lid van zijn staf dat veel belang hechtte aan visualisatie en positief denken. Rond de beelden liep een soort lichtkrant met de tekst: *President of the United States Sedgewick Sexton... President of the United States Sedgewick Sexton... President of the...*

Gabrielle bewoog de muis en er verscheen een beveiligingsscherm.

VOER UW WACHTWOORD IN:

Dat had ze al verwacht. Het zou geen probleem zijn. Een week geleden was Gabrielle Sextons kamer binnengelopen op het moment dat de senator ging zitten en inlogde in zijn computer. Ze zag hem snel achter elkaar drie keer een toets indrukken.

'Moet dat een wachtwoord voorstellen?' had ze uitdagend vanuit de deuropening gezegd.

Sexton keek op. 'Hoezo?'

'En ik dacht nog wel dat je je zo druk maakte om beveiliging,' had ze hem schertsend berispt. 'Is je wachtwoord maar drie tekens lang? Ik dacht dat de jongens van systeembeheer wilden dat we er minstens zes gebruikten.'

'Dat zijn tieners. Eerst maar eens afwachten of ze zelf nog zes willekeurige letters kunnen onthouden als ze boven de veertig zijn. Bovendien zit er een alarm op de deur. Niemand kan hier binnenkomen.'

Gabrielle liep met een glimlach naar hem toe. 'En als iemand nou naar binnen glipt terwijl jij op de wc zit?'

'En snel even alle mogelijke wachtwoorden intypt?' Hij lachte sceptisch. 'Ik neem wel de tijd op de wc, maar zo lang nou ook weer niet.'

'Wedden om een dinertje bij Davide dat ik je wachtwoord binnen tien seconden kan raden?'

Sexton keek verbaasd en geamuseerd. 'Jij kunt je Davide niet veroorloven, Gabrielle.'

'Bedoel je dat je het niet aandurft?'

Sexton leek bijna met haar te doen te hebben toen hij de weddenschap aanging. 'Tien seconden?' Hij logde uit en wenkte haar om te gaan zitten en een poging te wagen. 'Je weet dat ik bij Davide altijd de saltimbocca neem. En die is niet goedkoop.'

Ze haalde haar schouders op en ging zitten. 'Het is jóúw geld.'

VOER UW WACHTWOORD IN:

'Tien seconden,' waarschuwde Sexton.

Gabrielle moest lachen. Ze had er maar twee nodig. Zelfs vanuit de deuropening had ze gezien dat Sexton de drie toetsaanslagen heel snel na elkaar met één vinger maakte. *Duidelijk driemaal dezelfde toets. Niet verstandig.* Ze had ook gezien dat hij zijn hand boven de uiterste linkerkant van het toetsenbord had gehouden, waarmee het mogelijke aantal letters werd gereduceerd tot negen. Het kiezen van de letter was gemakkelijk: Sexton was altijd dol geweest op de drievoudige alliteratie van zijn naam. Senator Sedgewick Sexton.

Onderschat het ego van een politicus niet.

Ze typte SSS in en de screensaver verdween.

Sextons mond viel open.

Dat was vorige week geweest. Gabrielle was er zeker van dat Sexton nog niet de tijd had genomen uit te vinden hoe hij zijn wachtwoord moest veranderen. *Waarom zou hij? Hij vertrouwt me volkomen.*

Ze toetste driemaal een S in.

ONGELDIG WACHTWOORD – TOEGANG GEWEIGERD

Gabrielle staarde geschrokken naar het scherm.

Blijkbaar had de senator toch niet zoveel vertrouwen in haar als ze had gedacht.

110

De aanval kwam volkomen onverwacht. Laag aan de zuidwestelijke hemel boven de *Goya* doemde als een gigantische wesp het angstaanjagende silhouet van een gevechtshelikopter op. Rachel twijfelde geen moment aan wat die kwam doen.

Door het donker ratelde er een salvo uit de neus van de helikopter, en een kogelregen sloeg in in het glasvezeldek en trok een spoor van gaten over het achterschip. Rachel dook te laat weg en voelde de brandende pijn van een kogel die haar arm schampte. Ze viel hard op de grond, liet zich rollen en kroop haastig achter de bolvormige, doorzichtige Triton-duikboot.

Het donderende geraas van rotorbladen klonk boven hun hoofd toen de helikopter langs het schip vloog. Met een griezelig gesis kwam er een eind aan het lawaai toen het toestel over de oceaan wegschoot en aan een ruime bocht begon voor de volgende aanval.

Rachel lag trillend op het dek met haar hand om haar arm geslagen en keek om naar Tolland en Corky. De twee mannen hadden blijkbaar dekking gezocht achter een bergruimte en kwamen nu wankelend overeind terwijl ze met doodsangst in hun blik de hemel afzochten. Rachel ging op haar knieën zitten. De wereld leek plotseling in slowmotion te bewegen.

Op haar knieën achter de transparante bol van de Triton keek Rachel in paniek naar hun enige ontsnappingsmogelijkheid: de helikopter van de kustwacht. Xavia klom al in de cabine en wenkte verwoed naar de anderen. Rachel zag de piloot een uitval doen naar het bedieningspaneel en als een uitzinnige schakelaars en hendels omzetten. De bladen begonnen te draaien... heel langzaam.

Te langzaam.

Schiet op!

Rachel merkte dat ze was gaan staan en was klaar om een sprint te wagen, zich afvragend of ze het dek zou kunnen oversteken voordat de aanvallers terug waren. Achter zich hoorde ze Corky en Tolland naar haar en de wachtende helikopter rennen. *Ja! Opschieten!*

Toen zag ze iets.

Op circa honderd meter afstand verscheen in de lege, donkere lucht een straal rood licht, die schuin door de nacht op het dek van de *Goya* viel en dat afzocht. Toen vond ze haar doelwit en bleef op de zijkant van de wachtende helikopter gericht.

Het duurde maar een fractie van een seconde tot het tot Rachel doordrong. Op dat ogenblik vervaagde de actie op het dek van de *Goya* tot een wirwar van vormen en geluiden. Tolland en Corky, die naar haar toe renden; Xavia, die hen wenkte vanuit de helikopter; de felrode laser die door de nachtelijke hemel sneed.

Het was te laat.

Rachel draaide zich snel om naar Corky en Tolland, die uit alle macht naar de helikopter renden. Ze sprong met gespreide armen in hun pad om hen tegen te houden. De botsing voelde alsof er een trein tegen haar opreed en ze vielen met zijn drieën op het dek in een warboel van armen en benen.

In de verte flitste een witte vlam op, die tot Rachels ongeloof en ontzetting in een volkomen rechte lijn de baan van de laserbundel naar de helikopter volgde.

Toen de Hellfire-raket in de romp sloeg, vloog de helikopter als een stuk speelgoed uit elkaar. De schokgolf van hitte en lawaai denderde over het dek en een regen van brandende brokstukken daalde neer. Het vlammende skelet van de helikopter kantelde achterover op zijn gehavende staart, wankelde even en viel toen van de achterkant van het schip. Het stortte in een sissende wolk van stoom in de oceaan.

Rachel deed haar ogen dicht en was niet in staat adem te halen. Ze hoorde geklots en geborrel toen het brandende wrak wegzonk en door de sterke stroming bij de *Goya* vandaan werd gesleurd. In de chaos schreeuwde Michael Tolland iets. Rachel voelde dat hij haar met zijn sterke handen omhoog probeerde te trekken. Maar ze kon zich niet verroeren.

De piloot en Xavia zijn dood.

Nu zijn wij aan de beurt.

III

Op het Milne-ijsplateau was de storm gaan liggen en in de habisfeer was het rustig. Toch had NASA-chef Lawrence Ekstrom niet eens een poging gedaan te gaan slapen. Hij had de uren alleen doorgebracht, met ijsberen door de koepel, in het wak staren en bij de gigantische, geblakerde kei staan terwijl zijn handen strelend over de groeven gingen.

Ten slotte had hij een beslissing genomen.

Nu zat hij voor de videofoon in de PSC-container van de habisfeer en keek in de vermoeide ogen van de president van de Verenigde Staten. Zach Herney had een ochtendjas aan en leek niet in een goed humeur

te zijn. Ekstrom wist dat zijn humeur nog aanzienlijk zou verslechteren als hij hoorde wat Ekstrom hem te vertellen had.
Toen Ekstrom was uitgepraat, leek Herney verward, alsof hij dacht dat hij nog te slaperig was om het goed te hebben begrepen.
'Wacht even,' zei Herney. 'Ik geloof dat de verbinding slecht is. Heb je me net verteld dat NASA een noodoproep heeft onderschept waarin de coördinaten van de meteoriet werden genoemd, en daarna ten onrechte heeft beweerd dat PODS de meteoriet heeft gevonden?'
Ekstrom zat zwijgend alleen in het donker en wilde dat hij zichzelf wakker kon schudden uit deze nachtmerrie.
De stilte viel duidelijk niet goed bij de president. 'In jezusnaam, Larry, zeg me dat het niet waar is!'
Ekstrom kreeg een droge mond. 'De meteoriet is gevonden, meneer. Dat is het enige relevante.'
'Zeg me dat het niet waar is, zei ik!'
De stilte zwol aan tot een dof gesuis in Ekstroms oren. *Ik moest het hem wel vertellen*, hield Ekstrom zichzelf voor. *Het zal nog erger worden voordat het beter wordt.* 'Meneer, het mislukken van PODS deed u de das om in de peilingen. Toen we een radiobericht onderschepten waarin werd gesproken over een grote meteoriet in het ijs, zagen we een kans om weer in de race te komen.'
Herney klonk verbijsterd. 'Door te doen alsof PODS iets had ontdekt?'
'PODS zou binnenkort weer werken, maar niet op tijd voor de verkiezingen. De peilingen werden steeds slechter, en Sexton maakte gehakt van NASA, dus...'
'Ben je nou helemaal gek geworden? Je hebt tegen me gelogen, Larry!'
'De gelegenheid deed zich voor, meneer. Ik heb besloten de kans te benutten. We hadden het radiobericht onderschept van de Canadees die de meteoriet heeft ontdekt. Hij is omgekomen in een storm. Niemand anders wist dat de meteoriet daar lag. PODS zocht juist in dat gebied. NASA had een overwinning nodig. We wisten de coördinaten.'
'Waarom vertel je me dit nu?'
'Ik vond dat u het moest weten.'
'Heb je enig idee wat Sexton zou doen als hij dit ontdekte?'
Daar dacht Ekstrom maar liever niet aan.
'Hij zou de hele wereld vertellen dat NASA en het Witte Huis het Amerikaanse volk hebben voorgelogen! En hij zou nog gelijk hebben ook!'
'U hebt niet gelogen, meneer, dat heb ik gedaan. En ik zal aftreden als...'
'Larry, je snapt niet waar het om gaat. Ik heb geprobeerd mijn presidentschap op eerlijkheid en fatsoenlijkheid te baseren! Verdomme!

Vanavond was alles zuiver. Waardig. En dan moet ik nu horen dat ik de wereld heb voorgelogen?'
'Een klein leugentje maar, meneer.'
'Er bestaan geen kleine leugentjes, Larry,' zei Herney witheet.
Ekstrom had het gevoel dat de wanden van het krappe vertrek op hem afkwamen. Er was nog veel meer dat hij de president moest vertellen, maar hij zag in dat dat tot de volgende ochtend zou moeten wachten.
'Het spijt me dat ik u wakker heb laten maken, meneer. Maar ik vond echt dat u het moest weten.'

Elders in de stad schonk Sedgewick Sexton zichzelf nog een glas cognac in en ijsbeerde met groeiende ergernis door zijn appartement.
Waar blijft Gabrielle, verdomme?

112

Gabrielle Ashe zat in het donker aan het bureau van senator Sexton en keek vertwijfeld naar zijn computer.
ONGELDIG WACHTWOORD – TOEGANG GEWEIGERD
Ze had nog een paar wachtwoorden geprobeerd waarvan ze dacht dat die het konden zijn, maar ze had het juiste niet gevonden. Nadat ze de kamer had doorzocht op laden die niet op slot waren of rondslingerende aanwijzingen, had ze het nu eigenlijk opgegeven. Ze stond op het punt weg te gaan toen haar oog op Sextons bureaukalender viel. Iemand had met een stift met rode, witte en blauwe glitters de datum van de verkiezingen omcirkeld. Vast niet de senator. Gabrielle trok de kalender dichterbij. Over de datum stond met grote, krullerige letters: POTUS!
Sextons enthousiaste secretaresse had hem blijkbaar nog wat extra positieve gedachten mee willen geven voor de verkiezingsdag. Het acroniem POTUS was de codenaam die de Amerikaanse geheime dienst gebruikte voor *President of the United States*. Als bij de verkiezingen alles goed ging, zou Sexton de nieuwe POTUS worden.
Gabrielle duwde de kalender weer recht op het bureau en stond op om te gaan. Plotseling bedacht ze zich en wierp een blik op het computerscherm.
VOER UW WACHTWOORD IN:
Ze keek nog eens naar de kalender.
POTUS.

Plotseling kreeg ze weer hoop. POTUS leek haar opeens typisch een wachtwoord voor Sexton. *Eenvoudig, positief en verwijzend naar hemzelf.*

Ze toetste snel de letters in.

POTUS

Met ingehouden adem drukte ze de entertoets in. De computer gaf een piepje.

ONGELDIG WACHTWOORD – TOEGANG GEWEIGERD

Gabrielle liet haar schouders hangen en gaf het op. Ze liep naar de deur van de toiletruimte om weg te gaan via dezelfde route als ze gekomen was. Ze was halverwege toen haar mobieltje overging. Ze was zo nerveus dat ze schrok van het geluid. Ze bleef staan, pakte haar telefoon en keek naar de door Sexton gekoesterde staande klok, een Jourdain, om te zien hoe laat het was. *Bijna vier uur.* Midden in de nacht. De beller kon alleen Sexton zijn. Hij vroeg zich natuurlijk af waar ze bleef. *Neem ik op of laat ik hem bellen?* Als ze opnam, zou ze moeten liegen. Maar als ze niet opnam, zou hij argwaan krijgen.

Ze besloot op te nemen. 'Hallo?'

'Gabrielle?' Sexton klonk ongeduldig. 'Waar blijf je?'

'Er was iets gebeurd bij het FDR Memorial,' zei Gabrielle. 'De taxi kwam vast te zitten en nu zijn we...'

'Het klinkt niet alsof je in een taxi zit.'

'Nee,' zei ze, en het bloed stroomde naar haar hoofd. 'Dat klopt. Ik ben nog even op kantoor langsgegaan om wat NASA-documenten op te halen die verband houden met PODS. Maar ik kan ze niet vinden.'

'Nou, schiet maar op. Ik wil morgenochtend een persconferentie geven, en we moeten de details bespreken.'

'Ik kom eraan,' zei ze.

Er viel een stilte. 'Ben je in jouw kamer?' Hij klonk plotseling verbaasd.

'Ja. Over tien minuten kom ik naar je toe.'

Weer een stilte. 'Oké. Dan zie ik je zo.'

Gabrielle hing op, te zenuwachtig om acht te slaan op de harde en karakteristieke drievoudige tik van Sextons staande klok, die een meter bij haar vandaan stond.

113

Michael Tolland had niet in de gaten dat Rachel gewond was, totdat hij het bloed aan haar arm zag toen hij haar achter de Triton trok om dekking te zoeken. Aan haar verstarde gelaatsuitdrukking zag hij dat ze zich niet van enige pijn bewust was. Hij hield haar in evenwicht en keek snel om naar Corky. De astrofysicus haastte zich over het dek naar hen toe, zijn blik wezenloos van schrik.

We moeten dekking zoeken, dacht Tolland. De afschuwelijke gebeurtenis van daarnet was nog niet helemaal tot hem doorgedrongen. Instinctief keek hij op naar de dekken boven hen. De trap naar de brug was onbeschut en de brug zelf was een glazen doos; vanuit de lucht gezien een doorzichtig doelwit. Naar boven gaan was zelfmoord, waarmee er maar één richting overbleef.

Heel even liet Tolland zijn blik hoopvol op de Triton-duikboot rusten en vroeg hij zich af of ze misschien met zijn drieën onder water konden vluchten, veilig voor de kogels.

Absurd. In de Triton was ruimte voor één persoon, en het kostte ruim tien minuten om hem met de lier door het luik in het dek naar de oceaan te laten zakken, zo'n tien meter lager. Bovendien zou de Triton niet werken zonder dat eerst de accu's geladen en de persluchttanks bijgevuld waren.

'Daar komen ze!' schreeuwde Corky met een schrille stem van angst, en hij wees naar de lucht.

Tolland keek niet eens op. Hij gebaarde naar een scheidingswand vlakbij, waar een aluminium loopbrug naar benedendeks leidde. Corky had geen verdere aanmoediging nodig. Gebukt rende hij haastig naar de opening en dook weg, de helling af. Tolland sloeg zijn arm stevig om Rachels middel en volgde hem. Ze verdwenen net benedendeks toen de helikopter terug was en een kogelregen afvuurde.

Tolland hielp Rachel de loopbrug af naar het vrijhangende platform onderaan. Toen ze daar aankwamen, voelde Tolland dat Rachel verstijfde. Hij keek om, bang dat ze door een afgeketste kogel was geraakt.

Toen hij haar gezicht zag, wist hij dat het iets anders was. Hij volgde haar starre blik naar beneden en begreep het meteen.

Rachel stond als aan de grond genageld en kon geen stap verzetten. Ze staarde naar de bizarre wereld onder haar.

Door het SWATH-concept had de *Goya* benedendeks geen echte romp, maar alleen kolommen naar de verzonken drijvers; het schip had daardoor iets weg van een reusachtige catamaran. Ze waren door een opening in het dek afgedaald naar een loopbrug van metalen roosters die op tien meter boven de kolkende zee in de lucht hing. Het lawaai was hier oorverdovend, want het geluid van de golven weerkaatste tegen de onderkant van het dek. En Rachels angst werd versterkt door het feit dat de onderwaterlampen van het schip nog brandden, zodat er tot diep in de oceaan recht onder haar een groenige gloed hing. Ze zag zes of zeven spookachtige silhouetten in het water. Enorme hamerhaaien, die op één en dezelfde plek tegen de stroom in zwommen; elastieken lijven die soepel heen en weer bewogen.

Tolland zei in haar oor: 'Rachel, alles gaat goed. Kijk recht vooruit. Ik ben vlak achter je.' Hij stak zijn handen aan weerszijden om haar heen naar voren en probeerde voorzichtig haar vuisten los te maken van de reling. Toen zag Rachel de donkerrode druppel bloed van haar arm rollen en tussen het roosterwerk door vallen. Met haar blik volgde ze de druppel richting zee. Hoewel ze hem het water niet zag raken, wist ze meteen dat dat gebeurde, doordat de hamerhaaien opeens allemaal tegelijk met hun sterke staart sloegen, zich omdraaiden en op elkaar af vlogen in een ziedende massa van tanden en vinnen.

Zeer sterk ontwikkelde reukkwabben in de telencephalon...

Ze ruiken bloed op een kilometer afstand.

'Recht vooruit kijken,' herhaalde Tolland, en zijn toon was resoluut en kalmerend. 'Ik loop vlak achter je.'

Rachel voelde hoe hij haar met zijn handen op haar heupen naar voren duwde. Ze probeerde de diepte onder zich te negeren en liep over de loopbrug. Ergens boven zich hoorde ze de rotorbladen van de helikopter weer. Corky rende een heel stuk voor hen uit, wankelend over de loopbrug als een dronkeman in paniek.

Tolland riep naar hem: 'Helemaal naar de laatste kolom, Corky! De trap af!'

Nu zag Rachel waar ze heen gingen. Voor haar uit zigzagden een paar metalen trappen naar beneden. Op waterniveau liep een smal dek over de hele lengte van de *Goya*. Vanaf dat dek staken een paar drijvende steigers uit, waardoor er een mini-jachthaventje onder het schip ontstond. Op een groot bord stond:

DUIKPLATFORM

Er kunnen plotseling zwemmers bovenkomen,

dus vaart u voorzichtig

Rachel nam aan dat het niet Michaels bedoeling was dat ze gingen zwemmen. Haar onrust groeide toen Tolland bleef staan bij een rij kastjes van draadgaas langs de loopbrug. Hij trok de deurtjes open en ze zag wetsuits op hangertjes, snorkels, zwemvliezen, reddingsvesten en harpoengeweren. Voordat ze kon protesteren, greep hij een lichtpistool. 'Kom mee.'

Ze liepen verder.

Voor hen uit had Corky de zigzaggende trappen bereikt. Hij was al halverwege de afstand naar beneden. 'Ik zie hem!' riep hij, en zijn stem klonk bijna verheugd boven het lawaai van het water uit.

Wat ziet hij? vroeg Rachel zich af, terwijl Corky over de smalle loopbruggen rende. Zij zag alleen een oceaan vol haaien, die gevaarlijk dichtbij was. Tolland dreef haar voort en plotseling kon Rachel zien waar Corky zich zo over opwond. Aan het uiteinde van het lage dek lag een kleine speedboot afgemeerd. Corky rende erheen.

Rachel keek ongelovig. *Een helikopter ontvluchten in een motorboot?*

'Hij heeft een marifoon,' zei Tolland. 'En als we buiten het gebied kunnen komen dat wordt gestoord...'

Rachel hoorde niet wat hij verder nog zei. Ze had iets in het oog gekregen wat het bloed in haar aderen deed stollen. 'Te laat,' bracht ze uit, en ze stak een bevende vinger uit. *We zijn er geweest...*

Toen Tolland zich omdraaide, wist hij meteen dat het voorbij was.

Aan de andere kant van het schip had de zwarte helikopter zich laten zakken en hing nu tegenover hen, als een draak die een grot in tuurde. Even dacht Tolland dat hij onder de boot door recht op hen af zou vliegen. Maar de helikopter draaide een stukje en richtte.

Tolland keek waar de lopen op werden gericht. *Nee!*

Corky zat gehurkt naast de speedboot de trossen los te maken en keek op op het ogenblik dat de mitrailleurs onder de helikopter met donderend geweld een salvo uitstootten. Corky viel opzij alsof hij was geraakt. Hij klauterde in het wilde weg over het dolboord, dook de boot in en ging plat op de bodem liggen om dekking te zoeken. De mitrailleurs zwegen. Tolland zag Corky dieper de speedboot in kruipen. zijn rechter onderbeen zat onder het bloed. Weggedoken onder het dashboard stak Corky zijn hand omhoog en tastte het bedieningspaneel af totdat hij de sleutel had gevonden. De motor van de boot, een 250 pk Mercury, ronkte.

Een seconde later verscheen er een rode laserstraal uit de neus van de laaghangende helikopter en werd er een raket op de speedboot gericht.

Tolland reageerde instinctief en gebruikte het enige wapen dat hij had. Het lichtpistool siste toen hij de trekker overhaalde, en een verblindende flits schoot horizontaal van onder het schip recht op de helikopter af. Maar Tolland had het gevoel dat hij te laat had gereageerd. Terwijl de wegschietende lichtkogel op de voorruit van de helikopter af koerste, kwam er een lichtflits uit de lanceerinstallatie onder de heli. Precies op het moment dat de raket werd gelanceerd, steeg het toestel met een ruk uit het zicht om de lichtkogel te ontwijken.

'Kijk uit!' schreeuwde Tolland, terwijl hij Rachel op de loopbrug naar beneden trok.

De raket zwaaide uit de koers, miste Corky op een haar na, kwam onder de *Goya* door en sloeg tien meter onder Rachel en Tolland in de voet van de kolom.

Het geluid was angstaanjagend. Water en vlammen spatten onder hen op. Stukken verwrongen metaal vlogen door de lucht en kwamen op de loopbrug onder hen neer. Metaal schuurde langs metaal toen het schip aan één kant wegzakte en een nieuw evenwicht vond, een beetje scheef.

Toen de rook was opgetrokken, zag Tolland dat een van de vier grote kolommen van de *Goya* zwaar beschadigd was en dat de drijver waar hij op steunde door de sterke stroming dreigde te worden losgescheurd. De zigzaggende trap naar het onderste dek leek aan een draadje te hangen.

'Kom mee!' riep Tolland, en hij trok Rachel erheen. *We moeten naar beneden!*

Maar ze waren te laat. Met een luid gekraak brak de trap los van de beschadigde kolom en stortte in zee.

Boven het schip worstelde Delta-Een met de bediening van de Kiowa en kreeg het toestel weer onder controle. Hij was tijdelijk verblind geweest door de naderende lichtkogel en had de helikopter in een reflex omhooggetrokken, waardoor de Hellfire-raket haar doel had gemist. Vloekend hing hij nu boven de boeg van het schip en wilde zich weer laten zakken om het karwei af te maken.

Elimineer iedereen aan boord. De instructies van de opdrachtgever waren duidelijk geweest.

'Shit! Kijk!' riep Delta-Twee van achter hem, en hij wees uit het raam. 'Speedboot!'

Delta-Een keek razendsnel om en zag een met kogels doorzeefde Crestliner van de *Goya* weg scheren, de duisternis in.

Hij moest een beslissing nemen.

114

Corky had zijn bebloede handen om het stuur van de Crestliner Phantom 2100 geslagen en de boot stuiterde over het water. Hij duwde de gashendel zo ver mogelijk naar voren om de snelheid op te voeren. Pas nu voelde hij de brandende pijn. Hij keek naar beneden en zag dat er bloed uit zijn rechterbeen gutste. Hij werd onmiddellijk duizelig.
Hij leunde tegen het stuurwiel en keek om naar de *Goya*, terwijl hij de helikopter in gedachten uitdaagde hem te volgen. Doordat Tolland en Rachel geen kans meer hadden gezien naar beneden te komen, had Corky hen niet kunnen meenemen. Hij had in een fractie van een seconde een beslissing moeten nemen.
Verdeel en heers.
Corky wist dat Tolland en Rachel misschien via de radio om hulp konden vragen als hij de helikopter ver genoeg bij de *Goya* vandaan kon lokken. Maar toen hij over zijn schouder naar het verlichte schip keek, zag hij dat de helikopter daar nog steeds hing, alsof de piloot geen besluit kon nemen.
Kom op, stelletje klootzakken! Kom achter mij aan!
Maar de helikopter kwam niet. In plaats daarvan ging hij boven het achterschip van de *Goya* hangen, zocht de juiste positie en landde op het dek. *Nee!* Corky keek vol ontzetting toe en besefte dat hij Tolland en Rachel aan hun lot had overgelaten en dat ze een gemakkelijke prooi zouden zijn.
Nu kwam het op hem aan om een noodoproep te doen. Hij tastte naar het dashboard en vond de marifoon. Hij schakelde de stroom in. Er gebeurde niets. Geen lampjes. Geen ruis. Hij draaide de volumeknop helemaal open. Niets. *Kom op!* Hij liet het stuur los en hurkte neer om te zien wat hij deed. Zijn been deed vreselijk pijn toen hij het boog. Zijn blik vond de radio. Hij kon zijn ogen niet geloven. Het dashboard was met kogels doorzeefd en de afstemschaal van de radio lag aan gruzelementen. Losse draden staken aan de voorkant naar buiten. Hij staarde er ongelovig naar.
Hoezo, domme pech...?
Met knikkende knieën richtte Corky zich weer op, terwijl hij zich afvroeg of het nog veel erger kon worden. Toen hij omkeek naar de *Goya*, zag hij het antwoord. Er sprongen twee gewapende soldaten uit de helikopter op het dek. Toen steeg het toestel weer op, draaide zich in zijn richting en kwam op volle snelheid achter hem aan.
De moed zonk Corky in de schoenen. *Verdeel en heers.* Blijkbaar was hij vannacht niet de enige met dat slimme idee.

Toen Delta-Drie over het dek sloop en de metalen trap naar beneden naderde, hoorde hij onder zich een vrouw iets schreeuwen. Hij draaide zich om en gebaarde naar Delta-Twee dat hij erop afging, naar benedendeks. Zijn collega knikte en bleef achter om het dek in de gaten te houden. De twee mannen konden via de CrypTalk in contact blijven; het stoorsysteem van de Kiowa liet op ingenieuze wijze een weinig gebruikte golflengte open voor hun eigen communicatie.
Met zijn machinepistool in zijn hand bewoog Delta-Drie zich geluidloos naar de trap die naar benedendeks leidde. Met de waakzaamheid van een ervaren moordenaar bewoog hij zich centimeter voor centimeter naar beneden, terwijl hij zijn wapen voor zich uit richtte.
Vanaf de trap kon hij niet veel zien, en hij zakte diep door zijn knieën om meer uitzicht te hebben. Hij hoorde het geschreeuw nu duidelijker. Hij daalde verder af. Halverwege kon hij de doolhof aan loopbruggen zien die onder aan de *Goya* was bevestigd. Het schreeuwen werd harder.
Toen zag hij haar. In het midden van de dwarse loopbrug tuurde Rachel Sexton over de reling naar het water en riep wanhopig om Michael Tolland.
Is Tolland erin gevallen? Misschien door de schokgolf?
Als dat zo was, zou de taak van Delta-Drie zelfs gemakkelijker zijn dan hij had verwacht. Hij hoefde nog maar een metertje af te dalen om een vrij schootsveld te hebben. Kat in het bakkie. Zijn enige vage zorg was dat Rachel naast een open kastje voor duikbenodigdheden stond, wat betekende dat ze een wapen kon hebben – een harpoengeweer of een haaiengeweer – maar daarmee zou ze niet veel kunnen beginnen tegen zijn machinepistool. In de zekerheid dat hij de situatie onder controle had, richtte Delta-Drie zijn wapen en deed hij nog een stap naar beneden. Nu was zijn zicht op Rachel Sexton bijna volmaakt.
Nog één stapje.
Plotseling bespeurde hij beweging onder zich, onder de trap. Delta-Drie was eerder verbaasd dan bang toen hij naar beneden keek en zag dat Michael Tolland een aluminium staaf naar zijn voeten omhoogstak. Delta-Drie had zich weliswaar om de tuin laten leiden, maar hij moest bijna lachen om deze halfslachtige poging hem te laten struikelen.
Toen voelde hij de punt van de staaf tegen zijn hak.
Er schoot een felle pijn door zijn lijf omhoog en zijn rechtervoet vloog onder hem vandaan door de verzengende schok. Delta-Drie verloor zijn evenwicht, maaide met zijn armen en tuimelde de trap af. Zijn machinepistool kletterde uit zijn handen en viel overboord, terwijl hij

op de loopbrug ineenzakte. Uitzinnig van pijn kromp hij ineen om zijn rechtervoet te pakken, maar die was er niet meer.

Tolland stond binnen een paar tellen bij zijn tegenstander, met de nog rokende Powerhead-schietstok in zijn handen, een anderhalve meter lange aluminium staaf met aan het uiteinde een drukgevoelige houder voor een kaliber-12-hagelpatroon. De staaf was bedoeld als zelfverdedigingswapen voor als je werd aangevallen door een haai. Tolland had een nieuwe patroon in de houder gezet en hield de nog hete kop van de schietstok bij de adamsappel van zijn tegenstander. De man lag als verlamd op zijn rug en keek naar Tolland op met een blik van verbijsterde razernij en ondraaglijke pijn.

Rachel kwam over de loopbrug aanrennen. Het plan was dat zij het machinepistool zou pakken, maar dat was helaas over de reling in zee gevallen.

De CrypTalk aan de riem van de man kraakte. De stem die eruit kwam, klonk als die van een robot. 'Delta-Drie? Meld je. Ik heb een schot gehoord.'

De man maakte geen aanstalten om antwoord te geven.

Het apparaat kraakte weer. 'Delta-Drie? Geef antwoord. Heb je hulp nodig?'

Bijna meteen daarna klonk er een nieuwe stem over de lijn. Deze was ook robotachtig, maar op de achtergrond was het geraas van een helikopter hoorbaar. 'Dit is Delta-Een,' zei de piloot. 'Ik achtervolg het vluchtende vaartuig. Delta-Drie, geef antwoord. Ben je uitgeschakeld? Heb je hulp nodig?'

Tolland drukte de schietstok licht tegen de keel van de man. 'Vertel de piloot dat hij die speedboot met rust laat. Als ze mijn vriend vermoorden, ben jij er geweest.'

De soldaat vertrok zijn gezicht van pijn toen hij zijn microfoon naar zijn mond bracht. Hij keek Tolland strak aan terwijl hij de knop indrukte en zei: 'Delta-Drie hier. Alles in orde. Vernietig het vluchtende vaartuig.'

115

Gabrielle Ashe liep naar Sextons toiletruimte met de bedoeling zijn kamer weer langs dezelfde weg te verlaten als ze gekomen was. Ze maakte zich ongerust over Sextons telefoontje. Hij had duidelijk geaarzeld toen ze hem vertelde dat ze in haar kamer was. Alsof hij wist dat ze loog. Hoe dan ook, het was haar niet gelukt in Sextons computer te komen en nu was ze onzeker over haar volgende stap.

Sexton wacht op me.

Toen ze op de wasbak klom en zich wilde optrekken, hoorde ze iets op de tegelvloer vallen. Ze keek naar beneden en zag tot haar ergernis dat ze een paar manchetknopen van Sexton, die blijkbaar op de rand van de wasbak hadden gelegen, naar beneden had geschopt.

Laat alles achter zoals je het hebt aangetroffen.

Gabrielle klom naar beneden, raapte de manchetknopen op en legde ze terug op de wastafel. Toen ze weer omhoog wilde klimmen, bedacht ze zich en wierp een blik op de manchetknopen. Op elk ander moment zou Gabrielle ze hebben genegeerd, maar vannacht trok het monogram haar aandacht. Zoals de meeste bezittingen van Sexton die van een monogram waren voorzien, droegen ook deze twee verstrengelde letters. SS. Gabrielle dacht aan Sextons vorige wachtwoord: SSS. Ze haalde zich zijn kalender voor de geest... POTUS... en de screensaver met het Witte Huis en de optimistische lichtkrant rond het scherm.

President of the United States Sedgewick Sexton... President of the United States Sedgewick Sexton... President of the...

Gabrielle bleef even aarzelend staan. *Zou hij zo zelfverzekerd kunnen zijn?*

Omdat ze wist dat het haar maar een minuutje zou kosten om die vraag te beantwoorden, rende ze terug naar Sextons computer en typte een wachtwoord van zeven letters in.

POTUSSS

De screensaver verdween onmiddellijk.

Ze keek ongelovig naar het scherm.

Onderschat het ego van een politicus niet.

116

Corky Marlinson stond niet meer aan het stuurwiel van de Crestliner Phantom, die door het donker schoot. De boot zou toch wel in een rechte lijn varen, of hij nu wel of niet aan het stuur stond. *De weg van de minste weerstand...*

Corky zat achter in de boot, die over de golven danste, en probeerde vast te stellen hoe ernstig de schade aan zijn been was. Er was een kogel aan de voorkant binnengedrongen, vlak langs zijn scheenbeen. Hij had geen wond in zijn kuit, waar de kogel tevoorschijn had moeten komen, dus die zat nog in zijn been. Hij zocht naar iets om het bloeden te stelpen, maar vond niets, alleen zwemvliezen, een snorkel en een paar reddingsvesten. Geen EHBO-trommel. Vertwijfeld maakte Corky een kleine gereedschapskist open en vond wat gereedschap, oude lappen, isolatieband, olie en wat ander reparatiemateriaal. Hij keek naar zijn bloederige been en vroeg zich af hoe ver hij moest varen om buiten het bereik van de haaien te komen.

Heel wat verder dan ik nu ben.

Delta-Een hield de Kiowa-helikopter laag boven de oceaan en zocht de duisternis af naar de vluchtende Crestliner. Omdat Delta-Een aannam dat de bestuurder naar de kust zou varen en zo veel mogelijk afstand zou willen creëren tussen hemzelf en de *Goya*, had hij de oorspronkelijke koers van de Crestliner, weg van de *Goya*, gevolgd.

Ik had hem al moeten inhalen.

Normaal gesproken zou hij voor het opsporen van de boot gewoon zijn radar gebruiken, maar nu het stoorsysteem van de Kiowa over een gebied van een paar kilometer een scherm van thermische ruis uitzond, had hij niets aan zijn radar. Het stoorsysteem uitzetten was pas een optie als hij had gehoord dat iedereen aan boord van de *Goya* dood was. Er zouden vannacht vanaf dat schip geen noodoproepen meer worden gedaan.

Het geheim van de meteoriet zal hier en nu sterven.

Gelukkig had Delta-Een andere methodes om een schip op te sporen. Zelfs tegen de bizarre achtergrond van een warme oceaan was het warmtespoor van een speedboot eenvoudig te vinden. Hij zette zijn thermische scanner aan. De oceaan om hem heen bleek vijfendertig graden te zijn. Gelukkig was de uitstoot van een 250 pk buitenboordmotor al snel honderd graden warmer.

Corky Marlinsons onderbeen en voet waren gevoelloos.

Omdat hij niets anders kon bedenken, had hij zijn gewonde been afgeveegd met een lap en de wond omwonden met laag na laag isolatieband. Toen de rol leeg was, ging zijn hele onderbeen van enkel tot knie schuil in een strak, zilverkleurig omhulsel. Het bloeden was gestelpt, maar zijn kleren en handen zaten nog steeds onder het bloed.

Corky zat op de vloer van de Crestliner en vroeg zich af waarom de helikopter hem nog niet had gevonden. Hij keek over de rand naar de horizon achter hem, waar hij verwachtte in de verte de *Goya* te zien, en dichterbij de helikopter. Vreemd genoeg zag hij geen van tweeën. Het licht van de *Goya* was verdwenen. Zó ver was hij toch nog niet?

Plotseling kreeg Corky weer hoop dat hij zou ontkomen. Misschien waren ze hem in het donker kwijtgeraakt. Misschien kon hij de kust bereiken!
Toen viel hem op dat het kielzog achter zijn boot niet recht was. Het leek geleidelijk af te buigen, alsof hij in een kromming voer in plaats van in een rechte lijn. Verbaasd volgde hij met zijn blik de lijn van het kielzog en trok hem in gedachten door, in een grote boog over de oceaan. Toen zag hij het.
De *Goya* lag aan bakboordzijde, op ruim een halve kilometer afstand. Vol ontzetting besefte Corky zijn vergissing. Doordat er niemand aan het stuur stond, had de boeg van de Crestliner zich voortdurend gericht naar de sterke stroming, de werveling van de megapluim. *Ik vaar verdomme in een rondje!*
Hij was al een heel stuk teruggevaren.
Beseffend dat hij zich nog steeds in de megapluim vol haaien bevond, herinnerde Corky zich Tollands macabere woorden. *Zeer sterk ontwikkelde reukkwabben in de telencephalon. Ze ruiken bloed tot op anderhalve kilometer afstand.* Corky keek naar zijn bloederige handen en met tape omwonden been.
Het zou niet lang meer duren of de helikopter zou hem vinden.
Hij rukte zijn bebloede kleren uit en wankelde naakt naar de achtersteven. In de zekerheid dat geen enkele haai de boot zou kunnen bijhouden, spoelde hij zichzelf zo goed en zo kwaad als het ging schoon met het opspattende kielwater.
Eén druppeltje bloed...
Corky richtte zich op, naakt onder de nachtelijke hemel, en wist dat hij maar één ding kon doen. Hij had eens gehoord dat dieren hun territorium met urine markeerden omdat urinezuur de sterkst ruikende vloeistof was die het lichaam produceerde.
Sterker dan bloed, hoopte hij. Terwijl hij wenste dat hij die avond wat meer bier had gedronken, zette Corky zijn gewonde been op het dolboord en probeerde over het isolatieband te plassen. *Kom op!* Hij wachtte. *Niet echt makkelijk om jezelf onder te moeten pissen, terwijl je door een helikopter wordt achtervolgd.*
Eindelijk kwam het. Corky plaste over het isolatieband en zorgde ervoor dat elke vierkante centimeter nat werd. Wat hij nog in zijn blaas had, gebruikte hij om een lap nat te plassen, waarmee hij daarna over zijn hele lijf wreef. *Zeer smakelijk.*
In de donkere hemel boven hem verscheen een rode laserstraal, die schuin naar beneden in zijn richting kwam als het flikkerende blad van een enorme guillotine. De helikopter kwam van de zijkant aanvliegen, doordat de piloot blijkbaar niet had verwacht dat Corky in

een boog was teruggevaren naar de *Goya*.
Corky trok snel een reddingsvest aan en liep naar de achtersteven van de speedboot. Op de met bloed bevlekte vloer van de boot, slechts anderhalve meter bij Corky vandaan, verscheen een gloeiend rood stipje.
Het was tijd.

Michael Tolland zag vanaf de *Goya* niet hoe zijn Crestliner Phantom 2100 in een salto van vuur en rook door de lucht buitelde en in vlammen opging.
Maar hij hoorde wel de klap.

117

In de westelijke vleugel van het Witte Huis was het meestal stil op dit tijdstip, maar doordat de president onverwacht in ochtendjas en op pantoffels was opgedoken, waren de aanwezige medewerkers van de slaapbanken en uit de slaapverblijven gekomen.
'Ik kan haar niet vinden, meneer,' zei een jonge assistent, terwijl hij zich achter de president aan het Oval Office in haastte. Hij had overal gezocht. 'Mevrouw Tench reageert niet op haar pager of mobiele telefoon.'
De president keek geërgerd. 'Heb je gezocht in de...'
'Ze is niet in het gebouw, meneer,' meldde een andere assistent, die binnen kwam rennen. 'Ze heeft ongeveer een uur geleden gemeld dat ze de deur uitging. We denken dat ze misschien naar het NRO is. Een van de telefonisten zegt dat ze vanavond met Pickering heeft gesproken.'
'Wílliam Pickering?' De president klonk verbluft. Tench en Pickering waren niet bepaald goede maatjes. 'Heb je hem gebeld?'
'Hij neemt ook niet op, meneer. De centrale van het NRO kan hem niet bereiken. Ze zeggen dat Pickerings mobieltje niet eens overgaat. Alsof hij van de aardbol is verdwenen.'
Herney staarde zijn assistenten even aan, liep toen naar de bar en schonk zichzelf een bourbon in. Toen hij het glas naar zijn mond bracht, kwam er gehaast een man van de Geheime Dienst binnen.
'Meneer? Ik wilde u niet wakker maken, maar u moet weten dat er vannacht een auto is opgeblazen bij het Franklin Delano Roosevelt Memorial.'
'Wát?' Herney liet zijn glas bijna vallen. 'Wanneer?'

'Een uur geleden.' Zijn gezicht stond grimmig. 'En de FBI heeft zojuist het slachtoffer geïdentificeerd...'

118

De voet van Delta-Drie deed vreselijke pijn. Hij zweefde door een benevelde vorm van bewustzijn. *Is dit de dood?* Hij probeerde te bewegen, maar leek verlamd te zijn, en hij kon nauwelijks ademhalen. Hij zag alleen vage vormen. Plotseling herinnerde hij zich de explosie van de Crestliner op zee en de razernij in de ogen van Michael Tolland, die over hem heen stond gebogen en de staaf met het explosief tegen zijn keel hield.

Tolland heeft me vermoord...

Maar uit de brandende pijn in wat restte van zijn rechtervoet maakte Delta-Drie op dat hij nog leefde. Langzaam kwam zijn herinnering terug. Toen Tolland de explosie van de Crestliner had gehoord, had hij een kreet van gefrustreerde woede over zijn verloren vriend geslaakt. Daarna had hij zijn gekwelde blik op Delta-Drie gericht en had zich schrap gezet alsof hij van plan was de schietstok door de keel van Delta-Drie te rammen. Maar toen leek hij te aarzelen, alsof zijn eigen fatsoen hem ervan weerhield. Met brute frustratie en razernij rukte Tolland de staaf weg en zette zijn laars op het restant van de voet van Delta-Drie.

Het laatste wat Delta-Drie zich herinnerde, was dat hij moest overgeven van de ondraaglijke pijn en dat hij was weggezakt in een zwarte ijltoestand. Nu kwam hij bij, zonder te weten hoe lang hij buiten bewustzijn was geweest. Hij voelde dat zijn armen achter zijn rug waren gebonden, zo strak als alleen een zeeman kon. Zijn benen waren naar achteren gebogen en aan zijn polsen gebonden, zodat hij volkomen hulpeloos was. Hij probeerde te schreeuwen, maar er kwam geen geluid. Er was iets in zijn mond gepropt.

Delta-Drie had geen idee wat er om hem heen gebeurde. Toen voelde hij de koele bries en zag hij de felle lampen. Hij besefte dat hij op het dek van de *Goya* lag. Hij draaide zijn hoofd op zoek naar hulp en werd getroffen door een angstaanjagende aanblik: zijn eigen spiegelbeeld, bol en misvormd in de plexiglazen koepel van de duikboot. Die hing recht voor hem, en Delta-Drie besefte dat hij op een groot luik in het dek lag. Maar verontrustender was de voor de hand liggende vraag: *als ik aan dek ben... waar is Delta-Twee dan?*

Delta-Twee was ongerust geworden.
Hoewel zijn collega via de CrypTalk had laten weten dat alles goed met hem was, was het ene schot niet afkomstig geweest uit een machinepistool. Dus had Tolland of Rachel Sexton een wapen afgevuurd. Delta-Twee was naar de trap geslopen waar zijn partner was afgedaald en had bloed gezien.
Met zijn wapen in de aanslag was hij naar beneden gegaan, waar hij het bloedspoor had gevolgd over een loopbrug naar de boeg van het schip. Van daaraf had het bloedspoor hem via een andere trap weer omhooggeleid, terug naar het dek. Dat was verlaten. Steeds meer op zijn hoede had Delta-Twee de lange, dieprode vegen gevolgd langs de zijkant van het dek terug naar het achterste deel van het schip, waar het spoor de opening passeerde naar de trap die hij was afgegaan.
Wat gebeurt hier in godsnaam? Het bloedspoor leek een grote cirkel te beschrijven.
Behoedzaam sluipend, met zijn pistool voor zich uit, kwam Delta-Twee langs de toegang naar de laboratoria. Het spoor liep verder naar het achterdek. Voorzichtig draaide hij de hoek om. Zijn blik volgde het spoor.
Toen zag hij het.
Jezus christus!
Daar lag Delta-Drie, gebonden en met een prop in zijn mond, plompverloren vlak voor de kleine duikboot van de *Goya*. Zelfs van deze afstand kon Delta-Twee zien dat zijn collega een groot stuk van zijn rechtervoet miste.
Op zijn hoede voor een valstrik hief Delta-Twee zijn pistool en sloop naar voren. Delta-Drie lag te kronkelen en probeerde te praten. Ironisch genoeg was de manier waarop hij was vastgebonden – met zijn knieën ver gebogen achter zich – waarschijnlijk de oorzaak dat hij nog leefde: zijn voet leek minder te zijn gaan bloeden.
Toen Delta-Twee de duikboot naderde, kon hij profiteren van de zeldzame luxe van ogen in zijn achterhoofd: het hele dek werd weerspiegeld in de ronde koepel van de duikboot. Delta-Twee was bijna bij zijn collega, die zich in bochten wrong. Hij zag de waarschuwing in diens ogen te laat.
De zilverkleurige flits kwam uit het niets.
Een van de grijparmen van de Triton schoot plotseling naar voren en greep Delta-Twee met nietsontziende kracht bij zijn linkerdij. Hij probeerde zich los te trekken, maar de grijper hield stevig vast. Hij voelde dat er een bot brak en schreeuwde van pijn. Zijn blik schoot naar de cabine van de duikboot. Door de weerspiegeling van het dek heen

kon Delta-Twee hem zien zitten, veilig weggedoken in het donkere binnenste van de Triton.
Michael Tolland zat achter het bedieningspaneel van de duikboot.
Geen goed idee, dacht Delta-Twee ziedend, terwijl hij, de pijn negerend, zijn machinepistool richtte. Hij mikte hoog en links in Tollands borst, die slechts een meter van hem verwijderd was, net aan de andere kant van de plexiglazen koepel. Hij haalde de trekker over en het pistool ratelde. Witheet van woede dat hij in de val was gelopen, hield Delta-Twee de trekker naar achteren totdat zijn laatste patroonhuls kletterend op het dek was gevallen en zijn magazijn leeg was. Buiten adem liet hij het wapen vallen en keek woest naar de gehavende koepel.
'Dood!' zei de soldaat zacht, maar vol venijn. Hij probeerde zijn been uit de klem te trekken. Daarbij haalde de metalen grijper zijn huid open en er ontstond een fikse wond. 'Verdomme!' Hij pakte de CrypTalk die aan zijn riem hing. Maar toen hij die naar zijn mond bracht, klapte voor hem een tweede robotarm open, schoot naar hem toe en klemde zich om zijn rechterarm. De CrypTalk viel op het dek.
Toen zag Delta-Twee de geest tegenover hem. Een bleek gezicht, dat schuin door een onbeschadigde hoek van het plexiglas tuurde. Verbluft keek Delta-Twee naar het midden van de koepel. Het drong tot hem door dat de kogels het dikke materiaal bij lange na niet hadden doorboord. De koepel zat vol putten.
Een seconde later ging het luik boven in de duikboot open en kwam Michael Tolland tevoorschijn. Hij zag er geschrokken maar ongedeerd uit. Hij klom de aluminium loopplank af, stapte het dek op en keek naar het zwaar beschadigde koepelraam van zijn duikboot.
'Bestand tegen een druk van zevenhonderd bar,' zei Tolland. 'Zo te zien heb je de zware artillerie nodig.'

Rachel wist dat ze weinig tijd had. Ze had vanuit het hydrolab de schoten aan dek gehoord en hoopte vurig dat alles precies zo was verlopen als Tolland had gepland. Het kon haar niets meer schelen wie er achter het bedrog met de meteoriet zat, het hoofd van NASA, Marjorie Tench of de president zelf; het was niet belangrijk meer.
Het zal ze niet lukken. Wie het ook is, de waarheid zal bekend worden.
Rachels arm bloedde niet meer en de adrenaline die door haar lichaam stroomde, verdoofde de pijn en maakte haar geest helder. Ze zocht een pen en papier, en krabbelde een berichtje van twee regels. De formulering was simpel en onhandig, maar ze had geen tijd voor welsprekendheid. Ze legde het briefje op de stapel bezwarende papieren

in haar hand: de GPR-print, afbeeldingen van de *Bathynomus giganteus*, foto's en artikelen over in de oceaan gevormde chondrulen en de resultaten van een scanning-elektronenmicroscoop. De meteoriet was nep en dit was het bewijs.

Rachel legde de hele stapel in het faxapparaat van het hydrolab. Ze kende maar een paar faxnummers uit haar hoofd, dus haar keuze was beperkt, maar ze had al besloten naar wie ze deze papieren en haar briefje zou sturen. Terwijl ze haar adem inhield, toetste ze zorgvuldig het faxnummer van die persoon in.

In de vurige hoop dat ze de juiste keuze had gemaakt, drukte ze op 'verzenden'.

Het faxapparaat gaf een piepje.

FOUT: GEEN KIESTOON

Dat had Rachel verwacht. De signalen van de *Goya* werden nog steeds gestoord. Ze bleef staan wachten, hopend dat het faxapparaat net zo zou werken als dat bij haar thuis.

Kom op!

Na vijf seconden piepte het apparaat weer.

OPNIEUW KIEZEN...

Ja! Rachel zag dat het apparaat in een eindeloze lus raakte.

FOUT: GEEN KIESTOON

OPNIEUW KIEZEN...

FOUT: GEEN KIESTOON

OPNIEUW KIEZEN...

Ze liet het faxapparaat alleen met zijn pogingen verbinding te maken en rende het hydrolab uit op het moment dat het lawaai van de helikopter weer hoorbaar werd.

119

Op tweehonderdvijftig kilometer van de *Goya* zat Gabrielle Ashe met open mond van verbazing naar het computerscherm van senator Sexton te staren. Haar verdenkingen waren juist gebleken.

Maar ze had niet kunnen vermoeden hóé juist.

Ze keek naar een overzicht van tientallen bankcheques die door ruimtevaartbedrijven aan Sexton waren uitgeschreven en waren gestort op nummerrekeningen op de Caymaneilanden. De kleinste cheque die Gabrielle zag, was voor vijftienduizend dollar. Er waren erbij voor meer dan een half miljoen.

Het stelt helemaal niets voor, had Sexton haar verteld. *Allemaal schenkingen onder de toegestane grens van tweeduizend dollar.*
Het was duidelijk dat Sexton al die tijd had gelogen. Dit was onwettige campagnefinanciering op een enorme schaal. Zijn bedrog deed haar pijn en ontgoochelde haar. *Hij heeft gelogen.*
Ze voelde zich dom en misbruikt. Maar ze was vooral kwaad.
Gabrielle zat alleen in het donker en besefte dat ze geen idee had wat ze moest beginnen.

120

Terwijl Delta-Een de Kiowa boven het achterdek liet zakken, keek hij strak naar een volkomen onverwacht tafereel.
Michael Tolland stond aan dek naast een kleine duikboot. In de robotarmen daarvan hing, als in de poten van een gigantisch insect, Delta-Twee tevergeefs te kronkelen om zich te bevrijden uit de twee enorme grijpers.
Wat is hier in godsvredesnaam gebeurd?
En wat net zo schokkend was: Rachel Sexton kwam net het dek op en ging bij een geboeide, bloedende man staan die voor de duikboot lag. Dat kon alleen Delta-Drie zijn. Rachel hield een van de machinepistolen van het Delta-team op hem gericht en keek strak naar de helikopter, alsof ze die uitdaagde aan te vallen.
Delta-Een was een ogenblik in verwarring en kon niet bevatten hoe dit gebeurd kon zijn. De vergissingen die het Delta-team eerder die dag op het ijsplateau had gemaakt, waren uitzonderlijk maar verklaarbaar geweest. Dit was echter onvoorstelbaar.
De vernedering van Delta-Een zou onder normale omstandigheden al bijna ondraaglijk zijn geweest, maar vannacht werd zijn schaamte nog eens verergerd doordat hij gezelschap had van iemand wiens aanwezigheid in de helikopter hoogst ongebruikelijk was.
De opdrachtgever.
Na de aanslag van het Delta-team bij het FDR Memorial had de opdrachtgever Delta-Een verordend naar een verlaten park in de buurt van het Witte Huis te vliegen. Volgens de instructies was Delta-Een geland op een grasveldje tussen wat bomen waarna de opdrachtgever, die vlakbij had geparkeerd, uit het donker was komen aanlopen en aan boord van de Kiowa was gegaan. Na een paar seconden waren ze weer opgestegen.

Het kwam zelden voor dat een opdrachtgever zich rechtstreeks met een operatie bemoeide, maar Delta-Een kon moeilijk klagen. De opdrachtgever, die ontstemd was over de manier waarop het Delta-team de missie op het Milne-ijsplateau had uitgevoerd en die beducht was voor een toenemende argwaan en oplettendheid van bepaalde partijen, had Delta-Een medegedeeld de laatste fase van de operatie persoonlijk te zullen leiden.
Nu zat de opdrachtgever achter Delta-Een en was persoonlijk getuige van het grootste fiasco dat die laatste ooit had meegemaakt.
Hier moet een einde aan komen. Onmiddellijk.

De opdrachtgever keek vanuit de Kiowa naar het dek van de *Goya* en vroeg zich af hoe het zo ver had kunnen komen. Niets was volgens plan verlopen: de gerezen verdenkingen over de meteoriet, de mislukte moordaanslagen van het Delta-team op het ijsplateau, de noodzaak een prominente figuur te vermoorden bij het FDR Memorial...
'Opdrachtgever,' stamelde Delta-Een verbijsterd en beschaamd, terwijl hij de situatie aan dek van de *Goya* opnam. 'Ik heb geen idee...'
Ik ook niet, dacht de opdrachtgever. Ze hadden hun slachtoffers blijkbaar schromelijk onderschat.
De opdrachtgever keek naar Rachel Sexton, die blanco opkeek naar de spiegelende voorruit van de helikopter en een CrypTalk-apparaat naar haar mond bracht. Toen ze begon te praten en de kunstmatige stem door de Kiowa klonk, verwachtte de opdrachtgever dat ze zou eisen dat de helikopter wegging of het stoorsysteem uitschakelde, zodat Tolland hulp kon inroepen. Maar wat Rachel Sexton zei, was veel verontrustender.
'Je bent te laat,' zei ze. 'Wij zijn niet meer de enigen die het weten.'
De woorden bleven even in de helikopter hangen. Hoewel het een vergezochte bewering leek, moest de opdrachtgever toch rekening houden met de kleine mogelijkheid dat het waar was. Om het project te doen slagen, moest iedereen die de waarheid kende geëlimineerd worden, en de hele onderneming was zo uit de hand gelopen dat de opdrachtgever heel zeker moest weten dat er niemand zou overblijven die ervan wist.
Iemand anders weet ervan...
Gezien Rachel Sextons reputatie dat ze zich altijd strikt aan het protocol hield als het om geheime informatie ging, vond de opdrachtgever het moeilijk te geloven dat ze had besloten dit aan een buitenstaander door te spelen.
Rachel praatte weer in de CrypTalk. 'Achteruit, dan sparen we je mannen. Als je dichterbij komt, zijn ze er geweest. In beide gevallen zal de

waarheid bekend worden. Red wat er nog te redden valt. Trek je terug.'
'Je bluft,' zei de opdrachtgever, die wist dat de stem die Rachel Sexton hoorde een androgyne computerstem was. 'Je hebt het niemand verteld.'
'Ben je bereid dat risico te nemen?' riposteerde Rachel. 'Ik kon William Pickering niet bereiken, dus werd ik zenuwachtig en heb ik voor een verzekering gezorgd.'
De opdrachtgever fronste. Het was mogelijk.

'Ze vliegen er niet in,' zei Rachel met een zijdelingse blik op Tolland.
De soldaat in de grijpers grijnsde gepijnigd. 'Jullie machinepistool is leeg en de helikopter zal jullie aan stukken schieten. Jullie zullen sterven. Jullie enige hoop is ons te laten gaan.'
Vergeet het maar, dacht Rachel, en ze dacht na over hun volgende zet. Ze keek naar de geboeide man die aan haar voeten lag, vlak voor de duikboot. Zo te zien raakte hij bijna bewusteloos door het bloedverlies. Ze ging op haar hurken naast hem zitten en keek in zijn harde ogen. 'Ik ga de prop uit je mond halen en de CrypTalk bij je houden, en dan ga jij de helikopter ervan overtuigen zich terug te trekken. Begrepen?'
De man knikte ernstig.
Rachel trok de prop weg. De soldaat spoog een klodder bloederig speeksel in Rachels gezicht.
'Kreng,' siste hij hoestend. 'Ik zal toekijken hoe je crepeert. Ze gaan je afslachten als een varken, en ik zal van elke minuut genieten.'
Rachel veegde het warme speeksel van haar gezicht en voelde dat Tolland haar van achteren vastgreep. Hij hees haar overeind en hield haar vast terwijl hij het machinepistool van haar overnam. Ze voelde aan zijn bevende handen dat er zojuist iets in hem was geknapt. Tolland liep naar een bedieningspaneel op een paar meter afstand, sloeg zijn hand om een hendel en keek de man die op het dek lag strak aan.
'Dat was je tweede kans,' zei Tolland. 'En meer krijg je er niet op mijn schip.'
Woedend rukte Tolland resoluut de hendel naar beneden. Een groot luik in het dek onder de Triton klapte weg als het valluik onder een galg. De geboeide soldaat gaf een korte kreet van angst en stortte toen door het gat naar beneden. Hij viel tien meter naar de oceaan onder hen. Het water spetterde rood op. De haaien waren meteen bij hem.
De opdrachtgever keek sidderend van woede uit de Kiowa naar beneden, naar de resten van Delta-Drie, die op de sterke stroming onder de boot vandaan dreven. Het verlichte water was roze. Een paar

haaien vochten om iets wat eruitzag als een arm.
Jezus christus.
De opdrachtgever keek weer naar het dek. Delta-Twee spartelde nog steeds in de grijpers van de Triton, maar de duikboot hing nu boven een gapend gat in het dek. De voeten van Delta-Twee bungelden boven de opening. Tolland hoefde alleen de grijpers te openen en Delta-Twee zou de volgende zijn.
'Oké,' riep de opdrachtgever in de CrypTalk. 'Wacht! Wacht even!'
Rachel stond onder hem op het dek en keek op naar de Kiowa. Zelfs van deze hoogte kon de opdrachtgever de vastberadenheid in haar ogen zien. Rachel bracht de CrypTalk naar haar mond. 'Denk je nog steeds dat we bluffen?' vroeg ze. 'Bel de centrale van het NRO maar. Vraag naar Jim Samiljan. Hij werkt bij Planning en Analyse in de nachtdienst. Ik heb hem alles over de meteoriet verteld. Hij zal het bevestigen.'
Geeft ze me een nááms? Dat voorspelde niet veel goeds. Rachel Sexton was niet gek, en als ze blufte, kon de opdrachtgever daar in een paar seconden achter komen. De opdrachtgever kende bij het NRO geen Jim Samiljan, maar het was een enorme organisatie. Het was heel goed mogelijk dat Rachel de waarheid sprak. Voordat de opdracht tot definitieve eliminatie kon worden gegeven, moest de opdrachtgever weten of dit bluf was... of niet.
Delta-Een keek over zijn schouder. 'Wilt u dat ik het stoorsysteem uitschakel, zodat u kunt bellen om het na te trekken?'
De opdrachtgever keek naar Rachel en Tolland, die allebei in het volle zicht stonden. Als een van hen een mobieltje of een ander zendapparaat pakte, kon Delta-Een het stoorsysteem altijd snel weer inschakelen. Het risico was minimaal.
'Zet het stoorsysteem uit,' zei de opdrachtgever, intussen een mobiele telefoon pakkend. 'Er zal ongetwijfeld blijken dat Rachel liegt. Daarna zorgen we dat we Delta-Twee terugkrijgen en maken we hier een eind aan.'

In Fairfax begon de telefoniste van het NRO ongeduldig te worden. 'Ik heb u al gezegd dat ik geen Jim Samiljan kan vinden bij de afdeling Planning en Analyse.'
De beller hield vol. 'Hebt u verschillende spellingen geprobeerd? En andere afdelingen?'
Dat had de telefoniste al gedaan, maar ze deed het nog een keer. Na een paar seconden zei ze: 'Nergens werkt een Jim Samiljan. In geen enkele spellingsvariant.'
De beller klonk eigenaardig tevreden. 'Dus u weet zeker dat er geen

Jim Samiljan bij het NRO in dienst...'
Plotseling was er een hoop herrie op de lijn. Iemand riep iets. De beller vloekte luid en hing abrupt op.

Aan boord van de Kiowa schreeuwde Delta-Een van woede, terwijl hij haastig het stoorsysteem weer inschakelde. Hij had het te laat beseft. Te midden van de vele lampjes op het bedieningspaneel gaf een klein ledje aan dat er vanaf de *Goya* een SATCOM-signaal werd uitgezonden. *Hoe kan dat? Er is niemand weg geweest van het dek!* Voordat Delta-Een het stoorsysteem kon inschakelen, werd de verbinding vanaf de *Goya* alweer verbroken.
In het hydrolab gaf het faxapparaat een voldaan piepje.
VERBINDING GEMAAKT... FAX VERZONDEN

121

Doden of gedood worden. Rachel had een aspect van zichzelf ontdekt waarvan ze het bestaan nooit had vermoed. Het overlevingsinstinct; een felle onverschrokkenheid die voortkwam uit angst.
'Wat stond er in die fax?' vroeg de stem uit de CrypTalk.
Rachel was blij met de bevestiging dat de fax volgens plan was verstuurd. 'Verlaat dit gebied,' zei ze op eisende toon in de CrypTalk, terwijl ze dreigend opkeek naar de helikopter. 'Het is voorbij. Je geheim is onthuld.'
Rachel vertelde hun aanvallers welke informatie ze zojuist had verzonden. Een stuk of zes bladzijden met afbeeldingen en tekst. Onweerlegbaar bewijs dat de meteoriet nep was. 'Als je ons iets doet, steek je je alleen maar dieper in de nesten.'
Er viel een diepe stilte. 'Aan wie heb je die fax gestuurd?'
Rachel was niet van plan daar antwoord op te geven. Tolland en zij moesten zo veel mogelijk tijd zien te winnen. Ze waren bij de opening in het dek gaan staan, in een rechte lijn met de Triton, zodat het voor de helikopter onmogelijk was op hen te schieten zonder de soldaat te raken die in de grijpers van de duikboot bungelde.
'William Pickering,' giste de stem op eigenaardig hoopvolle toon. 'Je hebt Pickering gefaxt.'
Mis, dacht Rachel. Pickering zou haar eerste keuze zijn geweest, maar ze had zich gedwongen gevoeld een ander te kiezen, uit angst dat haar aanvallers Pickering al hadden geëlimineerd; dat zou een gewaagde

daad zijn, en een huiveringwekkend bewijs dat de vijand nergens voor terugdeinsde. In een ogenblik van radeloze gedecideerdheid had Rachel de informatie naar het enige andere faxnummer gestuurd dat ze uit haar hoofd kende.

Het kantoor van haar vader.

Het faxnummer van senator Sexton stond in Rachels geheugen gegrift door de akelige tijd na de dood van haar moeder, toen haar vader allerlei details van de nalatenschap wilde regelen zonder persoonlijk contact met Rachel te hoeven hebben. Rachel had nooit kunnen vermoeden dat ze zich in tijden van nood tot haar vader zou wenden, maar in deze situatie beschikte de man over twee doorslaggevende kwaliteiten: de politieke motivatie om de informatie over de meteoriet zonder aarzelen bekend te maken, en genoeg invloed om het Witte Huis te bellen en de machthebbers daar met dreigementen te dwingen dit moordcommando terug te roepen.

Het was vrijwel uitgesloten dat haar vader op dit nachtelijke uur in zijn kantoor zou zijn, maar Rachel wist dat hij zijn kamer angstvallig op slot hield. Ze had de informatie eigenlijk naar een kluis met een tijdslot gefaxt. Zelfs als haar aanvallers wisten waar haar fax naartoe was gestuurd, was de kans klein dat ze langs de strenge beveiliging van het kantoorgebouw van de senaat kwamen en erin slaagden ongemerkt in te breken in de kamer van een senator.

'Naar wie je de fax ook hebt gestuurd,' zei de persoon in de helikopter, 'je hebt de ontvanger in gevaar gebracht.'

Rachel wist dat ze zelfverzekerd moest klinken, hoe bang ze ook was. Ze gebaarde naar de soldaat in de grijpers van de Triton. Zijn benen bungelden boven de diepte en zijn bloed druppelde in de oceaan, tien meter onder hem. 'De enige die hier in gevaar is, is jouw man,' zei ze in de CrypTalk. 'Het is voorbij. Trek je terug. De informatie is verstuurd. Je hebt verloren. Maak je uit de voeten, anders is deze man er geweest.'

Het antwoord kwam onmiddellijk. 'Je begrijpt het belang niet van...'

'Wat begrijp ik niet?' viel Rachel uit. 'Ik begrijp dat je onschuldigen hebt vermoord! Ik begrijp dat je hebt gelogen over de meteoriet! En ik begrijp dat dat niet ongestraft zal blijven! Zelfs als je ons allemaal vermoordt, is het voorbij!'

Er viel een lange stilte. Ten slotte zei de persoon in de helikopter: 'Ik kom naar beneden.'

Rachel merkte dat ze verstrakte. *Naar beneden?*

'Ik ben ongewapend,' zei de persoon. 'Doe geen onbezonnen dingen. Jij en ik moeten praten.'

Voordat Rachel kon reageren, landde de helikopter op het dek van de

Goya. De passagiersdeur in de romp ging open en er stapte iemand uit. Het was een man met een onopvallend uiterlijk en hij droeg een zwart pak. Even was Rachels geest helemaal leeg.
Ze staarde naar William Pickering.

William Pickering stond op het dek van de *Goya* en keek verdrietig naar Rachel Sexton. Hij had nooit verwacht dat het vandaag zo ver zou komen. Toen hij naar haar toe liep, zag hij een gevaarlijke mengeling van emoties in de ogen van zijn employee.
Geschoktheid, verraad, verwarring en woede.
Allemaal begrijpelijk, dacht hij. *Er is zoveel dat ze niet weet.*
Even dacht Pickering aan zijn dochter, Diana, en vroeg zich af wat zij voor gevoelens had gehad voordat ze stierf. Diana en Rachel waren slachtoffers van dezelfde oorlog, en Pickering had gezworen die oorlog altijd te blijven voeren. Soms vielen er onschuldige slachtoffers.
'Rachel,' zei Pickering. 'We kunnen nog tot een compromis komen. Ik heb veel uit te leggen.'
Rachel Sexton keek ontzet, bijna walgend. Tolland had het machinepistool in zijn hand en richtte het op Pickerings borst. Ook hij keek verbijsterd.
'Houd afstand!' schreeuwde Tolland.
Pickering bleef vijf meter bij hen vandaan staan en keek Rachel aan. 'Je vader neemt smeergeld aan, Rachel. Steekpenningen van ruimtevaartbedrijven. Hij is van plan NASA te ontmantelen en de ruimte open te stellen voor het bedrijfsleven. Hij moest worden tegengehouden, in het belang van de nationale veiligheid.'
Rachel keek hem wezenloos aan.
Pickering zuchtte. 'Ondanks al haar tekortkomingen móét NASA een overheidsinstelling blijven.' *Ze ziet toch zeker de gevaren wel?* Door privatisering zouden de knapste koppen van NASA en hun briljante ideeën naar het bedrijfsleven verdwijnen. De intellectuele elite zou verdwijnen. Het leger zou geen toegang meer hebben tot de informatie. Particuliere ruimtevaartbedrijven op zoek naar kapitaal zouden patenten en ideeën van NASA gaan verkopen aan de hoogste bieders, waar ook ter wereld!
Rachels stem was onvast. 'U hebt een meteoriet vervalst en onschuldige mensen vermoord... vanwege de nationale veiligheid?'
'Het was niet de bedoeling dat het zo zou gaan,' zei Pickering. 'Het plan was om een belangrijke overheidsorganisatie te redden. Niet om mensen te doden.'
Het bedrog met de meteoriet was ingegeven door angst. Dat gold voor de meeste initiatieven van inlichtingendiensten, zo wist Pickering. Drie

jaar geleden had Pickering, in een poging het hydrofoonsysteem van het NRO uit te breiden naar dieper water, waar vijandelijke saboteurs er niet bij konden, een programma opgezet waarbij gebruik werd gemaakt van een pas ontwikkeld materiaal van NASA. Er werd een vrijwel onverwoestbare onderzeeër van gebouwd, die mensen naar de diepste regionen van de oceaan kon brengen, zelfs naar de bodem van de Marianentrog.

Deze tweepersoons onderzeeër was gemaakt van een revolutionair keramisch materiaal naar een ontwerp dat was gestolen uit de computer van een Californische ingenieur, ene Graham Hawkes, een geniaal ontwerper van onderzeeërs die er al zijn hele leven van droomde een duikboot voor de diepste diepzee te maken, die hij Deep Flight II noemde. Hawkes slaagde er alleen niet in het benodigde geld bijeen te krijgen om een prototype te bouwen. Pickering daarentegen had een onbegrensd budget.

In die onderzeeër van keramisch materiaal stuurde Pickering in het geheim een team de diepzee in om nieuwe hydrofoons te bevestigen aan de wanden van de Marianentrog, dieper dan enige vijand kon zoeken. Bij het boren hadden ze geologische structuren ontdekt die geen enkele wetenschapper eerder had gezien: gesteente met chondrulen en fossielen van verscheidene onbekende organismen. Aangezien het geheim moest blijven dat het NRO zo diep kon duiken, kon deze informatie natuurlijk nooit bekend worden gemaakt.

Nog maar kortgeleden, opnieuw gedreven door angst, hadden Pickering en zijn geheime team van wetenschappelijke adviseurs besloten hun kennis van de unieke geologie van de Marianentrog in te zetten om NASA te redden. Het was bedrieglijk eenvoudig gebleken om een rotsblok uit de Marianentrog in een meteoriet te veranderen. Met behulp van een raketmotor had het team van het NRO het rotsblok aan een overtuigende smeltkorst geholpen. Daarna waren ze met een kleine vrachtonderzeeër onder het Milne-ijsplateau gedoken en hadden het geblakerde rotsblok van onderaf in het ijs geduwd. Toen de schacht weer was dichtgevroren, leek het alsof het rotsblok er al meer dan driehonderd jaar lag.

Zoals vaak het geval was in de wereld van geheime operaties, kon het meest fantastische plan door een klein tegenvallertje worden bedorven. Gisteren was de hele illusie aan diggelen geslagen door wat lichtgevend plankton...

Vanuit de cockpit van de Kiowa, die aan dek stond, keek Delta-Een toe hoe het drama zich voor hem ontrolde. Rachel en Tolland leken de situatie volledig onder controle te hebben, maar Delta-Een moest bijna lachen om die loze pretentie. Tolland zou niets aan dat machi-

nepistool hebben; zelfs van die afstand kon Delta-Een zien dat de grendel was teruggesprongen, wat betekende dat het magazijn leeg was.
Delta-Een keek naar zijn collega, die worstelde in de grijpers van de Triton, en wist dat hij moest opschieten. Op het dek ging de aandacht volledig uit naar Pickering, dus nu kon Delta-Een toeslaan. Terwijl de rotorbladen stationair bleven draaien, glipte hij aan de achterkant uit de helikopter en sloop met het toestel als dekking ongezien naar de stuurboordzijde van het dek. Met zijn eigen machinepistool in de hand zette hij koers naar de boeg. Pickering had hem duidelijke instructies gegeven voordat ze waren geland, en Delta-Een was niet van plan deze eenvoudige opdracht te verknallen.
Over een paar minuten is dit allemaal voorbij, zo wist hij.

122

Nog steeds in zijn ochtendjas zat Zach Herney achter zijn bureau in het Oval Office. Zijn hoofd bonsde. Het nieuwste stukje van de puzzel was zojuist geopenbaard.
Marjorie Tench is dood.
Herneys medewerkers zeiden over informatie te beschikken die erop wees dat Tench naar het Franklin Delano Roosevelt Memorial was gereden voor een vertrouwelijke ontmoeting met William Pickering. Nu Pickering spoorloos was, was de staf bang dat hij misschien ook niet meer leefde.
De president en Pickering hadden het de laatste tijd vaak met elkaar aan de stok gehad. Maanden geleden had Herney ontdekt dat Pickering de wet had overtreden in een poging Herneys vastgelopen verkiezingscampagne te redden.
Met gebruikmaking van de mogelijkheden van het NRO had Pickering genoeg vuiligheid over senator Sexton verzameld om zijn campagne om zeep te helpen: aanstootgevende foto's van de senator die de liefde bedreef met zijn persoonlijk medewerker Gabrielle Ashe en belastende financiële documenten waaruit bleek dat Sexton steekpenningen aannam van commerciële ruimtevaartbedrijven. Pickering had al het bewijsmateriaal anoniem naar Marjorie Tench gestuurd, ervan uitgaande dat het Witte Huis het verstandig zou gebruiken. Maar toen Herney de informatie had gezien, had hij Tench verboden die te gebruiken. Seksschandalen en omkoping waren woekerende gezwellen in Washington, en het publiek er steeds weer mee confronteren maak-

te het wantrouwen jegens de politiek alleen maar groter.

Dit land gaat aan cynisme ten onder.

Herney wist dat hij Sexton met schandalen kapot kon maken, maar dat zou ten koste gaan van de waardigheid van de Amerikaanse Senaat, en dat wilde Herney niet op zijn geweten hebben.

Geen negatieve boodschappen meer. Herney zou senator Sexton op argumenten verslaan.

Pickering, die boos was dat het Witte Huis weigerde zijn bewijsmateriaal te gebruiken, probeerde het schandaal op te starten door het gerucht te lekken dat Sexton met Gabrielle Ashe had geslapen. Helaas had Sexton met zo'n overtuigende verontwaardiging verklaard onschuldig te zijn, dat de president zich uiteindelijk persoonlijk moest verontschuldigen voor het lek. William Pickering had meer kwaad dan goed gedaan. Herney had Pickering verteld dat hij zou worden aangeklaagd als hij zich nog één keer met de campagne zou bemoeien. Het ironische van de zaak was dat Pickering president Herney niet eens mocht. De directeur van het NRO had Herney alleen geprobeerd te helpen uit zorg over het lot van NASA. Zach Herney was het minste van twee kwaden.

En nu heeft iemand Pickering vermoord?

Herney kon zich er niets bij voorstellen.

'Meneer?' zei een medewerker. 'Op uw verzoek heb ik Lawrence Ekstrom gebeld en hem over Marjorie Tench verteld.'

'Bedankt.'

'Hij wil u graag spreken, meneer.'

Herney was nog woedend op Ekstrom omdat die had gelogen over PODS. 'Zeg hem dat ik hem morgenochtend wel bel.'

'Meneer Ekstrom wil u meteen spreken, meneer.' De medewerker keek ongemakkelijk. 'Hij is erg geschokt.'

Is híj geschokt? Herney merkte dat hij op het punt stond zijn kalmte te verliezen. Terwijl hij met grote stappen wegliep om het gesprek met Ekstrom aan te nemen, vroeg de president zich af wat er vannacht in hemelsnaam nog meer mis kon gaan.

123

Aan boord van de *Goya* voelde Rachel zich licht in haar hoofd. Het mysterie dat als een dichte mist om haar heen had gehangen, trok nu op. De harde werkelijkheid die zichtbaar werd, vervulde haar van af-

keer en een gevoel van weerloosheid. Ze keek naar de vreemde die voor haar stond en hoorde nauwelijks wat hij zei.
'We moesten de reputatie van NASA weer opbouwen,' zei Pickering. 'De afnemende populariteit en het gebrek aan fondsen begon op allerlei niveaus een gevaar te vormen.' Pickering zweeg even en keek haar aan. 'Rachel, NASA kón niet zonder deze overwinning. Iemand moest ervoor zorgen.'

Er moest iets gedaan worden, dacht Pickering.
De meteoriet was een laatste wanhoopsdaad geweest. Pickering en anderen hadden geprobeerd NASA te redden door ervoor te pleiten de ruimtevaartorganisatie in te lijven bij de inlichtingendiensten, zodat een ruimere financiering en een betere beveiliging mogelijk werden, maar het Witte Huis bleef dat idee maar van de hand wijzen als een aanval op de pure wetenschap. *Kortzichtig idealisme.* Sextons anti-NASA-retoriek begon zo populair te worden, dat Pickering en zijn groepje machtige militairen wisten dat de tijd begon te dringen. Ze besloten dat de reputatie van NASA en de organisatie zelf alleen te redden waren door de verbeelding van de belastingbetalers en het Congres te prikkelen. Om te overleven, had de ruimtevaartorganisatie een grootse gebeurtenis nodig, iets wat de hoogtijdagen van het Apolloprogramma voor de belastingbetaler zou doen herleven. En zonder hulp zou Zach Herney er niet in slagen senator Sexton te verslaan.
Ik heb geprobeerd hem te helpen, dacht Pickering, en hij herinnerde zich het bezwarende bewijsmateriaal dat hij Marjorie Tench had gestuurd. Helaas had Herney het gebruik ervan verboden, zodat Pickering geen andere keuze werd gelaten dan het nemen van drastische maatregelen.
'Rachel,' zei Pickering, 'de informatie die je net hebt gefaxt, is gevaarlijk. Dat moet je goed beseffen. Als die naar buiten komt, zal het lijken alsof het Witte Huis en NASA medeplichtig zijn. De president en NASA zullen er geweldig van langs krijgen. Maar ze weten van niets, Rachel. Ze zijn onschuldig. Ze denken dat de meteoriet echt is.'
Pickering had niet eens geprobeerd Herney of Ekstrom bij het plan te betrekken, want die waren allebei veel te idealistisch om in te stemmen met enige vorm van bedrog, ook al kon dat de president of de ruimtevaartorganisatie redden. De enige misstap die Ekstrom had begaan, was dat hij de projectleider van PODS had overgehaald te liegen over de software die onregelmatigheden in het ijs moest herkennen, een stap die Ekstrom ongetwijfeld had betreurd op het moment dat hij besefte hoe kritisch er naar deze specifieke meteoriet zou worden gekeken.

Marjorie Tench, die gefrustreerd was over Herneys vastbeslotenheid dat het een nette campagne moest blijven, had met Ekstrom onder één hoedje gespeeld bij de leugen over PODS, in de hoop dat een klein succesje met PODS de president zou helpen de stijgende populariteit van Sexton te keren.

Als Tench de foto's en financiële gegevens had gebruikt die ik haar heb gegeven, zou dit allemaal niet zijn gebeurd!

De moord op Tench was zeer betreurenswaardig, maar was onvermijdelijk geworden op het moment dat Rachel Tench belde en beschuldigingen van bedrog uitte. Pickering wist dat Tench de zaak tot op de bodem zou hebben uitgezocht, totdat ze de waarheid achter Rachels bizarre beweringen had gevonden, en daar had Pickering natuurlijk een stokje voor moeten steken. Het was ironisch, maar Tench zou haar president het beste dienen met haar dood. Haar gewelddadige einde zou hem ongetwijfeld een flink aantal stemmen uit medeleven opleveren. Bovendien zou het vage vermoedens van kwade opzet doen rijzen jegens Sexton, die wel ten einde raad moest zijn sinds Tench hem in het openbaar op CNN zo had vernederd.

Rachel leek niet onder de indruk en keek haar baas kwaad aan.

'Je moet één ding goed begrijpen,' zei Pickering. 'Als het bedrog met de meteoriet bekend wordt, richt je een onschuldige president en een onschuldige ruimtevaartorganisatie te gronde. En je brengt een zeer gevaarlijk man in het Oval Office. Ik moet weten naar wie je de informatie hebt gefaxt.'

Terwijl hij dat zei, trok er een vreemde blik over Rachels gezicht. Het was de gekwelde ontsteltenis van iemand die net beseft dat hij of zij een ernstige vergissing heeft begaan.

Delta-Een was omgelopen via de boeg en de bakboordzijde, en stond nu in het hydrolab, waar hij Rachel uit tevoorschijn had zien komen toen de helikopter kwam aanvliegen. Op een computermonitor in het lab zag hij een verontrustend beeld: een kleurige weergave van de pulserende maalstroom die blijkbaar in de oceaan ergens onder de *Goya* woedde.

Nog een reden om te maken dat we hier wegkomen, dacht hij, terwijl hij door het lab liep.

Het faxapparaat stond op een werkblad verderop tegen de muur. In de bak lag een stapeltje papier, precies zoals Pickering had gedacht. Delta-Een pakte het stapeltje op. Bovenop lag een briefje van Rachel. Maar twee regels. Hij las het.

Kort en bondig, dacht hij.

Toen hij de velletjes doorbladerde, zag hij tot zijn verrassing en ont-

zetting dat Tolland en Rachel het bedrog met de meteoriet volledig hadden ontdekt. Wie deze uitdraaien onder ogen zou krijgen, zou geen moment aan de betekenis ervan twijfelen. Delta-Een hoefde niet eens op 'opnieuw kiezen' te drukken om te zien waar de uitdraaien heen waren gestuurd. Het laatste faxnummer stond nog in het schermpje.
Een nummer in de stad Washington.
Hij schreef het faxnummer zorgvuldig over, pakte alle papieren en verliet het lab.

Tolland voelde dat zijn handpalmen zweterig waren toen hij het machinepistool steviger vastgreep en de loop op de borst van William Pickering richtte. De directeur van het NRO drong er nog steeds bij Rachel op aan hem te vertellen naar wie ze de informatie had gestuurd, en Tolland begon het ongemakkelijke gevoel te krijgen dat Pickering alleen probeerde tijd te winnen. *Waarom?*
'Het Witte Huis en NASA zijn onschuldig,' herhaalde Pickering. 'Werk mee. Laat de weinige geloofwaardigheid die NASA nog heeft niet door mijn fouten verloren gaan. NASA zal schuldig lijken als dit bekend wordt. Jij en ik kunnen tot een compromis komen. Het land heeft deze meteoriet nodig. Vertel me waar je de informatie naartoe hebt gefaxt, voordat het te laat is.'
'Zodat je nog iemand kunt vermoorden?' vroeg Rachel. 'Ik walg van je.'
Tolland verbaasde zich over Rachels vastberadenheid. Ze verfoeide haar vader, maar ze was duidelijk niet van zins de senator in gevaar te brengen. Helaas had Rachels plan om haar vader om hulp te faxen niet goed uitgepakt. Zelfs als de senator in zijn kamer kwam, de fax zag en de president belde over de fraude met de meteoriet en hem opdroeg de aanval af te blazen, zou niemand in het Witte Huis enig idee hebben waar Sexton het over had, laat staan waar ze zich bevonden.
'Ik zeg dit nog één keer,' zei Pickering, terwijl hij Rachel dreigend aankeek. 'Deze situatie is zo complex dat jij die niet helemaal kunt overzien. Je hebt een enorme vergissing gemaakt door die informatie te verzenden. Je hebt je land in gevaar gebracht.'
William Pickering was inderdaad tijd aan het winnen, besefte Tolland nu. En de reden kwam kalm langs de stuurboordzijde van het schip op hen aflopen. Tolland verstijfde van angst toen hij de soldaat op hen af zag kuieren met een stapeltje papier en een machinepistool in zijn handen.
Tolland reageerde zo resoluut dat hij er zelf van schrok. Hij omklemde het machinepistool, draaide zich razendsnel om, richtte op de soldaat en haalde de trekker over.

Het geweer gaf een onschuldig klikje.
'Ik heb het faxnummer gevonden,' zei de soldaat, terwijl hij Pickering een stukje papier gaf. 'En meneer Tolland heeft geen munitie meer.'

124

Sedgewick Sexton stormde door de gang van het Philip A. Hart-gebouw, het kantoorgebouw van de Senaat. Hij had geen idee hoe Gabrielle het had geflikt, maar hij wist zeker dat ze in zijn kamer had weten te komen. Toen hij haar over de telefoon sprak, had hij op de achtergrond duidelijk de karakteristieke drievoudige tik van zijn Jourdain-klok gehoord. Het enige wat hij kon bedenken, was dat Gabrielles vertrouwen in hem was ondermijnd door wat ze van de bijeenkomst van de SFF had gehoord en dat ze op zoek was gegaan naar bewijsmateriaal.
Hoe is ze in hemelsnaam in mijn kamer gekomen?
Sexton was blij dat hij het wachtwoord van zijn computer had veranderd.
Bij de deur van zijn kantoor toetste Sexton de code in om het alarm buiten werking te stellen. Daarna zocht hij naar zijn sleutels, draaide de zware deuren van het slot, wierp ze open en stapte naar binnen, vastbesloten om Gabrielle op heterdaad te betrappen.
Maar de kamer was leeg en donker, alleen verlicht door de gloed van zijn screensaver. Hij deed het licht aan en zocht met zijn blik de kamer af. Zo te zien lag alles nog op zijn plaats. Doodse stilte, afgezien van de drievoudige tik van zijn klok.
Waar is ze verdomme gebleven?
Hij hoorde iets ritselen in zijn privé-toilet, rende erheen en deed het licht aan. De toiletruimte was leeg. Hij keek achter de deur. Niets.
Onzeker keek Sexton naar zichzelf in de spiegel en vroeg zich af of hij die avond te veel had gedronken. *Ik hoorde toch echt iets.* Gedesoriënteerd en verward liep hij weer zijn kamer in.
'Gabrielle?' riep hij. Hij ging de gang door naar haar kamer. Ze was er niet. Haar kantoor was donker.
Op het damestoilet werd doorgetrokken, en Sexton draaide zich abrupt om en beende terug naar de toiletruimten. Hij kwam er aan op het ogenblik dat Gabrielle naar buiten kwam, haar handen nog afdrogend. Ze schrok toen ze hem zag.
'Mijn god! Je jaagt me de stuipen op het lijf!' zei ze, en ze zag er op-

recht geschrokken uit. 'Wat doe jij hier?'
'Je zei dat je documenten over NASA van kantoor ging ophalen,' verklaarde hij, en hij keek naar haar lege handen. 'Waar zijn ze?'
'Ik kon ze niet vinden. Ik heb overal gezocht. Daarom duurde het zo lang.'
Hij keek haar strak aan. 'Ben je in mijn kamer geweest?'

Ik heb mijn leven aan zijn faxapparaat te danken, dacht Gabrielle. Nog maar een paar minuten geleden had ze achter Sextons computer gezeten om te proberen de gegevens van de onwettige betalingen af te drukken. De bestanden hadden een of andere beveiliging en ze had meer tijd nodig om een manier te vinden er een uitdraai van te maken. Waarschijnlijk zou ze daar nu nog mee bezig zijn geweest als Sextons faxapparaat niet was gaan piepen, waardoor ze geschrokken was en was teruggeroepen naar het hier en nu. Gabrielle had het beschouwd als een teken om te maken dat ze wegkwam. Zonder de tijd te nemen te kijken wat er voor fax binnenkwam, had ze uitgelogd en opgeruimd en had ze via dezelfde weg het kantoor verlaten als ze was binnengekomen. Ze was net uit Sextons toiletruimte aan het klimmen toen ze hem hoorde binnenkomen.
Nu Sexton voor haar stond en haar strak aankeek, voelde ze dat hij in haar ogen op zoek was naar een leugen. Gabrielle had nog nooit iemand ontmoet die zo'n goede neus voor onwaarheden had als Sedgewick Sexton. Als ze tegen hem loog, zou hij dat merken.
'Je hebt gedronken,' zei ze, terwijl ze zich omdraaide. *Hoe weet hij dat ik in zijn kamer ben geweest?*
Sexton legde zijn handen op haar schouders en draaide haar naar zich toe. 'Ben je in mijn kamer geweest?'
Gabrielle werd bang. Sexton had inderdaad gedronken. Zijn aanraking was ruw. 'In je kamer?' vroeg ze, en ze dwong zich verbaasd te lachen. 'Hoe? Waaróm?'
'Ik hoorde mijn klok op de achtergrond toen ik je belde.'
Gabrielle kromp inwendig ineen. Zijn klok? Dat was geen moment bij haar opgekomen. 'Weet je hoe belachelijk dat klinkt?'
'Ik zit dag in, dag uit in die kamer. Ik weet hoe mijn klok klinkt.'
Gabrielle had het gevoel dat ze hier onmiddellijk een einde aan moest maken. *De aanval is de beste verdediging*. Tenminste, dat zei Yolanda Cole altijd. Gabrielle zette haar handen in haar zij en gaf hem de wind van voren. Ze deed een stap naar hem toe en keek hem van dichtbij dreigend aan. 'Begrijp ik je goed, senator? Het is vier uur 's nachts, je hebt gedronken, je hoorde getik via je telefoon en daarom ben je hier?'
Ze wees verontwaardigd door de gang naar zijn deur. 'Wil je me er-

van beschuldigen dat ik het alarmsysteem heb uitgeschakeld, twee sets sloten heb opengebroken en je kantoor ben binnengeslopen, dat ik zo dom ben de telefoon aan te nemen terwijl ik een misdrijf aan het plegen ben, dat ik het alarmsysteem op weg naar buiten weer heb aangezet en dat ik daarna rustig naar de wc ben gegaan voordat ik me uit de voeten maak met helemaal niets? Is dat je verhaal?'

Sexton knipperde verward met zijn ogen.

'Mensen moeten ook niet alleen gaan zitten drinken,' zei Gabrielle. 'Wil je nou nog over NASA praten of niet?'

Van de wijs gebracht ging Sexton weer zijn kantoor in. Hij liep meteen naar de bar en schonk een Pepsi in. Hij vóélde zich helemaal niet dronken. Zou hij het echt mis kunnen hebben? Aan de andere kant van de kamer stond zijn Jourdain-klok spottend te tikken. Sexton dronk zijn Pepsi op en schonk er nog een in, en ook een voor Gabrielle.

'Wil je iets drinken, Gabrielle?' vroeg hij, terwijl hij zich naar haar omdraaide. Ze was niet achter hem aan naar binnen gekomen. Ze stond nog in de deuropening, om het hem in te peperen. 'O, alsjeblieft! Kom binnen. Vertel me wat je bij NASA te weten bent gekomen.'

'Ik geloof dat ik er voor vannacht genoeg van heb,' zei ze koel. 'Laten we er morgen maar over praten.'

Sexton was niet in de stemming voor spelletjes. Hij had die informatie nu nodig en hij was niet van plan erom te smeken. Hij slaakte een vermoeide zucht. *De vertrouwensband versterken. Alles draait om vertrouwen.* 'Ik heb geblunderd,' zei hij. 'Het spijt me. Het is een zware dag geweest. Ik weet niet wat me bezielde.'

Gabrielle bleef in de deuropening staan.

Sexton liep naar zijn bureau en zette Gabrielles Pepsi op zijn onderlegger. Hij gebaarde naar zijn leren stoel; de plek van de macht. 'Ga zitten. Neem even rustig een glaasje cola. Ik ga mijn hoofd onder de kraan steken.' Hij liep naar de toiletruimte.

Gabrielle verroerde zich nog steeds niet.

'Ik geloof dat ik een fax in het apparaat zag liggen,' riep Sexton over zijn schouder terwijl hij het toilet binnenstapte. *Laat haar merken dat je haar vertrouwt.* 'Wil je even voor me kijken wat het is?'

Sexton trok de deur achter zich dicht en liet de wastafel vol koud water lopen. Hij spatte het in zijn gezicht, maar werd er niet helderder van. Dit was hem nog nooit overkomen: dat hij iets zo zeker wist en er zo naast zat. Sexton was een man die op zijn intuïtie vertrouwde, en zijn intuïtie zei hem dat Gabrielle Ashe in zijn kamer was geweest. Maar hoe? Het was onmogelijk.

Sexton besloot dat hij die gedachte uit zijn hoofd moest zetten en zich op dringender zaken moest concentreren. NASA. Hij had Gabrielle nodig. Dit was niet het juiste tijdstip om haar van hem te vervreemden. Hij moest weten wat ze had ontdekt. *Vergeet je intuïtie. Je had het mis.*

Sexton droogde zijn gezicht af, legde zijn hoofd in zijn nek en ademde diep in. Rustig aan, hield hij zichzelf voor. *Niet te hard van stapel lopen.* Hij deed zijn ogen dicht en ademde nog eens diep in. Nu voelde hij zich beter.

Toen Sexton het toilet uit kwam, zag hij tot zijn opluchting dat Gabrielle had toegegeven en zijn kamer in was gekomen. *Mooi*, dacht hij. *Dan kunnen we nu ter zake komen.* Gabrielle stond bij zijn faxapparaat door de pagina's te bladeren die binnen waren gekomen. Toen Sexton haar gezicht zag, schrok hij. Het was vertrokken tot een masker van angst en verwarring.

'Wat is er?' vroeg Sexton, en hij zette een stap in haar richting.

Gabrielle wankelde alsof ze op het punt stond flauw te vallen.

'Wat?'

'De meteoriet...' bracht ze met zwakke stem uit, terwijl ze met bevende hand het stapeltje papieren naar hem uitstak. 'En je dochter... ze is in gevaar.'

Verbijsterd liep Sexton naar haar toe en nam de papieren aan. Het bovenste vel was een handgeschreven briefje. Sexton herkende het handschrift meteen. Het bericht was onbeholpen en schokkend in zijn eenvoud.

> *Meteoriet is nep. Hier is het bewijs.* NASA*/Witte Huis proberen me te vermoorden. Help! – RS*

Het overkwam de senator zelden dat hij ergens helemaal niets van begreep, maar toen hij Rachels woorden herlas, had hij geen idee wat hij ervan moest denken.

De meteoriet is nep? NASA *en het Witte Huis proberen haar te vermoorden?*

Verward keek Sexton de velletjes door. Het eerste blad was een computeruitdraai waar 'Ground Penetrating Radar (GPR)' boven stond. Zo te zien was het een soort sondering van het ijs. Sexton zag de schacht waar de meteoriet uit was gehesen en waar ze het op de tv over hadden gehad. Zijn aandacht werd getrokken door wat de vage omtrek van een menselijke gestalte leek, die in de schacht dreef. Toen zag hij iets wat nog schokkender was: de duidelijke contouren van een tweede schacht, recht onder de plek waar de meteoriet had gelegen, alsof de steen van onder het ijs op zijn plaats was gelegd.

Wat heeft dit in hemelsnaam te betekenen?

Sexton sloeg een blad om en stuitte op een foto van een organisme uit de oceaan dat *Bathynomus giganteus* heette. Hij staarde er verbluft naar. *Dat is het dier van de meteorietfossielen!*

Hij sloeg de bladen nu sneller om en zag een diagram van het gehalte aan geïoniseerde waterstof in de korst van de meteoriet. Op deze pagina was met de hand geschreven: *Waterstofgel?* Expander cycle-*motor van* NASA*?*

Sexton kon zijn ogen niet geloven. Terwijl de kamer om hem heen begon te draaien, bladerde hij naar de laatste pagina: een foto van een stuk gesteente met metalige bolletjes die er net zo uitzagen als die in de meteoriet. Het schokkende was, dat er in het onderschrift stond dat het gesteente was ontstaan door oceanisch vulkanisme. *Een stuk steen uit de oceaan?* dacht Sexton. *Maar* NASA *zei dat chondrulen alleen in de ruimte worden gevormd!*

Sexton legde de papieren op zijn bureau en liet zich in zijn stoel vallen. Het had hem slechts vijftien seconden gekost om alle stukjes aan elkaar te passen. De implicaties van deze afbeeldingen waren volkomen duidelijk. Iedereen met een beetje hersens kon zien wat deze foto's bewezen.

De meteoriet van NASA *is nep!*

Sexton had nooit eerder in zijn carrière een dag meegemaakt die zulke hoogtepunten en dieptepunten had gekend. Toppen en dalen, hoop en wanhoop hadden elkaar afgewisseld. Sextons verwondering over de vraag hoe zo'n enorme zwendel ten uitvoer was gebracht maakte snel plaats voor het besef van wat dit voor hem in politiek opzicht betekende.

Als ik deze informatie openbaar maak, ben ik de volgende president!

In zijn opwellende vrolijkheid had senator Sedgewick Sexton even vergeten dat zijn dochter beweerde in moeilijkheden te zitten.

'Rachel is in gevaar,' zei Gabrielle. 'Ze schrijft dat NASA en het Witte Huis proberen haar te...'

Sextons faxapparaat begon plotseling weer te piepen. Gabrielle draaide zich snel om en staarde naar het apparaat. Sexton merkte dat hij dat zelf ook deed. Hij kon zich niet voorstellen wat Rachel hem nog meer zou sturen. Meer bewijs? Hoeveel meer kon er zijn? *Dit is ruim voldoende!*

Toen de verbinding tot stand kwam, rolde er echter geen papier uit het apparaat. Omdat het geen faxsignaal kreeg, was het omgeschakeld naar zijn functie als antwoordapparaat.

'Hallo,' klonk Sextons meldbericht. 'U bent verbonden met het kantoor van senator Sedgewick Sexton. Als u een fax wilt sturen, kunt u dat op elk gewenst moment doen. Zo niet, dan kunt u na de piep een boodschap inspreken.'

Voordat Sexton kon opnemen, gaf het apparaat een piep.

'Senator Sexton?' De stem van de man had een ongepolijste helderheid. 'Dit is William Pickering, directeur van het NRO. U bent nu waarschijnlijk niet op kantoor, maar ik moet u dringend spreken.' Hij zweeg even, alsof hij wachtte tot iemand opnam.

Gabrielle wilde de hoorn pakken.

Sexton greep haar hand en trok die met een ruk weg.

Gabrielle keek verbijsterd. 'Maar dat is de directeur van...'

'Senator,' vervolgde Pickering, en hij klonk bijna opgelucht dat er niet was opgenomen. 'Ik vrees dat ik akelig nieuws heb. Ik heb net gehoord dat uw dochter Rachel in groot gevaar verkeert. Inmiddels heb ik een team opdracht gegeven haar te gaan helpen. Ik kan over de telefoon niet in details treden, maar er is me zojuist verteld dat ze u misschien gegevens heeft gefaxt over de meteoriet van NASA. Ik heb de gegevens niet gezien en weet niet wat ze inhouden, maar de mensen die uw dochter bedreigen, hebben me daarnet gewaarschuwd. Als u of iemand anders de gegevens openbaar maakt, zal uw dochter sterven. Het spijt me dat ik me zo bot uitdruk, meneer, maar dat doe ik omwille van de duidelijkheid. Het leven van uw dochter is in gevaar. Als ze u inderdaad iets heeft gefaxt, vertel niemand daar dan iets over. Nog niet. Uw dochters leven hangt ervan af. Blijf waar u bent. Ik kom zo naar u toe.' Hij zweeg even. 'Als het meezit, is dit allemaal opgelost tegen de tijd dat u wakker wordt, senator. Als u dit bericht toevallig hoort voordat ik bij u ben, blijf dan waar u bent en bel niemand. Ik doe alles wat ik kan om uw dochter in veiligheid te brengen.' Pickering hing op.

Gabrielle was geschokt. 'Is Rachel gegijzeld?'

Ondanks haar teleurstelling in hem, leefde Gabrielle diep mee bij de gedachte dat er een intelligente jonge vrouw in gevaar verkeerde, merkte Sexton. Vreemd genoeg had hij er zelf moeite mee die emotie op te brengen. Hij voelde zich voornamelijk als een kind dat zojuist zijn meest begeerde kerstcadeau had gekregen en weigerde zich dat nu weer uit handen te laten rukken.

Wil Pickering dat ik dit stilhoud?

Hij stond zich even af te vragen wat dit allemaal te betekenen had. In een koel, berekenend deel van zijn geest begon het raderwerk te draaien, merkte Sexton; een politieke computer waarin elk scenario werd beproefd en alle uitkomsten werden geëvalueerd. Hij wierp een blik op het stapeltje papier in zijn handen en begon de rauwe kracht van de beelden te voelen. De meteoriet van NASA had zijn droom van het

presidentschap de bodem in geslagen. Maar het was één grote leugen. Allemaal verzonnen. Nu zouden degenen die erachter zaten ervoor boeten. De meteoriet die door zijn vijanden was gefabriceerd om hem te vernietigen, zou hem machtiger maken dan iemand zich had kunnen voorstellen. Daar had zijn dochter voor gezorgd.
Er is maar één aanvaardbaar scenario, wist hij. *Voor een ware leider is er maar één mogelijkheid.*
Gehypnotiseerd door de lichtende beelden van zijn eigen wederopstanding liep Sexton als door een mist door de kamer. Hij zette zijn kopieermachine aan om de papieren te kopiëren die Rachel hem had gefaxt.
'Wat ga je doen?' vroeg Gabrielle op ongelovige toon.
'Ze zullen Rachel heus niet vermoorden,' sprak Sexton. Zelfs als er iets mis ging, zou het hem alleen maar machtiger maken als hij zijn dochter aan de vijand verloor. Hij zou hoe dan ook winnen. Het was een aanvaardbaar risico.
'Voor wie zijn die kopieën?' vroeg Gabrielle verontwaardigd. 'William Pickering zei dat u het aan niemand mocht vertellen!'
Sexton draaide zich van de machine naar Gabrielle. Hij besefte tot zijn verbazing dat hij haar plotseling helemaal niet aantrekkelijk meer vond. Op dat ogenblik was senator Sexton volkomen alleen. Onbereikbaar. Alles wat hij nodig had om zijn droom te verwezenlijken, had hij nu in handen. Niets kon hem meer tegenhouden. Beweringen over smeergeld niet, geruchten over seks niet. Niets.
'Ga naar huis, Gabrielle. Ik heb je niet meer nodig.'

125

Het is voorbij, dacht Rachel.
Tolland en zij zaten naast elkaar op het dek in de loop van het machinepistool te kijken dat de Delta-militair op hen gericht hield. Pickering wist inmiddels waar Rachel de fax heen had gestuurd. Naar het kantoor van senator Sedgewick Sexton.
Rachel betwijfelde of haar vader het bericht dat Pickering net had ingesproken op zijn antwoordapparaat ooit zou horen. Waarschijnlijk zou het Pickering wel lukken de komende ochtend ruimschoots als eerste in Sextons kantoor te zijn. Als Pickering er binnen kon komen om de fax weg te halen en het bericht te wissen voordat Sexton arriveerde, was er geen reden de senator kwaad te doen. William Picke-

ring was waarschijnlijk een van de weinigen in Washington die zich zonder ophef toegang kon verschaffen tot het kantoor van een senator. Rachel stond altijd weer versteld van wat er allemaal mogelijk was 'in het belang van de nationale veiligheid'.

En als dat niet lukt, dacht Rachel, *kan Pickering natuurlijk altijd nog langsvliegen en een Hellfire-raket door het raam schieten om het faxapparaat op te blazen.* Maar iets zei haar dat dat niet nodig zou zijn.

Ze zat dicht tegen Tolland aan en tot haar verrassing voelde ze zijn hand zachtjes om de hare glijden. Zijn aanraking was teder en krachtig tegelijk, en hun vingers verstrengelden zich zo natuurlijk dat Rachel het gevoel had dat ze dit hun hele leven al hadden gedaan. Het enige wat ze wilde, was in zijn armen liggen, beschermd tegen het benauwende gebulder van de nachtelijke zee, die in een spiraal om hen heen kolkte.

Dat zal nooit gebeuren, besefte ze.

Michael Tolland voelde zich als een man die op weg naar de galg weer hoop had gekregen.

Het leven neemt een loopje met me.

Na Celia's dood had Tolland jarenlang nachten gekend waarin hij alleen maar dood wilde, uren van verdriet en eenzaamheid waarin dat de enige uitweg leek. Maar hij had voor het leven gekozen en zichzelf voorgehouden dat hij het alleen kon redden. Vandaag was Tolland voor het eerst gaan begrijpen wat zijn vrienden hem al die tijd hadden verteld.

Mike, je hoeft het niet alleen te doen. Je zult een nieuwe liefde vinden.

Rachels hand in de zijne maakte de ironie ervan nog moeilijker te verteren. Het lot was onbarmhartig in zijn timing. Het was alsof hij een pantser om zijn hart had gehad, dat nu afbrokkelde. Nu hij hier zat, op het dek van de *Goya*, had hij even het gevoel dat Celia's geest op hem neerkeek, zoals die vaak had gedaan. Hij hoorde haar stem in het stromende water... het laatste wat ze tegen hem had gezegd.

'Je bent een doorzetter,' had ze gefluisterd. 'Beloof me dat je een nieuwe liefde zult vinden.'

'Ik wil geen ander,' had Tolland tegen haar gezegd.

Celia had wijs geglimlacht. 'Dat zul je moeten leren.'

Nu, aan boord van de *Goya*, besefte Tolland dat hij het aan het leren was. Er welde plotseling een diepe emotie in hem op. Hij besefte dat het geluk was.

En met dat geluk kwam het overweldigende verlangen om in leven te blijven.

Pickering voelde zich vreemd onverschillig toen hij naar de twee gevangenen liep. Hij bleef voor Rachel staan, terwijl hij zich er enigszins over verbaasde dat hij het hier niet moeilijker mee had.
'Soms vereisen de omstandigheden onmogelijke beslissingen,' zei hij.
Rachel keek hem onverzettelijk aan. 'U hebt deze omstandigheden gecreëerd.'
'In elke oorlog vallen slachtoffers,' zei Pickering op fermere toon. *Vraag dat maar aan Diana Pickering, of aan een van de anderen die jaarlijks sterven bij de verdediging van dit land.* 'Als iemand dat zou moeten begrijpen, ben jij het wel, Rachel.' Hij keek haar strak aan. '*Iactura paucorum serva multos.*'
Hij kon zien dat ze de woorden herkende. Het was bijna een cliché in kringen van veiligheidsdiensten. *Enkelen opofferen om velen te sparen.*
Rachel nam hem met openlijke weerzin op. 'En nu horen Michael en ik bij uw "enkelen"?'
Pickering dacht erover na. Er was geen andere manier. Hij wendde zich tot Delta-Een. 'Bevrijd je collega en maak hier een einde aan.'
Delta-Een knikte.
Pickering keek Rachel een laatste keer langdurig aan, liep toen met grote stappen naar de nabije reling aan bakboordzijde en ging uit staan kijken over het water, dat langs het schip raasde. Dit was niet iets wat hij wilde zien.

Delta-Een greep opgelucht zijn wapen en keek naar zijn collega, die in de grijpers bungelde. Het enige wat hij hoefde te doen was het luik onder Delta-Twee te sluiten, hem uit de grijpers te bevrijden en Rachel Sexton en Michael Tolland te elimineren.
Maar Delta-Een had ook gezien hoe ingewikkeld het bedieningspaneel naast het luik was: een reeks hendels en knoppen zonder nadere aanduiding, waarmee kennelijk het luik, de motor van de lier en nog een paar andere dingen werden bediend. Hij was niet van plan de verkeerde hendel over te halen en het leven van zijn collega op het spel te zetten door per ongeluk de duikboot in zee te laten zakken.
Sluit alle risico's uit. Doe nooit iets overhaast.
Hij zou Tolland dwingen Delta-Twee te bevrijden. En om er zeker van te zijn dat Tolland geen trucs uithaalde, zou Delta-Een gebruikmaken van wat in zijn vak een 'levend onderpand' heette.
Zet je tegenstanders tegen elkaar in.
Delta-Een zwaaide de loop van zijn machinepistool in de richting van Rachels gezicht en hield het op slechts een paar centimeter van haar voorhoofd stil. Rachel deed haar ogen dicht, en Delta-Een zag dat Tol-

land zijn vuisten balde uit woede en drang haar te beschermen.
'Sta op, mevrouw Sexton,' zei Delta-Een.
Ze gehoorzaamde.
Met het wapen tegen haar rug gedrukt liet Delta-Een haar naar een verplaatsbare aluminium trap lopen, die achter de Triton stond om erop te kunnen klimmen. 'Klim omhoog en ga op de duikboot staan.'
Rachel keek bang en verward.
'Schiet op!' zei Delta-Een.

Rachel had het gevoel dat ze in een nachtmerrie was beland toen ze de aluminium trap achter de Triton beklom. Bovenaan bleef ze staan, want het vooruitzicht om over de leegte op de hangende Triton te stappen, lokte haar niet.
'Ga op de duikboot staan,' zei de soldaat, terwijl hij naar Tolland liep en het pistool tegen zijn voorhoofd duwde.
De soldaat die tegenover Rachel in de grijpers hing, keek naar haar; hij probeerde een beetje van houding te veranderen tegen de pijn en wilde duidelijk dolgraag bevrijd worden. Rachel keek naar Tolland, die een loop tegen zijn hoofd had. *Ga op de duikboot staan.* Ze had geen keuze.
Met het gevoel dat ze zich op de rand van een afgrond waagde, stapte ze voorzichtig op het motorcompartiment van de Triton, een klein vlak stukje achter het koepelvormige raam. De onderzeeër hing als een reusachtig peillood boven het open luik. Ook al hing het apparaat van negen ton aan een kabel, het schommelde maar een paar millimeter heen en weer toen ze erop stapte.
'Oké, actie,' zei de soldaat tegen Tolland. 'Ga naar de bediening en doe het luik dicht.'
Terwijl hij onder schot werd gehouden, liep Tolland met de militair achter zich aan naar het bedieningspaneel. Tolland kwam langzaam Rachels kant uit en ze zag dat hij haar doordringend aankeek, alsof hij haar iets duidelijk probeerde te maken. Hij keek haar recht in de ogen en daarna liet hij zijn blik zakken naar de opening boven in de Triton.
Rachel keek naar beneden. Het luikgat aan haar voeten was open; het zware, ronde luik stond omhoog. Ze kon in de eenpersoons cockpit kijken. *Wil hij dat ik erin spring?* Ze dacht dat ze zich misschien vergiste en keek weer naar Tolland. Hij was bijna bij het bedieningspaneel. Hij keek haar recht aan. Deze keer was hij minder subtiel.
Met zijn mond vormde hij de woorden: 'Spring erin! Nu!'

Delta-Een zag Rachel uit zijn ooghoek bewegen en draaide zich instinctief om. Hij opende het vuur op het moment dat Rachel door de opening van de onderzeeër viel, zodat ze net onder de kogelregen bleef. De kogels ketsten met veel herrie af op het openstaande luik. Er sprong een regen van vonken af en het sloeg boven haar dicht.

Op het ogenblik dat Tolland voelde dat het pistool niet meer tegen zijn rug werd gedrukt, kwam hij in actie. Hij dook naar links, weg van het dekluik, en hij kwam op het dek neer en liet zich verder rollen op het moment dat de soldaat zich schietend naar hem terugdraaide. Kogels sloegen achter Tolland in terwijl hij wegkroop achter het ankerspil op de achterplecht, een enorme, gemotoriseerde windas met honderden meters staalkabel eromheen waar het anker aan vastzat.

Tolland had een plan en zou snel moeten handelen. Toen de militair op hem afrende, greep Tolland met beide handen de hefboom die de windas blokkeerde en trok hem met een ruk naar beneden. Het ankerspil begon onmiddellijk meters en meters kabel te vieren, en de *Goya* slingerde in de sterke stroming. Door de plotselinge beweging wankelde iedereen aan dek richting boeg. Het schip werd achteruit gedreven door de stroom en de kabel rolde steeds sneller af.

Kom op, schoonheid, dacht Tolland.

De militair hervond zijn evenwicht en kwam op Tolland af. Die wachtte tot het allerlaatste moment, zette zich schrap en ramde de hefboom weer naar boven, waardoor het ankerspil werd stilgezet. De kabel kwam strak te staan, waardoor het schip in één klap stillag en er een hevige siddering door de *Goya* ging. Alles aan dek vloog omver. De militair viel vlak bij Tolland op zijn knieën. Pickering tuimelde van de reling achterover op het dek. De Triton slingerde woest heen en weer aan zijn kabel.

Van onder hen klonk als een aardbeving het schrapende knarsen van scheurend metaal toen de beschadigde kolom eindelijk bezweek. De rechter achterhoek van de *Goya* begon naar beneden te zakken. Het schip kantelde en ging scheef hangen als een gigantische tafel die een van zijn vier poten was kwijtgeraakt. Het lawaai was oorverdovend; het gejammer van metaal dat verwrong en over elkaar schraapte, en het gebeuk van de golven.

Rachel zat met gebalde vuisten in de cockpit van de Triton en zette zich schrap, terwijl het apparaat van negen ton heen en weer zwaaide boven het luik in het nu sterk overhellende dek. Door de onderkant van de glazen koepel zag ze de oceaan onder zich kolken. Toen ze opkeek en met haar blik het dek afzocht naar Tolland, zag ze hoe zich op het dek in een paar seconden een bizar drama ontrolde.

Op een meter bij haar vandaan, in de grijpers van de Triton, brulde de Delta-soldaat van pijn terwijl hij als een lappenpop door elkaar werd geschud. William Pickering kwam door Rachels gezichtsveld schuiven en greep zich vast aan een klamp op het dek. Bij de hefboom van het ankerspil had ook Tolland zich vastgegrepen; hij deed zijn best niet over de rand in het water te glijden. Toen Rachel zag dat de militair met het machinepistool zijn evenwicht hervond, gaf ze een kreet in de duikboot. 'Mike, kijk uit!'

Maar Delta-Een negeerde Tolland volledig. De soldaat keek met open mond van ontzetting om naar de helikopter. Rachel volgde zijn blik. De Kiowa was met stationair draaiende rotorbladen langzaam naar voren aan het glijden over het schuin hangende dek. Het metalen onderstel had het effect van ski's op een helling. Op dat moment besefte Rachel dat het enorme apparaat recht op de Triton af kwam glijden.

Delta-Een haastte zich moeizaam over het hellende dek naar het wegglijdende toestel en klom in de cockpit. Hij was niet van plan hun enige ontsnappingsmiddel van het dek te laten glijden. Hij stortte zich op de bediening van de Kiowa en trok aan de stuurknuppel. *Omhoog!* Met een oorverdovend lawaai gingen de rotorbladen boven zijn hoofd sneller draaien om de zware gevechtshelikopter van het dek te tillen. *Omhoog, verdomme!* De heli gleed recht naar de Triton en Delta-Twee, die daar in de grijpers hing.

Doordat de neus van de Kiowa naar voren helde, was ook de rotor gekanteld, en toen de helikopter slingerend loskwam van het dek, vloog hij meer naar voren dan omhoog, als een gigantische cirkelzaag in de richting van de Triton. *Omhoog!* Delta-Een trok aan de stuurknuppel en wenste dat hij zich kon ontdoen van de halve ton Hellfireraketten die hem bij de grond hielden. De rotorbladen scheerden rakelings over het hoofd van Delta-Twee en over de Triton, maar de helikopter bewoog te snel naar voren. Hij zou nooit over de lierkabel van de Triton komen.

Toen de rotorbladen van de Kiowa, die met driehonderd toeren per minuut draaiden, de vijftien-tonslierkabel van de duikboot raakten, snerpte het gieren van metaal op metaal door de nacht. Het geluid riep beelden op van heroïsche veldslagen. Vanuit de gepantserde cockpit van de helikopter zag Delta-Een hoe zijn rotorbladen in de kabel van de duikboot hakten als een enorme grasmaaier die over een stalen ketting rijdt. Een verblindende vonkenregen spoot alle kanten op, en de bladen van de Kiowa vlogen uit elkaar. Delta-Een voelde het toestel zakken. Het sloeg hard met zijn onderstel tegen het dek. Hij probeerde het onder controle te krijgen, maar hij had geen stijgkracht.

De heli stuiterde tweemaal op het hellende dek, gleed toen weg en sloeg tegen de reling van het schip.
Even dacht hij dat de reling het zou houden.
Toen hoorde Delta-Een gekraak. De zwaarbeladen helikopter kantelde en tuimelde in zee.

In de Triton drukte Rachel Sexton zich als verstijfd tegen de rugleuning van haar stoel. De miniduikboot was krachtig heen en weer geslingerd toen de rotor van de helikopter de kabel raakte, maar het was haar gelukt te blijven zitten. De rotorbladen hadden de duikboot zelf niet geraakt, maar ze wist dat de kabel zwaar beschadigd moest zijn. Het enige waar ze aan kon denken, was zo snel mogelijk weg zien te komen uit de duikboot. De militair in de grijpers staarde haar aan, buiten zinnen, hevig bloedend en met brandwonden van de vonken. Achter hem zag ze William Pickering, die zich nog steeds vasthield aan een klamp op het hellende dek.
Waar is Michael? Ze zag hem niet. Haar paniek duurde maar even, want toen werd ze door een nieuwe angst gegrepen. Boven haar hoofd maakte de gehavende lierkabel van de Triton een onheilspellend, zwiepend geluid toen de strengen uiteenrafelden. Toen klonk er een luide knal en Rachel voelde dat de kabel bezweek.
Tijdelijk gewichtloos zweefde Rachel boven haar stoel in de cabine, terwijl de duikboot naar beneden stortte. Het dek verdween boven haar en de loopbruggen onder de *Goya* flitsten voorbij. De militair in de grijpers werd lijkbleek van angst en staarde Rachel aan terwijl de duikboot steeds meer vaart kreeg.
Er leek geen einde te komen aan de val.
Toen de duikboot onder de *Goya* in zee stortte en onder water schoot, kwam Rachel met zo'n klap weer op haar stoel terecht dat haar ruggengraat werd samengedrukt terwijl de verlichte oceaan langs de koepel omhoogkwam. Haar adem werd afgesneden door de plotselinge vertraging toen de onderzeeër onder water tot stilstand kwam, daarna weer naar boven schoot en als een kurk boven water kwam.
De haaien sloegen ogenblikkelijk toe. In haar stoel op de eerste rij keek Rachel als versteend toe terwijl het tafereel zich op een meter afstand ontvouwde.

Delta-Twee voelde de rechthoekige kop van de haai met onvoorstelbare kracht tegen hem aan dreunen. Een messcherpe klem werd om zijn bovenarm gezet, sneed er tot op het bot doorheen en hield stevig vast. Er schoot een withete pijn door hem heen toen de haai zijn sterke lijf draaide en hard met zijn kop schudde, waardoor hij de arm van

Delta-Twee van zijn romp rukte. Andere haaien vielen aan. Messen die zijn benen doorboorden. Zijn romp. Zijn hals. Delta-Twee had geen adem om te gillen van pijn toen de haaien grote stukken van zijn lijf rukten. Het laatste wat hij zag, was een scheve, halvemaanvormige bek, een afgrond met tanden die over zijn gezicht schoof.
Alles werd zwart.

In de Triton werd het gebeuk van de zware, harde koppen tegen de koepel eindelijk minder. Rachel deed haar ogen open. De man was verdwenen. Het water dat tegen het raam klotste, was rood.
Diep geschokt zat ze ineengedoken in haar stoel, met haar knieën tegen haar borst getrokken. Ze voelde de Triton bewegen. Hij dreef mee op de stroom en schraapte langs de steigers onder de *Goya*. Ze merkte dat hij ook nog in een andere richting bewoog. Naar beneden.
Buiten werd het karakteristieke geborrel van water dat de ballasttanks in liep luider. De zee ging steeds hoger tegen het glas van de ruit staan.
Ik zink!
Een schok van paniek ging door Rachel en ze sprong overeind. Ze reikte omhoog en greep het handwiel van het luik. Als ze op de duikboot kon klimmen, was ze nog op tijd om op de steiger van de *Goya* te springen. Die was maar een meter bij haar vandaan.
Ik moet eruit zien te komen!
Bij het handwiel was duidelijk aangegeven welke kant ze op moest draaien. Ze zette zich schrap. Er zat geen beweging in. Ze probeerde het opnieuw. Niets. Het luik zat klem. Het was verbogen. Terwijl de angst in haar oprees zoals de zee om haar heen, deed ze een laatste poging.
Het luik bewoog niet.
De Triton zonk nog een paar centimeter dieper en stootte nog een laatste keer tegen de *Goya* voordat hij onder de gehavende scheepsromp uit dreef... de open zee op.

126

'Doe het niet,' smeekte Gabrielle de senator, terwijl hij zijn werk bij het kopieerapparaat voltooide. 'Je zet het leven van je dochter op het spel!'
Sexton negeerde haar en liep terug naar zijn bureau met tien identieke stapeltjes kopieën. Elk stapeltje bevatte de informatie die Rachel

hem had gefaxt, inclusief haar handgeschreven briefje waarin ze beweerde dat de meteoriet nep was en NASA en het Witte Huis ervan beschuldigde haar te willen vermoorden.

Het schokkendste informatiepakket dat de media ooit hebben gekregen, dacht Sexton, en hij schoof elk stapeltje voorzichtig in een afzonderlijke, grote envelop van wit linnenpapier. Op elke envelop stond zijn naam, kantooradres en senatorsembleem. Er zou geen twijfel bestaan over de herkomst van deze ongelooflijke informatie. *Het politieke schandaal van de eeuw*, dacht Sexton, *en ik ben degene die het openbaart!*

Gabrielle betoogde nog steeds dat hij om Rachels veiligheid moest denken, maar Sexton hoorde niets. Met zijn gedachten in zijn eigen wereld maakte hij de enveloppen klaar. *Elke politieke carrière kent een beslissend moment. Dit is het mijne.*

William Pickering had hem gewaarschuwd dat Rachels leven gevaar zou lopen als hij dit openbaar maakte. Maar Sexton wist ook dat hij, als hij de bewijzen van het bedrog van NASA openbaar zou maken, door die ene doortastende daad met een grotere meerderheid aan stemmen en meer politiek drama in het Witte Huis zou komen dan ooit eerder in de Amerikaanse geschiedenis was vertoond.

Het leven is vol moeilijke beslissingen, dacht hij. *En winnaars zijn de mensen die ze nemen.*

Gabrielle Ashe had deze blik in Sextons ogen vaker gezien. *Blinde ambitie.* Ze was er bang voor. En terecht, besefte ze nu. Sexton was kennelijk bereid zijn dochter op te offeren om de eerste te zijn die het bedrog van NASA bekendmaakte.

'Zie je dan niet dat je al gewonnen hebt?' vroeg Gabrielle. 'Zach Herney en NASA kunnen dit schandaal onmogelijk overleven. Het maakt niet uit door wie het openbaar wordt gemaakt, of wanneer! Wacht tot je weet dat Rachel in veiligheid is. Wacht tot je Pickering hebt gesproken!'

Het was duidelijk dat Sexton niet meer naar haar luisterde. Hij trok zijn bureaula open en trok er een vel uit met tientallen zelfklevende zegels van was ter grootte van een stuiver, met zijn initialen erop. Gabrielle wist dat hij die meestal gebruikte voor officiële uitnodigingen, maar blijkbaar dacht hij dat een rood zegel de enveloppen een extra dramatisch tintje zou geven. Hij trok de ronde zegels los van het vel en drukte er een op de flap van elke envelop, zodat ze verzegeld werden alsof het persoonlijke epistels waren.

Gabrielles hart bonsde van hernieuwde woede. Ze dacht aan de digitale gegevens over onwettige schenkingen in zijn computer. Als ze er iets over zei, zou hij het bewijsmateriaal gewoon wissen. 'Als je dit

doorzet,' zei ze, 'maak ik onze verhouding openbaar.'
Sexton lachte luid, terwijl hij de zegels op de enveloppen plakte. 'O ja? En denk je dat ze je zullen geloven, een machtsbeluste medewerker die geen functie heeft gekregen in mijn regering en op wraak uit is? Ik heb onze relatie al een keer ontkend, en de wereld geloofde me. Ik zal het gewoon opnieuw ontkennen.'
'Het Witte Huis heeft foto's,' vertelde Gabrielle.
Sexton keek niet eens op. 'Ze hebben geen foto's. En zelfs als ze die wel hadden, zou het niet belangrijk zijn.' Hij plakte de laatste zegel op. 'Ik ben onschendbaar. De inhoud van deze enveloppen overtroeft alles wat me kan worden aangewreven.'
Gabrielle wist dat hij gelijk had. Met een machteloos gevoel zag ze hoe Sexton zijn huisvlijt goedkeurend bekeek. Op zijn bureau lagen tien chique enveloppen van wit linnenpapier, elk voorzien van zijn naam en adres en verzegeld met een rood waszegel met zijn initialen erin. Ze zagen eruit als koninklijke missiven. Er waren ongetwijfeld koningen gekroond op grond van minder overtuigende informatie.
Sexton pakte de enveloppen en wilde de kamer uit lopen. Gabrielle ging voor hem staan en blokkeerde hem de weg. 'Je maakt een vergissing. Dit kan wachten.'
Sexton keek haar doordringend aan. 'Ik heb je gemaakt, Gabrielle, en ik kan je ook breken.'
'Die fax van Rachel zal je het presidentschap bezorgen. Je bent haar iets schuldig.'
'Ik heb haar meer dan genoeg gegeven.'
'Maar stel dat haar iets overkomt!'
'Dan zal dat me heel wat stemmen uit medeleven opleveren.'
Gabrielle vond het ongelooflijk dat die gedachte bij hem opkwam, laat staan dat hij die over zijn lippen kon krijgen. Vol afkeer stak ze haar hand uit naar de telefoon. 'Ik bel het Witte...'
Sexton draaide zich abrupt om en sloeg haar hard in haar gezicht.
Gabrielle wankelde naar achteren; ze voelde dat haar lip was gescheurd. Ze greep het bureau en hervond haar evenwicht, terwijl ze de man die ze eens had bewonderd verbijsterd aanstaarde.
Sexton keek haar lang en dreigend aan. 'Als je ook maar overweegt om me te dwarsbomen, zul je dat de rest van je leven bezuren.' Hij stond resoluut met de stapel verzegelde enveloppen onder zijn arm. Er vonkte een hardvochtige, gevaarlijke blik in zijn ogen.
Toen Gabrielle de koude, nachtelijke buitenlucht in stapte, bloedde haar lip nog steeds. Ze hield een taxi aan en stapte in. Toen, voor het eerst sinds ze naar Washington was gekomen, barstte Gabrielle Ashe in huilen uit.

127

De Triton is gevallen...

Michael Tolland kwam moeizaam overeind op het hellende dek en tuurde over het ankerspil naar de gerafelde lierkabel waar de Triton zojuist nog aan had gehangen. Hij draaide zich snel naar de achtersteven en zocht het water af. De Triton kwam net op de stroom van onder de *Goya* tevoorschijn. Tolland was blij te zien dat de duikboot in elk geval intact was en keek naar het luik, intens hopend dat het open zou gaan en hij Rachel ongedeerd naar buiten zou zien klimmen. Maar het luik bleef dicht. Tolland vroeg zich af of ze misschien buiten bewustzijn was geraakt door de klap van de val.

Zelfs vanaf het dek kon hij zien dat de Triton heel diep in het water lag, veel dieper dan normaal. *Hij zinkt.* Tolland had geen idee hoe dat kwam, maar dat deed er op dit moment niet toe.

Ik moet Rachel eruit zien te krijgen. En snel ook.

Toen Tolland zich oprichtte om naar de rand van het dek te rennen, sloeg er een regen van kogels uit een machinepistool boven hem in. De vonken spatten van het zware ankerspil boven zijn hoofd. Hij liet zich weer op zijn knieën vallen. *Verdomme!* Hij gluurde net lang genoeg om het spil heen om Pickering op het bovendek te zien staan, die zijn wapen als een scherpschutter op hem richtte. De Delta-soldaat had zijn machinepistool laten vallen toen hij in de ten ondergang gedoemde helikopter was geklommen, en Pickering had het blijkbaar weten te bemachtigen. Nu was hij ermee naar een hoger punt geklommen.

Tolland kon alleen maar achter het spil blijven zitten. Hij keek om naar de zinkende Triton. *Kom op, Rachel! Zorg dat je eruit komt!* Hij wachtte af of het luik openging. Niets.

Hij keek weer naar het dek van de *Goya* en schatte de afstand van waar hij zich bevond tot aan de reling bij de achtersteven. Zes meter. Een heel eind, als je geen dekking had.

Tolland ademde diep in en nam een besluit. Hij trok haastig zijn overhemd uit en slingerde het naar rechts, het open dek op. Terwijl Pickering het overhemd vol gaten blies, rende Tolland naar links, het hellende dek af naar de achtersteven. Met een doldrieste sprong dook hij aan de achterkant van het schip over de reling. Terwijl hij door de lucht vloog, hoorde hij de kogels om zijn oren fluiten, en hij wist dat één schrammetje hem tot een feestmaal voor de haaien zou maken op het ogenblik dat hij het water raakte.

Rachel voelde zich als een wild dier in een kooi. Ze had keer op keer geprobeerd het luik te openen, maar tevergeefs. Ze hoorde ergens onder zich een tank vollopen met water en ze had het gevoel dat de onderzeeër zwaarder werd. De duisternis van de oceaan kroop steeds verder omhoog langs de doorzichtige koepel, een zwart gordijn dat uit de diepte oprees.

Door de onderste helft van het glas kon Rachel de afgrond van de oceaan als een graf zien wenken. De uitgestrekte leegte daarbeneden dreigde haar op te slokken. Ze greep opnieuw het handwiel en probeerde het te draaien, maar er zat geen beweging in. Ze begon zwaarder te ademen en rook de bedompte, bittere stank van een teveel aan kooldioxide. Eén gedachte kwam steeds weer terug.

Ik ga alleen sterven, onder water.

Ze keek naar het bedieningspaneel en de hendels van de Triton op zoek naar iets wat haar kon helpen, maar alle lampjes waren uit. Geen stroom. Ze zat opgesloten in een dode, stalen crypte die naar de bodem van de zee zonk.

Het geborrel in de tanks leek toe te nemen en de oceaan rees tot een halve meter onder de bovenrand van het glas. In de verte, achter de oneindige watervlakte, begon de lucht boven de horizon rood te kleuren. Het was bijna ochtend. Rachel vreesde dat het het laatste licht was dat ze zou zien. Ze deed haar ogen dicht om haar naderende lot buiten te sluiten, maar werd overvallen door de angstaanjagende beelden uit haar kindertijd.

Ze viel in het wak. Gleed onder water.

Geen lucht. Ze kon zich niet omhoog werken. Zonk.

Haar moeder, die haar riep. 'Rachel! Rachel!'

Een gebons op de buitenkant van de duikboot deed Rachel opschrikken uit haar koortsdroom. Haar ogen schoten open.

'Rachel!' De stem was gedempt. Er verscheen een spookachtig gezicht voor het glas, ondersteboven, met een werveling van donker haar eromheen. Het was zo donker dat ze hem nauwelijks herkende.

'Michael!'

Tolland kwam boven water, opgelucht dat hij Rachel had zien bewegen in de duikboot. *Ze leeft nog.* Hij zwom met krachtige slagen naar de achterkant van de Triton en klom op het motorcompartiment, dat nu onder water lag. De oceaan stroomde warm en log om hem heen toen hij in een goede houding ging zitten om het handwiel van het luik te kunnen pakken. Hij bleef laag en hoopte dat hij buiten het bereik van Pickerings wapen was.

De Triton lag nu bijna helemaal onder water en Tolland wist dat hij moest opschieten als hij het luik wilde openen en Rachel eruit wilde trekken. Hij had nog vijfentwintig centimeter speling, maar dat werd snel minder. Als het luik onder water lag, zou er een lading zeewater in de Triton stromen als hij het opende, waardoor Rachel er niet uit zou kunnen komen en de duikboot ogenblikkelijk zou zinken.

'Nu of nooit,' bracht hij uit, terwijl hij het handwiel greep en het tegen de klok in probeerde te draaien. Er gebeurde niets. Hij probeerde het nog een keer, met al zijn kracht. Opnieuw weigerde het wiel te draaien.

Hij hoorde Rachel binnen, aan de andere kant van het luik. Haar stem klonk onderdrukt, maar hij voelde haar angst. 'Ik heb het geprobeerd!' riep ze. 'Ik kreeg er geen beweging in!'

Het water klotste nu over het luik heen. 'We moeten samen draaien!' schreeuwde hij naar haar. 'Jij met de klok méé!' Hij wist dat het duidelijk was aangegeven. 'Eén, twéé, dríé!'

Tolland zette zich schrap tegen de ballasttanks en draaide uit alle macht. Hij hoorde Rachel onder zich hetzelfde doen. Het wiel draaide een centimeter en zat toen weer muurvast.

Nu zag Tolland het. Het luik zat niet recht in de opening. Het zat vast, zoals het deksel van een jampot dat er scheef was opgedraaid. De rubberen afsluiting zat goed dicht, maar de klampen waren verbogen, wat betekende dat het luik alleen nog met een lasbrander was open te krijgen.

Toen de bovenkant van de duikboot onder water verdween, werd Tolland door ontzetting gegrepen. Rachel zou niet uit de Triton ontsnappen.

Zeshonderd meter onder hen zonk de gehavende romp van de Kiowa, zwaar beladen met explosieven, snel naar beneden, een gevangene van de zwaartekracht en de krachtige maalstroom. Het levenloze lichaam van Delta-Een, dat in de cockpit lag, was niet herkenbaar meer doordat het misvormd was door de verpletterende druk in de diepte.

Het toestel zonk spiraalsgewijs naar beneden, met Hellfire-raketten en al, en op de bodem wachtte de hete magmakoepel als een roodgloeiend landingsplatform. Onder de korst van drie meter dik borrelde een massa kokende lava met een temperatuur van duizend graden Celsius, een vulkaan die wachtte op een gelegenheid om uit te barsten.

128

Tolland stond tot aan zijn knieën in het water op het motorcompartiment van de zinkende Triton en pijnigde zijn hersens om een manier te vinden Rachel te redden.

De duikboot mag niet zinken!

Hij keek om naar de *Goya* en vroeg zich af of er een manier was om de Triton aan een lier te bevestigen, zodat hij die aan het wateroppervlak kon houden. Onmogelijk. Het schip was nu vijftig meter bij hem vandaan, en Pickering stond hoog op de brug, als een Romeinse keizer die de beste plaats in het Colosseum had om het bloederige spektakel goed te kunnen zien.

Denk na! maande Tolland zichzelf. *Waarom zinkt de duikboot?*

Het mechanisme dat het drijfvermogen van de duikboot regelde, was pijnlijk eenvoudig: ballasttanks vol lucht of water zorgden ervoor dat de Triton omhoog of omlaag bewoog.

Het was duidelijk dat de ballasttanks aan het vollopen waren.

Maar dat horen ze niet te doen!

Alle ballasttanks van duikboten hadden aan de bovenkant en aan de onderkant gaten. De openingen onderin, de zogenaamde inlaatopeningen, bleven altijd open, terwijl de gaten bovenin, de ontluchtingskleppen, geopend en gesloten konden worden om lucht te laten ontsnappen, zodat er water in de tanks kon stromen.

Misschien stonden de ontluchtingskleppen van de Triton om de een of andere reden open? Tolland kon zich niet voorstellen hoe dat zou komen. Hij draaide zich onhandig om op het motorcompartiment en tastte naar een van de ballasttanks van de Triton. De kleppen waren dicht. Maar toen hij ernaar tastte, vonden zijn vingers iets anders.

Kogelgaten.

Verdomme! De Triton was met kogels doorzeefd toen Rachel erin sprong. Tolland dook onmiddellijk in het water en zwom naar de onderkant van de duikboot, waar hij zijn handen zorgvuldig langs de belangrijkste ballasttank van de Triton liet glijden, de duiktank. De Britten noemden die tank de 'sneltrein naar beneden'. De Duitsers hadden het over 'loden schoenen aantrekken'. Hoe dan ook, de betekenis was duidelijk. Als de duiktank vol was, ging de duikboot als een speer naar beneden.

Toen Tolland aan de zijkanten van de tank voelde, ontdekte hij tientallen kogelgaten. Hij voelde het water naar binnen stromen. De Triton ging duiken, of Tolland dat nu wilde of niet.

De duikboot lag nu een meter onder water. Tolland zwom naar de voorkant, drukte zijn gezicht tegen het glas en tuurde door de koepel. Rachel bonsde tegen het glas en schreeuwde. Hij stond machteloos tegenover de angst in haar stem. Even was hij terug in een kil ziekenhuis en zag hij de vrouw van wie hij hield sterven, wetende dat hij niets kon doen. Terwijl hij onder water voor de zinkende duikboot hing, besefte Tolland dat hij dat niet nog een keer kon verdragen. *Je bent een doorzetter*, had Celia tegen hem gezegd, maar hij wilde niet in zijn eentje doorzetten... niet weer.

Tollands longen hunkerden naar lucht, maar hij bleef bij haar. Elke keer dat Rachel tegen het glas bonsde, hoorde Tolland luchtbelletjes naar boven borrelen en zonk de duikboot weer wat dieper. Rachel riep iets over water dat langs het raam naar binnen kwam.

Het raam lekte.

Een kogelgat in het glas? Het leek hem niet waarschijnlijk. Zijn longen stonden op barsten, dus hij moest naar boven. Toen hij zich met zijn handen langs het grote plexiglazen raam naar boven duwde, voelde hij met zijn vingers een stukje losgeraakt rubber. De afdichtstrip was blijkbaar beschadigd geraakt bij de val. Daardoor was de cabine lek. *Nog meer slecht nieuws.*

Tolland werkte zich naar het oppervlak, haalde driemaal diep adem en probeerde helder na te denken. Als er water de cabine in stroomde, zou dat de Triton nog sneller doen zinken. De duikboot was al anderhalve meter onder water; Tolland kon hem nog net aanraken met zijn voeten. Hij voelde Rachel wanhopig tegen het raam bonzen.

Tolland kon maar één ding bedenken. Als hij naar het motorcompartiment van de Triton dook en de persluchtfles kon vinden, kon hij die gebruiken om de duiktank leeg te blazen. Het was dweilen met de kraan open, maar het zou de Triton een paar minuten dicht onder het wateroppervlak kunnen houden, voordat de geperforeerde tank weer volliep.

En dan?

Omdat hij geen andere mogelijkheid zag, bereidde Tolland zich voor op zijn duik. Hij ademde heel diep in, zodat zijn longen verder uitzetten dan normaal, tot het bijna pijn deed. *Meer longcapaciteit. Meer zuurstof. Een langere tijd onder water.* Maar toen hij zijn longen voelde uitzetten en tegen zijn ribbenkast voelde drukken, kwam er een raar idee bij hem op.

Stel dat hij de druk ín de duikboot verhoogde. De afdichtstrip van het raam was beschadigd. Als hij de druk in de cabine kon verhogen, kon hij de hele plexiglazen koepel misschien van de duikboot blazen en Rachel bevrijden.

Hij liet zijn adem ontsnappen en bleef een tijdje watertrappen om over de haalbaarheid te denken. Het was toch volkomen logisch? Per slot van rekening was een duikboot gemaakt om in één richting sterk te zijn. Hij moest weerstand bieden aan een enorme druk van buitenaf, maar niet van binnenuit.

Bovendien had de Triton, om het aantal reserveonderdelen te beperken dat er op de *Goya* moest worden meegenomen, maar één soort ventielen. Tolland kon eenvoudigweg de slang van de persluchtfles aansluiten op een koppeling voor luchttoevoer in noodgevallen die aan bakboordzijde van de duikboot zat! Als de druk in de cabine werd opgevoerd, zou dat fysiek pijnlijk zijn voor Rachel, maar het zou haar misschien een uitweg bieden.

Tolland ademde diep in en dook.

De duikboot was nu tweeënhalve meter onder water, en door de stroming en de duisternis kon hij zich slecht oriënteren. Toen hij de persluchtfles had gevonden, verplaatste Tolland snel de slang en stond op het punt om lucht in de cabine te laten stromen. Toen hij zijn hand uitstak naar de afsluitkraan, herinnerde de reflecterende gele verf aan de zijkant van de fles hem eraan hoe gevaarlijk deze manoeuvre was: VOORZICHTIG: PERSLUCHT – 200 bar.

Tweehonderd bar, dacht Tolland. Zijn hoop was dat de doorzichtige koepel van de Triton eraf zou vliegen voordat de druk in de cabine Rachels longen kapot zou blazen. Eigenlijk stak hij een brandslang in een ballon met water en bad dat de ballon snel zou breken.

Hij greep de afsluiter en nam een besluit. Hij draaide de kraan om en zette de klep open. De slang ging onmiddellijk strak staan en Tolland hoorde de lucht met een enorme kracht de cabine in stromen.

In de Triton voelde Rachel opeens een brandende pijn door haar hoofd snijden. Ze deed haar mond open om te gillen, maar de lucht drong met zo'n kracht en zo pijnlijk haar longen binnen dat ze dacht dat haar borstkas uit elkaar zou barsten. Ze had het gevoel dat haar ogen naar achteren haar schedel in werden gedrukt. Er trok een oorverdovend gedreun door haar trommelvliezen, dat haar bijna deed flauwvallen. Intuïtief kneep ze haar ogen dicht en sloeg haar handen over haar oren. De pijn werd erger.

Recht voor zich uit hoorde ze gebonk. Ze dwong zich haar ogen net lang genoeg open te doen om de vage omtrek van Michael Tolland in de duisternis te zien. Hij had zijn gezicht tegen de ruit gedrukt. Hij gebaarde haar dat ze iets moest doen.

Maar wat?

Ze kon hem nauwelijks onderscheiden in het donker. Bovendien was haar beeld wazig, doordat de druk haar oogbollen vervormde. Maar ze kon wel zien dat de duikboot tot onder het bereik van de onderwaterlampen van de *Goya* was gezonken. Om haar heen was alleen een oneindig, inktzwart niets.

Tolland drukte zich in zijn volle lengte tegen het raam van de Triton en bleef erop bonzen. Zijn longen brandden van zuurstofgebrek en hij wist dat hij over een paar seconden terug moest naar het oppervlak. *Duw tegen het raam!* probeerde hij haar duidelijk te maken. Hij hoorde lucht langs de koepel ontsnappen en omhoogborrelen. Ergens zat de afdichting los. Tolland tastte naar een randje, iets waar hij zijn vingers onder kon steken. Niets.
Toen zijn zuurstof op was en hij last dreigde te krijgen van tunnelzicht, bonkte hij een laatste keer op de ruit. Hij kon haar niet eens meer zien. Het was te donker. Met het laatste restje lucht in zijn longen riep hij onder water: 'Rachel... duw... tegen... het ... raam!'
Zijn woorden klonken als een gedempt, borrelend gebrabbel.

129

Rachel had het gevoel alsof haar hoofd werd samengeperst in een of ander middeleeuws martelwerktuig. Ze stond voorovergebogen naast de stoel in de cabine en voelde dat de dood haar insloot. Het halfronde raam recht voor haar uit was leeg. Donker. Het gebonk was opgehouden.
Tolland was weg. Hij had haar alleen gelaten.
Het gesis van de perslucht die boven haar hoofd naar binnen werd geblazen, deed haar denken aan de oorverdovende valwind op het Milne-ijsplateau. Op de vloer van de duikboot stond het water nu zo'n dertig centimeter hoog. *Laat me eruit!* Ontelbare gedachten en herinneringen gingen als paarse lichtflitsen door haar hoofd.
In het donker begon de duikboot te kantelen. Rachel wankelde en verloor haar evenwicht. Ze viel over de stoel naar voren en smakte tegen de binnenkant van de koepel. Er trok een scherpe pijnscheut door haar schouder. Toen ze tegen het raam viel, had dat een onverwacht effect: een plotselinge daling van de luchtdruk in de duikboot. De druk op Rachels strak staande trommelvliezen werd duidelijk minder, en ze hoorde zelfs een geborrel van luchtbellen die uit de Triton ontsnapten.
Het duurde even voordat ze besefte wat er was gebeurd. Toen ze te-

gen de koepel viel, had haar gewicht het halfronde raam zo hard naar buiten geduwd dat er wat lucht had weten te ontsnappen. De ruit zat dus los! Plotseling snapte Rachel wat Tolland had willen bereiken door de druk in de cabine te verhogen.

Hij probeert het raam eruit te blazen!

Boven haar hoofd bleef er lucht uit de persluchtfles van de Triton stromen. Terwijl ze op de grond lag, voelde ze de luchtdruk alweer stijgen. Deze keer verwelkomde ze dat bijna, hoewel ze merkte dat de verstikkende druk haar gevaarlijk ver in de richting van bewusteloosheid duwde. Ze kwam wankelend overeind en duwde uit alle macht tegen de binnenkant van het raam.

Deze keer klonk er geen geborrel. De ruit bewoog nauwelijks.

Ze wierp haar gewicht weer tegen het raam. Niets. Haar schouderwond deed pijn en ze keek ernaar. Het bloed was opgedroogd. Ze wilde nog een poging wagen, maar daar kreeg ze de tijd niet voor. Plotseling begon de gehavende duikboot te kantelen... achterover. Toen het gewicht van het motorcompartiment zwaarder ging tellen dan de volle ballasttanks, rolde de Triton op zijn rug en zonk met de achterkant naar beneden.

Rachel viel op haar rug tegen de achterwand van de cabine. Ze lag half onder het klotsende water en staarde omhoog naar de lekkende koepel, die als een groot dakraam boven haar hing.

Buiten was alleen nacht... en duizenden tonnen water die op haar neerdrukten.

Rachel probeerde zichzelf te dwingen op te staan, maar haar lichaam voelde doods en zwaar. Weer nam haar geest haar mee terug in de tijd, naar de ijzige greep van een bevroren rivier.

'Kom op, Rachel!' schreeuwde haar moeder, terwijl ze een hand uitstak om haar uit het water te trekken. 'Pak mijn hand!'

Rachel sloot haar ogen. *Ik zink.* Haar schaatsen voelden aan als loden gewichten die haar naar beneden trokken. Ze zag haar moeder met uitgestrekte hand plat op haar buik op het ijs liggen om haar gewicht te verdelen.

'Tráppen, Rachel! Trap met je voeten!'

Rachel trapte zo hard mogelijk. Ze kwam een klein stukje omhoog in het ijskoude wak. Een sprankje hoop. Haar moeder greep haar hand.

'Ja!' riep haar moeder. 'Werk mee! Trap met je voeten!'

Terwijl haar moeder haar omhoogtrok, gebruikte Rachel haar laatste restje energie om met haar schaatsen te trappen. Het was net genoeg, en haar moeder trok Rachel naar de veiligheid. Ze sleepte de doorweekte Rachel helemaal naar de besneeuwde oever voordat ze neerzeeg en in tranen uitbarstte.

In de steeds natter en warmer wordende duikboot opende Rachel nu haar ogen en zag het donker om haar heen. Ze hoorde haar moeder fluisteren vanuit haar graf. Zelfs hier, in de zinkende Triton, was haar stem duidelijk hoorbaar.

Trap met je voeten.

Rachel keek op naar de koepel boven zich. Ze verzamelde haar laatste restje moed en klom op de stoel, die nu bijna horizontaal hing, als een soort tandartsstoel. Ze ging er op haar rug in liggen, boog haar knieën, trok haar benen zo ver mogelijk in, richtte haar voeten naar boven en strekte uit alle macht haar benen. Met een onbeheerste schreeuw van wanhoop en krachtsinspanning dreef ze haar voeten in het midden van de koepel. Een scherpe pijn schoot door haar schenen en maakte haar duizelig. Plotseling dreunde het in haar oren en voelde ze dat de druk in de cabine ineens daalde. Aan de linkerkant van de koepel was de afdichting bezweken, en de enorme lens kwam gedeeltelijk los en zwaaide open.

Een golf water stroomde de duikboot in en drukte Rachel in haar stoel. De oceaan denderde om haar heen naar binnen, kolkte achter haar rug omhoog, tilde haar van de stoel en deed haar rondtuimelen als een sok in een wasmachine. Rachel tastte blindelings naar iets waar ze zich aan kon vasthouden, maar ze tolde woest in het rond. Naarmate de cabine zich met water vulde, voelde ze dat de duikboot aan een snelle, vrije val naar de bodem begon. Ze werd omhooggesmeten en kwam klem te zitten. Om haar heen steeg een stroom luchtbellen op, die haar optilde en mee naar links en naar boven sleurde. Er sloeg een harde kunststof plaat tegen haar heup.

Opeens was ze vrij.

Rachel tolde door de eindeloze warmte van het donkere water, maar ze voelde dat haar longen al naar lucht hunkerden. *Naar boven!* Ze zocht naar licht, maar zag niets. Haar wereld zag er in alle richtingen hetzelfde uit. Zwart. Geen zwaartekracht. Geen besef van boven of beneden.

Op dat afschuwelijke ogenblik besefte Rachel dat ze geen idee had welke kant ze op moest zwemmen.

Vele honderden meters onder haar begaf de zinkende helikopter het onder de steeds hoger wordende waterdruk. De vijftien zeer explosieve AGM-114 Hellfire-antitankraketten die nog steeds aan boord waren, bezweken bijna onder de druk. De met koper beklede neuskegels met de ontstekers begonnen gevaarlijk te vervormen.

Op dertig meter boven de zeebodem werden de resten van de helikopter door de sterke stroming van de megapluim gegrepen en naar beneden gezogen, waar ze tegen de gloeiend hete korst van de magmakoepel sloegen. Als lucifers in een doosje die een voor een ontbrandden, explodeerden de Hellfire-raketten en bliezen een gapend gat in de bovenkant van de magmakoepel.

Nadat hij boven water was gekomen om lucht te happen en weer vertwijfeld naar beneden was gedoken, zweefde Michael Tolland op vijf meter diepte en zocht de duisternis af. Toen explodeerden de Hellfire-raketten. De witte flits plantte zich naar boven toe voort en belichtte een verbazingwekkend schouwspel, een beeld dat hij nooit meer zou vergeten.

Rachel Sexton hing drie meter onder hem in het water als een marionet die verward zit in zijn touwtjes. Onder haar zonk de Triton, met openhangende koepel, in rap tempo naar beneden. De haaien in de buurt schoten alle kanten op, blijkbaar met een voorgevoel van het gevaar dat hier dreigde.

Tollands blijdschap bij het zien van Rachel werd ogenblikkelijk de kop ingedrukt door het besef van wat er zou volgen. Hij prentte zich haar positie in voordat het licht verdween, dook met al zijn kracht en zwom zo snel mogelijk naar haar toe.

Bijna een kilometer dieper vloog de beschadigde korst van de magmakoepel in stukken uiteen, en de onderwatervulkaan barstte uit en braakte magma van twaalfhonderd graden Celsius de zee in. De verzengende lava deed al het water verdampen dat het raakte, zodat er een enorme zuil van stoom langs de centrale as van de megapluim naar boven spoot. Volgens dezelfde wetmatigheden van de stromingsleer die tornado's doen ontstaan, werd de opwaartse energiestroom gecompenseerd door een cyclonale draaikolk die om de stoomzuil spiraalde en energie in de tegengestelde richting verplaatste.

Om de zuil van oprijzend gas heen werd de stroming in de oceaan die naar beneden spiraalde steeds sterker. De ontsnappende stoom creëerde een grote onderdruk, waardoor miljoenen liters zeewater naar beneden werden gezogen, naar het magma toe. Als dat aangevoerde water de bodem raakte, veranderde ook dat in stoom, waardoor de stoomzuil steeds verder aangroeide en steeds meer water naar beneden zoog. De draaikolk werd daardoor steeds groter. De hete stoomzuil werd hoger en de draaikolk met de seconde sterker en dieper. De bovenrand bewoog zich geleidelijk naar het wateroppervlak.

Er was een zwart gat in de oceaan ontstaan.

Rachel voelde zich als een baby in een baarmoeder. Overal om haar heen de warme, natte duisternis. Haar gedachten werden vertroebeld door de inktzwarte warmte. *Ademhalen.* Ze verzette zich tegen die reflex. De lichtflits die ze had gezien, kon alleen van boven water zijn gekomen, maar hij had zo ver weg geleken. *Dat leek maar zo. Zwem naar boven.* Moeizaam begon Rachel in de richting te zwemmen waar ze de lichtflits had gezien. Ze zag nu ook nog licht... een griezelige, rode gloed in de verte. *Daglicht?* Ze ging harder zwemmen.

Iets greep haar bij haar enkel.

Rachel wilde een gil geven, waardoor ze bijna haar laatste lucht uitblies.

Ze werd naar achteren getrokken, omgedraaid en in de tegengestelde richting geduwd. Ze voelde dat een bekende hand de hare greep. Michael Tolland was terug, en hij trok haar mee de andere kant op. Rachels verstand zei dat hij haar mee naar beneden nam, maar haar gevoel zei dat hij wist wat hij deed.

Trap met je voeten, fluisterde de stem van haar moeder.

Rachel trapte zo hard mogelijk.

130

Toen Tolland en Rachel boven water kwamen, wist hij al dat het voorbij was. *De magmakoepel is opengebarsten.* Op het ogenblik dat de bovenkant van de draaikolk het wateroppervlak bereikte, zou de gigantische onderwatertornado alles naar beneden zuigen. Maar vreemd genoeg was ook de wereld boven water niet de kalme dageraad die hij net had achtergelaten. Het lawaai was oorverdovend. De wind striemde alsof er een storm was losgebarsten in de korte tijd dat hij onder water was geweest.

Tolland was licht in zijn hoofd van zuurstofgebrek. Hij probeerde Rachel boven water te houden, maar ze werd uit zijn armen getrokken. *De stroming!* Tolland deed zijn best om haar vast te houden, maar de onzichtbare kracht ging harder trekken en dreigde haar van hem weg te rukken. Plotseling verloor hij zijn greep op haar en ze gleed door zijn armen... maar naar bóven.

Verbijsterd zag Tolland Rachel oprijzen uit het water.

Boven hun hoofd hing een Osprey van de kustwacht, een vliegtuig met kantelbare rotors, die Rachel ophees. Twintig minuten eerder hadden de mensen van het kustwachtstation bericht gekregen van een explosie op zee. Omdat ze alle contact hadden verloren met de Dolphin-helikopter die zich in dat gebied moest bevinden, vreesden ze dat er een ongeluk was gebeurd. De vliegers hadden de laatst bekende coördinaten van de helikopter in hun navigatiesysteem ingetoetst en er het beste van gehoopt.

Op een meter of achthonderd van de verlichte *Goya* hadden ze brandende wrakstukken op de stroom zien drijven. Het leken restanten van een speedboot. Er vlakbij lag een man in het water, die wild met zijn armen zwaaide. Ze hadden hem opgehesen. Hij was spiernaakt, afgezien van zijn ene onderbeen, dat in een dikke laag isolatieband was gewikkeld.

Uitgeput keek Tolland op naar de onderkant van het vliegtuig. De horizontale propellers veroorzaakten een bulderende wind. Toen Rachel aan een kabel omhoog was gehesen, werd ze door vele handen het toestel in getrokken. Terwijl Tolland toekeek hoe ze in veiligheid werd gebracht, zag hij een man die hem bekend voorkwam halfnaakt op zijn hurken bij de opening zitten.

Corky? Tollands hart sprong op. *Je leeft nog!*

Onmiddellijk werd de gordel weer naar beneden gegooid. Hij viel drie meter bij Tolland vandaan in zee. Hij wilde erheen zwemmen, maar hij voelde dat de draaikolk al begon te trekken. De zee nam hem in een meedogenloze greep en wilde hem niet laten gaan.

De stroom trok hem onder. Hij worstelde om boven te komen, maar de uitputting was overweldigend. *Je bent een doorzetter*, hoorde hij iemand zeggen. Hij trapte met zijn benen en vocht zich een weg naar het wateroppervlak. Toen hij bovenkwam, in de beukende wind, kon hij nog steeds niet bij de gordel. De stroom probeerde hem weer onder te trekken. Toen hij opkeek in de wervelstorm en de herrie, zag hij Rachel. Ze keek strak naar beneden en probeerde hem met haar wilskracht naar haar toe te dwingen.

Tolland had vier krachtige slagen nodig om de gordel te bereiken. Met zijn laatste beetje kracht stak hij zijn arm en hoofd door de lus en liet zich hangen.

Opeens verdween de oceaan om hem heen.

Tolland keek naar beneden op het ogenblik dat de gapende draaikolk zich opende. De megapluim had het wateroppervlak bereikt.

William Pickering stond op de brug van de *Goya* en keek in sprakeloze verbijstering naar het spektakel om zich heen. Aan stuurboordzijde van het achterschip van de *Goya* vormde zich een enorme, trechtervormige holte aan het zeeoppervlak. De draaikolk had een doorsnede van honderden meters en werd snel groter. De oceaan vloeide met een spookachtige soepelheid spiraalsgewijs over de rand. Overal om hem heen klonk een slurpend gekerm op uit de diepte. Pickering keek wezenloos toe hoe het gat zich in zijn richting uitbreidde, als de gapende mond van een mythologische god die een offer verlangde.

Ik droom, dacht Pickering.

Met een explosief gesis dat de ramen van de brug deed springen, spoot er plotseling een hoog oprijzende zuil van stoom uit de draaikolk de lucht in. Met donderend geraas klom er een kolossale geiser omhoog, tot de top uit het zicht verdween in de donkere lucht.

De trechter werd meteen steiler en breidde zich nog sneller uit, en de rand kwam over het wateroppervlak naar hem toe. De achtersteven van de *Goya* draaide zich met een ruk naar de groeiende afgrond. Pickering verloor zijn evenwicht en viel op zijn knieën. Als een kind tegenover God keek hij de peilloze diepte in.

Zijn laatste gedachten waren voor zijn dochter, Diana. Hij hoopte vurig dat zij niet zulke angst had gekend toen ze stierf.

De schokgolf van de ontsnappende stoom wierp de Osprey opzij. Tolland en Rachel hielden elkaar vast, terwijl de piloten het toestel weer rechttrokken, waarbij ze laag over de ten ondergang gedoemde *Goya* kwamen. Toen ze naar buiten keken, zagen ze William Pickering – de Quaker – in zijn zwarte pak geknield bij de reling van het bovendek zitten.

Toen de achtersteven boven de rand van de reusachtige draaikolk slingerde, knapte eindelijk de ankerkabel. Met zijn boeg trots in de lucht gestoken gleed de *Goya* achterwaarts over de richel van water en werd langs de steile, wervelende wand naar beneden gezogen. De lampen brandden nog toen het schip door het water werd verzwolgen.

131

In Washington was de ochtend helder en fris.

Blaadjes dwarrelden op de bries rond de voet van het Washington Monument. De grootste obelisk ter wereld was 's ochtends vroeg meestal alleen met zijn eigen kalme spiegelbeeld in de Reflecting Pool, maar vandaag wemelde het van de verslaggevers, die elkaar in gretige afwachting verdrongen rond het monument.

Senator Sedgewick Sexton voelde zich groter dan Washington zelf toen hij uit zijn limousine stapte en als een leeuw naar de plek schreed waar hij zijn persconferentie zou geven. Hij had de tien grootste omroepen van het land uitgenodigd en hun het schandaal van het decennium beloofd.

Gieren komen altijd op de geur van de dood af, dacht Sexton.

In zijn hand had hij de stapel enveloppen van wit linnenpapier met hun chique, van zijn monogram voorziene waszegels. Als informatie een wapen was, had Sexton een kernkop bij zich.

Als in een roes liep hij naar het podium, waar hij tot zijn voldoening zag dat er twee 'vip-wandjes' – grote schermen van marineblauw doek – achter zijn spreekgestoelte stonden; een oude truc van Ronald Reagan om altijd goed in beeld te komen, ongeacht de achtergrond.

Sexton liep van rechts het podium op en kwam als een acteur vanuit de coulissen achter het scherm vandaan. De verslaggevers gingen snel zitten op de klapstoeltjes die in een paar rijen voor het podium stonden. In het oosten piepte de zon net over de koepel van het Capitool en goot haar roze en gouden stralen als hemels licht over Sexton uit.

Een volmaakte dag om de machtigste man ter wereld te worden.

'Goedemorgen, dames en heren,' zei Sexton, terwijl hij de enveloppen op de lessenaar voor hem legde. 'Ik zal het zo kort en pijnloos mogelijk houden. De informatie die ik u ga verstrekken, is eerlijk gezegd nogal schokkend. Deze enveloppen bevatten bewijsmateriaal waaruit blijkt dat er op het hoogste regeringsniveau bedrog is gepleegd. Tot mijn schaamte moet ik zeggen dat de president me een halfuur geleden heeft gebeld en me heeft gesmeekt – ja, gesméékt – om dit materiaal niet openbaar te maken.' Hij schudde ontzet het hoofd. 'Maar ik geloof nu eenmaal in de waarheid. Hoe pijnlijk die ook is.'

Sexton liet een stilte vallen en stak de enveloppen op om de verzamelde pers lekker te maken. De verslaggevers volgden met hun blik de enveloppen van links naar rechts, een meute honden, kwijlend bij een onbekende lekkernij.

De president had Sexton een halfuur eerder gebeld en alles uitgelegd. Herney had Rachel gesproken, die zich veilig aan boord van een vliegtuig bevond. Hoe ongelooflijk het ook klonk, blijkbaar waren het Witte Huis en NASA geheel onschuldig aan dit fiasco en was William Pickering het brein achter het hele plan geweest.

Niet dat het iets uitmaakt, dacht Sexton. *Zach Herney gaat toch onderuit.*

Sexton wilde dat hij als een vlieg op een muur in het Witte Huis kon zitten om het gezicht van de president te zien als die besefte dat Sexton alles openbaar ging maken. Sexton had ermee ingestemd Herney op dit moment op het Witte Huis te ontmoeten om te overleggen over

de beste manier om het land de waarheid over de meteoriet te vertellen. Herney stond nu waarschijnlijk met stomheid geslagen voor een tv, in het besef dat het Witte Huis niets kon doen om het noodlot af te wenden.
'Vrienden,' zei Sexton, en hij zocht oogcontact met de aanwezigen. 'Ik heb hier diep over nagedacht. Ik heb overwogen tegemoet te komen aan de wens van de president om deze gegevens geheim te houden, maar ik moet doen wat mijn hart me ingeeft.' Sexton zuchtte en liet zijn hoofd hangen als een man die door de geschiedenis in het nauw is gedreven. 'De waarheid is de waarheid. Ik zal niet de vrijheid nemen uw interpretatie van deze feiten op enigerlei wijze te kleuren. Ik zal u de gegevens overhandigen en ze voor zichzelf laten spreken.'
In de verte hoorde Sexton het geluid van de rotorbladen van een grote helikopter. Even vroeg hij zich af of de president misschien in paniek vanuit het Witte Huis aan kwam vliegen, in de hoop de persconferentie stil te leggen. *Dan kan mijn dag helemaal niet meer stuk*, dacht Sexton vrolijk. *Stel je voor hoe schuldig Herney dán zou lijken.*
'Ik schep hier geen genoegen in,' vervolgde Sexton met het voldane gevoel dat zijn timing perfect was. 'Maar ik beschouw het als mijn plicht het Amerikaanse volk te laten weten dat het is voorgelogen.'
Het luchtvaartuig kwam bulderend naderbij en landde op de wandelpromenade rechts van hem. Toen Sexton die kant op keek, zag hij tot zijn verrassing dat het niet de presidentiële helikopter was, maar een Osprey van de kustwacht.
Verbluft zag Sexton de deur van de cabine opengaan en een vrouw tevoorschijn komen. Ze droeg een oranje parka van de kustwacht en zag er slonzig uit, alsof ze uit een oorlog kwam. Ze liep met grote stappen naar het podium. Het duurde even voordat Sexton haar herkende. Toen zag hij het opeens.
Rachel? Zijn mond viel open van schrik. *Wat doet zíj hier in godsnaam?*
Er ging een verward gemompel door de menigte.
Met een brede grijns op zijn gezicht wendde Sexton zich weer tot de pers en stak verontschuldigend een vinger op. 'Wilt u me één minuutje geven? Het spijt me zeer.' Hij slaakte een quasi-vermoeide zucht. 'Familie gaat voor.'
Een paar verslaggevers lachten.
Sexton zag zijn dochter van rechts snel naderen, en hij twijfelde er niet aan dat deze vader-dochterhereniging het beste onder vier ogen kon plaatsvinden. Helaas was hier niet veel gelegenheid voor privacy. Zijn blik schoot naar het grote scherm dat rechts van hem stond.
Met een kalme glimlach zwaaide Sexton naar zijn dochter en stapte

weg bij de microfoon. Hij stelde zich zodanig op dat Rachel achter het scherm langs moest lopen om bij hem te komen. Sexton ving haar halverwege op, buiten het bereik van de ogen en oren van de pers.
'Lieverd?' zei hij glimlachend, en hij spreidde zijn armen toen Rachel op hem afkwam. 'Wat een verrassing!'
Rachel liep naar hem toe en gaf hem een klap in zijn gezicht.

Alleen met haar vader, verborgen achter het scherm, keek Rachel hem vol afkeer aan. Ze had hem een harde klap gegeven, maar hij vertrok nauwelijks een spier. Met een huiveringwekkende zelfbeheersing liet hij zijn onechte glimlach wegsmelten en plaatsmaken voor een vermanende, kwade blik.
Zijn stem veranderde in een demonisch gefluister. 'Jij hebt hier niets te zoeken.'
Rachel zag de toorn in zijn ogen en was er voor het eerst in haar leven niet bang voor. 'Ik heb je gevraagd me te helpen en je hebt me verraden! Dat heeft me bijna mijn leven gekost!'
'Zo te zien gaat het prima met je.' Hij klonk bijna teleurgesteld.
'NASA is onschuldig!' zei ze. 'Dat heeft de president je verteld! Wat doe je hier?' Rachels korte vlucht naar Washington aan boord van de Osprey van de kustwacht was gevuld geweest met jachtig getelefoneer tussen haar, het Witte Huis, haar vader, en zelfs een bezorgde Gabrielle Ashe. 'Je had Zach Herney beloofd dat je naar het Witte Huis zou gaan!'
'Dat doe ik ook.' Hij grijnsde zelfgenoegzaam. 'Na de verkiezingen.'
Rachel walgde van het idee dat deze man haar vader was. 'Wat je wilt gaan doen, is waanzin.'
'O?' Sexton grinnikte. Hij draaide zich om en gebaarde achter zich naar het podium, dat gedeeltelijk zichtbaar was langs het scherm. Er lag een stapel witte enveloppen te wachten. 'In die enveloppen zit informatie die jíj me hebt gestuurd, Rachel. Jíj. Jij hebt het bloed van de president aan je handen.'
'Ik heb je die informatie gefaxt toen ik je hulp nodig had! Toen ik dacht dat de president en NASA de schuldigen waren!'
'Als je het bewijsmateriaal bekijkt, wekt NASA ook wel de indruk schuldig te zijn.'
'Maar dat is niet zo! Ze verdienen een kans om zelf hun fouten toe te geven. Je hebt de verkiezingen al gewonnen. Zach Herney is uitgerangeerd! Dat weet je best. Laat de man nog wat waardigheid behouden.'
'Je bent zo naïef,' gromde Sexton. 'Het gaat niet om het winnen van de verkiezingen, Rachel, het gaat om mácht. Het gaat om een ruime

overwinning, om grootse daden, het verpletteren van de oppositie en zorgen alle touwtjes in Washington in handen te krijgen, zodat ik iets gedaan kan krijgen.'

'Ten koste van wat?'

'Doe niet zo superieur. Ik lever alleen het bewijsmateriaal. De mensen kunnen hun eigen conclusies trekken over de schuldvraag.'

'Je weet wat voor indruk het zal maken.'

Sexton haalde zijn schouders op. 'Misschien zit de tijd van NASA er wel op.'

Hij merkte dat de pers aan de andere kant van het scherm ongeduldig begon te worden, en hij was niet van plan hier de hele ochtend te blijven staan om zich door zijn dochter de les te laten lezen. Zijn ogenblik van glorie wachtte.

'We zijn uitgepraat,' zei hij. 'Ik moet een persconferentie geven.'

'Ik vraag het je als je dochter,' smeekte Rachel. 'Doe dit niet. Denk na over wat je gaat doen. Er is een betere manier.'

'Voor mij niet.'

Uit de luidsprekers achter hem snerpte het doordringende gepiep van rondzingend geluid. Sexton draaide zich om en zag dat een verslaggeefster die net was aangekomen voorovergebogen bij zijn lessenaar stond en probeerde een microfoon aan een van de standaards te bevestigen.

Waarom kunnen die idioten niet op tijd komen? Sexton ergerde zich dood.

In haar haast stootte de verslaggeefster Sextons stapel enveloppen op de grond.

Godverdomme! Sexton beende erheen, zijn dochter vervloekend omdat ze hem had afgeleid. Toen hij bij de vrouw aankwam, zat ze op haar knieën de enveloppen van de grond te rapen. Sexton kon haar gezicht niet zien, maar het was duidelijk dat ze van de tv was: ze droeg een lange kasjmieren jas, een bijpassende sjaal en een baret van mohair die laag over haar ogen viel en waar met een klemmetje een perskaart van ABC aan was bevestigd.

Stomme trut, dacht Sexton. 'Geef mij die maar,' beet hij haar toe, en hij stak zijn hand uit naar de enveloppen.

De vrouw pakte de laatste envelop op en gaf ze zonder op te kijken aan Sexton. 'Het spijt me...' mompelde ze, duidelijk in verlegenheid gebracht. Diep in elkaar gedoken van schaamte haastte ze zich de menigte in.

Sexton telde snel de enveloppen. *Tien. Mooi.* Niemand zou vandaag het gras voor zijn voeten wegmaaien. Hij fatsoeneerde het stapeltje, verschikte iets aan de microfoons en glimlachte schertsend naar het

publiek. 'Ik denk dat ik deze maar beter kan uitdelen, voordat er gewonden vallen!'
De aanwezigen lachten en keken begerig.
Sexton voelde de aanwezigheid van zijn dochter, die nog achter het scherm stond.
'Doe dit niet,' zei Rachel tegen hem. 'Je zult er spijt van krijgen.'
Sexton negeerde haar.
'Ik vraag je me te vertrouwen,' zei Rachel met iets hardere stem. 'Je begaat een vergissing.'
Sexton pakte zijn enveloppen op en streek de randen vlak.
'Pap,' zei Rachel op indringende en smekende toon. 'Dit is je laatste kans om het juiste te doen.'
Het juiste doen? Sexton legde zijn hand over de microfoon en wendde zich af alsof hij zijn keel moest schrapen. Hij keek onopvallend naar zijn dochter. 'Je bent net je moeder: idealistisch en kleingeestig. Vrouwen begrijpen gewoon niet wat macht betekent.'
Sedgewick Sexton was zijn dochter al vergeten toen hij zich weer naar de schare journalisten keerde. Met geheven hoofd liep hij om de lessenaar heen en deelde de enveloppen uit aan de wachtende pers. Hij keek toe hoe de enveloppen snel door de menigte verspreid raakten. Hij kon horen dat de zegels werden verbroken en de enveloppen werden opengescheurd als pakjes met Kerstmis.
Opeens verstomde iedereen.
In de stilte hoorde Sexton het beslissende ogenblik van zijn carrière.
De meteoriet is bedrog. En ik ben de man die dat heeft onthuld.
Sexton wist dat het even zou duren voordat de implicaties van wat ze zagen tot de verslaggevers zouden doordringen: een GPR-uitdraai van een schacht in het ijs, een organisme dat in de oceaan leefde en vrijwel identiek was aan de fossielen van NASA, en bewijzen dat er zich op aarde chondrulen konden vormen. Dat alles zou tot één schokkende conclusie leiden.
'Meneer?' stamelde een verslaggever, die met een verbluft gezicht de inhoud van zijn envelop bekeek. 'Is dit materiaal echt?'
Sexton slaakte een sombere zucht. 'Ja, ik vrees dat het volkomen echt is.'
Er ging een verward gemompel door het publiek.
'Ik zal iedereen een momentje gunnen om deze informatie door te kijken,' zei Sexton, 'en daarna zal ik vragen beantwoorden en proberen wat licht te werpen op de zaken die hier worden gepresenteerd.'
'Senator?' vroeg een andere journalist op verbijsterde toon. 'Zijn deze beelden authentiek...? Niet geretoucheerd?'
'Honderd procent,' zei Sexton op fermere toon. 'Anders zou ik u dit

bewijsmateriaal niet overhandigen.'
De verwarring in de menigte leek toe te nemen, en Sexton dacht even dat hij iemand hoorde lachen; niet bepaald de reactie die hij had verwacht. Hij begon te vrezen dat hij het vermogen van de pers om tot de logische conclusie te komen had overschat.
'Eh, senator?' zei iemand op eigenaardig geamuseerde toon. 'Voor de goede orde, u bevestigt de authenticiteit van deze beelden?'
Sexton begon geïrriteerd te raken. 'Vrienden, ik zal het nog één keer zeggen: het bewijsmateriaal dat u in handen hebt, is honderd procent accuraat. En als iemand het tegendeel kan bewijzen, mag ik dood neervallen!'
Sexton wachtte op de lach, maar die kwam niet.
Doodse stilte. Wezenloze blikken.
De verslaggever die hem eerder een vraag had gesteld, liep bladerend door zijn kopieën naar Sexton toe. 'U hebt gelijk, senator. Deze gegevens zijn schandalig.' De reporter bleef staan en krabde zich achter zijn oor. 'Daarom zijn we nogal verbaasd dat u hebt besloten ons dit te geven, vooral omdat u dit in het verleden in alle toonaarden hebt ontkend.'
Sexton had geen idee waar de man het over had. Die gaf hem de kopieën. Sexton keek ernaar... en even wist hij helemaal niets meer.
Hij was sprakeloos.
De foto's die hij zag, kwamen hem niet bekend voor. Zwart-wit. Twee mensen. Naakt. Armen en benen om elkaar heen geslagen. Het duurde even voordat Sexton begreep waar hij naar keek. Toen drong het tot hem door. Als een mokerslag.
Vol ontzetting keek Sexton met een ruk op. Iedereen lachte nu. Veel van de verslaggevers waren al aan het telefoneren met hun nieuwsredactie.
Iemand tikte Sexton op de schouder.
Half verdoofd draaide hij zich om.
Daar stond Rachel. 'We hebben geprobeerd je tegen te houden,' zei ze. 'We hebben je ruimschoots de gelegenheid geboden.' Er stond een vrouw naast haar.
Trillend op zijn benen keek Sexton naar de vrouw naast Rachel. Het was de verslaggeefster met de kasjmieren jas en de baret van mohair, de vrouw die zijn enveloppen op de grond had gestoten. Sexton zag haar gezicht en het bloed stolde hem in de aderen.
Gabrielles donkere ogen leken zich in hem te boren, terwijl ze haar jas opensloeg en een stapel witte enveloppen onthulde, veilig weggestopt onder haar arm.

132

Het was donker in het Oval Office. Het enige licht was de zachte gloed van de geelkoperen lamp op het bureau van president Herney. Gabrielle Ashe stond met geheven hoofd tegenover de president. Door het raam achter hem zag ze dat het begon te schemeren boven het westelijke gazon.

'Ik hoor dat je ons gaat verlaten,' zei Herney, en hij klonk teleurgesteld.

Gabrielle knikte. Hoewel de president zo hoffelijk was geweest haar voor onbepaalde tijd een toevluchtsoord te bieden in het Witte Huis, buiten het bereik van de pers, gaf Gabrielle er de voorkeur aan niet uitgerekend in het centrum van de storm te wachten tot die uitgeraasd was. Ze wilde hier zo ver mogelijk vandaan zijn. Voorlopig, tenminste.

Herney keek haar over zijn bureau vol respect aan. 'De keuze die je vanochtend hebt gemaakt, Gabrielle...' Hij zweeg, alsof hij de juiste woorden niet kon vinden. Zijn oogopslag was ongekunsteld en oprecht, heel anders dan de diepe, raadselachtige blik die Gabrielle eens zo aantrekkelijk had gevonden aan Sedgewick Sexton. Maar zelfs tegen de achtergrond van deze zetel van macht zag Gabrielle ware vriendelijkheid in zijn ogen, een integriteit en waardigheid die ze niet snel zou vergeten.

'Ik heb het ook voor mezelf gedaan,' zei ze uiteindelijk.

Herney knikte. 'Maar toch ben ik je dankbaar.' Hij stond op en gebaarde dat ze mee moest lopen de gang in. 'Eigenlijk hoopte ik dat je nog een tijdje zou blijven, zodat ik je een positie binnen mijn afdeling begroting kon aanbieden.'

Gabrielle keek hem bedenkelijk aan. 'Stop met spenderen, ga repareren?'

Hij grinnikte. 'Zoiets.'

'Ik denk dat we allebei wel weten dat ik momenteel eerder een handicap dan een aanwinst voor u zou zijn, meneer.'

Herney haalde zijn schouders op. 'Dat is een kwestie van een paar maanden. Het waait allemaal wel weer over. Veel prominente mannen en vrouwen hebben in een vergelijkbare situatie gezeten en zijn later toch tot grote hoogte gestegen.' Hij knipoogde. 'Sommigen zijn zelfs president van de Verenigde Staten geworden.'

Gabrielle wist dat hij gelijk had. Ze zat pas een paar uur zonder werk, maar ze had vandaag al twee aanbiedingen afgeslagen: een van Yolanda Cole, die haar een baan had aangeboden bij ABC, en een van de uitgeverij St. Martin's Press, die haar een krankzinnig voorschot had geboden voor een openhartige biografie. *Nee, bedankt.*

Terwijl Gabrielle en de president door de gang liepen, dacht Gabrielle aan de foto's van haarzelf die nu op alle tv-stations te zien waren. *De schade aan het land zou veel erger geweest zijn*, hield ze zichzelf voor. *Veel erger.*

Nadat Gabrielle naar ABC was gegaan om de foto's op te halen en Yolanda Coles perskaart te lenen, was ze weer ongemerkt Sextons kantoor binnengedrongen om duplicaten van de enveloppen te fabriceren en die te vullen. En omdat ze toch binnen was, had ze ook de gegevens over de onwettige schenkingen in Sextons computer geprint. Na de confrontatie bij het Washington Monument had Gabrielle de met stomheid geslagen senator Sexton kopieën van de uitdraaien gegeven en haar eisen gesteld. *Geef de president de kans zijn vergissing met de meteoriet bekend te maken, of de rest van deze gegevens wordt ook openbaar gemaakt.* Senator Sexton had één blik geworpen op de stapel financieel bewijsmateriaal, had zich opgesloten in zijn limousine en was weggereden. Niemand had meer iets van hem vernomen.

De president en Gabrielle kwamen aan bij de zij-ingang van de Briefing Room en Gabrielle hoorde het geroezemoes van de menigte in de zaal. Voor de tweede keer in een etmaal was de wereld bijeen om naar een bijzondere toespraak van de president te luisteren.

'Wat gaat u tegen ze zeggen?' vroeg Gabrielle.

Herney zuchtte, maar zijn gezicht stond opmerkelijk kalm. 'In de loop der jaren heb ik één ding geleerd...' Hij legde een hand op haar schouder en glimlachte. 'Niets kan tegen de waarheid op.'

Gabrielle werd overspoeld door een onverwacht gevoel van trots toen ze hem naar het podium zag lopen. Zach Herney ging de grootste vergissing van zijn leven opbiechten, maar vreemd genoeg had hij meer presidentiële allure dan ooit.

133

Rachel werd wakker in een donkere kamer.

Een wekker gaf 22.14 aan. Ze lag niet in haar eigen bed. Ze bleef een tijdje roerloos liggen en vroeg zich af waar ze was. Langzaam kwam het allemaal weer terug. De megapluim... de gebeurtenissen van die ochtend bij het Washington Monument... de uitnodiging van de president om in het Witte Huis te logeren.

Ik ben in het Witte Huis, besefte Rachel. *Ik heb hier de hele dag geslapen.*

Op bevel van de president had de Osprey van de kustwacht de uitgeputte Michael Tolland, Corky Marlinson en Rachel Sexton van het Washington Monument naar het Witte Huis gebracht, waar ze een uitgebreid ontbijt hadden gekregen, door artsen waren onderzocht en hun keus hadden mogen maken uit de veertien slaapkamers om in bij te komen.

Ze hadden het aanbod alle drie aangenomen.

Rachel kon nauwelijks geloven dat ze zo lang had geslapen. Toen ze de tv aanzette, zag ze tot haar verbazing dat de persconferentie van president Herney al voorbij was. Rachel en de anderen hadden aangeboden hem te vergezellen op het podium als hij het slechte nieuws over de meteoriet wereldkundig maakte. *We hebben de vergissing samen gemaakt.* Maar Herney had erop gestaan de verantwoordelijkheid alleen te dragen.

'Helaas,' zei een politiek commentator op de tv, 'blijkt NASA uiteindelijk toch geen buitenaards leven te hebben gevonden. Dit is de tweede keer in dit decennium dat NASA ten onrechte heeft beweerd tekenen van buitenaards leven in een meteoriet te vinden. Maar deze keer heeft ook een aantal zeer gerespecteerde burgers zich voor de gek laten houden.'

'Normaal gesproken,' merkte een andere deskundige op, 'zou ik zeggen dat een misleiding van de omvang zoals de president die vanavond heeft beschreven het einde van zijn carrière zou betekenen... maar gezien de ontwikkelingen bij het Washington Monument vanochtend, schat ik de kans dat Zach Herney weer president wordt groter in dan ooit.'

De eerste commentator knikte. 'Geen leven in de ruimte dus, maar ook geen leven meer in de campagne van senator Sexton. En nu er nieuwe informatie opduikt, waaruit zou blijken dat de senator diep in de financiële problemen zit...'

Rachels aandacht werd afgeleid doordat er op de deur werd geklopt. *Michael*, hoopte ze, en ze zette snel de tv af. Ze had hem na het ontbijt niet meer gezien. Toen ze in het Witte Huis aankwamen, had Rachel niets liever gewild dan in zijn armen in slaap te vallen. Ze kon merken dat Michael dat ook wilde, maar Corky was tussenbeide gekomen. Hij was breeduit op Tollands bed gaan zitten en had geestdriftig steeds weer opnieuw het verhaal verteld van hoe hij over zijn eigen been had geplast en zich daarmee het leven had gered. Uiteindelijk had de volkomen afgematte Rachel het opgegeven en was naar een andere slaapkamer gegaan om te slapen.

Nu ze naar de deur liep, keek Rachel in het voorbijgaan in de spiegel. Ze moest inwendig lachen om hoe ze eruitzag. Het enige wat ze had kunnen vinden om in te slapen, was een oud voetbalshirt van Penn State, dat in een ladekast lag. Het hing als een nachthemd tot op haar knieën.
Er werd opnieuw geklopt.
Rachel deed de deur open en zag tot haar teleurstelling een vrouwelijke agent van de Geheime Dienst staan. Ze zag er netjes en vlot uit in haar blauwe blazer. 'Mevrouw Sexton, de heer in de Lincoln-slaapkamer hoorde uw tv. Hij vroeg me u te zeggen dat als u toch wakker bent...' Ze zweeg en trok haar wenkbrauwen op. Blijkbaar had ze ervaring met nachtelijke escapades op de bovenste verdiepingen van het Witte Huis.
Rachel bloosde en voelde haar huid tintelen. 'Bedankt.'
De agent nam Rachel een klein stukje mee door de fraai aangeklede gang naar een eenvoudige deur.
'De Lincoln-slaapkamer,' zei de agent. 'En zoals ik traditiegetrouw zeg voor deze deur: "Slaap zacht, en hoedt u voor geesten."'
Rachel knikte. De verhalen over geesten in de Lincoln-slaapkamer waren zo oud als het Witte Huis zelf. Het verhaal ging dat Winston Churchill hier de geest van Lincoln had gezien, net als talloze anderen, onder wie Eleanor Roosevelt, Amy Carter, de acteur Richard Dreyfuss en tientallen dienstmeisjes en butlers. Er werd beweerd dat de hond van president Reagan vaak uren achtereen voor deze deur stond te blaffen.
De gedachte aan geesten uit het verleden deed Rachel opeens beseffen hoe bijzonder deze kamer was. Plotseling geneerde ze zich voor hoe ze daar stond, in haar lange voetbalshirt, met blote benen, als een studente die de kamer van een jongen binnensluipt. 'Kán dit wel?' fluisterde ze tegen de agent. 'Ik bedoel, dit is wel de Lincoln-slaapkamer.'
De agent knipoogde. 'Ons beleid op deze verdieping is: "Ogen dicht, mondje dicht."'
Rachel glimlachte. 'Bedankt.' Ze stak haar hand uit naar de deurkruk en verheugde zich al op wat er zou komen.
'Rachel!' De nasale stem weerklonk als een cirkelzaag door de gang.
Rachel en de agent draaiden zich om. Corky Marlinson kwam op krukken naar hen toe gehinkt. Zijn been was nu professioneel verbonden. 'Ik kon ook niet slapen!'
Rachel liet verslagen haar schouders hangen, want ze zag haar romantische rendez-vous alweer de mist in gaan.
Corky keek met belangstelling naar de leuke agent van de Geheime Dienst. Hij glimlachte haar breed toe. 'Ik ben dol op vrouwen in uniform.'

De agent trok haar blazer opzij om een gevaarlijk ogend vuurwapen te laten zien.
Corky bond in. 'Goed, ik snap het.' Hij wendde zich tot Rachel. 'Is Mike ook wakker? Ga je naar binnen?' Corky leek wel zin te hebben in wat gezelschap.
Rachel kreunde. 'Eerlijk gezegd, Corky...'
De agent onderbrak haar. 'Dr. Marlinson,' zei ze, en ze trok een briefje uit haar zak. 'Dit briefje heb ik van meneer Tolland gekregen, en hij geeft me de uitdrukkelijke orders u mee te nemen naar de keuken, onze kok voor u te laten klaarmaken wat u maar wilt, en u te vragen me tot in de kleinste details uit te leggen hoe u het vege lijf hebt weten te redden door... ' De agent aarzelde en herlas het briefje met een grimas. '... Door over uzelf te plassen?'
Kennelijk had de agent de magische woorden gesproken. Corky liet ter plekke zijn krukken vallen, sloeg een arm om de schouders van de vrouw om op te steunen en zei: 'Op naar de keuken, snoes!'
De agent hielp Corky met tegenzin door de gang, en Rachel was ervan overtuigd dat hij in de zevende hemel was. 'Het draait allemaal om de urine,' hoorde ze hem zeggen, 'want met die verdomde reukkwabben in de telencephalon ruiken ze alles!'

Het was donker in de Lincoln-slaapkamer toen Rachel er binnenstapte. Tot haar verrassing zag ze dat het bed leeg en onbeslapen was. Michael Tolland was nergens te bekennen.
Bij het bed brandde een antieke olielamp, en bij de zachte gloed kon ze het Brussels tapijt onderscheiden, en het beroemde bed van palissander, verfraaid met houtsnijwerk... het portret van Lincolns vrouw, Mary Todd... zelfs het bureau waaraan Lincoln de emancipatieproclamatie had getekend, waarmee de slavernij was afgeschaft.
Toen Rachel de deur achter zich sloot, voelde ze een klamme tocht langs haar blote benen. *Waar is hij?* Aan de andere kant van de kamer stond een raam open en de witte vitrage bolde op. Ze liep erheen om het raam dicht te doen en hoorde een spookachtig gefluister uit de kast.
'Maaaary...'
Rachel keek abrupt om.
'Maaaaary?' fluisterde de stem weer. 'Ben jij dat...? Mary Todd Liiiiincoln?'
Rachel deed snel het raam dicht en draaide zich naar de kast. Haar hart bonsde, hoewel ze wist dat dat dom was. 'Mike, ik weet dat jij het bent.'
'Neeeee...' vervolgde de stem. 'Ik ben Mike niet... Ik ben... Aaaaabe.'

Rachel zette haar handen in haar zij. 'O, ja? Abe, die altijd zo eerlijk was?'
Een onderdrukte lach. 'Tamelijk eerlijk... ja.'
Nu moest Rachel ook lachen.
'Wees bevreeeeeeesd,' jammerde de stem uit de kast. 'Wees zeeeeeer bevreeeesd.'
'Ik ben niet bevreesd.'
'Wees alsjeblieft bevreesd...' kermde de stem. 'Bij de mens liggen angst en seksuele opwinding dicht bij elkaar.'
Rachel barstte in lachen uit. 'Is dit jouw idee van een versiertruc?'
'Vergeeeeeef me...' jammerde de stem. 'Het is jaaaaaaren geleden dat ik met een vrouw ben geweest.'
'Dat is wel duidelijk, ja,' zei Rachel, en ze rukte de deur open.
Voor haar stond Michael Tolland met zijn kwajongensachtige, scheve grijns. Hij zag er onweerstaanbaar uit in zijn marineblauwe, satijnen pyjama. Rachel zag tot haar verbazing het presidentiële embleem op zijn borst.
'Een pyjama van de president?'
Hij haalde zijn schouders op. 'Die lag in de la.'
'En ik moest het doen met een voetbalshirt!'
'Dan had je de Lincoln-slaapkamer moeten kiezen.'
'Die had je me moeten aanbieden!'
'Ik had gehoord dat het matras slecht was. Antiek paardenhaar.' Tolland knipoogde en wees naar een pakje op een marmeren tafel. 'Dat is om het goed te maken.'
Rachel was geroerd. 'Voor mij?'
'Ik heb een van de medewerkers van de president erop uitgestuurd om het voor je te gaan kopen. Het is net gebracht. Je moet het niet schudden.'
Ze pakte het zware cadeau voorzichtig uit. Het was een grote kristallen kom waarin twee lelijke oranje goudvissen rondzwommen. Rachel keek er verbaasd en teleurgesteld naar. 'Is dit een grapje?'
'*Helostoma temmincki*,' zei Tolland trots.
'Heb je víssen voor me gekocht?'
'Zeldzame Chinese zoenvissen. Heel romantisch.'
'Vissen zijn niet romantisch, Mike.'
'Vertel ze dat maar eens. Ze kunnen uren zoenen.'
'Moet dit ook een versiertruc voorstellen?'
'Mijn gevoel voor romantiek is een beetje roestig. Krijg ik geen punten voor de moeite?'
'Om te onthouden, Mike: vissen zijn níét romantisch. Probeer het eens met bloemen.'

Tolland haalde een bos witte lelies van achter zijn rug tevoorschijn. 'Ik wilde eigenlijk rode rozen,' zei hij, 'maar ze begonnen bijna op me te schieten toen ik de rozentuin in sloop.'

Toen Tolland Rachel tegen zich aan trok en de zoete geur van haar haar rook, voelde hij jaren van stille afzondering van zich af glijden. Hij kuste haar innig en voelde dat ze zich tegen hem aan drukte. De witte lelies vielen aan hun voeten, en Tolland voelde muren afbrokkelen waarvan hij nooit had geweten dat hij ze had opgetrokken.

De geesten zijn weg.

Rachel duwde hem nu zachtjes in de richting van het bed en fluisterde in zijn oor: 'Je denkt toch niet écht dat vissen romantisch zijn, hè?'

'Jawel,' zei hij, en hij kuste haar weer. 'Je zou het paringsritueel van kwallen eens moeten zien. Ongelooflijk erotisch.'

Rachel duwde hem op zijn rug op het paardenharen matras en liet haar tengere gestalte op hem zakken.

'En zeepaardjes...' zei Tolland, buiten adem door haar aanraking, die hij door het dunne satijn van zijn pyjama heen voelde. 'Zeepaardjes voeren... een onvoorstelbaar sensuele liefdesdans uit.'

'Genoeg over vissen,' fluisterde ze, terwijl ze zijn pyjama openknoopte. 'Wat kun je me vertellen over de paringsrituelen van hoogontwikkelde primaten?'

Tolland zuchtte. 'Primaten zijn niet echt mijn specialiteit, vrees ik.'

Rachel trok haar voetbalshirt uit. 'Nou, natuurliefhebber, ik stel voor dat je daar dan snel verandering in brengt.'

EPILOOG

Het transportvliegtuig van NASA vloog hoog boven de Atlantische Oceaan.

Aan boord keek Lawrence Ekstrom voor het laatst naar het grote, geblakerde rotsblok in de laadruimte. *Terug in zee*, dacht hij. *Waar je vandaan komt.*

Op bevel van Ekstrom opende de piloot de laaddeuren en liet het rotsblok vallen. Ze keken toe hoe de gigantische steen achter het toestel door de zonnige hemel boven de oceaan naar beneden tuimelde en in een zilverkleurige zuil van opspattend water in de golven verdween.

De steen zonk snel.

Honderd meter onder water was er nog maar zo weinig licht dat je de zinkende vorm nauwelijks meer zou kunnen onderscheiden. Op honderdvijftig meter diepte was het volkomen donker.

De steen viel nog steeds.

Dieper.

Het duurde bijna twaalf minuten.

Toen plofte het rotsblok neer in een uitgestrekte moddervlakte op de zeebodem, als een meteoriet die inslaat op de donkere kant van de maan. Er werd een wolk slib opgeworpen. Toen het zand weer was gaan liggen, zwom een van de duizenden onbekende diersoorten uit de oceaan erheen om de vreemde nieuwkomer te keuren.

Nauwelijks onder de indruk zwom het dier verder.

WOORD VAN DANK

Mijn hartelijke dank aan Jason Kaufman voor al zijn goede raad en zijn van inzicht getuigende redactiewerk, aan Blythe Brown voor haar vele research en creatieve bijdragen, aan mijn goede vriend Jake Elwell van Wieser & Wieser, aan het National Security Archive, het bureau voorlichting van NASA, Stan Planton, die altijd weer een bron van informatie op elk gebied is, de National Security Agency, glacioloog Martin O. Jeffries en de knappe koppen Brett Trotter, Thomas D. Nadeau en Jim Barrington. Verder bedank ik Connie en Dick Brown, het U.S. Intelligence Policy Documentation Project, Suzanne O'Neill, Margie Wachtel, Morey Stettner, Owen King, Alison McKinnell, Mary en Stephen Gorman, dr. Karl Singer, dr. Michael I. Latz van het Scripps Institute of Oceanography, April van Micron Electronics, Esther Sung, het National Air and Space Museum, dr. Gene Allmendinger, de niet te evenaren Heide Lange van Sanford J. Greenburger Associates en John Pike van de Federation of American Scientists.